A Fortune Telling Princess

점괘보는 공녀님

✦ 5 ✦

점괘보는 공녀님 5

초판 1쇄 인쇄 2023년 12월 11일
초판 1쇄 발행 2023년 12월 22일

지은이 사이딘
펴낸이 권순남
펴낸곳 페리윙클
편 집 김보선
디자인 최미선

주소 서울특별시 노원구 동일로237가길 17, 신영산업빌딩 602호
전화 02-2091-0291 **팩스** 02-2091-0290
메일 marubooks@mayabooks.co.kr
출판등록 2008년 1월 7일 제310-2008-00001호

ISBN 979-11-368-3233-7
　　　 979-11-368-3228-3 (세트)

정가 16,000원

※ 이 책은 페리윙클이 저작권자와의 계약에 따라 발행한 것입니다. 본사의 허락 없이 내용을 무단 복제하거나 무단 전재하는 것은 저작권법에 의해 금지되어 있습니다.
※ 저자와 협의하여 인지를 붙이지 않습니다. 잘못된 책은 구입한 곳에서 바꾸어 드립니다.
페리윙클은 (주)마야마루출판사의 로맨스 판타지 문학 레이블입니다.

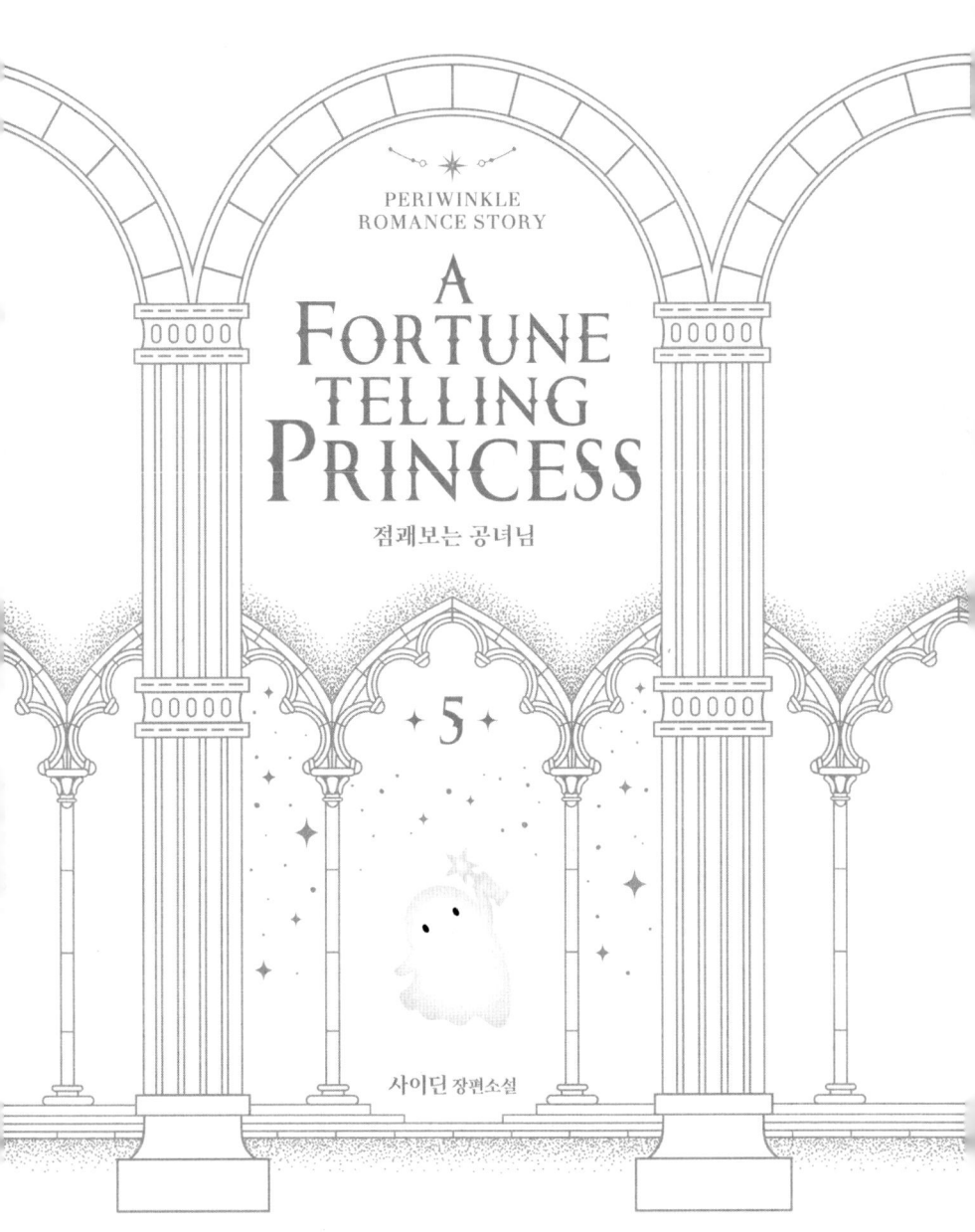

CHAPTER 9

~

진실의 거울 — 9

혼자만의 가족 — 47

도르만 — 93

제이너를 찾아서 — 117

다니엘의 최후 — 153

황제의 죽음 — 183

마지막 결전 — 211

SIDE STORY. 후회 없는 선택 — 243

SIDE STORY. 대가 — 253

SIDE STORY. 킹의 하루 — 267

SIDE STORY. 보상 — 277

SIDE STORY. 영혼의 기억 — 291

CHAPTER 10

~

전쟁이 끝난 후 — 303

그들이 남긴 선물 — 347

세나 — 387

유령의 집 — 415

시간 마법 — 445

쟁탈전 — 483

안녕, 아레나 — 517

세나의 선택 — 543

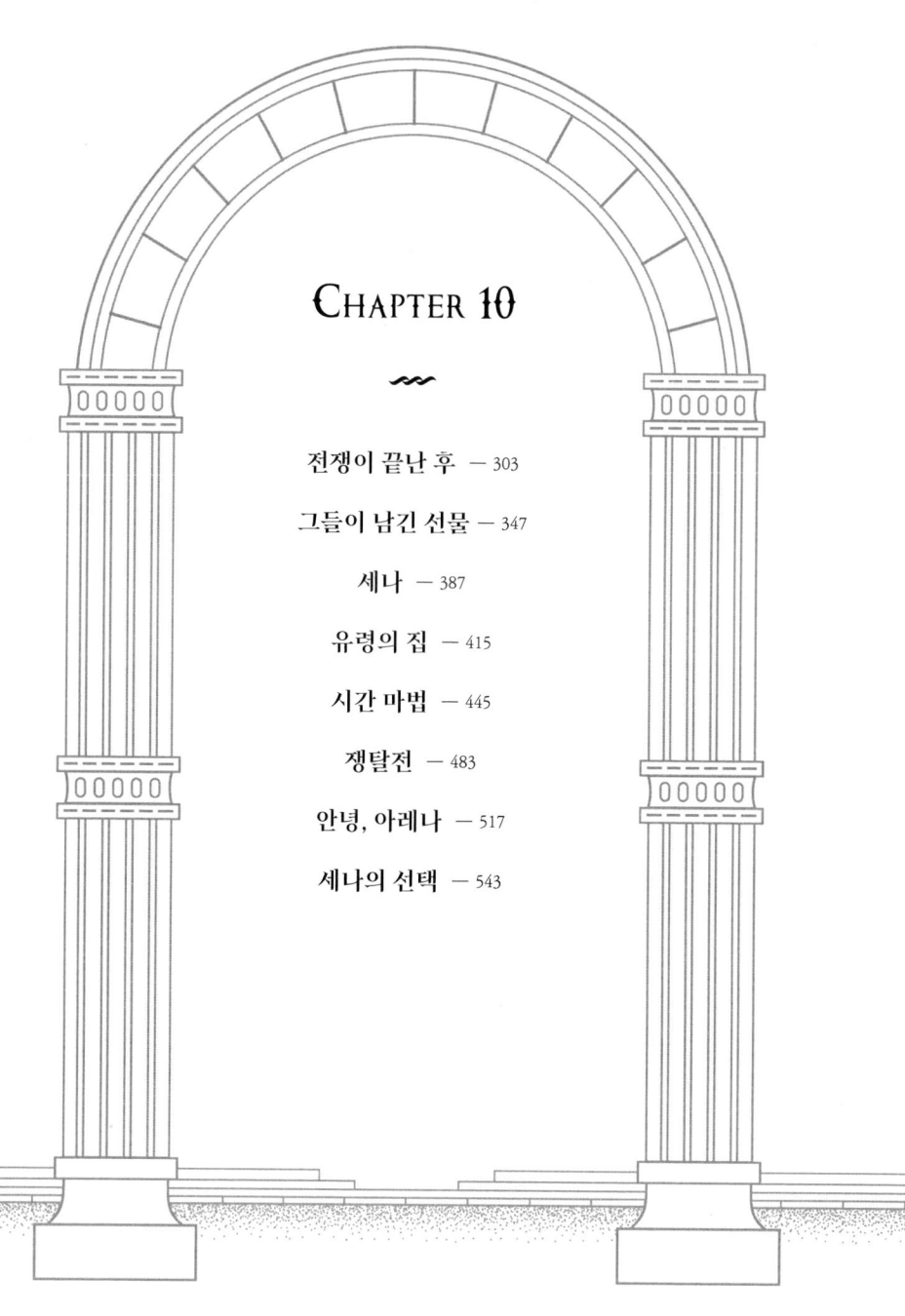

CHAPTER 11

마법사 귀신 — 565

드래곤의 마법서 — 599

신수, 가출하다 — 633

다시 찾은 세계 — 669

시스템으로 본 수치 — 729

에바교인들의 최후 — 759

봄이 왔어요 — 793

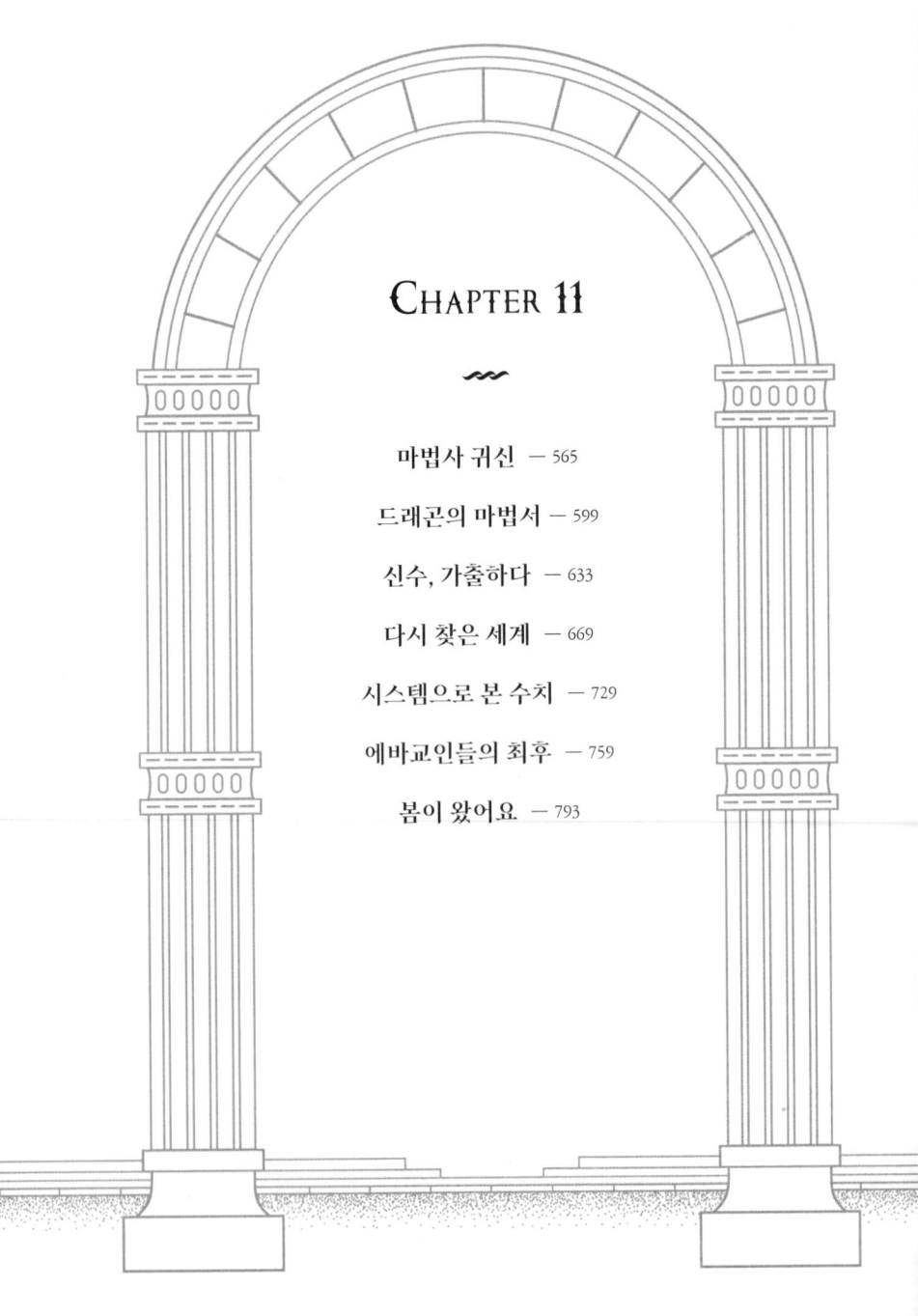

CHAPTER 9

~

진실의 거울 / 혼자만의 가족 / 도르만 / 제이너를 찾아서
다니엘의 최후 / 황제의 죽음 / 마지막 결전
SIDE STORY. 후회 없는 선택 / SIDE STORY. 대가
SIDE STORY. 킹의 하루 / SIDE STORY. 보상
SIDE STORY. 영혼의 기억

진실의 거울

"카밀라, 어서 와요."
"오랜만이에요, 페트로 님."
"정말 오랜만입니다."
제이빌런가에 들어선 카밀라는 자신을 향해 곧장 달려오는 페트로를 보며 반갑게 인사를 건넸다.
"요즘 얼굴 뵙기가 무척 힘드네요."
"그러게요."
최근 일이 많아 아카데미에도 잘 못 나갔던지라 그와 얼굴을 이리 한가로이 마주한 게 오랜만이긴 했다.
'그러고 보니 좀 미안하긴 하네.'
신성력을 쓰고 쓰러졌을 때 약초도 많이 보내 주고 안부 서신도 자주 보내왔었는데 고맙다는 인사도 제대로 못 했던 것 같다.
'나중에 마력석 장식물이라도 하나 선물해야겠다.'
오늘 이렇게 초대해 달라는 부탁도 선뜻 들어줬는데 말이야.

"어서 오렴."

페트로의 뒤로 제이빌런 공작이 나타났다. 어쩐지 조금은 뚱한 표정이었지만 카밀라는 환한 미소를 지은 채 다가가 정중히 고개를 숙였다.

"방문을 허락해 주셔서 고맙습니다."

"뭐, 서재 정도야 얼마든지 개방해 줄 수 있지. 검을 달라는 것도 아니고. 어려울 게 있나."

그 검 진짜 필요 없다니까요.

아직도 검을 자신이 가져갈까 전전긍긍하고 있는 제이빌런 공작을 보며 카밀라는 어이가 없었다.

그녀가 오늘 이곳을 찾은 이유는 제이빌런 공작의 말대로 제이빌런 가문의 서재를 이용하기 위해서였다.

'정말 그들이 에바교일까?'

그리고 카밀라가 굳이 다른 곳을 두고 꼭 이곳의 서재를 이용하고자 한 이유는 얼마 전에 제노와 나눈 대화 때문이다.

'에바교요?'

[응.]

'오래전에 마르스가 처리했다던 거기?'

[맞아.]

그동안 카밀라가 겪은 일을 옆에서 모두 지켜본 제노는 그 이상한 무리의 정체로 에바교를 언급했다.

[고통을 느끼지 못하는 이들의 공격에, 수호의 검을 갖기 전까지 마르스 님이 무척 애를 먹었다는 구절을 책에서 본 적 있어.]

'책에서요?'

[그래. 수호의 검에 맥없이 쓰러진 것도 그렇고, 에바교 때와 무척 비슷해.]

제노는 마르스의 추종자답게 그와 관련된 일에 대해선 제법 많은 것을 알고 있었다. 수호의 검을 찾기 위해 관련된 서적을 있는 대로 찾아 읽다 보니 자연스럽게 에바교에 대해서도 제법 지식을 쌓게 됐단다.

[나야 수호의 검을 찾는 쪽으로만 집중적으로 자료를 찾았을 뿐이야.]

'아무래도 그랬겠죠.'

[그렇다 보니 남들보다 좀 더 그들에 대해 잘 안다 뿐이긴 한데……. 그래도 우리 가문에 에바교에 대한 자료가 상당했다는 건 정확히 기억해.]

그래서 제이빌런가를 찾은 거다. 소르펠 가문의 서재도 혹시나 해서 뒤져 봤는데 별 소득이 없었다.

물론 제이빌런가보다 에바교에 대한 서적이 더 잘 갖추어진 곳도 있었다. 제이빌런가 못지않게 수호의 검을 찾으려고 노력했던 가문인 듀리얼 후작가다.

그런데 문제는…….

'거기가 쟈비엘라 황비의 친정이라는 거지.'

현 듀리얼 후작이 쟈비엘라 황비의 친아버지였다.

아무래도 그곳을 찾아가는 건 영 껄끄러워서 차선책으로 이곳을 찾았다.

'에비교리.'

제노는 그럴 가능성이 있다고 하는데, 솔직히 잘 모르겠다. 오래전에 완전히 전멸한 교이지 않나? 다들 그렇게 알고 있던데?

"언니!"

페트로의 안내를 받아 서재로 향하던 카밀라는 자신을 향해 힘껏 달려오는 엘리샤를 보곤 걸음을 멈췄다.

"언제 오신 거예요?"

팔짱을 끼며 얼굴을 슬쩍슬쩍 문대는 모습이 마치 필요한 게 있어 애교를 부리는 고양이 같다. 새끼 여우에서 언제 고양이로 전환한 거니?

"저도 마중 나오려고 했는데."

"방금 왔어."

한 발 물러선 엘리샤는 빙그르르 한 바퀴 돌며 자기가 입고 있는 옷을 자랑했다.

"언니! 이 옷 어때요?"

그 모습을 본 카밀라의 입가에 절로 미소가 걸린다. 어깨 부위와 등 쪽이 얇은 시스루 소재로 되어 있어 무척 시원해 보였다.

"잘 어울리네."

카밀라는 아낌없이 칭찬을 날렸다. 그도 그럴 것이, 이번에 자신이 투자해서 쥬엘라가 만든 옷을 그녀가 입고 있었기 때문이다.

"저번에 언니가 입은 거 보고 저도 바로 가서 주문했잖아요. 나름 빨리 갔다고 생각했는데 이미 예약자가 많더라고요. 받기까지 엄청 오래 걸렸는데, 정말 잘 어울려요?"

"예뻐."

"그렇죠? 좀 생소한 디자인이긴 한데, 너무 예뻐요! 게다가 전체적으로 옷이 정말 가벼워서 아주 좋아요!"

좋은 포인트만 콕콕 집어내는 엘리샤의 말에 카밀라의 미소가 좀 더 짙어졌다.

"네가 입어서 더 예쁘네."

"저, 정말요?"

가볍게 던진 칭찬에 엘리샤가 빨개진 얼굴로 연신 꺅꺅거렸다. 칭찬에 돈 드는 것도 아니고.

"그런데 이거 디자이너가 누구예요? 다른 사람들도 무척 궁금해하던데. 언니는 알죠? 언니가 여기 투자자라면서요?"

"글쎄."

아직 쥬엘라의 정체는 아무에게도 밝히지 않았다. 그녀가 그러기를 원했다. 평민들이나 하는 하찮은 일에 손을 댄다고 집안에서 반대할 것이 분명하다면서.

아직은 쓸데없는 분란을 만들고 싶지 않다는 게 그녀의 뜻이었다. 지금은 오로지 조용히 옷을 만드는 것에만 집중하고 싶다나?

'뭐, 나쁠 건 없지.'

디자이너가 옷에만 집중하고 싶다는데 방해하면 쓰나. 카밀라는 그런 그녀의 의견을 흔쾌히 받아들여 쥬엘라의 정체를 철저히 숨겼다.

대신 옷을 홍보하는 일엔 적극적으로 나섰다. 최근 참석하는 모임에 무조건 쥬엘라가 만든 옷만 입고 나갔더니 지금에 이르러서는 주문량이 폭주했다.

우리 디자이너 쥬엘라 양은 뭐……. 품위건 뭐건 다 집어 던지고 이것 좀 보라며 즐거운 비명을 지르는 중이다.

'당연하지.'

내가 입었는걸. 내가 저쪽 세계에서 걸치고 입어서 완판시킨 게 몇 개인 줄 알아? 망해 가던 기업도 살린 게 나라고.

처음에는 다들 얌전함과는 무척 동떨어진 새로운 스타일에 멈칫했지만 곧 눈들을 반짝였다. 새로운 것에 흥미를 느끼는 건 본능이고, 그 새로운 것이 예쁘기까지 하다면 말 다 한 거 아니겠는가.

"언니, 서재에서 책 보실 거라면서요?"

"응."

"그럼 책 다 보고 나면 저랑 꼭 차 한잔해요."

"그래."

카밀라가 가는 곳이 서재라는 걸 안 그녀는 따라오는 걸 바로 포기했다. 연극 관련 책이 아닌 이상 질색을 하며 책에 절대 손을 대지 않는 그녀였기에.

카밀라는 그런 엘리샤를 보며 가볍게 고개를 저었다.

저거, 올해 연말 시험도 7자로 끝나지 않을까 싶다. 적어도 앞자리가 백 자리가 아닌 십 자리여야 할 텐데.

'이제 사이도 멀어졌는데 그놈의 7자 모임에서도 좀 탈퇴할 것이지.'

그래도 어쩌겠는가? 자기가 공부하기 싫다는데 강제로 시킬 수는 없는 일이고. 언제 날 잡아 다시 연기나 가르쳐 줄까?

'은근히 그걸 바라는 것 같던데.'

나름 소질도 있고 말이야.

"여깁니다."

잠시 후 페트로의 안내를 받아 서재 안으로 들어선 카밀라는 속으로 짧은 한숨을 푹 내쉬었다.

"넓네요."

예상은 했지만 끝이 보이지 않는 내부를 보고 있자니 이번 조사가 쉽지 않을 것 같은 감이 확 왔다.

"찾으시는 책이 어떤 겁니까?"

"직접 찾아 주시게요?"

사서가 있던 것 같은데? 굳이 자기가 왜?

의아한 눈빛을 보내자 그가 특유의 미소로 응답했다.

"도와드리고 싶은데, 그래도 될까요?"

"네, 뭐."

도와준다면야 나야 고맙지. 카밀라는 바로 자신이 원하는 책들을 읊었다. 제노에게 들어 이미 몇 가지 책 제목은 알고 있었다.

"에바교와 관련된 책은 다 가져다주시면 좋겠어요."

그러자 페트로의 눈에 의아함이 깃들었다.

"갑자기 에바교에 대해선 왜 찾으시는 겁니까?"

"그냥 좀 궁금해서요. 수호의 검이 오래전에 에바교를 상대할 때도 그렇게 빛을 냈다면서요?"

"그랬다고 들었습니다."

"혹시나 검이 저에게 반응한 이유가 따로 있지는 않을까 싶어서요."

카밀라는 대충 핑계를 댔다. 상대가 에바교일 가능성이 생긴 지금 행동이 더 조심스러울 수밖에 없었다.

"잠시만 기다려 주시죠."

페트로는 더 자세히 묻지 않고 바로 수호의 검과 마르스, 그리고 에바교와 관련된 서적들을 꼼꼼하게 찾아 가져왔다.

"…많네요."

"아무래도 그렇죠? 선대 중에 유독 이쪽에 관심을 가졌던 분들이 계셔서 자료가 좀 많습니다."

잠시 후 책상에 가득 쌓인 책들을 보며 카밀라는 진저리를 쳤다. 책 읽는 걸 딱히 싫어하진 않지만 절로 한숨이 새어 나왔다.

"혹시 페트로 님은 이 책들을 다 읽으셨나요?"

혹 요약본이라도?

"어쩌죠? 제 관심 분야가 아니어서."

뭐, 어쩔 수 없지.

저걸 처음부터 끝까지 다 읽어야 한다고 생각하자 벌써 눈이 아파 왔다.

"더 필요한 거 있으시면 언제든 말씀하십시오."

"네, 고마워요. 지금은 이걸로 충분하니 이제 그만 볼일 보셔도 돼요."

"알겠습니다."

카밀라는 마음을 다잡고 자리에 앉았다. 이왕 시작한 거 조금이라도 빨리 읽고 해치우는 게 나으니까.

'응?'

하지만 그녀는 곧 다시 고개를 들어야만 했다. 페트로가 카밀라의 맞은편에 자리를 잡고 앉았기 때문이다.

'할 일 하라니까 거기에는 왜 앉아?'

카밀라가 뭐 하는 거냐고 눈으로 묻자 그가 빙그레 웃었다.

"오늘 특별히 할 일이 없어서요. 저도 여기서 책이나 천천히 읽을 생각입니다. 혹시 방해가 될까요?"

"아뇨, 뭐."

집주인이 그러겠다는데 객이 뭐라 하겠는가. 카밀라는 그냥 신경을 끄고 가장 가까이에 놓여 있는 책을 바로 집어 들었다. 이내 그녀는 대본을 읽던 집중력을 발휘해 곧 책에 빠져들었다.

'내가 또 한 집중력 하거든.'

대본 읽을 땐 옆에서 무슨 일이 일어나도 잘 모른다.

그 모습을 잠시 가만히 지켜보던 페트로 역시 곧장 책 하나를 들고 와 읽기 시작했다. 하지만 그는 책보다 카밀라를 바라보는 데 더 많은 시간을 소비했다. 카밀라를 바라보는 그의 눈이 어느새 곱게 휜다.

예전에는 왜 몰랐을까. 그녀와의 이런 시간이 이리도 편안하고 소중한 것을.

"아르시안은 언제 보셨습니까?"

"어제요."

"어…제요? 무슨 일로…….."

"그냥요."

"…그냥?"

"툭하면 그냥 찾아와요."

처음에 아르시안의 이름만 들어도 싫은 내색을 내보이던 식구들이 지금은 그냥 그러려니 하는 분위기다. 오히려 안 오면 둘이 싸웠냐고 물을 정도로.

"……?"

책에서 눈을 떼지 않은 채 무심히 대답을 내뱉던 카밀라는 그제야 고개를 들었다.

"뭐 더 하실 말씀이라도 있으세요?"

자신을 빤히 쳐다보고 있는 그와 눈이 마주친 카밀라는 고개를 갸웃했다. 왜 저렇게 멍하지?

"아, 죄송합니다. 제가 방해를 했네요."

페트로가 급히 미소를 지으며 살며시 고개를 저었다. 그 모습에 카밀라는 다시 책에 시선을 줬다.

"……"

그런 그녀를 바라보는 페트로의 표정이 살짝 시무룩해졌다.

'어쩌면……'

어쩌면 이미 너무 늦은 게 아닐까 싶다.

계속 외면하고 있었지만, 아르시안을 볼 때마다 느끼는 게 있었다. 카밀라에 한해선 그 누구의 눈치도 보지 않는 그를 보면서.

'이번에도 봐.'

바빠서 아카데미도 나오지 못하는 그녀에게 혹 피해라도 줄까, 단 한 번도 찾아가지 않은 자신과 달리 아르시안은…….

"하아."

페트로의 입에서 긴 한숨이 흘러나왔다.

이미 책 읽는 것에 푹 빠져 있는 카밀라를 보며 페트로의 입가에 다시 씁쓸한 미소가 걸린다.

"흐음."
그렇게 얼마의 시간이 지났을까. 읽은 책이 옆으로 수북이 쌓여 갈수록 카밀라의 표정은 점점 심각해져 갔다.
'아무래도 이거, 맞는 것 같은데?'
제노가 한 말이 괜한 말이 아니었다. 자신이 그동안 보고 듣고 겪은 적들의 모습과 책에 언급하고 있는 에바교인들의 모습은 일치하는 점들이 너무도 많았다.
'무엇보다 이거.'
책에 적힌 한 구절에서 눈을 뗄 수가 없었다.

「에바교를 따르는 이들 모두 영혼을 뺏긴 자들이다.」

'영혼을 뺏긴 자.'
이단에 빠져 정신이 타락했다는 의미일 수도 있지만 카밀라가 보기에는 말 그대로의 뜻으로 받아들여졌다.
'게다가 이건 도저히 아니라고 할 수 없을 것 같은데?'
에바교가 포교로 내세운 게 바로 '영원한 생명'이었다. 에바교를 믿고 따르면 절대 죽지 않는다는 감언이설로 사람들을 끌어모았다는 내용을 보며 카밀라는 확신을 가질 수밖에 없었다.
어떻게 영원한 생명을 얻는 건지는 자세히 나와 있지 않았다. 하긴, 알릴 수 없었겠지.
'사람을 제물로 써야 하니까.'

그들이 아이들, 혹은 가난한 사람들을 제물로 썼다는 그 사실은 뒤늦게 알려졌다. 이후 마르스를 중심으로 에바교를 몰아낸 것이고.

육신을 차지하기 위한 제물.

"하."

카밀라는 저도 모르게 허탈한 웃음을 터트렸다.

마르스가 수호의 검을 들고 세상을 구했을 때 사람들은 에바교가 완전히 세상에서 사라졌다고 확신했다.

'사라지긴 개뿔.'

어째서 다들 확신했던 거지?

도저히 이해가 가지 않았다. 전멸은 고사하고 제국의 황제가 현재 그 교에 속해 있을 정도로 널리 퍼져 있거늘. 그것으로도 모자라서 이젠 황비까지 그들에게 영혼을 뺏긴 상태다.

'신전 사람들 중에도 에바교인들이 있는 것 같고.'

그것도 수뇌부 중에 말이야. 그게 아니고서야 에바교의 성물이 그리 쉽게 유통되고 있을 리가 없다.

'아니, 어떻게?'

세상에서 사라졌다는 종교가 이렇게나 여기저기 깊게 퍼져 갈 동안 어떻게 아무도 모를 수가 있지? 애초에 황제 자리를 그토록 오랜 시간 한 영혼이 차지하고 있다는 것이 말이 되나?

'그래, 말이 안 되지.'

그자에게 몸을 뺏긴 영혼들의 수를 보면 대충 언제부터 그가 황제의 자리에 있었던 것인지 짐작할 수 있었다. 요리 보고 저리 봐도 평범한 신도 수준이 아니다.

어쩌면, 어쩌면 그가······.
"진짜 미치겠네."
그가 에바교의 중심인 건 아닐까?
너무 나갔나 싶긴 하지만 그 외에는 설명할 방법이 없다. 황제 자리에 아무나 앉혀 놨을 리도 없을뿐더러, 그에게 묶여 있는 영혼의 수도 어마어마하지 않은가.
'에바교라니.'
정체를 알아낸 걸 좋아해야 하는 건지, 슬퍼해야 하는 건지.
솔직히 현실감이 훅 떨어졌다. 역사서에나 언급되는 사이비 종교의 교주가 내 주변에 알짱거리고 있다고?
'이걸 지금 나보고 받아들이라는 거야?'
수백 명을 죽인 살인범이 옆집에 산다는 소리를 들은 것보다 더 황당하다.
"카밀라? 괜찮아요?"
그녀가 넋을 놓고 허허거리며 웃자 페트로가 걱정스레 물었다.
무슨 책을 봤기에 갑자기 저러는 걸까?
"저, 냉수 한 잔만 주시겠어요?"
냉수 먹고 정신 좀 차려야 할 것 같다. 속도 바짝바짝 타는 것 같고. 지금 아무 생각도 할 수가 없었다.
"잠시만요."
페트로는 다급히 서재를 나섰다. 시종을 부르지 않고 자기가 직접 간 것이다.
그 모습을 멍하니 바라보던 카밀라는 다시 책으로 시선을 돌렸다. 이렇게 뚫어져라 본다고 책 내용이 바뀌는 것도 아닌데, 도저히 눈을 뗄 수 없었다.

"제노."

한참 후에야 카밀라는 자신의 옆에 서 있는 그를 조용히 불렀다.

"아무래도 맞는 것 같아요."

[흐음.]

그녀를 따라온 제노 역시 카밀라가 본 책 내용을 대충 훑어본 듯 표정에서 평소의 느긋함이 완전히 사라져 있었다.

[아무래도 이건 너 혼자서 감당할 수 있는 일이 아닌 것 같은데.]

"제 생각도 그래요."

그들이 정말 에바교라면 혼자 끙끙 앓고 있을 일이 아니다. 한때 제국 전체를 집어삼켰던 그 에바교이지 않은가.

'그저 피하려고만 했는데.'

라니아 사건 때도 그렇고 지금껏 여러 일을 겪으며 그녀가 한 생각은 단 하나였다.

어떻게든 깊게 엮이지 말자! 그래야 안전하다! 내 주변 사람들만 피해 안 보면 된다!

남들? 내가 알 게 뭐야!

'하지만 상대가 에바교라면?'

내가 눈감고 피한다고 단순히 지나갈 일이 아니지 않은가. 심지어 코앞에서 저리 설치고 있는데 말이다.

이제 더 이상 모른 척, 사람들에게 무조건 감추고 숨기는 것만이 능사가 아니라는 걸 깨달았다.

"하지만 어떻게?"

[뭐가?]

"제 말을 믿어 줄 사람이 있을까요?"

다른 이도 아닌 제국의 황제다. 그를 가리키며 '저 사람은 겉만 인간이고 안에는 몇백 년 전에 죽었어야 할 귀신이 들어가 있어요!'라고 주장할 경우, 과연 이를 믿어 주는 사람이 있을까? 당장 반역으로 몰려 목이 댕강 잘리지나 않으면 다행이었다.

[너 성녀잖아.]

"진짜 성녀도 아닌걸요."

성녀… 그래, 생각을 안 해 본 것도 아니다.

상대가 에바교라는 사실을 몰랐을 때도 가짜 성물과 영혼을 뺏긴 황제에 대해 주변 사람들에게 말해 보려고 했었다. 방법은 늘 하던 대로 성녀인 척, 계시를 받은 척하는 걸로.

그런데 말이야.

"가짜인 거 걸리면요?"

여기서도 상대가 문제다. 다시 말하지만, 자신이 적으로 돌리려는 이가 바로 이곳 제국의 황제라는 거!

"절대 인정하지 않을걸요."

그 긴 세월을 황제로 산 인간… 아니, 괴물이다. 고작 말 한마디에 자신의 정체를 드러낼 이가 절대 아니라는 거지.

막말로 소르펠가나 나를 아니꼽게 여기는 이들이 황제의 편을 들며 오히려 나를 압박한다면? 내가 신전에다 넘긴 심판의 검을 갖고 와 들이밀면서 진짜 성녀인지 아닌지 증명해 보라고 하면 어쩔 건데? 그것부터 증명해 보라고 하면 어쩔 거냐고.

'절대 못 하지!'

난 그렇게 죽기 싫어!

사제 귀신이 몸에 들어오면 되지 않느냐고?

'검이 그걸 받아들일지 어떻게 알고?'

어쨌든 그것 또한 일종의 속임수이고 거짓이지 않은가. 미리 시험해 볼 수 있는 일도 아니고, 그딴 것에 소중한 목숨을 걸라는 거야?

내가 미쳤니? 그냥 모든 걸 다 때려치우고 도망치고 말지.

"뭔가 좋은 방법이 없을까요?"

자연스럽게 에바교의 행적을 사람들에게 알리면서도 안전할 방법이. 남에게 넘기고 뒤로 쏙 빠질 수 있다면 더 좋고!

[전에 가짜 성물에 대해 알아본다고 하지 않았어?]

"제이너에게 의뢰는 해 뒀는데 아직 답이 없어요."

황실이 안 되면 붉은 성물을 팔고 있는 신전 쪽이라도 먼저 파 보려고 했다.

교황이 붉은 성물을 목에 걸고 있는 걸 보면 그는 에바교와 관련이 없다는 뜻이겠지? 몸을 뺏길 걸 알면서도 차고 있지는 않을 테니 말이다.

'그렇다고 가서 대놓고 물어볼 수도 없고.'

나 때문에 교황직까지 내려놓으려고 준비 중인 사람이 정보 따위 줄 리가 없잖아.

영혼을 뺏는 성물을 신전에서 팔게 된 경위를 쫓다 보면 그 끝에 뭔가 제대로 된 실체가 있을 거라 확신했다. 하지만 이것 역시 쉽지가 않았다. 황실 못지않게 신전 또한 외부와의 벽이 무척 높고, 제 식구 감싸기가 심한 곳이라 정보를 얻기가 녹록지 않았다.

"그래도 칸이라면 가능할 줄 알았는데."

그런데 아직까지 제이너에게서 아무런 답이 없었다.

'뭐지?'

뭐 알아낸 게 없냐는 질문에 아무 말 없이 어깨만 으쓱하며 조용히 웃는 모습이 영 수상했다.

"음?"

그렇게 머리를 싸매고 끙끙거리는 카밀라의 눈에 순간 미처 읽지 못한 내용 하나가 들어왔다.

「*진실의 거울. 그건 일반인들 속에 깊이 숨어든 에바교인들을 찾아낼 수 있는 유일한 것이었다.*」

"진실의 거울?"

꼭 옛날 예능 프로그램 같은 이름에 카밀라는 미간을 찌푸렸다. 하지만 그 안에 담긴 내용은 결코 가볍지 않았다. 아니, 아주 솔깃했다.

"에바교인을 찾아냈다고?"

혹 에바교에 속한 이들을 거울에 비추면 몸에 깃든 다른 영혼이 보이기라도 하는 건가?

'아니면 그들 곁에 붙어 있는 영혼이 보이거나?'

이름에서 딱 느낌이 오잖아! 그럴 가능성이 가장 큰 것 같은데? 아냐?

"뭐 더 없나?"

카밀라는 급히 다른 책들도 살피기 시작했다. 하지만 진실의 거울에 대한 언급은 더 이상 없었다. 진실의 거울 앞에서 에바교인들 모두 몸을 감추기 바빴다는 구절 정도만 몇 군데 더 적혀 있을 뿐이었다.

"아, 진짜!"

이건 아니지!

"어떻게 생겼는지 그림이라도 있어야 할 거 아냐!"

이게 있으면 황제나 황비가 이미 몸을 뺏긴 상태라는 걸 증명하기 아주 쉬울 것 같은데.

어떻게 찾지? 책에도 자세히 적혀 있지 않으니.

"너무 오래전 일이라……."

몇백 년이나 흐른 일이다. 이때의 일을 정확히 아는 자를 찾는 건 거의 불가능한 일이겠지?

'그 시대를 아는 귀신조차 없을 것 같은데.'

그나마 오래 세상을 떠돈 제노나 사제 귀신 아레나조차 그때보다 후의 인물들이다.

"하아."

뭔가 상대에 대해 깊게 알아 갈수록 점점 더 막막한 기분이 들었다. 모르는 게 약이라는 말이 이렇게 뼈저리게 와닿을 수가!

'나도 모르고 싶다! 진짜로!'

그렇게 소리 없는 한탄을 한참 동안 쏟아 내던 카밀라는 다시 새로운 정보를 얻기 위해 책을 파고 또 파기 시작했다.

"여기까진 어쩐 일이십니까."

신관 다니엘은 뜻밖의 인물의 갑작스러운 방문에 의아함을 느꼈다. 저번에 카밀라와 함께 자신을 찾았던 제이너가 독대를 청해 왔기 때문이다.

'특별히 친분이 없거늘.'

그날도 제대로 대화 한번 하지 않았었다. 교단에 뭔가 볼일이 있다면 다른 이를 찾아도 됐을 텐데, 굳이 자신을 지명한 이유가 뭘까?

"갑작스러운 방문에도 반겨 주셔서 감사합니다."

제이너는 카밀라가 늘 치를 떠는 선한 가면을 완벽히 쓴 채 정중한 모습으로 말문을 열었다.

"오히려 이렇게 찾아 주셔서 제가 더 감사하지요."

다니엘 역시 마찬가지였다. 속이야 의문으로 가득 찼지만 반가움이 가득한 눈빛으로 말을 이어 나갔다.

"주신께선 늘 새로운 만남을 기다리신답니다."

다니엘의 말에 제이너의 미소가 더욱 짙어졌다. 하지만 아마 이 자리에 카밀라가 있었다면 기겁을 했을 것이다. 방금 지은 제이너의 미소가 어떤 의미인지 그녀만이 정확히 알고 있으니까.

누군가를 죽이고 싶을 때 짓는 미소라는 걸.

"주신께서 정말 저를 반기실까요?"

"당연하지요. 왜 그런 말씀을 하십니까? 혹 뭔가 마음에 걸리시는 거라도 있으신지요. 고해성사를 원하신다면 들어 드리겠-"

"신관님께선 주신을 믿으십니까?"

너무도 형식적인 말에 제이너는 짧게 혀를 차며 그의 말을 바로 끊었다.

"무슨 말씀이신지."

인자한 미소를 짓고 있던 다니엘은 그제야 뭔가 이상함을 느끼곤 멈칫했다. 신관에게 주신을 믿느냐니?

"그냥 좀 궁금해서요."

"오해를 살 수 있는 말씀은 조심하시는 게 좋습니다."

가볍게 고개를 내저은 다니엘은 나무라듯 말을 이었다. 일종의 경고이기도 했다. 말을 함부로 하지 말라는.

"이단으로 몰리는 것만큼 고단하고 괴로운 일은 없지요."

"그런가요?"

빙그레 웃은 제이너가 품에서 무언가를 꺼내 탁자 위에 내려놓았다.

"그럼 진짜 이단이 이단으로 몰리는 건 상관없겠죠?"

그건 투명한 액체가 담긴 작은 병이었다. 그 병을 본 다니엘의 얼굴에서 웃음기가 서서히 사라졌다.

"이게 뭔지 아시겠습니까?"

"…글쎄요."

한 박자 늦은 대답이 흘러나왔다.

"이번에 오를레앙 자작이 썼던 그 액체입니다."

사람 몸을 석상으로 만들었던 그 액체 말이다.

제이너가 이 액체를 다니엘 앞에 꺼낸 이유는 하나였다.

"일반인도 아닌 신을 따르는 자가 이런 액체를 다른 이에게 줘서 죄를 저지르게 했다면 그건 이단으로 몰려도 억울할 일은 아니겠죠?"

그 말을 끝으로 잠시 앞에 앉아 있는 다니엘의 표정을 살피던 제이너는 곧 천천히 말을 이었다.

"이 액체, 다니엘 신관님께서 오를레앙 자작에게 주셨다고 들었습니다."

"뭔가 큰 오해가 있으신 듯합니다."

"오해라."

다시 입가에 미소를 머금은 제이너의 얼굴에선 더 이상 선함과 예의 따윈 찾아볼 수 없었다.

"면죄부를 팔자는 말을 처음 꺼낸 것도 다니엘 신관님인 것으로 아는데, 이 또한 오해입니까?"

"…면죄부요? 그게 뭡니까?"

아주 잠깐 멈칫하긴 했지만 다니엘은 제이너가 무슨 말을 하는 것인지 전혀 모르겠다는 듯 천연덕스럽게 고개까지 갸웃거렸다.

"신전에서 그런 것을 사람들에게 팔고 있다고요?"

"알수록 재미있는 분이시더군요."

짧게 웃음을 터트린 제이너는 그런 다니엘의 반응을 이미 예상이라도 한 듯 그저 덤덤히 말을 이어 나갈 뿐이었다.

"제가 재미있는 사람을 참 좋아합니다. 그래서 어지간하면 그냥 넘어가 주려고 했습니다만……."

처음 시작은 오를레앙 자작이 쓴 이 액체였다. 그냥 개인적인 호기심이었다. 일반인들에게 잘 알려져 있지 않은 이 액체를 그가 어떻게 알고 구했을까?

반복되는 삶에서 오를레앙 자작과 얽힌 적은 단 한 번도 없었다. 아이를 잃은 부모의 의뢰를 받지 않았으니까. 딱 봐도 재미가 없어 보였거든.

사람을 납치해 살인하고 버리는 이들이야 세상에 널리고 널렸거늘, 굳이? 뭐, 기억은 잘 나지 않지만 몇 번 부하에게 떠넘겼던 적은 있었던 것 같다.

'그런데 이번 삶에선 왜 맡았냐고?'

카밀라가 의외로 애들에겐 약하다련 말이지. 혹 애들을 죽인 놈을 처리하고 살아 있는 아이들을 구해 내면 칭찬이라도 해 줄까 싶었다.

어쨌든 그렇게 오를레앙 자작의 행적을 쫓던 제이너… 아니, 칸의 주인은 의외의 인물과 마주할 수 있었다.

신관 다니엘.

모처럼 아주 즐겁게 조사를 했다. 파면 팔수록 새로운 것들이 샘물처럼 터져 나오는 그에게 점점 흥미가 생겼다.

"쟈비엘라 황비님과도 아는 사이시더군요."

황실까지 손이 뻗어 있다는 사실에는 정말 놀랐다. 쟈비엘라 황비가 그동안 꾸민 일에 역시나 다니엘이 깊이 관여되어 있다는 사실을 알았을 땐 다시 한번 그의 정체에 의문을 품었다. 대체 뭐 하는 사람이지?

"쟈비엘라 님은 가끔 심신이 지치셨을 때 기도를 부탁하시곤 해서 제가 찾아뵙고 있습니다. 이 액체와 면죄부는 무슨 말씀이신지 잘 모르겠군요."

"그런가요?"

이번에도 역시 다니엘은 정말 아무것도 모르겠다는 듯 덤덤히 말을 이었다. 오히려 이런 오해를 하는 게 무척 안타까운지 제이너를 안쓰럽게 바라봤다.

그런 그를 보며 제이너의 입가에 사람 좋아 보이는 미소가 다시 걸렸다.

"그런데 그게 끝이 아니던데?"

성물, 그 붉은 성물 말이다. 카밀라가 부탁해서 그 성물에 대해 조사를 시작했는데 신기하게도 그 끝에도 역시 다니엘 신관이 있었다.

그 성물이 정확히 뭔지는 모르겠지만 카밀라의 반응을 보아 그다지 이로운 물건이 아닌 건 알 수 있었다. 그런 물건을 신전에 넘겨 팔게 한 이 역시 다니엘이라는 사실에 그는 한동안 웃음을 감추지 못했다.

물론 석상을 만드는 액체나 성물에 관련된 모든 것을 교묘하게 수많은 이들과 엮어 본인은 철저히 뒤로 빠져 있었다. 하지만 마음먹고 조사를 시작한 칸의 눈을 완전히 피하는 건 불가능했다.

'절대 단순한 신관이 절대 아니야.'

그런데 무척 아쉽게도 그가 알아낸 건 거기까지였다. 그가 가면을 벗고 다니엘을 이렇게 직접 찾아와 건드리고 있는 이유가 여기에 있었다.

'마치 안개가 낀 것 같아.'

그를 쫓던 제이너는 뭔가에 가로막힌 것처럼 일정 부분에서 더 나아갈 수가 없었다. 분명 뒤에 뭔가 더 있는 건 알겠는데, 그걸 도저히 알아낼 수가 없다는 게 신기할 지경이었다.

그래서 결국 직접 그를 건드려 보기로 한 것이다. 자신이 먼저 정체를 드러내면서 아는 척을 하면 그 또한 뭔가 반응을 할 테니까.

그게 자신을 위험에 빠트리는 일이 될지도 모르지만, 상관없었다. 언제부터 그딴 거에 신경을 썼다고.

'그리고…….'

그가 이곳을 찾은 또 한 가지 이유.

"그대가 누구든, 무슨 짓을 하든 전 별 상관 없습니다."

오히려 이 지긋지긋한 삶에, 수도 없이 같은 일만 반복된 자신의 삶에 특별한 사건을 만들어 준다면 오히려 감사할 지경이다.

'뭐, 지금은 상황이 좀 달라졌지만.'

요즘에야 카밀라, 그녀 덕에 지루할 틈이 딱히 없어서 말이다.

"당신에 의해 누가 죽든 말든 더더욱 상관없고."

다니엘 신관의 목적이 뭔지는 모르겠지만, 그가 건드리는 이들 중에 최근 눈에 거슬리는 이들이 포함되어 있다면 도움을 줄 용의까지 있었다.

'물론 그녀는 절대 몰라야 하겠지.'

카밀라가 의뢰를 했음에도, 아직 성물을 유통한 이가 다니엘이라는 사실은 그녀에게 알리지 않았다. 솔직히 알려 주고 싶지 않았다.

'뭔가 아주 위험한 냄새가 나서 말이야.'

이건 오랫동안 같은 삶을 살아온 이의 감이다.

아주 지독한 악취가 난다. 그것도 지금껏 한 번도 맡아 보지 못한 섬뜩한 악취가.

그렇기 때문에 웬만하면 그녀가 끼어들지 않았으면 한다.

"다만, 카밀라."

"……."

"그녀 곁을 자꾸 알짱거리는 건 용납하지 않을 생각이어서."

악취는 우리끼리 피우자고.

이렇게 찾아온 것도 그에 대한 정보를 캐는 것 외에 그녀에게 향한 시선을 자신에게 돌리기 위해서이기도 했다.

"다시 말씀드리지만, 에스크라 공자님께서 뭔가 크게 오해를 하고 계십니다."

"거참, 오해든 뭐든 상관없다니까."

마지막으로 픽 웃은 제이너는 바로 자리에서 일어섰다.

"말귀 못 알아들으시나?"

그의 목소리가 한층 낮아졌다.

"그쪽이 뭔 짓을 하든 상관없다고. 그녀만 건드리지 않는다면 말이야."

"…대체 무슨 말씀이신지."

"그러게요. 무슨 말일까요?"

이번에도 역시 한 박자 반응이 늦었지만, 신관 다니엘은 끝까지 여유와 미소를 지우지 않았다. 그런 그를 보며 제이너 역시 어느새 처음의 예의 바른 모습으로 돌아와 있었다.

"다음에는 회개 헌금을 들고 찾아뵙겠습니다."

제이너는 정중히 인사까지 건네며 말을 이었다.

"제가 회개할 일이 참 많아서요."

그의 눈매가 아주 곱게 휘었다.

"신의 사면이 실제로 있다면 저도 살 의향이 충분히 있는데, 정말 팔지 않는 겁니까?"

"……."

"금액은 상관없는데 말이죠. 달라는 대로 얼마든지 줄 수 있습니다만… 무척 아쉽네요."

"…다음에 또 뵙겠습니다."

다니엘이 건네는 인사를 받으며 제이너는 유유히 그 자리를 떠나갔다. 마지막으로 환한 미소를 날려 주면서 말이다.

"……."

문이 천천히 닫히고 그렇게 제이너의 모습이 완전히 사라지자 다니엘의 얼굴이 급속도로 냉랭해졌다.

"진."

잠시 후 그의 나직한 부름에 한 사람이 모습을 드러냈다. 이십 대 초반으로 보이는 남자였다.

"저자에 대해 알아봐라."

진이라 불린 남자는 가볍게 고개를 끄덕인 후 순식간에 모습을 감췄다.

그렇게 다시 홀로 남겨진 다니엘은 제이너가 사라진 곳을 뚫어져라 응시하며 한동안 아무런 움직임을 보이지 않았다.

※

"왔어?"

카페에서 일을 보고 있던 카밀라는 어느새 눈앞에 서 있는 사신 하벨을 향해 반갑게 손을 흔들어 줬다.

"여기 앉아. 뭐 마실 거라도 줄까?"

오늘은 우리 카페가 깨끗한가? 걸레를 들고 안 설치네? 카밀라는 슬며시 웃으며 그에게 자리를 권했다.

"……."

하지만 하벨은 입을 꾹 다문 채 아무런 반응을 보이지 않았다. 그저 카밀라를 못마땅하게 바라볼 뿐이다.

'그놈 참, 눈빛하고는.'

평소보다 더 서늘한 눈빛을 한 그의 모습에 카밀라는 속으로 짧게 혀를 찼다. 도르만과 싸웠다더니 정말인가 보네?

'그런데 왜 나한테 화를 내는 것 같지?'

내가 뭘 어쨌다고? 싸운 건 자기들이면서?

"왜 싸운 건데?"

"난 네가 정말 싫다."

"응, 그래서 왜 싸웠냐니까?"

"너무너무 싫다!"

"알았다니까."

뭘 그리 강조하니? 나도 너 별로 안 좋아해. 내가 그런 말 어디 하루 이틀 들은 줄 아니? 웃겨.

'누구 덕에 평생을 저주 어린 말만 듣고 산 나야.'

연예계 생활할 때도 나 싫다는 애들 널리고 널렸었거든, 왜 이래?

'네 녀석이 아르시안도 아니고.'

그런 말 듣는다고 내가 타격이라도 입을 것 같…….

'여기서 아르시안이 왜 나와?'

카밀라는 순간 자신이 무슨 생각을 했는지 깨닫고 허탈한 웃음을 터트렸다.

"날 부른 이유나 말해라."

그러다 다시 들리는 하벨의 음성에 멍청해졌던 표정을 급히 갈

무리했다.

"싫다면서 부른다고 또 와 주긴 했네?"

"…간다."

"알았어! 앉아, 앉아!"

역시 아무리 싸워도 도르만이 오라니까 오는구나?

카밀라는 자신과 대화를 나누는 사이에도 연신 시선을 옆으로 흘리는 하벨의 모습에 가볍게 고개를 저었다.

'엄마 오리한테 각인된 새끼 오리도 아니고.'

하벨의 시선이 닿는 그곳에 서빙 일을 돕고 있는 도르만이 있었다. 저럴 거면 가서 인사라도 건네든가.

"왜 싸웠냐니까?"

카밀라는 재차 같은 질문을 던졌다.

'도르만 녀석에게 물어봐도 그냥 웃기만 하니.'

아무리 생각해도 둘 사이에 싸움이 될 만한 일이 전혀 없었다. 도르만이 죽으라고 하면 시늉이 아니라 진짜로 죽을 녀석이잖아. 그것도 1초의 망설임도 없이.

'지금도 봐라.'

도르만의 눈치만 살살 보며 어쩔 줄 몰라 하는 저 모습을. 저런데 어떻게 싸움이 되냔 말이지.

"그런 적 없다."

"도르만이 싸웠다던데."

"그래, 싸웠다."

"방금까지 싸운 적 없다며!"

"도르만 님이 싸웠다잖아. 그럼 그런 거다."

"…아, 네."

말을 말자. 가볍게 고개를 내저은 카밀라는 그를 부른 용건이나 빨리 해결하기로 했다.

"황궁에 쟈비엘라 황비의 몸을 차지한 영혼이 있어."

"쟈비엘라 황비?"

"그 몸을 차지한 이의 진명을 알고 싶어."

카밀라는 자신이 본 상황을 좀 더 자세히 알려 줬다.

오늘 그를 부른 이유가 바로 이거다. 쟈비엘라 황비의 몸을 차지한 이의 진명을 알아내야 하는데, 하벨이라면 가능하겠지?

"알아보고 알려 주마."

사신들을 피해 요리조리 도망 다녔던 영혼을 찾았다고 해도, 담당자에게 알리고 절차를 다시 밟는 과정이 제법 까다롭단다.

"최대한 빨리 부탁해."

그래도 도망친 영혼의 위치를 정확히 알려 줬으니 생각보다는 빨리 알 수 있다고는 하는데, 그게 언제가 될지.

'진명을 알면…….'

다른 사람들이 보는 앞에서 외쳐 볼까? 그럼 라니아 때처럼 쟈비엘라 황비 역시 온몸이 썩어 사라지려나?

'아닌가?'

다 그런 게 아니면 어떡해? 그럼 곤란한데? 오히려 내가 괴이한 수를 써서 황비를 죽게 한 걸로 오해할 수도 있잖아!

"하아."

역시 답은 진실의 거울뿐인가.

"혹시 말이야."

카밀라는 하벨을 본 김에 요즘 계속 머리를 싸매고 고민 중인 일을 더 물어보기로 했다. 사신이자 제법 오랫동안 세상을 떠돈 존재인 그라면 혹 알고 있는 게 있을지도 모르니까.

"진실의 거울이라고 알아?"

쨍그랑.

"음?"

그런데 그 순간 뭔가 깨지는 소리가 들려왔다.

"뭐야?"

고개를 돌리니 깨진 컵 조각이 바닥 여기저기에 흩어져 있었다. 그 중심에 서 있는 이는 바로 도르만이었다.

벌떡!

하벨이 순식간에 그곳으로 달려가 대신 깨진 조각을 치우기 시작했다. 하여튼, 도르만과 연관되면 행동 하나는 빠르다니까.

"죄송합니다. 다치진 않으셨나요?"

"네, 괜찮아요."

깨진 컵 주변에 앉아 있는 손님들에게 도르만이 정중히 고개를 숙였다.

"서비스로 마카롱 좀 가져다드리겠습니다."

"어머! 고마워요."

저 녀석 보게? 화도 못 내게 미소를 마구 날리네?

그리고 누구 마음대로 서비스야? 그거 네 월급에서 깔 거다.

'그런데 좀 이상하네.'

저런 엉성한 실수를 할 녀석이 아닌데?

평소 보이는 어벙한 모습과 달리 신체 반응이 무척 좋은 녀석이

다. 전에 자신이 실수로 떨어트릴 뻔한 포크를 순식간에 낚아챈 적이 있을 정도로.

집에 손님이 왔을 땐 한 번에 수십 개의 컵을 자연스럽게 들고 나르던 모습도 종종 보았었다. 그 모습에 옳다구나 카페로 데려왔거늘.

'그런 녀석이 고작 컵 두 개를 옮기다 깼다고?'

순간 그와 눈이 마주쳤다.

'어쭈?'

그런데 그가 먼저 고개를 돌려 시선을 자연스럽게 피한다.

'뭐지?'

방금 뭔가 표정이 아주 묘했는데? 잘못 봤나?

"진실의 거울이라고 했나?"

잠시 후 하벨이 다시 자리로 돌아왔다.

"응, 혹시 알아?"

"처음 듣는다."

"그래?"

그나마 믿을 게 이 녀석이었는데 역시나 아는 게 없는 듯했다. 나중에 도르만에게도 물어보는 게 좋겠지?

"그게 뭔데 찾으려는 거냐."

"책에서 봤거든. 진실의 거울이 있-"

쨍그랑.

벌떡!

"진실의 거울이 뭐냐면-"

쨍그랑.

벌떡!

"진실… 너 그릇 한 번만 더 깨면 이번 달 월급 한 푼도 없을 줄 알아!"

하벨 너도 그만 좀 왔다 갔다 하고!

"그냥 내버려 둬. 깬 놈이 치우게."

아니면 아예 청소부로 우리 가게에 취직하든-

"제가 할 테니 나오십시오, 도르만 님!"

말이 채 끝나기도 전에 하벨이 빗자루를 쥐고 부리나케 달려갔다. 황당한 얼굴로 쳐다보고 있자니 오히려 뭐가 문제냐며 눈을 부릅뜨는 하벨의 모습에 카밀라는 살며시 고개를 저었다.

그래, 네 멋대로 해라.

'그건 그렇고…….'

쟤 진짜 왜 저러는 거야?

카밀라는 실수 연발인 도르만을 지그시 노려봤다.

"차 드세요."

"응."

"오늘도 수고 많으셨어요."

"응. 너는 그릇 깨느라 고생했고, 난 그거 치우느라 고생했지."

"…제가 깨트린 그릇은 하벨이 다 치웠는데요."

"이번 달 월급은 반만 주는 걸로."

"바, 반은 너무하세요."

울상을 짓는 도르만을 카밀라는 잠시 말없이 응시했다. 네가 그딴 표정 짓는다고 지금 이게 그냥 넘어갈 일이 아니거든.

"너 말이야."

"네."

"진실의 거울에 대해 아는 거 있지."

"…제가요?"

"잡아뗄 생각은 하지도 마. 내가 바보니? 너 아까 아주 대놓고 이상했거든. 알아봐 달라고 일부러 그런 거 아니었어?"

"……."

"뭔데? 그게 뭔데 자꾸 움찔움찔하는 건데."

 진실의 거울에 대해 말을 꺼내는 순간부터 도르만의 분위기가 묘하게 싸해졌다. 그걸 눈치채지 못할 정도로 둔하지 않았지만, 자리가 자리인지라 일단 넘어갔을 뿐이다.

"진실의 거울, 너 아는 거 있잖아."

 확신을 갖고 묻는 말에 결국 도르만이 짧은 한숨을 내쉰다.

"그건 갑자기 왜 찾으시는 겁니까?"

"너도 알잖아. 요즘 내 주변에서 일어나고 있는 일들 말이야. 아무래도 그것들, 에바교가 확실한 것 같거든."

"그런데 진실의 거울은 왜요?"

"그게 있어야 사람들이 내 말을 믿을 것 같아서. 책에서 보니 에바교인들을 그걸로 다 찾아냈……."

 잠깐만.

"야."

"네?"

 네? 네에?

 그래도 한때 영혼 관리자였다면서 이 덤덤한 반응은 뭐지? 마치

다 알고 있었던 것 같⋯⋯.

"너 또 이미 다 알고 있었던 거야?"

"⋯⋯."

시선 피하지 마, 피하지 마! 이 자식아!

"똑바로 말해!"

도르만의 입에서 결국 긴 한숨이 다시 흘러나왔다. 그런 그가 잠시 말없이 카밀라를 뚫어져라 바라봤다.

"또 뭔데?"

왜 답지 않게 분위기를 잡는 건데?

"너 대체 또 뭘 숨기고 있는 거야?"

도대체 왜 한 번에 쭉 다 말을 안 해 주는 거냐고!

친아버지에 대한 것도 그렇고, 제이너에 대한 것도 그렇고! 왜 먼저 말을 안 해 주는데, 왜!

"네가 사람 복장 터지는 꼴이 보고 싶어서 그러는 거지? 어?"

그 전에 꼭 너부터 죽이고 말 거야, 이 자식아! 안 그래도 제이너가 너 벼르고 있는 거 아니, 모르니?

"진실의 거울이 대체 뭐야?"

"진실의 거울은⋯⋯."

말을 꺼내던 그의 입이 다시 닫혔다.

카밀라는 그런 도르만을 더 이상 재촉하지 않았다. 그의 분위기가 확실히 뭔가 다르다는 걸 느끼며.

기분 탓일까? 그의 눈이 순간적으로 아련해지는 것 같기도 했다.

"사실 거울이 아닙니다."

"뭐?"

"사람들이 그냥 그렇게 비유를 했던 것이죠."

"그럼?"

"…사람입니다."

한참 후 이어진 도르만의 말에 카밀라의 눈이 그 어느 때보다 커졌다.

진실의 거울이, 물체가 아니라 사람이라고?

"그리고……."

카밀라가 질문을 다시 던지려는 순간 그의 입가에 씁쓸한 미소가 걸렸다.

"제 동생이 바로 진실의 거울이었습니다."

혼자만의 가족

"카밀라 언니 많이 피곤했나 봐요."
"그러게요."
라일라와 엘리샤는 나무 그늘 아래 잠들어 있는 카밀라를 보며 옅은 미소를 지었다.
"밤에 제대로 잠을 못 잔 걸까요?"
걱정을 하면서도 그녀들의 손에 똑같은 물건이 하나씩 들려 있었다. 바로 영상 구슬이다. 한순간도 놓치지 않겠다는 듯 영상 구슬을 움직이는 손길이 아주 현란하다.
"라일라 언니, 우리끼리 있을 땐 말 놓으라니까요."
"그래도 제가 어떻게 공녀님께……."
"카밀라 언니하고는 편하게 말 놓으시잖아요."
"그거야 친구니까요."
"와, 저 서운해요."
엘리샤가 대번에 울먹이는 표정을 지었다.

"저랑은 친구 하기 싫으신 거예요?"

"아, 아뇨! 그게 아니라······."

"그러니 말 놓으세요."

"하지만······."

라일라는 난처한 듯 어색한 미소를 흘렸다. 카밀라야 아주 어릴 때 함께했던 인연이 있었기에 편히 말을 놓은 거지만 엘리샤는 아직 좀 어려웠다.

'참 귀여우시긴 한데.'

처음에는 좀 새초롬한 성격인가 했는데, 취미가 같아서일까? 영상 인쇄소에서 만난 이후 아주 빠르게 친해졌다. 카밀라뿐만 아니라 자신에게까지 언니, 언니 하며 친근하게 구는 게, 어여쁜 동생이 하나 생긴 것 같긴 하다.

하지만 공녀라는 신분이 아직은 좀······.

"자기가 말 놓으라잖아."

그런 두 사람의 대화에 조금은 까칠한 음성이 끼어들었다. 바로 쥬엘라였다.

"뭘 그렇게 어려워해? 나처럼 편히 놔."

카밀라와 이런저런 일로 자주 만나다 보니 그녀 역시 라일라, 엘리샤와 함께하는 시간이 많아졌다. 어느새 방과 후에 이곳, 정령의 호수에 모이는 게 일상이 되어 버렸다.

"그쪽은 말 놓는 거 허락한 적 없거든요."

"차별이니?"

"당연하죠!"

엘리샤가 허리에 손을 척 올리며 눈을 부릅떴다.

"당신, 우리 언니 엄청 괴롭혔잖아요! 내가 아직도 기억해! 파티장에서 카밀라 언니 머리채 잡던 거!"

"네 얘기 하는 거니?"

그 자리에 너도 있었던 건 기억 못 하나 보지? 재미있어 죽겠다고 가장 크게 깔깔 웃었으면서.

"그……."

순간 할 말이 없어진 엘리샤는 입을 연신 삐죽였다.

'아우! 짜증 나!'

저 여자, 정말 마음에 안 든다니까! 매번 맞는 말만 해서 더 짜증 난다.

'저 냉랭한 표정도 마음에 안 들고!'

자신이 아무리 무안을 줘도 별다른 반응을 하지 않는 것도 얄미웠다.

'저 봐, 저 봐.'

노려보든 말든 제 알 바 아니라는 표정으로 코웃음만 치는 거! 너는 실컷 떠들어라, 나는 듣고 흘려보낼 테니, 라는 생각을 감추려고도 하지 않고 있지 않은가!

"카밀라 언니는 왜 저 여자랑 갑자기 가까워진 거래요?"

"다시 말하지만 네 얘기 하는 거니?"

"아, 진짜!"

"조용히 좀 하지? 얘 자는데."

"으윽!"

엘리샤는 볼을 잔뜩 부풀렸다. 한바탕 큰소리를 치고 싶은 마음이 굴뚝같았지만, 자고 있는 카밀라를 보곤 스르륵 화를 풀었다.

"카밀라 언니를 봐서 참는 줄 알아요!"

새침한 얼굴로 쏘아붙인 엘리샤는 두 사람의 다툼을 멀뚱멀뚱 구경하고 있던 라일라를 향해 몸을 틀었다.

"라일라 언니, 그거 들고 왔어요?"

"네, 엘리샤 님도 가지고 오셨죠?"

"물론이죠!"

두 사람은 곧 자신들이 들고 온 뭔가를 바닥에다 쫙 깔았다. 영상 구슬 인쇄물이었다.

물론 그 주인공은 당연히 카밀라였다. 두 사람은 힐끔 카밀라가 잠든 걸 한 번 더 확실히 확인한 뒤 본격적으로 인쇄물을 평가하기 시작했다.

전에 한번 카밀라에게 영상 인쇄물을 걸려 엄청 혼이 났었다. 평소처럼 허락을 받고 찍은 것인데도 갑자기 얼굴을 찌푸려서 정말 깜짝 놀랐지.

'뭐야? 이거 다 뭐냐고!'

'카, 카밀라? 그게…….'

'언니, 저희가 뭔가 실수라도―'

'잘 나온 것만 뽑아야지! 이건 구도가 이상하잖아! 이것도! 이게 나야? 이런 게 나라고? 너희들, 덕질의 기본이 안 되어 있잖아!'

덕질? 그건 또 뭔데?

뭔가 화내는 포인트가 이상했지만, 어쨌든 실력이 늘기 전까지는 인쇄물을 뽑는 걸 최대한 자제하기로 했다. 그리고 자제한 게 이 정도다.

"이거 진짜 잘 나왔죠?"

"웅, 웅! 그거 저도 인쇄해 주세요."

"어머! 이건 어디서 찍은 거예요?"

"저번에 저희 집에 오셨을 때요. 같이 차 마셨거든요."

"정말요? 진짜 좋았겠다."

"언니는 이거 카페에서 찍은 거예요?"

"네, 카밀라가 직접 쿠키를 구웠는데 엄청 맛있었어요!"

"아! 저도 카밀라 언니가 만든 쿠키 먹고 싶었는데! 카밀라 언니, 요리 엄청 잘한다면서요? 대체 못 하는 게 뭐야!"

"다음에 카밀라가 또 만들어 주면 제가 빼놓을게요."

그런 두 사람의 모습이 이미 익숙한 듯, 쥬엘라는 라일라가 들고 온 간식을 조용히 우물거렸다.

'쟤들은 정말 저러고 노는 게 재미있나?'

매일같이 카밀라의 곁에 딱 붙어 있으면서 저런 거에 왜 그렇게 열을 내는 건지 알 수가 없었다.

'흐음, 저건 잘 나왔네.'

저 인쇄물은 나도 뽑아 달라고 해야겠다.

어느새 쥬엘라 역시 두 사람 곁에서 사진을 구경하기 시작했다.

"이건 아르시안 님에게 드리면 좋아하시겠다."

"네? 누구요? 그걸 그 인간한테 왜 줘요?"

"아르시안 님도 카밀라 영상물 모으시거든요."

"말도 안 돼! 자기가 왜요? 이거 우리 오라버니 줄 거예요."

"…페트로 님이요?"

라일라의 미간이 가볍게 찌푸려졌다.

"페트로 님이 그걸 왜 가져요?"

"카밀라 언니랑 우리 오라버니, 잘 어울리지 않아요?"

"전혀요."

평소의 순한 모습과 전혀 다르게 단호한 라일라의 대답에 엘리샤는 순간 당황할 수밖에 없었다. 그녀는 라일라를 향해 더듬더듬 자신의 의견을 피력했다.

"왜, 왜요? 언니도 전에는 우리 오라버니 괜찮다고 했잖아요."

"그거야 그분에 대해 잘 몰랐을 때죠."

"아니, 우리 오라버니가 어때서요?"

"페트로 님은 절대 안 돼요. 이 여자, 저 여자한테 실실거리는 사람을 뭘 믿고 우리 카밀라한테 붙여요."

"시, 실실이라뇨! 우리 오라버니가 언제 그랬다고! 오히려 아르시안 세프라, 그 인간이야말로 절대 안 되죠! 그런 개차… 어쨌든 반대! 무조건 반대!"

"카밀라한테는 누구보다 다정하시거든요."

"우리 오라버니도 카밀라 언니한테 엄청 잘해요!"

"그게 문제라고요. 카밀라뿐만 아니라 아무한테나 다 잘하는 거! 그런 실실이… 어쨌든 절대 안 돼요."

"윽! 너무해!"

"있잖아."

두 사람의 대화를 조용히 듣고 있던 쥬엘라가 툭 한마디 거들었다. 저들이 언급하는 두 사람 말고도 얼마 전부터 카밀라 주변에 아주 열심히 알짱거리는 이가 한 명 더 있던데.

"에드센 황태자 전하는 어때?"
"그 인간은 절대 안 되죠!"
"그 인간은 절대 안 되죠!"
…고막 찢어지겠네.
언제 투닥거렸냐는 것처럼 두 사람이 동시에 소리를 빽 질렀다. 그러곤 그 인간에 대해선 더 언급할 가치도 없다는 듯 곧장 아르시안과 페트로를 두고 떠들기 시작했다.
언제 끝날지 모를 논쟁을 보다 못한 쥬엘라가 다시 조용히 끼어들었다.
"그런데 카밀라가 꼭 누군가와 사귀어야 하는 거야?"
"……."
"……."
"누구와 붙여 놔도 얘가 아깝지 않나?"
그 말에 두 사람이 동시에 멈칫했다. 서로를 잠시 말없이 바라보던 라일라와 엘리샤는 이내 뭔가 아주 큰 깨달음을 얻은 것처럼 눈을 반짝거렸다.
"맞아요. 굳이 개차… 그런 인간한테 우리 카밀라를 붙일 필요가 없죠."
"그러게요. 우리 오라버니처럼 아무한테나 실실거리는 사람한테 붙일 필요도 없고요."
"우리 이거나 마저 볼까요?"
"그래요."
짝!
손을 가볍게 마주친 라일라와 엘리샤는 언제 다퉜냐는 듯 다시

혼자만의 가족 — 55

영상 인쇄물을 평가하기 시작했다.
"세상에! 너무 귀엽지 않아요?"
"그러니까요! 이것도 보실래요? 제가 가장 아끼는……."
꺅꺅대는 두 사람을 보며 쥬엘라는 그저 입 안에 있는 간식을 조용히 우물거렸다. 뭐, 이랬던 게 하루 이틀도 아니있기에 이제 그러려니 했다.
"……."
"……."
한편 그런 세 여자의 대화를 한쪽에서 조용히 듣고 있는 이들이 있었으니.
"…죽일까?"
"내 동생이야. 저분들도 다 아는 얼굴이고."
"네가 그러니 실실이라고 불리는 거야."
"개차반은 입 닫으시지."
바로 아르시안과 페트로였다.
카밀라를 찾아왔던 두 사람은 그녀에게 가까이 다가가지도 못한 채 한참 동안 그렇게 멀뚱히 서 있어야만 했다.

※

"야, 너 왜 그래?"
"카밀라?"
모처럼 가족끼리 모여 차를 마시던 자리.
카밀라가 직접 우려낸 차를 마시기 위해 기다리던 루드빌과 라비, 소르펠 공작의 눈이 점점 커졌다.

"······!"

"야!"

아까부터 불안불안하더니 결국 일이 터졌다. 찻잔 밖으로 넘쳐흐른 물이 여전히 멍한 표정으로 물을 따르고 있는 카밀라를 향해 흘러내렸다.

"아!"

그제야 정신을 차린 그녀가 급히 자리에서 일어서려고 했지만 그보다 곁에 있던 루드빌의 행동이 더 빨랐다.

"괜찮니?"

"오라버니! 팔!"

루드빌이 흐르는 물을 팔로 막은 것이다. 찬물도 아니고 뜨거운 물을!

카밀라가 그런 그의 팔을 급히 살폈다.

"뭔 무식한 짓입니까."

짧게 혀를 찬 라비가 바로 마법을 시전해 루드빌의 팔을 식혔다.

"요즘 연애 소설에서도 이런 짓은 안 합니다. 촌스럽다고 욕먹는다고요."

검사가 팔을 함부로 굴리면 어쩌겠다는 거야.

다행히 화상은 입지 않은 걸 확인한 그가 한숨과 함께 고개를 가볍게 저었다. 평소에는 그렇게 냉정한 인간이 왜 카밀라만 엮이면 무작정 돌진부터 하고 보는 건지 모르겠다.

"이 녀석 생각보다 순발력 좋아요. 그냥 둬도 알아서 잘 피했을 텐데, 너무 오냐오냐하지 마세요. 버릇 나빠집니다."

"너도……."

"네?"

"너도 좀 나빠지면 안 되나."

"무슨……?"

"난 너도 버릇이 좀 나빠지면 좋겠는데."

마법으로 루드빌의 옷을 마저 말려 주던 라비의 눈이 살짝 커졌다.

"이런 건 너한테도 얼마든지 해 줄 수 있는데."

"지금 무슨 말을……."

내가 뭘 잘못 들었나?

"너도 내 동생이니까."

"……."

덤덤히 이어진 말에 라비의 눈빛이 쉴 새 없이 흔들렸다. 도대체 무슨 말을 하는 거야……!

얼굴을 살짝 붉힌 채 뭘 어째야 하나 당황하던 그는 결국 카밀라를 타깃으로 삼았다.

"야! 너, 정신을 어디다 팔고 있는 거야!"

"미안."

하지만 돌아온 카밀라의 반응에 라비는 이번에도 당황할 수밖에 없었다.

이게 아닌데? 이런 반응을 할 녀석이 절대 아닌데?

"너 어디 아프냐?"

"뭐래? 사과를 해 줘도 지……."

불만을 토하려던 카밀라는 소르펠 공작을 보며 꿀꺽 말을 삼

컸다.

"무슨 일 있니?"

소르펠 공작도 걱정스레 묻는다. 그 또한 아까부터 뭔가 넋이 나가 있는 그녀에게 신경을 쓰고 있던 차다.

"그냥 좀……."

카밀라의 입에서 짧은 한숨이 흘러나왔다.

요즘 한 가지 생각으로 다른 일을 제대로 하지 못하고 있었다. 밤에도 거의 잠을 못 자고 있는 상황이다.

눈만 감으면 떠오르는 그날 일 때문에.

'진실의 거울… 제 동생이 진실의 거울이었습니다.'

도르만의 이야기를 듣고 난 뒤부터 마음이 굉장히 심란했다. 전혀 예상치 못한 대답이었으니까.

진실의 거울이 사실 사람이라는 것도 놀라웠고, 도르만이 인간이었던 시절 그의 여동생이 진실의 거울이었다는 사실도 충격적이었다.

'동생이 진실의 거울이었다고?'

'네. 마르스, 그분을 가까이에서 도왔죠.'

'그럼 넌 처음부터 다 알고 있었던 거야? 라니아부터 시작해 제이빌런가를 공격한 이들이 에바교였던 거까지, 아니지, 사냥대회 때부터 알았겠네? 그 자리에 너도 있었잖아. 그 죽여도 죽지 않았던 이들 말이야.'

'네, 바로 알아봤죠.'
'그런데 나한테 한마디도 안 한 거고.'
'그, 그게… 인간사에 함부로 깊이 관여하면 페널티가 추가되어 복직하기 더 힘들어지거든요. 어쩔 수가 없었습니다.'
'그럼 지금은? 지금은 왜 말하는 건데?'
'하하, 글쎄요.'

그동안 자신이 이리저리 그들과 여러 사건으로 연결되는 걸 옆에서 다 지켜봤음에도 한마디도 하지 않은 사실에 살짝 열이 받긴 했다. 하지만 복직을 위해서였다고 하니 딱히 할 말이 없었다.
'그래, 복직 중요하지.'
난 누구 덕에 평생직장을 잃었지만 말이야.
'그래도 뭐, 사신의 피까지 묻혀 줬잖아?'
이리저리 나름 신경을 많이 써 준 걸 떠올리며 그냥 넘어가 주기로 했다. 물론 이제 와 갑자기 사실을 밝히는 게 좀 이상하긴 했지만 말이다.
그렇게 복직, 복직 노래를 부르더니 갑자기 왜 마음이 바뀐 거지?
'내가 아무리 아는 거 다 불라고 밀어붙였지만.'
계속 모르쇠로 나가도 됐을 텐데?
어쨌든 그 후에 이어진 도르만의 얘기는 더더욱 화를 낼 수 없게 만들었다.

'저 역시 에바교인들에게 몸을 뺏겼었지요.'
'뭐?'

'제 동생 또한 결국 에바교인들에게 잡혀 죽었답니다. 심지어 영혼마저 소멸되어 사신에게 인도조차 받지 못했고요.'

사신이 된 뒤에 먼저 죽었던 동생에 대해 알아보니, 영혼조차 회수하지 못했다는 사실을 그때야 알게 되었단다.

'에바교는 진실의 거울이 두 번 다시 세상에 나오지 못하도록 아주 철저히 막았습니다.'
'어떻게?'
'진실의 거울이 세상에 태어날 때 그것을 알려 주는 성물… 아니, 기물을 그들이 가지고 있거든요.'
'기물?'

진실의 거울이 세상에 나타날 때마다 에바교에서 먼저 아이를 찾아 없앴다고 한다. 단 한 번도 그들의 눈을 피해 아이가 무사히 태어난 적이 없다는 것이다.

'그럼 진실의 거울은 세상에 없는 거야?'
'…….'

한참 후 이어진 카밀라의 물음에 도르만은 그저 옅은 미소만 지을 뿐 제대로 된 대답을 해 주지 않았다. 그런 그를 보며 카밀라도 더 이상 대답을 재촉하거나 뭔가를 더 물어볼 수가 없었다.
'그의 눈이 말해 주고 있었으니까.'

세월이 그렇게 지났음에도 오래전 그 일이 여전히 아픔으로 남아 있다고.

가족이라서 그런 건가?

'동생이 영혼조차 구제받지 못했다면… 상처가 되는 게 당연한 건가?'

카밀라는 고개를 들어 자신의 앞에 앉아 있는 세 사람을 새삼스레 바라봤다.

도르만의 심정을 조금은 알 것 같기도 하고.

"하아."

결국 그녀의 입에서 다시 긴 한숨이 흘러나왔다.

도르만의 상처가 신경 쓰여서?

'아니지. 우리 그런 사이 아니잖아.'

그럼 진실의 거울을 찾지 못해서?

'그건 더더욱 아니고.'

카밀라의 눈빛이 다시 멍해졌다.

'미치겠네.'

도르만의 마지막 말, 그게 문제였다.

'진실의 거울은… 제 동생은 에바교인들에게 강제로 몸을 뺏긴 이들을 정확히 구별해 냈습니다.'

'어떻게?'

'제 동생은 진명을 읽어 냈지요.'

'진명?'

'몸을 뺏은 자의 진명을 볼 수 있었습니다.'

'진실의 거울은 다 그런 거야?'
'아닙니다. 진실의 거울이 에바교인을 구별하는 방법은 조금씩 다릅니다. 공통점은… 그들 모두 다른 이들이 보지 못하는 걸 볼 수 있었지요.'

'몸을 뺏긴 이들을 구별해 냈다라.'
그리고 다른 이들이 보지 못하는 걸 봤다? 그 말을 생각하고 또 생각해 봐도 같은 결론만 나왔다.
'그거…….'
주위에서 걱정하리라는 것을 알지만, 이번만큼은 도저히 표정 관리를 할 수가 없었다.
'아무래도 나인 것 같은데.'

휙!
다다다다!
[규!]
휘익!
다다다다다!
[규규!]
지금 뭐 하냐고?
'피폐해진 정신에 안정감을 주고 있다고나 할까.'
그냥 킹과 노는 중이라는 말이었다. 자신의 꿀꿀한 기분을 눈치챈 걸까? 그라시아 제국에서 다이브와 놀아 줄 땐 세상 귀찮은 표정으로 공을 물고 오더니, 오늘은 반응이 아주 열렬했다.

"킹, 앉아."

[규!]

"손."

[규규!]

앉으라니 빠릿빠릿하게 앉아 주고, 손을 달라니 척 하고 내밀어 준다.

'기특한 놈.'

그래, 네가 나의 안식처다.

"저기… 카밀라 님?"

"왜?"

"괜찮으신 거죠?"

그 모습을 옆에서 조용히 지켜보고 있던 도르만이 보다 못해 한마디를 건넸다. 넋을 놓고 허허거리며 킹과 노는 모습이 인생 다 산 사람 같았다.

"도르만."

"넵!"

카밀라의 나직한 부름에 저도 모르게 군기가 바짝 든 목소리가 튀어나왔다. 오히려 구두를 들고 날뛰실 때가 마음이 더 편할 것 같은 이 기분은 뭘까?

"우리 여행이나 갈까?"

"여, 여행이요?"

"저 멀리 산토노 지역에 우리 소유의 별장이 있다던데. 아니면 그라시아 제국에라도 갈까? 다이브도 보고 싶고."
[규우?]
"물론 우리 킹도 같이 가야지. 아, 안 되나? 언제 돌아올지도 모르는데, 넌 여기에 있어야 하나? 그래도 가문의 신수니까."
[규규!]
"그래, 뭔 상관이야. 그렇지? 그냥 같이 가자."
허허거리며 킹을 품에 안고 흙먼지가 가득한 잔디 위를 데구루루 구르는 카밀라를 보며 도르만은 저도 모르게 마른침을 꿀꺽 삼켰다.
'맛이 가셨다.'
웃는다. 아주 해사하게. 다른 이도 아닌 자신을 보면서 말이다. 그 모습에 확신했다. 카밀라가 지금 정신 줄을 일부 놓아 버렸다는 것을.
'저게 바로 번아웃이라는 건가?'
처음 겪는 상황에 도르만은 카밀라와 눈이 마주칠 때마다 연신 어색한 웃음만 흘려야 했다.
"웃차."
어쩌지? 어쩌지? 하며 발을 동동 구르던 차, 카밀라가 갑자기 자리에서 벌떡 일어섰다.
킹을 한쪽에 내려놓은 그녀는 흙이 묻은 옷을 툭툭 털었다.
"가자."
"지, 진짜 여행이라도 가시게요?"
"뭔 소리야?"
"예?"

"돈 벌러 가야지."

"…예에?"

"넌 카페로. 난 상회로."

세상이 어찌 돌아가든 돈을 벌어야지 않겠어? 다 먹고살자고 하는 짓인데. 세상이 망해도 내가 힐 일은 해야지.

"킹, 돈 많이 벌어 올 테니까 집 잘 지키고 있어."

[규!]

얼이 빠져 있는 도르만을 뒤로한 채 카밀라는 킹에게도 인사를 건넸다. 그러다 고개를 돌려 도르만을 다시 바라봤다.

"뭘 그렇게 멍청한 얼굴을 하고 있는 거야?"

"그, 그게……."

"쯧."

하긴, 예전에 현석 매니저도 처음에 딱 저랬다. 그녀가 일에 치여 반쯤 정신 줄을 놓았다가도 갑자기 생생해져 일을 하는 걸 보면서 말이다.

며칠은 잠수라도 탈 줄 알았는데, 그 시간이 너무도 짧아 오히려 당황하더란 말이지.

'그게 뭐?'

잠시 충전했으면 다시 움직이는 게 당연한 거 아냐? 철없는 어리광도 습관이거든. 받아 줄 사람이 있는 애들이나 그런 거 하는 거라고.

"뭐 해? 안 따라와?"

"아, 아! 네! 가야죠!"

급히 쫓아오는 도르만을 보며 카밀라 역시 다시 걸음을 옮겼다.

규규거리며 앞발을 흔들어 주는 킹의 배웅을 받으면서 말이다.

"이게 이번에 선보일 옷이야."
"옷 색깔이 특이하네."
쥬엘라가 새로운 옷 샘플을 들고 왔다. 언제나처럼 아주 만족스러웠다. 당장 입어 보고 싶을 정도로.
"이런 색이 가능해?"
디자인도 디자인이지만 색감이 무척 마음에 들었다. 조금 어두운 붉은색인데 광택이 있어 칙칙해 보이지 않았다.
"'엔쇼'라는 식물에서 얻은 색인데, 마음에 들어?"
"응, 좋아."
카밀라의 대답에 쥬엘라의 입가에 미소가 살짝 걸렸다. 카밀라가 마음에 든다는 걸 보니 이번 옷도 분명 사람들이 좋아할 것이다. 그녀의 눈은 늘 정확했으니까.
"조만간 다른 것도 만들어 올게."
"흐음."
"……? 왜?"
카밀라가 뭔가 고민을 하듯 잠시 아무런 말이 없자 쥬엘라는 의아한 눈빛을 그녀에게 던졌다.
그 시선에 자리에서 일어난 카밀라는 무언가를 책상 서랍에서 꺼내 들고 왔다.
"이게 뭐야?"
"읽어 봐."
쥬엘라는 그녀가 건넨 서류를 빠르게 훑었다. 처음에는 가벼운

혼자만의 가족 — 67

마음으로 서류를 읽어 내려가던 그녀의 얼굴이 굳어지는 건 순식간이었다.

"이거……!"

"맨티츠 베이크스, 네 오라비. 도박하더라."

"……."

"거기 적힌 금액 보이지?"

카밀라가 건넨 건 한마디로 빚 문서였다. 쥬엘라의 오라비이자 베이크스 가문의 장자인 그가 도박장에서 가문의 이름으로 돈을 빌린 문서.

"어째서 가문의 이름으로? 자기에게 주어진 재산과 사업체도 있는데!"

아버지인 베이크스 백작은 이미 오래전에 장자인 맨티츠에게 상당한 재산을 물려줬다. 미리 경험을 쌓아야 한다며 수익이 좋은 사업체 몇 개도 그에게 맡겼다. 그런데 왜 이런 빚이 가문의 이름으로 작성되어 있는 거냐고!

"이미 그건 홀라당 다 까먹었거든."

"뭐?"

진작에 그거 다 날리고 얼마 전부터 가문의 이름으로 빚을 지고 있었다. 그런데 그 금액이 만만치가 않았다. 현재 베이크스 가문이 소유한 재산 대부분을 처분해야 갚을 수 있을 정도?

'아들이라는 게… 쯧.'

이래서 장자라고 오냐오냐하면 안 되는 거다. 세상 무서운 걸 모르니 이딴 짓을 하는 게 아니겠어?

물려받은 재산 탕진했으면 거기서 멈춰야지, 어디서 이런 큰 금액까지 가문의 이름으로 빌릴 생각을 하지? 그 정신머리에 찬사를 보내고 싶을 정도다.

 이렇게나 돈 무서운 줄 모르는 인간이 가문의 후계자라니. 이미 글러 먹었다.

 '그러고 보면 내 주변에 있는 장자들은 참 잘 컸어.'

 루드빌 오라버니도 그렇고 페트로도, 아르시…….

 '예외는 늘 있는 법이니까.'

 그래도 세 사람 다 도박은 안 하잖아?

 '하긴, 도박 중독은 약도 없다더라.'

 이게 잘못된 걸 알면서도 계속하게 되니까.

 본인 인생 망가트리는 걸로도 모자라 가족들 인생까지 먹살 잡고 끌고 가는 경우가 많으니 더 무서운 거다.

 "그런데 이걸 왜 네가 들고 있는 거야?"

 한참 동안 서류를 바라보며 부들거리던 쥬엘라는 짧은 한숨과 함께 서류를 툭 탁자 위에 내려놓았다.

 맨티츠가 도박에 푹 빠져 있는 건 그녀 또한 이미 너무도 잘 알고 있던 사실이다. 그날, 카밀라가 자신의 비밀을 알게 되었던 때의 일도 아버지의 명을 어기고 도박장에 가려는 그를 붙잡다 일어난 일이었다. 물론 아버지는 그때 일조차 모두 자신의 잘못으로 돌렸지만 말이다.

 '소르펠 공녀 앞에서 무슨 짓을 한 거냐! 맨티츠를 뭐라고 생각하겠어!'

 '하지만 아버지, 오라버니가 또 도박을 하러 가려고―'

'그게 뭐 어떻다는 거냐! 감히 네가 오라비를 가르치려 해?'
'…죄송해요. 제가 생각이 짧았어요.'
'쯧.'

그녀뿐만 아니라 집안사람들 모두 맨디츠가 도박을 한다는 걸 알고 있었다. 다만…….
'이렇게 큰 금액의 빚이 있는지는 몰랐지만 말이야.'
쥬엘라는 으득 이를 갈았다. 당장 달려가 멱살이라도 잡고 흔들고 싶었다. 앞으로 집안을 이끌어 가야 할 인간이, 이게 뭐 하는 짓인지.
"어떻게 안 건데?"
"너희 어머니가 알려 주셨어."
"어머니가?"
조금은 심드렁한 카밀라의 대답에 쥬엘라의 눈이 빠르게 커져 갔다.
"우리 어머니가 너한테 그 인간이 도박을 한다는 걸 직접 알려 줬다고?"
아들이라면 자다가도 벌떡 일어나시는 분이 굳이 아들의 치부를 남한테 알렸다? 절대 그럴 리가 없는데?
"지금 어머니 말고."
"뭐?"
"그런 게 있어. 어쨌든 당장 너희 가문 사업체 대부분이 넘어가게 생겼길래 일단 내가 대신 변제했고."
의아해하는 쥬엘라의 시선을 외면하며 카밀라는 슬쩍 말을 돌렸다.

"그런데 말이야. 이게 다가 아니더라."

"다가 아니면? 또 있어?"

쥬엘라의 주먹이 꽉 쥐어졌다. 대체 빚을 얼마나 진 거야!

"여기 말고도 일곱 군데가 더 있어. 금액은 이게 제일 크지만, 그것들도 만만치 않더라고. 이미 네 오라비가 감당할 선은 한참 넘었지."

"미친……!"

쥬엘라는 터져 나오려는 욕설을 애써 삼켰다. 이 미친놈이 그런 주제에 집에 와서는 당당하게 밥 처먹고 태평하게 잠까지 잔 거야?

"그것까진 아직 해결 안 했어. 급한 불만 끈 거야."

"…네가 왜?"

쥬엘라의 표정이 더욱 굳어졌다. 이런 빚, 카밀라에게 지고 싶지 않았다.

예전처럼 그녀를 싫어해서가 아니다.

"이건 네가 신경 쓸 일이 아니야."

오히려 그 반대였다.

그녀와 조금이라도 더 동등해지고 싶었다.

의지할 수 있는 사람이라고 여겨지고 싶었다.

그래야 계속 곁에 있을 수 있을 테니까.

알 수 없는 서러움이 몰려와 울컥하는데, 카밀라의 다음 말에 눈물이 쏙 들어갔다.

"공짜 아니야."

"뭐?"

"내가 헛돈 쓰는 걸 얼마나 싫어하는데."

"그럼……."

"판매 수익 비율을 내게 유리하게 바꿀 거야. 자세한 건 크리스랑 얘기해."

"그건 이미 내가 전에 제안한 거잖아. 내가 가져가는 비율이 너무 크다고."

"그리고 내가 거절했었지."

"너……."

"저번에 내가 말했을 텐데. 네 가치를 낮추려 하지 말라고."

쥬엘라는 아무런 말도 하지 못했다.

말이 비율을 바꾸는 거지, 애초에 수익금을 반반으로 나누는 것부터가 자신에겐 너무도 유리한 계약이었다. 의상실을 오픈하고, 운영하는 것부터 홍보와 유통 및 원재료를 구해 주는 것까지, 모든 걸 카밀라와 고스트 상회에서 맡아 해 주고 있었으니까.

자신은 오로지 디자인을 구상하고, 옷을 만드는 게 전부였다. 그런데 이제 와 고작 비율을 약간 더 가져가는 거로 이 상황을 마무리 지어 주겠다고? 대체 왜?

"카밀라, 이건……."

아무리 생각해도 이건 정말 아니다 싶어 고개를 세차게 젓는 쥬엘라를 향해 카밀라가 쯧쯧 혀를 찼다.

"아까도 말했지만 나 헛돈 쓰는 거 싫어해. 자선가도 아니고."

"그런데 왜 이렇게까지 해 줘?"

"너한테 투자하는 거야. 그리고-"

이후 흘러나온 말에 쥬엘라의 눈이 미친 듯이 흔들리기 시작했다.
"너도 가서 제대로 깽판 좀 쳐 보라고."
"깨, 깽판?"
"네 오라비라는 인간한테 말이야."
"무슨……."
그녀와 시선을 마주한 카밀라가 입꼬리를 올려 방긋 미소 지었다.
"밟아 버려."
"…뭐?"
"그거 들고 가서 확 밟아 버리라고."
저번에 보니 손찌검이 아주 자연스럽던데? 한두 번 때린 솜씨가 아니더란 말이지.
'우리 못난 라비 녀석도 손찌검은 한 적 없거늘.'
카밀라를 수도 없이 죽음으로 끌어들이고 툭하면 화를 내던 라비지만 단 한 번도 폭력을 쓴 적은 없다. 그건 소르펠 공작과 루드빌 역시 마찬가지였다. 그녀가 아무리 사고를 치고 속을 썩여도 손을 올린 적은 없었다.
"그 인간이 어디 다른 데 가서도 함부로 손 올리던? 그럴 리가. 네가 옴짝달싹 못 할 거 아니까 자기 힘에 취해서 분수도 모르고 날뛰는 거야."
천하의 개차반이라고 불리는 아르시안조차도 다짜고짜 주먹부터 내지르진 않는다.
'하도 으르렁거리면서 물어뜯고 다니니까 망나니 이미지가 굳어

졌을 뿐이지.'

아르시안에게 당한 녀석들을 살펴보면 둘 중 하나였다. 앞에서 깝죽거렸거나, 뒤에서 깝죽거렸거나. 말이 깝죽거린다지, 벨라크처럼 할 말 못 할 말 다 내뱉는 놈들이었고.

"네 오리비는 인성 자체가 글러 먹은 기야. 어디시 손찌검이람."

도박, 폭력, 멍청함. 나쁜 것만 아주 골고루 갖췄다. 갱생의 여지가 없을 정도로 문제가 많은 인간이란 말이다.

'역시 그때 평평한 구두 바닥이 아니라 뾰족한 굽으로 때렸어야 했거늘.'

가끔은 매가 약일 때도 있는 법인데 말이지.

그래도 아직 늦지 않았다.

"세상에서 가장 아픈 매가 뭔지 알아?"

조금은 넋이 나가 있는 쥬엘라를 보며 가볍게 웃음을 터트린 카밀라는 도박 빚 서류를 살랑살랑 흔들었다.

"돈."

"…돈?"

멍하니 말을 따라 하던 그녀의 눈이 점점 동그래졌다. 그제야 카밀라가 무슨 말을 하는 것인지 알아들은 거다.

그런 그녀를 향해 카밀라는 마지막으로 한마디를 덧붙였다.

"가서 마음껏 패고 와."

"맨티즈!"

베이크스 백작이 던진 서류들이 방 안에 가득 휘날렸다.

"대체 이것들이 다 뭐냐!"

"여보, 진정해요."

"지금 내가 진정하게 생겼소! 이 서류들 좀 보라고! 나한테까지 돈을 받으러 오게 만들다니! 금액도 적지가 않아!"

"맨티츠도 다 생각이 있겠죠. 그렇다고 애를 그리 몰아세우면 어떡해요. 애가 겁을 먹어 제대로 말도 못 하잖아요."

"끄응."

베이크스 백작은 아내의 말에 애써 분을 삼켰다.

하지만 베이크스 백작 부인의 말과 달리 맨티츠는 겁을 먹기는커녕 아주 심드렁한 표정이었다. 오히려 짜증 어린 눈빛을 베이크스 백작에게 던졌다.

"뭐 그런 거 가지고 그렇게 화를 내세요?"

"뭐야?"

"그 정도 돈이야 금방 다시 채워 넣을 수 있어요!"

맨티츠는 베이크스 백작이 화를 내는 게 오히려 이해가 안 된다는 듯 연신 불만을 토해 냈다.

"버러지 같은 것들… 고작 그게 얼마나 된다고!"

감히 아버지에게 빚 독촉을 하러 가?

그로서는 어이가 없는 일이었다. 동시에 저렇게 화를 내는 아버지에게도 실망이었다.

도박을 하면 돈을 딸 때도 있고 잃을 때도 있는 게 아닌가. 다음에 몇 배로 따서 채워 넣으면 되는 것을.

"그래요, 여보. 남자가 도박도 할 수 있고 그런 거죠."

"이 금액을 보라고! 지금 사업체 하나를 정리해야 할 판이야! 너 대체 내가 물려준 재산은 다 어쩌고 가문의 이름으로 빚을 진 거냐!"

"그, 그게……."

뻔뻔하던 맨디츠라도 그 질문에는 제대로 대답을 하지 못했다. 베이크스 백작의 시선을 연신 피하기 바빴다.

"뭐예요, 아버지? 우리 집에 돈 없어요?"

그들이 싸우든 말든 남의 일처럼 한쪽에 심드렁한 표정으로 앉아 있던 케이린이 그제야 반응을 했다.

"저 이번에 JL숍에서 옷 맞춘다고 했잖아요. 거기 옷 엄청 비싼데. 설마 취소하라는 거 아니죠? 간신히 예약한 거라고요!"

당장에라도 울음을 터트릴 것 같은 딸의 모습에 베이크스 백작과 그의 부인이 급히 그녀에게 다가섰다.

"걱정 마렴. 가서 마음껏 맞춰도 돼."

"그럼. 우리 딸이 사고 싶다는데! 전혀 문제 될 게 없단다."

"정말요?"

"물론이지."

마냥 귀여운 딸이 마음이라도 상할까 두 사람은 연신 그녀를 달래기 바빴다.

"오라버니는 대체 밖에서 무슨 짓을 하고 다니는 거예요? 나한테 피해는 주지 말아야 할 거 아니에요."

"시끄러워!"

"맨티츠, 동생한테 소리치지 마라."

"그래, 아들. 하나밖에 없는 동생인데 사이좋게 지내야지."

두 사람을 달래며 베이크스 백작 부인은 눈으로 남편을 나무랐다. 쓸데없는 일로 괜한 분란을 만든 남편이 못마땅했다. 그깟 도박 빚이 뭐라고 애를 이렇게 잡는단 말인가. 대충 알아서 갚으면 될 것을.

똑똑.

그때 인기척과 함께 문이 열리며 한 사람이 안으로 들어섰다. 쥬엘라였다.

그녀의 등장에 순간적으로 방 안의 공기가 냉랭해졌다. 다들 불편한 기색을 감추지 않았고, 케이린은 아예 입가에 비웃음을 머금었다.

"넌 지금껏 어디 있다 오는 거냐."

"일이 좀 많아서요."

"일? 무슨 일?"

베이크스 백작은 바로 미간을 찌푸리며 쯧, 혀를 찼다. 어쩌면 저렇게 마음에 드는 구석이 하나도 없는지.

"소르펠 공녀와 친분이나 쌓을 것이지……."

"방금까지 카밀라와 함께 있었어요."

"크흠."

순간 할 말이 없어진 베이크스 백작은 헛기침을 연신 내뱉었다. 그 모습을 잠시 말없이 지켜보던 쥬엘라의 시선이 천천히 아래로 향했다. 여기저기 흩어져 있는 서류들이 보였다.

조금 전 자신이 카밀라에게 받았던 문서와 별반 다를 게 없는 것들이다. 아마도 이게 카밀라가 말한 다른 빚이겠지?

"대체 도박 빚을 얼마나 진 거예요?"

쥬엘라가 빚을 들먹이자 그 자리에 있던 모두가 인상을 썼다. 특히 맨티츠는 분노를 전혀 감추지 않았다.

쥬엘라에게 성큼 다가선 그는 손가락을 들어 그녀의 머리를 툭툭 건드렸다.

"네가 뭔데 참견이야?"

"걱정돼서 하는 말이에요. 오라버니가 진 빚, 저게 다가 아니잖아요."

"하."

어이가 없다는 양 웃음을 터트린 맨티츠의 손길이 더욱 거칠어졌다. 그의 손이 닿은 쥬엘라의 몸이 휘청거릴 정도였다.

"그러니까 네가, 아무것도 아닌 네가 뭔 상관이냐고."

그런 두 사람의 모습을 보면서도 그 자리에 있는 누구 하나 맨티츠의 행동을 말리지 않았다. 오히려 그의 말이 맞는다는 듯 쥬엘라를 서늘한 눈초리로 바라봤다. 건방지게 또 오라비를 가르치려 하다니…….

하지만 이번엔 쥬엘라도 물러서지 않았다.

"대체 언제까지 그러고 사실 거예요?"

"뭐?"

"쥬엘라, 너 감히 그게 무슨 말이니? 버릇없이! 내가 널 그렇게 가르쳤니? 당장 맨티츠에게 사과하렴!"

쥬엘라는 어머니를 잠시 말없이 바라봤다. 말다툼이 일면 어머니가 다른 두 사람의 편을 드는 거야 늘 있던 일인데…….

오늘따라 왜 이렇게 가슴이 답답할까.

화가 나기보다는 새삼 씁쓸한 마음이 먼저 들었다.

"그냥 쟤 나가라고 해요. 애초에 가족들끼리 얘기하는데 자기가 여길 왜 들어와? 진짜 눈치 없어."

여전히 비웃음이 가득한 케이린의 말에 쥬엘라의 시선이 천천히 그녀에게로 향했다.

이것 역시 매번 듣는 말이었고 언제나 가볍게 넘겼었다.

아직 많이 어려서, 그들이 친자매가 아니라는 사실이 어린 저 아이에게 여전히 충격인지라 저러는 거라 스스로를 달래고 또 달랬다.

"두 분은 어디서 이런 걸 주워 와서……!"

짜악!

순간 방 안에 정적이 흘렀다. 쥬엘라에게 뺨을 맞은 케이린조차 고개가 돌아간 채 한동안 아무런 반응도 하지 못했다.

지금… 무슨 일이 일어난 거지?

"너… 너……!"

한참 후에야 케이린이 뺨을 감싼 채 쥬엘라를 돌아봤다. 케이린의 눈에 눈물이 그렁그렁 차올라 있었다.

'예전 같으면 당장 어쩔 줄 몰라 하면서 케이린을 달랬겠지.'

실수였다고, 정말 미안하다고. 자신이 잘못했다며 빌고 또 빌었을 것이다. 케이린이 화를 풀 때까지.

하지만…….

"버릇없이."

쥬엘라는 조금 전 어머니가 자신에게 한 말을 그대로 돌려줬다. 눈빛은 그 어느 때보다 서늘함을 유지한 채로.

그걸 본 케이린이 움찔하며 몸을 떨었다. 평소 늘 자신에게 져 주던 쥬엘라가 아님을 그녀도 그제야 느낀 것이다.

"쥬엘라!"

그제야 정신을 차린 베이크스 부인이 비명을 지르듯 다가와 쥬엘라를 힘껏 밀쳤다. 제 딸에게서 당장 떨어지라는 듯이.

"으… 으… 으아앙!"

어머니가 다가오자 케이린이 곧바로 울음을 터트렸다. 태어나 처음 맞아 보는 것인 데다 그 상대가 쥬엘라라는 사실이 서럽고 수치스러운 것 같았다.

"이게 무슨 짓이야! 케이린에게 손찌검을 하다니! 감히! 네가, 네가!"

"오라버니는 늘 제게 손찌검을 하는데요."

"그, 그건……!"

"오라버니에게 맞아서 입 안이 찢어졌을 때 어머니가 그러셨죠. 그러게 왜 윗사람에게 버릇없이 굴었냐고. 네 잘못이라고. 그래서 저도 케이린을 혼낸 거예요. 윗사람인 저에게 방금 버릇없이 굴었으니까."

"너, 너……!"

"어디서 말대꾸냐!"

부인이 제대로 말을 못 잇자 베이크스 백작이 급히 앞으로 나서며 쥬엘라를 향해 살벌하게 외쳤다.

"정말 구제 불능이구나! 당장 케이린에게 사과하거라!"

"으아앙!"

"저게 오늘 완전 미쳤네."

"아버지 말씀 안 들리니? 당장 케이린에게 사과하렴!"

자신을 둘러싼 네 사람을 보며 쥬엘라는 잠시 아무런 말도 하지 않았다. 그녀의 입에서 이내 허탈한 웃음이 터져 나왔다.

'내가 그동안 지키려 한 게 고작 이거였나?'

그동안 참고 참았던 대가가 고작 이거라고? 대체 무엇을 기대했던 거지?

뭘 원해서 그동안 애써 참았던 걸까?

한참을 웃던 그녀가 품에서 뭔가를 꺼내 들었다.

통신 구슬이었다. 그것도 어딘가와 연결이 이미 되어 있는 듯, 환한 빛을 내뿜고 있는 통신 구슬.

"카밀라."

「말해.」

통신 구슬에서 흘러나오는 목소리에 방 안이 순식간에 조용해졌다. 다들 당황하는 기색이 역력하다.

이는 베이크스 백작 역시 마찬가지였다. 갑자기 이게 무슨 상황인지 전혀 이해하지 못했다.

통신을 왜 연결해 놓은 거지? 그것도 다른 이도 아닌 소르펠 공녀와?

처음부터 통신을 연결해 놓았던 거라면… 설마!

"아니, 그럼 방금 상황을……!"

카밀라, 그녀가 모두 다 들었단 말인가?

그래도 자신들의 잘못은 알긴 아는 듯 베이크스 백작의 얼굴이 하얗게 질려 갔다. 최근에 그라시아 제국과의 거래를 위해 열심히 소르펠가의 문을 두드리고 있는 그의 입장에선 아주 난처한 상황이었다.

"카밀라, 네 말을 듣길 잘한 것 같아."

「…….」

"너도 다 들었지?"

「응.」

통신 구슬을 연결해 놓으라고 지시한 건 바로 카밀라였다. 아무래도 걱정돼서 안 되겠다며 따라오겠다는 걸 혼자 가겠다고 우겼더니 통신 구슬을 손에 꼭 쥐여 줬다. 혹시 모르니 집에 들어서는 순간부터 통신 구슬을 꼭 켜 놓으라면서 말이다.

"나."

「그래.」

쥬엘라의 시선이 네 사람을 쭉 훑었다.

"…버릴게."

더 이상 잡고 있을 이유가 없는 것 같다.

"네가… 네가 도와줘. 끊을 수 있게 도와줘."

터져 나오려는 울음을 애써 참은 쥬엘라가 단호한 목소리로 선언했다.

"끊을래. 이들과의 고리."

"너 지금 무슨 소리를 하는 거냐!"

"도대체 뭔 헛소리를 지껄이는 거니!"

"당장 그거 끊지 못해!"

"쟤 완전히 미쳤나 봐!"

그제야 네 사람이 다시 소리치기 시작했다. 그들은 분노와 어이없음이 가득 담긴 얼굴로 당장 쥬엘라의 손에 들린 통신 구슬을 뺏으려 했다. 어떻게든 이 상황을 수습해야 했으니까!

「다들 쉿.」

"……!"

하지만 그 순간 들려오는 카밀라의 나직한 목소리에 다들 움찔했다. 소리가 큰 것도 아니었거늘, 왠지 모르게 등골을 서늘하게 만드는 그녀의 말에 모두 저도 모르게 급히 입을 다물었다.

「다들 알고 계실 겁니다. 페이블러 제국을 수호하는 세 가문에 주어진 권한을요.」

"그, 그게 무슨!"

「소르펠, 세프라, 제이빌런. 이상 3대 공작과 그 직계존속은 부당한 사건을 목격했을 때 즉결 처분을 내릴 수 있다.」

뒤에 '단, 이는 황실의 뜻에 반하지 않아야 하며…….' 어쩌고저 쩌고 더 있지만, 여하튼 이는 페이블러의 귀족이라면 누구든 알고 있는 사실이다.

막말로 넌 공작과 피도 섞이지 않았는데 뭔 직계냐고 간 크게 외칠 수 있는 이는 그 자리에 아무도 없었다. 다들 그저 그녀가 지금 저 말을 왜 하는 것인지 의아할 뿐이었다.

「지금 그 권한을 쓰도록 하겠습니다.」

"지금 무슨 말씀을―"

「베이크스 백작가가 가진 쥬엘라 양의 양육권을 박탈하겠습니다.」

"뭐, 뭐?"

순간 쥬엘라를 제외한 방 안에 있던 모든 이들의 표정이 멍해졌다. 지금 쥬엘라를 우리 가문에서 제명하겠다는 말인가?

"지금 무슨 말을 하는 건가요! 누구 마음대로 저 아이를……!"

"즉결 처분에 대한 책임도 본인이 져서야 하는 거 잘 아시겠지요! 당장 이번 일에 대해 정식으로 항의하겠습니다!"

「물론 잘 압니다. 즉결 처분의 권한이 큰 만큼 그 결정에 대한 책임도 모두 당사자가 져야 하죠.」

"그걸 알면서 이런―"

「왜요? 제가 감당 못 할 것 같으세요?」

"그……!"

베이크스 백작의 말문이 막혔다.

소르펠 공녀라는 걸 차치해도, 최근 제국민들 사이에서 암암리에 성녀로까지 칭해지고 있는 카밀라의 위상은 그야말로 엄청났다. 심지어 그라시아 제국의 실세인 에스크라 공작의 친딸이라는 것도 밝혀진 현시점에서 그녀가 감당하지 못할 게 있긴 한 걸까?

「참고로 조금 전 여러분이 쥬엘라 양에게 행한 폭력과 폭언 모두 영상 구슬에 기록되었음을 알려 드립니다.」

"그, 그걸 어째서!"

"폭력이라니!"

얼굴을 붉힌 채 소리치는 가족들을 잠시 바라보던 케이린이 울먹이는 목소리로 한마디 내뱉었다.

"오히려 잘된 거 아니에요?"

"뭐?"

"저딴 거! 더 이상 우리 집에 있을 필요 없잖아요!"

"……!"

악에 받쳐 소리치는 그녀의 말에 베이크스 백작과 그의 부인이 멈칫했다. 순간 당황해서 카밀라의 말에 득달같이 달려들긴 했지만, 케이린의 말대로 나쁜 일만은 아닌 듯했다.

그렇지 않아도 점점 갈수록 자신들과 맞지 않는 쥬엘라가 계속 신경에 거슬렸었다. 그래도 친딸로 알려진 그녀를 내칠 수가 없어 계속 데리고 있었는데, 이참에 연을 끊는 것도 괜찮지 않을까?

물론 사람들에겐 쥬엘라가 친딸이 아니라는 사실을 알리고 파양하게 된 이유를 적절히 만들어 내야겠지만, 그 정도의 수고쯤이야.

「쥬엘라.」

"…응."

그런 가족… 아니, 한때 가족이었던 이들의 생각을 고스란히 읽은 쥬엘라의 표정이 조금 전보다 더욱 짜게 식었다.

「15분 내로 베이크스 가문에서 네 이름이 지워질 거야. 즉 그때까지는 쥬엘라가 아니라 쥬엘라 베이크스 백작 영애라는 거지.」

잠시 말끝을 끊은 카밀라가 피식 웃는 소리가 들렸다.

그 웃음소리에 베이크스 가족의 얼굴이 굳어졌다. 미치기라도 한 건가? 지금 이 상황이 웃겨?

왠지 모를 불길한 예감이 밀려들었다.

「네 실력은 황실에서도 눈여겨보고 있으니, 곧 단승 작위를 내리거나 다른 가문에 입적시켜서라도 타국으로 귀화하지 못하게 붙잡아 두려고 할걸.」

카밀라는 마치 노래라도 하는 것처럼 경쾌한 어조로 말을 이었다. 물론 그거랑은 상관없이 우리 가문에서 계속 널 비호할 테지만…….

「넌 앞으로도 귀족으로 살아갈 거고, 네 뒤엔 내가 있어. 여차하면 저치가 진 채무를 네가 뒤집어쓸 뻔했는데, 이대로 끝내긴 아쉽지 않아?」

그녀가 무슨 말을 하는 것인지 알아차린 쥬엘라의 눈이 동그래졌다.

"너……."

「그러니까…….」

카밀라의 웃음소리가 더욱 짙어졌다.

「마음껏 패.」

그 말을 끝으로 통신이 뚝 끊겼다. 그 대화를 모두 듣고 있던 네 사람의 표정이 동시에 일그러졌다.

"채무라니?"

지금 바닥에 흩어져 있는 저 서류를 말하는 건가.

"하!"

밀러드는 모멸감에 맨티츠가 사납게 이를 갈았다. 고작 저 정도를 못 갚아 다른 가족들에게까지 짐을 지우게 할 거라 생각한 건가? 자신을 대체 뭘로 보고!

"아무래도 오라… 베이크스 영식께선 갚을 능력이 없어 보이니 백작님께 넘겨야 할 것 같군요. 이거 받으세요."

"뭐?"

너무도 쉽게 호칭을 바꾸는 쥬엘라의 모습에 베이크스 백작의 얼굴이 더욱 험악해졌다.

하지만 지금 가장 놀라워하고 있는 건 바로 쥬엘라였다. 그토록 아등바등 붙잡고 있었던 관계였는데 우스울 정도로 미련이 남지 않았다. 어쩌면 오래전부터 마음속에선 이미 저들을 지우고 있었던 건지도 모르겠다.

"기한은 한 달 드리겠습니다."

쥬엘라는 들고 온 서류를 베이크스 백작과 맨티츠 앞에 내려놓았다. 낚아채듯 그것을 집어 든 베이크스 백작이 빠르게 서류를 읽어 내려갔다. 험악하게 일그러졌던 그의 표정이 점점 굳어 갔다.

"이… 이게 무슨……!"

엄청난 금액에 한 번 놀라고 문서 서명란에 적힌 아들의 이름에 두 번 놀랐다. 그리고 채무를 갚아야 할 상대의 이름을 보고는 눈을 부릅뜬 채 한동안 아무런 말도 할 수가 없었다.

"네, 네가?"

방금까지 자신의 딸이었던 쥬엘라의 이름이 적혀 있었다. 그녀의 서명란에 이미 베이크스라는 성은 보이지 않았다.

"한 달입니다. 그사이의 이자는 그동안 키워 주신 값으로 치죠. 계산해 보시면 잘 알 겁니다. 오히려 제가 손해인 거."

"너, 너!"

"야!"

기가 막혀 제대로 말을 잇지 못하는 베이크스 백작을 대신해 맨티츠가 쥬엘라를 압박하듯 다가섰다.

"이게 보자 보자 하니까! 감히 누구한테 돈 내놓으라는 거야! 뭐? 이자를 안 받아? 이게 진짜 미쳤나!"

언제나처럼 그가 바로 손을 들어 올렸다.

휙!

"……! 뭐, 뭐야! 아, 아아악!"

하지만 그 순간 쥬엘라가 던진 뭔가에 맨티츠는 그대로 꽁꽁 묶여 버리고 말았다.

"오."

카밀라가 혹시 모른다며 빌려준 마법 팔찌였다. 아끼는 물건인데 특별히 빌려주는 거라고 얼마나 강조를 하던지.

'으스대는 모습이 귀엽긴 했시만.'

"너, 너! 이거 당장 풀어! 진짜 죽고 싶… 아, 아아!"

카밀라가 가르쳐 준 대로 손을 움직이자 그를 묶은 마법 팔찌가 더욱 꽉 쪼이며 맨티즈에게 고통을 선사했다.

"뭐 하는 거냐! 당장 풀어라!"

"맨티즈! 맙소사! 너, 너! 맨티즈가 아파하잖니! 어서 풀어 주지 못해!"

베이크스 백작과 부인이 쥬엘라를 향해 고래고래 소리쳤다. 하지만 쥬엘라는 그들의 말을 들은 척도 하지 않은 채 맨티즈에게 다가섰다.

"너! 이 망할……!"

짜악!

순간 방 안에 다시 정적이 흘렀다. 유독 뺨 때리는 소리가 크게 방 안을 울렸다.

쥬엘라에게 뺨을 맞은 맨티즈뿐만 아니라 소리치던 모든 이가 입을 멍하니 벌렸다.

퍼억!

"커억!"

쥬엘라는 거기서 멈추지 않고 그의 정강이도 있는 힘껏 걷어찼다. 고통에 비명을 지르는 그의 멱살을 확 낚아챈 쥬엘라는 그동안 쌓인 분노를 모두 토했다.

"그놈의 못된 손버릇."

"으… 으."

"카밀라가 그러더라. 도박이랑 여자한테 손대는 놈에게 쓸 약은 딱 하나뿐이라고."

잠시 말을 멈춘 쥬엘라가 무심한 눈빛으로 맨티츠의 손을 바라봤다.

"손목을 확 잘라 버리라던데."

"뭐, 뭐?"

당장에라도 손목을 자를 듯한 쥬엘라의 차가운 시선에 맨티츠는 몸을 꽉 죄인 고통도 잊고 급히 숨을 들이켰다.

"한 달이에요. 그 안에 안 갚으면 그 못된 손목부터 받아 갈 겁니다."

쥬엘라는 그 말을 끝으로 한때나마 가족이라고 불렀던 네 사람을 쭈욱 훑었다. 조금 전과 달리 방 안에 있는 그 누구도 쉬이 입을 열지 못했다.

그런 쥬엘라의 시선이 마지막으로 조금은 겁에 질려 있는 케이린에게 향했다.

"JL숍에서 네 예약은 안 받아."

"무, 무슨 소리야!"

자신 쪽으로 한발 다가서는 쥬엘라의 모습에 순간 또 맞을까 움찔하던 케이린이 언제 겁을 먹었냐는 듯 버럭 소리쳤다.

"네가 뭔데! 내가 예약한 거야!"

"내 숍이니까."

"그러니까 네가 뭔… 뭐?"
"주인인 내가 너한테 옷 안 팔겠다는데 문제 될 게 있어?"
케이린의 눈이 점점 커졌다. 지금 저 말은……!
"…네 숍?"
JL숍의 주인이 쥬엘라라고?
"멍청이."
어릴 때 그렇게 인형 옷을 많이 만들어 줬는데도 전혀 눈치채지 못하다니.

'언니! 언니! 인형 옷 너무 예뻐! 나도 입고 싶어!'
'아직 큰 거는 못 만들어.'
'그럼 나중에! 나중에 만들 수 있게 되면 내 것도 만들어 줘! 응?'
'그래.'
'와! 언니 최고!'

혼자만 기억하는 가족과의 추억이 얼마나 무의미한 것인지 새삼 느끼며 쥬엘라는 조용히 돌아섰다.
"아, 어쩌죠?"
그러다 문득 생각난 듯 그녀의 시선이 다시 맨티츠에게 향했다. 좀 더 정확히 말하면 그를 묶고 있는 마법 팔찌에.
"카밀라한테 그거 푸는 법을 안 배우고 왔네요."
"그……!"
"나중에 찾으러 올게요."
쥬엘라는 그 말을 끝으로 유유히 그 자리를 벗어났다. 그녀의 발걸음이 그 어느 때보다도 가벼워 보이는 건 결코 착각이 아닐 것이다.
  그렇게 사라져 가는 쥬엘라를 다들 그저 넋을 놓고 바라볼 뿐이었다.

도르만

[고맙습니다! 정말 너무 고마워요!]

"그리 고마워할 것 없는데."

나도 쥬엘라가 도움이 되니까 도와준 거라서.

이번에 쓴 돈은 카밀라 입장에서도 제법 큰돈이긴 했다. 하지만 쥬엘라가 그만한 가치가 충분히 있기에 도움을 준 거다.

'열도 좀 받았고.'

카밀라는 자신을 향해 연신 고개를 조아리는 귀신을 보며 속으로 짧게 혀를 찼다. 예전부터 쥬엘라 옆에 딱 붙어 있는 게, 뭔가 사연이 있겠거니 했었다.

'그런데 친모였을 줄이야.'

당연히 아는 척도 하지 않았다. 별로 친하지도 않은… 아니, 친하지 않은 것을 넘어 사이가 좋지 않기까지 한 상대의 곁에 붙어 있는 귀신에게 관심을 둘 이유가 전혀 없었으니까. 오히려 눈이라도 마주칠까 쥬엘라가 있는 쪽으로 시선조차 주지 않았었다.

하지만 쥬엘라의 사연을 알게 되고 그녀와 자주 만나게 되면서부터 슬쩍 대화를 시도했다.
'딱 봐도 악귀는 아닌 것 같았는데…….'
그래도 혹시 모르는 일이잖아? 전에 엘리샤의 목을 조르던 배우 귀신 쥴리아처럼 언제 돌변해 쥬엘라에게 해를 끼칠지. 이젠 소중한 사업 파트너인데 그런 일은 미리미리 방지해야 하지 않겠어?
'뭐, 반응은 똑같았지.'
말을 걸기 무섭게 예상했던 반응이 모조리 다 튀어나왔다.

[제가 보여요?]

'에휴.'
놀란 표정으로 연신 감격하던 귀신은 곧 자기가 누구인지, 쥬엘라를 왜 계속 따라다니고 있는지 사연을 줄줄이 들려줬다.
'솔직히 쥬엘라의 친엄마라는 소리를 듣는 순간 손절하려고 했는데.'
쥬엘라가 길에 버려져 있다 베이크스 백작 부부에게 발견되어 길러졌다는 얘기를 이미 들어 알고 있었으니까.
자식을 버린 사람이지 않은가. 이유가 뭐가 됐든 별로 상대하고 싶지 않았다.

[전 그 아이를 버린 게 아니에요. 제발 제 말 좀 들어 주세요.]

하지만 그녀의 간절한 청에 결국 얘기나 들어 보기로 한 거다.

그녀가 울먹이며 들려준 얘기는 안타깝긴 했지만 딱히 특별한 사연은 아니었다.

20대 초반이었던 여자는 남편을 먼저 사고로 잃었고 아이를 낳다 자기 또한 죽고 말았단다. 그렇게 아이만 홀로 남게 되자 그녀와 함께 살고 있던 어머니가 아이를 바로 내다 버린 것이다.

[딸을 죽게 만든 손녀가 밉기도 했을 테고, 형편도 좋지 못했던지라… 어머니를 처음에는 많이 원망했지만 지금은 이해해요.]
'그때부터 쭉 쥬엘라를 따라다닌 거예요?'
[네……. 아이가 잘 살아가는 모습을 보고 싶었거든요.]
'그럼 다 봤겠네요.'
[네에…….]

처음엔 귀족가에서 친자식처럼 키워지는 딸을 보며 안도했다. 가난한 친부모에게 길러지는 것보다 오히려 잘된 일이라는 생각마저 들었다. 자신이 평생 벌어도 해 주지 못하는 것들을 그들은 너무도 쉽게 딸에게 해 줬으니까.

[정말 너무 잘됐다면서 눈물까지 펑펑 흘렸죠.]

그 집에 둘째 딸이 태어나기 전까지는 말이다.

[상황이 순식간에 변했어요.]

쥬엘라가 혹여 해코지라도 할 거라 생각한 걸까? 베이크스 백작 부부는 쥬엘라가 갓난아기인 동생에게 다가서는 것조차 꺼렸다. 처음에는 그 정도 수준이었는데, 시간이 흐를수록 쥬엘라는 점점 집안에서 고립되어 갔다.

하지만 이미 죽어 버린 그녀로서는 우는 거 외엔 아무것도 할 수가 없었다. 그녀는 매일같이 눈물범벅이 된 얼굴로 딸을 지켜보았다.

아이에게 미안했다. 그저 죄스러웠다.

[그 개망나… 그 집 아들이 쥬엘라에게 손을 올리는 일도 점점 잦아졌어요.]

동시에 분노 역시 빠르게 쌓여 갔다.

[저보다 오래 세상을 떠돈 분들이 알려 줬어요. 원한을 갖고 한 사람을 오래 쫓아다니면 그 사람의 몸에 한기가 돌며 이상이 생긴다고요.]

원망스러운 마음에 계속 쫓아다니다 보니 자연스레 그놈이 저지른 짓도 보게 되었다.
[보답을 하고 싶어요.]
"됐다니까요."
귀신들이 주는 보답이야 뻔하지 뭐. 넣어 둬, 넣어 둬.
"저도 열받아서 한 일이니 신경 쓰실 필요 없─"

[폐광으로 알려져 있지만, 사실 안쪽에 미처 발견되지 않은 금이 잔뜩 묻혀 있는 곳을 알아요.]
"그래도 친구 어머니의 성의를 무시할 수는 없는 거겠죠."
카밀라는 화사한 미소로 고개를 바로 끄덕였다.
옆에서 우리 집 귀신들과 남의 집 귀신들이 어이없다는 듯이 쳐다보는 게 느껴졌지만 그냥 무시했다.
'뭐? 왜?'
친구 어머니 맞잖아.
[정말, 정말 감사합니다!]
기뻐하는 귀신을 보며 카밀라 역시 환한 미소로 응답했다.

"이게 뭐야?"
"폐광 매매 계약서."
"폐광?"
쥬엘라는 어리둥절한 표정을 지었다. 폐광 계약서라니? 버려진 광산을 자신에게 왜 내미는 건지 이해가 가지 않았다.
"폐광인데 안에 금이 묻혀 있더라."
"뭐?"
"너 가지라고."
"…뭐?"
자기가 자꾸 '뭐?'라는 말만 내뱉고 있는 걸 깨달은 쥬엘라는 미간을 찌푸렸다. 대체 무슨 소리를 하는 거지?
"폐광이라며? 그런데 금은 또 뭐야?"
"네 친어머니가 주신 거야. 나한테 묻지 마."

"뭐?"

또 '뭐?'라고 외치는 쥬엘라를 보며 카밀라는 결국 작게 웃음을 터트렸다.

폐광의 위치를 듣고 다른 귀신을 보내 조사를 해 보니 정말로 안에 금이 묻혀 있었다. 그것도 상당량이. 폐광이라 매입비도 얼마 들지 않았다.

"다 무슨 소리야?"

"이거 네 거라고."

"그러니까 그게 무슨 소리냐니······."

"집도 없는 너한테 주는 선물."

엄마가 딸에게 주는.

"······."

잠시 어이없다는 눈빛으로 금광 문서와 카밀라를 번갈아 바라보던 쥬엘라가 결국 짧은 한숨을 내쉬었다.

"동정은 필요 없어."

"내가 널 왜 동정해? 요즘 제일 잘나가는 능력 좋은 디자이너인데."

"···정말 그렇게 생각해?"

"내가 능력도 없는 녀석을 데리고 있을 것 같아?"

"그런데 왜 이걸······."

쥬엘라의 시선이 다시 광산 매매 계약서로 향했다.

"내가 살면서 제일 크게 깨달은 세상 이치가 뭔지 알아?"

"누가 들으면 너 엄청 오래 산 인간으로 알겠다. 겨우 열일곱인 주제에."

내가 생각보다 나이가 좀 많단다. 기억은 못 하지만 반복된 삶까지 포함하면……. 뭐, 말해 뭐 하겠니.

"아무리 더러워도 돈은 많으면 많을수록 좋다는 거야."

"…그게 네가 깨달았다는 세상 이치니?"

"어."

"……."

"그러니 챙길 수 있을 때 잘 챙겨. 젊을 때 열심히 벌어 놔야 노후가 편하단다."

"…너 진짜 늙은이 같아."

결국 작게 웃음을 터트린 쥬엘라가 계약서를 손에 들었다.

"고마워."

"내가 주는 거 아니래도."

"도대체 무슨 소리야?"

"아휴, 됐다. 그런 게 있어."

[고맙습니다! 정말, 정말 고맙습니다!]

아까부터 연신 감격스러워하는 쥬엘라의 친모와 왜 말을 하다가 마냐며 투덜거리는 쥬엘라를 뒤로하고 카밀라는 천천히 자리에서 일어섰다.

"어디 가게?"

"응, 만날 사람이 있어."

"누구?"

쥬엘라는 의아한 눈빛을 감추지 못했다. 별 뜻 없는 질문이었는데 카밀라의 표정이 심상치 않았기 때문이다.

미간을 찌푸린 카밀라의 입에서 긴 한숨이 연신 흘러나왔다.

'대체 누구를 만나러 가기에?'

이후 내뱉어진 그녀의 대답은 쥬엘라를 더욱 의아하게 만들었다.

"도르만."

그녀가 데리고 있는 시종의 이름이 나왔으니까.

※

"멜! 조심해!"

"괜찮아. 이 정도 높이야 한두 번 올라가 본 것도 아닌걸."

나무에 주렁주렁 열린 사과를 따러 사다리에 올라선 멜은 동료의 외침에 걱정 말라는 듯 손을 흔들어 줬다.

늘 이맘때 주렁주렁 열리는 사과를 내년부터는 볼 수 없을 것이다. 가주님과 큰도련님의 명에 따라 저택 내 사과나무를 없애는 작업이 한창이었다. 빈자리에는 다른 과일나무를 새로 심기로 했다.

'갑자기 왜?'

다들 의아해했지만 가주의 명에 토를 다는 이는 아무도 없었다. 그저 평소 이런 하찮은 일에 전혀 관심을 두지 않는 두 분의 갑작스러운 명령이 신기할 뿐.

얼마 전 주방장님한테는 사과가 들어간 음식은 아무것도 내오지 말라고 하셨다던데.

'갑자기 사과에 질리시기라도 한 건가?'

물론 그 덕에 올해 여기서 열린 사과는 다 자신들의 몫이 되었지만 말이다.

"어… 어, 어!"

"꺄악! 멜!"

한참 사과를 따는 데 열중하던 멜이 조금 더 위에 열린 탐스러운 과실을 따기 위해 손을 뻗다 순간 중심을 잃고 비틀거렸다.

"어? 어? 꺄아악!"

터억!

"…어?"

질끈 눈을 감았던 멜은 딱딱한 땅이 아닌 뭔가에 감싸이는 걸 느끼며 천천히 눈을 떴다.

"괜찮으세요?"

"…도르만."

"정말 위험했습니다."

"고, 고마워!"

멜을 조심히 바닥에 내려놓은 도르만은 살짝 웃으며 방금 그녀가 떨어졌던 사과나무를 바라봤다.

"카밀라 아가씨는 사과를 별로 좋아하지 않으시는데……. 디저트 올릴 때 주의 좀 부탁드려도 될까요?"

"응, 응! 걱정 마! 이거 주방에서 쓸 거 아니야."

"다행이네요. 과일 따는 거 도와드릴까요?"

"아니야, 아니야! 우리가 할 수 있어! 이제 진짜 조심할게."

"네. 그럼 수고들 하세요, 누님들."

"도르만도!"

"나중에 주방에 들러. 간식 챙겨 줄게!"

도르만을 향해 연신 손을 흔들어 주는 멜과 다른 시녀의 눈이 그 어느 때보다 반짝거렸다. 다른 시종들과 달리 매너도 좋고 늘 친절한 도르만은 고용인들 사이에서 누구보다 인기가 좋았다.

"어? 아가씨?"

화사한 미소를 날리고 돌아선 도르만의 시야로 누군가 들어왔다.

자신을 빤히 바라보고 시 있는 이, 카밀라를 발견한 그가 조르륵 그녀에게 달려갔다.

"언제 오셨어요?"

"조금 전에."

"여기서 뭐 하세요?"

"너 구경."

"저요? 왜요?"

"저게 나 때문에 저러고 살고 있구나… 싶어서."

"네에?"

무슨 말인가 싶어 고개를 갸웃거리는 도르만을 잠시 말없이 응시하던 카밀라가 천천히 돌아섰다.

"따라와. 얘기 좀 하게."

그 말을 끝으로 앞서 걷는 그녀를 도르만이 급히 따랐다.

잠시 후.

"저기, 카밀라 아가씨?"

"앉아."

"차라도…….”

"됐으니 앉아."

"네."

카밀라의 분위기가 평소와 다르다는 걸 느낀 도르만은 조금은 긴장된 눈빛으로 자리에 조심히 앉았다.

'내가 최근에 또 뭔가 크게 실수를 한 게 있었나?'

지금 당장 가서 뾰족구두라도 숨겨 놓는 게 좋으-

"나지? 진실의 거울."

"…예?"

"나 맞잖아."

갑자기 훅 치고 들어오는 질문에 도르만은 잠시 아무런 말도 하지 못했다. 그저 입을 멍하니 벌린 채 카밀라를 한참 바라봤다.

그녀는 그런 도르만의 시선을 조금도 피하지 않았다.

"진실의 거울, 나지?"

오히려 재차 같은 질문을 던졌다.

그동안 생각하고 또 생각해 봤지만 역시 결론은 하나였다.

"그리고…….."

그것을 인지하는 순간 깨닫게 된 또 하나의 사실.

"너 일부러 바꾼 거지? 실수가 아니라."

이시아와 카밀라. 두 영혼을 바꾼 도르만의 행동.

그 안에 담긴 진실이 이제야 명확히 보였다.

'그래, 아무리 생각해도 이상했어.'

미치지 않고서야 어떻게 영혼을 바꿔 넣을 수가 있냐고.

"영계의 시스템을 관리하는 자가 그렇게 멍청할 리가 없잖아?"

사신 하벨의 말로는 도르만이 최고 관리자였다는데, 그런 자가 그딴 초보자도 하지 않는 실수를 했다는 것 자체가 웃긴 일이다.

그러다 진실의 거울이 자신이라는 걸 알았을 때 확실히 깨달았다.

"진실의 거울이 무사히 태어나게 하려고 한 거잖아."

그가 일부러 영혼을 바꿔치기했다는 걸.
"……."
카밀라의 말이 모두 끝난 후에도 도르만은 아무런 말이 없었다. 놀라워하던 표정도 이내 덤덤하게 변해 있었다.
이윽고 도르만의 입에서 짧은 한숨이 흘러나왔다.
"맞습니다."
짧은 긍정에 카밀라의 입에서도 탄식이 터져 나왔다. 예상한 일이지만 막상 확인을 받자 기분이 묘했다.
"그러니까, 그 모든 게 다……."
이시아로 살며 받았던 고통들.
아버지에게 죽임을 당할 뻔한 일들.
그 모든 게 나를 살리기 위해서였다고.
"너 대체 무슨 생각으로 그런 짓을 한 거야?"
이 일로 관리직에서 쫓겨나기까지 했으면서.
"대체 뭐 때문에?"
왜 온갖 구박을 받으면서도 내 옆에 있는 건데? 아무 말 없이 입 다물고 있었던 이유는 또 뭐고?
"설마 내가 네 동생의 환생-"
"절대 아닙니다!"
도르만이 고개를 세차게 저으며 부정했다.
"제 동생은 아주 착한 아이였습니다."
"…미안하다. 난 못돼서."
"아, 하하."
어쭈? 부정은 안 하네?

"시선은 왜 피해? 피하지 마! 더 기분 나쁘니까!"

"그, 그게 아니라, 제 동생의 영혼은 그때 완전히 소멸되었다고 말씀드렸지 않습니까. 환생 같은 거 하지 못했습니다."

"그래서 뭐야? 내가 네 동생의 환생인 것도 아닌데 대체 왜 그런 짓을 한 건데?"

"그러게요… 제가 왜 그랬을까요?"

"뭐?"

그걸 왜 나한테 물어! 오히려 자신에게 되묻는 도르만을 보며 카밀라는 살며시 미간을 찌푸렸다.

그 모습에 도르만의 입가에 씁쓸한 미소가 피어올랐다.

"저도 모르겠습니다."

"……."

"진실의 거울이 매번 그들의 손에 제대로 빛도 보지 못하고 사라지는 게 안타까웠습니다."

환생의 기회조차 가지지 못한 동생의 얼굴이 자꾸 떠올랐다. 인간으로 있을 적 맺었던 인연이니 더는 무의미하다는 것을 알면서도 그러했다.

"정신을 차리고 보니 제가 일을 저지른 뒤더군요."

진실의 거울, 그 운명을 타고난 아이의 영혼을 보는 순간 자신도 모르게 다른 세상으로 보내 버렸다. 어떻게든 무사히 태어나기를 바라며.

"저들이 갖고 있는 기물은 진실의 거울이 태어날 때만 반응을 합니다."

"태어날 때만?"

"네, 그 순간만 넘기자는 생각에 두 분의 영혼을 바꾸었어요. 이후 원래대로 되돌려 놓을 것이니 문제가 되지 않으리라 생각했습니다."

다른 세계에서 태어나게 한 뒤 다시 데리고 오면 기물이 알아채지 못할 테니까. 그럼 이이도 무사할 테고.

하지만 제자리를 찾아 주는 일에 이렇게나 오랜 시간이 필요하게 될 줄은 도르만도 미처 예상하지 못한 일이다. 서로가 서로를 인지하는 데 그토록 많은 삶이 반복되어야 했다니.

"이 모든 일에 대해 죄송하게 생각합니다. 제 결정으로 인해 이시아 님과 카밀라 님의 삶이 무척 힘들었으니까요."

"한 명 더 있잖아."

"네, 제이너 님께도요."

이시아와 카밀라, 그리고 엉겁결에 휘말린 제이너까지.

자신의 결정에 의해 운명이 바뀌어져 버린 세 사람.

하지만……

"후회는 하지 않습니다."

"너……"

"아가씨가 이렇게 무사히 살아 계시니까요."

그 말을 끝으로 빙그레 웃는 도르만을 보며 카밀라의 입에서 다시 긴 한숨이 새어 나왔다.

그동안 그를 참 많이도 원망했었다. 적잖이 미워도 했고 화풀이를 한 적도 무척 많았다. 자신이 겪은 아픔이 모두 그로 인해서 벌어진 일이라 여겼으니까.

'그런데 그 모든 것이 날 살리기 위해서였다니.'

그로 인해 직장에서 잘리기까지 하고 말이야.

'저놈 인생도 참…….'

이게 뭔가 싶고, 허탈한 기분이 들었다.

"그런데 도르만."

"네."

"나, 너한테 안 미안해."

도르만 본인의 결정이었으니 그가 감당했어야 할 일이다. 그가 말했듯 내 선택이 아니었으니까. 이렇게 힘든데도 꼭 살아가야만 하나 싶어 나쁜 생각을 한 것도 한두 번이 아니었다.

"그래서 고맙다는 말도 못 하겠어."

살려 줘서, 이렇게 제자리를 찾게 해 줘서 고맙다는 말 또한 쉽게 내뱉어지지 않았다. 내가 역시 못된 건가?

"하지만……."

미안하다, 고맙다, 잘했다는 말은 앞으로도 하지 못할 것이다.

아니, 하지 않을 것이다.

"고생했어."

그래도 이 말은 해 줄 수 있을 것 같다.

진심으로 할 수 있는 말은… 그래, 이게 다다.

"그 긴 세월, 혼자서 날 지켜봐 주느라 고생했어."

"……."

짧은 그 한마디에 도르만의 눈이 커다래졌다. 그런 그의 입가에 곧 희미한 미소가 걸린다. 그 말이 무척 만족스러운가 보다.

"그런데 나야 그렇다 치지만 다른 두 사람은 어쩔 거야?"

카밀라는 짧게 혀를 찼다.

이시아와 제이너는 뭔 죄냐고. 그 두 사람은 정말 아무 죄도 없이 그 긴 세월을 고통 속에 살았다는 말이잖아.

"그렇지 않아도 제이너 님께 보상을 어찌해야 하나 고민 중입니다. 결론이 나면 찾아뵐 거예요."

"이시아는?"

카밀라는 순간 멈칫했다. 이제 이시아, 그 이름을 남처럼 부르는 게 전혀 어색하지가 않아서.

피식 웃은 그녀는 가볍게 고개를 저었다. 이제 그만 이시아를 보내 줘야겠지.

나는 카밀라 소르펠이니까.

"이시아 님께는 아마 지금쯤 마지막 보상안이 전달되었을 겁니다."

"전달? 무슨 보상안?"

"하나의 선택지요."

"그게 뭔데?"

의아해하는 카밀라를 보며 도르만은 대답 대신 그저 알 수 없는 미소만 지을 뿐이었다.

그런 그를 보며 카밀라는 연신 고개를 갸웃거렸다.

[하아암.]

오늘도 열심히 카밀라를 쫓아다니다 그녀가 잠든 후에야 밖으로 나온 사제 유령 아레나는 하품을 길게 내뱉었다. 매번 느끼는 거지만 죽었는데도 지루하면 하품이 쏟아지는 게 참 신기하다.

[저 녀석, 오늘은 푹 좀 자려나?]

최근 이런저런 일로 잠을 설치는 카밀라를 보며 내심 걱정이 많았다. 그래도 오늘은 생각보다 일찍 잠이 들던데.

[에바교라…….]

달이 떠 있는 밤하늘을 잠시 멍하니 바라보던 그녀는 짧은 한숨을 내쉬었다.

최근 카밀라를 따라다니며 그녀 역시 에바교가 다시 세상에 나타났음을… 아니, 그동안 사라진 척 숨을 죽이고 있었을 뿐이라는 것을 알았다.

[바퀴벌레 같은 것들.]

에바교에 대해선 그녀 역시 잘 알고 있었다. 신전에 들어간 후 질리도록 들었던 이름이었다. 세상을 한때 혼란에 빠트렸던 이교도에 대해 배울 때 늘 빠지지 않고 등장하는 게 바로 에바교였으니까.

[에휴.]

그때는 이미 오래전에 사라진 사이비 종교를 왜 저렇게 자주 언급을 하는 거냐고 온갖 짜증을 다 냈는데……. 짧게 한숨을 내쉰 그녀의 시선이 방금까지 자신이 있던 카밀라의 방으로 향했다.

그리 긴 시간은 아니었지만 곁에서 지켜본 카밀라는 어린 나이에 비해 남들에게 말하지 못할 사연이 무척 많아 보였다. 죽은 자를 보는 것도 그렇고 사신과 친분이 있는 것 역시 평범한 인간과는 거리가 멀었으니까.

[거기에 이젠 에바교까지.]

하여간 운명 한번 참 복잡하게 타고났다. 한 사람에게 저리 많은 것들이 얽혀 있는 것도 정말 드문 일인데 말이다.

[…쯧.]

조금은 안타까운 눈빛으로 카밀라가 잠들어 있는 곳을 바라보던 그녀의 미간이 살며시 찌푸려졌다.

[네 녀석, 또 왔냐.]

그녀를 향해 깍듯이 고개를 숙이는 이, 바로 사신 하벨이었다.

"오늘도 이곳에 계시는군요."

[왜 또 온 거야. 저 녀석 오랜만에 꿀잠 자고 있으니 방해하지 마. 썩을 것들이 뭔 일을 개같이 해서 매번 애한테 부탁을 한다고 지랄이야!]

"카밀라를 만나러 온 게 아닙니다."

[그럼?]

"언제까지 이러고 계실 겁니까. 신으로 추대되신 분이 계속 이러고 계시면 소멸인 거 모르십니까?"

[매번 똑같은 말이네.]

지겹다는 듯 아레나가 손을 휙휙 내저었다.

[네놈이 매번 그렇게 떠들지만 난 아직도 이렇게 멀쩡히 존재하고 있잖아.]

"그거야 주신께서 계속 봐주고 계셔서 그런 겁니다. 그분의 마음이 언제 바뀔지 아무도 모릅니다."

[바뀌라 그래.]

아레나는 팔짱을 끼며 코웃음을 날렸다.

[소멸된다고 하면 겁이라도 먹을 것 같아? 나도 살 만큼 살았…

아니지, 존재할 만큼 존재했거든. 아쉬울 거 하나 없다고.]

"아쉬울 것도 없으니 그만 따라가시죠."

[아쉬울 것 없는데 내가 왜 따라가? 저 위 세상이 뭐가 좋아서? 내가 미쳤냐? 너희 같은 것만 모여 있는 곳에 자진해서 가게.]

오늘도 설득에 실패한 하벨의 입에서 짧은 한숨이 새어 나왔다. 아레나 역시 보육원 원장처럼 죽기 전부터 신으로 추대된 인물이었지만 상황이 좀 달랐다.

하급 신이 아닌 고위급 신으로 내정되어 있을 뿐만 아니라, 무려 주신이 직접 그녀의 자리를 지정해 놓았다. 그 오랜 시간 멋대로 세상을 돌아다니고 있음에도 소멸되지 않은 이유 역시 주신이 그녀를 많이 아끼기 때문이었고.

덕분에 그런 영혼을 강제할 수 없는 사신들만 죽어났다.

[아, 몰라. 난 그딴 거 하기 싫으니까 주신 영감탱이한테 똑바로 전해! 소멸을 시키든 말든 알아서 하라고!]

"영감탱이라니요. 그분은······."

[알 바냐? 내가 왜 죽어서까지 일을 해야 해! 썩을! 신성력도 내가 달라고 한 것도 아닌데 멋대로 줘 놓고! 내가 그것 때문에 한평생 얼마나 개고생했는지 알아?]

"그분께서 아레나 님을 많이 아끼······."

['원치 않는 애정은 폭력이다.'라는 말 모르냐? 어? 와, 이게 자기일 아니라고 말 함부로 하네? 여기저기 신성력 쓰러 다닌다고 내가 진짜!]

"······."

그 후로도 한참 동안 주신에 대한 욕을 거침없이 쏟아 낸 아레나는 속이 좀 시원해진 표정을 짓더니 이내 그 자리를 떠나갔다. 그 모습이 이미 익숙한 하벨은 그저 소리 없는 한숨을 다시 조용히 내쉴 뿐이었다.

잠시 후 그런 그의 시선이 천천히 뒤로 향했다. 그곳에 빙그레 웃으며 서 있는 도르만을 발견한 하벨은 정중히 고개를 숙였다. 그러곤 급히 뒤돌아 자리를 뜨려 했다.

"아직도 화났어?"

"아닙니다. 제가 어찌 감히!"

세차게 고개를 젓는 모습에 도르만의 미소가 더욱 짙어졌다. 그런 그를 바라보며 하벨은 지그시 입술을 깨물었다.

지금… 지금 웃음이 나오시나?

"후회 안 하시겠습니까?"

"글쎄, 할지도 모르지."

"그럼 지금이라도 당장 취소하십시오! 아직 늦지 않았습니다!"

하벨의 입에서 답지 않게 큰소리가 터져 나왔다.

그가 복직할 수 있는 마지막 기회다. 후회의 마음이 조금이라도 있다면 지금이라도 그만두는 것이 옳다.

"내가 마무리해야 할 일이야."

"하지만!"

"내가 저지른 짓이니까."

뭔가 더 말을 하려던 하벨은 결국 입을 꾹 다물었다. 도르만의 단호한 눈빛을 보니 더 말해 봐야 소용이 없다는 걸 깨달은 것이다.

"그녀에게는 언제 말씀하실 겁니까. 저쪽 세계에 있는 이는 이미 선택을 끝낸 것 같습니다."

한참 후 하벨의 시선이 조금 전 아레나처럼 카밀라가 잠들어 있는 곳으로 향했다.
　그녀의 잘못이 전혀 없음을 그도 잘 알고 있었다. 다만 팔은 안으로 굽는다고, 자꾸 원망스러운 마음이 드는 건 어쩔 수가 없었다.
　"지금은 때가 아닌 것 같아."
　"무슨……."
　"시간을 두고 기다리는 중이야."
　하벨은 다시 짧은 한숨을 내쉬었다. 그의 원망 어린 시선이 이내 카밀라가 있는 곳으로 향했다.
　"저분의 잘못이 아니야."
　그의 마음을 이미 다 알고 있는 도르만은 피식 웃으며 고개를 살며시 저었다.
　"처음부터 끝까지 다 내 선택이었어."
　"…압니다."
　그래서 더 화가 난다. 이 착잡한 마음을 풀 곳이 없어서. 도르만 님에게 화를 낼 수는 없으니까.
　결국 하벨의 입에서 긴 한숨이 또다시 흘러나왔다.

제이너를 찾아서

"……."

초저녁부터 방에서, 그것도 책상 앞에서 꼼짝도 않던 아르시안이 처음으로 몸을 움직였다. 그의 손에는 뭔가가 들려 있었다.

"흐음."

쿠션이었다. 수가 완벽히 놓여 있는 쿠션.

그걸 바라보는 그의 얼굴에 드물게 희미한 미소가 걸려 있었다. 드디어 카밀라의 얼굴이 수놓인 쿠션이 완성된 것이다.

'포장 상자는 꽃무늬로 할까?'

원래는 이 쿠션을 정말 자신이 가지려고 했다. 라일라가 자기가 들고 있는 쿠션을 절대 주지 않는 바람에……. 하지만 리오로 인해 수를 놓고 있는 걸 그녀에게 들켜 버렸다.

'언제 주는 거야?'

'뭐, 뭘?'

'내 얼굴 쿠션.'
'그, 그건……!'
'기대할게.'

기대하겠다고 환하게 웃는 카밀라를 떠올리며 수를 놓는 속도를 더욱 올렸다. 자신이 가지겠다는 생각은 멀리 던져 버렸다.
이거 하나를 완성하는 데 얼마나 큰 인내심이 필요했던가. 카밀라의 얼굴이 새겨져 있는 게 아니었다면 진작 던져 버렸을 것이다.
"여기가 좀……."
실물보다 못하잖아!
눈을 수십 번 고치고 또 고쳤지만 카밀라 특유의 붉은 눈을 제대로 새겨 넣는 건 불가능했다.
"그래도, 뭐."
쿠션을 양손으로 집어 드는 손길이 답지 않게 아주 조심스럽다.
굳은 목을 이리저리 한 번 움직여 푼 그는 졸린 듯 곧장 침대로 향했다. 하지만 잠을 막 청하려던 그의 눈이 이내 빠르게 다시 떠졌다.
미간을 살며시 찌푸린 아르시안은 자리에서 몸을 일으켰다. 그러는 중에도 쿠션을 이불로 고이 덮어 두는 걸 절대 잊지 않았다. 피라도 튀면 안 되니까.
"뭐야?"
당장에라도 상대를 죽일 듯 훅 하고 살기를 뿜어냈던 아르시안은 눈앞에 펼쳐진 의외의 상황에 멈칫했다.

방 안에 모습을 드러낸 이… 아니, 존재를 보며 일그러진 미간의 골이 더욱 깊어졌다.

"뭐냐? 그거."

[……]

검은 늑대. 세프라가의 신수 루나가 아르시안의 짧은 물음에 커다란 몸을 가볍게 털어 등에 얹혀 있던 뭔가를 바닥에 툭 떨어트렸다.

"너 뭘 주워 온 거야?"

바닥에 떨어진 건 사람이었다.

그것도 아르시안이 익히 알고 있는 얼굴이다. 바로 카밀라 집에 빌붙어 살고 있는 제이너였다.

"이상한 거 주워 오지 마라. 제자리에 가져다 놔."

이미 완전히 정신을 잃은 듯 제이너는 신음조차 내지 않았다. 피가 멎지 않는 걸 보니 부상이 꽤 큰 것도 같았고.

'알 바가.'

그에게 제이너는 암살자 주제에 카밀라와 같이 살 생각을 하는 뻔뻔한 인간에 불과했다.

"……"

그를 잠시 말없이 바라보던 아르시안은 다시 침대로 향했다. 그러곤 아무 일도 없었던 것처럼 잠을 청하기 시작했다. 그런 그의 품에는 어느새 카밀라의 얼굴을 수놓은 쿠션이 소중히 안겨 있었다.

[……]

그 모습을 본 루나가 제이너를 입에 물었다.

"야, 그거 먹는 거 아니야."

루나는 입에 문 제이너를 아르시안에게 좀 더 가까이 다가가 내려놓았다. 좀 살펴보라는 듯이.

결국 자리에서 일어난 아르시안은 연신 작게 욕설을 내뱉었다.

"감시만 하라고 했잖아, 감시만! 상태 안 좋아 보이면 그냥 내버려 두든가 다른 데 던져두고 올 것이지, 이걸 왜 여기까지 물고 와?"

칸의 주인이 카밀라 옆에 붙어 있는 게 영 신경이 쓰이길래, 결국 얼마 전 세프라 공작에게 부탁해 신수를 잠시 빌려 달라고 했다. 혹시나 해서 물어봤는데 의외로 세프라 공작은 흔쾌히 루나를 그에게 내줬다.

'그 아이, 잘 지켜라.'
'말 안 해도 그럴 거야.'
'요즘 뭔가 일이 많은 것 같더군.'

당신이 신경 쓸 일이 아니라고 이죽거리려다 아쉬운 건 이쪽이었기에 루나만 조용히 데리고 나왔다.

원래 가주 외에 다른 사람 말은 절대 안 듣는 성격 더러운 놈이 눈치는 빨라서, 카밀라와 관련된 일인 걸 알곤 조용히 자신의 말을 따라 줬다. 제이너를 은밀히 따라다니며 카밀라에게 조금이라도 해가 될 것 같으면 바로 처리하라는 명령을 내렸다.

'그런 지가 보름쯤 지난 것 같은데?'

그런데 뜬금없이 지금 다 죽어 가는 저놈을 갑자기 데리고 온 것이다.

'아닌가?'

이미 죽었나?

"시체 처리는 네가 알아서 해."

그 말을 끝으로 침대에 누우려던 그는 얼마 지나지 않아 몸을 일으켜야만 했다. 아직 죽지 않았다는 듯 쿵쿵거리며 제이너를 들이미는 루나의 행동에 아르시안은 결국 욕설을 한바탕 쏟아 낼 수밖에 없었다.

※

"진, 그 아이가 죽었다고?"

"죄송합니다."

"영혼조차 회수하지 못했다고 했나?"

"상황이 급했던지라……."

혀 차는 소리가 유독 크게 들려왔다.

"아직 쓸모가 많이 남은 아이였거늘."

"그자의 실력이 생각보다 만만치 않았습니다."

안색이 차갑게 식은 다니엘의 음성이 점점 다급해졌다.

자신을 찾아온 제이너, 그의 뒤를 쫓던 진이 죽었다. 그뿐만 아니라 제이너를 제거하려고 한 이번 일이 완전히 실패로 끝이 났다. 그 모든 사실을 보고하는 다니엘의 입술이 바짝바짝 말라 갔다.

"칸의 주인이라면 만만한 상대가 아니긴 하지."

"마, 맞습니다."

그나마 페이블러 황제가 자신의 말을 이해하고 동의해 주자 다니엘은 속으로 연신 안도의 한숨을 내쉬었다.

이번 일로 제이너 에스크라의 정체가 뭔지는 알아냈지만 이쪽의 피해가 생각보다 너무 컸다. 진뿐만 아니라 교에서 특별히 키운 이들이 수를 헤아리기 힘들 정도로 많이 죽었다. 고작 그 한 사람에게 말이다.

"그는?"

"…놓쳤습니다."

심지어 그를 깔끔히 처리조차 하지 못했다. 큰 부상을 입히긴 했지만 결국 놓치고 말았다. 어느 순간 흔적도 없이 사라져 버려 현재 그가 어떤 상태인지, 어디로 갔는지 전혀 감을 잡지 못하고 있는 상황이다.

"쯧."

짧게 혀를 차는 페이블러 황제의 소리가 유독 날카롭게 귀를 파고들었다. 다니엘의 몸이 더욱 움츠러들었다.

"소르펠가는?"

"바로 확인했는데 거기로 돌아가진 않았습니다."

다니엘의 말을 조용히 듣고 있던 페이블러 황제는 다시 짧게 혀를 찼다. 그의 심기가 어느 때보다 불편하다는 걸 깨달은 다니엘의 몸이 미세하게 떨리기 시작했다.

"그가 교에 대해 얼마나 아는 것 같던가."

"저, 정확한 정체는 모르는 듯했지만 저희가 그동안 행한 일에 대해선 제법 많은 정보를 갖고 있었습니다."

다른 걸 다 떠나서 붉은 성물을 언급한 건 절대 그냥 넘길 수 없었다. 그 성물의 용도가 세상에 아직 알려져서는 안 되니까.

"카밀라 소르펠과 친분이 깊다지?"

"그녀의 친부가 양자로 들인 자입니다."

"그 아이에게 이미 말이 들어갔을지도 모르겠군."

"그것까진……."

"그자를 찾는 게 우선이겠어."

"네, 최대한 빨리 처리하겠습니다."

다니엘의 말에 페이블러 황제가 살며시 고개를 저었다.

"진과 그들을 보냈음에도 처리를 못 하지 않았나. 고작 하나를 처리하기 위해 또다시 큰 손해를 볼 수는 없지."

"하지만……!"

교단의 내밀한 사정까지 알고 있는 그자를 그냥 내버려 둘 수도 없지 않은가.

하지만 급히 자신의 의견을 피력하려던 다니엘은 끝까지 말을 다 잇지 못했다. 자신을 바라보는 페이블러 황제의 눈이 너무도 차갑게 식어 있었기 때문이다.

"…죄송합니다."

이번에 제이너의 손에 죽은 이들이 페이블러 황제가 유독 아끼며 키운 이들이었다는 사실을 새삼 깨달은 다니엘은 마른침을 속으로 연신 삼켰다. 그런 이들을 희생시켰음에도 돌아온 결과가 아무것도 없으니.

다니엘은 바로 무릎을 꿇고 머리를 조아렸다. 누구보다 그가 가진 냉정함을 잘 알고 있었으니까. 아무리 오랫동안 곁에 둔 자라도 마음에 들지 않으면 단번에 내칠 수 있는 이라는 것도.

"다니엘."

"네, 교주님."

"자네가 찾게."

"예?"

"자네가 찾아 처리해."

"…저 혼자서 말입니까?"

"왜? 더 필요한가?"

명을 받은 다니엘의 눈빛이 갈 곳을 잃은 것처럼 마구 흔들렸다. 교의 모든 힘을 쏟아부어 키운 이들조차 처리하지 못한 이를 자신 혼자 찾아 해결하라니. 내쳐진 거다. 이번 일을 해결한다면 다시 받아 주겠지만 그러지 못한다면 그냥 그대로 죽으라는 뜻이었다.

떨리는 눈빛으로 머리를 조아리고 있던 다니엘은 결국 천천히 입을 열었다. 지금 그가 할 수 있는 대답은 이미 정해져 있었으니까.

"알겠습니다."

딸랑.

"어서 오십시오."

20대 초반으로 보이는 젊은 여자가 환한 미소로 손님을 맞이했다. 시내에서 가장 큰 잡화점의 점원인 그녀는 온몸이 친절함으로 무장되어 있었다.

"혹시 찾으시는 게 있으신가요? 도와드리겠습니다."

회색 로브를 깊게 눌러쓴 손님은 가게 안을 가볍게 둘러보는가 싶더니 이내 점원을 향해 몸을 틀었다.

"찾는 게 있긴 한데."

로브 안에서 젊은 여자의 음성이 흘러나왔다. 얼핏 보이는 핑크 블론드 머리칼이 참 고왔다.

"네, 손님. 원하시는 게 있다면 뭐든 말씀하십시오. 저희 상회에서는 구하지 못하는 물건이 없답니다."

"내가 뱀을 좋아해서."

"…뱀이요?"

"흑뱀 두 마리가 새겨진 물건을 갖고 싶은데, 바로 구할 수 있을까?"

"흑뱀이 새겨진 건 흔하지가 않은데……. 잠시만 기다려 주시겠어요? 점장님께 말씀드려 보겠습니다."

방긋 웃은 점원은 가게 안에 마련된 사무실로 들어섰다. 잠시 후 그곳에서 나온 그녀의 얼굴에는 여전히 미소가 가득했다.

"저희 점장님께서 손님의 이야기를 조금 더 자세히 들어 보고 싶다고 하시네요. 절 따라오시겠습니까?"

가볍게 고개를 끄덕인 여자는 점원을 따라 사무실 안으로 들어섰다.

"반갑습니다."

사무실 안에는 30대 중반으로 보이는 남자가 점원과 별반 다르지 않은 미소를 지으며 자리를 권했다.

"이쪽으로 앉으시죠."

이곳까지 안내를 맡았던 점원은 꾸벅 고개를 숙인 후 한쪽으로 물러섰다. 입구를 막듯이 말이다.

"두 마리의 흑뱀이 새겨진 물건을 찾으신다고요?"

"응."

"찾으시는 물건이 어떤 것인지 좀 더 정확히 말씀해 주시겠습니까?"

"흑뱀이 새겨진 정보."

"……."

점장의 입가에 더욱 짙은 미소가 걸린다.

"그 물건은 신분이 확실하지 않으면 넘기지를 않습니다만."

그 말에 여자는 별다른 거부 없이 깊게 눌러쓰고 있던 로브를 천천히 벗었다. 드러난 여자의 얼굴을 본 점장과 점원이 동시에 정중히 고개를 숙였다.

"어서 오십시오, 카밀라 님."

로브 속의 인물은 바로 카밀라였다.

"역시 바로 알아보네."

"저희가 비록 암살을 주된 일로 하지만 정보력은 그 어떤 조직보다 뛰어나다고 자부합니다."

암살 집단 칸. 그녀가 이렇게 직접 이곳을 찾은 이유는 한 가지다.

"당신들의 주인, 지금 어디에 있어?"

제이너, 그가 사라졌다. 언제나처럼 늦은 밤이나 새벽에는 돌아올 줄 알았던 그가 벌써 3일째 아무런 연락이 없다.

'갑자기 이게 무슨 일인지.'

이쯤 되자 소르펠 공작을 비롯해 다른 식구들도 의아해하는 중이었다. 손님으로 묵고 있는 이가 갑자기 보이지 않으니 이상할 수밖에.

'급한 일이 있어 며칠 자리를 비운다는 말을 들었다고 둘러대긴 했는데.'

슬슬 걱정하지 않을 수 없었다. 칸의 수장이라는 자리가 그리 안전한 자리는 아니었으니까.

뭔가 일이 있어 이렇게 오랫동안 자리를 비우는 거였다면 적어도 자신에게는 미리 언질을 줬을 것이다. 며칠째 연락조차 없는 건 아무래도 이상했다. 생각이 점점 안 좋은 쪽으로 흘러가는 건 어쩔 수 없는 일이었다.

에스크라 공작에게 알려야 하는 건 아닐까 하는 생각도 했지만······.

'그게, 또 걸리는 게 너무 많단 말이야.'

혹여 제이너에게 별다른 일도 없는데 괜히 내가 오버한 거라면? 일만 커져서 그의 정체만 밝혀지는 꼴이 되지 않을까 싶었다. 오랫동안 가족에게까지 숨겨 온 그의 비밀이 나로 인해 밝혀진다면 그 원망을 어떻게 감당하라고?

'그렇다고 가만히 있을 수도 없고.'

결국 카밀라는 칸의 지부를 직접 찾아올 수밖에 없었다. 지부를 찾는 건 생각보다 별로 어렵지 않았다.

'한 번 와 봤는걸.'

수호의 탑이 무너졌을 때 라비의 생사를 몰라 제이너의 도움을 받아 칸의 지부에 들른 적이 있지 않은가. 그때 정신이 전혀 없긴 했지만 위치 정도야 정확히 기억하고 있었다.

또한 제이너에게 칸을 이용하는 방법도 들었다. 제국 곳곳에 일반 상회로 꾸며져 있는 자신들의 가게로 가 흑뱀 두 마리를 찾으면 된다고 했다.

매우 간단한 방법이었지만 그 안에는 칸의 수많은 눈이 함께하고 있었다. 입구에 들어서는 손님들을 살피고 감시하는 은밀한 시선이 수십 개란다.

심지어 일종의 암호인 흑뱀을 찾더라도 바로 의뢰를 받는 것도 아니었다. 이렇게 관계자가 바로 만나 주기는 하지만, 그게 끝이 아니었다. 상대의 신분을 철저히 확인한 뒤 칸 쪽에서 따로 날을 잡아 의뢰인을 찾아간 뒤에야 정식으로 계약이 이루어지는 시스템이었다.

"너희 수장이랑 지금 연락이 안 돼."

카밀라의 말에 점장의 얼굴이 눈에 띄게 어두워졌다. 쉽게 답을 하지 못하던 그의 입에서 결국 긴 한숨이 흘러나왔다.

"문제가 생겼습니다."

"…다쳤어?"

문제라는 말에 떠오르는 건 역시 그것뿐이었다.

의뢰를 수행하다 크게 다치기라도 한 건가? 상처를 크게 입었다면 공작가로 돌아오기 힘들 테니까.

'그러게 내가 좀 얌전히 지내라고 했잖아!'

대체 이번엔 무슨 의뢰를 받고 움직였기에!

"아무래도 그런 것 같습니다."

"그런 것 같다니, 그건 또 무슨 말이야?"

확신이 전혀 없는 점장의 대답에 카밀라의 미간이 더욱 일그러졌다. 점장의 입에서도 긴 한숨이 다시 흘러나왔다.

"저희도 연락이 끊겼습니다. 마지막 흔적을 쫓아갔는데 전투 흔적만 남아 있더군요. 그걸 끝으로 아직까지 아무런 연락이 없으십니다."

"행방을 전혀 모른다고?"

"지금 열심히 찾고 있긴 한데……."

그 말에 카밀라의 표정 역시 급격히 굳어졌다.

이건 단순히 다친 정도의 상황이 아닌 거 아냐? 부하들에게 연락하지 못할 정도로 신변에 큰 이상이 생겼다는 거잖아.

'설마 죽은……!'

헉! 아니다. 쓸데없는 생각은 말자.

'죽더라도 보상은 받고 죽어야 할 거 아냐!'

너 이렇게 죽으면 인생 진짜 억울한 거다! 도르만이 보상해 준대! 목숨 줄 딱 붙잡고 있으라고!

'이걸 어떻게 해야 하지?'

역시 에스크라 공작에게 알리는 게 좋을까? 아니면 오라버니들에게라도? 가문의 힘을 빌려서라도 찾는 게 좋지 않을까?

"너무 걱정 마십시오."

심각한 얼굴로 고민에 빠진 카밀라의 모습에 점장이 조용히 말을 이었다.

"결코 누군가에게 쉽게 당하실 분이 아닙니다. 저희도 열심히 찾고 있으니 곧 행방을 알 수 있을 겁니다."

제이너에 대한 믿음이 아주 확고해 보인다. 그 모습을 보며 카밀라도 짧은 한숨을 내쉬었다.

솔직히 여기서도 그의 행적을 모른다면 더는 방법이 없었다. 자신이 고민한다고 뭔가 해결이 될 것도 아니고.

그나저나…….

"나한테 다 말해 줘도 되는 거야?"

문득 의아함이 들었다. 일단 다급한 마음에 이곳을 먼저 찾아오긴 했는데, 이리 쉽게 제이너의 현 상황에 대해 답을 들을 거라고는 생각지 못했다. 돈으로든 뭐로든 대답을 이끌어 내야 할 줄 알았거늘. 너희들 이렇게 쉬운 인간들이었니?

"칸께서 말씀하셨습니다."

"제이너가? 무슨 말?"

그놈이 정상적인 말을 했을 리가 절대 없는데? 뭔 또 엉뚱한 소리를 한 거야?

"카밀라 양에 한해서는 자신을 대하듯 하라고 하셨지요."

"그런 것치곤 그동안 내게 받아 간 의뢰비가 만만치 않은 것 같은데."

한 푼도 깎아 준 적이 없었던 것 같은데?

"하하."

웃음으로 넘기기?

카밀라는 가볍게 혀를 차며 자리에서 일어섰다. 기껏 여기까지 찾아왔지만 결국 얻어 낸 게 아무것도 없었다.

'이 인간 대체 어디에 있는 거야?'

무사하긴 한 건가? 저 부하의 말대로 쉽게 죽을 놈이 아니긴 한데, 이번 삶이 정말 마지막이라는 건 확실히 인지하고 있는 거겠지?

카밀라의 입에서 다시 긴 한숨이 흘러나왔다.
"썩을!"
내가 왜 이런 걱정까지 해야 하는 건데!
카밀라가 갑자기 욕설을 내뱉자 점장과 점원이 움찔했다.
'뭐? 왜?'
나 원래 욕 잘해! 연예계 생활하면서 는 건 욕뿐이라고!
"하아."
역시 거기를 찾아가 봐야 하는 거겠지?
'거기…….'
세프라가 말이다.
카밀라는 마지막으로 제이너의 행적을 알 수 있을지도 모를 곳을 지금 당장 찾아가 보기로 했다.

"카밀라 님?"
상회를 나서던 카밀라는 자신을 부르는 소리에 멈칫했다. 익숙한 목소리였으니까. 고개를 돌리니 신관 다니엘이 빙그레 웃으며 서 있었다.
"여긴 어쩐 일이십니까?"
"구할 물건이 있어서요."
"아, 그러시군요. 그런데 빈손이신 듯합니다."
"찾는 게 없네요."
"뭘 찾으시는지 모르겠지만 제가 좀 도와드릴까요? 신전에서도 이리저리 물건들을 많이 구입하다 보니 알고 지내는 상회가 좀 많답니다."

"아니에요. 이미 주문을 넣어 놓고 나오는 길이에요."

"그런가요? 도와드리고 싶었는데 아쉽네요."

카밀라는 그 대화를 끝으로 바로 자리를 뜨려고 했다. 신전 쪽에도 에바교와 관련 있는 자가 있는 상황이다 보니 그쪽에 몸담고 있는 이들과의 접촉은 최대한 피하고 싶었다.

'특히 다니엘 신관.'

자신에게 성물을 넘긴 그가 가장 의심스러운 상태다. 물론 그 또한 아무것도 모르고 성물을 다른 이들에게 선물하고 팔고 있을 가능성이 아주 크지만 조심해서 나쁠 건 없으니까.

'게다가 지금 바로 가 봐야 할 곳도 있고.'

세프라가 말이다. 최근 제이너 주변을 서성거리는 한 녀석을 똑똑히 봤거든.

'루나.'

자기 딴에는 나름 은밀하게 제이너를 쫓고 있었던 것 같은데, 자신의 눈에는 녀석이 너무 잘 보였다.

'눈까지 마주쳤는걸.'

눈이 마주치자 꼬리를 마구 흔들던 루나의 모습이 지금도 생생하다.

'제이너에게 루나를 붙여 둔 이유가 뭔지는 모르겠지만.'

자신이 끼어들 일은 아니라고 생각했다. 그래서 제이너에게도 루나에 대해 일절 말해 주지 않았다.

'계속 모른 척하려고 했는데.'

아무래도 제이너의 행방을 알기 위해서는 세프라 가문에 가 봐야 할 것 같다. 그를 계속 쫓아다닌 루나라면 뭔가 알고 있을지도 모르니까.

"카밀라 님, 혹시 지금 시간 괜찮으신가요?"

그런데 자리를 뜨려는 카밀라를 신관 다니엘이 다급히 붙잡았다. 그녀의 입에서 저도 모르게 긴 한숨이 흘러나왔다.

"제가 지금은 좀 바빠서요."

"그러신가요? 제이너 님에 대해서 급히 드릴 말씀이 있습니다만."

"…제이너요?"

그냥 무시하고 떠나고 싶었지만 이어진 그의 말에 그럴 수가 없었다.

제이너라니? 이 사람이 왜 그 이름을 내뱉는 거지?

"며칠 전에 쓰러져 있는 그분을 발견했습니다."

"네에?"

"그런데 너무 많이 다치셔서……. 뭔가 큰일에 휘말리신 것 같아 다른 분들에게 쉽게 알리지도 못한 채 제 미력한 신성력으로 치료 중입니다."

뭐야? 지금 본인이 제이너를 데리고 있다고 하는 거야?

"그런데 상태가 점점 더 안 좋아지셔서……."

다니엘은 안타깝다는 듯 연신 한숨을 내쉬었다.

"어쩔 수 없이 카밀라 님께 도움을 청하려고 왔습니다. 카밀라 님의 신성력이라면 충분히 그분을 살릴 수 있을 테니까요. 제이너 님과 친분도 있으시고."

카밀라의 표정이 굳어지는 걸 본 다니엘의 음성이 더욱 간절해졌다.

"도와주십시오. 사람의 목숨이 달린 일입니다."

"제이너, 지금 어디에 있죠?"

그녀의 긍정적인 대답에 다니엘은 안도하며 감사의 뜻을 담아 고개를 깊이 숙였다. 하지만 그런 그의 입가에는 어느새 희미한 미소가 걸려 있었다.

그의 시선이 힐끔 한 곳으로 향했다. 방금 카밀라가 나온 상회 쪽이다. 창가에 서서 자신들을 보고 있는 점원들의 모습에 그의 미소가 조금 더 짙어졌다.

"절 따라오시면 됩니다."

"서두르죠."

앞서 걸어가는 다니엘을 따르며 카밀라의 시선 역시 자연스럽게 상회 쪽으로 향했다. 그곳에서 굳어진 표정으로 자신을 응시하고 있는, 방금 만난 점장의 모습을 볼 수 있었다. 당장에라도 뛰쳐나와 자신을 붙잡을 기세였다.

'그건 안 되지.'

카밀라는 그런 그를 향해 살며시 고개를 저어 주며 안심하라는 듯 희미한 미소까지 지어 줬다.

'어째 하는 짓이 똑같네?'

지금 상황, 무척 익숙하지 않나?

'라니아 때도 이랬지.'

가짜 라니아가 자신을 꾀어낼 때 딱 이런 분위기였던 것 같은데?

'내가 열심히 찾고 있는 이의 행방을 안다며 아주 호들갑을 떨었지.'

그땐 정말 별생각 없이 따라갔었다. 라니아가 진짜로 공작의 딸이라 믿었었고, 영혼을 뺏긴 이들에 대한 정보도 전혀 없었을 때니까. 말 그대로 방심했었다.

'하지만 지금은?'

그녀의 시선이 앞서 걷고 있는 신관 다니엘에게로 향했다.

'당신, 지금 엄청 수상해.'

그때의 라니아보다 더.

안 그래도 의심하고 있었는데 아예 확신을 심어 주네?

'사람이 죽어 간다며?'

그런데 나랑 막 마주쳤을 땐 엄청 여유로운 척했잖아. 찾는 물건이 있으면 구해 주겠다는 말까지 하면서 말이야. 필요 없다고 하니까 그제야 무척 안타깝다는 듯이 제이너의 얘기를 꺼내 들었지.

'아주 조급한 표정으로 말이야.'

본인은 자기가 그런 표정을 지었다는 사실조차 모르는 것 같지만, 남의 표정을 유독 잘 읽어 내는 카밀라의 눈에는 똑똑히 보였다. 평소와 달리 그가 지금 무척 다급해하고 있다는 걸.

'제이너의 상태가 좋지 않아서?'

뭐, 그럴지도 모르지.

'어쨌든 제이너에게 뭔가 문제가 생겼다는 걸 그가 알고 있다는 거잖아.'

실제로 다친 제이너가 그의 손에 있는 것일 수도 있고, 그가 한 말 모든 게 거짓일 수도 있었다.

뭐가 됐든 지금 제이너가 갑자기 사라진 이유와 다니엘이 깊은 관련이 있다는 뜻이겠지?

'어쩌면 이곳에서 그와 만난 것 역시 우연이 아닐지도 모르고.'

혹 기다리고 있었던 걸까? 자신이 이곳 칸 지부를 홀로 찾을 때를? 아니면 처음부터 자신을 쫓아왔던 건가?

'하긴, 다른 이들이 보기엔 내가 지금 좀 허술해 보이겠지.'

납치하기 딱 좋은 상태라고나 할까?

지금 카밀라의 곁에는 아무도 없었다. 칸의 지부를 방문하는 일이었기에 다른 이를 데려올 수가 없었다. 그런 연유로 호위를 포함해 도르만이나 다른 수행원도 대동하지 않았다. 제이너가 말하길 혼자가 아닌 의뢰자는 안전을 위해서 절대 만나 주지 않는다고 했으니까.

'하지만 그렇다고 내가 혼자는 아닌데 말이야.'

[저놈, 교황 놈과 자주 놀던 녀석인데?]

[야, 저 인간 방금 웃었어. 뭔가 이상하지 않아?]

[이상해, 이상해! 열라 이상해!]

[여기서 딱 만난 것도 그렇고. 지금 그냥 확 처리할까? 라비 녀석이 만들어 준 마법 검은 발목에 잘 차고 있는 거지? 급하면 네가 허락 안 해도 들어간다.]

[신성력 중에 상대를 잠재우는 것도 있어. 말만 해.]

아우, 든든해라.

사제 귀신 아레나와 제노의 음성을 들으며 카밀라는 다니엘의 뒤를 조용히 따랐다.

"이쪽입니다."

"네."

그와 눈이 마주친 카밀라는 아무것도 모르는 천진한 미소를 화사하게 날렸다.

'뭐가 됐든 한 가지는 결론이 나겠네.'

다니엘, 저자가 어떤 이인지 말이다.

그를 따르는 카밀라의 미소가 더욱 짙어졌다.

✱

"콩콩콩, 콩을 심어요! 쿵쿵쿵, 땅을 밟아요!"

…이게 무슨 소리지?

정신을 잃었던 제이너는 귀를 파고드는 아이의 나직한 노랫소리에 살며시 눈을 떴다. 흐릿한 시야로 낯선 천장이 들어왔다.

'여긴……'

대체 어디야?

"아니야, 멍멍아. '콩콩콩'이 아니라 '쿵쿵쿵' 할 때 바닥을 치는 거야."

…멍멍이?

흐릿한 시야가 완전히 돌아오자 너무도 낯선 풍경이 눈앞에 펼쳐져 있었다.

다섯 살쯤 되었을까? 남자아이가 검은 멍멍… 늑대에게 잔소리를 하고 있었다.

그래, 저건 잔소리다. 허리에 야무지게 손까지 올린 채 단호히 고개를 젓는 모습이 학생을 가르치는 아주 엄한 선생님 같다.

"콩콩콩, 콩을 심어요! 쿵쿵쿵, 땅을 밟아요! 쏙쏙쏙, 싹이 났어요! 아니, 아니, '쏙쏙쏙' 할 때도 치는 거 아니야."

[……]

바닥에 엎드려 박자를 슬쩍슬쩍 맞춰 주던 검은 늑대가 결국 소리 없이 한숨을 내쉬었다. 그래도 아이가 다시 노래를 시작하자 또 박자를 맞춰 준다.

"넌……."

"어? 깼다!"

"넌 누구니?"

제이너의 물음에 아이가 한쪽 손을 번쩍 들며 외쳤다.

"제 이름은 리오입니다! 햇살 보육원… 아! 나 이제 거기 안 사는데."

"…리오?"

마치 정해진 음률을 읊듯 자신을 소개하던 아이, 리오가 순간 아차 하며 헤헤 웃었다.

"여긴……."

"우리 집 멍멍이가 아저씨 데리고 왔어요."

"나 아저씨 아니야. 그런데… 멍멍이?"

검은 늑대를 본 제이너는 이곳이 어딘지 대충 감을 잡았다. 저렇게 크고 엄청난 기운을 가진 검은 늑대를 소유한 곳은 세상에 단 한 곳뿐이었으니까. 칸의 수장인 그가 모를 수가 없었다.

'그리고 리오.'

그 이름도 잘 안다. 카밀라가 무척 아끼는 아이의 이름이 리오였지.

'내가 왜…….'

여기가 세프라가라는 건 알겠는데, 자신이 왜 여기에 이러고 있는 건지는 도통 이해가 되지 않았다.

'분명 쓰러졌었는데.'

쓰러지기 전의 상황은 나름 정확히 기억하고 있었다. 갑자기 나타나 자신을 공격한 적들을 모두 처리하긴 했지만…….

'나 또한 큰 부상을 입어야만 했지.'

상대가 알 수 없는 주술을 쓰는 바람에 미처 피할 틈이 없었다.

'그것들은 뭐지?'

그걸 뭐라고 해야 할까? 살아 있는 액체?

자신을 공격한 이들 중 몇몇이 뭔가를 중얼거리자 주변에서 검은 무언가가 생겨나 온몸을 옭아맸다. 마치 끈적끈적한 늪 같은 것에 빨려드는 느낌이었다.

'그 더러운 기분이란.'

온몸의 기운이 그 끈적끈적한 것에 다 빨려 나가는 느낌?

급히 피하긴 했지만 결국 큰 타격을 입고 말았다. 전투가 모두 끝났을 땐 그 자리에서 제대로 숨지도 못한 채 정신을 잃고 쓰러져 버렸다.

'그런데 깨어나니 세프라가란 말이지…….'

이 상황을 어떻게 이해를 해야 하는 걸까? 쓰러진 자신을 저 검은 늑대 신수가 주워 왔다는 건데, 어떻게 알고?

"그런데 넌 왜 여기에 있는 거니?"

뭐, 어쨌든 다 좋다. 이렇게 살아 있다는 것만으로도 모든 상황을 이해할 준비가 됐다.

'그런데, 왜?'

왜 꼬맹이가 여기서 저러고 있는 걸까?

"멍멍이랑 놀려고요."

"멍멍이랑?"

"우리 멍멍이, 집에 잘 없거든요. 매번 어디 가고 없어요."

아마도 신수 소환에 대해서 전혀 모르는 모양이었다. 아니, 신수 자체를 아예 모르는 게 더 맞는 말인 것 같은데. 죽음의 신수라 불리는 검은 늑대를 멍멍이라 칭하고 있는 건 오로지 저 아이뿐일 것이다.

"그럼 데리고 나가 놀지 그러니?"

"안 돼요."

"왜?"

"우리 멍멍이가 아저씨 지키고 있는 거래요."

…지키는 게 맞나?

'감시가 아니고?'

리오의 말을 듣고서야 대충 감이 왔다.

아마도 아르시안, 그자가 카밀라와 함께 있는 자신을 감시하기 위해 신수를 붙여 놓았던 게 아닌가 싶다. 그러다 자신이 쓰러지자 이곳으로 데리고 온 게 아닐까?

"하."

역시 신수는 신수라는 건가? 전혀 눈치채지 못했는데. 뭔가 뒤통수를 맞은 기분에 제이너는 허탈하게 웃었다.

"휴우."

이내 짧은 한숨을 내쉰 제이너는 바로 자리에서 일어섰다. 생각보다 몸 상태는 나쁘지 않았다. 아마도 마법으로 치료를 해 준 것 같은데.

'어째서?'

저번에 자신에게 검을 겨누며 그리 살벌하게 죽이려고 했던 인간이? 무슨 생각인 건지 알 수가 없었다.
 '오히려 잘됐다며 그냥 죽게 내버려 둬야 하는 거 아닌가?'
 아르시안이 자신을 살려 준 건 정말 의외라는 생각을 하며 제이너는 창가로 향했다. 그의 손에는 어느새 구슬 하나가 들려 있었다.
 그는 가볍게 그걸 창밖으로 튕겼다. 그러자 구슬이 터지며 환한 빛 한 줄기가 하늘 높이 솟아올랐다. 칸에서 쓰는 마법 신호탄으로, 자신의 위치를 부하들에게 알리는 수단이었다.
 '얼마나 지난 거지?'
 정신을 잃은 지 얼마나 된 건지 모르겠지만, 부하들이 지금 한창 자신을 찾고 있을 게 분명하다.
 "콩콩콩, 콩을 심어요!"
 창가에 기댄 채 짧은 한숨을 내쉬던 제이너의 귀로 다시 아이의 노랫소리가 들려왔다.
 그는 신수와 노는 아이를 물끄러미 바라봤다. 세상 근심이라고는 전혀 없다는 듯이 해맑게 웃는 아이의 얼굴이 유독 시선을 끌었다.
 "사는 게 재밌나 봐."
 저도 모르게 툭 말을 내뱉은 제이너는 곧 한숨을 내쉬었다.
 애한테 지금 뭔 소리를 하는 건지. 아프고 나니 제정신이 아닌 것 같다.
 "어……."
 리오가 어느새 노래를 멈추고 제이너를 빤히 바라봤다. 그 시선에 다시 그의 입에서 한숨이 새어 나왔다.

"아저씨는 사는 게 재미없어요?"

"…뭐?"

하지만 잠시 후 고개를 갸웃거리며 던지는 리오의 물음에 제이너는 눈을 크게 뜰 수밖에 없었다.

"하."

이내 그는 작게 웃음을 터트렸다. 아이의 입에서 저런 말이 나오니 무척 신선하다고나 할까?

"나름 재미있게 살려고 노력 중이야. 그리고 나 아저씨 아닌데."

"뭐든 노력하는 건 좋은 거라고 했어요."

"누가?"

"누나가요!"

"누나?"

"카밀라 누나요. 저번에 숫자 오십까지 외우기로 했는데 중간에 까먹었거든요. 그래도 노력했으니 괜찮다고 했어요."

"좋은 누나네."

"응! 누나는 좋은 누나예요. 그러니 아저씨도 너무 슬퍼하지 마세요."

"…뭐?"

"노력했는데도 사는 게 계속 재미없으면 그건 아저씨 탓이 아니니까요. 너무 슬퍼하지 마세요."

"……."

뭘 알고 하는 말인가? 그보다 아저씨 아니라니까 그러네.

잠시 멍하니 아이를 바라보던 제이너는 결국 다시 웃음을 터트렸다.

"하, 하하."

이렇게 크게, 진심으로 웃어 본 게 얼마 만인지 모르겠다.

그런 제이너의 모습에 리오가 고개를 갸웃거렸다. 뭐가 웃긴 건지 전혀 모르겠다는 표정이다.

"이거 줄게요."

어느새 가까이 다가온 아이가 주머니에서 사탕 몇 개를 꺼내 제이너에게 건넸다.

"이거 먹으면 행복해져요."

"행복?"

"응! 달콤이는 행복이라고 했어요!"

"그것도 카밀라가 말해 준 거야?"

"네!"

손에 올려진 사탕을 보며 제이너의 입가에 다시 옅은 미소가 걸렸다.

행복이라……. 이런 작은 것에 즐거움과 행복을 느껴 본 게 언제였더라?

"애한테 사탕 뺏으니 좋냐?"

그 순간 나직한 음성이 들려왔다.

"형!"

아르시안이다. 문가에 서서 못마땅한 얼굴로 제이너를 바라보던 그는 리오의 부름에 가볍게 고개를 저었다.

"형이 여기서 놀지 말라고 했잖아."

"멍멍이가 여기 있어요."

"저 개새… 멍멍이도 이제 여기 없을 거야."

"왜요?"

아이의 얼굴이 금세 시무룩해졌다. 또 사라지는 건가?

그런 아이의 머리를 아르시안이 달래듯 가볍게 쓰다듬었다.

"집사가 너 찾디라. 방에 없다고."

"집사 할아버지가요?"

"간식 먹으래."

"아! 간식! 달콤이!"

간식 먹을 시간을 깜박한 리오의 표정이 다급해졌다. 가장 좋아하는 시간인데 까먹다니!

툭툭.

"어?"

그런 아이의 등을 콕콕 찌르는 존재가 있었으니, 바로 신수 루나였다.

자신을 돌아보는 리오를 향해 루나가 천천히 몸을 낮췄다. 올라타라는 듯이.

"아이, 착해. 우리 멍멍이!"

그 뜻을 알아들은 리오는 루나의 등에 올라타 함박웃음을 지었다.

"가자, 멍멍아! 내 방으로!"

[…….]

어느새 익숙해져 버린 호칭에 다시 짧은 한숨을 내쉰 루나는 아이가 떨어지지 않게 조심히 방을 나섰다.

리오가 떠나기 무섭게 설전이 벌어졌다.

"신수한테 저래도 돼?"

"남의 집 일에 신경 끄고, 정신 차렸으면 꺼져."

"남을 감시한 것에 대해 할 말은 없고?"

"살려 줬더니 말이 많네?"

"하하, 그건 정말 고마워. 이 은혜는 꼭 갚지. 내가 이런 계산은 또 철저하거든."

"됐고, 꺼지기나 해. 널 찾아온 놈도 데리고."

미간을 찌푸린 아르시안이 창밖으로 시선을 줬다. 제이너도 이미 기척을 느끼고 있었기에 가볍게 고개를 끄덕였다. 암살자답게 무척 은밀한 움직임이었지만 두 사람의 눈을 피하기는 무리였다.

"칸 님."

두 사람의 대화를 들은 듯 숨어 있던 이가 바로 모습을 드러냈다.

"괜찮으십니까?"

칸 지부 한 곳을 맡고 있는 점장 테이는 아르시안을 경계하며 조심스레 제이너를 살폈다. 조금 전의 대화로 그가 제이너를 구해 준 사실을 알았지만 경계를 늦출 수는 없었다. 그가 한때 자신들의 지부를 공격했던 이라는 사실을 똑똑히 기억하고 있었기에.

"보고드릴 게 있습니다."

"말해."

테이가 힐끔 아르시안의 눈치를 보자 제이너가 상관없다는 듯 가볍게 고개를 끄덕였다.

"카밀라 님이 지부로 찾아오셨습니다."

"카밀라가?"

"칸 님의 행방을 물으셨는데……."

카밀라가 자신을 찾고 있었다는 말에 제이너의 입가에 미소가 그려졌다. 반면 아르시안의 눈빛은 사나워졌고.

"그런데 지부를 나서는 그녀를 다니엘 신관이 급히 데리고 갔습니다."

"뭐?"

"누가 데리고 가?"

이어진 말에는 제이너와 아르시안이 동시에 반응했다. 제이너야 다니엘의 정체를 대충 알고 있었고, 아르시안 역시 카밀라가 교황청에서 보인 반응으로 그녀가 다니엘, 그자를 경계한다는 사실을 잘 알고 있었으니까.

"사람을 붙여 뒀습니다. 행선지는 파악이 끝났습니다만……."

잠시 망설인 그가 조심스레 사견을 덧붙였다.

"아무래도 함정인 듯합니다. 저희가 보는 앞에서 카밀라 님을 데리고 간 것도 그렇고, 마치 따라오라는 듯이 움직인 것도…….'

우우웅-!

"야! 잠깐만!"

테이의 말이 끝나기도 전에 아르시안이 마법을 시전했다. 카밀라에게 예전에 추적 마법을 걸어 두었던 그였기에 따로 안내 따윈 필요 없었다.

그 모습을 본 제이너가 다급히 그를 붙잡았다.

"씨… 뭐 하는 거야!"

한시가 급한데!

아르시안의 살기가 훅 하고 제이너를 덮쳤다. 당장 손을 놓지 않으면 그대로 죽일 기세다.

"그가 원하는 건 나야. 내 부하의 말대로 내가 가지 않으면 그녀가 더 위험해질 수도 있어."

"……."

더 논쟁할 시간이 없다 여긴 아르시안은 화를 삼키며 바로 다시 마력을 움직였다.

화아악!

그러자 순식간에 두 사람이 빛에 휩싸이며 그 자리에서 모습을 감췄다.

"…하아."

이를 옆에서 모두 지켜본 부하 테이는 긴 한숨을 푹 내쉬었다.

"분명 함정이라고 했는데."

두 사람 다 그 말을 듣기는 한 건가?

테이는 머리가 아픈 듯 미간을 꾹꾹 누르다 빠르게 그 자리에서 사라졌다.

화아악!

수도에서 조금 떨어진 한적한 공간.

카밀라에게 걸어 둔 추적 마법을 쫓아 모습을 드러낸 아르시안은 급히 주변을 살폈다. 그런데…….

화르륵!

"…뭐야?"

주변이 온통 불바다다. 건물로 보이는 곳이 활활 타고 있었다.

그 모습을 본 아르시안의 얼굴에 핏기가 빠르게 사라졌다. 카밀라의 신호가 마지막으로 잡힌 곳이 바로 저기니까.

"설마……!"

아르시안은 바로 달려갔다. 불타고 있는 건물 쪽으로.

"뭐 하는 짓이야!"

"놔!"

그녀가 있을 만한 곳은 저기뿐이다. 그런데 저기가 타고 있다는 건?

아르시안은 자신을 붙잡는 제이너의 손길을 거칠게 뿌리쳤다. 하지만 제이너는 그런 그를 다시 강하게 붙잡았다.

"정신 차려! 저건 단순한 불이 아니야!"

건물과 주변을 활활 태우고 있는 불에서 엄청난 힘이 느껴졌다. 단순한 불길이 아니었다. 저건…….

"…….."

아르시안도 그제야 정신이 든 듯 멈칫했다.

제이너의 말대로 그냥 불이 아니었다. 저건 아르시안이 절대 모를 수 없는 기운이다.

"신-"

"아르시안?"

그 순간 들려오는 목소리.

아르시안의 고개가 돌아갔다. 이윽고 그의 시야에 우거진 수풀 사이에서 천천히 걸어 나오고 있는 여자가 잡혔다.

"네가 여긴 어쩐 일이야?"

카밀라였다.

"아! 저번에 추적 마법 걸어 뒀다고 했었지? 그걸로 찾아온 거야? 그런데 내가 위험한 건 어떻게 알……!"

와락!

그가 여기 있는 이유를 추리하던 카밀라는 끝까지 말을 다 잇지 못했다. 성큼 다가선 그의 품에 그대로 폭 안기고 말았으니까.

"아르……!"

"너… 진짜! 하아……."

무슨 일이냐고 되물으려던 카밀라는 그의 떨리는 목소리와 긴 한숨에 입을 닫아야만 했다.

토닥토닥.

카밀라는 예전의 어느 날처럼 그의 등을 그저 말없이 다독였다. 걱정을 끼쳐 미안한 마음을 담아서.

"떨어져라! 당장 떨어져!"

"자네, 지금 내 딸한테 소리 지르는 건가? 노망이라도 난 거야?"

"거기 둘, 언제까지 붙어 있을 거냐."

그때 그런 두 사람 사이에 끼어드는 익숙한 음성이 있었다.

그 소리에 아르시안의 고개가 급히 돌아갔다. 너무도 예상 밖의 목소리였으니까.

"네놈 아들은 왜 저렇게 저 애한테 찰싹 붙어 있는 거야! 얼른 떨어트려 놓으란 말이다!"

"한 시간 반이나 걸리다니, 많이 늦었구나. 내가 잘 지키라고 분명 말하지 않았나? 그런데 이제야 나타나다니."

아르시안의 눈이 답지 않게 순간 멍해졌다.

"…당신들이 여기 왜 있어?"

그를 심드렁하게 바라보고 있는 세 사람.

바로 페이블러 제국의 3대 공작이었다.

다니엘의 최후

"여긴……?"

"오래전에 기도원으로 쓰던 곳입니다."

신관 다니엘이 카밀라를 데리고 도착한 곳은 수도 외곽에 자리한 한적한 장소였다. 거기에 제법 큰 건물이 자리해 있었다.

"신관들과 사제들이 수행을 위해 기도를 드릴 때 사용하던 곳이죠."

"상태가……."

"네, 많이 낡았죠?"

세월의 흔적이 고스란히 묻어 있었다. 관리가 전혀 되지 않고 있는 듯했다.

"지금은 교황청과 좀 더 가까운 곳에 위치한 건물을 이용하고 있습니다."

"그럼 여기는요?"

"비어 있지요."

오래전에 폐쇄된 곳이라는 말이었다.

"이곳에 제이너가 있다고요?"

"좀 전에 제가 말씀드리지 않았습니까. 공격을 받으신 것 같아 은밀히 보호할 곳이 필요했다고. 여기가 안성맞춤이었죠."

말은 된다. 카밀라는 가볍게 고개를 끄덕여 준 후 먼저 건물 안으로 향하는 다니엘의 뒤를 조용히 따랐다.

[지금이라도 들어갈까? 역시 수상한데? 검부터 뽑아야지 않겠어?]

[무슨 소리! 죽이는 것도 상황을 봐 가면서 해야지. 일단 재우자고. 재워서 꽁꽁 묶어 버리자! 그러니 나한테 맡겨!]

[위험할 땐 검이지. 재우는 게 뭔 해결책이야.]

[무식하긴! 일단 심문이라도 해야지! 알아낼 건 다 알아내야 할 거 아냐! 이래서 검 쓰는 것들이 머리가 나쁘다는 소리를 듣는 거야.]

[널 보면 신관이라고 다 머리가 좋은 것 같지 않던데.]

[뭐야!]

아우, 정신 사나워.

자기가 먼저 빙의해야 한다고 다투는 제노와 아레나의 말을 들으며 카밀라는 가볍게 고개를 저었다.

'일단은 상황을 좀 더 지켜보자고요.'

저 인간이 정말로 에바교와 관련이 있다면 자신을 이곳으로 불러낸 이유가 있을 테니까. 싸우더라도 일단 상황을 보고 싸워야지 않겠어?

"이쪽입니다."

건물 안은 겉에서 보는 것과 달리 무척 환했다. 곳곳에 마법 등이 달려 있어 움직이는 데 전혀 불편함이 없었다. 낡은 것을 제외하곤 생각보다 깨끗해서 오랫동안 사용하지 않은 곳으론 보이지 않았다.

[카밀라, 천장.]

[저쪽에도 우글우글한데?]

다만 곳곳에 사람들이 은밀히 포진해 있다는 말을 듣자 얼추 납득이 됐다. 나쁜 짓 할 때 쓰는 장소 중 하나인가 보네.

'역시 함정이었던 건가.'

함정인 건 별 상관이 없는데, 짜증 나게 제이너도 여기에 없는 거 아냐?

카밀라는 가볍게 혀를 찼다. 이왕 이렇게 된 거, 저놈 정체라도 탈탈 털어 봐야겠지?

신관 다니엘.

'따라다니는 영이 없는 걸 보면 몸을 뺏긴 것 같지는 않고.'

본인 의지로 에바교에 들어간 건가? 서글서글한 게 사람 참 괜찮아 보이는데.

'사람은 겉모습만 보곤 알 수 없다더니.'

얼굴만 두고 보면 저렇게 무해할 수가 없는데 에바교인이란다. 참 허탈하다. 그런 주제에 매번 주신의 축복이 어떻고 떠들어 댔던 거야?

"좀 누추하지요? 이쪽으로 앉으시죠."

"제이너는요?"

그가 안내한 곳은 응접실로 보이는 공간이었다. 제이너의 상태가 무척 안 좋다는 핑계로 데리고 와 놓고선…….

'이거 너무 빠르게 본색을 드러내는 거 아닌가?'

아주 대놓고 제이너가 여기 없는 티를 내네?

"죄송합니다."

카밀라의 물음에 다니엘의 얼굴에 진한 미소가 걸렸다.

"당신과 이렇게 따로 시간을 갖고 싶어 송구하게도 거짓을 고하고 말았습니다."

"제이너가 여기에 없다는 건가요?"

"네."

카밀라는 속으로 짧게 한숨을 내쉬었다. 그래도 살짝 기대했거늘.

'그럼 대체 그 인간은 지금 어디에 있는 거야?'

살아 있기는 한 건가?

'역시 세프라가로 바로 갔어야 했나?'

아니지. 카밀라의 시선이 다니엘에게로 다시 향했다.

신수 루나를 굳이 만나지 않아도 될 것 같은데?

"제이너를 공격한 게 당신이야?"

카밀라의 말투가 어느새 바뀌어 있었다. 더 이상 제대로 된 신관도 아닌 놈에게 존대를 해 줄 필요성을 느끼지 못했으니까.

그녀의 물음에 다니엘의 눈이 살짝 커졌다.

"그건 어떻게 아셨습니까?"

"바보니?"

"네?"

"현재 제이너가 다쳐서 사라진 걸 아는 사람은 오로지 범인뿐이니까.”

"아, 그렇군요."

들켜도 상관없다는 듯 다니엘의 반응은 심드렁했다. 오히려 얘기가 쉬워졌다는 듯 입가에 짙은 미소를 머금기까지 했다.

"영애를 이곳으로 모시고 온 이유 중 하나가 제이너, 그분 때문이기도 합니다. 마무리를 지어야 하는데 도무지 행방을 알 수 없더군요."

"행방을 몰라?"

그 말에 카밀라는 내심 안도했다. 제이너를 추적 중이라는 건, 아직 그가 무사하다는 뜻이겠지?

"그래서 굳이 칸 지부 앞에서 날 납치한 거야? 부하들을 통해 숨어 있는 제이너를 어떻게든 불러내려고?"

다니엘의 눈이 다시 동그래졌다. 이미 모든 상황을 다 파악하고 있었던 건가?

"납치라고 하긴 뭐하지만, 일단은 그렇습니다. 한데, 그걸 다 아시면서 저를 따라오셨습니까?"

"안타깝게도 칸 지부 역시 아는 게 없던데."

나를 제이너를 유인하기 위한 미끼로 쓸 생각이었나 본데, 너 헛다리 짚은 거야.

어이가 없는 상황에 카밀라는 헛웃음을 흘렸다.

'내가 뭐라고.'

피가 섞인 것도 아니고, 오래 알고 지낸 사이도 아니다. 그들은 남이었다.

고작 양부의 딸을 구하기 위해 이런 위험한 곳까지 올 거라 생각한 건가?

'오랫동안 함께 산 다이브도 그냥 내버려 뒀던 놈인데?'

다이브의 유모가 아이를 학대하고 있다는 걸 칸의 수장인 그가 정말 몰랐을까? 그럴 리가. 알면서도 그냥 내버려 뒀던 인간이다.

'뭐, 어느 정도 이해는 가지만.'

뭘 하든 회귀와 동시에 원점으로 돌아가니 모든 것이 다 부질없다 여겨졌겠지. 아무리 발버둥 쳐 봐야 또 똑같은 일이 벌어질 테니까.

물론 일반적인 사람들이야 그래도 동생이 고통받는 걸 외면하지는 못하겠지만…….

'그 인간은 일반인의 범주를 벗어난 지 오래인 데다 손익도 무지하게 따진단 말이지.'

그런 놈이 자신을 구하러 여기까지 올 거라고는 생각되지 않는다.

저기요, 아저씨. 미끼 선택을 잘못하셨어요.

"글쎄요. 그건 두고 보면 알 일이죠."

다니엘 또한 큰 기대를 한 건 아닌지, 제이너가 오든 말든 별 상관 없다는 듯 어깨를 으쓱거렸다.

"너무 걱정하지 마십시오. 카밀라 님을 유인책으로 삼은 건 맞으나 위해를 가할 생각은 없습니다."

"……."

"그저 제대로 얘기를 나눠 보고 싶어서 마련한 자리입니다."

카밀라는 말없이 그를 빤히 바라봤다. 뭔 말이 그렇게 하고 싶었는지 한번 말해 보라는 듯이.

"세상에는 주신만 있는 게 아닙니다."

"에바교에 대해 말하는 거야?"

"……!"

쓸데없는 말로 질질 끄는 것 같아 대신 바로 핵심을 꺼내 주자 다니엘, 그의 표정이 처음으로 굳어졌다.

"…역시 알고 계셨군요."

다니엘은 가볍게 혀를 차며 확신을 갖고 물었다.

"제이너 님이 말해 주신 건가요?"

제이너에게 들어?

에바교에 대해서? 이건 또 뭔 소리야?

'뭐야?'

제이너는 이미 알고 있었다는 거야?

카밀라는 기가 막혀 어이없는 웃음이 터져 나오려는 걸 간신히 참았다.

'언제부터?'

뭔가 좀 이상하다고 생각했었는데.

'뭐 알아낸 거 없냐는 말에 자꾸 말을 돌리더니!'

이 자식! 너도 도르만 닮아 가니?

왜 말을 안 해 주는 거야, 이 상도덕도 없는 놈! 의뢰를 한 게 나인 것을! 알아낸 게 있으면 나한테 말을 해야 할 거 아냐!

'이번에 의뢰비는 한 푼도 없을 줄… 잠깐만!'

속으로 열심히 제이너를 씹던 카밀라는 순간 멈칫했다.

'설마… 나 때문인가?'

내 의뢰를 수행하다가 다니엘의 정체를 알게 된 건가? 그러다 에바교에 대해서도 알게 된 거 아냐?
'그래서 저들에게 쫓기다 위험해진 거고?'
카밀라는 굳어지려는 표정을 급히 감췄다.
'좀 더 신중했어야 했는데.'
이건 명백한 자신의 실수다. 그저 성물을 유통시킨 자에 대해서만 조용히 알아봐 달라고 한 건데, 칸의 주인인 그의 능력을 너무 과소평가했나 보다.
"그래서 뭐야?"
카밀라는 복잡해진 머릿속을 숨긴 채 심드렁하게 물었다.
"에바교 홍보라도 하게?"
"저는 그저 오해를 풀고 싶을 뿐입니다. 동시에 좋은 말씀도 전하고요. 에바교에 대해 사람들이 많은 오해를 하고 있습니다."
"오해?"
"세간에 알려진 것과 달리 저희는 단 한 번도 원하지 않는 이를 강제로 교에 끌어들인 적이 없습니다."
그가 안타깝다는 듯 연신 혀를 찼다.
"모두가 원해서, 간절히 저희와 함께하기를 바라서 받아들였을 뿐이죠. 사람들은 그만큼 영생을 바라니까요."
"몸을 뺏긴 이들은?"
"네?"
"너희들 손에 육체를 뺏긴 이들도 강제가 아니었어?"
"…정말 많은 것을 알고 계시군요."
이번에야말로 다니엘은 놀람을 금치 못했다. 에바교가 사람들의 육신을 뺏는다는 사실은 예전에도 지금도 아는 이가 극히 드물었다. 다들 제물로 바쳐진 사람들의 생명력을 빨아들여 생을 영위해 나간다고만 알고 있었다.

'물론 그것도 맞는 말이지.'

에바교에 속한 이들이 생을 유지하는 방법은 두 가지다.

하나는 사람들이 흔히 알고 있듯 다른 사람들의 생명력을 빨아들이는 것. 다른 하나는 젊고 생생한 육체를 대신 차지하는 것이다.

"그들도 강제가 아니었냐고 묻잖아."

"어떤 일이든 큰일을 위한 작은 희생은 늘 따르는 법이지요."

"하."

개소리도 저리 진지하게 하니 신선하네.

"그래서? 내게 하고 싶은 말이 뭐야?"

"영생을 원하지 않으십니까?"

"어."

"맞습니다. 영생… 네?"

"안 원한다고."

누가 사이비 종교 아니랄까 봐 멘트도 식상하기 짝이 없어.

'영생을 원하냐고?'

그 헛소리 제이너 앞에서 한번 해 보지 그래? 아마 당장 하하 웃으며 네놈 목을 스삭 해 버릴걸?

"계속 살아간다는 게 그렇게 좋은 건 아니란다."

인생 다 산 사람 같은 멘트에 다니엘이 어이없다는 표정을 짓는 걸 보며 카밀라는 피식 웃었다.

"내가 생각보다 좀 많이 살아서 말이야."

지금껏 죽기 싫어서 정말 아등바등하긴 했지만 그거야 내게 원래 주어진 삶을 지키려고 그런 거고. 주어진 생을 강제로 연장할 생각은 조금도 없었다.

'그것도 남의 생명을 이용해서까지?'

생각만 해도 소름이다, 야.

"죽음이 두렵지 않으십니까?"

"나만큼 죽는 걸 두려워하는 사람 있으면 나와 보라고 해."

아는 맛이 무서운 거라고.

"너도 한 스물여섯 번 죽어 볼래? 간접 경험인데도 매번 무섭더라. 전혀 익숙해지지 않더라고."

"무슨……."

"그래서 뭐야? 나보고 에바교에 들어오라고?"

"예? 그, 그렇습니다. 저희의 성녀가 되어 주십시오."

"…성녀?"

[이런, 씨……! 저런 머리에 칼 맞은 놈을 봤나! 주신의 힘을 쓰는 성녀에 준하는 애한테 뭐가 어쩌고 어째? 누가 이단 놈들 아니랄까 봐 양심을 아주 쓰레기통에 처박았구나!]

워, 워. 진정하시고요.

카밀라보다 아레나가 먼저 반응을 했다. 그녀의 엄청난 신성력을 눈앞에서 직접 봤음에도 에바교의 성녀가 되라는 말이 주신의 성녀인 아레나를 아주 열받게 만들었나 보다.

"성녀라는 자리는 저희 교에서도 아무에게나 드리는 게 아닙니다. 그만큼 카밀라 님을 중요시하고 있다는 뜻이죠."

"그래서?"

"상상하시는 그 이상의 부와 권력이 당신께 주어질 겁니다. 또한 원하는 모든 것이 이루어질 수 있습니다."

"원하는 모든 것이라."

"네, 에바교의 성녀라는 자리는 그런 것이지요. 신전에서처럼 성녀의 힘만 빼다 써먹는 양심 없는 짓, 저희는 절대 안 합니다."

[어? 그건 인정. 더럽게 일만 시키긴 하지.]

저기요? 거기서 지금 인정을 하시면…….

아레나가 언제 또 화를 냈냐는 듯 다니엘의 말에 동조하는 모습을 보며 카밀라는 속으로 짧은 한숨을 내쉬었다.

"에바교의 성녀라…….''

"엄청난 힘을 얻게 되실 겁니다."

"흐음."

"부와 권력, 그 모든 것을!"

카밀라가 관심을 보이자 다니엘의 목소리가 한층 올라갔다.

'됐다!'

다니엘의 입가에 짙은 미소가 피어올랐다.

제이너를 처리하지 못하더라도 그녀를 교로 끌어들인다면 교주께선 분명 자신을 다시 받아 주실 것이다. 그녀가 자신들과 뜻을 함께한다면 더 이상 수호의 검을 두려워하지 않아도 된다!

그 엄청난 신성력을 이용한다면 에바교의 힘을 더 널리 알릴 수 있고 더욱 강해질 것이다. 그 사실을 교주님도 너무 잘 알기에 카밀라 소르펠에 대한 처분을 고민하고 계시는 게 아니겠는가.

'이건 기회다!'

두 번 다시 없을!

'명을 어긴 것도 용서해 주시겠지.'

홀로 제이너를 처리하라고 했지만 도저히 자신이 없었다. 결국 다른 이들을 동원했다. 현재 이 건물 곳곳에 에바교인들이 포진해 있었다. 제이너가 보이는 순간 바로 주술을 동반한 공격이 이루어질 것이다.

'과정보다 결과를 중요하게 여기는 분이니까.'

비록 제이너를 혼자 처리하라는 명을 어겼지만 카밀라를 포섭하고 제이너까지 깔끔히 제거한다면 모든 것을 용서해 주실 게 분명하다.

"원하시는 게 있다면 뭐든 말씀하십시오. 제국을 갖고 싶으십니까?"

"그딴 건 필요 없는데."

"그럼 무엇을 원하십니까?"

"내가 원하는 건……."

잠시 말을 끈 카밀라가 예쁘게 웃었다.

"교주의 목."

"…네?"

"그쪽 교주의 목이 필요하다면 어쩔 거야?"

"……."

"목을 가져오면 생각해 볼게. 아, 내가 너무 밑지는 거래인가?"

카밀라는 피식 웃으며 말을 이었다.

"다른 몸으로 들어가면 될 테니, 지금 들어앉아 있는 몸이야 버리면 그만이잖아. 으음… 이렇게 하자. 너 말고 교주 본인이 직접 자기 목 가져오는 걸로."

"당신······."

이죽거리는 카밀라를 보며 다니엘의 얼굴이 서서히 굳어졌다. 애초에 그녀가 자신의 말을 들을 생각이 전혀 없었다는 걸 그제야 인지한 것이다.

"실망이군요. 말이 통하는 분인 줄 알았는데."

"나도 실망이야. 생각보다 너무 허술하게 본색을 드러내서."

"···후회하실 겁니다."

"후회야 늘 하는 거라."

심드렁한 대답에 다니엘의 눈빛이 더욱 차갑게 가라앉았다.

"실행해라."

그 순간 그의 입에서 나직한 명이 흘러나왔다. 그러자 순식간에 수많은 사람이 모습을 드러냈다.

"강제하고 싶지는 않았는데, 정말 아쉽네요."

이건 진심이다. 육체만 얻었다가는 수호의 검이나 신성력을 제대로 쓸 수 없게 될지도 모르니까. 그래서 온전한 상태의 그녀가 갖고 싶었거늘······.

그래도 어쩌겠는가. 저리 강경히 싫다는데. 아쉽지만 저 몸이라도 가져가야겠다.

"그래도 당신의 몸은 교의 높은 분께 넘겨 아주 귀히 쓰이게 할 테니 너무 서운해하지 마십시오."

"아이고, 고마워라."

고마워서 눈물이 다 나려고 하네.

카밀라는 가볍게 혀를 찼다. 그러는 사이 그가 불러낸 이들의 입에서 알 수 없는 말이 연신 흘러나오기 시작했다. 그러자 주변

다니엘의 최후 — 167

에서 검은 무언가가 생겨나더니 마치 살아 있기라도 한 것처럼 기이하게 흐물거리며 카밀라의 주변을 순식간에 에워쌌다.

[뭐냐, 저 시커먼 건? 사특한 기운이 아주 왕창 느껴지는데?]

[조심해라.]

꿈틀거리는 섬은 액체는 딱 봐도 심상치 않아 보였다. 사특한 기운이 느껴진다는 말에 카밀라는 일단 아레나의 신성력을 먼저 써 보기로 했다.

"아레나……!"

[커어어엉!]

그런데 그 순간 커다란 울음소리와 함께 무언가가 카밀라의 앞을 빠르게 막아섰다. 엄청난 크기의 하얀 생명체였다.

'…호랑이?'

귀를 찢을 듯한 커다란 울음소리에 카밀라에게 다가서던 검은 액체가 주춤하며 물러섰다. 주술을 읊던 이들 또한 하얀 호랑이의 등장에 본능적으로 두려움을 느끼는 듯 연신 몸을 떨어 댔다.

[크아아앙!]

하얀 호랑이는 바로 검은 액체를 향해 달려들었다. 백호가 휘두르는 발길질에 정체 모를 액체가 "끼에에에엑-!" 하는 기이한 울음소리를 내면서 속절없이 찢겨 나갔다.

"너……."

카밀라는 그 모습을 멍하니 바라봤다. 뭐지? 이 낯설면서도 익숙한 느낌은?

"킹?"

그녀의 부름에 열심히 검은 액체를 찢어발기던 백호가 곧장 뒤를 돌아봤다.

착각일까? 백호의 입꼬리가 슬며시 올라간 것 같은데?

"이, 이게 무슨!"

다니엘 또한 백호의 등장은 전혀 예상치 못한 듯 당혹감을 감추지 못했다.

"뭐 하는 거냐! 잡아라!"

[크허어어엉!]

"크윽!"

"커헉!"

하지만 백호의 커다란 울부짖음에 카밀라에게 향하던 이들 모두 고통을 호소하며 바닥에 풀썩 주저앉았다. 피를 토하는 이들도 있었다.

"킹이… 킹이…….."

컸네?

카밀라 또한 멍한 표정을 감추지 못했다.

저거 분명 킹인데? 아니, 킹 맞나? 쟤 왜 갑자기 저렇게 커진 거야?

"…우리 작은 킹 어디 갔니?"

[…….]

적들이 패닉에 빠지자 백호가 카밀라의 곁으로 다가왔다. 그러곤 그녀의 주변을 빙빙 돌며 슬쩍슬쩍 얼굴을 비빈다.

이 부드러운 털의 느낌은 분명 킹인데?

"너 정말 킹이구나…….."

얼떨떨한 표정으로 꼬리를 만지작거리는데, 얼마 지나지 않아 백호가 바닥에 축 늘어졌다.

"어?"

화아악!

순간 빛에 휩싸인 백호의 형체가 서서히 바뀌기 시작했다.

"킹!"

커다란 백호는 사라지고 어느새 그 자리에 익숙한 녀석이 누워 있었다.

바로 킹이.

"그런데 왜?"

왜 다시 작아진 거지?

창고에서 영상 구슬을 충전하고 쓰러졌을 때처럼 축 늘어져 끙끙 앓는 소리를 내는 킹을 카밀라가 곧바로 안아 들었다.

[규우…….]

우리 킹, 너 또 성장한 거니?

'아이고, 기특한 것.'

혼자서도 잘 자라는구나.

카밀라는 잘했다며, 이제 괜찮으니 푹 쉬라며 녀석의 머리를 조심스레 쓰다듬었다.

'그런데 뭐야?'

보아하니, 그라시아 제국에 있을 때처럼 또 저 혼자 날 찾아온 것 같은데. 아버지한테는 말씀드리고 온 건가?

"역시 아직 성체를 오래 유지하지는 못하는구나."

그때 아주 익숙한 음성이 들려왔다. 급히 고개를 돌린 카밀라의 눈이 화등잔만 하게 커졌다.

"아버지?"

소르펠 공작이었다.

"네놈 신수는 아직 좀 모자라지."

"모자란 게 아니라 어려서 그런 거다."

그녀를 더욱 놀라게 한 건 그 뒤로 모습을 드러낸 제이빌런 공작과 세프라 공작이었다.

[덜 자란 거 맞아. 오랫동안 잠들어 있었으니 나처럼 완전히 성장하려면 아직 한참 멀었지.]

초콜릿 맛 제… 아니, 신수 제티도 어느새 날아와 카밀라의 어깨에 자리를 잡고 앉아 한마디 거들었다.

[크르릉.]

카밀라에게 다가온 제티가 마음에 들지 않는 듯, 축 처진 상태에서도 킹이 있는 대로 이빨을 드러냈다.

[성질 더러운 꼬맹이.]

"그런데 얘는 성장을 해도 말을 못 하는 거야?"

조금 전에 나를 보고도 아무 말을 안 하던데.

[신수라고 다 말하는 걸 좋아하진 않아. 루나 녀석도 말을 할 수 있지만 입을 여는 경우가 극히 드물지.]

…한마디로 너만 수다쟁이라는 거네.

[크르…….]

저리로 가라는 듯 킹이 사납게 으르렁거렸다. 그런 킹을 제티가 아니꼽게 쳐다봤다. 그래도 싸울 생각은 없는 듯 제티가 다시 제이빌런 공작에게로 날아갔다.

"다들 여긴 어떻게……."

"일단 대화는 나중에 하자꾸나."

세 공작의 시선이 혼란을 틈타 슬금슬금 도망칠 준비를 하고 있는 다니엘에게로 향했다.

"저것들부터 처리한 뒤."

화아악!

세 사람에게서 흘러나오는 엄청난 기운에 카밀라조차 꿀꺽 마른침을 삼켜야 했다.

결론부터 말하자면 다니엘은 죽었다.

세 공작의 등장에 일이 실패한 것을 안 그는 곧장 품에서 단도를 꺼내 들었고.

"야, 야! 저거! 제티!"

[죽었다.]

[규우!]

제 몸은 버리고 다른 누군가의 몸을 뺏을 계획이었는지 일말의 망설임도 없이 스스로 목숨을 끊었다.

'독한 놈.'

누가 에바교인 아니랄까 봐.

나지막이 혀를 차는 그녀에게 세 공작이 기겁을 하며 달려왔다.

"저런 거 보지 마라."

"잘 좀 가려 봐! 카밀라, 어디 다친 곳은 없는 것이야?"

영혼이 된 다니엘이 얼마나 황당해했는지는 말할 필요도 없겠지.

[내 반드시!]

연신 이를 으득으득 갈던 그는 세프라 공작에게 소멸당하거나 사신에게 붙잡히기 전 그 자리에서 도망치려 했다.

하지만 그도 모르는 것이 있었으니.

[으아아악!]

제노나 아레나에게 놈을 잡아 오라 시킬 필요도 없었다. 그들보다 먼저 움직이는 존재들이 있었으니까.

그를 감싸는 수많은 검은 손들.

[아, 안 돼에에에!]

지옥행 열차를 탄 그는 그렇게 허무하게 사라졌다.

오히려 그가 데리고 있던 부하들이 더 끈질기게 반항을 했다. 일부는 다시 주술을 읊으며 기이한 액체를 불러냈고, 몇몇은 검을 들고 공격을 시도했다.

화르륵!

하지만 신수 제티가 뿜어내는 불길에 모든 공격은 허사가 되었다. 말 그대로 다들 타 죽어 버렸다는 말이다.

"저기… 잡아서 심문 같은 거 안 하세요?"

"입을 열 자들이 아니야."

"심문할 것도 없고."

'심문할 게 없다고?'

조금의 망설임도 없는 모습에 카밀라가 오히려 당황해 그들을 만류했다.

"그래도 혹시 모르니까 몇 명 남겨 두시는 게 어때요? 심문을…….."

하지만 세 사람 다 고개를 가볍게 내저을 뿐이었다. 잡아서 심문할 생각이 전혀 없다는 듯이.
"어린애는 저런 거 보는 거 아니다. 저리 가라."
"아니, 저 어린애 아닌……."
"저기 가서 킹이랑 놀고 있으렴."
[규우우!]
"네에……."
그렇게 모든 상황을 정리하고 집으로 돌아온 카밀라는 자리에 얌전히 앉아 있었다. 처분을 기다리는 아이처럼.
"카밀라."
"넵!"
소르펠 공작의 나직한 부름에 카밀라는 아주 빠릿빠릿하게 대답했다. 조금은 어색한 미소를 머금은 채.
"……."
이름을 부른 후에도 한참 동안 소르펠 공작은 말이 없었다. 정말로 화가 많이 난 듯 연신 미간이 꿈틀거렸다.
쉬이 말을 꺼내지 못하는 그를 대신해 카밀라가 먼저 눈치를 보며 조심히 물었다.
"그런데 세 분께선 그 자리에 왜……."
"지금 그게 중요한 게 아니지 않니."
"넵!"
그냥 조용히 입 다물고 있는 게 좋을 것 같다.
하지만 소르펠 공작은 한 번 입이 열리자 내내 참고 있던 말들을 그제야 쏟아 내기 시작했다.
"대체 거기를 왜 간 거냐."

"그게……."

"그놈이 누군 줄 알고! 거기가 어딘 줄 알고 겁 없이 따라가! 전에 분명 말하지 않았니? 두 번 다시 위험한 일에 끼어들지 말라고!"

진심으로 화를 내는 소르펠 공작을 보며 카밀라는 급히 주변을 훑었다. 혹시 도움을 줄 사람이 없나 해서.

'저럴 때의 아버지는 정말 무섭단 말이야.'

변명 따위 조금도 통하지 않는다.

하지만 세프라 공작이나 제이빌런 공작, 두 사람 다 야단을 맞는 게 당연하다는 듯 팔짱만 끼고 방관 모드에 돌입해 있었다.

그래서 이번 일에 약간의 지분을 갖고 있는 제이너를 바라보았지만…….

"와, 너 진짜 두고-"

"카밀라 소르펠!"

"네에……."

그 또한 소르펠 공작의 분노는 감당할 자신이 없다는 듯 눈이 마주치자 어깨를 으쓱거릴 뿐이었다. 오히려 자업자득이라는 듯 빙글거리는 모습을 보자 속에서 열이 뻗쳤다.

아우, 저 얄미운 놈!

'이게 다 누구 때문에 일어난 일……! 아, 나 때문인가?'

내 의뢰 때문에 벌어진 일이었지. 아니, 아니! 그래도 네가 제대로 말을 안 해 준 잘못은 있잖아!

'뭔가를 알아냈으면 바로 알렸어야지!'

대체 왜 숨긴 거야! 진작 나한테 말했으면 이렇게까지 되지 않았을 거 아냐! 너 딱 기다려!

'저 인간들은 애초에 기대도 안 했고.'

어느새 자리에 함께하고 있는 루드빌과 라비 놈은 말할 것도 없었다. 라비는 '저거 더 혼나야 해!' 하는 살벌한 눈빛으로 오히려 자기가 직접 혼내지 못하는 걸 안타까워했고, 루드빌 역시 굳어진 표정으로 연신 매서운 눈빛을 보내는 중이었다.

마지막으로—

'……! 아냐, 아냐! 그거 아냐!'

아르시안과 눈이 마주친 카밀라는 급히 고개를 저었다. 애처로운 자신의 눈빛에 그가 바로 기운을 확 끌어 올렸기 때문이다. 세 공작을 향해 당장 공격이라도 퍼부을 듯이!

멈춰! 그거 아니라고!

"죄송해요."

결국 짧은 한숨을 내쉰 카밀라는 고개를 깊이 숙였다. 그녀의 사과에 소르펠 공작의 입에서도 긴 한숨이 흘러나왔다.

"카밀라."

"네."

"왜 매번 우릴 잊는 거니."

카밀라의 시선이 천천히 소르펠 공작에게로 향했다. 잊다니? 내가?

"딱히 잊은 적은……."

"왜 매번 혼자 다 해결하려는 거야."

"그거야……."

분위기가 살벌해서 일단 사과부터 했는데, 솔직히 다들 왜 이렇게 화를 내는 건지 잘 모르겠다.

킹을 찾아왔을 때도, 제이비 교수의 일이 있었을 때도, 이번에도. 이게 이렇게나 혼이 나야 할 상황인가?

"당연한 거 아닌가요?"

"뭐?"

"혼자 할 수 있는 일은 혼자 하는 게 맞잖아요."

혼자 할 수 있는 일을 굳이 남에게 피해를 주면서까지 함께해야 할 필요가 있나?

왜? 그건 잘 모르겠다.

"저 그렇게 염치없진 않은데요……."

"…염치?"

"괜한 폐를 끼치는 것도 그렇고, 제 일은 제가 알아서 하는 게 맞……."

카밀라는 끝까지 말을 다 잇지 못했다.

'왜…….'

왜 다들 저런 표정이지?

순간 방 안에 고요한 침묵이 흘렀다. 다들 굳어진 표정으로 그녀를 바라봤다. 심지어 아르시안마저 그녀를 탓하듯 바라본다.

아니, 다들 뭔가 내 말을 이해 못 하는 것 같은데.

"귀찮으시잖아요."

"뭐?"

'썩을! 내가 네년 뒤치다꺼리까지 해야 해!'

'혼자 할 수 있는 건 알아서 해! 빌어먹을!'

'저건 혼자 밥도 못 먹는 거야! 그럼 처먹지 마!'

"가족이라도 자꾸 뭔가를 해 달라고 하면 귀찮은 게 당연하잖아요."

그 인간이 늘 말했던 것처럼.

"…당연하다고?"

"대가로 뭘 드려야 할지도 모르겠고."

이건 정말 고민이 되는 부분이다. 다른 이들이야 도움을 받으면 대충 돈으로 때우면 되는데, 가족들에게는 어떻게 값을 치러야 하는 건지 잘 모르겠다.

라비야 마력석을 손에 쥐여 주면 좋아하니까 지금까지 별문제 없이 이런저런 부탁을 쉽게 했었지만.

'다른 이들은?'

글쎄, 저 고급 인력을 돈만 주고 써도 되는 건가?

'씨X! 저딴 거 길러 봐야 돌아오는 게 뭐 있다고!'

'야! 길러 준 값을 해! 밥값을 하라고! 어디서 공짜로 붙어 있으려는 거야!'

'부탁? 너 지금 부탁이라고 한 거냐? 하! 그럼 넌 나한테 뭐 해 줄 건데!'

그래, 가족이라고 해도 공짜는 없는 법이지.

"제가 드릴 수 있는 거라고 해 봐야 고작……?"

어라? 이것도 아닌가?

'왜 분위기가 더 다운되는 것 같지?'

조금 전보다 표정들이 더 좋지 않았다.

"야!"

결국 라비의 입에서 큰소리가 터져 나왔다. 다른 이들의 입에서도 신음 같은 한숨 소리가 연신 흘러나오고 있었다.

"너 지금 대가라고 한 거야! 지금 여기서 그 말이 왜 나와!"

"아니, 내 말은 모든 일에는 그에 합당한-"

"진짜 혼나 볼래?"

라비가 자리에서 벌떡 일어섰다.

"너 그동안 나에게 마력석을 준 것도 그런 이유였어? 뭔 일만 해주면 마력석을 던져 주더니! 그게 대가였냐고!"

"그거야……."

그런 이유도 분명 있긴 하지만…….

"오라비가 좋아하니까."

라비가 그걸 받으면 엄청 환하게 웃으니까. 그래서 그걸 준 것이었다.

"……."

'어라?'

으득, 이까지 갈며 열을 내던 라비의 표정이 스르륵 풀렸다.

뭐지? 마력석 얘기만 나와도 좋은 건가? 또 달라는 뜻?

툭툭.

그 순간 가볍게 머리를 다독이는 손길이 있었다. 옆에 앉아 있던 루드빌이 조금은 안심한 표정으로 카밀라의 머리를 쓰다듬었다.

'아니, 갑자기 또 분위기가 왜 이래?'

방금까지 무거웠던 공기가 갑자기 부드러워지는 걸 느낀 카밀라는 연신 고개를 갸웃거렸다. 소르펠 공작도 짧은 한숨을 내쉬더니 더는 이번 일에 대해 언급하지 않았다.
"난 대가 없어도 돼."
"어?"
그 순간 들려오는 목소리.
"대가 따위 필요 없으니까 나한테는 편하게 도와 달라고 해."
아르시안이다. 팔짱을 낀 채 단호히 외치는 그의 말에 방 안의 공기가 또 한 번 변했다.
"야, 지금 네가 끼어들 분위기 아니거든."
라비가 어이없다는 눈빛으로 아르시안을 바라봤다.
"저놈은 대체 왜 이 자리에 있는 거야!"
"누구의 아들과 달리 카밀라, 저 아이를 구하러 바로 달려왔으니까."
"페트로, 이놈! 대체 뭐 하고 있는 거야!"
"또 어디선가 실실거리고 있지 않을까?"
"…너 오늘따라 왜 이렇게 얄밉냐?"
제이빌런 공작은 아르시안이 마음에 안 드는 듯 연신 혀를 찼고, 세프라 공작은 답지 않게 아들의 편을 들어 주고 있었다.
'또 뭐지? 이 분위기는?'
어쨌든 분위기가 한결 가벼워진 걸 느낀 카밀라는 아까부터 궁금했던 것을 물었다.
"그런데 세 분은 그 자리에 어떻게 오신 거예요?"
여전히 조금 전, 그들의 갑작스러운 등장이 이해가 되지 않고 있었으니까.
카밀라의 물음에 세 공작의 시선이 동시에 그녀에게 향했다. 이윽고 이어진 소르펠 공작의 말은 카밀라가 넋을 놓게 만들기에 충분했다.
"에바교."
"…네?"
"에바교를 조사 중이었다."
그의 입에서 에바교라는 단어가 나왔으니까.

황제의 죽음

"뭐 할 말 없어?"
"고마워. 나 찾아다녔다며? 내가 그렇게 걱정이 됐던 거야?"
"지금 네가 할 말은 그게 아닐 텐데?"
카밀라는 제이너를 지그시 노려봤다.
"이번 의뢰비는 없을 줄 알아."
"네, 의뢰인님."
짜증 나는 놈.
"몸은?"
"보다시피 멀쩡해."
카밀라는 짧은 한숨을 내쉬었다. 저놈이 이번 일로 죽었으면 찝찝해서 어쩔 뻔했어? 막말로 내가 의뢰한 일 때문에 죽은 꼴이잖아!
"대체 왜 말을 안 한 거야? 뭔가 알아냈으면 나한테 바로 말을 했어야지. 왜 혼자 더 깊이 파고들어서 이 사달을 만들어."

"그러게. 왜일까?"
"…요즘 나한테 되묻는 게 유행이니? 나만 모르는 유행인 거야?
'누군가를 심하게 원망하면 그 사람을 닮아 간다더니.'
너 진짜 도르만 판박이 할 거니? 너도 진짜 칼굽으로 맞아 봐야 정신을 차리지? 어?
"그나저나, 공작님들이 다 알고 있었다니 놀라워."
카밀라의 표정이 점점 더 냉랭해지는 걸 본 제이너가 급히 말을 돌렸다.
"역시 페이블러 제국을 수호하는 가문답다고나 할까?"
카밀라의 입에서 다시 짧은 한숨이 흘러나왔다.

어떻게 에바교에 대해 다른 이들에게 말을 꺼내야 할지 그동안 끙끙거리며 머리를 싸맨 게 우스울 정도로 세 공작은 이미 많은 것을 알고 있었다.
"언제부터……."
"사냥 대회 때부터지?"
"그렇지."
"황태자 전하를 공격했던 이들을 조사하다 보니 이상한 게 많더구나."
사냥 대회, 그때부터였단다. 에드센 황태자를 공격했던 무리를 세 공작이 모두 은밀히 조사 중이었다는 것이다.
'별 성과가 없다더니.'
그때 외부에 알려지기로는 범인의 흔적을 결국 모두 놓친 걸로 마무리가 됐었다. 하지만 세 공작 모두 그때의 일을 그냥 넘기지 않았다.

"그 후로도 계속 여러 일이 있었지."

"입양된 아이들이 사라지기도 하고."

"우리 리오도 그때 납치를 당했었고."

"최근에 우리 가문에 쳐들어온 것들도 다 같은 놈들이었어."

그동안 있었던 일을 하나하나 거슬러 올라가자 그 끝에 자리한 존재가 에바교라는 걸 파악하는 데 그리 긴 시간이 필요치 않았단다.

"라니아… 그 아이 일도 그렇고."

라니아, 그 이름을 말하는 소르펠 공작의 얼굴에 많은 감정이 묻어나는 걸 보며 카밀라는 아무런 말도 할 수가 없었다.

'혹시 아신 건가?'

라니아의 어머니, 전 소르펠 공작 부인이 에바교에 속한 인물이었다는 사실을 말이다. 가짜 라니아를 조사하면서 전 공작 부인의 실체를 알아낸 건지도 모르겠다.

'아직 모르고 계신 거라면… 이제 말씀을 드려야 하는데.'

하지만 라니아를 언급하는 소르펠 공작의 고통이 너무 커 보여 입이 도저히 떨어지지 않았다. 상처가 가득한 사람에게 소금까지 뿌릴 수는 없었으니까.

그래도 이왕 이렇게 된 거, 이번에 확실히 말씀을 드려야겠지?

"그런데 카밀라."

"네."

"왜일까?"

"……?"

"그 모든 일에 네가 엮여 있더구나."

세 공작의 시선이 다시 카밀라에게 향했다.

결국 카밀라도 자신이 알고 있던 사실들을 모두 말해 줬다. 물론 귀신이 찾아와 일에 휘말린 부분은 적당히 둘러대면서.

그리고 마지막으로 가장 중요한 사실 하나도 알렸다.

"지금 뭐라고……."

"누가 뭐? 에바교?"

"황제가… 에바교의 주축이라고?"

그 사실까지는 알지 못했던 듯 세 공작 모두 표정이 급속도로 굳어졌다. 내내 표정 변화가 없던 세프라 공작마저 연신 미간을 찌푸려 댔다.

'역시 이 말은 믿기 힘들겠지?'

어떻게 증명을 해야 하나?

한동안 아무런 말이 없는 세 사람을 보며 카밀라는 고민에 빠져야 했다. 그런데…….

"황제가 에바교인이라면 골치 아프군."

"군사를 은밀히 움직여야겠어."

"황궁 안에 숨어든 에바교인부터 잡아내야겠지?"

세 공작은 황제가 에바교인이라는 것을 바로 받아들였다. 그동안 고민했던 게 우스울 정도로 쉽게.

"제 말을 믿으세요?"

조금은 신기하게, 놀람이 가득 담긴 눈빛으로 그들을 바라보자 세 사람이 동시에 같은 말을 내뱉었다.

"네 말이잖니."

오히려 뭘 당연한 걸 묻느냐는 듯 옅은 미소까지 지어 보였다.
"내 딸의 말을 믿어야지. 누구 말을 믿어."
"수호의 검이 선택한 자가 헛소리를 지껄이는 법은 없지."
"며느리 말은 늘 옳지."
"…너 방금 뭐라고 한 거냐."
"며느리? 며느리! 이 자식이! 누구보고 며느리래!"
"차 맛이 좋군."
"말 돌리지 마!"
"이 너구리 같은 놈!"

 어쨌든 그렇게 모든 사실을 알리고 나니 마음이 한결 편해지긴 했는데…….
"괜찮으실까?"
 세 사람 모두 각자의 군사를 은밀히 움직이기 위해 떠났다. 이제 정말 에바교 세력과의 본격적인 전투가 있을 거라는 뜻이겠지?
"다시 말하지만 수호의 가문이 괜히 수호의 가문인 게 아니야."
 카밀라의 걱정 어린 마음을 헤아리듯 제이너가 가볍게 말을 이었다.
"황제가 그동안 숨죽인 채 잠잠히 있었던 이유가 뭐라고 생각해?"
 카밀라의 말대로라면 에바교의 교주로 예상되는 이가 몇백 년을 황제로 군림한 것이었다. 그럼에도 그동안 에바교의 존재를 철저히 감춘 채 숨죽이고 있었던 이유가 뭐겠는가.
"무서워서지."
 다 신수를 다스리는 수호의 가문이 무서워서 그런 거다.

"꿈틀거릴 생각조차 하지 못한 거야."

그 정도로 세 공작가를 두려워한 게 분명하다.

"너무 걱정하지 마. 우리 그라시아 제국에서도 지금껏 황제보다 세 공작가를 더 신경 쓰고 견제할 정도였으니까."

카밀라도 그의 말에 동의했다. 그래, 다른 이들도 아니고 그 세 사람인걸.

'이제 우리 킹도 성장했고.'

지금쯤 소르펠 공작의 옆에 붙어 투정을 부리고 있을 킹을 떠올린 카밀라의 입가에 절로 미소가 걸렸다. 아직 완전한 성장을 이루지 못했지만 그래도 킹이 있다는 것만으로도 든든했다.

타앙!

"아가씨!"

그때 방문이 세차게 열리며 집사 루브가 안으로 급히 들어섰다. 평소 차분한 그와 무척 대조적인 모습이었다.

"무슨 일이야?"

"큰일 났습니다!"

"또 뭔 큰일?"

이제 뭔 말을 들어도 별로 놀랍지 않을 것 같은데.

"황실에 일이 생긴 듯합니다."

"황실에서? 왜?"

설마 세 공작이 움직인 걸 페이블러 황제가 눈치라도 챈 건가?

황실이라는 말에 카밀라의 얼굴 역시 바로 굳어졌다. 하지만 잠시 후 이어진 루브의 말은 카밀라를 더욱 놀랍게 만들었다.

"폐하께서 서거하셨습니다."

"…뭐?"

※

"지금 뭐라고 했지?"
"폐하께서 숨을 거두셨습니다."
에드센 황태자는 자신의 두 귀를 의심했다. 어제저녁까지만 하여도 멀쩡했던 분이 하루아침에 돌아가셨다고?
"그게 무슨 말이야."
"서둘러 가 보셔야겠습니다. 그리고……."
시종 벨이 쉬이 말을 잇지 못하자 에드센이 그를 재촉했다.
"뭐야?"
"황위를 아비헬 황자 전하께 넘기셨습니다."
"…뭐?"
급히 나갈 준비를 하던 에드센의 얼굴이 바로 굳어졌다.
지금 무슨 말을 하는 거지?
"아비헬에게 황위를 넘겨?"
"돌아가시기 전에 유언을 남기셨습니다. 또한 문서로도… 황제의 인장까지 찍혀 있다고 합니다. 증인들도 존재한다고…….."
"하!"
에드센은 헛웃음을 터트렸다.
황제가 죽고, 황위는 2황자에게 넘어갔다.
순간 드는 생각은 하나였다.
"그 여자군."

쟈비엘라 황비, 그녀의 손에서 이뤄진 일이 분명했다. 그게 아니고서야 어떻게 이런 일이 한 번에 일어날 수 있단 말인가.

"이 사실을 누가 알고 있지?"

"아비헬 황자 전하 쪽에서 손을 썼는지 몇 안 됩니다. 폐하께서 서거하셨음을 알리는 것과 동시에 유언장을 공개하려는 모양입니다."

"대신들은?"

"아비헬 황자 전하 쪽 사람들이 황궁으로 모여들고 있습니다."

"정말 아바마마가 죽을 때를 알고 있었던 이들 같군."

"죄송합니다. 제가 좀 더 신중히 살폈어야 했는데."

"작정하고 움직인 이들이다. 자네 탓이라기에는 무리가 있지. 일단 우리 쪽 사람들에게도 어떻게든 소식을 전해."

"알겠습니다."

에드센은 빠르게 상황을 정리했다.

이미 벌어진 일, 수습이 먼저다. 그는 황제의 거처로 가기 위해 방을 나섰다.

"…이건 또 뭐지?"

하지만 그는 바로 걸음을 멈춰야만 했다. 검과 창을 든 병사들이 어느새 문밖에 진을 치고 있었기 때문이다.

"죄송합니다."

근위대 소속 기사가 다가와 정중히 고개를 숙였다.

"지금 이 시간부로 전하께선 이곳에서 한 발짝도 나설 수 없으십니다."

에드센의 입매가 비릿하게 올라갔다.

"누구의 명이지?"

"쟈비엘라 황비마마의 명입니다."

근위대 소속 기사 중에 황비를 따르는 이들이 있다더니, 아마 이놈도 그중 하나겠지? 정중한 말투와 달리 비웃음을 머금는 기사를 보며 에드센은 자신의 추측이 맞음을 확신했다.

"아바마마가 돌아가신 지금 최우선 결정권은 황태자인 나에게 있을 텐데."

"송구하게도 전하께선 현재 황제 폐하를 시해했다는 혐의를 받고 계십니다. 나가실 수 없습니다."

"뭐?"

내가 아바마마를 시해했다고?

에드센은 거칠게 머리를 쓸어넘겼다. 그의 입매가 다시 비뚤게 올라갔다.

그리고…….

서걱!

순식간에 피가 뿜어져 나왔다.

방금까지 조곤조곤 말을 내뱉던 기사가 쓰러지는 걸 보며 주변에 서 있던 병사들의 얼굴이 경악으로 물들었다. 서둘러 검과 창이 에드센 황태자에게로 향했다.

"아, 미안. 이 이상으로 대화를 하기엔 내가 지금 시간이 좀 없어서."

이미 죽어 쓰러진 이에게 뒤늦은 사과를 내뱉은 그의 시선이 천천히 병사들에게 향했다. 그 시선에 다들 주춤하며 뒤로 한 걸음 물러섰다.

"또 나와 대화하고 싶은 사람?"

그의 미소가 더욱 짙어졌다.

"상황은요?"

[개판.]

"황태자 전하는 어때요?"

[못 찾았어.]

"네?"

황제의 사망 소식을 들은 카밀라는 은밀히 황궁으로 향했다.

황궁은 이미 폐쇄되어 외부인의 출입을 철저히 막고 있었다. 하지만 애초에 황궁 안으로 들어갈 생각은 없었기에 그런 건 상관없었다. 그녀가 이곳에 온 건 한 가지를 확인하기 위해서다.

카밀라는 주변에 숨어 제노에게 황궁 안 상황을 살펴보게 했다. 무엇보다 에드센 황태자를 찾아가 그의 상태를 확인해 달라 부탁했다.

"황제가 죽었다니."

그 말을 듣는 순간 든 생각은 하나였다.

"또 옮겼어?"

몸을 갈아탄 게 아닐까? 그렇다면 그 대상은 에드센 황태자일 가능성이 가장 컸다. 다음 황위에 오를 이로 가장 확실한 인물이었으니까.

지금껏 그런 자의 몸에 들어갔으니 이번에도 그러지 않을까 싶었는데…….

[사람들 말을 들어 보니 도망쳤다는데.]

"도망이요?"

[황제를 시해했다더군.]

"네에?"

카밀라는 살며시 미간을 찌푸렸다. 이건 또 무슨 상황이래? 자기가 들어갈 몸에 그런 누명을 씌울 리가 없잖아.

'에드센 황태자의 몸에 들어간 게 아냐?'

그럼 누구?

"설마……."

"왜? 저게 뭐라는데?"

"뭐야? 유령이 벌써 온 거야?"

카밀라와 함께 이 자리에 온 이들이 있었으니, 바로 아르시안과 제이너였다. 황제의 사망 소식을 듣고 밖으로 향하는 그녀를 두 사람이 즉시 뒤따랐다. 카밀라는 그들의 동행을 거절하지 않았다.

"정말 여기에 있는 거야?"

이곳으로 오며 카밀라의 비밀을 하나 알게 된 제이너는 새삼 즐거운 눈빛으로 그녀를 바라봤다.

처음에는 허공에 대고 대화를 시도하는 그녀의 모습이 의아할 수밖에 없었다. 그게 죽은 자와 얘기를 나누는 거라는 사실을 알고 나서도 쉬이 믿을 수가 없었다. '나를 놀리는 건가?' 했는데…….

"너도 본다 이거지?"

"신경 꺼."

카밀라처럼 정확한 모습을 보거나 대화를 할 수 있는 건 아니라지만, 아르시안 세프라도 죽은 자를 본다지 않는가.

'죽음의 신수를 가진 가문의 힘인가?'

칸의 주인인 저조차도 미처 알지 못했던 사실이다. 그만큼 세프라가는 알려진 것이 별로 없는 곳이었으니까.

"아비헬 황자도 확인해 봐야겠어."

"2황자?"

"응."

에드센 황태자가 아니라면 남은 건 하나뿐이다.

"아가씨."

그때 집사 루브… 아니, 블랙 섀도우의 수장인 루브가 빠르게 모습을 드러냈다. 그의 갑작스러운 등장에 놀라는 이는 그 자리에 아무도 없었다. 이미 아르시안도 제이너도 그의 정체를 눈치채고 있었다.

"세 분 공작님께서도 오셨습니다."

아마도 황제의 죽음 소식을 듣고 바로 달려오신 듯했다.

"지금 어디에 계서?"

"정문이요."

"뭐?"

지금 이 상황에 당당히 정문으로 들어올 생각인 건가?

카밀라가 놀란 눈빛을 보내자, 뭘 당연한 걸 묻냐는 듯 오히려 루브가 의아한 표정을 지었다.

"페이블러 제국 그 어디도, 세 공작님께서 가지 못할 곳은 없습니다. 그게 비록 황궁일지라도 말이죠. 수호의 가문이란 그런 것입니다."

한마디로 쟈비엘라 황비가 황궁을 폐쇄해도 세 공작에겐 소용이 없다는 거다. 물론 거기에는 합당한 이유가 있어야 한다.
"곧 문이 열릴 겁니다. 아가씨는 어쩌시겠습니까. 가주님께선 카밀라 님이 집으로 돌아가시기를 원하고 계십니다."
 황제의 죽음이 무엇을 뜻하는 것인지, 카밀라에게서 황제의 정체를 들은 세 공작 모두 짐작하고 있을 것이다. 그가 이미 다른 자의 몸으로 옮겨 갔다는 사실을 말이다. 소르펠 공작은 아마도 더는 그런 위험한 자와 자신이 마주하는 걸 원치 않는 거겠지.
"나도 가."
하지만 이대로 돌아갈 수는 없었다.
'에드셴 황태자의 몸에 기어들어 가지 않았다면…….'
 분명 다른 이의 몸을 뺏었다는 건데, 그게 누구인지 자신이 직접 두 눈으로 확인해 알려 줘야지 않겠는가.
"가요."
 카밀라는 곧장 성문이 있는 곳으로 향했다. 그녀가 도착했을 땐 이미 문이 활짝 열려 있는 상태였다.
"카밀라."
"너 왜 여기로 와! 집으로 가라니까!"
 세 공작은 바로 안으로 향했는지 그곳에 있는 건 루드빌과 라비뿐이었다. 두 사람의 격한 반응에 순간 움찔한 카밀라가 슬쩍 시선을 피하며 딴청을 피우자, 그들이 카밀라를 설득하기 시작했다.
"집으로 가는 게 좋을 것 같구나."
"아니에요. 제가 직접 확인할 게 있어요."
"그게 뭔데? 우리가 대신 확인할 테니까 넌 가."
"오라비가 할 수 있는 게 아니야. 아버지는 벌써 들어가신 거야?"

"너……!"

후다닥 도망가는 카밀라의 뒤를 따르는 아르시안이 걱정 말라는 듯 그들을 향해 고개를 한 번 까닥였다.

그런 그녀를 보며 다들 짧은 한숨을 내쉬었다. 하지만 더는 그녀를 막지 않았다. 저 고집을 누가 꺾겠는가.

"하아, 걱정이네."

라비가 가볍게 고개를 저었다. 왜 저렇게 겁이 없을까? 예전에는 진짜 안 저랬는데. 저러다 다치기라도 하면 어쩌려고!

"그냥 집으로 좀 가지."

"너도 집에 갔으면 좋겠는데."

"네?"

카밀라를 바라보며 연신 혀를 차던 라비의 시선이 루드빌에게 향했다. 설마 도움이 안 되니 돌아가라는 건가?

"저도 나름 도움-"

"위험하다 싶으면 바로 도망쳐라."

"…예?"

하지만 이어진 루드빌의 말에 라비는 말문이 턱 막혀 버렸다.

그러니까 지금… 내가 걱정이 돼서 가라는…….

투욱.

"다치지 마라."

가볍게 자신의 어깨를 두드려 준 후 앞서 걸어가는 루드빌을 보며 라비는 잠시 멍하니 그 자리에 서 있어야만 했다.

"…요즘 진짜 왜 저러는 거야?"

한참 후에야 투덜거리며 라비 역시 걸음을 옮겼다.

불만을 토하는 말투와 달리 그의 입가에는 희미한 미소가 걸려 있었다. 스스로도 인지하지 못하는 듯했지만 말이다.

※

"어서들 오세요."
 그들이 올 것을 이미 예상이라도 한 것처럼 쟈비엘라 황비는 나름 반갑게 세 공작을 맞아 줬다. 그녀의 주변에는 이미 수많은 이들이 포진해 있었다. 오래전부터 2황자를 따르던 귀족들이다.
"폐하께선……."
"독에 당하셔서 시신조차 제대로 보존치 못했답니다."
 쟈비엘라 황비는 눈물을 글썽이며 고개를 떨궜다. 누가 봐도 처연하기 짝이 없는 가련한 모습이었다.
"에드센이 보낸 차를 마시고 그렇게 되셨지요. 그 차에서 독이 발견되었어요."
 소르펠 공작은 터져 나오려는 신음을 간신히 삼켰다.
'역시 카밀라의 말대로군.'
 몸을 뺏긴 자에게서 영혼이 도로 빠져나오면 육체가 썩어 들어간다는 말을 이미 카밀라에게 들었다. 그러니 시신조차 보여 주지 못하는 거겠지.
"두 황자님께선 어디에 계십니까?"
"에드센은 지금 어디에 있는지 알 수 없어요. 도망쳤거든요."
"…도망이라고 하셨습니까?"
"자기도 두려웠겠죠. 도망쳤다는 사실 자체가 자기 죄를 스스로

황제의 죽음 — 199

시인한 거 아니겠어요?"

세 공작은 속으로 연신 혀를 찼다. 자신들이 아는 에드셴은 그리 멍청한 자가 아니었다. 황제를 시해하려 했다면 좀 더 세밀하게 계획을 세웠을 것이다. 고작 자기가 보낸 차에 독을 탈 허술한 인물이 절대 아니었다.

'그보다 지금 이 상황은……'
'에드셴 황태자의 몸을 뺏은 게 아니라는 건가?'
'그럼 아비헬 황자겠군.'

지금 황제의 죽음이 문제가 아니었다. 세 공작의 관심은 황제의 몸에 들어가 있던 영혼이 누구의 몸에 들어갔냐는 거다.

카밀라와 마찬가지로 그들 역시 황제의 몸에서 빠져나온 영혼이 에드셴 황태자의 몸에 들어갔을 리가 없다고 확신했다.

"어마마마."

그때 아비헬 황자가 모습을 드러냈다. 그를 바라보는 세 공작의 시선이 동시에 날카로워졌다. 특히 세프라 공작은 유심히 그를 살폈다.

그리고 볼 수 있었다. 아비헬 황자의 곁을 맴돌고 있는 검은 영체를.

카밀라의 말로는 몸을 강탈당한 진짜 영혼은 그 몸에서 떠나지 못하고 곁에 붙어 있다 했다.

'넌 그 사실을 어떻게 그리 잘 아는 거냐.'
'아, 꾸, 꿈에서 봤어요. 일종의 계시죠. 하하.'

세프라 공작이 고개를 끄덕이자 두 공작의 시선이 더욱 서늘해졌다. 명색이 친우라고, 오랫동안 세프라 공작과 함께한 두 사람은 그가 죽은 자의 영혼을 감지해 내는 능력이 있다는 걸 알고 있었으니까.

'역시 아비헬 황자인 건가.'

세 공작에게서 순식간에 진득한 살기가 피어올랐다. 그 모습을 본 쟈비엘라 황비 측 사람들이 급히 앞으로 나섰다.

"지금 뭐 하시는 겁니까?"

"무엄하십니다! 아비헬 황자 전하께서는 곧 황위에 오르실 분이란 말입니다!"

"황위?"

소르펠 공작이 황당하다는 듯이 되묻자 그들 중 한 명이 움찔하면서도 말을 이어 나갔다.

"폐하의 직인이 찍힌 유언장도 있습니다. 황위를 2황자인 아비헬 님께 넘긴다는 내용이 적혀 있지요!"

수많은 이들의 외침에도 세 공작의 시선은 아비헬 황자에게서 떨어지지 않았다. 그 시선이 무척 부담스러운 듯 그가 슬쩍 눈을 피했다.

"에바교가 다시 등장했소."

"네에?"

"갑자기 그게 무슨 말씀입니까?"

"에바교라니……!"

뜬금없는 소르펠 공작의 말에 그 자리에 있던 모두가 미간을 찌푸렸다. 오로지 쟈비엘라 황비와 아비헬 황자만이 뜨악한 표정을 짓는다.

"에바교가 무엇인지는 다들 잘 알 것이오."

"타인의 목숨을 뺏어 생명을 유지하는 것들이지."

"또 하나, 사람의 몸을 뺏기도 한다는군."

"그게 무슨!"

놀람도 잠시, 사람들의 얼굴에 못마땅함이 빠르게 피어올랐다. 갑자기 오래전에 사라진 에바교라니, 너무 뜬금없지 않은가.

"지금 세 분이 무슨 말씀을 하시는 건지 모르-"

"지금 이 자리에도 에바교인에게 몸을 뺏긴 자가 있단 말이오."

그제야 세 공작이 살벌한 기운을 내뿜는 이유를 안 사람들의 표정이 급변했다. 그러다 그들의 시선이 여전히 아비헬 황자와 쟈비엘라 황비에게 가 있는 걸 본 이들은 다시 한번 경악했다.

"지금 설마 저 두 분을 의심하는 것이오!"

쟈비엘라 황비의 아버지인 듀리얼 후작이 앞으로 나서며 분노를 그대로 드러냈다.

"아무리 수호의 가문이라고 하지만 증거도 없이 이토록 무례한 행동을 하다니! 그에 응당한 대가를 치르게 될 것이오!"

"맞습니다. 에바교라니! 무슨 말도 안 되는 소립니까!"

"세 분께선 반역자의 편을 들고 싶으신가 본데, 트집을 잡으시려면 제대로 된 걸 들고 오셨어야지요. 에바교? 허허."

후작이 나서자 당황하던 다른 이들도 서둘러 그의 편을 들며 외쳤다.

평소에는 세 공작에게 입도 뻥긋하지 못하던 이들이지만 지금은 상황이 다르지 않은가. 새로운 황제가 등극하는 순간이다. 제대로 눈도장을 찍어야 않겠는가! 게다가 에바교가 등장했다는 둥 몸을 뺏긴다는 둥 저들의 주장도 황당하기 짝이 없었다.

"대체 무슨 근거로 그런 소리를 하시는 거죠? 이건 황실 모독입니다!"

쟈비엘라 황비 역시 그 분위기를 놓치지 않고 있는 힘껏 세 공작을 향해 소리쳤다.

"신수를 앞에 두고도 그런 소리를 할 수 있는지 궁금하군요."

"……!"

하지만 이어진 소르펠 공작의 말에 쟈비엘라 황비의 몸이 본능적으로 움찔했다. 그 모습을 보며 소르펠 공작은 짧게 혀를 찼다. 그의 시선이 주변을 빠르게 훑었다.

아마 이 중에도 에바교에 속한 이들이 있을 것이다. 아비헬 황자처럼 몸을 뺏겼을 수도 있지만, 애초부터 그들을 따르며 황궁에 들어와 있는 자들도 있겠지.

"크흠!"

그런 그의 날카로운 시선을 다들 피하기 급급했다. 아무리 새로운 시대가 열렸다 하여도 세 공작은 세 공작이었으니까.

"신수라니요!"

하지만 그 순간 목청을 다시 높이는 이가 있었으니, 듀리얼 후작이었다.

"그 어떤 경우에도 황궁에서 신수를 불러내서는 안 된다는 걸 모르시는 거요! 그 자체가 반역이오!"

여기서 절대 물러서면 안 된다. 자신의 손자가 황위를 잇게 된 지금, 황권을 강하게 만들기 위해선 첫 단추를 잘 끼워야 하지 않겠는가!

듀리얼 후작은 단호한 눈빛으로 소르펠 공작을 노려봤다.

"그 증거, 제가 제시하죠."

그 순간 사람들의 귀를 파고드는 목소리가 있었으니, 모두의 시선이 홀 입구로 향했다.

저벅.

빠르게 안으로 들어서는 이, 바로 카밀라였다.

"증거? 무슨 증거?"

듀리얼 후작은 연신 미간을 찌푸렸다. 요즘 여기저기 그녀에 대한 말들이 많은 건 그도 잘 알고 있었다.

'수호의 검을 깨웠다고 했나?'

그래서 에바교를 들먹이는 건가? 만약 그 증거랍시고 수호의 검을 뽑아 들면 한껏 비웃어 줄 생각이었다.

듀리얼 후작 역시 에바교에 대해 많은 것을 알고 있었다. 제이빌런 가문이 차지한 수호의 검, 그 검을 듀리얼 가문에서도 찾기 위해 엄청난 노력을 기울였기 때문이다.

아니, 지금도 그렇지만 선대 조상들은 더 간절했을 것이다. 신수를 가진 공작가를 따라잡기 위해서는 수호의 검이 필요했으니까.

하지만 결국 수호의 검조차 자신들의 가문이 아닌 제이빌런가를 선택했다. 물론 검을 찾기만 했을 뿐, 수호의 검이 가진 진정한 힘을 전혀 사용하지 못했지만 말이다.

'그나마 그게 위안이었거늘.'

그런데 얼마 전 잠들어 있던 검을 깨운 이가 나타났고, 그것이 소르펠가의 여식이라는 말에 듀리얼 후작은 으득 이를 갈 수밖에 없었다.
 왜 모든 것이 세 공작의 손에만 쥐어지는 것인지! 어떻게 이리 불공평할 수 있단 말인가!
 어쨌든 듀리얼 후작가에도 에바교에 대한 정보가 다른 곳에 비해 많이 갖추어져 있었다. 그래서 잘 알았다. 에바교인을 찾아내는 것이 결코 쉽지 않다는 것을.
 '절대 그럴 리가 없겠지만!'
 저들의 말대로 이 자리에 에바교인이 있다고 한들, 정말 그것이 자신의 딸과 손자라 하여도 밝혀낼 방법이 없다.
 '진실의 거울도 없는 것을.'
 그는 진실의 거울이 물체가 아니라 사람이라는 것도 알고 있었다. 과거 마르스의 동료 중 하나가 진실의 거울이었다는 사실을 고서에서 우연히 본 적이 있기 때문이다.
 '증거? 증명? 어떻게?'
 듀리얼 후작은 비웃음을 머금었다. 두 부녀가 이 자리에서 창피를 당하고 물러날 거라 그는 확신했다. 공작가의 권력만 믿고 설치러 온 것 같은데, 절대 이번에는 그냥 물러설 생각이 없었다.
 '신성력?'
 듣기로 카밀라, 저 아이가 신성력도 가지고 있다던데. 그거라도 펼칠 생각인가?
 그렇다 해도 상관없었다. 신성력도 에바교인을 찾아내는 데 별 소용이 없으니까.
 그러는 사이 어느새 카밀라가 쟈비엘라 황비의 앞에 멈춰 섰다. 애써 태연한 척을 하는 쟈비엘라 황비의 눈을 직시하며 카밀라가 천천히 입을 열었다.

"타인의 몸을 뺏은 에바교인은 자신의 진명이 불리게 되면 그 몸에서 빠져나오게 되지요."

"무, 무슨……!"

쟈비엘라 황비의 눈이 빠르게 커졌다.

아마 에바교인들도 이 사실은 몰랐을 것이다. 오래전에 진명을 읽어 냈던, 진실의 거울이었던 도르만의 동생도 그 능력을 에바교인을 구별하는 것에만 썼을 뿐이었다. 사신이 아닌 이상 진명을 외친다고 별다른 반응이 일어나진 않았을 테니까.

하지만…….

"셀레나 메이."

난 다르지.

"흐읍!"

자신의 진명이 흘러나오자 쟈비엘라 황비가 주춤 뒤로 한 발 물러섰다. 하지만 카밀라는 다시 한번 정확히 외쳤다.

"셀레나, 메이."

"아, 안……!"

순간 이상한 느낌을 받은 듯 안색이 하얗게 질린 쟈비엘라 황비가 비명을 지를 것처럼 입을 열었다. 하지만 그보다 쟈비엘라 황비의 몸을 차지하고 있던 영혼이 빠져나오는 게 더 빨랐다.

[안 돼에에에!]

자신이 다시 영혼이 된 걸 확인한 쟈비엘라… 아니, 셀레나는 연신 비명을 질러 댔다. 자신이 빠져나온 몸이 빠르게 썩어 가는 걸 보며.

'이미 확인했거든.'

누구에게? 사신 하벨에게.

쟈비엘라 황비의 몸을 차지한 이의 진명을 알려 주러 자신을 찾아온 하벨에게 혹시나 해서 물었다.

'최근에 몸을 뺏긴 자는 영혼이 빠져나와도 혹시 멀쩡해?'
'썩어서 사라지지 않는 거냐고 묻는 거냐.'
'어.'
'본래의 영혼이 몸에서 나오게 되면 그때부터 몸은 죽은 것과 같다. 새로운 영이 들어가 그 거죽만 뒤집어썼을 뿐.'

겉으로는 멀쩡해 보일지 모르나, 본래의 영혼이 육신과 분리되는 시점부터 몸은 부식하기 시작한다. 그 몸을 차지한 영이 빠져나오는 순간 그것이 한 번에 터져 나오듯 외부로 드러나는 거였다.

'그래서 라니아도…….'

순식간에 몸이 썩어 사라졌던 거지.

'쟈비엘라 황비는?'

그녀 또한 몸이 뺏긴 지 이미 시간이 좀 지났지 않은가. 라니아 때처럼 완전히 썩어 문드러져 사라지진 않겠지만…….

"흐억!"

"저, 저게 뭐야!"

"마, 마마께서!"

사람들이 비명을 질러 댔다. 바닥에 툭 쓰러진 쟈비엘라 황비의 몸에서 썩은 내가 훅 하고 풍겨 나왔으니까. 좀 전까지만 해도 멀쩡히 살아 있던 사람이 한순간에 저렇게 되었으니 놀랄 수밖에.

"이… 이게 무슨……."

누구보다 쟈비엘라 황비의 아버지인 듀리얼 후작의 충격이 가장 컸다.

입을 멍하니 벌린 그는 제대로 말조차 내뱉지 못했다. 방금까지 멀쩡했던 자신의 딸이 왜 저런 모습이 되어 있는 거지?

"네가… 네가 한 짓이냐!"

한참 후에야 그의 시선이 카밀라에게 향했다.

순간적으로 든 생각은 하나였다. 카밀라, 그녀가 자신의 딸에게 뭔가 수작을 부린 것이라고!

당장에라도 달려들 듯한 그의 모습에 세 공작이 그의 앞을 막아섰다. 하지만 카밀라는 그들을 제지하며 앞으로 나섰다.

"방금 말씀드렸을 텐데요."

카밀라는 오히려 듀리얼 후작에게 한 걸음 가까이 다가섰다.

"에바교에 잠식된 자는 진명이 불리면 그 영이 다시 빠져나온다고요. 그리고……."

그녀의 시선이 힐끔 죽은 쟈비엘라 황비에게로 향했다.

"이렇게 몸이 썩어 들어가죠."

"말도 안 돼!"

듀리얼 후작은 절대 인정할 수가 없었다. 머리로는 그녀의 말이 사실이라고 외치고 있었지만 도저히 받아들일 수가 없었다.

"네가 그걸 어떻게 알아! 진명이라니! 그딴 걸 네가 어떻게 알고……!"

"제가……."

잠시 말을 멈춘 카밀라의 고개가 돌아갔다. 그녀의 시선이 소르펠 공작에게 향했다.

이번에 이런저런 사실을 들려주면서도 이 얘기는 아직 하지 못했다.

"제가 진실의 거울이니까요."

점점 눈이 커지는 소르펠 공작을 보며 카밀라의 입가에 씁쓸한 미소가 걸렸다.

마지막 결전

"진실의 거울이 사람이었다니."

제이빌런 공작은 놀라움을 금치 못했다. 그 또한 진실의 거울이 뭔지 잘 알고 있었다. 다만 그게 일반 사물이 아닌 사람이라는 사실은 처음 듣는 내용이었다.

자신의 가문에도 에바교에 대한 서적이 많이 있지만 구하기 힘든 고서는 듀리얼가가 대부분 소유 중이었다. 오래전부터 아주 기를 쓰고 수호의 검을 찾던 가문이다 보니 어쩔 수가 없었다. 물론 그래 봐야 수호의 검은 제이빌런가의 것이 되었지만 말이다.

'쯧.'

제이빌런 공작은 반쯤 넋이 나가 있는 소르펠 공작을 보며 속으로 연신 혀를 찼다.

저 녀석이 왜 저러는지 충분히 이해가 됐다. 전에 함께한 술자리에서 그가 최근에 하고 있는 고민을 들은 적이 있었다.

'그 아이가 가진 짐이 너무 커.'

'뭔 짐?'

'마력석 광산도 모자라 수호의 검까지 그 아이를 선택하지 않았나.'

'수호의 검은 아직 우리 가문 거야. 마력석 광산은 그 애가 사들인 거고. 선택받은 게 아니란 말이다.'

'거기에 이제 성녀라고까지 불리고 있으니.'

'거기서 수호의 검은 빼라니까!'

'시끄러워! 지금 그게 중요한 게 아니잖아!'

그렇지 않아도 딸아이가 지고 있는 짐이 너무 무거운 건 아닌가 걱정하던 녀석인데.

'이젠 거기에 진실의 거울까지 보태졌으니.'

얼이 나가지 않는 게 이상한 일이지.

"아버지."

"…당장 집으로 가자."

"네?"

"여기 있지 말고 가자꾸나."

소르펠 공작은 바로 카밀라의 손목을 잡아챘다. 당장 집으로 가자며.

그 또한 진실의 거울이 뭔지 안다. 듀리얼 후작이나 제이빌런 공작처럼 자세히 아는 건 아니지만, 역사서에 적혀 있는 내용 한 구절은 정확히 알고 있었다.

「에바교인들의 손에 철저히 부서져 버린 진실의 거울…….」

오래전에 본 구절임에도 그때 당시 묘하게 섬뜩한 느낌을 받아 기억하고 있었다. 그런데 그게 자신의 딸이라니!

"당장 가자꾸나."

황제의 죽음이고 에바교고 모르겠다. 지금은 당장 이 아이를 안전한 곳으로 데려가는 게 우선이다.

"아버지."

카밀라는 평소와 전혀 다른 소르펠 공작의 모습에 솔직히 좀 당황스러웠다.

이렇게까지 놀라실 줄은 몰랐는데.

"일단 아비헬 황자를…….'"

쟈비엘라 황비가 죽고 그녀가 에바교인이라는 게 밝혀지던 그 혼란을 틈타 아비헬 황자가 감쪽같이 사라졌다. 아마도 내가 진실의 거울이라는 사실을 안 순간 바로 도망친 것 같은데.

'분명 봤거든.'

귀신이 된 아비헬 황자가 다른 이들과 마찬가지로 이지를 상실한 채 그의 몸에 딱 붙어 있는 모습을.

조금이라도 빨리 그를 찾아야 하건만…….

"너를 집에 데려다 놓는 게 먼저다."

살짝 목소리까지 떨며 재촉하는 부친을 보자 입이 떨어지질 않았다.

'대체 왜…….'

대체 왜 저러시지?

'저건… 저건 분명 겁을 먹은 표정인데.'

다른 이도 아닌 소르펠 공작이 겁을 먹었다고? 그 말을 대체 누가 믿어 줄까?

그런데 저 표정은 분명 겁을 먹은 거다.

"아버지."

"당장 가자."

재차 자신의 손목을 잡는 그의 손끝이 미세하게 떨리고 있는 걸 본 카밀라는 더 이상 아무런 말도 할 수가 없었다.

'하지만…….'

카밀라의 시선이 다시 홀을 훑었다. 갑작스러운 상황에 웅성거리고 있는 귀족들 사이로 눈에 띄는 이들이 있었다.

이미 육신을 뺏긴 이들.

이지를 상실한 본인의 영혼이 붙어 있는 이들.

눈이 마주치자 흠칫하며 고개를 숙이기 바쁜 그들을 놔둔 채 이대로 돌아갈 수는 없었다.

어, 어? 저기 도망치잖아! 잡아야 하는……!

"카밀라!"

"……!"

주춤거리는 그녀의 어깨를 소르펠 공작이 강하게 붙들었다.

"그것들이 진실의 거울을 어떻게 처리했는지 모르는 거냐!"

…아.

'그래서였나.'

알고 계셨구나.

'그래서…….'

"그런데 그들을 이끄는 자가 아비헬 황자 전하십니다!"

경악하는 다른 귀족들과 달리 세 공작은 이미 어느 정도 예상한 일이었기에 별다른 반응을 보이지 않았다.

"가지."

세프라 공작이 조용히 앞장섰다. 그 뒤를 제이빌런 공작이 따르려다 잠시 멈칫하더니 카밀라를 돌아봤다.

"받거라."

"이건……."

수호의 검이었다.

"나보다는 네가 들고 있는 게 낫겠지."

"우리 딸은 전투 안 해!"

"알아, 알아! 호신용으로 들고 있으라고!"

"카밀라, 절대 여기서 움직이지 마라. 알겠니?"

소르펠 공작이 단단히 당부했다.

"하지만……."

지금 밖에 모여들고 있는 이들이 전의 그것들이라면? 카밀라는 수호의 검을 꼭 쥐었다.

그녀가 자신들을 따라오려 하자 세 공작의 시선이 한곳으로 향했다. 그곳엔 여전히 죽은 쟈비엘라 황비를 보며 넋이 나가 있는 듀리얼 후작이 있었다. 세 공작의 시선을 느낀 그가 그제야 천천히 고개를 들었다.

"반역죄를 물어도 좋소."

세프라 공작이 손을 휘젓자 커다란 검은 늑대가 순식간에 그의 옆에 모습을 드러냈다.

"수호의 가문이 가장 최우선으로 해야 할 일은 제국을 지키는 일이지."

이어 제이빌린 공작의 옆으로도 붉은 날개를 활짝 편 커다란 독수리가 모습을 드러냈다.

"어?"

소르펠 공작 역시 품에서 킹을 꺼내 놓았다.

아니, 신수를 황궁에 데리고 오는 건 반역이라지 않았어? 대체 언제부터 킹이 여기에 있었던 거지?

'우리 애는 아직 몸을 숨길 줄 모르는데? 그렇다는 건…….'

황실이건 뭐건 그냥 데리고 왔다는 거잖아.

[규우!]

카밀라가 어이없어하는 표정을 짓고 있는 것도 모른 채, 숨죽이고 있다 나온 게 마냥 좋은 킹이 달려와 그녀의 품을 파고들었다.

[규우, 규우!]

하지만 그것도 잠시, 인사를 마친 킹은 그녀의 품에서 빠져나와 다시 소르펠 공작에게로 향했다.

화아악!

별안간 환한 빛이 쏟아지더니 걸음을 옮기던 킹의 몸이 순식간에 바뀌었다. 저번에 보았던 커다란 백호가 어느새 그 자리를 대신하고 있었다.

"넌 아무 걱정 말고 여기에 있어라."

마지막으로 한 번 더 당부의 말을 남긴 소르펠 공작은 곧장 홀을 빠져나갔다.

"너, 얌전히 있어."

라비 또한 공작들을 따라갈 생각인 듯 나름 엄하게 카밀라에게 당부했다.

"오라비도 가게?"

그런 그를 카밀라가 급히 붙잡았다. 그녀의 눈에 불안감이 가득하다.

루드빌과 소르펠 공작과 달리 오라비 이 녀석은 왜 이렇게 물가에 내놓은 아이 같을까. 다른 이들도 자신을 볼 때 이런 기분인가?

"아버지와 형님을 도와야지."

그가 걱정 말라는 듯 그녀의 이마를 손으로 콕 찍었다. 그런 그의 손을 카밀라가 꽉 붙잡았다.

"죽지만 마. 숨만 붙어 있으면 어떻게든 원상 복구해 줄 테니까."

"…말 한번 살벌하게 하네."

피식 웃은 라비의 시선이 그녀의 뒤로 향했다. 아까부터 그림자처럼 조용히 카밀라의 뒤를 따르고 있는 이, 아르시안이 그곳에 있었다.

"잘 지켜라."

아르시안은 이렇다 저렇다 하는 말 없이 그저 고개를 한 번 끄덕였다.

그 모습에 라비가 짧게 혀를 찼다. 저 새끼, 진짜 마음에 안 들지만 이상하게 이런 상황에선 또 믿음이 간단 말이지.

"하아."

그렇게 라비까지 사라지자 카밀라는 주변을 쭉 훑었다. 홀에 남아 있는 이들은 별로 없었다. 다들 갑작스러운 상황에 몸을 숨기기 바빴다.

"어?"

그런데 잠시 후 그녀의 눈이 살짝 커졌다.

"제이너는?"

방금 전까지만 해도 주변에 있었던 제이너가 보이지 않았기 때문이다.

"몰라. 갑자기 사라졌어."

"뭐?"

아르시안의 대답에 카밀라의 미간이 살며시 찌푸려졌다. 이런 상황에 갑자기 어디에 간 거야?

콰아앙!

루드빌이 휘두른 검에 수많은 이들이 우수수 떨어져 나갔다.

"큰 도련님! 저쪽에도!"

대기 중이던 세 공작가의 군사들이 적들을 상대하고 있었지만 밀려드는 에바교인의 수가 끝도 보이지 않았다. 대체 저 많은 이들이 어디에 숨어 있다 나타난 걸까?

"대체 2황자님께서 왜?"

그 선두에 서 있는 아비헬 황자의 모습에 다들 혼란스러워하고 있었다. 황실 군사들 역시 처음에는 아비헬 황자의 명을 따르려 했지만, 그가 이끄는 에바교인을 보며 흠칫했다. 이지를 상실한 채 공격만 해 대는 무리가 정상으로 보이지 않았으니까.

결국 황실 군사 모두 이러지도 저러지도 못하고 있었다.

"황실을 공격하는 무리다! 뭘 망설이는 거지!"

그런데 그 순간 익숙한 음성이 들려왔다.

수많은 군사를 이끌고 나타난 이는 바로 에드센 황태자였다.

"공격해라!"

에드센의 단호한 외침에 우왕좌왕하던 이들 모두 검을 고쳐 잡았다. 그들의 검이 향한 곳은 아비헬 황자와 에바교 무리였다.

"전에 사냥터에서 봤던 것들이군."

루드빌 곁으로 다가선 에드센은 가볍게 혀를 찼다. 역시 그때 그 무리를 자신에게 보낸 이는 쟈비엘라 황비였던 건가.

"에바교입니다."

"뭐?"

"자세한 건 나중에."

설명을 더 요구하는 에드센 황태자를 뒤로한 채 루드빌은 빠르게 앞으로 달려 나갔다. 에드센 역시 적들을 향해 몸을 날렸다.

"끝도 없군."

죽여도 죽여도 끝이 보이지 않았다.

그때처럼, 사냥터에서처럼 고통을 모르는 이들의 모습은 사람들을 질리게 만들었다.

"으아악!"

"뭐, 뭐야!"

게다가 알 수 없는 검은 액체 같은 것이 병사들을 감싸며 혼란에 빠트렸다.

"저기 걸리면 힘들어지죠. 기운이 쭉쭉 빨려 나가거든요."

그 순간 낯선 목소리가 들려왔다.

급히 고개를 돌린 에드센 황태자의 눈에 상황과 전혀 어울리지 않게 살짝 웃고 있는 남자가 들어왔다.

"저들부터 죽여야 합니다."

제이너가 전에 자신이 당했던 것을 떠올리며 한쪽에서 주술을 부리고 있는 이들을 손으로 가리켰다.

스윽.

그러자 어둠 속에 숨어 있던 수많은 이들이 나타나 순식간에 주술사의 목을 베어 냈다. 그들은 그 후로도 은밀히 움직이며 적들의 급소만 노리기 시작했다.

"넌······."

에드센의 의아한 시선에 제이너의 미소가 더욱 짙어졌다.

"카밀라의 오빠 됩니다."

콰아앙!

멀리 떨어져 있음에도 그 소리를 듣기라도 한 걸까? 한창 전투 중이던 루드빌이 적들을 한 방에 날려 버린 후 제이너를 지그시 노려봤다. 그 시선과 마주한 제이너가 어깨를 으쓱했다.

"물론 아무도 인정해 주는 것 같진 않지만."

그 말을 끝으로 그 역시 전투에 끼어들었다.

순식간에 적의 목을 날려 버리는 그의 모습에 에드센은 헛웃음을 터트렸다. 카밀라, 그녀는 또 어디서 저런 걸 주워 왔을까.

후우욱!

그 순간 느껴지는 뜨거운 열기에 뒤를 돌아본 에드센 황태자는 커다란 새가 날아오는 걸 보며 입꼬리가 올라갔다.

"드디어 온 건가."

제이빌런가의 신수였다.

끊임없이 밀려드는 에바교인을 향해 날아간 신수는 그대로 불길을 일으켰다. 비명조차 내지를 사이 없이 그 자리에 있던 모든 것이 재가 되어 사라져 갔다.

그게 끝이 아니었다. 적들의 그림자가 꿈틀하는 듯하더니 그대로 그들을 삼켜 버렸다. 순식간에 주변이 어둠으로 물들었다. 그 어둠이 잠식된 공간에도 역시나 살아 있는 생명체라고는 전혀 찾아볼 수 없었다.

이내 그곳에 유유히 모습을 드러내는 건 커다란 검은 늑대였다.

[크허어어엉!]

킹 역시 어느새 전장에 뛰어들어 아직 남아 있는 주술의 흔적을 찢어발겼다.

"무사하시군요."

어느새 에드센 황태자에게 다가선 세 공작이 그의 안위를 살폈다. 그들의 등장에, 에드센의 얼굴에 미소가 더욱 짙어졌다. 오늘따라 저들이 왜 이렇게 든든하게 느껴질까.

"서둘러 처리하죠."

"알겠습니다."

네 사람이 동시에 검을 뽑아 들었다.

"저 사람."

"이, 이익! 에바 신께서 너희들을 절대 용서하지 않으……!"

"닥쳐."

"야아아아!"

서걱!

"남의 몸 뺏어서 살고 있는 주제에 용서 같은 소리 하고 있네."

밖에서 한창 사람들이 전투를 벌이고 있던 그 시각, 카밀라도 바쁘게 움직이고 있었다. 황궁 안에 이미 퍼져 있는 에바교인을 아르시안과 함께 찾아내는 중이다.

도망치다 잡혀 헛소리를 지껄이며 공격을 하는 이들도 있었고.

"저, 전 아니에요!"

"곧 심판의 검이 도착하니 그때까지 버티고 있든가."

"으… 으아아악! 죽어라!"

끝까지 발뺌하다 본색을 드러내는 이들도 있었다.

오래전에 몸을 뺏긴 이들은 죽자마자 몸이 순식간에 부패해 사라져 갔고, 최근에 몸을 뺏긴 이들은 쟈비엘라 황비처럼 악취를 풍기며 썩은 몸을 고스란히 드러냈다.

"히익!"

"얘, 앤이 에바교 사람이었어?"

처음에는 긴가민가하던 이들도 그런 모습을 보며 점점 상황을 받아들이기 시작했다.

그리고 잠시 후.

"아비헬 황자… 아니, 에바교의 교주가 죽었대!"

기다렸던 소식이 날아들었다. 에드셴 황태자의 손에 아비헬 황자가 처단되었다는 소식이 빠르게 전해져 왔다.

"하아."

카밀라는 저도 모르게 내내 꼭 쥐고 있던 수호의 검을 그제야 내려놓았다. 알게 모르게 긴장을 하고 있었던 걸까? 검을 쥐고 있던 손이 저릿저릿하다.

'드디어 그자가 죽은 건가?'

그토록 오랫동안 생을 영위한 것치곤 참 허무한 죽음이었다. 하지만 세 공작에 신수들까지 나섰으니 그도 별수 없었겠지.

'그래, 이제 끝이네.'

카밀라는 도망치고 있는 에바교인 하나를 붙잡고 있는 아르시안을 보며 다시 짧은 한숨을 내쉬었다.

'그런데……'

뭐지? 이 찜찜함은?

아비헬 황자… 아니, 그의 몸을 차지한 에바교의 교주가 죽었다는 소식을 들었음에도 이상하게 기분이 영 껄끄럽다.

'뭔가 중요한 걸 놓친 것 같……!'

카밀라의 걸음이 뚝 멈췄다.

"아."

그제야 깨달았다. 자신이 왜 계속 찜찜함을 느꼈는지.

이곳에 와 잠깐 스치듯 보았던 아비헬 황자.

"영혼이……."

죽은 영혼이…….

"하나였어."

우우웅!

그 순간 바닥에 내려놓았던 수호의 검이 울었다.

[카밀라! 조심……!]

동시에 제노의 다급한 목소리가 들려왔다.

하지만 그보다 먼저 알 수 없는 힘이 그녀를 강하게 옭아맸다. 검은 액체 같은 것이 연신 꿈틀거리며 그녀를 옥죄었다. 전에 다니엘이 부리던 주술사가 선보인 힘과는 차원이 달랐다.

"카밀라!"

아르시안이 빠르게 그녀에게 달려왔다.

"멈추시게."

"……!"

그 순간 그녀의 뒤에서 소리 없이 모습을 드러내는 이가 있었다. 그는 카밀라의 목을 당장에라도 꺾을 듯 손에 쥐며 아르시안을 바라봤다. 그 시선에 곧바로 마력을 움직이려던 아르시안의 행동이 그대로 멈췄다.

"넌……."

그를 알아본 카밀라는 허탈한 웃음을 흘렸다.

익히 아는 자다. 에드센 황태자를 만날 때마다 마주했던 이.

'시종 벨.'

에드센 황태자의 손과 발이 되어 주던 남자가 연신 혀를 찼다.

카밀라는 그제야 볼 수 있었다. 그의 주변에 자리한 수많은 귀신을.

얼마 전까지 페이블러 황제에게 묶여 있던 이들이 지금은 시종 벨에게 붙어 있었다.

'아비헬 황자가 아니었어.'

페이블러 황제가 몸을 뺏은 이는 에드센도, 아비헬도 아니었다.

'아니, 대체 왜?'

황자들을 놔두고 왜 시종의 몸을 차지한 거지?

"진실의 거울이라니."

그는 신기하다는 듯 카밀라를 바라봤다.

"내가 태어나지도 못하게 다 죽였는데."

"당장 떨어져!"

그 소리에 아르시안이 먼저 반응을 했다.

"움직이지 말라고 하지 않았느냐."

한 발짝 다가서려는 그를 벨이 제지했다. 카밀라의 목을 쥔 손에 더욱 힘이 들어갔다.

손톱이 파고들었는지, 그녀의 목에서 피가 주르륵 흘러내렸다. 그 모습에 아르시안이 으득 이를 갈았다.

후욱!

"아르시안!"

가소롭다는 듯 벨이 손을 움직이자 검은 액체가 날카롭게 변해 그대로 아르시안의 배를 뚫었다.

"다… 당장 그 손 놔."

바닥에 주저앉는 중에도 아르시안은 살기를 감추지 않았다. 눈빛으로도 사람을 죽일 수 있다면 충분히 그러고도 남을 듯했다.

"그건 좀 곤란해서 말이야. 진실의 거울은 세상에 존재하면 안 된단다."

그는 가볍게 혀를 찼다. 자신의 계획이 이렇게 또 물거품이 될 줄은 몰랐다.

다니엘이 세 공작의 손에 죽었다는 소식을 듣자마자 그는 일이 꼬였음을 바로 감지했다. 세 공작이 에바교, 자신들의 존재를 이미 알고 있었음을, 자신의 존재 또한 곧 알게 될 것임을 말이다.

"오랫동안 기다렸건만."

에바교가 다시 세상에 당당히 나설 때를 기다리며 참고 또 참았지만, 아무래도 조금 더 몸을 숨겨야 할 듯했다.

그는 바로 일을 실행했다. 페이블러 황제, 자신이 그동안 사용한 육체를 버리기로 한 것이다. 세 공작이 교에서 추구하는 영생에 대해 알고 있다면 분명 페이블러 황제의 죽음 이후 두 황자를 제일 먼저 의심할 거라 생각했다.

'그래서 일부러 에드센에게 누명까지 씌웠지.'

모두가 단번에 아비헬 황자가 자신의 새로운 몸이라 확신할 수 있도록.

에바교인 중 하나를 실제로 아비헬, 그 아이의 몸에 집어넣어 육신도 뺏었다.

'그리고 그 아이가 죽으면…….'

세 공작과 신수의 공격에 아직 미흡한 힘을 가진 자신의 교인들이 이길 수 있을 거라고는 생각지 않았다. 그렇게 아비헬 황자가 죽고 황궁이 다시 안정을 찾으면…….

'그때 에드센의 몸을 차지하려 했건만.'

그것이 그의 계획이었다. 그럼 한동안 조용히 숨어 힘을 키울 수 있을 테니까.

시간이야 그에겐 늘 무의미한 것이었다. 다시 시작하는 게 뭐 그리 힘든 일이라고.

"그런데……."

이 아이가 문제였다.

"네가 진실의 거울일 줄이야."

설마 카밀라, 이 아이가 진실의 거울일 줄 어찌 예상이나 했겠는가.

그녀가 있는 한 자신의 계획은 모두 물거품이 되는 거였다. 다른 몸을 차지해 봐야 그녀가 또 자신을 찾아낼 테니까.

"아… 아르시안."

카밀라의 눈이 쉴 새 없이 흔들렸다. 피를 흘리고 있는 그의 모습에 터져 나오려는 비명을 간신히 삼켰다.

[카밀라!]

[이거 대체 뭐야! 가까이 다가갈 수가 없잖아!]

제노와 아레나 역시 당황하고 있기는 마찬가지였다. 검은 액체에 휩싸인 카밀라 곁으로 도저히 다가갈 수가 없었다.

"아이야, 지금 남 걱정할 때가 아니……!"

서걱!

카밀라를 잡고 있던 손에 더욱 힘을 주던 페이블러 황제… 아니, 시종 벨의 얼굴이 빠르게 굳어졌다. 그의 팔을 누군가 베어 냈기 때문이다.

"쿨럭!"

"괜찮으십니까?"

도르만이었다. 그가 카밀라를 감싸며 뒤로 물러섰다.

하지만 검은 액체는 또다시 두 사람을 옭아맸다.

"쯧, 방해꾼이 많군."

가볍게 혀를 찬 벨은 잘린 팔을 보고도 별다른 표정 변화가 없었다. 그것도 그럴 것이, 검은 액체가 그에게 빠르게 모여들더니 순식간에 다시 팔을 만들어 냈다.

"썩을."

잠시 마른기침을 내뱉던 카밀라는 작게 욕설을 내뱉었다.

그녀의 시선이 바로 아르시안에게로 향했다. 마음이 점점 초조해졌다.

"짜증 나!"

당장 아레나의 힘이 필요한데, 이 액체가 자꾸 거슬리게 한다.

'액체?'

카밀라는 바로 자신의 목을 매만졌다. 그러고는 그곳에 걸려 있는 목걸이를 손에 꽉 쥐었다.

"아이슬라."

화아악!

순간적으로 주변 온도가 확 낮아진 건 착각이 아닐 것이다.

[…뭐야? 이 상황은?]

이어 얼음처럼 차가운 음성이 들려왔다. 전에 봤던 모습 그대로 새하얀 머릿결을 날리며 모습을 드러낸 이는 바로 겨울의 정령왕 아이슬라였다.

파지직!

상황을 살핀 아이슬라는 카밀라가 도움을 청하기도 전에 그녀를 옭아맨 검은 액체를 바로 얼려서 부숴 버렸다. 이어 카밀라와 대치 중이던 벨 역시 그녀의 냉기에 그대로 몸이 얼었다.

"아레나!"

검은 액체에서 풀린 카밀라는 곧장 아르시안에게 달려갔다. 그녀의 뜻을 알아들은 아레나가 그대로 카밀라의 몸으로 스며들었다.

화아악!

엄청난 신성력이 아르시안을 순식간에 감쌌다. 구멍이 뚫리다시피 한 그의 상처가 빠르게 아물었다. 처음부터 상처가 아예 없었던 것처럼.

그의 상처를 치료한 아레나는 바로 카밀라의 몸에서 빠져나왔다. 그녀의 몸에 오래 머물수록 카밀라가 겪는 후유증도 컸기에.

"아르시안!"

그녀의 부름에 아르시안이 힘겹게 눈을 떴다. 신성력으로 상처는 완벽히 아물었지만 그사이 흘린 피가 너무도 많았다.

"너… 괜…찮아?"

자신의 안위부터 묻는 아르시안의 모습에 카밀라는 터져 나오려는 울음을 간신히 삼켰다.

쩌저적!

그 순간, 무언가 부서지는 소리가 들려왔다. 고개를 돌리자 얼어 버린 몸을 강제로 움직이고 있는 벨의 모습이 보였다. 얼음과 함께 몸이 여기저기 부서져 내렸지만, 벨은 전혀 개의치 않아 했다. 순식간에 다시 검은 액체가 그의 몸을 재구성했다.

"이건 또 뭐지?"

아이슬라를 바라보는 벨의 눈빛이 써늘하다. 아이슬라가 준 얼음 결정체를 이용해 정식으로 불러낸 거라 다른 이들 눈에도 그녀가 똑똑히 보였다.

[그건 내가 하고 싶은 말인데. 이거 뭐야? 저 검은 액체는… 에바교?]

그녀는 벨이 쓴 힘의 정체를 한눈에 알아봤다.

[에바교가 아직 남아 있다고? 마르스가 다 없앴는데?]

"…마르스?"

아이슬라가 마르스를 들먹이자 움찔한 벨의 표정이 빠르게 굳어졌다.

마르스를 저리 친근하게 부른다는 건?

"아이슬라!"

한 가지 사실을 깨달은 카밀라는 아이슬라를 급히 불렀다. 겨울의 정령왕이 순식간에 그녀의 곁으로 날아왔다.

"혹시 알아요?"

[뭘?]

"마르스가 죽인 에바교 교주의 이름!"

왜 미처 생각하지 못했을까! 아이슬라의 존재를!

당시 마르스와 에바교의 충돌을 가장 가까이에서 모두 지켜봤을 존재인 것을!

진명을 읽어 낼 수 있었던 진실의 거울, 도르만의 동생은 마르스의 동료 중 한 사람이라고 했다. 그렇다는 건 혹시……!

[알지.]

"……!"

카밀라는 입을 멍하니 벌렸고, 벨은 움찔하며 그들을 노려보았다. 그가 빠르게 다시 힘을 개방했다. 검은 액체가 순식간에 카밀라와 아이슬라를 덮쳤다.

[존 카터.]

"네?"

[그 교주 놈 이름이 존 카터야.]

…뭐지? 이 아무것도 아닌 것 같은, 흔해 빠진 이름은?

"닥쳐라!"

수백 년 만에 자신의 진명이 불리자 벨의 얼굴에 처음으로 난색이 떠올랐다. 그가 더욱 힘을 강하게 이끌어 냈다.
"존 카터."
"……! 다, 닥쳐!"
그의 당혹감이 그대로 느껴졌다. 자리에서 일어선 카밀라가 그에게 한 걸음 다가서며 더욱 크게 외쳤다.
"존, 카터!"
"으……!"
[으아아아아악!]
그 또한 진명에는 별수 없는 듯 그대로 영혼이 몸에서 빠져나왔다. 40대 중반의 정말 평범해 보이는 남자였다. 잠시 분한 마음에 비명을 질러 대던 그는 바로 그 자리에서 도망치려 했다.
예전에도 그랬다. 진실의 거울을 어떻게든 가장 먼저 없앤 뒤 원래의 육체이자 교주로 군림하던 몸은 미련 없이 버렸다.
대신 다른 이를 그 몸에 집어넣은 뒤 자신은 몸을 꽁꽁 숨겼다. 그리고 마르스가 교주를 죽이고 에바교 잔당을 처리하는 모든 과정을 그저 가만히 지켜봤다.
세상이 잠잠해지고 에바교에 대한 사람들의 기억이 점점 흐릿해져 갈 때쯤, 그는 은밀히 황실로 숨어들었다. 그리고 차근차근 사람들의 몸을 뺏어 나갔고 끝내 황제의 몸까지 차지할 수 있었다.
그토록 공을 들였건만……!
[감히, 감히, 너 따위가!]
그간의 고생을 수포로 만들다니!
[젠장!]
그는 뒤도 돌아보지 않고 도망치려고 했다. 다른 이의 몸을 차

지해 예전처럼 다시 몸을 숨길 생각이었다.

"존 카터."

[……!]

하지만 그 순간 그의 주변으로 수많은 이들이 모습을 드러냈다. 시신들이었다. 하벨도 그 안에 있었다.

[뭐, 뭐야!]

이런 상황은 예상치 못했던 듯, 존 카터의 얼굴에 당혹감이 그대로 드러났다.

"그댄 지옥으로 바로 갈 수조차 없다."

[무, 무슨……!]

"지옥조차 그대에겐 과분하다는 뜻이지."

그동안 저놈이 벌인 일로 명부에 혼란이 일어 얼마나 고생했던가! 상관의 구박, 끝없는 야근, 건강상의 이유로 탈주하는 동료들……!

지금까지의 수모를 떠올린 사신들 모두 살벌한 눈빛으로 그를 압박했다.

"일단……."

"우리 할 말이 좀 많지?"

"와, 씨! 내가 이 새끼 때문에 상사한테 깨진 걸 생각하면!"

"야, 새끼야! 내가 왜 야근해야 해! 왜 제시간에 일 못 끝내는 무능한 놈이라는 소리를 들어야 해! 내가 너 죽일 거야!"

끌고 가기 전에 각자 볼일이 많은 듯 다들 으득으득 이를 갈았다.

"구두 굽이 나름 아프더군."

사신 하벨의 조언에 다들 주변에 버려진 구두가 없는지 살벌하게 살폈다.

[나, 난……!]

그제야 상황을 파악한 듯 페이블러 황제… 아니, 존 카터는 부들부들 몸을 떨었다. 그런 그를 둘러싼 채 사신들이 빠르게 그 자리에서 모습을 감췄다.

"……."

하벨 역시 도르만과 카밀라를 잠시 바라본 뒤 순식간에 모습을 감췄다.

'현실 반영이야 뭐야. 다 끝나니까 나타나네.'

갑자기 나타났다가 사라진 사신들이 어이없었다. 뭐 하다 이제야 나타나서는!

"하……."

그렇게 주변이 순식간에 조용해졌다. 왠지 허탈한 웃음이 흘러나왔다.

그토록 오랫동안 세상을 농락하던 인간이 사신들에게 둘러싸여 벌벌 떨며 사라졌다. 그 역시 한낱 인간이었다는 것이 체감되자 뭔가 속이 시원하면서도 허망했다.

겨우 저딴 거 때문에 그 많은 사람이 희생된 거야? 내가 그토록 고생했던 게 저놈 때문이었다고?

'피곤하네.'

갑자기 기운이 쭉 빠졌다.

신성력을 쓴 후유증일까? 한숨만 연신 흘러나오며 손가락 하나 까닥하고 싶지 않았다.

"아가씨."

그때 도르만이 천천히 자신에게 다가왔다.

"넌 여기에 어떻게 온 거야?"

집에 있으라고 했는데.

어쨌든 적절한 타이밍에 도와준 건 고마웠다. 그가 아니었다면 아이슬라를 불러내지도 못하고, 이르시안을 치료할 틈도 만들지 못했겠지.

"다시 한번 묻겠습니다."

"음?"

바닥에 주저앉아 있던 카밀라는 한쪽 무릎을 꿇은 채 자신과 시선을 맞추는 도르만을 의아하게 바라봤다. 이 녀석, 또 왜 이렇게 분위기를 잡는 거야?

'사람 불안하게!'

그런 카밀라의 시선에 도르만이 희미한 미소를 지었다.

"생을 다시 살 기회가 주어진다면 받아들이시겠습니까?"

"…뭐?"

지금 무슨 말을 하는 거야?

"지금까지의 모든 기억을 지우고 새로운 생을 살게 해 드리겠습니다."

"새로운 생?"

"네. 좋은 환경, 새로운 가족……. 그동안의 아픈 기억은 모두 지워지게 될 겁니다."

"……."

카밀라의 눈이 점점 커졌다.

그때 실없이 던졌던 질문이 그냥 한 말이 아니었어? 지금 삶이 여전히 힘드냐고 물었던 게 이거 때문이었던 거야?
이윽고 그녀의 눈빛이 쉴 새 없이 흔들렸다.
새로운 삶, 새로운 가족.
'모든 기억이 지워진다고?'

'이 X 같은 X!'
'죽어! 죽으라고!'
'너 같은 건 세상에 태어나지 말아야 했어!'

그 모든 기억을 잊을 수 있다고?
"카밀라!"
"야! 너 괜찮아?"
"이게 대체 무슨 일이냐!"
그때, 그녀가 있는 곳으로 소르펠 공작과 다른 이들이 모습을 드러냈다. 여기저기 부서져 있는 건물과 힘없이 쓰러져 있는 아르시안, 그리고 죽어 있는 시종을 보며 무슨 상황인지 몰라 어리둥절해했다.
"혹시 다친 거냐!"
"왜 주저앉아 있어! 진짜 다쳤어?"
상황이 뭐가 됐든 자신의 안위부터 살피는 그들을 카밀라는 멍하니 바라봤다.
따악!
"어?"
그런데 순간 도르만이 손가락을 가볍게 튕기자 주변의 모든 것이 멈췄다.
"다른 이들이 들어서 좋을 게 없을 것 같아서요."
"아······."
카밀라의 시선이 다시 자신의 곁에 서 있는 이들에게 향했다.
'가족······.'
이들을··· 이들을 잊으라고?
"카밀라."
난데없이 들려오는 익숙한 목소리에 카밀라의 고개가 천천히 돌아갔다.
"···아니, 쟤는 왜 멀쩡해?"
"···글쎄요. 마법으로 저항하신 것 같은데요."
"마법으로 그런 것도 할 수 있어?"
"저도 모르겠어요······."
그곳에 그녀를 힘겹게 바라보고 있는 아르시안이 있었다. 그녀와 도르만의 대화를 모두 들은 듯, 그의 눈빛이 간절하다. 당장이라도 그녀가 떠날까 두려워하는 얼굴이다.
그런 그를 바라보는 카밀라의 가슴 역시 아릿해졌다.
'아르시안도······.'
그도··· 잊게 된다는 거지?
다시 한번 찬찬히 주변을 둘러본 카밀라의 시선이 마지막으로 도르만에게 향했다. 이윽고 그녀의 입가에 서서히 희미한 미소가 걸렸다.
답은 이미 정해진 것 같은데?
"거절할게."

"…진심이십니까?"

도르만이 지그시 그녀를 바라보며 물었다.

"다시 한번 묻겠습니다. 새로운 삶, 원치 않으십니까? 새로운 가족, 바라지 않으세요?"

"응, 거절이야."

그녀의 시선이 다시 주변으로 향했다.

"난 이미 가족이 있는걸."

그리고······.

"······."

카밀라는 마지막으로 아르시안을 바라봤다.

"떠나고 싶지 않아."

이들과, 나의 가족들과 헤어지고 싶지 않다.

"후회, 안 하시겠습니까?"

도르만이 마지막으로 물었다. 카밀라가 작게 웃음을 터트렸다.

"후회하겠지. 하지만-"

늘 그래 왔으니까.

좋았다가도 후회를 하고, 후회를 하다가도······.

"다시 시작하겠지."

그게 지금껏 살아온 자신의 삶이었고, 앞으로도 그럴 것이다.

"그러니 거절이야."

그녀의 단호한 대답에 도르만의 입가에도 어느새 미소가 걸렸다.

"알겠습니다."

따악!

손가락을 튕기며 고개를 끄덕이는 그의 얼굴을 마지막으로 시야가 점점 흐릿해졌다.

"카밀라!"

"야!"

정신을 잃어 가는 자신을 감싸 안는 가족들. 어떻게든 자신에게 다가오려고 기를 쓰는 아르시안.

그리고…….

[카밀라, 괜찮아?]

[정신 차려!]

[큐!]

가족들 못지않게 자신을 걱정스레 바라봐 주는 나의—

'나의 또 다른 가족들.'

그런 이들을 바라보며 카밀라의 입가에 다시 화사한 미소가 걸렸다. 저들이 곁에 있다는 것만으로도 묘한 안정감을 느끼며.

SIDE STORY. 후회 없는 선택

"시아야, 괜찮아?"

매니저 현석은 운전을 하는 중에도 연신 이시아의 안색을 살폈다. 하얗게 얼굴이 질려 있는 게, 아무래도 몸 상태가 영 안 좋아 보였다.

"괜찮아. 좀 긴장해서 그래."

그 말에 현석은 빠르게 눈을 깜박였다.

'그게 더 이상하다고!'

네가 긴장을 해? 다른 사람도 아니고 네가?

오늘이 연말 연기 대상 시상식 날이긴 하지만, 그게 천하의 이시아를 긴장시킬 원인이 될 거라고는 조금도 예상치 못한 그였다.

'저럴 녀석이 아닌데.'

예전에도 대상 후보에 오른 적이 있지만, 그때는 주위에서 저 담력 좀 보라며 혀를 내두를 정도로 태연하게 굴지 않았던가.

'내가 받는 게 당연한 거 아냐? 나 말고 누가 받아?'

자신감이 넘치다 못해 얄밉기까지 했던 녀석이 오늘따라 왜 저러는지 모르겠다.

"언니, 청심환이라도 드실래요?"

"응."

"저, 정말요? 오, 오빠! 스톱! 저기 약국!"

"어, 어! 알았어."

끼이익!

그냥 해 본 말인데 긍정의 대답이 돌아오자, 시아의 옷을 살피던 지현이 급히 차를 세웠다.

"언니, 여기요!"

"응, 고마워."

마시는 청심환을 바로 들이켜는 이시아를 보며 지현 역시 고개를 갸웃거렸다.

저런 걸 찾는 분이 아닌데……? 오늘 왜 이렇게 긴장하신 거지?

"하아."

그러거나 말거나 이시아는 연신 긴 숨을 내쉬었다.

'처음인걸.'

시스템을 사용하지 않고 처음으로 한 연기인걸.

그녀는 바로 시스템 창을 켰다.

```
System
                                    _ □ ×

        이름: 이시아 (카밀라)

        민첩: B  체력: B+
```

> 외모: S+ 연기: S (EX)
>
> 가창: B (A) 끼: A (A+)
>
> 잔여 포인트: 1

연기의 능력치가 많이 올랐다. 그에 이번 드라마는 카밀라가 가지고 있던 연기력을 복제하지 않고 순수하게 자신이 가진 실력으로 찍었다.

'그러니 긴장될 수밖에.'

시청률은 무척 잘 나왔지만 그게 자신의 연기력 덕분인지, 아니면 이시아가 가진 이름 덕인지는 잘 모르겠다. 그 평가를 받게 될 시상식을 생각하자 자꾸 마른침이 삼켜졌다.

문득 작년에 있었던 일이 떠오른다.

아버지라는 인간으로 인해 입원까지 했던 날.

그때 자신에게 주어졌던 선택지.

> System (ʃ˙▽˙)ʃ !　　　　　_ □ ×
>
> ### 인생 리셋
>
> 지금의 삶을 모두 지우고 새로운 삶을 얻게 됩니다.
>
> 좋은 집안, 좋은 가족, 행운이 가득한 삶이 펼쳐질 것입니다.
>
> 단, 그동안의 기억은 모두 지워지게 됩니다.
>
> 당신은 아무것도 모르는 어린 영혼으로 다시 태어나게 됩니다.

인생 리셋. 도르만이 누군지는 모르겠지만 솔직히 너무도 유혹적인 제안이었다.

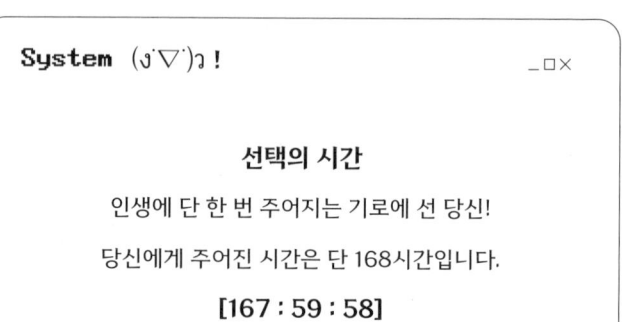

일주일이라는 시간도 필요 없다 여겼다. 망설일 이유가 없지 않은가. 새로운 가족, 아픈 기억을 모두 지워 준다는데.

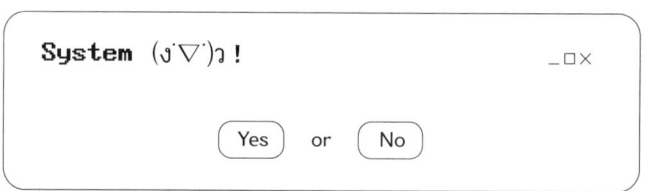

그녀의 손은 자연스럽게 YES로 향했다.

"……."

그런데 이상하게 손가락이 더는 움직여지지 않았다.

정말 이게 맞는 걸까?

이 삶을 이렇게 버려도 되는 건가?

벌컥!

"시아야!"

그리고 그때, 잠시 시아의 주치의를 만나러 간다던 현석 매니저가 급히 뛰어 들어왔다.

"이것 좀 봐."

현석이 들고 있던 핸드폰을 그녀에게 넘겼다. 이게 뭔가 싶어 화면을 확인한 이시아의 눈이 점점 커졌다.

- 언니! 빨리 쾌차하세요!

- 시아 언니, 아프지 마세요. 제가 응원할…….

"…이게 뭐야?"

처음 보는 이들이 자신을 응원하는 영상이 나오고 있었다.

"지금 너에게 응원 메시지를 보내는 챌린지가 열렸어."

"뭐?"

"네 사연이 좀… 그, 어쨌든 다들 널 응원하고 싶나 봐."

조금은 멍해진 시아의 눈이 다시 핸드폰으로 향했다.

"…동정심?"

나를 동정하는 건가?

나쁜 뜻이 아니라는 걸, 오히려 무척 감사한 일이라는 것을 안다. 하지만 가슴 한쪽이 따끔거리는 건 어쩔 수 없었다.

내 삶은 아직도 불행으로 가득 차 있는 걸까? 그렇게 보이는 걸까?

시아의 쓸쓸한 표정을 본 현석이 그녀를 창가로 이끌었다.

"저길 봐."

"……"

시아의 시선이 밖으로 향했다. 이윽고 무언가를 발견한 그녀의 두 눈이 동그래졌다.

병원에서도 보일 정도로 커다란 중심가 최고층 빌딩. 그 건물 전광판에 자신의 얼굴이 걸려 있었다. 그리고 그 아래에도 문구가 적혀 있다. 자신의 쾌유를 바라는 문구가.

"저 건물 전광판 잡는 데 돈이 얼마나 드는지 알지? 고작 동정심으로 저런 일을 할 수 있을까?"

환하게 웃는 자신의 사진에서 유독 눈을 돌릴 수가 없었다.

당신이 다시 웃을 날을 기다립니다.

전광판에 띄워진 문구를 본 그녀의 눈시울이 점점 붉어졌다.

"다들 널 아끼니까. 널 좋아하니까."

그 말에 결국 참았던 눈물이 터져 버렸다.

그런 시아의 어깨를 현석이 가볍게 다독였다. 요즘 눈물이 많아진 자신의 배우를 신기해하면서.

"……"

현석이 나가고 난 뒤, 시아는 시스템 창을 다시 띄웠다.

시아는 번쩍거리는 시스템 창과 창밖의 전광판을 잠시 번갈아 바라봤다.

그리고 그녀의 손이 움직였다.

YES가 아닌 NO를 향해.

✲

"20xx년 JNC 연기대상. 그 영예의 수상자는⋯⋯."

시상식에 참석한 배우들의 시선이 시상대에 서 있는 한 원로 배우에게 향했다. 작년에 사극으로 대상을 받은 그는, 올해 대상자가 적힌 종이를 펼치며 희미한 미소를 지었다.

"『미로의 거리』의 이시아 님."

자신의 이름이 호명되자 이시아의 입이 멍하니 벌어졌다. 정말로 내가 대상을 받은 건가?

다른 배우들의 축하 인사와 관객들의 환호를 받으며 시아는 천천히 시상대로 향했다.

시스템의 복제 능력, 즉 카밀라의 연기력을 쓰지 않고 오로지 자신의 힘으로 일궈 낸 성과다. 마이크 앞에 선 그녀의 눈시울은 이미 붉어져 있었다.

그런 그녀를 보며 다들 의아함을 감추지 못했다.

늘 당당하던 이시아인데. 연기가 아닌 다른 일에선 절대 눈물을 보이지 않는 걸로 유명한 그녀인데.

"하긴⋯⋯."

"힘들었겠지."

그러다 작년에 있었던 그녀의 사고를 떠올리며 다들 고개를 끄덕였다. 힘든 일이 있은 후에 받는 상이니 의미가 남다를 수도 있지.

"감사합니다."

그녀의 목소리가 살짝 떨리는 걸 느끼며 다들 격려의 미소를 보내 줬다.

"많은 일이 있었습니다."

정말, 정말 많은 일이 있었다.

"하지만 이 자리에 서니 제 선택이 틀리지 않은 것 같네요."

이시아의 입가에도 서서히 미소가 걸린다.

"이 상은 다른 누구도 아닌 저에게 주고 싶습니다."

그녀의 당당한 말에 다들 짧게 웃음을 터트렸다. 그래, 저래야 이시아지.

"그리고……."

잠시 말을 멈춘 그녀가 긴 숨을 토해 냈다.

"저를 이 자리에 있게 해 준 절친한 친구와 이 기쁨을 함께하고 싶네요."

이 모든 터를 다져 준 또 다른 나.

"저도, 그녀도 이젠 행복했으면 좋겠습니다."

카밀라, 네가 누구보다 행복해졌으면 좋겠어.

'난…….'

난 지금 너무 행복하니까.

이시아, 그녀의 얼굴에 진심으로 환한 미소가 떠올랐다.

SIDE STORY. 대가

"루이스!"

"…메리즈?"

국가 사업 지원부로 향하던 루이스는 자신을 부르는 소리에 걸음을 멈췄다. 그의 얼굴이 단박에 일그러졌다. 정말 보고 싶지 않은 얼굴이었으니까.

"메리즈."

"네가 여기 왜 있어?"

"보다시피."

루이스는 손에 들고 있던 서류를 흔들었다. 그런 그의 입에서 긴 한숨이 흘러나왔다.

'어디서부터 꼬인 걸까?'

학생회장이었던 메리즈가 자의 반, 타의 반으로 아카데미를 그만둔 후 자신과 다른 학생회 간부들 역시 학업을 중단할 수밖에 없었다. 자신들에게 당했던 학생들이 메리즈에 이어 학생회 간부들에게도 똑같은 방식으로 보복해 왔기 때문이다.

물론 가만히 당하고만 있진 않았다. 집안의 힘을 빌려 학생들을 회유하기도 하고 협박을 해 보기도 했다. 하지만 별 소용이 없었다. 그들의 분노는 생각보다 무척 매서웠고, 결국 법률 자문을 구해 그들의 행동을 제지해야만 했다.

역시 돈만 있으면 다 된다느니, 그 로펌 도대체 어디냐느니 말이 돌긴 했지만 별로 신경 쓰지 않았다.

'꼬우면 좋은 집안에서 태어나지 그랬냐.'
'내 말이.'

오히려 그 모습을 보면서 낄낄거리기까지 했다.

그렇게 마무리되나 싶었는데, 이번엔 각 가문에 일이 생기기 시작했다. 사업적으로 여기저기 문제가 발생하더니 현재에 와선 어떻게 손을 쓸 수 없는 단계에 이르렀다. 아카데미에 낼 학비조차 없어 학업을 중단해야만 했다.

'그리고 지금은……'

국가에서 지원하는 사업 지원금을 신청하기 위해 오는 길이다.

아버지께서는 물론 저 역시 현재 여기저기 돈을 빌리는 중이었다. 하지만 그게 쉽지가 않았다. 지금 이 서류가 통과되지 않는다면 남은 건 절망뿐이다. 모든 사업이 빚으로 다른 곳에 넘어갈 판이었다.

"넌 여기 어쩐 일이야?"
"나도……"

메리즈 역시 돈을 빌리기 위해 새로운 사업 계획서를 들고 이 자리에 온 거였다. 그녀는 루이스보다 상황이 더 좋지 않았다.

아버지인 가브엘 후작이 죽기 전부터 휘청였던 사업들이 지금은 거의 벼랑 끝에 몰려 있었다. 어머니는 앓아누우셨고 친척들 모두 등을 돌렸다. 아니, 오히려 뭐 하나라도 더 뺏어 갈 게 없나 눈이 벌게져 있었다.

"……."

"……."

서로를 마주한 두 사람은 한동안 아무런 말도 하지 못했다. 그러다 동시에 짧은 한숨을 내쉬고는 굳게 닫혀 있는 문을 바라봤다.

사업 지원부

두 사람은 가볍게 노크를 한 뒤 문을 열고 안으로 들어섰다.

"어떻게 오셨죠?"

20대 후반으로 보이는 남자 직원이 조금은 딱딱한 어투로 입을 열었다.

이곳을 찾는 사람들 대부분이 돈을 빌리러 오는 이들인지라 친절함은 오히려 피곤함을 불러온다. 어떻게든 끈덕지게 붙으려고 해서.

"사업 계획서를 제출하러 왔습니다."

"최종 결정은 재정 장관님께서 하실 것이고, 1차로 다른 분께 심사를 받으셔야 합니다. 저기 안쪽에 담당자분이 계시니 들어가 보시죠."

정해진 멘트를 읊는 남자의 말을 들으며 두 사람은 안쪽에 마련된 사무실 문을 두드렸다.

"들어오세요."

안에서 젊은 남성의 목소리가 들려왔다.

달칵.

"실례……!"

안으로 들어서던 루이스와 메리즈는 그대로 굳어져 버렸다. 방 안에 아주 익숙한 한 사람이 앉아 있었기 때문이다.

"넌……!"

"너희들이 여긴 어쩐 일이야?"

자신들을 차갑게 바라보는 남자.

"케, 케빈?"

케빈 브라이안. 자신들의 괴롭힘에 끝내 아카데미를 그만뒀던 인물이었다.

수도를 떠났다고 들었는데?

"오랜만이네."

두 사람은 저도 모르게 마른침을 꿀꺽 삼켰다.

왜 케빈이 여기에 있는 걸까? 분명 이곳으로 가서 서류 심사를 받으라고 했……!

두 사람의 시선이 책상으로 향했다.

그곳에 놓인 명패에 새겨진 이름.

심 사 관   케빈 브라이안

"네가… 네가 심사관이라고?"

"왜? 뭐가 잘못됐어?"

"어, 어떻게 네가!"

사업 지원부 심사관은 아무나 할 수 있는 게 아니었다. 실력도 실력이지만 누구나 인정할 수 있는 막강한 권력을 가진 자의 추천서가 필요했다. 그런데 아무런 힘도 없던, 집안도 비루하기 짝이 없던 케빈이 어떻게 저 자리에 앉아 있을 수 있지?

"내가 추천했거든."

"……!"

그때 뒤돌아 앉아 있던 이가 천천히 그들을 향해 고개를 돌렸다.

"너, 넌!"

두 사람의 얼굴이 다시 경악으로 물들었다.

"오랜만."

카밀라가 그들을 향해 손을 흔들며 알은체를 했다.

"참고로 세 공작님께서도 추천서를 써 주셨어. 어디를 지원해도 문 부수고 들어갔을 성적인데 본인이 사업 지원부로 가고 싶다잖아."

"이 일이 의외로 적성에 맞더라고요."

"처음엔 외교부 지원했으면서. 폐하랑 제이빌런 공작님이 엄청 아쉬워하셨단 말이야. 얼마 전에도 나한테 은근히 말 흘리셨다니까."

"……!"

에바교 사건이 있은 후 황위에 오른 에드센 황태자… 아니, 에드센 황제는 황실에서 일하는 이들부터 모두 갈아 치웠다. 오랫동안 황실에서 일했던 자라도 무능하게 자리만 지키고 있던 이들은 가차 없이 쳐 냈다.

그는 새로운 인사 등용에 열을 올렸고, 케빈 역시 그렇게 생겨난 빈자리를 기회 삼아 이곳으로 들어오게 된 인재였다.

"폐하께서도 케빈의 능력에 아주 만족해하셨어. 케빈이 머리가 아주 좋더라고. 누구 덕에 아카데미를 수료하지 못한 게 아쉬울 정도로 말이야."

카밀라의 시선이 케빈에게 향했다. 그녀와 눈이 마주친 케빈은 아주 정중히 고개를 숙였다.

"네가 왜 케빈을······."

메리즈와 루이스는 이해할 수가 없었다. 아카데미에 있을 때도 딱히 친분이 없던 이들인데?

"케빈이 날 찾아왔어."

"뭐?"

"그게 언제였더라?"

"작년 가을이었습니다."

"아, 맞아."

찬 바람이 불기 시작할 때쯤, 난데없이 케빈이 고스트 상회를 찾아왔다. 제대로 대화 한 번 해 본 적 없는 그의 방문은 카밀라를 의아하게 만들었다.

'도와주십시오.'

'내가 널? 왜?'

'이대로 패배자로 살고 싶지 않습니다.'

아마도 자신으로 인해 학생회가 무너진 소식을 듣고 찾아온 듯했다.

솔직히 처음에는 도와주고 싶은 마음이 들지 않았다. 내가 자선 사업가도 아니고, 굳이 왜?

'난 맨입으로 도와 달라는 사람한테 손 내미는 취미 없어.'
'저는……'
'투자하는 건 좋아하지만 말이야.'
'네?'
'너 공부 좀 하니?'

하지만 이렇게 찾아온 용기를 높이 사 주기로 했다. 뭔가를 해 보겠다고 의지를 불태우는 눈빛도 나쁘지 않았고. 물론 그렇다고 해서 바로 도와준 건 아니다. 아무 능력도 없는 자를 도울 마음은 정말 없었으니까.

그래서 증명해 보라고 했다. 자기가 가진 가치를. 그럼 얼마든지 투자를 해 주겠다고.

'그리고 케빈은 증명해 냈어.'

국가에서 치르는, 일종의 공무원 시험에 해당하는 걸 당당히 반 년 만에 합격해 왔더란 말이지. 지금은 재정 장관까지 그를 눈여겨보는 중이다.

"그래서, 두 사람이 이곳에 온 이유는?"

케빈은 그제야 메리즈와 루이스가 들고 있는 서류에 시선을 줬다. 딱 봐도 무슨 용무인지 알 수 있었지만 일부러 다시 물었다.

"여기에 무슨 볼일이냐고 물었어."

"……."

메리즈는 질끈 입술을 깨물었다. 예전엔 내 앞에서 고개도 들지 못하던 놈이!

루이스 역시 짧은 한숨을 내쉬었다. 자신의 처지가 새삼 한심해서.

"돈 빌리려 온 거겠지."

쉽게 입을 열지 못하는 두 사람을 대신해 카밀라가 말을 이었다.

"요즘 저 두 가문의 상황이 어렵거든. 둘 다 당장 보름 뒤에 갚아야 할 부채가 천만 골드가 넘지? 다른 부채는 한 달 남긴 했지만 금액이 더 크고."

"그, 그걸 네가 어떻게!"

루이스와 메리즈의 눈이 부릅떠졌다. 가문 밖으로 새어 나가지 않도록 철저히 입단속을 했는데 도대체 어떻게 알고 있는 거지?

그제야 자리에서 천천히 몸을 일으킨 카밀라가 루이스와 메리즈를 향해 한 걸음 다가갔다.

"나 약속 어긴 적은 없어."

"약속?"

부회장이었던 루이스를 바라보는 카밀라의 눈이 곱게 휘었다.

"동영상."

"……!"

"약속대로 다른 곳에 푼 적은 없다고. 하지만……."

잠시 말을 끊은 그녀가 짧게 혀를 찼다.

"아버지까지 막아 준다고는 하지 않았잖아?"

"…아버지?"

카밀라의 아버지라면… 소르펠 공작!

그의 눈빛이 쉴 새 없이 흔들렸다. 설마……!

"우리 아버지가 딸 사랑이 좀 지나치셔서 말이야."

"서, 설마! 우리 가문이 지금 이렇게 힘들어진 게……?"

카밀라의 미소가 한층 더 짙어졌다.

"나도 최근에 알았는데 아버지가 손을 쓰셨더라고. 거래처를 끊고 자금을 막고, 경쟁 사업체에 지원을 해 주면서."

학생회 간부 가문들을 하나같이 다 박살을 내 놓으셨지.

"마, 말도 안 돼."

이제야 이해가 갔다. 학생회 간부들의 집안이 왜 갑자기 풍비박산이 난 것인지!

그 뒤에 소르펠 공작이 있었던 건가? 아니, 카밀라가 있었다고 해야 하나?

"어째서! 우린 널 건드리진 않았잖아!"

"내 친구를 건드렸잖아."

"……!"

"우리 아버지가 라일라를 참 많이 예뻐해."

내 유일한 친구라고.

루이스는 할 말이 없었다. 철없던 시기에 저지른 치기 어린 행동이 이런 결과를 낳을 줄은 정말 몰랐다.

그의 원망은 옆에 서 있는 메리즈에게로 향했다. 그때 이 녀석의 수작질에 동조하는 게 아니었는데……!

"서류나 주고 가. 책정될지는 모르겠지만."

자신들이 들고 있는 서류를 가리키는 카밀라를 보며 메리즈가 으득 이를 갈았다.

"네가 뭔데! 네가 여기 직원이라도 돼?"

"몰랐니?"

"뭐?"

"사업 지원부 최대 후원자가 나라는 거."

"……!"

"사업 지원부 운영이 후원으로 이루어지고 있는 건 알고 있지?"

그 후원의 반 이상이 고스트 상회에서 나오고 있다. 나머지 반은 소르펠 공작과 다른 두 공작님께서 대부분 내고 있었고. 한마디로 세 공작가에 의해 사업 지원부가 운영되고 있다는 말이었다.

"돈이 어디에 쓰이는지 참견할 자격은 있는 것 같은데."

"으……!"

메리즈는 분한 듯 주먹을 꽉 쥐었다. 그때 확실히 죽였어야 했는데!

아버지가 카밀라를 죽이려고 한 건 그녀 또한 알고 있었다. 보좌관과 은밀히 나누던 대화를 우연히 들었었기 때문이다.

아무것도 못 들었다는 듯이 모른 척하긴 했지만, 속으로는 열심히 응원했다. 자신이 아카데미에서 쫓겨나고 아버지의 사업이 어려워진 게 다 카밀라, 그녀 탓이었으니까. 타국에서 그대로 죽어버렸으면 했다.

그런데… 결국 죽은 건 자신의 아버지다.

"계획서는 놔두고 가 봐. 돈이 급해 대충 만들어 온 계획서라면 지금이라도 당장 다른 곳을 알아보는 게 좋을걸."

입술을 연신 짓씹던 메리즈는 그대로 돌아섰다. 루이스 역시 짧은 한숨을 내쉬며 몸을 돌렸다.
하지만 앞서 걸어가는 메리즈의 걸음이 유독 무거워 보이는 건 기분 탓이 아닐 것이다. 분노와 수치심에 돌아서긴 했지만 더는 돈을 빌릴 곳이 없는 막막함이 밀려들었겠지. 누구보다 그 마음을 루이스가 잘 알았다.
문이 완전히 닫히기 전, 자신들을 무심히 바라보는 케빈과 눈이 마주친 루이스는 고개를 떨군 채 그 자리를 떠날 수밖에 없었다.
지난날의 대가가 참으로 아프게 다가왔다.

SIDE STORY. 킹의 하루

춥다. 여기는 너무 차가워.

왜 아무도 날 찾으러 안 오지?

주위를 툭툭 건드리며 발장난을 치는 것도 잠시, 나는 어느 때처럼 몸을 둥글게 말고 숨을 죽였다.

추위… 물 싫은데……. 언제까지 여기에 있어야 하는 거야?

하루는 기대감에 부풀어 올랐고, 하루는 서러운 마음에 내리 잠만 잤다. 그런 나날을 수없이 반복했다. 어김없이 찾아오는 외로움에 낑낑거리고 있는데, 별안간 낯선 소리가 들려오기 시작했다.

[이게… 알… 다!]

소리가 들려! 날 찾으러 온 걸까?

여기야. 난 여기에 있어!

이곳에서 벗어날 수 있을지도 모른다는 생각에 나는 열심히 빛을 내뿜었다. 그러자 잠시 후 누군가가 나를 들어 올렸고, 마침내…….

"아가… 정… 드… 요?"

"너… 쿨럭!"

밖이다!

물속에서 벗어났다는 것을 깨닫자 나도 모르게 꼬리가 움직였나. 살랑거리는 꼬리를 잡으려고 바둥거리는 찰나, 갑자기 몸이 따뜻해졌다.

어? 이 온기는 뭐지?

따뜻해. 기분 좋아.

"그… 말이야? 다… 영을 집… 는 거야?"

"역시 이… 빠르… 다!"

나를 찾아낸 존재는 여기저기 바쁘게 돌아다녔다. 고요한 물속에서 오랜 시간 지냈기 때문인지, 이런 소란스러움이 반가웠다.

"…라, 이거 혹시……!"

"네, 신… 알… 요."

나른한 기분으로 뒹굴뒹굴 몸을 굴리는데, 익숙한 기운이 느껴졌다. 이건……!

우우웅-!

아! 날 부른다! 나와 함께할 존재가 날 불러.

화아악!

다들 나의 모습을 보고 엄청 놀라겠지? 나의 엄청난 위력에 다들 감탄할 거야!

뿍뿍뿍.

나의 이 당당한 걸음.

[규우!]

우렁찬 울음소리!

"…새끼 고양이? 백호라며?"

[드디어 깨어났구나!]

그래, 내가 신수 백호다!

주위를 둘러보자 커다란 남자가 한 손에 펜던트를 쥐고 감격스러운 표정을 짓고 있는 게 보였다. 아, 저자가 내가 앞으로 지켜야 할 존재구나.

하지만 내가 처음에 느꼈던 따뜻함은 이 인간이 아닌데? 그 따스함은 분명… 그래, 저 인간이다!

뿍뿍뿍!

[규우!]

날 안아라, 인간아!

"아냐, 아냐. 내가 아니라고."

어, 어? 설마 지금 날 밀어낸 거야? 어떻게?

충격 어린 눈으로 올려다보자 잠시 난처한 얼굴을 하던 여자가 끝내 고개를 돌려 버렸다.

잘 봐. 나 신수라고! 누구나 탐내는 신수! 이런 멋진 신수가 또 있을 것 같아? 인간, 어서 날 안아라!

[규우?]

왜 자꾸 엉덩이를 미는 거냐?

"나 아니라니까. 저기, 저기로 가."

가라고? 진짜? 저 인간에게?

[규우우…….]

그래… 알았다. 저 인간에게 가 주겠느… 어, 어?

"카밀라!"

인간아, 왜 쓰러지냐!

[규우!]

[크르릉.]

"야, 약 먹이려고 그러는 겁니다! 물지 마세요!"

이 하찮은 인간은 또 뭐냐. 아까부터 자꾸 이 여자 인간한테 다가오는데 영 거슬린다!

"약만 먹이겠습니다!"

하찮다, 인간. 허락하노라.

여자는 계속 정신을 차리지 못했다. 열이 올라 식은땀을 흘리는 모습을 보자 괜히 심란했다.

이 인간은 참 약하구나.

할짝.

어서 깨어나라, 인간아.

여자의 손을 토닥이고 있는데, 저 멀리서 발소리가 들려왔다. 점점 가까워지던 소리는 문 앞에서 잦아들었다.

달칵.

어? 또 누가 왔다.

[크르르……!]

아냐, 아냐. 저 인간한테는 이빨 드러내면 안 된다.

"녀석."

나의 실질적인 주인 되는 인간이 웃는다.

내가 그리 좋으냐, 인간아? 그래도 난 너보다 이 여자 인간이 더 좋다. 그리고 머리도 그만 좀 쓰다듬어라. 기분 나쁘다.
"앞으로 이 아이를 잘 지키렴."
[규!]
그런 건 걱정 마라, 인간. 저 아이는 앞으로 내가 지킨다!

"아냐, 킹. 이건 내 거야."
망할 꼬마 인간. 이미 넌 두 개를 먹었으니, 하나 남은 저 사과는 당연히 내 거다.
"누나가 사이좋게 먹으라고 했잖아."
어려서 '사이좋게'의 뜻을 모르는 거냐? 공평하게 먹는 게 사이좋게 먹는 거다! 당장 그 사과 내려놓아라!
[규규!]
폴짝!
"아!"
[규우!]
결국 반밖에 못 먹지 않았느냐!
이 작은 인간은 왜 툭하면 찾아오는 거냐! 마음에 안 든다. 위대한 신수이자 백호인 내가 왜 이런 꼬맹이와 저딴 걸 나눠 먹어야 하는 거냐!
이제 더 이상 싫다! 내게도 자존심이라는 게 있느니라!
화가 나서 으르렁거리는데도 꼬맹이는 아랑곳하지 않았다. 오히려 달래듯 토닥이는 모습에 황당하기까지 했다.
건방진 꼬맹이가!
너 내가 누군지 아느냐? 내가 바로 위대한 신수 킹이란 말이……!

"리오, 킹, 딸기도 줄까?"

[규규!]

"네!"

다다다다!

내가 먼저! 내가 먼저!

※

"킹, 자니?"

응. 인간아, 나 좀 피곤하다. 오늘 하루도 널 지키느라 아주 바빴느니라.

네가 낮잠 잘 때 벌레가 다가오는 것도 쫓아야 했고, 가끔 원주인도 찾아가 놀아 줘야 한다. 그 인간 은근히 잘 삐지는 거 너도 잘 알지 않느냐.

주방 가서 간식도 먹어야 하고, 한 번씩 소리를 내어 나쁜 것들이 이 집에 들어오지 못하게도 해야 한다. 하긴, 그리 울어 대도 인간, 널 찾아오는 것들이 있긴 하지만.

어쨌든 난 오늘 하루도 너와 달리 무척 바빴다.

[규우우…….]

내가 너의 품에 이렇게 파고드는 건 다 너를 지키기 위해서다.

"품, 그래, 킹. 잘 자. 그만 눈 감아도 돼."

그래, 인간아. 너도 잘 자라. 내일 또 보자꾸나.

할짝.

[규규.]
안녕.

SIDE STORY. 보상

"저기… 아버지?"

"그래, 말하렴."

책을 읽던 다이브가 슬쩍 고개를 들어 자신의 앞에 앉아 있는 이를 바라봤다.

"안 바쁘세요?"

"바쁘지. 그러니 이렇게 서류를 보고 있는 거 아니겠니."

에스크라 공작은 들고 있던 서류를 툭 던지듯 내려놓으며 짧게 혀를 찼다. 증식이라도 하는 것인지, 이놈의 서류는 처리를 해도 해도 끝이 없어 신기할 지경이다.

"그럼 사무실로 가시지…….'

굳이 왜 제 방에 와서 그러고 계셔요?

다이브는 뒷말을 삼키며 조심스럽게 다시 말을 건넸다. 요즘 들어 툭하면 저렇게 자신의 방에서 서류를 보는 그였다.

"이렇게라도 하지 않으면 너와 함께할 시간이 별로 없어서."

"네?"

"혹 내가 방해가 되는 거냐."

"아, 아니요!"

다이브는 급히 고개를 저었다. 평생 얼굴을 마주했던 시간보다 최근에 아버지 얼굴을 더 많이 보는 것 같다.

그리고… 그게 싫지 않았다.

"혹시… 혹시 저와 시간을 보내시려고…….''

조금은 긴장한 듯한 아이의 물음에 에스크라 공작은 쓰고 있던 안경까지 벗으며 다이브를 바라봤다.

"당연한 걸 묻는구나. 네가 아니면 내가 여기 있을 이유가 없지."

에스크라 공작의 대답에 눈이 동그래졌던 다이브의 얼굴이 점점 환해졌다. 조금은 붉어진 얼굴로 슬며시 웃던 아이는 이내 부끄러운 듯 다시 책으로 시선을 돌렸다. 그런 아이의 모습을 에스크라 공작은 아주 흥미롭게 바라봤다.

'이런 게 정말 좋나?'

그는 어릴 때 아버지와 함께하는 게 참 싫었다. 괜히 참견하는 것도 싫었고, 쓸데없는 잔소리도 듣기 싫었다.

그런데…….

「다이브랑 무조건 하루에 세 시간 이상 함께 있기.」

'…일은 언제 해?'

「다이브 옆에서 하면 되겠네요.」

'아이가 싫어할 텐데. 부모라고 아이의 삶에 무조건 끼어드는 건 아무래-'

「네, 닥치시고요. 시키는 대로 하세요.」
'…….'

카밀라가 시켰다. 효율적으로 각자의 공간에서 일을 하고 공부하는 것이 효과적일 텐데 대체 왜 이래야 하는 건지 이해가 가지 않았다.
하지만 지금 다이브의 표정을 보니 그 아이의 말을 듣길 잘한 것 같기도 하고…….

「아이 공부도 좀 봐주시고!」

"다이브, 다 풀었으면 그 시험지 들고 와 보렴."
"네, 네?"
다 푼 시험지를 홀로 채점할 준비를 하던 다이브의 눈이 커졌다. 잠시 망설이더니 에스크라 공작을 향해 조르륵 다가간 다이브가 다 푼 시험지를 조심히 건넸다.
"흐음."
에스크라 공작이 시험지를 채점하기 시작하자 다이브의 표정이 점점 굳어졌다. 아이는 꼴깍 마른침을 삼켰다.
'트, 틀렸으면 어쩌지?'
긴장감에 주먹을 꽉 쥐는 순간, 에스크라 공작의 고개가 위로 들렸다.
"한 개 틀렸구나."
"그, 그게……."

목소리가 저도 모르게 떨렸다. 이미 한참 전의 일임에도, 아이는 습관처럼 팔을 감쌌다. 이제 흉터조차 남지 않은 팔을.

"시, 실수로……."

"천잰가?"

"…네?"

급히 고개를 든 다이브는 진지하게 시험지를 감상하고 있는 에스크라 공작의 모습을 볼 수 있었다.

"하나 빼고 다 맞히다니. 내 아들은 천재였군."

그의 입꼬리가 슬쩍 올라갔다.

"날 닮아 똑똑해."

연신 고개를 끄덕이는 에스크라 공작을 보며 다이브의 입가에도 그제야 다시 미소가 걸린다.

백 점이 아니어도 칭찬을 받을 수 있는 거구나.

"누나가 저 어머니 닮았대요."

"…카밀라가?"

"네, 어머니도 수학 엄청 잘하셨대요."

[맞아, 다이브! 엄마 수학 엄청 잘했어! 전에 카밀라에게 말해 준 적이 있지.]

한쪽에서 두 부자의 모습을 흐뭇하게 바라보고 있던 유령 샤루아가 깍깍거렸다. 물론 그녀의 말을 들을 수 있는 이는 아무도 없었지만.

"그 아이가 뭘 안다고. 만난 적도 없을 텐데."

"아……."

그렇긴 하다.

다이브도 그제야 이상함을 느낀 듯 고개를 갸웃거렸다. 그냥 자신의 기분을 맞춰 주려고 한 말인가?

"카밀라 말이 맞을걸."

그때 두 사람의 대화에 조용히 끼어드는 이가 있었으니, 바로 제이너였다.

"형님, 언제 오셨어요?"

다이브가 반갑게 바로 인사를 건넸다.

"미안. 노크도 안 하고 들어와서."

"괜찮아요."

예전과 달리 잘 웃는 아이를 보며 제이너가 가볍게 머리를 쓰다듬었다. 늘 습관처럼 짓고 있던 미소가 조금은 씁쓸해졌다.

'이번이 마지막인 줄 알았다면.'

삶이 더 이상 반복되지 않을 것임을 진작 알았다면 이 아이의 고통도 미리 없애 놓았을 텐데.

다이브가 유모에게 괴롭힘을 당하고 있는 사실을 제이너는 처음부터 다 알고 있었다. 하지만 도움을 줄 생각은 하지 않았다. 그래 봐야 다시 돌아갈 테니까.

초반에는, 이젠 기억도 희미한 시절에는 어떻게든 다이브를 구해 내려 애를 썼다. 유모를 쫓아내기도 했고, 몇 번은 죽이기도 했다. 하지만 그런 삶이 계속 반복되어 가자 모든 게 무의미해져 버렸다.

지겨웠다. 지긋지긋했다.

결국 언젠가부터 모든 것에 흥미를 잃고 시들해졌다. 자신이 그동안 해 왔던, 앞으로 해야 하는 일들에 의미를 찾을 수가 없었다.

그런데 이번 삶이 끝이었다니…….
제이너는 다이브의 머리를 다시 한번 쓰다듬었다.
"오늘은 일찍 왔구나."
"네, 좀 피곤해서."
"밖에서 무슨 일 있었던 거냐."
"갑작스럽게 찾아온 손님이 있어서요."
"손님?"
제이너의 입가에 맺힌 미소가 짙어졌다.

"도르만? 자네가 여긴 어쩐 일이지?"
제이너, 그를 갑자기 찾아온 건 바로 도르만이었다.
"보상을 드리러 왔습니다."
"보상?"
"네, 뜻하지 않게 오류에 휘말리신 것에 대한 보상이요."
흥미로운 얘기였다.
"보상이라."
전직 영혼 관리자였던 그가 줄 보상이 무엇일지 궁금했다.
"인생 재구성 권한을 드리겠습니다."
"재구성?"
역시나 그의 입에서 나온 얘기는 무척 새로웠다.
"스물여섯 번이 넘는 반복된 삶을 하나로 축약해 드리지요. 대신 나쁜 기억은 모두 지워 드리고 좋았던 기억만 남겨 드리겠습니다."
"흐음."

제이너는 잠시 고민을 했다. 나쁘지 않은 제안이긴 한데…….
"거절하지."
"네?"
고민은 길지 않았다. 제이너는 피식 웃으며 가볍게 고개를 내저었다.
"여기서 더 집착하면 곤란해져서 말이야."
"무슨……."
"내가 기억하고 싶은 건 오로지 하나거든."
카밀라, 그녀와 관련된 기억. 그것 말고는 딱히 남겨 두고 싶은 기억은 없다.
만약 그녀와 함께한 좋은 기억만 갖게 된다면…….
"나도 내가 감당이 안 될 것 같아서."
여기서 더 집착하게 되면 상황이 어떻게 될지.
"역시 제이너 님도 거절하시는군요."
"역시?"
도르만은 깊은 고민에 빠졌다. 어째 하나같이 자신이 제시한 보상을 마음에 들어 하지 않는 것인지. 복직까지 포기하고 얻어 낸 보상이거늘.
"흐음, 고민이네요. 카밀라 님이 제이너 님과 이시아 님께 꼭 보상하라고 하셨는데."
그래서 이시아에겐 시스템을 그대로 남겨 뒀다. 앞으로도 그녀는 스스로 거부하지 않는 한 시스템의 도움을 받을 수 있었다.
그럼 제이너는?
한참을 고민하던 도르만은 한 가지 제안을 다시 꺼내 들었다.

"제이너 님이 이번 삶에서 죽인 사람은 총 124명입니다."
"124명? 생각보다 적은데?"
"그……."
 오히려 의외라는 듯 고개를 갸웃거리는 제이너의 모습에 도르만은 연신 어색한 미소를 흘려야만 했다.
"어, 어쨌든 제이너 님은 지옥행 확정입니다. 생을 마감하는 순간 바로 재판도 없이 지옥으로 가시는 거죠."
"그래서?"
"…지옥행이라니까요?"
"그러니까 어쩌라고."
 덤덤한 제이너를 보며 도르만은 다시 당황했다. 몇 번 헛기침을 내뱉은 그는 나름 진지하게 말을 이었다.
"흔히들 말하죠. 지옥에 가면 영혼이 불구덩이에 던져진다고. 하지만 그 정도가 아닙니다. 무엇을 상상하든 그 이상이죠. 영혼이 갉아 먹힌다는 게 어떤 건지 확실히 보여 주는 곳입니다."
"영혼이야 생을 반복하며 이미 다 갉아 먹혀서 더 갈릴 것도 없는데."
"그, 그러게요. 아하하……."
 도르만의 미소가 더욱 어색해졌다.
"흐흠, 어쨌든 지옥이라는 곳이 그리 만만한 곳이 아닙니다. 그래서 새로운 제안을 드리고 싶네요."
"뭐지?"
"사후 사신이 되시는 건 어떠십니까?"
"사신?"

제이너의 얼굴에 처음으로 흥미가 깃들었다.

"물론 만만한 자리는 아닙니다. 죽은 자를 인도하는 것이 쉬운 일이 아니거든요. 그래도 지옥행보다는 낫다고 확신합니다."

"흐음."

"지금 제가 드릴 수 있는 최대의 보상이라는 것도 장담합니다."

그 말을 끝으로 도르만은 조용히 제이너의 대답을 기다렸다. 잠시 생각에 잠겼던 제이너의 입꼬리가 슬쩍 올라갔다.

"그건 좀 끌리는 제안이군."

"잘 생각하셨습니다!"

도르만이 안도의 한숨을 내쉬곤 누군가를 호명했다.

"하벨."

그러자 아무도 없던 곳에 스르륵 한 존재가 모습을 드러냈다. 사신 하벨이었다.

"서류."

"여기 있습니다."

하벨은 품에서 새하얀 종이 한 장을 꺼내 도르만에게 건넸다.

"영혼 계약서입니다. 사후 제이너 님이 사신 업무를 수행하겠다는 내용이 적혀 있습니다."

"손 내밀어라."

도르만의 설명이 끝나는 순간 하벨은 제이너에게 한 걸음 다가섰다. 그러곤 귀걸이를 풀어 그의 손가락을 스윽 그었다.

"너의 이름이 적힌 곳에 피를 찍으면 된다."

제이너는 바로 하벨이 시키는 대로 행했다. 그러자 서류는 그대로 떠올라 순식간에 불타올랐다.

"그럼 죽은 뒤에 보지."

하벨은 그 말을 끝으로 볼일이 다 끝났다는 듯 그 자리에서 바로 사라졌다. 물론 도르만에게 아주 깍듯이 인사를 건넨 뒤 말이다.

그렇게 도르만과 헤어지고 돌아오는 길.
'사신이라.'
보상을 받은 것과는 별개로 도르만, 그를 원망하는 마음은 사라진 지 오래였다. 자신이 오류에 휩쓸렸던 일이 도르만의 단순 실수가 아니라 카밀라를 살리기 위해서였다는 사실을 이미 들어 알고 있었기 때문이다.
'나쁘지 않네.'
사후 취업 자리도 보장받았고 말이야.
피식 웃은 그가 다이브의 머리를 다시 쓰다듬었다.
"방학하면 카밀라나 보러 갈까?"
"정말요?"
"응, 카밀라도 너 온다고 하면 좋아할걸?"
"좋아요!"
제이너의 말에 다이브가 어느 때보다 환하게 웃었다.
"방학이 언젠데?"
그때 두 사람의 대화에 조용히 끼어드는 이가 있었으니, 에스크라 공작이다.
"그건 왜요?"
"그 전에 급한 일은 다 처리해 놔야 하니까."
"…아버지도 같이 가시게요?"

의아한 눈빛을 보내는 두 사람을 보며 에스크라 공작이 미간을 확 찌푸렸다.
"카밀라가 하루에 세 시간 이상 다이브 곁에 있으라고 했어. 그러니 어쩔 수 없잖아? 따라가야지."
잠시 어이없어하는 표정을 짓던 제이너와 다이브가 이내 소리 없는 웃음을 터트렸다. 그러거나 말거나 에스크라 공작은 다시 서류 처리에 속도를 올렸다. 최대한 빨리 마무리를 해야 저들을 따라갈 수 있을 테니까.
그런 에스크라 공작을 바라보는 두 사람의 얼굴에 옅은 미소가 번져 갔다.

SIDE STORY. 영혼의 기억

"어머나, 세상에! 아이가 어쩜 이렇게 예쁠까요."

"얌전하기도 하지."

"예뻐라. 저 녹색 눈 좀 봐. 꼭 보석 같아요."

기억이라는 걸 할 때부터 사람들에게 늘 들어온 말이다.

"우리 케니는 다 좋은데 너무 숫기가 없어요."

엄마의 저 말도 이미 수십 번은 들은 것 같다.

"매일 저렇게 책만 읽으니……."

"저희 아이는 너무 책을 안 봐서 문제인걸요?"

"아버지를 닮아 좋은 사업가가 되려나 봐요."

엄마 아빠는 나를 걱정하셨다. 친구들과 잘 어울리지도 못하고 매일 집에서 책만 읽고 있으니.

"케니, 또 늑대 그림 보고 있는 거야?"

"네."

오늘도 서점에 놓인 책 중에 늑대가 그려진 동화책을 제일 먼저 집어 들었다.

"우리 케니는 늑대가 왜 좋아?"

"으음… 몰라요. 그냥 좋아요."

늑대를 보고 있으면 괜히 왼쪽 가슴이 간질간질해진다. 왠지 모르게 눈물이 날 것 같기도 하고…….

"이 책은 신수를 그린 책이야."

"신수요?"

"응, 세프라가의 신수가 검은 늑대거든."

엄마의 설명에 다시 책을 바라봤다. 커다란 검은 늑대에게서 이상하게 눈을 뗄 수가 없었다.

"어머… 케니, 너 지금 우니?"

"…어?"

한참 후 깜짝 놀라는 엄마의 목소리에 그제야 내가 울고 있다는 걸 알았다. 손을 들어 눈가를 만지니 정말 눈물이 흐르고 있었다.

"케니, 괜찮아?"

엄마가 살짝 무릎을 굽혀 나와 눈을 맞췄다. 걱정이 가득한 엄마의 눈을 보자 이상하게 더 눈물이 났다.

"몰라요. 그냥… 그냥 슬퍼요."

엄마가 연신 이마를 만지며 어디 아픈 곳이 없는지 계속 살피신다.

우리 엄마 걱정하면 안 되는데. 배 속 아가한테 안 좋은데.

"엄마, 저 괜찮아요."

"어디 아픈 거 아니고?"

"네."

"이 책 살까?"

"네!"

언제 울었냐는 듯 환하게 웃는 내 모습에 엄마가 쿡 웃으며 머리를 쓰다듬어 줬다.

"그럼 엄마가 이거 계산하고 올게."

끄덕.

엄마가 카운터로 향하는 걸 본 난 다시 책을 살폈다. 책은 그냥 냄새만 맡아도 좋다.

"…어?"

그러다 나도 모르게 몸이 그대로 굳어져 버렸다.

'저 사람…….'

그렇게 멀지 않은 곳에서 책을 보고 있는 한 사람.

'왜…….'

나 왜 또 울지? 가슴도 아픈 것 같고.

'저 사람…….'

분명 어디선가 본 것 같은데. 저 붉은 눈… 왜 이렇게 익숙하지? 난 나도 모르게 그 사람에게 다가갔다.

"이건 우리 리오 사 줘야겠다."

모처럼 한가로이 홀로 서점에 들른 카밀라는 어느새 아홉 살이 된 리오에게 줄 책을 고르고 있었다. 어릴 때부터 똑똑하던 녀석이 클수록 더 영특해지는 것 같단 말이야.

꾸욱.

"음?"

그때 무언가 자신의 옷자락을 잡았다. 고개를 돌리니 네 살? 다섯 살? 그쯤 되어 보이는 아이가 자신을 빤히 바라보고 있었다.

'헐.'

애가 왜 이렇게 예뻐? 우리 리오와 다이브도 예쁘지만 이 녀석은 아에 차원이 다른데?

"왜? 꼬마야?"

"……"

"……? 누구랑 같이 왔니?"

"…탕."

"응?"

"사탕."

"…사탕?"

끄덕.

…뭐지? 이 아이? 지금 나에게 사탕을 달라고 하는 건가?

"큭."

카밀라는 자신도 모르게 웃음을 터트렸다.

"너 어떻게 알았니? 내가 늘 사탕 들고 다니는 거."

"……"

"자, 이거 먹어."

카밀라는 작은 가방에서 사탕을 꺼내 아이에게 내밀었다. 그런데 아이는 살며시 고개를 저었다. 그러더니 그냥 입을 살짝 벌린다.

설마 아직 사탕 껍질을 깔 줄 모르나? 잠시 고개를 갸웃거린 카밀라는 사탕을 까 아이에게 내밀었다.

스윽.

그제야 아이가 손을 뻗어 사탕을 가져갔다. 그러곤 다시 말없이 그녀를 바라봤다.

아이의 녹색 눈을 빤히 바라보고 있자니 카밀라도 뭔가 기분이 이상했다.

"너……."

"케니."

그때 누군가 아이의 이름을 부르며 다가왔다.

"너 여기서 뭐 해? 입에 사탕은 뭐고?"

엄마로 보이는 여자가 조금은 당황한 듯한 눈빛으로 두 사람을 번갈아 바라봤다.

"아이가 사탕을 달라고 해서요."

"네? 어머, 죄송해요. 누나 귀찮게 하면 못써, 케니."

정말 죄송합니다.

연신 고개를 숙이던 여자는 조금은 신기한 눈빛으로 아이를 바라봤다. 숫기가 없어서 낯선 사람에게 절대 먼저 다가가는 법이 없는 애인데…….

다시 한번 가볍게 고개를 숙인 여자는 아이를 데리고 그 자리를 빠르게 벗어났다.

"케니, 갑자기 사탕이 먹고 싶었던 거니? 그런데 왜 저분에게 달라 한 거야?"

"엄마."

"응?"

"저요."

"그래."

"저도… 저도 좋은 형이 될 거예요."

뜬금없는 아이의 말에 잠시 눈이 커졌던 여자는 이내 풋 하고 웃음을 터트렸다. 그러곤 살짝 허리를 숙여 아이를 품에 꼭 안아 줬다.

"태어날 동생이 아주 기뻐하겠는걸. 하지만 케니."

"네."

"동생이 태어나도 엄마 아빠의 가장 첫 번째 보물은 케니인 거 알지?"

엄마의 말에 아이의 얼굴에 미소가 걸린다. 크게 고개를 끄덕인 아이는 엄마가 내미는 손을 꼭 잡았다.

"그런데 왜 '저도'니, 아가? 누구 아는 형이 있니?"

엄마의 물음에 말없이 웃은 아이가 고개를 돌려 카밀라를 바라봤다.

"……."

카밀라 역시 그런 아이에게서 눈을 떼지 못하고 있었다.

뭘까? 이 아련한 기분은?

'고마워요, 누나.'

눈이 마주친 아이가 환하게 웃었다. 그러더니 입술을 달싹여 소리 없는 인사를 전했다.

그런 아이를 향해 카밀라는 저도 모르게 손을 흔들어 줬다. 그렇게 아이가 완전히 사라질 때까지 카밀라는 그 자리에 멍하니 서 있었다.

"카밀라."

언제 온 것인지 아르시안이 그녀의 어깨를 가볍게 잡아 왔다.

"책 다 골랐어?"

"어? 어······."

벌써 시간이 이렇게 됐나?

아르시안과 만나기로 한 시간이 벌써 지났음을 인지한 카밀라는, 서둘러 자신이 골라 두었던 책들을 챙겼다. 그러다 그녀의 시선이 다시 아이가 사라진 곳으로 향했다.

"아르시안."

"응?"

"시에르는··· 분명 행복해졌을 거야."

"···갑자기 무슨 소리야?"

뜬금없는 말에 아르시안이 그녀를 의아하게 바라봤다. 그제야 그에게 시선을 준 그녀가 장난스럽게 웃었다.

"그러니 너도 행복해지라고."

"난 너만 있으면 행복해."

1초의 망설임도 없는 아르시안의 대답에 카밀라의 미소가 더욱 짙어졌다.

"리오가 기다리겠다. 빨리 가자."

"응."

아르시안이 카밀라에게 손을 내밀었다. 희미한 미소를 지은 그녀가 그 손을 마주 꼭 잡았다.

걸음을 옮기기 직전, 카밀라의 시선이 뒤를 향했다. 이미 완전히 사라진 아이의 모습을 좇으며.

시에르.

"카밀라?"

"응. 가."

행복하렴. 아니…….

행복하자.

아르시안과 함께 걸음을 옮기는 그녀의 얼굴에 그 어느 때보다 환한 미소가 걸렸다.

CHAPTER 10

~

전쟁이 끝난 후 / 그들이 남긴 선물 / 세나 / 유령의 집
시간 마법 / 쟁탈전 / 안녕, 아레나 / 세나의 선택

전쟁이 끝난 후

"또 놓쳤단 말이냐."

"저희가 갔을 땐 이미 모두 도망친 후였습니다."

"흐음."

루드빌의 짧은 보고에 소르펠 공작의 입에서 연신 혀 차는 소리가 흘러나왔다. 이게 대체 몇 번째인지 모르겠다.

"쥐새끼 같은 놈들."

자리에 함께하고 있던 라비 역시 못마땅한 기색을 감추지 않았다. 잔뜩 찡그린 얼굴로 지긋지긋하다는 듯 연신 고개를 내저었다.

에바교의 교주, 그의 죽음이 모든 것의 끝이라고 생각했다. 하지만 그게 아니었다. 제국 곳곳에 에바교 잔당들이 남아 있었기 때문이다.

다른 이들의 몸을 차지해 살아가고 있는 이들이 너무도 많았다. 깔끔한 마무리를 위해선 그들을 찾아 모두 처리해야만 했다.

"웃기지도 않아. 영원한 생명이라니."

지금도 에바교인들은 '영원한 생명'을 준다는 말로 사람들을 포섭하며 점점 더 깊은 곳으로 숨어들고 있었다.

"아무래도 작정하고 숨으면 찾기가 힘들죠."

소르펠 공작의 보좌관인 잭터 또한 답답하다는 듯 긴 한숨을 내쉬었다. 겉으로 보기에는 일반인과 전혀 차이가 없으니 매번 근거지를 찾아내도 놓치기 일쑤였다.

"카밀라 아가씨의 도움을 받는 게 좋지 않겠습니까?"

잭터는 조심스럽게 한 가지 의견을 내놓았다.

"아가씨는 에바교인들을 바로 구별해 내신다고 하니 분명 도움이 될……."

하지만 그는 끝까지 말을 다 잇지 못했다. 조금 지쳐 보이던 세 사람의 눈빛이 순식간에 차갑게 가라앉았기 때문이다.

자신을 지그시 응시하는 그들의 살벌한 시선에 잭터는 꿀꺽 마른침을 삼켜야만 했다.

"하하하… 여, 역시 저희끼리 해결해야 하는 거겠죠?"

"당연하지."

"양심 없어? 그런 위험한 곳에 애를 어떻게 데려가."

"그 어린 게 뭘 할 줄 안다고."

"……."

…검 엄청 잘 쓰시던데.

'신성력도 빵빵하시던데.'

이번에 그 사이비 교주 놈을 잡은 것도 우리 카밀라 아가씨라던데.

하고 싶은 말은 무척 많았지만 잭터는 그저 어색한 미소로 입을 꾹 다물어야만 했다. 저 인간들이 카밀라에 한해선 그 어떤 말도 통하지 않는다는 걸 이미 경험으로 충분히 잘 알고 있었으니까.

똑똑.

그때 인기척과 함께 한 사람이 안으로 들어섰다.

"다들 출출하지 않으세요?"

카밀라였다.

"간식 좀 만들어 왔는데."

쿠키를 비롯해 여러 가지 다과가 차려진 트레이를 직접 들고 온 그녀의 모습에, 냉랭하던 세 사람의 표정이 약속이라도 한 것처럼 스르륵 풀렸다.

"몸도 안 좋은 녀석이 그딴 건 왜 만들어 와."

"언제 적 얘기를 하는 거야."

괜한 타박을 하는 라비를 보며 카밀라는 짧은 한숨을 내쉬었다.

에바교의 교주가 죽은 지도 벌써 3개월째. 에드센 황태자를 중심으로 안정을 꾀하고는 있으나, 아직 에바교를 완전히 소탕하지 못했기에 제국은 여전히 시끌시끌했다.

'쯧.'

벌써 세 달째 그들과 전투 아닌 전투를 하고 있는 세 사람을 보며 카밀라는 가볍게 고개를 내저었다.

"대체 교인들이 얼마나 많은 거야?"

"끝도 없어."

카밀라의 탄식 어린 물음에 라비가 진저리를 쳤다.

예상은 했지만 생각보다 에바교가 제국 안에 심어 놓은 뿌리가 깊고 단단했다.

"하긴, 존재해 온 세월이 그리 기니."

"그 교주 놈, 500년은 넘게 살았다고 했지?"

"응."

소르펠가뿐만 아니라 제이빌런가와 세프라가 역시 에바교 잔당을 소탕하는 데 힘을 쏟아붓고 있었지만, 뿌리를 뽑는 것이 쉽지가 않았다.

'그렇게 끈질기니 예전에 마르스 때도 어떻게든 살아남았던 거겠지.'

오래전에도 한바탕 전쟁을 치르지 않았던가. 그때 분명 모두가 에바교는 더 이상 존재하지 않는다고 확신했었다. 하지만 이 꼴 좀 봐 봐. 소탕은 개뿔, 황제까지 몸을 뺏기지 않았던가.

"바퀴벌레 같은 것들."

"벌레는 그래도 구별이라도 가지. 이것들은 답이 없어."

가장 큰 문제는 교주가 죽고 나니 에바교인들이 이성을 완전히 잃은 듯 더 날뛰고 있다는 것이다.

황실에서 입수한 성물… 아니, 기물이라고 해야겠지? 에바교의 교주였던 페이블러 황제가 은밀히 숨겨 두고 있던 그것들을 모두 찾아내긴 했다.

누가 찾아냈냐고?

'누구겠어?'

당연히 나지.

페이블러 황제의 곁에 붙어 있던 영혼들. 존 카터가 사라지며 이지를 찾게 된 그들에게서 이런저런 많은 정보를 얻을 수 있었다. 그중에는 기물이 숨겨져 있는 장소를 정확히 알고 있는 이들도 있었다.

'어쨌든 기물은 그렇게 대부분 다 찾긴 했는데.'

문제는 그 후다. 에바교의 교주가 소유했던 그 기물을 황실에서 보관하고 있다는 소식에, 놀랍게도 황궁의 담을 넘는 이들이 끝도 없이 생겨나고 있었다. 바로 에바교를 따르는 무리들이었다.

[그게 없으면 다들 곧 죽을 처지거든.]

겨울의 정령왕 아이슬라의 말에 따르면, 기물로 교주가 힘을 써 주지 않을 시 빼앗은 육체를 정상적으로 유지하는 시간이 점점 짧아진다고 한다.

'진명이 불려 영혼이 육체에서 빠져나가지 않았는데도 죽은 사람처럼 몸이 썩어 들어간다는 거지.'

그러니 어떻게든 기물을 다시 뺏으려 혈안이 되어 있는 거다.

[하지만 이번에도 그 기물은 안 보이네.]

눈처럼 새하얀 용이 팔랑거리며 날아와 카밀라의 어깨에 살포시 앉았다. 아이슬라는 고개를 절레절레 저으며 말을 이었다.

[교주만 가질 수 있는 기물이 또 하나 있어. 그때 봤지? 부서졌던 몸이 새로 재생되던 거. 그게 다 기물의 힘이야.]

일반 성도들에게 힘을 나눠 주는 기물들과 달리 그것은 오로지 교주에게만 힘을 주는 물건이란다.

[마르스도 그건 찾지 못했어. 이제 보니, 그때 죽은 교주가 가짜였으니 못 찾았던 거겠지? 그런데 이번에는 왜 또 없을까?]

'그러게. 왜 안 보이는 걸까요?'

찜찜하게시리.

'진짜 있기는 한 건가?'

그 기물을 실제로 본 자는 아무도 없단다. 기물의 형태나 사용법 역시 알려진 게 전혀 없었다. 오로지 교주만 알고 있는 거라는데, 이미 죽어 사신에게 끌려간 존 카터에게 직접 물어볼 수도 없고.

'이 꺼림칙한 기분을 어째야 하지?'

[그래도 존 카터, 그놈은 진짜 사라진 게 맞으니까 너무 걱정하지 마렴.]

아이슬라는 에바교가 다시 세상을 휘젓고 있는 걸 알게 된 후 정령계로 돌아가지 않고 자신의 곁에 머물고 있었다.

'지금 계절이 겨울이기도 하고.'

[아, 아이슬라. 왜 벌써 온 거야? 아, 아직 겨울 되려면 좀 남았는데…….]

[내 맘.]

[어… 네 마음이지…….]

물론 가을의 정령왕인 빨강 용용이가 아이슬라의 등장에 기겁하며 도망친 건 별로 중요하지 않은 얘기다.

'지금 중요한 건 잔당들을 빨리 깔끔하게 처리하는 일인데.'

어쩔까?

카밀라의 시선이 다시 앞에 앉아 있는 세 남자에게 향했다. 다크서클이 진하게 내려와 있는 이들을 보고 있자니 절로 혀가 차졌다. 에바교가 대단하긴 하네. 저들을 저리 지치게 만드는 걸 보면 말이야.

"제가 좀 도와드릴까요?"

아무래도 에바교인들을 쉽게 구별할 수 있는 자신이 함께하면 좀 더 일 진행이 빠르지 않을까 싶었다.

"정말 그래 주시겠……."

카밀라의 말에 반색하던 잭터는 이번에도 입을 다물어야만 했다. 조금 전보다 더한 살벌한 시선들이 그를 향해 내리꽂혔기 때문이다.

"자네는 그만 나가 보게."

"네, 넵!"

소르펠 공작의 명에 보좌관 잭터는 잽싸게 밖으로 향했다.

타악!

그렇게 그가 나가고 문이 완전히 닫힌 걸 확인한 후에야 소르펠 공작은 짧은 한숨을 내쉬며 한층 목소리를 낮췄다.

"카밀라."

"네, 아버지."

"혹시… 지금도 옆에 있니?"

두서없는 말이었지만 소르펠 공작이 무엇을 묻는 것인지 못 알아듣는 이는 그 자리에 아무도 없었다.

그때, 황궁에서 정신을 잃고 깨어난 후 카밀라는 자신이 죽은 자를 보고 그들과 대화를 나눌 수 있다는 사실을 소르펠 공작을 비롯한 다른 가족들에게 모두 밝혔다. 진실의 거울이 가진 능력을 설명해 주기 위해선 어쩔 수가 없었다.

'빙의가 된다는 말은 빼고.'

빙의 후유증으로 몸에 이상이 생기곤 한다는 사실까지 알리면 또 걱정이 동반된 엄청난 감시가 이어질 것 같아서 조용히 입을 다물었다.

그리고 그건 아주 현명한 선택이었다. 귀신을 본다는 사실 하나만으로도 세 사람의 표정이 아주 가관이었거든.

"한 분이 옆에 있긴 해요."

[뭐? 나? 내가 왜 죽은 자야? 난 그딴 게 아니라 정령이라고. 그것도 정령왕! 그런 것들과 동급 취급 하는 거 기분 나빠.]

'정령이나 귀신이나 저들 눈에 안 보이는 건 똑같은데요, 뭐.'

카밀라는 자기를 귀신 취급 하는 것에 불만을 토하는 아이슬라의 시선을 슬쩍 외면했다.

그리고 그거 알아요?

'제노도, 아레나도 아이슬라 별로 안 좋아하는 거.'

신수인 킹은 말할 것도 없고.

각자 자기들만의 경계선이 있는 건지, 서로 데면데면한 게 장난이 아니다.

"몸에는 정말 아무런 해가 없는 거냐?"

잠시 후 이어진 소르펠 공작의 물음에 카밀라는 저도 모르게 희미한 미소를 머금었다.

어찌 저리도 한결같으실까. 자신에게 일어나는 모든 일에 대한 첫 질문이 늘 하나다.

'너에게 피해는 없는 거니?'

'몸은 괜찮은 거냐?'

'혹시 몸에 이상을 주는 건……!'

"네, 오히려 많은 도움을 주는걸요."

"그래."

소르펠 공작의 입에서 다시 짧은 한숨이 흘러나왔다. 카밀라의 대답에도 마음이 놓이지 않는 듯 여전히 눈에 걱정이 가득하다.

그의 가슴 한편엔 제 딸이 진실의 거울이라는 사실을 알았을 때 느낀 그 두려움이 여전히 남아 있었다. 아마도 이 떨림은 에바교 잔당들이 모두 처리된 후에야 사라지지 않을까 싶다.

"저들이 뭐라고 하는지는 모르겠지만 넌 아무것도 하지 않아도 된다. 에바교는 이 아비가 어떻게든 할 테니 넌 전혀 걱정 말거라."

"하지만……."

스윽.

뭔가 더 말을 꺼내려던 카밀라의 시선이 천천히 탁자로 향했다.

"……?"

조용히 앉아 있던 루드빌이 자신이 있는 쪽으로 찻잔 하나를 내밀었기 때문이다.

나 아직 찻물 남아 있는데? 왜 또 줘?

"한 분 계시다기에… 드려야 하지 않나 싶어서."

"…네?"

그러니까 지금 귀신한테 주라고 차를 이쪽으로 내민 거야? 그렇게 진지한 얼굴로?

[흐음, 제법 예의를 아는 인간이군.]

황당해하는 자신과 달리 아이슬라는 흡족한 표정을 지었다. 아니, 아이슬라. 지금 당신 또 귀신 취급 받은 건 아세요?

[그런데 저 인간은 왜 저러는 거냐.]

전쟁이 끝난 후 — 313

'저 인간?'

그건 또 무슨 말인가 싶어 고개를 살짝 돌린 카밀라는 그대로 황당한 얼굴이 되어 버렸다.

'그러게요. 왜 저러는 걸까요?'

라비가 두 주먹을 꽉 쥔 채 마구 흔들리는 눈빛으로 연신 주변을 살피고 있었다. 머리카락이 바람에 살짝 흔들리기만 해도 움찔움찔한다.

자기 딴에는 최대한 티를 안 내려고 노력하는 것 같은데…….

'제발 좀 생긴 대로 놀면 안 되겠니?'

설마 지금 귀신이 무서워서 저러는 거야? 죽은 귀신도 마법 재료로 사용할 것처럼 날카롭게 생긴 주제에?

속으로 짧게 혀를 찬 카밀라는 살며시 고개를 내저었다.

"그나저나, 그 녀석은 아직 안 돌아온 거냐?"

그러다 이어진 소르펠 공작의 물음에 카밀라의 입꼬리가 슬쩍 올라갔다. '그 녀석'이 누군지 바로 알아들었으니까.

"곧 돌아올 거라는 연락은 받았어요."

아르시안, 그 또한 에바교의 잔당들을 처리하기 위해 수도를 떠나 있었다. 얼마 전에 제물로 쓰일 예정이었던 아이들이 모여 있는 곳을 찾아냈는데, 그 아이들 처리 문제로 곧 수도로 돌아올 거라고 했다.

아르시안이 먼저 연락을 할 때도 있고 가끔 자신이 먼저 연락을 할 때도 있었다.

'아르시안?'

그땐 자신이 먼저 연락을 했을 때다. 통신 구슬의 진동이 몇 번 울리지도 않았는데 그가 바로 통신을 받았다. 그래서 당연히 쉬고 있는 줄 알았다.

「카밀라.」
'뭐 해? 바빠?'
「아니, 전혀.」
'그래? 밥은 먹-'
콰앙!
으아악!
저쪽이다! 저쪽으로 도망간다!
'…아르시안?'
「응, 카밀라.」
'혹시 지금 일하는 중이야?'
「괜찮아. 신경 안 써도 돼.」
으아악! 죽어라!
시끄러워. 통화 중인 거 안 보여?
콰앙!
'아르시안? 괜찮은 거 맞아?'
「괜찮아.」
'…끊을게.'
「왜? 왜 벌써 끊어? 시끄러워서 그래?」
다들 닥쳐!

살벌한 아르시안의 한마디에 순간 주변이 고요해지는 걸 느끼며 카밀라는 조용히 통신 구슬을 끊었다. 그 후로 그녀가 먼저 연락하는 일은 없었다.

"얼빠진 놈. 싸우러 간 녀석이 일에나 집중할 것이지, 너한테 연락을 왜 해? 아주 한가하네, 한가해."

"그러는 오라비도 저번에 에바교 녀석들 잡으러 갔다가 나한테 연락했잖아."

"그거야, 난 중요한 용건이 있었잖아."

"…내가 밥을 먹었는지가 중요한 용건이었어?"

"당연하지! 밥보다 중요한 게 어디 있어?"

"저기요?"

툭하면 연구한다고 굶는 인간이 할 말은 아니지 않니?

카밀라가 아르시안을 언급하며 웃는 게 마음에 들지 않는 듯 라비가 또다시 괜한 트집을 잡았다.

"넌 그런 사회성 제로인 인간하고 왜 친한 거냐?"

"오라비, 그런 말 하면 안 찔려?"

사회성 제로인 건 라비 너도 마찬가지잖아!

잠시 그를 말없이 노려보던 카밀라는 시선을 들어 라비의 등 뒤를 지그시 응시했다.

"왜, 왜?"

그러자 뭔가 싸한 느낌이 들었는지 라비가 움찔했다.

"너 지금 어딜 보는 거야?"

그러거나 말거나.

"거기 계속 계실 거예요?"

"뭐, 뭐?"

"이쪽으로 오시지."

"너, 너 그게 무슨 소리야? 내 뒤에 뭐? 뭔데? 서, 설마……!"

말까지 더듬거리는 라비의 당황한 눈빛을 무시한 채 카밀라는 다른 곳으로 시선을 옮겼다. 라비의 옆자리로.

"흐음… 그 자리가 마음에 드세요?"

"흐억!"

결국 그가 기겁하며 펄쩍 뛰어올랐다.

[쟤 왜 저러니?]

'그러게요. 진짜 왜 저러는 걸까요?'

내가 아무리 연기력이 뛰어나다지만, 고작 요런 거짓말에 저리 쉽게 반응을 해 주다니. 나름 뿌듯해해야 하나?

아주 새하얗게 질린 얼굴로 루드빌에게 찰싹 달라붙은 라비는 어미 코알라에게 딱 달라붙은 아기 코알라 같았다. 그런 와중에도 자기 옆자리를 힐끔힐끔 노려보는 걸 멈추지 않는 모습이 참…….

카밀라는 속으로 연신 혀를 찼다.

스윽.

그 순간, 루드빌이 무표정한 얼굴로 찻잔을 슬그머니 옮겼다.

라비의 옆자리로.

"……."

누가 와서 저 차 좀 대신 마셔 주면 안 될까? 루드빌 오라버니가 은근히 기대 어린 눈빛으로 찻잔을 보고 있는 듯한 건 내 착각인 거지?

✳

"나 진짜 궁금해서 그러는데."

오랜만에 카페에 앉아 커피 한 잔의 여유를 즐기던 카밀라는 한 곳을 바라보며 히탈한 웃음을 흘렸다.

"쟤 왜 저러고 있니?"

그녀가 시선을 둔 곳에는 열심히 손님들에게 메뉴들을 골라 주며 디저트에 대해 어필하고 있는 도르만이 있었다. 그 모습을 잠시 멍하니 바라보던 카밀라는 고개를 돌려 자신의 앞에 앉아 있는 이에게 다시 물었다.

"복직 안 해?"

카밀라가 가져다준 커피를 쭉쭉 들이켜고 있던 사신 하벨은 그녀의 물음에 속으로 짧은 한숨을 내쉬었다.

"복직 못 하신다."

"왜?"

"물 건너갔다."

"그러니까 왜?"

그렇게 복직하고 싶다고 노래를 부르더니. 복직하는 데 불이익이라도 당할까 봐 전전긍긍, 그리 모든 일에 입을 꽁꽁 다물고 있었잖아. 그런데 이제 와서 왜 못 해?

"너와 이시아, 두 사람에게 선택권을 주는 것과 바꾸셨다."

"그거 거절했잖아. 나도 그렇고 이시아도 안 한다고 했다며?"

나중에 알게 된 사실인데, 이시아에게도 자신과 똑같은 선택권이 주어졌었다고 한다. 하지만 그녀 역시 새로운 삶이 아닌 현재 삶을 포기하지 않는 쪽으로 최종 선택했다는 사실에 카밀라는 솔직히 조금 기뻤다.

아무리 영혼이 바뀌어 잘못된 삶을 살았다고는 하지만, 자신이 오랫동안 힘겹게 지탱했던 '이시아'라는 인물이 처음부터 없었던 사람처럼 모든 이의 기억 속에서 사라졌다면 무척 서운했을 것 같거든.

'이시아, 그녀도 그러지 않을까?'

자신이 카밀라라는 이 삶을 포기하는 선택을 했다면 기분이 어땠을까? 저와 달리 아무 느낌 없었을까?

"그럼 뭐야? 괜히 복직 기회만 날린 거야?"

그럴 줄 알았으면 새로운 삶을 준다고 했을 때 좀 더 진지하게 고민을 해 볼 걸 그랬나?

'뭐, 그래 봐야 결과는 같았겠지만.'

늘 도르만에게 불만을 토하고 힘들다고 투정을 부렸지만, 막상 그가 진심으로 새로운 삶을 주겠다는 말을 하자 생각보다 결정은 쉬웠다.

이미 이곳이, 이 삶이 나의 삶이라고 스스로 깊이 인정하고 있었다는 걸 그때 확실히 깨달을 수 있었다.

"너와 그녀가 다른 선택을 했다면……."

"다른 선택?"

새로운 삶 말인가?

"그걸 선택했으면, 뭐?"

사신 하벨은 바로 대답을 내뱉지 않은 채 입을 꾹 다물었다. 그의 시선이 어느새 도르만에게로 돌아가 있었다.

그를 그렇게 한참 말없이 응시하던 하벨의 입에서 혼잣말 같은 나직한 목소리가 들려왔다.
"아마도 지금처럼 이곳에 계시지는 못했을 거다."
"그건 또 뭔 소리야? 우리가 다른 선택을 했으면 저 녀석 어디로 가는 거였어?"
"……."
"어디?"
"복직 하나만으로는 두 인생을 리셋하는 건 무리였으니까."
"그럼 또 뭘 걸었던 건데?"
귀양이라도 가는 거였나?
"……."
카밀라의 물음에 하벨이 다시 입을 굳게 다물었다. 거기에 대해선 더 말해 줄 생각이 없는 듯 시선마저 돌려 버린다.
'또, 또.'
하여튼 도르만이나 이 녀석이나 매번 뭘 제대로 속 시원하게 말해 주는 법이 없지. 나도 별로 안 궁금하거든!
"그러니까 저 인간 복직이 완전히 물 건너갔다는 거야?"
"그래."
"즉, 계속 저러고 산다는 말?"
우울한 얼굴로 빨대만 우물거리는 하벨의 모습에 카밀라의 시선이 도르만에게로 향했다. 연신 함박웃음을 지으며 손님을 상대하고 있는 그를 보고 있자니 저도 모르게 웃음이 피식 새어 나왔다.
제 앞의 사신 양반은 속상해 죽겠다는 얼굴이지만…….

'뭐, 나쁘지 않네.'

그가 복직해서 떠난다고 했으면 어땠을까? 마냥 시원하지만은 않았을 것 같은 이 짜증 나는 마음을 뭐라고 설명해야 하지?

'정말 그사이 미운 정이라도 든 건가?'

계속 저런 모습으로 자신의 곁에 머물러 준다는 게 딱히 싫지 않았다.

"그나저나, 그놈은 어떻게 됐어?"

"그놈?"

"존 카터."

사신들에게 끌려갔던 에바교의 교주. 그의 영혼이 어떻게 되었는지 아직 제대로 듣지 못했다.

"999층. 최하층으로 보내졌다."

"최하층?"

아니, 아니! 잠깐만! 999층?

"뭔 층이 그렇게 많아?"

"많긴 뭐가 많나. 수용 공간이 부족해서 조만간 증축할 예정… 별소리를 다 하게 되는군. 여하튼, 최하층 관리자님이 아주 기뻐하셨지. 800년 만에 들어오는 인간이라고."

"거기가 어떤 곳인데?"

"거긴……."

"……?"

착각일까? 안 그래도 유독 핏기가 없는 하벨의 안색이 더욱 창백해 보이는 건?

'어라?'

너 방금 부르르 떤 거니?

"거긴… 거긴… 거긴……!"

"…알았어. 미안해. 내가 괜한 걸 물었어."

제대로 말을 잇지 못하는 하벨을 보며 카밀라는 급히 말을 돌렸다. 대답 안 해 줘도 되니까 그만하자.

"그래서, 그놈은 계속 거기에 갇혀 있는 거야?"

지금 가장 궁금한 건 그거니까.

"지옥으로 보낸 자들 중에서도 간혹 갱생의 여지가 있으면 환생을 시켜 주기도 한다."

"뭐? 그럼 혹시 그놈도?"

"하지만 최하층은 그런 거 없다. 평생 영혼이 찢기고 터져 나가는 고통 속에서 살게 될 거다."

"진짜?"

그놈이 세상에 다시 나올 일은 정말 없는 거라는 거지?

"믿어도 된다."

"그것참 다행이네."

솔직히 워낙 특이한 영혼이라 사신에게 끌려간 뒤에도 좀 불안불안했다. 혹여 도망치거나 해서 다시 세상에 모습을 드러내지는 않을까 싶었거든.

"알 수 없는 말을 계속 지껄이긴 하더군."

"무슨 말?"

'왜, 왜! 왜 응답이 없으십니까! 예전처럼 다시 저에게 힘을 주십시오! 제발! 저를 버리지 마십시오!'

"…뭔 개소리야? 진짜 그렇게 지껄였다고?"

"끌려가는 내내 그랬다."

"헐."

뭐야? 진짜 에바 신이 존재하는 건가? 뭔가 계시라도 받고 있었던 거야?

"그딴 신은 없다."

그런 카밀라의 생각을 읽은 듯 하벨이 단호하게 고개를 저었다.

"그럼 그놈은 대체 누굴 찾는 거야?"

"글쎄."

"아우."

찝찝해! 찝찝해! 그놈은 왜 죽어서 끌려간 뒤에도 사람 신경을 계속 거슬리게 하는 걸까? 진짜 난놈은 난놈이네.

"그래서, 그 인간은 원래 뭐 하던 놈이었어?"

"존 카터?"

"응."

존 카터. 그때 시종 벨의 몸에서 빠져나왔던 그의 영혼은 정말 볼품없었다.

삐쩍 마른 몸에 일반 성인 남성보다 훨씬 작은 키. 그렇게 오랫동안 수많은 이들의 목숨을 가지고 놀던 인간이 맞나 싶을 정도로 너무도 왜소하고 평범한 모습이었다.

"귀족도 아닌 것 같던데."

귀신은 죽었을 때의 옷차림을 그대로 유지한다. 아주 잠시뿐이었지만, 그때 본 존 카터의 옷차림은 절대 고급지다고는 할 수 없었다.

'오히려 일반 평민보다도 못했다고나 할까.'

오래 입어 낡다 못해 너덜거리는 수준의 차림새였다.

물론 옷차림만으로 상대의 모든 걸 파악하기엔 무리가 있지만, 그래도 그 특유의 분위기라는 게 있지 않은가. 햇빛에 잔뜩 그을려 있던 피부라든가, 전혀 관리가 되지 않았던 거친 손 같은 거.

"약초꾼이었다."

"약초꾼?"

"원래는 약초를 캐다 절벽에서 떨어져 죽을 운명이었지."

"그런데?"

"원래의 운명보다 훨씬 일찍 시신이 발견됐다. 영혼은 이미 도망친 후였고."

원래 주어진 생보다 더 오래 살거나 일찍 죽는 경우가 아주 드물긴 하지만 아예 없는 일이 아니었다.

그렇기에 사신들 모두 그 영혼 역시 그런 경우라 여겨 특별히 신경 쓰지 않았다. 죽어 구천을 떠도는 영혼이 한둘도 아니고, 곧 발견되겠거니, 하면서 명부에 누락자로 이름만 올려 뒀을 뿐이다.

"그런데 그자가……."

사신들이 외면한 영혼 중 하나는 여기저기 몸을 옮겨 다니며 판을 키웠고, 결국 에바교라는 사이비 집단의 교주로까지 성장했다. 일이 이렇게까지 커질 줄 알았다면 절대 그러지 않았겠지.

"그런 평범한 자가 어떻게 그런 힘을 얻은 거지?"

"자세한 건 나도 알 수 없다."

일반 사신에게 주어지는 정보에는 한계가 있는 듯 더 이상은 하벨 역시 아는 게 없단다. 하긴, 그에 대해 더 알아서 뭐 하겠는가.

이미 지옥에 갇힌 인물인 것을.

"이거나 받아라."

"응?"

잠시 후 하벨이 탁자 위에 뭔가를 올려놓았다.

그것을 본 카밀라의 얼굴이 기이해졌다. 그가 자신에게 건넨 것이 너무도 뜻밖의 물건이었기 때문이다.

"웬 화분?"

그것도 아직 활짝 피지 못한, 봉오리가 진 꽃이 둘도 아니고 셋도 아닌, 딱 한 송이만 심어진 화분이었다.

"저번 일에 대한 답례다."

"답례?"

아마도 사신들이 오랫동안 찾지 못했던 존 카터를 처리해 준 일에 대한 답례인 듯했다.

카밀라는 새삼스러운 눈빛으로 화분을 들어 살폈다. 이건 진짜 좀 의외라고나 할까? 정서적으로 매우 문제가 있어 보이는 하벨 녀석이 꽃을 다 선물하다니.

"무슨 꽃이야?"

봉오리가 져 있어 어떤 꽃인지 전혀 알 수가 없었다. 평소 꽃에 관심이 있었던 것도 아니기에 잎만 봐선 어떤 종류인지 전혀 감이 오지 않았다.

"죽음의 꽃."

"…무슨 꽃?"

"죽음의 꽃."

투욱.

"이봐, 그걸 왜 떨어트려? 조심해라."

"…무슨 꽃이라고?"

"몇 번을 묻는 거냐. 죽음의 꽃이다."

"……."

이 세계 사람들은 답례품의 의미를 잘 모르는 걸까?

전에 헤르셀 가주도 신수를 찾아 줘서 고맙다며 독살로 죽은 자기 시신에서 나온 씨앗을 주더니, 이 녀석은 뭐?

'죽음의 꽃?'

이름부터가 너무 불길하잖아!

"신들의 정원에서만 자라는 꽃이다."

"그래서 뭐? 이 꽃이 피는 순간 누가 죽기라도 하는 거야?"

그게 혹시 나야? 나냐고, 이 자식아!

"그 반대다."

"반대?"

"죽음을 막아 준다."

"그건 또 무슨 소리야?"

꽃을 갖고 있으면 안 죽는다는 거야?

"봉오리 진 꽃이 피어날 때 그 속에서 작은 열매가 하나 떨어질 거다. 그 열매를 먹으면 소멸하지 않는다."

"헐."

카밀라는 탁자에 떨어트리듯 내려놓은 화분을 다시 조심스럽게 집어 들었다.

"그런 설명을 먼저 해 줬어야지. 그러니까……."

이 꽃에서 나오는 열매를 먹으면 영생을 얻을 수 있다는 거야?

이거야말로 영원한 생명을 주는 물건이잖아!

"단, 인간은 쓸 수 없다."

"뭐?"

눈을 반짝이던 카밀라의 미간이 설핏 찌푸려졌다. 인간은 쓸 수 없다니? 그건 또 무슨 헛소리래?

"사람이 먹으면 안 된다고?"

"그래."

"혹시라도 먹으면 어떻게 되는데?"

수명이 아주 약간이라도 늘지 않을까?

"그냥 쓴 열매를 먹는 거지."

"……."

지금 너 나랑 장난하자는 거지? 어?

"그럼 뭐야?"

난 쓰지도 못하는 거잖아! 이딴 걸 나한테 왜 주는 건데!

"네 주변에는 이상한 것들이 많으니까. 혹 필요할까 싶어서."

"내 주변에 이상한 존재들이 많긴 뭐가-"

[아, 이게 그 소문으로만 듣던 죽음의 꽃이군.]

가게를 둘러보고 있던 작고 하얀 용 한 마리, 겨울의 정령왕 아이슬라가 팔랑팔랑 날아와 카밀라의 어깨에 살포시 앉았다.

…내게 들러붙은 이상한 존재. 그중 하나가 바로 근처에 있었구나.

[정령들도 무척 갖고 싶어 하는 꽃이야.]

"정령들이요? 왜요?"

[정령도 평생 사는 존재는 아니니까. 인간들보다야 존재하는 세

월이 길긴 해도 언젠가는 끝을 맞이해.]

"아."

[하지만 신의 정원에 피는 이 꽃은 아무나 쉽게 얻을 수 있는 게 아니야. 세상의 순리를 어긋나게 할 수도 있는 물건이니까.]

아이슬라가 의외라는 눈빛을 하벨에게 보냈다. 한낱 사신이 어떻게 이 꽃을 구해 온 것인지 신기해하는 것 같았다.

'그 정도로 구하기 힘든 거라고?'

아이슬라의 말에 카밀라 또한 묘한 눈빛을 하벨에게 던졌다. 진짜 어떻게 구해 온 거지?

"일을 할 때마다 쌓이는 포인트가 있다."

"포인트?"

"사신으로서의 역할을 제대로 수행했을 때 쌓이지."

후에 그 포인트로 진급도 하고 원하는 것을 상부에 요구할 수도 있었다. 사신들이 하루도 쉬지 않고 뼈 빠지게 열심히 일하는 이유도 다 이 포인트를 어떻게든 많이 쌓기 위해서다.

"나와 몇몇 사신들이 그 포인트를 써서 구한 꽃이다."

과거 도르만에게 큰 도움을 받았거나 이번에 존 카터를 처리한 일로 고마움을 느낀 사신들이 힘을 조금씩 보탰다. 짧게는 10년, 길게는 100년이니 하벨은 말할 것도 없었다. 그는 사신 일을 시작하고 모은 모든 포인트를 내놓았다.

"아니, 왜?"

굳이 그렇게까지 해서 이걸 왜 갖고 온 건데?

설명을 들으면 들을수록 더 이해가 되지 않았다. 인간이 먹지도 못하는 거라며? 나에게 꼭 필요한 물건도 아닌 것을.

"나의 선에서 구해 줄 수 있는 가장 귀한 물건이니까."

"그러니까 왜 나한테-"

"고맙다."

"…뭐?"

헉! 너 지금 고맙다고 한 거야? 다른 이도 아닌 하벨, 네가?

"너 어디 아파?"

"무슨 소리냐?"

아니, 노려보지 말고. 진짜 걱정돼서 하는 말이잖아.

'고맙다니?'

너 그런 말도 할 줄 아는 녀석이었어?

"세상에……."

지금 고개까지 숙인 거야? 카밀라는 매우 당혹스러웠다. 존 카터를 잡은 일이 그렇게나 고마운가?

"……."

카밀라가 당황하거나 말거나 하벨의 시선은 어느새 도르만에게 다시 가 있었다.

환하게 웃으며 손님을 여전히 응대하고 있는 그를 보던 하벨의 입가에도 아주 희미한 미소가 스쳐 지나갔다. 물론 아주 찰나의 순간이었기에 그 미소를 제대로 본 이는 아무도 없었지만 말이다.

"뭐, 어쨌든 선물은 잘 받을게."

카밀라는 조금은 떨떠름한 기분으로 화분을 받아들였다. 이름이 무척 마음에 들지 않았지만 그렇게 귀한 거라면 일단 챙겨 두고 보는 거지, 뭐.

'그나저나 이걸 쓸 일이 있으려나?'

소멸을 막아 준단 말이지?

"흐음… 그래서 이건 어떻게 키우면 돼? 그냥 던져 두면 되는 거야?"

"네 옆에 가까이 두면 된다."

"내 옆에?"

"너의 기운과 네 주변에 모이는 이상한 것들의 기운을 먹고 자랄 테니."

…이거 진짜 받아도 되는 건가? 뭔 기운을 먹고 자라는 꽃이 다 있대? 역시 불길하다, 불길해.

"아가씨!"

그 순간 도르만이 큰 소리를 내며 다가왔다.

무슨 일이 생겼나 싶어 급히 고개를 돌리니.

"오전에 나온 디저트 다 팔았어요!"

도르만이 텅텅 빈 진열장을 가리키며 환하게 웃는 게 보였다.

"대단하십니다, 도르만 님."

"그렇지?"

"장사의 신 같으십니다."

…뭐래?

"하하, 내가 원래 뭐든 다 잘하잖아."

"맞습니다."

얼씨구?

'어쩜 저렇게 쿵짝이 잘 맞는지.'

카밀라는 칭찬의 말을 마구 쏟아 내는 하벨과 그 말에 어깨를 더욱 쭉쭉 펴는 도르만을 어이가 없다는 듯이 바라봤다.

하지만 결국 그녀의 얼굴에도 희미한 미소가 번져 갔다. 뭐, 장사 열심히 한다는데 나쁠 건 없지 않은가.
'월급이나 좀 올려 줄-'
"이 가게에서 이젠 카밀라 님보다 내가 더 필요한 존재라니까. 하하, 이러다 다들 제가 여기 사장인 줄 알지 않을까요?"
"당연한 말씀이십니다."
…월급 인상은 다음으로 미루는 걸로.

"사람들에게 성물이라고 속여 판 이 목걸이."
마르티오 추기경의 손엔 붉은 돌이 박힌 목걸이가 들려 있었다. 바로 에바교가 신전을 통해 팔았던 그 목걸이다.
"정말 에바교의 수작질인 걸 몰랐습니까."
"난 정말 몰랐소!"
교황 브리셀은 다급히 고개를 저었다. 늘 단정하고 깨끗했던 예전 모습을 그에게서 더 이상 찾아볼 수 없었다. 브리셀은 새하얗게 질린 얼굴로 급히 변명을 늘어놓았다. 그것만이 살길이라는 듯.
"그 목걸이를 팔자고 한 건 그자요! 다니엘, 그 인간이 모든 일을 꾸민 거요!"
붉은 성물이 에바교에서 사람들의 영혼을 뺏기 위해 퍼트린 물건이었다는 사실이 밝혀지며 수많은 이들이 경악을 금치 못했다. 당연히 신전에 대한 불신이 급속도로 높아질 수밖에 없었다.

이 상황을 타개할 유일한 방법은 신전 곳곳에 스며든 에바교인들을 적극적으로 솎아 내는 모습을 보이는 것뿐이었다. 교단의 사활이 걸린 일이다 보니, 결국 신전 수뇌부에서 그 어느 때보다 강한 칼을 뽑아 들었다.

그나마 다행이라고나 할까? 교단이 소유한 심판의 검이 에바교인을 솎아 내는 데 큰 도움이 되었다. 심판의 검을 사용하겠다는 말에 교단에 숨어들었던 에바교인들은 지레 겁을 먹고 도망치거나 스스로 정체를 드러냈다.

그리고 다시 한번 사람들은 경악할 수밖에 없었다. 생각보다 너무도 많은 이들이 에바교에 속해 있었기 때문이다.

그렇게 어느 정도 정리가 되어 갈 때쯤, 사람들은 이번 일에 대한 책임을 물을 이로 교황 브리셀을 찾았다. 붉은 돌을 성물이라 명명하며 신전에서 팔 것을 권유하고 최종적으로 허락을 내린 이가 바로 그였으니까. 더불어 에바교의 주축이었던 신관 다니엘을 대신관으로 올릴 것을 강력히 주장한 이 역시 그였다.

"다니엘, 그 인간이!"

물론 교황 브리셀은 억울했다. 그 붉은 목걸이가 에바교의 물건이라는 사실을 그 또한 전혀 알지 못했었으니까.

몸의 통증을 줄여 주는 신비한 광물을 발견했다는 말에, 그 광물을 성물로 팔아 신전의 수익을 올리자는 말에 그저 좋은 뜻으로 허락했을 뿐이다. 남에게 피해를 주는 것도 아니지 않은가.

붉은 돌을 팔아 신전의 창고를 채우는 대신, 그 수익의 일부는 신의 말씀을 조금 더 널리 알리는 데 사용하면 되는 것이다. 당신의 뜻을 전하고자 하는 일에 보태기 위함이니 신께서도 눈감아 주시리라 생각했다.

그런데……!

'그 말을 꺼냈던 놈들이 사실 에바교에 몸을 담고 있었다는 걸 대체 무슨 수로 알아차릴 수 있단 말인가!'

같은 맥락에서 그들이 신관 다니엘의 사주를 받고 속살거렸던 것이었음을 이번 일이 터지고 나서야 알게 되었다. 브리셀로서는 정말 미치고 팔짝 뛸 노릇이었다.

"난 정말 몰랐소!"

자신을 의심하는 사람들의 시선에 그는 더욱 목소리를 높였다.

"심판의 검을 들고 외쳐 보라고 해도 단언할 수 있소!"

알았다면 미쳤다고 그 목걸이를 자진해서 직접 목에 걸고 다녔겠는가! 영혼을 빼내는 그 끔찍한 목걸이를 말이다!

"면죄부."

"……!"

하지만 곧이어 흘러나온 단어에 교황 브리셀은 흠칫할 수밖에 없었다.

"면죄부에 대한 것은요. 그것도 그대와 전혀 상관없는 일입니까."

이어진 마르티오 추기경의 차분한 질문에 브리셀의 안색이 급격히 딱딱해졌다.

에바교 사건이 터지기 전, 신전에는 또 하나의 사건이 있었다. 대신관과 고위급 사제들의 죄가 적힌 벽보가 하루가 멀다 하고 붙은 것이다.

기부금을 빼돌린 이들부터 시작해 어린 교인들을 학대한 정황까지. 처음에는 다들 죄를 부정하였지만 역시나 심판의 검 앞에서는 고개를 숙일 수밖에 없었다. 심판의 검을 들고 거짓을 고하다 처참하게 죽었던 스테라 추기경의 모습이 여전히 선명하게 남아 있었으니까.

그리고 스테라 추기경의 죽음 이후 마지막으로 붙여진 벽보에 언급된 이가 다름 아닌 교황 브리셀이었다. 돈만 주어지면 살인을 저질러도 죄를 사해 준다는 면죄부. 그것을 판 이가 교황 브리셀이라는 것이다.

"오를레앙 자작에게 면죄부를 판 자가 당신이 아니라는 겁니까?"

"그건……!"

얼마 전에 아이들을 납치해 동상으로 만들어 살인을 저지른 오를레앙 자작. 그가 바로 면죄부의 주된 사용자였다는 사실이 이번에 밝혀졌다.

여전히 수많은 아이들이 죽은 그 사건으로 치를 떨고 있던 사람들은 다시 한번 경악해야만 했다. 다른 곳도 아닌 신전에서, 그것도 교황이 직접 면죄부를 팔아 살인을 묵과해 줬다니!

"정말 그것이 죄인 줄 몰랐다고, 면죄부 역시 모두 다니엘, 그자의 소행이었다고 심판의 검 앞에서 고할 수 있으시겠습니까."

"……."

교황 브리셀은 그 질문에 대해서는 쉬이 대답을 내뱉지 못했다.

분명 이것 또한 다니엘이 꾸민 짓이 맞았다. 하지만 솔직히 찜찜함이 전혀 없었다고는 할 수 없었다.

죄인지 몰랐냐고? 정말 몰랐을까?

돈으로 살인까지 무마해 주는 것, 그것이 분명 잘못된 일이라는 걸 그 또한 인지하고 있었다.

'다만…….'

돈 앞에, 이 모든 것이 다 교단을 위해서라고 스스로를 속였을 뿐이다. 당연히 심판의 검 앞에서 자신은 아무것도 몰랐다는 말 따위 절대 할 수 없었다.

결국 입술을 짓씹은 브리셀이 천천히 고개를 떨구었다.

"곧 당신의 그릇된 행동에 대한 처분이 결정될 겁니다. 일말의 양심과 신앙심이 남아 있다면 조용히 자숙하십시오. 이건 경고입니다."

"크윽……."

신음을 터트린 브리셀이 다른 이들의 손에 이끌려 그 자리를 힘없이 떠나갔다. 그래도 교황이었던 자이거늘 끝까지 변명만 늘어놓으려 하다니. 그 모습이 한탄스럽기 짝이 없었다.

"어쩌다 교단이 이 지경까지 된 것인지……."

마르티오 추기경은 이마를 짚고 깊은 한숨을 내쉬었다.

그저 신에게 모든 걸 맡기고 내어 주며 교리에 맞게 사는 게 자신의 할 일이라 생각했다. 그에 포교에만 힘을 쏟았고, 교단 안에서 벌어지는 정치 싸움 같은 것에는 전혀 관심을 두지 않았다.

'그리고 그 결과가 이런 것이구나.'

그러는 사이 교단은 뿌리부터 곪아 들어갔다. 모든 것의 근본이 되어야 할 것들이 다 썩어 악취를 풍기고 있었다. 교황 브리셀이 사라진 곳을 바라보며 다시 숨을 길게 내뱉은 마르티오 추기경은 이내 조용히 걸음을 옮겼다.

똑똑.

잠시 후 그가 향한 곳은 교황청에 마련된 접객실이었다.

"죄송합니다. 제가 너무 오래 기다리게 했군요."
안으로 들어선 그가 정중히 말을 건넸다.
"아니에요. 지금 한창 바쁘신 걸 저도 잘 아는걸요."
진심 어린 사과에 상대가 빙그레 웃으며 답했다. 카밀라였다.
"취임식이 다음 달이던가요?"
"그렇습니다."
브리셀이 이번 일로 물러나게 되며 새로운 교황이 추대되었다. 바로 마르티오 추기경, 그가 새로운 교황으로 임명된 것이다.
심판의 검 앞에서도 떳떳하게 고개를 든 유일한 인물.
교단에 숨어든 에바교인들을 솎아 내며 오로지 마르티오 추기경만이 담담한 태도를 고수했다. 모두가 심판의 검을 드는 것조차 두려워하던 것과 달리 그는 검 앞에서 죄를 고하는 것을 전혀 개의치 않았다.

'제게 죄가 있다면 달게 심판을 받겠나이다.'

그 고백에 심판의 검은 그 어떤 반응도 하지 않았다.
그 모습에 모두가 그를 다음 대 교황으로 추대했다. 거기에는 평소 그가 보인 모습도 한몫했다. 권력에는 전혀 관심 없이 포교에만 힘을 쓰는 성직자의 교본 같은 사람이었으니까.

'제가 바라는 건 지금의 삶과 다르지 않습니다.'

그걸 증명하듯 마르티오 추기경은 교단의 제안을 단번에 거절했다. 지금처럼 제국 곳곳을 돌아다니며 포교에만 집중하고 싶다는 게 그의 뜻이었다.

그래도 어쩌겠는가. 민심을 완전히 잃어버린 교단에 필요한 건 심판의 검 앞에서도 당당한 그의 존재인 것을. 결국 사람들의 간곡한 호소에 그가 뜻을 접을 수밖에 없었다.

무엇보다 마르티오 추기경 본인 역시 이번 일을 조사하며 확실히 깨달았다. 홀로 독야청청해 봐야 교단을 지킬 수 없다는 사실을 말이다.

"그런데 저를 보자고 하신 이유가 뭔가요?"

카밀라가 오늘 이곳을 찾은 이유는 마르티오 추기경… 아니, 예비 교황의 방문 요청이 있었기 때문이다. 교단을 안정시키고 한창 임명식 준비로 바쁠 그가 자신을 찾은 이유를 짐작하기가 어려웠다.

[너보고 또 성녀직 맡아 달라고 부른 거 아냐?]

자신을 따라온 사제 귀신 아레나가 가볍게 혀를 찼다. 그게 아니고서야 카밀라를 이렇게 부를 이유가 없지 않은가?

'그러게요.'

카밀라 또한 같은 생각이라 속으로 짧은 한숨을 내쉬었다. 이번에는 또 어떻게 거절을 해야 할까?

스윽.

그런데 잠시 후 마르티오 추기경이 자리에서 천천히 일어섰다.

"……!"

카밀라 역시 깜짝 놀라 급히 자리에서 몸을 일으켜야만 했다.

그가, 마르티오 추기경이 자신을 향해 고개를 숙였기 때문이다.

"지금 무슨······."

"죄송합니다."

"네?"

카밀라의 반문에 그의 고개가 더욱 깊이 숙여졌다.

"신관 다니엘, 그자가 감히 당신께 큰 죄를 저지를 뻔했다 들었습니다."

마지막에 카밀라를 납치하려고 했던 일을 말하는 거다. 고개를 든 그의 입에서 긴 한숨이 흘러나왔다.

"이유야 어찌 되었든 한때 신관이었던 자에게 위해를 받을 뻔한 일이지요. 교단 전체를 대신해 사과의 말씀을 드립니다."

마르티오 추기경은 다시 정중히 고개를 숙였다.

"아니, 뭐··· 딱히 교단이 사과할 일은 아닌 거 같은데······."

카밀라는 조금 뻘쭘한 표정으로 볼을 긁적였다. 다음 대 교황 자리에 앉을 이가 자꾸 사과를 하니 무척 부담스러웠다.

"그리고 감사드립니다."

당황하는 카밀라와 달리 마르티오 추기경의 목소리는 여전히 덤덤했다.

"심판의 검을 찾아 주신 것에 대한 감사 인사도 제대로 드리지 못했던 것 같습니다. 그리고······."

싸늘해 보일 정도로 감정이라고는 잘 느껴지지 않던 그의 얼굴이 순간 봄바람이 불듯 온화해졌다.

"아이들을 구해 주셔서 정말 고맙습니다."

마르티오 추기경이 말하는 아이들이 누군지 카밀라는 곧바로 알아들었다.

사제 귀신 아레나가 빙의를 해 신성력을 써 구해 준 두 아이. 석고상이 되었다가 살아난 그 아이들을 말하는 거다.

'그러고 보니 이분이 돌보고 있다고 했지.'

두 아이에게 신성력을 써 준 후 그들에 대한 소식을 카밀라는 계속 전해 듣고 있었다.

몸이 정상으로 모두 돌아온 뒤에도 고아였던 아이들이 딱히 갈 곳이 없다는 얘기에 카밀라는 바로 그들을 찾았다. 성인이 될 때까지 후원이라도 해 주려고.

하지만 그녀가 아이들을 찾았을 땐 이미 그들을 돌보고 있는 이가 있었다. 마르티오 추기경이었다. 제대로 된 교육조차 받아 본 적이 없는 두 아이를 아카데미까지 보내며 제대로 후원하고 있었다.

"영애께서 베풀어 주신 은혜. 결코 잊지 않겠습니다."

진심이 담긴 그의 말에 카밀라의 얼굴에도 서서히 미소가 걸렸다.

[요놈은 좀 쓸 만하겠어.]

아레나 역시 그의 진심이 느껴진 듯 답지 않게 흐뭇한 미소를 지어 보였다.

"미흡한 신의 종이지만, 제 도움이 필요한 일이 있으시다면 언제든 말씀해 주십시오."

"알겠습니다."

꾸벅 고개를 숙이는 그를 향해 카밀라 또한 정중히 마주 고개를 숙였다.

※

"너희들이 이러고도 무사할 줄 알아!"

30대 초반의 남자가 바닥에 주저앉은 채 바락바락 악을 써 댔다. 누구든 가까이 다가오면 물어뜯을 것처럼 사납기 그지없었다.

"에바 님의 분노가 두렵지도 않느냐!"

두 눈 가득 핏발이 선 남자의 모습에 누구도 선뜻 다가서지 못했다. 죽을 때도 결코 혼자 죽지 않으려고 어떻게든 끝까지 발악하는 그들의 끈질김에 치를 떤 게 어디 한두 번이던가.

"우리를 건드린 걸 후회하게 만들어 줄 것이다!"

손발이 묶인 상태에서도 상대의 귀를 입으로 뜯어내던 에바교인들의 모습을 떠올리며 다들 남자에게서 한 걸음 물러섰다.

"버러지 같은 것들! 그 무지가 너희들을 죽음으로 이끌 것이다!"

그 모습에 남자가 더욱 기세등등하게 외쳤다.

"내 반드시……!"

"어떻게?"

그 순간 끼어드는 나직한 음성.

저벅.

다른 이들과 달리 별다른 거부감 없이 남자에게 다가서는 이가 있었다. 에바교인의 독기 어린 말과 표정에 질려 있는 이들과 달리 그의 얼굴에는 어떤 감정도 드러나 있지 않았다.

"어떻게 후회하게 해 줄 건데?"

오히려 흥미롭다는 듯 에바교인에게 성큼 다가선 그는 한쪽 무릎까지 꿇어 상대와 시선을 맞췄다.

"진짜 궁금해서."

대체 뭘 어떻게 후회하게 해 줄 건지.

진심으로 알고 싶다는 듯 진지하게 질문을 던지는 이는 바로 아르시안이었다.

"에바 신은 세상 모든 것의 삶과 죽음을 통치하는 분이시다!"

"그래서?"

"너희들은 그분의 분노가 두렵지도 않느냐!"

"어."

"…뭐?"

"안 두렵다고."

"그, 그……!"

뭐지, 이놈은?

지금껏 자신이 보아 온 이들 모두 이런 말에 두려움을 느끼거나 적어도 꺼림칙하게 여기는 분위기를 풍겼다. 하지만 꺼리는 건 고사하고 당장 하품을 내뱉어도 하나 이상할 거 없는 상대의 심드렁한 기세에 에바교인은 할 말을 잃고 말았다.

"지, 진짜 두렵지 않다고?"

"내가 두려워하는 건 세상에 딱 하나뿐이라서."

아르시안이 나름 진지하게 대답을 내뱉었다.

에바교 교주와의 마지막 전투가 있던 그때. 처음으로 아르시안은 두려움이라는 걸 느꼈다.

새로운 삶.

카밀라, 그녀의 존재가 이 세계에서 지워질 수 있다는 말에, 자신의 곁을 떠날지도 모른다는 말에 모든 것이 아득해졌다.

"이런 무지한 놈! 우, 우릴 건드린 걸 분명 후회하게 될 날이 올 것이다. 절대 무사하지 못할 것이란 말이다!"

"그러니까 그게 언제냐고. 언제까지 기다리면 되는데?"

"…언제냐고?"

"벌써 3개월이나 지났잖아. 더 기다려야 하는 거야?"

"…뭐?"

진심으로 궁금하다는 듯한 눈빛을 보내는 아르시안의 모습에 남자의 얼굴이 멍해졌다.

"너희 교주가 죽을 때, 나는 그 작자의 바로 옆에 있었어."

"……!"

"그런데 나는 왜 아직까지도 멀쩡하지? 네가 말하는 에바 신의 분노라는 게 생각보다 아주 느린가 봐?"

"저, 저주를 받게 될 것이다! 반드시!"

저주라는 말에 아르시안의 입가에 비릿한 미소가 걸렸다.

"상관없어. 우리 집안이 원래 저주받은 집안이라서."

저주라면 너무 익숙해서 말이지.

"크윽……!"

그 어떤 말에도 타격감 제로인 아르시안을 보며 또다시 할 말을 잃은 남자는 분노 어린 눈빛으로 이만 으득으득 갈았다.

"뭐야? 끝이야?"

짧게 혀를 찬 아르시안은 가볍게 손을 저었다.

"으으읍!"

"끌고 가."

더 이상 할 말도 없어 보여 마법으로 입을 막은 아르시안은 뒤에서 있는 병사들에게 남자를 넘겼다.

"으앙!"

"엄마아! 흐흑!"

"저, 저 좀 집에 데려다주세요! 으아앙!"

주변이 온통 울음바다다. 제물로 쓰이기 위해 잡혀 온 수많은 아이들이 병사들을 붙들고 눈물을 펑펑 쏟아 내고 있었다.

'우리 리오도 저랬는데.'

그 모습을 지켜보던 아르시안의 눈빛이 상황에 전혀 어울리지 않게 부드럽게 풀렸다. 예전에 리오를 구하러 갔을 때의 기억이 새삼 떠올라서.

'음?'

그러다 그의 시선이 한 곳에서 저절로 멈췄다. 울부짖는 아이들 속에 유독 눈에 띄는 한 아이가 있었기 때문이다.

잔뜩 겁을 먹은 다른 아이들과 달리 조용히 한쪽 구석에 앉아 있는 작은 꼬마. 열 살쯤 되어 보이는 아이는 마치 홀로 동떨어진 세계에 있는 듯했다. 주변의 소란에도 아무런 반응이 없었다.

"아르시안 님."

잠시 후 세프라가의 기사가 빠르게 다가섰다.

"대충 정리는 끝났습니다. 아이들의 신분도 모두 확인하였고, 곧 지역별로 구분해 인도할 예정입니다."

"저 아이는?"

아르시안의 시선이 다시 조금 전의 아이에게로 향했다. 남자아이는 여전히 한쪽 구석에 자리를 잡은 채 아무런 움직임을 보이지 않고 있었다.

"그게······."

아이를 확인한 기사의 얼굴에 난감함이 어렸다. 아르시안이 무슨 일이냐고 눈빛으로 묻자 그가 급히 말을 이었다.

"말을 하지 않습니다."

"···몸이 불편한 아이야?"

에바교에서 그런 아이를 데려왔을 리가 없는데?

아르시안의 얼굴에 의아한 기색이 떠올랐다. 제물로 쓰일 아이들은 형편은 좋지 않아도 건강 상태가 무척 좋았다. 그것도 그럴 것이, 아이의 몸에 자신들이 들어가 살아야 할 테니 적어도 몸에 이상이 없는 아이들을 데려왔을 게 분명하다. 그런데 말을 못 한다고?

"그건 아직 잘······."

조금 전 말을 하지 않는 아이와 대화를 시도하려 했을 때의 답답함이 떠오른 듯 기사의 입에서 다시 한숨이 흘러나왔다.

"사는 곳도, 이름도, 그 어떤 질문에도 대답이 없어서······. 일단 수도로 데려가 보육원에 맡길 생각입니다."

"흐음."

가끔 충격을 받고 말문을 닫는 이가 있다는 말을 들은 적이 있다. 혹 저 아이도 그런 게 아닐까?

"······."

자기 얘기를 하는 걸 안 걸까? 미동이 없던 아이가 처음으로 고개를 들어 아르시안이 있는 곳을 바라봤다.

그제야 아이의 눈을 제대로 볼 수 있었다.

푸른 숲이 연상되는 짙은 녹색 눈동자.

"요즘 수도 쪽 보육원은 여력이 없는 걸로 아는데."
"아, 그렇긴 하죠."
지금처럼 에바교에 제물로 바쳐지려다 구해진 아이들뿐만이 아니다. 부모가 에바교인으로 밝혀져 도망치는 바람에 졸지에 고아가 된 아이들이 수두룩했다.
당연히 현재 보육원에 위탁된 아이들이 넘쳐 나고 있는 상황이다. 조만간 제국 곳곳으로 보내지게 될 테지만, 어쨌든 현재 수도 쪽 보육원 상황이 좋지 않은 건 사실이었다.
"……."
"……."
아르시안과 아이의 시선이 다시 마주쳤다.
짙은 녹색 눈동자를 잠시 말없이 바라보던 아르시안이 손을 까딱였다. 그러자 아이가 천천히 자리에서 일어나 주춤거리며 그에게 다가섰다.
"내가 데려간다."
"예에?"
기사의 눈이 살짝 커졌다.
"아이를요? 어디로요?"
"집으로."
"…네?"
아이를 직접 데려가겠다고? 그것도 세프라 공작저로? 그동안 그와 제법 긴 시간을 함께했지만 누군가에게 먼저 관심을 보이는 건 처음 보는 것 같았다.
저 아이가 뭔가 특별하기라도 한 건가? 기사는 새삼스러운 눈빛을 아이에게 던졌다.

"갑자기 왜……?"

"그냥."

아르시안의 입에서 짧은 한숨이 흘러나왔다. 솔직히 자신도 모르겠다. 왜 저 아이를 무시할 수 없는 건지.

"그만 가지."

아이의 녹색 눈을 마지막으로 한 번 더 바라본 아르시안은 먼저 걸음을 떼 그 자리를 벗어났다.

"……."

그런 그의 뒤를 아이가 조심히 따랐다.

그들이 남긴 선물

"오랜만이야, 소르펠 공녀."

에드센 황태자가 의자에 몸을 비스듬히 기댄 자세로 가볍게 손을 흔들었다.

"네, 전하. 오랜만에 인사드리네요."

카밀라는 나름 정중히 고개를 숙였다.

'내 착각인가?'

좀 지쳐 보이는 것 같은데?

겉으로 보기에는 전과 다름없이 여유가 넘쳤다. 어디 꼬투리 잡을 거 없나 연신 상대를 살피는 못된 눈빛도 여전했고 말이다.

그럼에도 어딘가 조금은 피곤해 보이는 모습. 최근 들려온 말이 있어서 그렇게 보이는 걸까?

카밀라는 속으로 가볍게 혀를 찼다.

"밥은요?"

"…뭐?"

"식사는 하셨어요?"

사람은 힘이 들수록 잘 챙겨 먹어야 하는데 말이지. 딱 봐도 식사라는 걸 한 지 오래된 얼굴인데.

"…하."

살짝 커진 눈으로 카밀라를 바라보던 그의 입에서 이내 작은 웃음소리가 새어 나왔다. 그제야 자신의 오지랖을 깨달은 카밀라 또한 속으로 작게 욕설을 내뱉었다.

'안다, 알아. 나도 안다고.'

우리가 이런 질문을 주고받을 사이 아니라는 거.

이건 그냥 자신의 오래된 고질병이었다. 어제까지 머리채를 잡고 싸우던 웬수 같은 사이라도 밥을 굶고 있는 건 절대 못 봐 준다고나 할까.

'어릴 때 하도 굶어 봐서 그런가.'

남이 굶는 걸 못 보겠다.

카밀라는 웃음기 가득한 에드센 황태자의 시선을 애써 외면했다. 왠지 뻘쭘해서.

"나쁘지 않네."

"네?"

카밀라의 눈이 살짝 커졌다. 평소처럼 놀리거나 비꼼이 가득한 말이 아닌 뜻밖의 말이 돌아왔으니까.

"일상적인 안부 인사를 참 오랜만에 들어 보는 것 같아서."

아니, 아예 처음인가? 자신이 오늘 누구를 만나고 어떤 일을 했는지에 대해서 궁금해하는 이들은 많았지만, 이처럼 사소한 부분에 관심을 가지는 사람은 아주 드물었다.

"생각보다 감동적인데."

"…역시 요즘 많이 힘드신가 보네요."

카밀라는 다시 한번 혀를 찼다. 고작 저런 말에 답지 않게 감정이입을 하는 그의 모습을 보고 있자니 더욱 확신이 들었다.

'저 인간 좀 맛이 간 것 같지?'

감상적인 에드센 황태자라니. 완전 소름!

카밀라는 소름이 돋은 듯한 팔을 쓸어내리며 얼른 말을 틀었다.

"최근 주변이 시끄럽다고 들었습니다."

"다들 날 못 잡아먹어서 난리긴 하지."

에드센이 거칠게 머리를 쓸어 넘기며 키득거렸다. 순간적으로 엿보인 그의 눈빛에 살기와 짜증이 가득했다.

'하긴, 나라도 빡 돌았을걸.'

하여튼 정치하는 인간들은 못 말린다니까. 지금이 편 갈라서 싸울 때냐고. 에바교 잔당들을 처리하는 것에 힘을 모아도 모자랄 판에 여전히 정치 싸움이 한창이었다.

물론 거기에는 현재 세 공작이 수도를 자주 비우는 탓도 있을 것이다. 중심축이 사라졌으니 다들 이리저리 흔들리며 시끄러울 수밖에.

"일일 K-드라마 찍는 것도 아니고……."

"음?"

"아니에요."

뭔 친자 타령이냐고.

지금 저들이 매일같이 궁에 모여 떠들고 있는 주제는 단 하나였다. 바로 정통성. 후계자가 왕관을 가질 자격이 있네, 없네, 주야

장천 같은 말만 지껄이고 있는 모습이 한심하기 짝이 없었다.

'황위 계승권을 박탈해야 한다나 뭐라나.'

누구의 황위 계승권을 갖고 그러냐고?

누구겠어? 현재 황자라고는 한 명밖에 없는데.

죽은 쟈비엘라 황비의 아버지, 듀리얼 후작을 주축으로 한 이들이 에드센 황태자의 황위 계승권에 대해 의문을 제기하고 있었다. 오래전에 육체를 뺏긴 황제의 몸에서 태어난 에드센을 황자로 인정할 수 없다는 거다.

본인의 손자인 아비헬 황자의 정통성까지도 도마 위에 올리는 위험한 발언이었지만 후작은 거침없이 질주했다. 에드센 황태자가 황위에 오르는 꼴은 도저히 못 보겠다는 거겠지.

"그래서 오늘 날 보자고 한 이유는?"

에드센은 머리 아픈 생각은 더 하고 싶지 않은 듯 화제를 빠르게 돌렸다. 평소 온갖 핑계를 대며 황궁 방문을 거절하던 카밀라가 오늘은 어쩐 일인지 먼저 만남을 청해 왔기 때문이다.

"그게……."

똑똑.

카밀라가 막 입을 떼려는 순간, 문이 열리며 조금 나이가 들어 보이는 시종이 조심스럽게 안으로 들어섰다.

"전하, 곧 회의 시간입니다."

시종장의 말에 고개를 들어 시계를 바라본 에드센 황태자는 미간을 살며시 찌푸렸다.

"내가 시간을 잘못 잡았군. 그 인간들은?"

"모두 참석하셨습니다."

"부지런들도 하지. 어떻게 된 게 하루도 안 빠져."

못마땅함을 그대로 드러내는 그의 모습에 시종장이 송구하다는 듯 더욱 깊게 머리를 숙였다.

"미안하지만 잠시 기다려 주겠나? 곧 정리하고 돌아오지."

"아뇨, 저도 볼일이 있어서. 이 차만 마시고 가 보겠습니다."

"…바로 간다고?"

에드센 황태자의 눈빛에 의아함이 깃들었다. 고작 차나 마시려고 자신을 보자고 한 건 아닐 텐데?

이유야 어찌 되었든 오랜만에 만난 그녀가 이대로 돌아간다는 사실에, 그는 답지 않게 무척 아쉬워졌다.

"그럼 다음에 또 보지."

연신 안절부절못하는 시종장을 더 이상 두고 볼 수 없어서 그는 결국 천천히 자리에서 일어섰다.

시종장이 왜 저러는지 에드센도 잘 알고 있었다. 여기서 더 늦어지면 자신만 귀찮아질 뿐이다. 그걸 꼬투리 삼아 황태자로서 책임감이 있네 없네 하며 자격을 따지려 들려고 할 인간들이 회의장에 잔뜩 모여 있지 않은가.

"도대체가 하루도 조용할 날이 없-"

"그런데 전하."

"음?"

"제가 선물을 하나 들고 왔습니다만."

"선물?"

에드센의 시선이 다시 카밀라에게 향했다. 어느새 그녀의 손에 작은 목함이 하나 들려 있었다.

갑자기 선물이라니?

"마음에 드셨으면 좋겠네요."

의아해하는 에드센을 향해 카밀라가 별다른 설명 없이 좀 더 가까이 목함을 내밀었다. 시종장이 대신 받으려 하자 고개를 내젓길래 결국 에드센이 직접 목함을 받아 들었다. 뭐가 들어 있는 건지, 크기에 비해 꽤나 묵직했다.

뚜껑을 열어 안에 든 물건을 확인한 에드센의 미간이 서서히 찌푸러졌다.

"이게 뭐지?"

"지금의 전하께 꼭 필요할 물건이요."

"지금의 내게?"

고개를 들어 카밀라를 바라본 그는 좀 더 자세히 살펴보라는 그녀의 눈빛에 목함에 시선을 줬다.

"…잠깐만."

잠시 후 에드센 황태자의 눈이 빠르게 커져 갔다.

"설마 이거……!"

"저, 전하!"

옆에서 상황을 지켜보던 시종장도 선물의 정체를 파악한 듯 눈을 부릅떴다. 두 사람의 시선이 동시에 카밀라에게로 향했다.

"이…거, 내가 생각하는 그게 맞나?"

카밀라가 당연하다는 듯 고개를 천천히 끄덕였다. 그 모습에 놀람을 넘어서 경악을 금치 못하는 둘을 향해 카밀라는 방긋 웃어 보였다.

그리고 마지막으로 한마디를 덧붙였다.

"가서 마음껏 휘젓고 오세요."

※

"다들 어찌 생각하시는지?"
"그게……."
"흐흠."

회의실에 모여 있던 귀족들이 난색을 표했다. 질문을 던진 듀리얼 후작의 형형한 눈빛을 제대로 마주 바라보는 이가 없었다.

"다음 대 황위를 에바교 교주의 아들에게 넘기는 게 다들 아무렇지 않으시오? 그리되어도 정말 상관없소?"

외부에는 황실이 빠르게 안정을 찾아 가고 있는 것으로 알려졌지만, 사실은 하나의 문제로 여전히 시끌시끌했다.

"듀리얼 후작님, 말이 지나치십니다!"
"말을 삼가십시오! 교주의 아들이라니!"

에드센 황태자 쪽 사람들이 그 말에 이를 갈았다. 너무도 큰 흠이 상대에게 잡힌 상황인지라 요즘 회의장에 들어서는 게 겁이 날 지경이다. 그렇다고 속수무책으로 가만히 앉아 있을 수도 없는 일이지 않은가.

"내가 틀린 말이라도 했소?"
"그 말대로라면 아비헬 황자 전하 역시 교주의 아들이라는 거 아닙니까!"
"그 말이오."
"……!"

듀리얼 후작은 한 귀족의 날 선 물음에 조금의 망설임도 없이 고개를 끄덕였다. 그 모습에 다들 경악을 금치 못했다.

듀리얼 후작을 따르는 이들 또한 마찬가지였다. 아무리 죽었다고 하지만 자기 친손자를 교주의 아들이라 바로 인정해 버리다니.

"껍데기만 황제였던 사요. 그자의 몸에서 난 황자들이 적법한 계승자가 맞는다고 생각하시오?"

"그건······."

"끄응."

듀리얼 후작은 교주의 영혼이 깃든 자의 몸에서 난 에드센 황태자를 정당한 황위 계승자로 볼 수 없다는 주장을 펼쳤다. 그는 어떻게 가짜 황제의 몸에서 난 이에게 제국을 맡길 수 있겠냐며 사람들을 끊임없이 선동했다.

"오래전에 일어난 국새 도난 사건에 대해 그대들도 잘 알고 있을 것이오."

몇백 년 전의 일이지만 그 사건을 모르는 귀족은 아무도 없었다. 다른 것도 아니고 황제가 스스로를 증명할 수 있는 유일한 수단을 잃어버린 것이었으니까.

"제국 역사상 유례없는 일이었지."

역사서에도 남아 있는 사건이다. 그것도 그럴 것이, 그때 잃어버린 국새가 일반적인 인장이 아니었기 때문이다.

무려 초대 황제가 악신이라 불리던 블랙 드래곤을 처치한 뒤 그 뼈로 만들었다는 귀물. 제국의 건국 신화와 관련된 물건임과 동시에 페이블러 황가의 시작을 상징하는 보배였다.

"그 인장을 잃어버린 분은 알베르토 황제 폐하이시고."

알베르토 황제는 에바교의 교주에게 몸을 빼앗긴 최초의 황족으로 추정되는 인물로, 듀리얼 후작에겐 자신이 황제로 추대하고자 하는 이에게 정당성을 부여할 명분이었다.

"페이블러 황가의 상징이나 다름없던 보물이 사라진 시기와 에바교의 교주가 천인공노할 짓을 벌인 시기. 참으로 절묘하지 않소?"

그 모든 게 하늘의 뜻이었을지도 모르지. 그렇다면 그전으로 거슬러 올라가야 하지 않겠나.

"그게 무슨……!"

"인장이 스스로 떠나기라도 했다는 말씀이십니까? 억지에도 정도가 있습니다!"

"자자, 진정들 하십시오. 듀리얼 후작님께서 마냥 없는 이야기를 하신 것도 아니잖습니까."

"그러게나 말입니다. 수호의 검과 심판의 검으로도 모자라 진실의 거울까지 다시 세상에 모습을 드러낸 마당에, 과거 신령한 국새가 거짓된 주인을 거부하고 다른 곳으로 튀었다는 게 뭐 그리 놀라운 일이라고."

말도 안 되는 억지였지만, 모든 게 불확실한 지금 이 상황에선 그 누구도 쉽게 반박할 수가 없었다.

"하늘이, 어쩌면 초대 황제 폐하께서 그자를 자신이 세운 제국의 황제로 인정하지 않겠다는 뜻 아니었겠소?"

그의 주장에 모두의 눈빛이 갈 곳을 잃은 것처럼 연신 흔들렸다. 에드센 황태자를 따르는 이들 또한 마찬가지였다.

인정하고 싶진 않지만 불편한 마음이 드는 건 어쩔 수가 없었다. 듀리얼 후작의 말대로 황제의 껍데기만 뒤집어쓴 그 끔찍한

괴물이 낳은 존재를 계속 따라도 되는 걸까?

"그래서 듀리얼 후작께서 하고 싶은 말이 뭡니까?"

"후작께선 에드센 황태자 전하보다 비요슨 대공이 다음 황위 계승자로 더 적합하다고 여기시는 겁니까?"

비요슨 대공. 페이블러 제국 북쪽 끝자락에 자리한 공국의 주인.

대공이라는 작위에서 알 수 있듯 초대 황제의 후손 중 하나임은 틀림없으나, 지금에 와서는 고루한 이야기다.

혹시라도 황제의 경계를 살까 봐 황실 쪽으로 혼인의 '혼' 자도 꺼내지 않던 이들이 아닌가. 작금에 이르러서는 혈연이라 하기에도 민망할 수준이었다. 평소라면 언급조차 할 수 없을 정도로 얕은 관계인 것이다.

그 실낱같은 연결에 힘입어 황위 계승권을 주장하는 게 황당하단 얼굴을 하면서도 에드센 황태자 세력의 기세가 한풀 꺾였다. 피가 섞인 건 맞으니 무어라 말을 얹기가 애매한 것이었다. 분위기를 잡은 듀리얼 후작이 비릿한 미소를 지었다.

그래, 희미하더라도 상관없다. 비요슨 대공이 초대 황제의 후손이라는 건 틀림없는 사실이니까.

'내 딸과 내 손자가 가지지 못한다면!'

에드센 그놈한테도 이 제국은 줄 수 없다!

듀리얼 후작은 주먹을 꽉 쥐었다. 지금도 딸이 죽었던 당시의 상황이 선명하게 떠올랐다. 자신의 품 안에서 빠르게 썩어 가던 몸…….

황제가 죽고 자신의 친손자에게 황위가 넘겨졌다는 소식을 들었을 때만 해도 세상을 다 가진 듯했다. 그런데 그 손자 역시 에바 교인에게 육체를 빼앗긴 채 목이 잘려 죽지 않았던가. 그때의 비통함을 어찌 말로 다 설명할 수 있을까.

그 마음을 달랠 방법은 단 하나였다.

이 제국을 자신이 가지는 것!

비요슨 대공을 황제로 밀어주고 올려 주는 대신, 자신의 가문은 세 공작가에 못지않은 광영을 누리게 될 것이다!

'그자야 문제 될 것도 없고.'

비요슨 대공. 나이도 어리고 정치에 대해 아는 것도 없는 인물. 손에 쥐고 흔들기에 딱 좋은 인사다.

즉, 그가 황제가 되는 순간 자신이 제국의 주인이 되는 것과 진 배없는 일이라는 말이다.

"다들 잘 생각하시오."

듀리얼 후작의 단호한 눈빛에 사람들은 다시 침묵을 선택했다. 듀리얼 후작의 말을 따르자니 에드센 황태자가 두려웠고, 그렇다고 에드센 황태자를 황위에 올리자니 에바교의 교주가 떠올라 영 불편했다.

달칵.

"……!"

그때 회의실 문이 열리며 한 사람이 안으로 들어섰다.

"내가 많이 늦은 모양이지."

빙그레 웃으며 사람들에게 가볍게 눈인사를 건네는 남자. 바로 에드센 황태자였다.

그의 등장에 회의실의 공기가 더욱 무겁게 가라앉았다. 그런 이들을 한번 가볍게 훑은 에드센의 얼굴에 더욱 짙은 미소가 걸렸다.

"듀리얼 후작."

에드센 황태자의 부름에 듀리얼 후작이 차가운 표정을 조금도 감추지 않은 채로 눈을 마주쳤다. 거기에는 더 이상 그를 황족으로서 예우해 주지 않겠다는 확고한 뜻이 그대로 담겨 있었다.

"그대의 이야기는 잘 들었소. 그 나이에도 참으로 정정하시군."

듀리얼 후작의 얼굴이 살며시 굳어졌다. 조금 전 내가 했던 이야기를 밖에서 모두 들은 건가?

"하."

당황도 잠시, 듀리얼 후작은 짧은 웃음을 터트렸다.

들으면 어떻단 말인가? 달라지는 건 아무것도 없는 것을.

"그럼 오늘 가장 중요한 안건이 무엇인지 따로 설명할 필요도 없겠군요."

듀리얼 후작은 에드센의 황태자 자리뿐만 아니라 황위 계승권까지 모두 박탈하기 위해 오늘 회의를 연 것이었다. 더 이상 시간을 끌고 싶지 않았다. 하루라도 빨리 이 상황을 정리하는 것이 모두를 위해서도 좋았다.

그랬기에 그는 에드센 황태자의 다음 말을 듣고 멍청한 표정을 지을 수밖에 없었다.

"고생 많으셨네."

…고생?

"무슨……?"

자기가 처한 입장을 전혀 모르는 건가?

'그 정도로 눈치가 없진 않을 텐데?'

불같이 화라도 내지 않을까 했거늘, 화는커녕 피식거리며 웃음만 흘리는 에드센 황태자에 듀리얼 후작의 미간이 찌푸려졌다.
 에드센 황태자는 그의 시선을 피하지 않았다. 오히려 어깨를 으쓱이며 부러 더 얄미운 표정을 꾸며 냈다.
 "세 공작이 없을 때를 노린다고 고생했다는 말이오."
 에바교 잔당들을 처리하기 위해 세 공작이 수도를 비운 이 상황에 굳이 귀족 회의를 연 건 뻔하지 않은가. 세 공작이 없을 때 일을 처리하고 싶은 것이다.
 에드센 황태자는 가볍게 혀를 차며 회의장에 모인 이들을 한 명 한 명 살폈다.
 "어떤 이들은 제국을 안정시키기 위해 피땀을 흘리고 있거늘."
 이것들은 모여서 한다는 짓이라곤.
 한심해하는 그의 눈빛에 누가 먼저라 할 것 없이 다들 어색한 표정으로 시선을 피하기 급급했다. 에드센이 말하는 이들이 현재 수도를 떠나 있는 세 공작을 지칭하는 걸 다들 알아들었기 때문이다.
 한순간에 치졸한 인간이 되어 버린 이들은 얼굴을 붉혔다. 뭐라 할 말이 없었다.
 "자격이라."
 나직이 혼잣말을 내뱉은 에드센 황태자는 주변을 다시 한번 쭉 훑었다. 그런 그의 입꼬리가 슬며시 올라갔다.
 "나도 인정하는 바요."
 "전하!"
 "그건……!"
 지금 듀리얼 후작의 말에 동의한다는 말인가? 반박해도 모자랄 판에 동의라니!

그 어떤 상황에서도 흔들림 없이 에드센 황태자를 따르던 몇몇 귀족들이 당황한 기색이 역력한 얼굴로 자리에서 벌떡 일어섰다.

최근 많이 지쳐 보이시더니, 설마 황위를 포기하시려는 건가? 그것만은 어떻게든 막아야만 했다!

하지만 회의를 중단시키려는 그들의 행동을 에드센 황태자가 가볍게 손을 들어 저지했다.

"초대 황제 폐하께서 만든 인장을 잃어버린 것. 확실히 그때부터 자격을 잃어버렸다고 보는 게 맞는다고 생각하오."

에드센 황태자는 오히려 조금 전 듀리얼 후작이 한 말을 재차 강조했다.

"전하, 그게 언제 일인지 잘 아시지 않습니까!"

"오래전 일을 왜 자꾸……!"

황태자파 귀족들은 더욱 당황했다. 불리한 말을 왜 계속 언급하는 것인지 이해가 가지 않았다.

그건 듀리얼 후작 역시 마찬가지였다.

'뭐지?'

자신의 말에 동조하는 에드센 황태자와 그런 그를 만류하는 귀족들을 보며 듀리얼 후작의 머릿속도 복잡해졌다.

'대체 무슨 꿍꿍이지?'

저 능구렁이 같은 놈이 대체 왜? 이렇게 순순히 물러설 놈이 아닌데, 뭔가 다른 수를 찾기라도 한 건가?

'그럴 리가.'

이제 와 네놈이 뭘 할 수 있겠는가.

어떻게든 세 공작이 수도로 돌아오기 전에 이 일을 모두 마무리 지어야 한다.

"전하의 말대로입니다."

듀리얼 후작은 바로 말을 이었다. 저놈이 무슨 생각인지 모르겠지만 제 스스로 자격을 부정해 준 지금 이 기회를 놓칠 이유가 없었다.

"다들 아시다시피 초대 황제 폐하의 인장은 제국을 상징하는 아주 중요한 물건이지요. 그게 사라졌다는 건 황족의 권위도 사라진 것과 다름이 없다고 생각합니다."

"그렇다면."

잠시 말을 끊은 에드센 황태자가 듀리얼 후작을 바라보며 입꼬리를 슬쩍 끌어 올렸다. 사람을 은근히 기분 나쁘게 하는 그 특유의 미소에 듀리얼 후작의 얼굴이 저도 모르게 와락 일그러졌다.

'웃어?'

지금 이런 상황에서?

왠지 모를 불안감이 엄습해 왔다.

"그 인장을 내가 찾으면 어떻게 되는 거요?"

"…네?"

하지만 그 불안감은 오래가지 않았다.

갑자기 무슨 말도 안 되는 소리란 말인가. 오래전에 사라진 그 인장을 자기가 찾겠다고?

"하."

듀리얼 후작의 입에서 헛웃음이 터져 나왔다.

숨기고 있는 비장의 수라도 있을 것이라 생각했거늘. 고작 세 공작이 돌아올 때까지 시간을 끌 심산으로 아무 말이나 해 보는 건가? 하긴, 황자 자리도 위태로운 이 상황에서 뭐라도 해 봐야겠지.

'그들이 돌아온다고 해도 달라질 건 없다.'

물론 일을 해결하는 데 시간이 더 걸리긴 하겠지만, 에드센 황태자의 정당성을 주장할 것이 아무것도 없지 않은가.

"그럼 당연히 전하께서 황위를 이으셔야지요."

듀리얼 후작의 목소리가 한결 부드러워졌다.

"초대 황제께서 남기신 말이 있지 않습니까. 인장을 물려받은 자가 제국의 황제라고."

마지막 발악을 하겠다는데 지켜보는 재미도 있지 않겠는가? 500년도 전에 잃어버린 인장을 이제 와 어떻게 찾겠다는 건지.

오랜 세월 수많은 이들이 인장을 찾기 위해 노력했지만 모두 헛수고였다.

'확실히 이상한 일이지.'

인장을 누군가 훔쳐 갔다면 어딘가에 분명 있어야 하지 않은가. 하지만 긴긴 세월이 흐른 지금까지 인장이 발견되지 않은 이유가 대체 뭘까? 드래곤의 뼈로 만든 인장이 파괴되었을 리도 없고.

조금 전, 사람들을 선동하기 위해 한 말이지만 이젠 정말로 확신이 들었다.

초대 황제의 인장이 제국을 버리고 스스로 모습을 감췄다는 게 진실이지 않을까? 가짜 황족이 가질 자격이 없으니 사라져 버린 거다!

"흐음."

에드센 황태자의 입가에 다시 묘한 미소가 떠올랐다. 그의 시선은 여전히 듀리얼 후작에게 고정되어 있었다. 듀리얼 후작 또한 그 시선을 피하지 않았다. 오히려 마주 보고 비웃음을 날려 주며 얼마든지 하고 싶은 대로 해 보라는 뜻을 내비쳤다.

"그래서 시간은 얼마나 드리면 되겠습니까?"

한 달? 1년? 설마 그 이상 시간을 끌려는 건 아니겠지?

"1분이면 되오."

"…네?"

"들어와."

짧은 에드센 황태자의 명에 회의장 문이 열리며 한 사람이 안으로 들어섰다. 얼마 전에 새로 임명된 시종장이다.

'저 인간이 왜?'

시종장 조이너를 본 듀리얼 후작의 미간이 살며시 일그러졌다.

조이너 시종장은 자신의 딸이 황비로 있을 때 황실에서 쫓겨났던 인물이다. 오래전에 죽은 에드센 황태자의 친모를 모셨다는 이유로 쟈비엘라 황비가 그가 황실에 있는 것을 영 못마땅하게 여겼기 때문이다. 그런데 그런 자를 이번에 에드센 황태자가 새로운 시종장으로 임명해 다시 황실로 끌어들인 것이다.

모든 사람의 머릿속에 한 가지 사실이 스쳐 지나갔다.

'전 시종장도 에바교인이었지.'

황제를 모시던 전 시종장 역시 에바교인이었다. 이번 사태가 터지자 그는 스스로 목숨을 끊었고, 그 공석에 조이너가 올랐다.

어쨌든 시종장의 등장에 사람들의 시선이 모두 그에게 향했다.

"전하."

정중히 고개를 숙이며 에드센 황태자에게 다가선 조이너는 양

손으로 바치듯 들고 있던 것을 아주 조심스럽게 앞으로 내밀었다.
바로 조금 전, 카밀라가 에드센 황태자에게 선물했던 목함이었다.

"방금 그대가 한 말, 잊지 마시오."

슬쩍 웃는 에드센 황태자의 모습에 듀리얼 후작의 얼굴이 살며시 굳어졌다. 그런 그의 표정 변화를 조금도 놓치지 않겠다는 듯 후작에게 시선을 고정한 에드센 황태자가 천천히 목함을 열었다.

달칵.

"저건……?"

"…인장 아닙니까?"

인장? 사람들의 외침에 듀리얼 후작은 저도 모르게 등골이 서늘해졌다.

'설마……!'

아니, 아니다. 절대 그럴 리가 없지 않은가! 분명-

"자, 잠깐만!"

"저거……!"

"허억!"

처음에는 저게 뭔가 싶어 의아해하던 사람들은 이내 경악을 금치 못했다.

검은 묵빛의 인장. 저 인장을 어찌 못 알아보겠는가!

페이블러의 사람들이 가장 자랑스러워하고 사랑하는 전설. 악신이었던 블랙 드래곤을 잡은 영웅, 초대 황제의 이야기는 제국민이라면 누구나 알고 있었다. 어릴 때부터 듣고 자랐기에 이를 모르는 사람이 없을 정도다.

블랙 드래곤의 뼈로 만들어졌다는 초대 황제의 인장 또한 마찬가지였다. 인장의 모양새는 지금 당장 아무 도서관에만 가도 쉽게 찾아볼 수 있었다.

"저, 전하, 설마 지금 그게……."

방금 듀리얼 후작과 나눈 대화도 그렇고, 설마 자신들이 생각하는 그게 맞는 걸까?

"맞소."

그의 미소가 더욱 짙어졌다.

"초대 황제의 인장."

"……!"

설마 했거늘!

에드센 황태자의 긍정에 다시 한번 사람들은 경악했다.

"말도 안 됩니다!"

혼란스럽기는 듀리얼 후작 역시 마찬가지였다.

하지만 그는 바로 고개를 저었다. 저게 진짜일 리가 없지 않은가! 갑자기 저런 게, 하필 이 시기에 나타난다는 게 말이 되냔 말이다! 초대 황제의 인장이라니!

"지금 어디서 가짜를……!"

자리에서 벌떡 일어나 소리치던 그는 끝까지 말을 다 잇지 못했다. 그런 반응을 예상이라도 했다는 듯이 에드센 황태자가 검을 꺼내 들었기 때문이다.

"지, 지금 무슨……!"

설마 여기서 자신을 죽이기라도 하겠다는 건가?

하지만 듀리얼 후작의 예상은 그대로 빗나갔다. 검을 꺼내 든 에드센 황태자가 본인의 손을 아무런 망설임 없이 베어 냈기 때문이다. 그의 손을 타고 후두둑 흘러내린 피가 인장 위로 떨어졌다.

그 순간.

쿠우오오오오-!

"흐어억!"

"크윽!"

다들 터져 나오려는 비명을 간신히 삼켰다. 검은 인장에서 소름 끼치는 울음소리가 흘러나왔기 때문이다.

그 소리의 정체가 무엇인지 바로 깨달을 수 있었다.

블랙 드래곤의 울음소리!

초대 황제의 인장에 얽힌 전설이 하나 있었다. 블랙 드래곤의 원혼이 담긴 인장에 초대 황제의 피를 이은 사람의 피가 묻으면 인장에서 블랙 드래곤의 울음소리가 흘러나온다는 것이다.

"맙소사!"

"저 소리는 분명……!"

설마 그 얘기가 사실이었을 줄이야!

처음처럼 귀를 찢을 듯한 소리는 아니지만 여전히 희미한 울음소리가 흘러나오고 있는 인장을 보며 다들 멍하니 입을 벌렸다.

'마, 말도 안 돼.'

듀리얼 후작의 눈빛 역시 쉴 새 없이 흔들렸다. 저게 정말로 초대 황제의 인장이란 말인가! 대체 저게 왜, 왜 지금 나타나느냔 말이다!

타악.

목함이 닫히는 소리에 다들 움찔하며 그제야 멍해 있던 정신을 추슬렀다.

드래곤의 울음소리가 사라진 회의장은 쥐 죽은 듯 고요하다. 누구 하나 쉬이 입을 여는 이가 없었다. 다들 시선은 약속이라도 한 듯이 목함에 향해 있었다.

'꿈은 아니겠지?'

'저 인장이 정말로……!'

초대 황제의 인장. 그것이 500년 만에 돌아온 것이다!

"자, 그럼 다음 안건으로 넘어가지. 또 뭐가 있나?"

잠시 후 회의장 안의 침묵을 깨며 에드센 황태자가 빙그레 웃었다.

하지만 그의 질문에 대답할 수 있는 이는 아무도 없었다. 여전히 넋을 놓은 채 그저 멍하니 입을 벌릴 뿐이었다.

[고맙다.]

40대 초반으로 보이는 남자 귀신이 긴 안도의 한숨을 연신 내쉬며 카밀라에게 감사 인사를 건네 왔다.

"네, 많이 고마워해 주세요."

카밀라는 그런 귀신의 말을 심드렁하게 받아넘겼다.

'당연히 고마워해야지.'

이번 일로 소모한 마력석이 대체 몇 개인 줄 아세요? 그걸 돈으로 환산하면 대체 얼마인지 아시냐고요.

카밀라는 황궁에 들어서자마자 자신을 둘러싸고 놓아주질 않는 귀신들 때문에 손으로 미간을 꾹꾹 눌렀다. 머리 아파…….

그들이 남긴 선물 — 369

'이거 영 부담스러워서 원.'

마냥 무시할 수도 없는 게, 저 귀신들은 과거 페이블러 제국의 황제 또는 황자였던 이들이다. 담대한 그녀일지라도 그 사실을 알고 나자 적잖이 부담감을 느낄 수밖에 없었다.

무엇보다 저 중 가장 나이가 많아 보이는 40대 남자. 저 남자가 바로…….

[초대 황제의 인장을 다시 나의 후손에게 돌려줄 수 있게 되어 정말로 다행이구나.]

존 카터에게 처음으로 몸을 뺏긴 황제, 알베르토 드 페이블러가 빙그레 웃었다.

알베르토 황제는 존 카터에게 몸을 뺏기기 전, 뭔가 감이 왔었단다. 한밤중에 시종장이 갑자기 찾아와 세 공작이 만나기를 청한다는 말을 전해 왔는데.

[뭔가 기분이 싸하더군.]

시종장을 먼저 내보내고 그가 한 일은 초대 황제의 인장을 숨기는 거였다.

세 공작이 갑자기 찾아오는 일이 전혀 없었던 일도 아니거늘, 왜 그날은 그런 느낌을 받은 건지 스스로도 잘 이해가 가지 않는다. 그저 뭔가에 홀린 것처럼 자신만이 열 수 있는 비밀 공간에 빠르게 인장을 숨겼다.

그리고 그런 그의 예감은 틀리지 않았다.

"대체 언제부터였을까요?"

[글쎄다.]

자신을 오랫동안 따르던 시종장은 이미 존 카터에게 몸을 빼앗긴 상태였다.

[정신을 잃기 직전 얼마나 안도했는지 모른다. 그런 놈한테 몸을 빼앗긴 걸로도 모자라 초대 황제의 인장까지 넘어가게 할 뻔했다 생각하니 이루 말할 수 없이 끔찍해. 만약 그랬다면 이지를 되찾자마자 악귀가 되어 버렸을지도 모를 노릇이지.]

그래도 그렇지, 설마 500년 동안 아무도 찾아내지 못할 거라곤 상상도 못 했다는 푸념에 카밀라가 고개를 내저었다.

"그런 곳에 넣어 놓으면 1,000년이 지나도 못 찾을 거 같은데요."

[그런가?]

최선을 다해 무시하는데도, 자신이 숨겨 둔 초대 황제의 인장을 후손에게 건네주지 못 했는데 어떻게 떠날 수 있겠냐며 어찌나 우는소리를 하던지……. 결국 카밀라는 두 손 두 발 다 들 수밖에 없었다.

[으음, 너무 깊숙이 넣어 놓았나? 그게 문제였던 걸까?]

"아뇨. 장소요, 장소……."

마법으로 만들어진 아공간에 시동어까지 걸어 뒀으니 누가 그걸 찾을 수 있었겠는가.

결국 이번에도 빙의를 택할 수밖에 없었다. 자신의 몸에 들어온 알베르토 황제가 직접 마법을 시전해 인장을 아공간에서 꺼낸 것이다.

'내 아까운 마력석!'

문제는 카밀라의 몸에 쌓여 있는 마나가 전혀 없다는 것.

제노나 아레나가 빙의했을 때처럼 이번에도 가능할 것이라 생각했는데, 마법의 경우엔 그 궤가 다른지 도저히 쓸 수가 없었다.

그래서 생각해 낸 게 바로 마력석이다.

다행히 마력석을 이용한 마법진을 만들어 아공간을 열 수 있었다. 물론 또 빙의 후유증으로 며칠 앓아누워야 했지만 말이다.

"에휴, 내 팔자야."

그래도 어쩌겠는가. 다른 것도 아니고 초대 황제의 인장이라는데. 그게 생각보다 아주 중요한 물건이더란 말이지.

안 그래도 에드센 황태자의 입장이 현재 아주 곤란하다는 말을 들었다.

'찜찜하긴 할 거야.'

수많은 이들의 목숨과 육신을 빼앗은 에바교의 교주. 그리고 그런 그의 영혼이 자리하던 몸에서 태어난 황위 계승자라니.

에드센 황태자를 따르는 이들마저 꺼려 하는 분위기를 감추지 못하는 상황이라고 들었다. 그래서 인장이 더더욱 필요했던 거다. 에드센 황태자가 초대 황제의 후손이 맞음을 확실히 해, 이후 그의 정통성을 두고 왈가왈부하지 못하게 하려고.

알베르토 황제가 살아 있을 때 직접 시험해 본 적이 있다고 한다. 분명 인장에서 울음소리가 흘러나왔다는 것이다.

'지금 타이밍에 딱 필요한 물건이지.'

황족의 피를 제대로 이은 게 맞느냐고 떠들고 있는 이들에게 이것보다 더 좋은 증거물이 어디 있겠는가.

'영혼?'

영혼이 바뀌면 뭐? 유전자도 바뀐대? 영혼이 달라졌다고 그 피가 어디 가겠냐고.

영혼이 바뀌었으니 황족의 피를 잇지 않았다는 건 정말 웃긴 말이다. 현대였으면 유전자 검사 한 방으로 쉽게 끝날 일인 것을 뭘 저리 시끄럽게 죽자 살자 싸우고 있는 건지. 한심하기 짝이 없었다.

"어쨌든 물건도 잘 전해 줬고."

뒷일은 에드센 황태자가 알아서 하겠지? 남 까는 것에 누구보다 탁월한 재능을 보이는 인간이 인장을 들고 얼마나 상대의 속을 뒤집어 놓을지 안 봐도 알 수 있었다.

카밀라는 느긋하게 찻잔을 들어 한 모금 마셨다. 조금 전 초대 황제의 인장을 받고 한동안 두 눈을 부릅뜬 채 감정을 제대로 감추지 못하던 에드센 황태자를 떠올리며 카밀라는 피식 웃음을 터트렸다.

"그 인간도 그런 표정을 지을 줄 아네."

늘 재수 없는 표정만 짓는 줄 알았는데 말이야.

순진해 보일 정도로 넋을 놓는 모습이 제법 신선했다. 보기 드문 걸 봤으니, 마력석 값은 그냥 넘어가도록 하자.

[이제야 한결 마음이 놓이는구나.]

알베르토 황제는 여전히 감회가 새로운 듯 새삼스러운 눈빛으로 궁을 둘러봤다. 긴 세월이 흐른 걸 증명하듯 자기가 있을 때와 많이 달라져 있었지만, 그 속에서도 익숙한 것을 찾아내며 아련한 미소를 지었다.

[내가 그래도 인장 하나는 참 잘 숨겼지.]

그놈, 자신의 몸을 뺏은 존 카터. 그 자식에게 황제의 인장까지 넘어갔다면 얼마나 속이 쓰렸을까.

그것으로도 모자라-

[그 귀한 물건이 나로 인해 영영 사라져 버리게 되었다면?]

소름이 끼칠 정도로 아찔한 일이다.

[죽어서도 제대로 눈을 감지 못했을 거야.]

…저기요. 지금도 제대로 눈 못 감고 계시거든요.

[정말 고맙구나.]

마지막으로 다시 한번 감사 인사를 건네는 그의 몸이 점점 흐릿해져 갔다. 정말로 그가 원한 건 인장을 돌려주는 것뿐이었나 보다.

"……."

카밀라는 이번에도 늘 그랬듯이 떠나가는 이의 마지막 모습을 그저 조용히, 끝까지 지켜봐 주었다.

"자아, 나도 가 볼까?"

그렇게 알베르토 황제가 사라지고, 카밀라도 남은 차를 홀짝 마신 뒤 자리에서 일어섰다. 더 이상 이곳에 홀로 남아 있을 이유가 없었으니까.

[뭐야? 벌써 가게?]

하지만 그녀는 뜻대로 바로 자리를 뜰 수 없었다.

[그건 안 되지.]

[너 은근히 사람 차별한다? 다른 사람은 몰라도 내 부탁은 들어주고 가야지.]

자신을 급히 붙잡는 다른 황족 귀신들로 인해.

그런데 이자들…….

[새치기 마시죠. 제 부탁이 먼접니다!]

[너, 몇 대 손이지?]

[지금 그건 왜 물으십니까?]
[아래위도 없는 게 누구 손에 큰 놈인가 해서.]
[아래요? 하!]
서열을 따지는 말에 바로 비웃음이 날아들었다.
[내가 네놈 증조할아버지가 된다는 건 아니?]
[비슷한 나이에 죽은 판국에 그런 걸 왜 따지십니까?]
[넌 살아 있을 때도 욕 많이 먹었겠다. 싸가지 없다고.]
[그런 말 하는 인간치고 싸가지 있는 인간을 못 봤거늘.]
…큰 소리로 화를 내며 싸우는 것도 아닌데, 웃으며 다투는 저들이 왜 더 무섭게 느껴지지?
카밀라는 혹여 불똥이라도 튈까, 슬쩍 한 걸음 뒤로 물러섰다.
[네 부모가 자식 교육을 아주 잘 시켰구나. 대단해.]
[당신이나 나나 몸만 다를 뿐, 똑같은 놈한테서 자랐으니 부모 욕은 하지 않는 걸로 하죠. 제 얼굴에 침 뱉기지 않나?]
[호오. 우리 그럼 다 형제인 건가? 기분 완전 더러운데.]
나이가 가장 많고 가장 윗대 황제였던 알베르토가 사라지자마자 바로 기 싸움이 시작됐다.
'역시 같은 핏줄이구나.'
에드센 황태자가 저기도 있고, 저쪽에도 있네?
실실 웃으며 아무렇지 않게 상대에게 꼽을 주는 행동들이 아주 능숙해 보였다.
[일단 내 부탁은 들어주고 가.]
[제가 먼저라니까요!]
"하아."

망할 내 팔자야.

※

"아, 아가씨……?"
"왜?"
"이거 너무 무거운데요…….."
크고 작은 상자들을 머리끝까지 잔뜩 쌓은 도르만이 낑낑거리며 집 안으로 들어섰다.
"깨지는 것도 있으니 조심해."
"조, 좀 들어 주시면……?"
"우와, 도르만."
"네에?"
"날 그렇게 착한 사람으로 본 거야?"
"……."
"왜? 카페에선 나 따윈 더 이상 필요 없다며? 너만 있으면 된다지 않았니? 집에서도 좀 그래 봐."
"…완전 뒤끝 작렬이시네요."
이제 알았니? 뭘 새삼 감탄하고 그래? 듣는 사람 뿌듯하게시리.
"카밀라 아가씨?"
입구를 막 들어서는 순간 마중을 나온 집사 루브가 의아한 표정으로 말을 건네 왔다. 쇼핑이라도 하신 건가?
"저게 다 뭡니까?"
"중고 잡동사니."
"네?"

중고 시장이라도 다녀오신 건가?

'왜 하필 중고를…….'

루브는 더욱 이해가 되지 않는다는 얼굴로 연신 고개를 갸웃거렸다.

"아, 맞아. 잠시만……."

카밀라는 마침 잘됐다는 듯 도르만이 들고 있는 상자 중 하나를 쏙 빼서 루브에게 던지듯 건넸다.

"선물."

"제게요?"

대체 뭘 사 오셨기에?

여전히 엉뚱한 면이 많은 카밀라를 보며 루브는 가벼운 마음으로 상자를 열었다.

"음?"

하지만 상자를 연 루브의 얼굴이 묘해졌다. 상자 안에 아무것도 들어 있지 않았기 때문이다.

그런데 무게가 느껴졌다.

분명 뭔가 들어 있긴 한 것 같은데? 뭐지?

"조심해. 그거 검이야."

"네?"

무심코 상자 안에 든 무언가를 만지려던 루브의 손이 멈칫했다. 아무것도 보이는 게 없는데, 검이 이 안에 들어 있다고?

"손 조심하라고. 왼쪽이 손잡이야."

"……!"

카밀라의 말에 왼쪽으로 손을 가져가니 정말로 검 손잡이가 만져졌다. 빛조차 그대로 통과시킬 정도로 투명해서 만져 보지 않는 이상 검의 존재를 정말로 알 수가 없었다.

대체 무슨 재질로 만든 거지?

"오래전에 제로라는 암살자가 썼던 거라던데."

"⋯누구요?"

평소 감정을 잘 드러내지 않는 루브의 얼굴이 처음으로 와장창 깨어졌다.

암살자 제로. 그쪽 일에 종사하는 이 치고 그를 모르는 자가 없었다. 전설 같은 인물이라고나 할까? 그가 마음먹어 죽이지 못하는 자는 존재하지 않았다.

그런 그가 사용하던 특별한 무기가 있었다.

'아무도 그의 무기를 보지 못했다고 하더니.'

이래서였나? 검 자체가 이러니 암살자에겐 최적의 무기였다.

"이, 이걸 왜 아가씨가 들고 계신 겁니까?"

"오?"

이건 진짜 좀 신선한데? 말까지 더듬는 루브라니. 옆에서 사람이 죽어 나가도 심드렁하게 지켜보기만 할 것 같은 인간이 말이지.

"누가 줬어."

"누가 이런 걸⋯⋯?"

[그게 누굽니까? 대체 누가 이런 귀한 걸 아가씨께 준 겁니까?]

어? 데린, 언제 왔어요?

"그 사람 뭐 하는 자입니까?"

[이 검으로 말할 것 같으면⋯⋯!]

언제 온 것인지 집사 유령 데린까지 합세해 똑같은 표정으로 질문을 쏟아 냈다.

　아우, 동시에 말하지 좀 마요. 정신없어.

　"그래서 뭐? 받기 싫어? 도로 가져가?"

　"아뇨!"

　…오늘 참 루브의 여러 모습을 보게 되네. 이제 큰 소리까지 내는 거야?

　"마음에 든다는 거지?"

　"아가씨, 이 검-"

　"나중에, 나중에."

　카밀라는 대충 손을 내젓고 걸음을 옮겼다. 루브는 뭔가 더 물어보고 싶어 했지만 그냥 무시했다. 오늘은 내가 좀 피곤해서 말이야.

　'그 인간이 어찌나 끈질기던지.'

　에드센 황태자 말이다.

　물론 그냥 넘어가지 않을 거라고는 생각했다.

　'초대 황제의 인장이라니, 대체 어떻게 찾은 거지?'

　부름을 받고 황궁에 들른 자신을 보자마자 에드센 황태자가 던진 질문이다.

　'그 누구도 찾지 못한 걸 대체 어떻게……?'

　'주웠는데요.'

　'…주워?'

'네, 길에 이상한 게 굴러다녀서 주워 봤더니 인장이더라고요.'
'…….'

에드센이 멍청이도 아니고 그 말을 믿을 리 있나. 당연히 믿는 눈치가 아니었다.
'그래도 어쩔 거야?'
준 사람이 주웠다는데 지가 어쩔 거냐고.
그래도 그 날카로운 눈초리 앞에서 방실방실 웃으며 '난 아무것도 몰라요!' 상태를 유지하는 건 참 피곤한 일이었다.
[아가씨, 오늘 황궁에 가신 거 아니셨나요?]
집사 루브는 떼어 낼 수 있었지만 데린은 결국 방까지 따라와 질문을 던졌다.
"맞아요."
[황궁에 가셨던 분이 저런 검을 어디서……!]
"그거 알아요, 데린?"
조금은 지쳐 침대에 풀썩 쓰러지듯 앉은 카밀라는 오늘 들었던 사실 하나를 데린에게 말해 줬다.
"당시 황족 중 한 분이 제로와 친구였다는 거."
[네에?]
엄청 놀라시네.
하긴, 저 또한 처음 그 말을 들었을 땐 정말 깜짝 놀랐다.
'그걸 주겠다고 해서 더 놀랐고.'
존 카터, 그에게 몸을 뺏긴 황자 중 한 명의 부탁을 들어주고 받은 선물이 바로 저 검이다.

[고맙다. 그 아이의 소식을 알려 줘서.]

남자는 자신이 사랑했던 여인의 소식을 알고 싶다고 했다. 그가 음흉하기 짝이 없는 에드센 황태자의 조상임을 생각하면 무척이나 의외로운 부탁이었다.

'정말 그게 소원이세요?'
[그래, 나 버리고 떠나서 얼마나 잘 살았나 궁금해.]

…차였구나.
다른 남자와 결혼해서 아이까지 낳아 잘 살다 죽었다는 조사 보고서에 황자는 의외로 무척 담담한 반응을 보였다. 아니, 오히려 만족스러운 표정이었다고나 할까?
불행하기를 바랐던 게 아니었나? 의외네?

[나와 결혼했으면 내 몸 뺏은 그 새끼와 사는 거였잖아. 그건 더 끔찍했을걸.]

뭐, 어쨌든 부탁을 들어주고 받은 게 이 검이다. 그런데 이 검이 오래전에 이름을 날렸던 암살자가 쓰던 검이라지 않은가.
'게다가 그 암살자가 황자와 둘도 없는 친구였다네?'
세간에는 전혀 알려지지 않은 사실이었고.
[그렇군요. 제로 님이… 하.]
연신 감탄하는 데린을 보던 카밀라가 자리에서 일어섰다.

"그런데 페롤은요? 지금 어디에 계세요?"

오늘도 카페에 가셨나?

[난 왜?]

마침 주방장 귀신 페롤이 스르륵 모습을 드러냈다. 요즘도 툭하면 라일라가 요리하는 걸 구경한다고 카페에 가 있는 그였다.

"두 분께도 드릴 게 있거든요."

[저희에게요?]

[뭔데?]

의아해하는 둘을 뒤로한 채 카밀라는 도르만이 옮겨 둔 상자를 뒤졌다. 이것들이 다 황족들의 이런저런 부탁을 들어주고 받아 온 선물들이다.

'황궁에 뭔 놈의 비밀 장소가 그리도 많은지.'

죽은 황족들 모두 남들이 모르는 곳에 각자의 보물들을 숨겨 두고 있었다. 그것들을 하나하나 찾아내는 일에 착수한 지 오늘로 벌써 일주일째다. 남들 눈을 피해 그것을 찾아내는 게 보통 쉬운 일이 아니었거든.

'자기들에게야 보물이고 추억의 물건들이겠지만.'

카밀라, 자신으로서는 그저 중고 잡동사니일 뿐이었다.

조금 전에 루브에게 줬던 암살자 제로의 검만 해도 그렇다. 그걸 내가 갖고 있어 봐야 어디다 쓰겠냐고. 그나마 루브가 좋아해 주니 다행이라고나 할까?

'뭐, 개중에는 나름 쓸 만한 것도 있긴 했지.'

지금 꺼내는 물건이 그런 것 중 하나다. 아니, 내가 보기에는 이게 제일 쓸 만했다고나 할까.

[그게 뭡니까?]

[술?]

카밀라가 상자에서 꺼낸 보인 건 제법 커다란 술병이었다. 그것도 한 개가 아니고 여러 병이다.

"아클레아 열매 술이요."

[아클레아 열매요?]

[호오… 그런데 색깔이 일반 아클레아 술과 다른데?]

"400년 된 거래요."

[며, 몇 년이요?]

[400년?]

데린과 페롤의 입이 동시에 쩍 벌어졌다.

아클레아 열매는 원래도 쉽게 구할 수 있는 게 아니었다. 남부 더운 지방에서도 날씨가 잘 맞아야만 얻을 수 있는, 20년에 한 번 제대로 수확을 할까 말까 할 수 있을 정도로 귀한 것이었다.

그럼에도 사람들이 이 열매를 어떻게든 구하려고 노력하는 이유는 그걸로 담근 술맛이 무척 뛰어나서다. 게다가 시간이 지나면 지날수록 그 맛이 더욱 깊어지고 풍미가 살아난다고 알려져 있었다.

그런데 10년, 20년도 아니고 무려 400년이나 지난 술이라니!

사실 '아무리 술이라지만 400년이 지난 것을 먹을 수 있나?'라고 생각했는데…….

'웬걸?'

아까 궁에서 오랫동안 밀봉되어 있던 술 뚜껑을 하나 따는 순간 주변이 온통 꽃향기로 가득해지는 게, 일순 카밀라조차 한동안 넋을 놓고 말았다. 꽃으로 담근 술도 이런 향을 풍기지는 않을 것 같은데?

[고맙다. 죽어서도 이 술맛이 너무 궁금했거든.]

살아 있을 때도 애주가였던 걸까? 비밀 장소에 숨겨 둔 술을 찾아 딱 한 잔만 먹게 해 달라 부탁하던 황자는 카밀라가 직접 따라 준 술을 마시곤 아주 만족스러워하며 떠나갔다.

[남은 술은 모두 너에게 주지.]

마셔 본 적은 없지만, 향만으로도 좋은 술이라는 걸 충분히 알 수 있었기에 기꺼이 다 쓸어 왔다.
"이거 드실 분, 손?"
카밀라의 말이 끝나기 무섭게 데린과 페롤이 바로 손을 번쩍 들었다.
이미 예상한 일이다. 전에 보니 술에 대한 지식도 풍부하고 술 창고 앞을 지날 때마다 입맛을 다시던 두 분의 모습을 종종 봤었다.
그런데…….
'손이 왜 네 개지?'
번쩍 들린 손이.
언제 온 것인지 제노와 사제 귀신 아레나가 데린과 페롤의 옆에 딱 붙어 손을 높이 들고 있었다.
아니, 제노는 그렇다 치고.

"사제가 술 먹어도 돼요?"

[죽었는데 사제였던 게 뭔 상관이야.]

카밀라의 말에 웃기지도 않는다는 듯 코웃음을 친 아레나가 제일 먼저 술병 앞에 자리를 잡고 앉았다.

[그리고 너, 날 뭘로 보는 거니?]

"네에?"

[내가 살아 있을 때 사제 생활을 반듯하게 했을 것 같아?]

아뇨.

[사제로 살 때도 술 마신 적 엄청 많아. 교황청 뒤뜰에 가면 비밀 통로가 하나 있는데 말이야, 거기로 몰래 빠져나가서-]

어련하시겠어요.

주신은 대체 뭘 믿고 아레나에게 저런 막대한 신성력을 준 걸까? 종교 규율이고 신앙심이고, 아주 바닥을 기는데 말이지.

"그럼 다들 한 잔씩 드셔 보시겠어요?"

[네! 아가씨!]

[좋지.]

[난 두 잔 줘!]

[난 세 잔!]

[규우!]

어라?

"킹, 넌 언제 왔니?"

[규규!]

"…너도 먹겠다고?"

[규!]

"쪼만한 녀석이 뭘 먹겠다는 거야."

[규우우!]

"…다 컸다고?"

[규규!]

"……."

작은 앞발을 그리 번쩍 들어 봐야 별로 안 커 보여, 킹.

"…사과 줄까?"

[규우…….]

그렇게 애처로이 바라봐도 소용없어.

"쓰읍."

카밀라의 나무라는 눈빛에 결국 킹의 귀가 아래로 추욱 처졌다.

✶
세나

콰앙!
"너 정말 이럴 거야!"
발로 차인 의자가 한쪽으로 날아가 처박혔다. 제법 비싸게 주고 산 의자이거늘, 또 새로 주문을 넣어야 할 것 같다.
"저번처럼 질질 끌려 나가고 싶어요?"
부서진 의자를 보면서도 쥬엘라는 눈 하나 깜짝하지 않았다. 한때 가족이었던, 오빠였던 작자의 행패야 이젠 익숙하다 못해 지긋지긋했다.
처음에는 깜짝 놀라 하던 직원들도 이제는 그러려니 하는 수준에 이르렀다. 물론 직원들 모두 위급해 보이면 바로 병사를 불러오기 위해 귀와 눈을 이쪽에서 한시도 떼지 않고 있다는 것도 잘 알고 있었다.
"지금 상황이 어떤지 몰라?"
"제가 알아야 하나요?"

"너 때문에 우리 집안이 완전히 망했다고!"

"하."

쥬엘라는 헛웃음을 터트렸다. 매번 하는 말이 놀라울 정도로 똑같아서 이제는 별 감흥도 없다.

그리고 그녀 역시 항상 같은 대답을 들려줬다.

"저 때문이 아니라 베이크스 영식, 그쪽 때문이죠. 애초에 도박으로 돈 다 날리고 빚까지 진 인간이 누군지 그새 까먹기라도 한 건가요?"

"이게 진짜!"

맨티츠는 자신을 또박또박 영식이라 부르며 남 취급 하는 쥬엘라의 행동에 얼굴을 와락 일그러트렸다. 예전에 쥬엘라가 자기를 오라비라 부를 때마다 손을 올리던 기억은 이미 저 멀리 사라져 버린 듯했다.

"이제 돈 좀 번다고 나 무시하는 거야!"

"예전부터 무시했는데."

다만 가족이었기에 참아 줬을 뿐이다.

"이게 진짜!"

맨티츠는 주먹을 꽉 쥐었다. 당장에라도 그녀에게 폭력을 행사할 것 같았다. 그래도 지금 자기 처지를 어느 정도 인지는 하고 있는지 그 주먹을 바로 휘두르지는 않았다.

"거지 같은 게, 길러 준 은혜도 모르고! 너 같은 X을……!"

하지만 거친 언사는 멈추지 않았다. 이런 말이라도 지껄여야 자기 자존심이 살기라도 한다는 듯이.

그런 맨티츠를 보면서도 쥬엘라는 눈썹 하나 찡그리지 않은 채로 있었다. 아무런 반응도 해 주지 않았다.

'우리 아버지가 그러더라.'
'소르펠 공작님께서?'
'개가 짖을 땐 반응을 해 주면 더 시끄럽게 짖으니 아무 반응을 해 주지 말라고.'

카밀라가 전에 해 준 충고를 떠올리면서 말이다.
물론 그 짖는 간격이 점점 짧아지고 짖는 소리가 점점 더 커진다면?
"네X 때문에 우리 가문이······!"
퍼억!
"크아악!"
"매가 약이지."
고통을 호소하며 자신의 머리를 감싸는 맨티츠의 뒤로 익숙한 음성이 들려왔다.
상대를 확인한 쥬엘라의 얼굴에 바로 미소가 떠올랐다.
"카밀라."
뾰족구두 한쪽을 든 채 혀를 차고 있는 이, 카밀라였다.
"넌 왜 개소리를 계속 듣고 있어?"
"안 그래도 뭘 던져서 입을 다물게 할까 고민 중이었어."
카밀라와 쥬엘라는 끙끙거리는 맨티츠는 신경도 쓰지 않은 채 대화를 이어 나갔다.
"얼른 내보내. 소금도 뿌리고."

"들었지? 얼른 나가."

"이, 이 미친 것들이! 내가 너희를 가만히 둘 것 같아? 이 X 같은-"

"맨티츠 베이크스."

"······!"

욕설을 토해 내던 맨티츠는 순간 저도 모르게 움찔했다. 자신을 쳐다보는 카밀라의 눈빛이 너무도 서늘해서.

"말조심해야지."

"뭐, 뭐?"

"지금 이 자리에 있는 그 누구도 너에게 그딴 말을 들을 이유 없어. 무엇보다······."

카밀라가 한 걸음 그에게 다가섰다.

흠칫!

그 모습에 맨티츠가 본능처럼 몸을 더욱 움츠리며 뒤로 한 걸음 물러섰다. 그런 그를 보며 카밀라는 속으로 짧게 혀를 찼다.

어찌 저리도 전형적인 모습인지. 약한 자에게 강하고 조금만 강하게 나가도 바로 꼬리를 내리는, 저런 한심한 놈과 여태 같이 산 쥬엘라가 새삼 대단하다는 생각이 들었다.

"네가 이년 저년 하는 사람이 누군지 정말 몰라? 쥬엘라 쟤, 얼마 전에 훈장에 작위까지 받았어."

쥬엘라가 디자인한 옷은 제국뿐만 아니라 다른 국가, 특히 그라시아 제국에서 엄청난 인기를 끌었다. 거기에 국제 대회에서 대상을 받기도 하는 등 나날이 승승장구하고 있으니······.

그런 쥬엘라의 행보를 일찍부터 눈여겨보았던 에드센 황태자는 여봐란듯이 훈장과 작위를 수여했다. 인재 유출을 막기 위해서라나 뭐라나.

「그게 다 내 덕인 거 아냐?」
'뭔 소리예요? 쥬엘라가 작위 받은 게 왜 그쪽 덕이죠?'
「내가 아주 열심히 홍보를 해 줬지. 네 친구가 만든 옷을 입고 온 이들에게 칭찬을 아끼지 않았거든. 내 말 한마디가 사교계에 얼마나 큰 영향을 끼치는지 너도 잘 알 텐데?」
'고마워서 눈물이 다 나네. 진짜로 울어 드려요? 제가 또 한 눈물 연기 하잖아요. 펑펑 울어 드릴 수 있는데.'
「딸, 요즘 너무 냉정해진 거 아니야?」
'의외네요?'
「뭐가?」
'요즘만 냉정했다니. 전 쭉 그런 줄 알았거든요.'
「……」

친부인 에스크라 공작이 생색을 내려고 했지만 뭐, 한쪽 귀로 듣고 흘려 넘겼다.
그가 멀리 떨어져 있음에도 불구하고 은근히 자신에게 계속 신경 쓰고 있는 건 그녀도 잘 알고 있는 사실이다.
'하지만 뭐라고 해야 할까?'
그게 싫은 건 아닌데, 정말 싫은 건 아닌데, 그렇다고 마냥 친근하게 굴기에는 좀 어색하다고 해야 하나?
어쨌든 지금 중요한 건 쥬엘라의 입지가 아주 많이 달라졌다는 거다.

"제대로 된 작위도 없는 쫄딱 망한 가문의 자제가 함부로 찾아와 행패를 부릴 상대가 아니란 말이지."

"쪼, 쫄딱……!"

"왜? 뭐?"

내가 틀린 말 했어?

"쫄딱 망한 거 맞잖아?"

며칠 전에는 살던 저택에서도 쫓겨났다던데?

'아니, 부자는 망해도 3년은 간다는데.'

저 집구석은 어떻게 된 게 3개월을 안 가니?

저 인간이 이렇게 매일 이곳을 찾아와 쥬엘라에게 행패를 부리는 것도, 길거리에 아예 나앉은 꼴이 되었기 때문이다.

"그런데 너 정말 웃기더라. 아직도 정신 못 차렸다며?"

그래도 한때 가족이라고 알게 모르게 쥬엘라가 신경을 쓰는 것 같아 좀 알아보니 진짜 답이 없었다. 맨티츠 저 새끼, 집안을 저 꼴로 만든 주제에 여전히 도박장 근처를 기웃거리고 있다지 않은가.

"동생 패물까지 다 훔쳐 가 팔았다던데."

패물뿐만이 아니었다. 돈 될 만한 건 가족들 몰래 다 싹 쓸어서 다른 곳도 아닌 도박장으로 달려간 인간에게 무슨 할 말이 더 있겠는가. 듣기로는 아들이라면 죽고 못 살던 베이크스 백작 부인이 맨티츠에게 나가 죽으라는 말까지 했다던데?

그 모든 일을 전해 들은 쥬엘라 역시 티끌만큼 남아 있던 정까지 모두 털어 낸 듯했다.

"철 좀 들어라, 인간아."

그렇게 사는 거 쪽팔리지도 않니?
"그리고 너, 앞으로 애들 있는 곳은 근처에도 가지 마."
특히 우리 리오 같은 순진한 애들 있는 곳에는!
"애들이 너 같은 거 보고 배울까 무서우니까."
"이익! 이게!"
쉴 새 없이 얼굴을 붉히며 서 있던 맨티츠는 결국 꽉 쥐고 있던 주먹을 그대로 들어 올렸다.
듣자 듣자 하니 이게 진짜 못 하는 말이 없다! 지금 자신의 가문이 조금 어려운 상황이긴 하지만 근본도 없는 저런 천한 것들까지 함부로 입을 놀리다니!
"어… 어억! 으아악!"
하지만 카밀라에게 달려들던 그의 얼굴이 순식간에 당혹감으로 물들었다. 자신의 의지와는 전혀 상관없이 공중으로 몸이 두둥실 떠올랐기 때문이다.
그것도 잠시, 이내 한쪽으로 날아간 맨티츠는 큰 소리를 내며 그대로 처박혔다.
"크아악……!"
어우, 야. 좀 아프겠다.
처박히는 소리가 어찌나 크던지, 카밀라는 저도 모르게 눈을 질끈 감아 버렸다.
'기절이라도 한 건가?'
고통을 호소하던 그가 곧바로 조용해졌다.
'그나저나 뭐야?'
누가 저놈을 날린 거지?

그제야 무슨 상황인지 파악하기 위해 고개를 돌린 카밀라는 그대로 입을 멍하니 벌렸다. 맨티츠의 옆으로 한 사람이 천천히 다가섰기 때문이다.

"뭐야, 이 새끼는."

서늘한 눈빛으로 맨티츠를 바라보는 남자.

상대에 대한 일말의 감정도 담기지 않은 목소리가 주변 온도를 몇 도는 더 낮추는 듯했다.

"…아르시안?"

그녀의 부름에 고개를 돌린 아르시안은 언제 냉랭한 분위기를 풍겼냐는 듯 굳었던 표정을 풀며 눈가를 부드럽게 접었다.

"많이 놀랐어?"

하지만 그것도 잠시, 그녀의 안색을 연신 살피던 아르시안은 조금은 멍해 보이는 카밀라의 모습에 바로 눈빛이 서늘해졌다. 조금 전 맨티츠가 폭력을 휘두르려고 한 사실에 카밀라가 놀란 거라 생각한 것이다.

구석에 처박혀 있는 맨티츠를 바라보는 아르시안의 얼굴이 순식간에 험악해졌다.

"죽일까?"

말이 끝나기 무섭게 맨티츠에게 성큼 다가서는 모습에 그제야 정신을 차린 카밀라가 급히 손을 뻗었다.

"그게 아니라!"

아르시안이 내뱉은 말은 그냥 하는 말이 아니라는 걸 누구보다 잘 알았다. 붙잡은 손에 더욱 힘을 주며 카밀라는 세차게 고개를 저었다.

'저딴 놈 때문에 놀라긴.'

오히려 저놈이 너 때문에 산 거지.

'맨티츠, 저 새끼는 알까?'

방금 자기가 꽁꽁 얼어 죽을 뻔했다는 걸.

[아쉽네. 얼음 동상 하나 만들어 줄 수 있었는데.]

최근 자신을 늘 따라다니는 겨울의 정령왕 아이슬라가 방금 맨티츠를 향해 손을 휘저으려 했다는 사실을 말이다.

"수도에는 언제 온 거야?"

"방금."

카밀라의 물음에 또 언제 살기를 뿜었냐는 듯 온순한 대답이 돌아왔다.

"여긴 어떻게 알고?"

"카페로 갔더니 네가 여기 있다고 해서."

아르시안은 토끼처럼 동그래진 눈으로 자신을 올려다보는 카밀라의 모습에 쿡 웃었다. 그녀의 얼굴을 향해 손을 뻗은 그는 살짝 흘러내린 머리카락을 귀 뒤로 넘겨 주려 했다.

"……."

하지만 그 순간 자신의 현 상태를 파악하곤 멈칫했다. 수도에 도착하자마자 그녀를 만나러 온지라 온몸이 먼지투성이였다.

'역시 씻고 왔어야 했나.'

미처 깨닫지 못했지만 땀 냄새도 나는 것 같다.

아르시안은 뻗었던 손을 거두며 뒤로 한 걸음 물러섰다. 하지만 그런 그의 행동은 이번에도 저지당할 수밖에 없었다.

"아르시안."

자신을 다정히 부르는 카밀라의 음성으로 인해.

'…이상하지.'

늘 들어도 신기하다.

'지긋지긋했는데.'

아니, 지금도 싫다. 자신의 이름을 누군가가 부르는 게.

세프라가에 속해져 있다는 걸 증명하는 이름.

그 이름으로 불릴 때마다 구역질이 올라왔다. 벗어나고 싶어도 절대 벗어날 수 없는 올가미 같았다.

그런데 왜일까? 그녀가 자신의 이름을 부를 때는 가슴이 간질간질해지며 왠지 모를 포근한 기분에 휩싸였다.

"아르시안."

아무런 대답이 없는 아르시안을 보며 카밀라가 다시 그의 이름을 불렀다. 마치 그 혼란한 감정을 다 읽기라도 한 것처럼 희미한 미소를 머금은 그녀가 손을 뻗어 아르시안의 머리를 가볍게 쓰다듬어 줬다.

"어서 와."

토닥이는 그녀의 다정한 손길을 잠시 눈을 감은 채 즐기던 아르시안의 입가에도 이내 희미한 미소가 걸렸다.

"다녀왔어."

"오랜만이구나."

"잘 다녀오셨어요?"

"덕분에."

아르시안과 마찬가지로 에바교 잔당을 처리하러 다른 지역으로 떠났다가 같은 시기에 돌아온 세프라 공작의 얼굴에도 피곤함이 묻어났다. 아무리 그래도 끝이 보이지 않는 적과의 전쟁은 생각보다 힘이 많이 드는 모양이었다.

"조금만 더 힘내세요. 곧 모든 게 다 잠잠해질 테니까요."

"흐음."

카밀라의 말이 단순한 응원으로 느껴지지 않은 듯, 조금은 나른한 자세로 앉아 있던 세프라 공작의 시선이 그녀에게서 떨어질 줄 몰랐다. 하지만 시선만 던질 뿐 별다른 질문은 하지 않는다.

'여전하시네.'

카밀라는 속으로 짧은 웃음을 터트렸다.

세프라 공작의 저런 점이 카밀라는 참 마음에 들었다. 뭔가 궁금한 게 있더라도 상대가 먼저 말해 주기 전까지 절대 강제로 입을 열게 하지 않는 것.

'뭐, 다른 두 분은 엄청 답답해하시는 것 같지만.'

카밀라와 달리 소르펠 공작과 제이빌런 공작은 저런 세프라 공작의 말없는 성격을 아주 질색했다.

한 번은 이런 일도 있었다.

'야! 궁금한 게 있으면 그냥 물어봐!'

'입 놔두고 왜 쓰지를 않아? 왜 너 혼자 생각하고 너 혼자 결론 내리는 건데!'

'이 자식은 옛날부터 저랬어. 사람 복장 터지게!'

신수들과 놀고 있던 카밀라의 옆에서 여느 때처럼 세 공작이 유치한 말싸움을 벌이기 시작했다.

두 악우의 쉴 새 없는 종알거림을 한동안 조용히 듣고만 있던 세프라 공작이 별안간 말문을 뗐고.

'그렇지 않아도 궁금한 게 있긴 한데… 정말 물어봐도 되나?'
'당연하지!'
'입 닫고 있지 말고 제발 좀 물어보라고!'
'예전에 말이야.'

그 순간 판도라의 상자가 열렸다.

'예전에?'
'언제?'
'아카데미 다닐 때.'
'…아카데미?'
'내 과제물 몰래 베껴서 제출한 거, 둘 중에 누가 먼저 하자고 한 거지? 덕분에 나까지 0점 처리 받았다.'
'…….'
'…….'
'23년 전에 내가 아끼던 검 부숴 놓고 도망간 인간은 둘 중 누구지?'
'…….'
'…….'

'3년 전쯤 100년산 샤보르 술을 어렵게 구했는데… 정작 난 한 모금도 마시지 못했다. 내 술을 몰래 마시고 술 대신 물 채워 놓고 간 인간이 누구인지 난 지금도 참 궁금해.'
'…누구야? 누가 저 녀석한테 질문하라고 한 거야?'
'너잖아, 이 자식아! 쟤한테 왜 말을 시켜! 침묵이 얼마나 좋은 건데! 애한테 왜 말을 못 시켜서 난리야! 어?'

그날 이후로는 두 분도 이제 그러려니 하는 듯했지만 말이다.
"누가 그러더군요. 교주가 없는 이상 에바교는 오래가지 못한다고."
겨울의 정령왕인 아이슬라의 말이다. 그 누가 아무리 신물을 훔쳐 사용하려고 해도 교주가 없는 이상 다른 이의 육체를 뺏은 이들의 생명은 한계가 있단다.
'새로운 몸을 얻는 것도 더 이상 할 수 없다지.'
신물을 사용해 육을 뺏는 건 교주만이 할 수 있는 일이란다. 예전에 가짜 라니아가 자신의 몸을 강탈하는 대신 마법으로 모습만 바꿨던 이유가, 그녀 스스로는 육을 강탈하지 못하기 때문이었던 거다.
그땐 가짜 라니아만 그런 능력이 없는 줄 알았는데, 사실 그게 교주만이 가진 고유 능력이었던 거지.
'그런 교주가 이제 죽었으니.'
한마디로 시간이 해결해 줄 거라는 말이다.
에드센 황태자에게도 아이슬라에게 들은 사실을 말해 줬다. 에바교인들이 황궁에 숨어들어 자기 교의 신물을 훔쳐 가려고 한다면 그냥 넘겨주라고도 했다.

그들도 알아야지. 교주가 없는 이상 그딴 신물을 백날 가지고 있어 봐야 아무 소용이 없다는 걸. 깨닫고 나면 잠잠해질 거라 확신했다.

'흐음, 아닌가?'

오히려 마지막인 걸 알고 더 발악하며 설치려나? 너 죽고 나 죽자고 나오면 그것도 좀 골치가 아프긴 한데…….

뭐가 됐든 교주가 없는 이상 그들은 더 이상 미래가 없다는 거다. 황궁 침입에 대한 죄는 에바교인들 사이에서 신물의 무용함에 대한 소문이 널리 퍼진 뒤에 물어도 충분하다. 에드센 황태자 성격에 분명 알뜰살뜰 증거를 모아 놓겠지.

"누군가라."

세프라 공작은 이번에도 딱히 질문을 더 잇지 않았다. 그저 카밀라 옆을 슬쩍 훑을 뿐이다.

늘 그녀의 곁에 맴도는 이들 중 누군가의 말이겠지?

"아, 그리고 이건 선물이에요."

카밀라는 이내 들고 온 상자 하나를 그에게 건넸다. 세프라 공작은 선물의 정체를 바로 알 수 있었다.

"와인?"

그녀가 건넨 건 와인 케이스였다.

"음?"

하지만 상자 안에 든 건 흔한 와인이 아니었다. 투명한 유리병에 담긴 액체의 색이 너무도 특별했다. 황금빛과 선홍빛이 뒤섞인, 마치 노을을 그대로 담은 듯한 색이다.

"아클레아 열매로 만든 400년 된 술이에요."

"…400년?"

술에 나름 조예가 깊은 세프라 공작의 얼굴에 살짝 놀람이 깃들었다.

"아버지가 자기가 먹은 100년산 술 대신 400년으로 갚는다고 말씀하셨어요."

"역시 그 녀석이었나."

"반은 제이빌런 공작님이 드셨다는 말도 꼭 전해 달라 하셨고요."

"……."

가볍게 혀를 찬 세프라 공작은 나름 만족스럽게 고개를 끄덕였다. 400년 된 아클레아 술이라면 너그러이 이해해 줄 수 있었다.

"역시 저 녀석은 오자마자 너한테 갔던 거냐."

한참 후에야 세프라 공작의 시선이 카밀라 옆에 딱 붙어 앉아 있는 제 아들에게 향했다. 두 사람이 대화를 나누는 내내 심드렁한 표정으로 앉아 있던 아르시안은 세프라 공작의 시선에도 고개조차 돌리지 않았다.

똑똑.

그때 방문이 열리며 한 사람이 안으로 들어섰다. 세프라가의 집사인 바올이었다.

정중히 고개를 숙인 그의 뒤로 열 살쯤 되어 보이는 남자아이가 따라 들어왔다.

"저 아이는?"

세프라 공작의 눈빛이 의아해졌다. 처음 보는 아이인데? 왜 저런 아이가 이곳에 있는 거지?

"그게……."

"내가 데리고 왔어."

집사 대신 아르시안이 대답했다.

"당분간 여기 머물 거고."

세프라 공작이 눈빛으로 추가 설명을 요구했지만 아르시안은 얘기할 생각이 없는 듯 입을 꾹 다물 뿐이다.

"아르시안, 네가 데려왔다던 그 애야?"

"응, 저번에 말한 그 아이."

하지만 카밀라의 물음에는 언제 그랬냐는 듯 표정까지 바꾸며 성실히 대답했다. 그런 모습이 이미 익숙한 듯 세프라 공작이나 집사 바올은 별다른 표정 변화도 보이지 않았다.

"얘가 그 애라고?"

그런데 카밀라의 반응이 좀 이상했다.

아이를 보며 고개를 연신 갸웃거리더니, 이윽고 의아한 눈빛이 아르시안을 향해 던져졌다.

"남자애라고 했잖아."

저번에 통신 구슬로 얘기했을 때 분명 그렇게 들었다. 남자아이 한 명을 데리고 간다고 말이다.

"어."

"남자애가 어디 있는데?"

"뭐?"

아르시안과 세프라 공작, 심지어 집사까지 동시에 아이를 쳐다봤다. 눈앞에 이렇게 서 있는데 어디 있냐니? 그녀가 지금 무슨 말을 하는 것인지 세 사람 다 곧바로 이해하지 못했다.
 그러다 이어진 카밀라의 말에 세 사람은 그저 멍하니 입을 벌려야만 했다.
 "쟤 여자애잖아."

 "여기가 앞으로 네가 쓸 방이야."
 카밀라의 말에 아이는 알겠다는 뜻인지, 감사의 뜻인지 고개를 푹 숙였다. 그런 아이를 보며 카밀라는 고개를 가볍게 내저었다.
 '이렇게 눈치가 없어서야.'
 나한테 감사할 일이 아니지. 여기 붙어살려면 집주인들에게 잘 보여야 하는 거 아니니? 그래도 보육원보다는 여기가 훨씬 나을 텐데?
 '아닌가?'
 보육원이 더 나으려나? 보육원이라고 해서 다 나쁜 곳은 아니니까.
 그래도 여기 있는 동안만이라도 예쁨받고 지내는 게 낫지 않겠니? 살가운 아이가 간식이라도 하나 더 얻어먹는 법인데.
 "…하아."
 내가 지금 여기서 뭘 하고 있는 거지.
 말이 없는 아이를 나름 걱정하던 카밀라는 순간 현타가 와 속으로 짧은 한숨을 내쉬었다. 그것도 그럴 것이, 세프라 가문 저택의 안내를 객에 불과한 카밀라 본인이 직접 해 주고 있었기 때문이다.
 '희한하네.'

이상하게 아이가 자신을 무척 따랐다. 처음 집무실에 들어설 때부터 그랬다. 빤히 바라보는 건 물론, 자신의 뒤를 졸졸 따라다니기 시작한 것이다. 결국 방 안내까지 카밀라가 도맡아야만 했다.
'이래도 되나?'
집주인도 아닌 자신이 이렇게 설쳐도 되나 싶었지만…….

'얼마든지. 너라면 그래도 된다.'
'네?'
'미래의 안주인이라면 뭐들.'
'네에?'

세프라 공작을 시작해 집사까지, 아무도 개의치 않아 했다. 오히려 자신을 흐뭇하게 바라보는 나이 든 집사의 시선에 어색한 미소만 지어 보여야만 했다.
"이름이 세나라고?"
끄덕.
세나. 아이의 이름이다.
'게다가 열세 살?'
아이의 실제 나이를 알게 되었을 땐 카밀라도 좀 놀랐다. 많이 봐 줘도 10세 이상으로는 보기 힘들었으니까.
'에휴.'
내가 진짜 답답해서!
나이, 이름, 심지어 성별조차 알아내지 못한 이들 속에 도저히 이 아이를 그냥 두고 갈 수가 없었다.

심지어 말도 못 하잖아. 그래도 그렇지, 대화조차 시도하지 않으면 어쩌겠다는 거야? 필담 몰라? 필담?

'리오 때는 전혀 걱정이 없었는데.'

이 아이보다 훨씬 어린 리오를 이 집에 보낼 땐 조금도 걱정이 되지 않았었다. 오히려 안심이 됐다고나 할까? 리오, 그 아이가 가진 선천적인 밝음이 충분히 두 사람을 휘어잡을 거라 확신했다.

하지만 이 아이는… 답이 없다.

상대에게 그 어떤 궁금증도 느끼지 못하는 아르시안과 누군가에게 질문이라는 걸 던지는 법이 없는 세프라 공작. 그런 두 사람 사이에 자신의 의견조차 피력하지 못하는 아이가 함께한다?

'생각만 해도 암울하다.'

침묵, 침묵, 침묵.

그 조용한 분위기 어쩔 거야?

부르르 진저리를 친 카밀라는 아이에게 시선을 줬다.

아이의 이름을 알아낸 것도 자신이다. 종이를 주고 나이와 이름을 적어 보라고 했다. 다행히 글자를 알고 있더란 말이지.

"세나."

자신의 부름에 고개를 숙이고 있던 아이가 천천히 고개를 들었다. 아이의 짙은 녹색 눈과 마주한 카밀라는 속으로 짧은 한숨을 토해 냈다.

'아르시안…….'

그가 왜 이 아이를 데리고 왔는지 알 것도 같았다.

저 짙은 녹색 눈을 보고 있으니 누군가 떠올랐다. 사탕 하나를 꺼내 건네주고 싶은, 너무도 작고 여린 아이가.

그리고 세프라가 사람들이 이 애를 왜 남자아이로 오인했는지 어느 정도 이해가 갔다.

짧은 커트 머리에 삐쩍 마른 몸. 너무도 선명한 이목구비.

'좀 보이시하긴 하네.'

자신이야 배우 생활을 하며 저런 모습으로 연기하는 아이들도 많이 봤기에 바로 알아차렸던 거지만, 사실 충분히 오해할 만했다.

'그런데 문제는 말이야.'

이름도 알고 나이도 알았지만, 그 외의 것은 아이가 전혀 알려 주지 않는다는 거다. 살던 곳을 적어 보라고 했는데 아무런 반응이 없었다.

'열세 살이나 된 아이가 살던 곳을 모르지는 않을 텐데.'

하지만 아이는 그저 고개를 살며시 저을 뿐이었다.

'기억이라도 잃은 걸까?'

그런 건 아닌 듯했다. 기억을 잃은 자치곤 너무도 덤덤한 얼굴이지 않은가. 과거를 잊은 자의 불안함 같은 건 전혀 느낄 수가 없었다.

즉, 스스로 말문을 닫고 있다는 건데…….

카밀라는 속으로 다시 한번 한숨을 내쉬었다. 무슨 이유인지 모르겠지만, 스스로 말문을 닫았다면 스스로 열 때까지 기다리는 게 답이겠지.

"쉬어. 필요한 거 있으면 저기 종이에 적어서 집사… 아까 봤지? 나이 드신 분 말이야. 그분이나 다른 사람들에게 전해 주면 돼."

끄덕.

문을 나서기 직전, 카밀라는 몸에 맞지 않는 옷을 입은 아이를 물끄러미 바라봤다.

'아르시안이 어릴 때 입었던 옷이랬지.'

창고에서 가져온 거라던데 역시나 너무 헐렁하다.

"……."

그 시선을 느낀 듯 아이가 처음으로 감정을 드러냈다. 조금 당황한 얼굴로 살짝 드러난 어깨를 가리며 급히 옷을 추스른다.

"옷부터 맞춰야겠다."

카밀라는 바로 주문을 넣어야겠다는 생각을 하며 밖으로 향했다.

"……."

아이, 세나는 그제야 고개를 들어 멀어져 가는 카밀라를 바라봤다.

그런 아이의 입이 아주 한참 후에야 천천히 열렸다.

"…기억 못 하시는구나."

※

'얼마나 줄 거요?'

'10골드 드리겠습니다.'

'뭐? 10골드? 장난하나!'

'…….'

'고작 그것밖에 안 줘? 저게 저래도 아주 쓸 만하다니까! 머리가 짧아서 그렇지, 계집이라고!'

'13골드 드리죠.'

'씨X! 저 X은 끝까지 도움이 안 되네. 야, 뭐 해! 당장 이 사람

'따라가!'
'아이 이름이 뭐죠?'
'쳇! 세나요.'
'…….'

잠시 잠이 들었던 세나는 천천히 눈을 떴다.
순간 낯선 풍경에 멈칫한 아이는 천천히 주변을 살폈다. 그리고 금세 떠올릴 수 있었다. 지금 자신이 있는 곳이 어디인지.
여기까지 오게 된 모든 과정도 하나하나 떠올랐다.

'엄마…….'
'흑흑! 집에 가고 싶어!'
'무서워… 으아앙! 아빠아!'

갇혀 있던 곳에는 수많은 아이들이 있었다. 누구 한 명이라도 울기 시작하면 따라 울었고, 엄마 아빠를 찾으며 두려움에 떨었다.
세나는 수많은 아이들 속에서 혼자 침묵을 지켰다.
돌아갈 집도, 보고 싶은 부모도 없었다. 오히려 그 장소에 계속 머물고 싶다는 생각마저도 들었다. 그곳에 있으면 적어도 아비라는 자에게 얻어맞을 걱정은 하지 않아도 될 테니까. 그래서 처음엔 자신들을 구하러 왔다던 사람들이 내심 원망스럽기도 했다.
아이는 길게 내려와 있는 소매를 더욱 잡아당겨 손까지 꽁꽁 감췄다. 들키기 싫은 것을 감추듯이.

[힘을 주마.]

"……."

[세상에 복수할 수 있는 힘.]

세나는 천천히 손을 들어 두 귀를 꼭 막았다.

[원하는 모든 것을 가질 수 있는 힘.]

하지만 귀를 막아도 들려오는 목소리.

너무도 기이한 목소리였다. 성별조차 구별할 수가 없었다.

'왜…….'

왜 이런 소리가 자꾸 들리는 걸까?'

어느 순간부터 들려오기 시작한 목소리는 시도 때도 없이 머릿속을 파고들었다. 환청이 들리는 거라며 무시하고는 있지만, 사실 조금 궁금하기도 했다.

대체 무슨 힘을 준다는 걸까?

정말… 정말로 힘을 가지면 뭔가 달라질까? 내가 겪은 모든 것들이 다 사라지는 건가?

[세상을 가질 수 있는 힘.]

매번 같은 말만 반복하는 목소리.

[힘을 주-]

스윽.

"……!"

귀를 막은 채 고개를 숙이고 있던 세나는 자신의 눈앞에 내밀어진 뭔가에 움찔했다. 그건 아주 작은 손이었다.

천천히 고개를 들자, 제 앞에 서 있는 어린아이가 눈에 들어왔다.

"이거 먹어."

아이가 내민 손에는 사탕 하나가 들려 있었다.

"달콤 새콤~ 입 안에서 샤르르~ 맛있어!"

음률까지 넣어 가며 이 사탕이 얼마나 맛있는지 설명하는 아이의 모습에 세나의 눈빛이 순간적으로 흔들렸다. 이 아이는 뭐지?

"제 이름은 리오입니다. 얼마 전부터 세프라가에 살고 있습니다아!"

이번에는 보육원이 아닌 세프라가를 정확히 말한 게 뿌듯한 듯 리오의 입가에 함박웃음이 걸렸다.

"……."

"어……?"

하지만 자신의 소개에도 세나가 아무런 반응이 없자 사탕을 여전히 앞으로 내밀고 있던 리오의 고개가 갸우뚱 옆으로 기울었다.

"사탕 싫어?"

"……."

"맛있는데…….."

리오가 시무룩하게 고개를 숙이자 세나는 저도 모르게 사탕을 급히 집어 들었다.

"헤헤."

그러자 리오의 얼굴에 다시 환한 웃음이 걸린다. 리오는 사탕을 하나 더 꺼내 자기 입에도 쏙 넣었다.

"맛있는 사탕~ 샤르르 녹아요~."

정체를 알 수 없는 음률이 아이의 입에서 작게 흘러나왔다. 그렇게 세나의 옆에 앉아 발을 까닥이며 한참 흥얼거리던 리오는 별안간 손뼉을 짝 치더니 자리에서 폴짝 뛰어내렸다.

"누나! 우리 산책 갈까?"

"……."

누나? 지금 나를 부른 거야?

예상치도 못한 호칭에 세나의 두 눈이 동그래졌다.

그런 그녀에게 히히 웃어 준 리오가 저것 좀 보라며 어딘가를 가리켰다.

"오늘 해님이 반짝반짝해!"

햇살이 따뜻하다는 뜻인가?

세나의 시선이 저도 모르게 창가로 향했다. 겨울치곤 유난히 햇살이 따뜻해 보이긴 했다.

[힘을, 힘을 주마. 세상을 가질 수 있는 힘을.]

그 순간, 다시 머릿속에 알 수 없는 목소리가 울렸다.

[아무도 무시할 수 없는 힘, 세상에 존재하는 그 누구 앞에서도 고개를 숙이지 않아도 되는 힘을-]

세나는 천천히 손을 들어 올렸다. 두 귀를 막기 위해서. 아무 소용이 없다는 걸 알면서도.

스르륵.

"……!"

갑작스러운 온기에 질끈 감았던 눈을 뜬 세나는 자신의 목에 뭔가를 열심히 둘러 주고 있는 작은 손을 보며 멍한 표정을 지었다.

"밖에 추워. 내 거 줄게."

세나의 목에 리오가 둘러 준 건 목도리였다.

"카밀라 누나가 추워졌다고 선물로 준 건데 빌려줄게."

"……."

"따끈따끈~ 목도리~ 하얀 목도리~."

목도리를 서툰 손길로, 그래도 꼼꼼하게 돌돌 말듯 둘러 준 리오가 한 걸음 물러서며 환하게 웃었다.

"예뻐, 누나!"

"……."

세나는 손을 들어 폭신한 목도리를 매만졌다. 그러다 저도 모르게 멈칫했다.

내가 두르고 있어도 되는 물건인가?

유독 하얀 목도리와 거칠기 짝이 없는 자신의 손을 번갈아 보던 세나는 천천히 손을 내렸다.

[뭐든 가질 수 있는 힘을-]

그 순간 다시 들려오는 목소리.

덥석!

"가자, 누나!"

하지만 그 목소리는 이번에도 끝까지 이어지지 못했다. 자신의 손을 꼭 잡아당기는 작은 손을 세나는 멍하니 바라봤다.

"내가 엄청 좋아하는 비밀 장소, 누나한테만 가르쳐 줄게! 어서 가!"

세나는 그 작은 손에 이끌려 천천히 걸음을 옮겼다.

따뜻한 겨울 햇살이 내려오는 밖으로.

유령의 집

"카밀라 언니!"

"카밀라!"

"왔어?"

바쁜 일들을 정리하고 오랜만에 클럽실에 들어선 카밀라를 엘리샤와 라일라, 그리고 쥬엘라가 반갑게 맞이했다.

"언니, 너무 보고 싶었어요!"

"우리 그제도 보지 않았니?"

"에이, 어제 못 봤잖아요."

피식 웃은 카밀라는 팔에 매달려 잔뜩 애교를 부리는 엘리샤의 머리를 가볍게 쓰다듬어 줬다.

"그런데 엘리샤, 네가 여기 왜 있어?"

쥬엘라도 그렇고.

클럽실에 외부인이 들락날락해도 되나 싶어서 주위를 살펴봤는데, 자신이 없을 때 두 사람 다 자주 이곳에 왔었던 듯 다른 부원들은 딱히 신경을 쓰는 것 같지 않았다.

"저도 여기 가입했거든요."

"나도."

"뭐?"

그런데 의외의 대답이 돌아왔다.

카밀라는 떨떠름한 표정으로 그들을 차례차례 훑어보았다. 내가 지금 무슨 말을 들은 거지……?

"봉…사 클럽에 가입했다고? 너희가?"

"라일라 언니가 들어오라고 해서요."

"라일라가?"

"네!"

엘리샤는 라일라의 스카우트 제의를 떠올리며 방긋방긋 웃었다.

'봉사 클럽이요?'

'잘 생각해 봐요. 엘리샤 님이 학년도 다른 카밀라와 좀 더 오래 함께 있을 수 있는 공간이 어딜까요?'

'……!'

'아이들에게 책을 읽어 주며 연기를 해 주는 카밀라의 모습, 보고 싶지 않아요?'

'꼭 보고 싶습니다!'

왜 그 단순한 사실을 이제야 깨달은 것인지! 엘리샤는 무척 억울해하며 당장 봉사 클럽에 가입서를 제출했다.

"쥬엘라, 너도?"

"응."

"제가 쥬엘라 님도 들어오라고 했어요. 쥬엘라 님도 봉사 활동 하는 거 무척 좋아한다고 하시더라고요."

"…누가 뭘 좋아해?"

카밀라는 황당하다는 눈빛을 그녀에게 던졌다.

친하지는 않았지만 그래도 함께한 세월이 있거늘, 쥬엘라 저 녀석의 성격을 자신이 어찌 모를까. 누군가에게 선행을 베푸는 모습을 단 한 번도 본 적이 없는데, 뭐? 봉사?

"내가 안 해서 그렇지, 봉사 활동 하는 거 좋아해."

"……."

"진짜 좋아한다니까."

쥬엘라 본인도 민망한 듯 지그시 저를 응시하는 카밀라의 시선을 슬쩍 외면하며 변명을 늘어놓았다. 그렇다고 진실을 말하기는 민망하니까.

'그냥……'

더 이상 혼자라는 게 싫어서.

카밀라가 있는 곳에 자신도 함께하고 싶어서.

그런 이유로 이곳에 들어왔다는 말은 입이 찢어져도 할 수 없었다!

벌컥!

"보육원이라도 차리기로 한 거야?"

"뭔 헛소리야?"

"이번에 나갔다가 어린애를 한 명 데리고 왔다며?"

"그게 뭐?"

그때 바깥이 소란스러워지더니, 클럽실 문이 열리며 두 사람이 안으로 들어섰다. 아르시안과 페트로였다.

"여자애라던데?"

"그건 또 어디서 들은 거야?"

"괜찮은 건가?"

"뭐가?"

"그 아이 말이야. 너희 집에 계속 지내도 괜찮은 거냐고."

"신경 꺼."

아르시안이 웬 아이를 데리고 왔다는 사실을 제이빌런 공작을 통해 전해 들은 페트로가 조금은 걱정 어린 눈빛을 내보였다.

"여자아이인 줄도 몰랐다던데."

"……."

짜증을 내던 아르시안이 그 말에는 할 말이 없어진 듯 미간만 연신 일그러뜨렸다. 아이를 구출해 세프라가에 도착할 때까지 내내 함께 있었음에도 성별조차 구별해 내지 못한 건 사실이었으니까.

"계속 너희 집에 있어도 되는 거야? 그 아이, 괜찮은 거냐고."

"뭐가 어떻다고 자꾸 헛소리야?"

"너희 집이 어떤지 정말 말해도 돼?"

"…아니, 하지 마."

성심성의껏 말해 줄 용의가 있다는 듯 진지하게 되묻는 페트로의 면상을 보며 아르시안이 답지 않게 말을 삼켰다.

"어머, 아르시안 님네 집에 여자아이가 있어요?"

"세상에… 걔 어떡해?"

"그 애 아직 살아는 있는 거지?"

자연스럽게 대화에 끼어드는 라일라와 엘리샤, 그리고 쥬엘라의 말에 아르시안의 미간이 더욱 찌푸려졌다.

"이것들이······."

우리 집에 여자애가 있는 게 뭐? 그게 왜? 하나같이 왜 기겁을 하는 거야?

"내가 뭐?"

내가 걜 괴롭히기라도 한다는 거야, 뭐야.

"저것 봐, 저것 봐. 우리 노려보는 거."

"서, 설마 아이를 괴롭히는 건 아니죠?"

"괴롭히지는 않겠죠. 눈빛으로 죽일지언정."

···너희들부터 죽이면 되는 거지?

"다들 너무하네."

아르시안이 분노를 표출하려는 순간 그를 대신해 앞으로 나서는 이가 있었으니, 바로 카밀라였다.

"너희들 지금 아르시안 무시하니?"

"어, 언니, 그게 아니라······."

"우리 아르시안이 성격 더럽다고 지금 무시하냐고!"

"네에?"

"우리 아르시안이 그동안 사람 좀 많이 패긴 했지. 그렇다고 단체로 같이 까도 되는 거야? 다른 사람들이 잘생긴 쓰레기라고 부른다고 너희까지 그렇게 취급하는 거냐고!"

"저기··· 언니?"

"우리 아르시안이 성격은 개차반이지만 애들은 안 패. 잘 알지도 못하면서 막 까도 되는 거야?"

　…지금 네가 더 많이 깐 것 같은데. 편을 들어 주는 건지, 같이 욕을 하는 건지 모르겠네.

　애매한 표정을 짓던 이들은 그래도 카밀라가 자기를 대신해 싸워 주는 게 좋은 듯 흐뭇한 표정을 짓고 있는 아르시안을 보고 고개를 절레절레 저었다. 쟤는 왜 카밀라 앞에서만 잘생긴 멍청이가 되는 걸까?

　"그리고 걱정 마."

　카밀라가 이내 방긋 웃으며 말을 이었다.

　"저 집에는 리오가 있잖아."

　의아해하는 아르시안의 반응과 달리 다들 고개를 끄덕이며 수긍했다.

　"아."

　"그래, 리오가 있지."

　"맞아요."

　더 이상 그 누구도 여자아이가 세프라가에 있는 것에 대해 불안해하거나 불만을 표하지 않았다.

　"…뭐냐, 너희들?"

　아니, 왜 리오의 이름이 나오자 다들 안심하는 얼굴이지?

　"지금 우리 집이 고작 그 꼬맹이 한 명으로 다 해결이 된다는 거-"

　"응."

　"그런 말이야."

　"……."

　황당해하던 아르시안 역시 이내 입을 꾹 다물었다. 생각해 보니 틀린 말은 아닌 것 같아서.

뭔가 좀 억울하긴 한데, 만약에 저들의 말대로 리오가 갑자기 없어진다고 생각하면?

"……."

그냥 조용히 입을 다물고 있는 게 맞는 것 같다.

"그런데 뭔가 좀 어수선하네?"

카밀라는 부실을 둘러보다 살며시 고개를 갸웃거렸다. 클럽 부장을 비롯해 다른 이들이 바쁘게 뭔가를 준비하고 있었기 때문이다.

"언니, 몰라요?"

"뭘?"

"조만간 행사 하나가 있잖아요."

"행사?"

"연말 아카데미 축제요!"

"아……."

"늘 이맘때쯤 했잖아요."

그러고 보니 기억이 나는 것 같기도 하고. 한겨울에 아카데미에 한 가지 행사가 있긴 했다.

"아카데미 설립일이 이맘때라고 했나?"

"네!"

거기에 맞춰 축제가 열렸다. 외부 손님도 받고, 유명 인사도 초청하는 등 나름 큰 행사라 주변에선 꽤 유명한 축제였다. 다만……. 카밀라가 참가한 적은 단 한 번도 없었지만 말이다.

'뭐, 새삼스러울 것도 없지.'

반이나 클럽별로 축제를 준비하는데, 장사를 하는 이들도 있었고 무대를 꾸미는 이들도 있었다.

하지만 그 어떤 곳에서도 축제 행사에 그녀를 끼워 주는 이가 없었다. 카밀라도 굳이 자신을 반기지 않는 이들과 어울리지 않으려 했고 말이다. 당연히 축제 날에는 아카데미가 아닌 집에서 조용히 시간을 보냈다.

"올해도 하는 거야?"

에바교로 어수선한 이 시기에?

"그래서 더더욱 하려는 모양입니다. 황실에서는 후원까지 해 주는 것 같습니다."

"황실에서요?"

"이런 시기일수록 사람들의 시선을 돌리고 마음을 달래 줄 뭔가가 있는 게 좋으니까요."

"아."

페트로의 말에 카밀라도 그제야 이해가 가는 듯 고개를 끄덕였다. 그러고 보니 요즘 여기저기 황실에서 후원하는 행사들이 많은 것 같기도 하고.

"우리 클럽에서도 뭐 하는 거야?"

"네!"

"아주 재미있는 거 할 거예요!"

라일라와 엘리샤가 꺅꺅거리며 기대감 가득한 얼굴로 말을 이었다.

"우린 뭐 하는데?"

"유령의 집!"

"…뭘 한다고?"

"유령의 집이요!"

"엄청 재밌겠죠? 완전 기대되지 않아요?"

"……."

올해도 그냥 참가하지 말까?

"여기, 여기는 좀 더 어둡게 해 줘!"

'몰랐네.'

우리 클럽 부장이 저렇게나 호러 마니아인 줄은.

"손이 너무 빨리 튀어나오게 하지 말고. 피는 좀 더 칠하는 게 좋지 않을까?"

유령의 집을 꾸미는 클럽 부장 존의 눈이 반짝반짝 빛을 내뿜었다. 작은 것 하나도 그냥 넘어가지 않고 아주 꼼꼼했다.

"이것 좀 봐! 이거 너무 멋지지 않냐? 진짜 잘 만들었지?"

머리 한쪽이 날아가 흉측한 모양으로 만들어져 있는 얼굴 모형을 들고 감격해 마지않는 부장의 모습에 카밀라는 가볍게 고개를 저었다.

평소 라일라나 다른 이들에게 쓴소리 한 번 못 하고 제대로 기도 못 펴고 살던 이가 맞나 싶었다. 평소의 맹한 눈빛이 아닌 저 확고하고 또렷한 눈을 어떻게 설명해야 할까?

"이거 눈도 하나 없애는 게 나을까?"

"눈에 피도 줄줄 흐르게 해 보지?"

"카밀라, 넌 천재야! 어떻게 그런 생각을!"

온갖 귀신을 몇십 년 동안 보고 살면 없는 아이디어도 마구 떠오르는 법이지.

"하아."

축제 준비로 너 나 할 것 없이 분주하게 움직이고 있는 부원들을 보며 카밀라는 짧은 한숨을 내쉬었다.

'여름 축제도 아니고 겨울 축제에 뭔 유령의 집이냐고.'

저쪽 세계에 있을 때 이런저런 여러 예능에 출연했지만 단 하나, 호러 특집 같은 건 절대 나가지 않았다. 사람들은 그녀가 그런 걸 싫어하고 무서워하는 것으로 착각했지만 당연히 그 반대다.

'일상이 호러인걸.'

그런 프로그램에 나가면 좀 무서워도 해 주고 비명도 질러 줘야 재미가 있을 텐데 그런 게 나올 리가 없지 않은가. 물론 연기로 충분히 커버야 할 수 있지만, 굳이 그렇게까지 해서 나가고 싶진 않았다.

게다가 혹여 피식, 헛웃음이라도 저도 모르게 튀어나오면 어쩔 거야? 놀래 주려고 튀어나온 귀신도 그렇고 나도 그렇고, 그 어색할 분위기 어쩔 거냐고.

"마법사 어디 있어? 여기에 마법 좀!"

"이곳에는 불빛 마법 좀 넣어 줘."

"여기도!"

"야! 마법사 어디 있냐니까?"

카밀라의 시선이 한쪽으로 향했다. 클럽 부장 못지않게⋯ 아니, 더 바쁘게 움직이고 있는 이가 있었기 때문이다.

"뭐 하는 거야! 여기에도 안개 마법 좀 빨리⋯⋯!"

유령의 집을 꾸미는 데에 무엇보다 중요한 게 마법이었으니까.

저절로 움직이는 인형이라든가, 문을 열었을 때 흘러나오는 음산한 불빛이나 스산한 음악. 그런 장치에는 마법이 꼭 필요했다. 그리고 그 마법을 써 주고 있는 건 당연히 아르시안이었고.

물론.

"…야."

움찔!

상대가 아르시안인 만큼 지시를 내리는 게 결코 쉬운 일은 아니었지만 말이다.

"아, 아니. 그게……."

일에 너무 열중한 게 문제였다. 무심코 마법사를 찾으며 큰 소리로 계속 지시를 내리던 클럽 부장과 다른 이들은 나직하게 들려오는 음성에 그제야 깨달았다.

'미, 미쳤나 봐.'

'방금 내가 뭐라고 한 거지?'

'아르시안에게 막 소리친 거야? 빨리 안 한다고?'

방금 자신들이 명을 내리고 빨리빨리 움직이라고 소리를 친 대상이 다른 이도 아닌 바로 그 아르시안이라는 걸.

"새, 생각해 보니 여, 여기는 안 해도 될 것 같아."

저벅.

"아, 아니. 진짜로……."

저벅.

"미, 미안……!"

말없이 자신에게 다가서는 아르시안의 모습에 저도 모르게 눈을 질끈 감아 버린 부장은 당장 멱살이라도 잡힐 거라 확신했다.

"아르시안."

한 대 맞는 건가 싶은 그 순간, 조용히 그를 부르는 목소리가 있었으니.

"목마르지 않아?"

"……."

"커피 줄까?"

카페에서 직접 가져온 커피를 컵에 따라 건네는 카밀라의 모습에 부장에게 향하던 아르시안의 걸음이 뚝 멈췄다.

"…어."

살짝 짜증이 섞인 눈빛으로 주변을 한번 쓱 훑은 그는 짧은 한숨을 내쉬며 카밀라에게서 커피를 받았다.

타악-!

잠시 커피를 들이켜던 아르시안은 소리 나게 컵을 내려놓은 뒤 다시 부장을 향해 걸음을 옮겼다.

"그, 그게……!"

그 모습에 부장이 다시 긴장했다. 바로 앞까지 다가온 그를 보며 부장은 저도 모르게 두 팔로 얼굴을 가렸다.

"안개 마법만 걸면 돼?"

"…어?"

"저기는?"

"어, 어?"

"저기는 안 해도 되냐고."

"해, 해 주면 좋지……?"

언제 살벌한 분위기를 풍겼냐는 듯, 자신이 지정한 곳에 마법을 묵묵히 걸어 주는 아르시안의 모습에 클럽 부장의 얼굴이 다시 멍해졌다.
"야."
"어, 어?"
"앞으로 한 사람씩 말해. 내 몸이 두 개냐?"
그 말에 주변에 있던 이들 모두 목이 떨어져라 연신 고개를 끄덕였다. 아르시안은 그제야 짜증 어린 표정을 풀며 다시 빠르게 마법을 시전했다.
'우리 아르시안, 참 많이 온순해졌어.'
다른 이들이 들었으면 기겁할 생각을 아무렇지 않게 한 카밀라는 조금은 흐뭇한 표정을 지었다. 그러다 카페에서 가져온 간식이 모두 떨어진 걸 본 그녀는 자리에서 천천히 일어섰다.
이번 축제 준비에서 딱히 맡은 일이 없었기에 일하는 이들의 간식을 담당하는 건 자연스럽게 그녀의 몫이 되었다.
"간식 떨어졌네. 좀 더 가지고 올-"
"아니!"
"간식 필요 없어!"
"배, 배불러요!"
왜 저래?
자리를 뜨려던 카밀라는 자신의 말이 끝나기 무섭게 너 나 할 것 없이 외치는 소리를 들으며 멈칫했다. 평소 간식이라면 환장하던 애들인데?
'제발 저 인간하고 우리만 남겨 두고 가지 마!'
'조금 전에도 너 아니었으면 우리 다 죽었어!'

'가지 마세요!'

말없이 자신을 간절히 바라보는 눈빛들.

"……."

그 뜨거운 눈빛에 카밀라는 어색한 미소를 흘리며 도로 자리에 조용히 앉아야만 했다.

※

"와! 건물 밖만 봐도 소름 끼치지 않아요?"

"그러게요."

라일라와 엘리샤는 꾸며 놓은 유령의 집 외관에 연신 감탄사를 내뱉으며 몸을 떨었다. 그런 두 사람을 어이가 없다는 듯이 바라보던 카밀라가 고개를 살며시 저었다.

"같이 꾸며 놓고 새삼 왜 무서워하는 건데?"

처음 보는 것도 아닌데 말이다. 저 외관에 검은 칠 한 게 너희들이지 않니? 아주 열심히 칠하더니만.

"내 말이."

쥬엘라도 어이가 없는 듯 헛웃음을 터트렸다.

"불빛까지 설치하니 너무 무섭잖아요!"

"맞아요! 당장에라도 유령이 튀어나올 것 같아요!"

"유령의 집이니까."

뭔 당연한 소리를 하는 건지.

"뭐, 잘 꾸며 놓긴 했네."

외관만 봐도 여기가 어떤 곳인지 충분히 알 수 있을 정도로.

황실에서 이번 행사에 많은 후원을 했다더니, 확실히 돈 쓴 표가 난다.

아카데미 안에 잘 쓰지 않는 건물 하나를 통째로 빌려, 그곳에 유령의 집을 꾸민 것이다. 예전에는 클럽 활동 건물로 쓰던 곳이었다는데, 본관 근처에 새로 클럽 건물이 지어지며 이곳은 현재 창고로 사용되고 있었다.

"진짜 오랫동안 버려진 건물 같아요."

엘리샤가 두 손으로 볼을 감싸며 새삼 부르르 몸을 떨었다. 두려움과 흥분, 거기에 호기심까지 뒤섞인 얼굴이다.

"그런데 엘리샤."

"네에?"

"이번에 유령 역할 맡을 거라고 하지 않았어?"

제대로 된 무대는 아니었지만 유령 역을 맡아 사람들을 놀래 주고 싶다고 했었다. 얼마 전까지만 해도 어떤 분장으로 사람들을 놀래 줄까 즐거운 비명을 지르며 고민하더니, 왜 여기 이렇게 멀쩡한 모습으로 있는 걸까?

"포기했어요."

"왜?"

엘리샤는 카밀라의 물음에 시무룩해져선 고개를 푹 숙였다.

"너무 무서워서요."

"어?"

뭔 소리야? 무서워서 포기했다니?

"저기 저 건물 끝 방에 혼자 숨어 있다 사람들을 놀래 줘야 한다잖아요."

"그게 왜?"

"너무 무서운걸요."

"뭐?"

"생각해 보세요. 그 어둡고 칙칙한 방에 혼자 있어야 하는 거잖아요."

"……."

"그래서 포기했어요."

유령 역을 맡는 것은 좋았지만, 아무도 없는 어두운 공간에 혼자 남아 다른 이들이 오기를 기다려야 하지 않는가. 도저히 할 수가 없었다.

어두운 공간을 보는 순간 바로 깨달았다. 이런 호러에 자신이 무척 약하다는 것을 말이다.

이에 카밀라의 표정이 묘해졌다.

'엘리샤…….'

너 그거 아니? 내가 그렇게 무서워하고, 끔찍해 마지않는 귀신과 한동안 한방에서 같이 살았던 적도 있단다.

'같이 무대도 올랐었지.'

중고 화장대를 집에 들였다가, 거기에 묶여 있던 여배우 귀신에게 목까지 졸렸던 엘리샤를 떠올리며 카밀라는 고개를 저었다.

"이렇게 무서워하면서 여긴 왜 오자고 한 거야?"

엘리샤도 그렇고 라일라도 그렇고, 둘 다 딱히 이런 걸 좋아하는 것 같진 않은데 굳이 여길 온 이유를 모르겠다.

"그래도 궁금하잖아요."

"우리가 다 같이 준비한 게 어떤 모습일지."

…떨지나 말든가.

두 손을 꼭 마주 잡은 채 연신 떨어 대는 그들의 모습에 카밀라는 다시 짧은 한숨을 내쉬었다.

"누나."

그 순간, 그녀의 옷을 가볍게 잡아당기는 손길이 있었다. 시선을 내린 카밀라의 눈에 호기심이 가득한 눈빛으로 자신을 올려다보는 리오가 담겼다.

딱히 올 생각이 없었던 유령의 집… 아니, 연말 아카데미 축제에 아예 오지 않으려고 했거늘. 그럼에도 굳이 이렇게 시간을 내어 참석한 이유는 바로 리오 때문이었다.

'저도 축제 구경 가면 안 돼요?'
'안 되긴. 당연히 되지.'

두 손을 꼭 맞잡은 채로 올려다보는 그 초롱초롱 눈빛 공격에 안 된다는 말을 할 수 있는 사람이 과연 있을까?

"세나 누나, 무서우면 내가 손 잡아 줄까?"

기대감에 폴짝폴짝 제자리 뛰기를 하던 리오가 문득 생각난 듯 옆에 조용히 서 있는 세나에게 말을 걸었다.

"……."

리오의 손에 이끌려 여기까지 함께 오게 된 세나는 작게 고개를 저었다. 아이의 시선이 습관처럼 카밀라에게 향했다.

"음?"

하지만 막상 카밀라가 시선을 주면 언제 그랬냐는 듯 급히 고개를 돌렸다. 그런 세나를 잠시 묘한 눈빛으로 바라보던 카밀라는 자신의 옷자락을 다시 잡아당기는 리오의 손길에 고개를 숙였다.
"그런데 누나."
"응?"
"유령의 집이 뭐예요?"
"……."
"왜 저 누나들은 저렇게 무서워해요?"
"으음… 그게……."
이 아무것도 모르는 천진한 아이를 데리고 정말 저기를 들어가도 되는 걸까?
그녀의 입에서 다시 긴 한숨이 흘러나왔다.

"꺄아아악!"
"으아아악!"
"야, 거기 두 사람! 소리 좀 그만 질-"
"꺄아아아악!"
"꺄악! 꺅!"
"…말을 말자."
"페트로 오라버니! 저기, 저기! 가서 패요!"
"우리 클럽 사람이 분장한 거잖아. 어떻게 패?"
"몰라! 패요! 패! 으아아악! 이쪽으로 오잖아요!"
"엘리샤, 일단 좀 떨어지면 안 될까? 움직일 수가-"
"꺄아아악!"
"라일라, 나 좀 그만 때리면 안 돼?"

"죄, 죄송해… 꺄아악!"

"아앗!"

"아! 죄, 죄송해요! 쥬엘라 님!"

"왜 무섭다고 주먹을 휘두르는 건데? 나한테 주먹 휘두를 거면 차라리 저 유령을 때려."

"흐윽, 죄송해요……."

"오라버니! 패요, 패! 저 유령 좀 패라고요!"

"일단 좀 놓으라니까."

이런 걸 대환장 파티라고 하나?

유령의 집 탐방은 아주 간단했다. 입구에서 나눠 주는 종이 한 장을 들고 들어가 각 반마다 숨겨져 있는 도장 10개를 찾아 모두 찍어서 다시 입구로 나오면 되는 거였다. 최단 시간에 도장을 모두 찍고 나온 이들에겐 작은 상품이 증정되었다.

먼저 유령의 집에 도전장을 던진 이들은 라일라와 엘리샤, 그리고 페트로와 쥬엘라였다. 한 번에 4명까지만 들어갈 수 있었기에 아이들의 보호자로 따라온 카밀라와 아르시안은 자연스럽게 후발대로 배정이 되었다.

그런데…….

"꺄아아아악! 때려요! 때려! 저기 오잖아요!"

"엘리샤, 넌 이 오라비가 사람 패고 감옥에 갔으면 좋겠니?"

"어떡해! 어떡해! 꺄아아악!"

"아파, 아프다고, 라일라."

"흐윽, 죄송해요. 너무 무서워서……."

"난 네가 더 무서워."

재들을 정말 어쩌면 좋지.

밖에까지 들리는 엘리샤와 라일라의 찢어질 듯한 비명 소리에 입장을 대기 중이던 이들 모두가 움찔했다. 반면 입구에서 모든 걸 지켜보고 있던 클럽 부장은 아주 만족스러운 표정을 지었지만 말이다.

"카밀라!"

"언니!"

그렇게 30분쯤 흘렀을까? 초췌한 얼굴을 한 네 사람이 밖으로 다시 모습을 드러냈다.

곧장 카밀라에게 달려온 라일라와 엘리샤가 양쪽에 붙어 울먹였다. 너무 무서웠다며, 언니는 절대 들어가지 말라며.

"우리가 더 무서웠어, 엘리샤. 라일라 양은… 따로 운동이라도 하십니까?"

"나야말로 안에서 맞아 죽는 줄 알았다고."

그런 둘을 보며 페트로와 쥬엘라가 어이가 없다는 얼굴로 진저리를 쳤다. 두 번 다시 저것들과 저런 곳에 안 들어간다는 다짐을 하면서 말이다.

잠시 후.

"으흐흐흐흑……."

"…….'

"…….'

"…….'

"…….'

"으흐흐……?"

첫 번째 방에서 귀신 분장을 하고 카밀라 일행을 맞이한 이는 아무런 반응이 없는 네 사람을 보며 멈칫했다.
 조금 전 자신의 유령 연기에 기겁을 하며 눈물까지 쏟아 내던 엘리샤와 라일라를 보곤 자신감을 잔뜩 얻었던 이는 심드렁하기 짝이 없는 아르시안과 카밀라의 표정에 주춤거리며 뒤로 한 걸음 물러섰다.
 "흐… 흐흑……."
 "누나, 저 누나 왜 울어요?"
 "…아파서."
 "어? 진짜요?"
 그래도 끝까지 우는 소리를 내는 걸 멈추지 않았던 이는 리오의 걱정스러운 눈빛에 결국 소리를 멈출 수밖에 없었다.
 "누나, 많이 아파요?"
 리오가 당장에라도 울 것 같은 눈으로 귀신 분장을 한 여자를 바라봤다. 어두워서 잘 몰랐는데, 자세히 다가가 보니 머리에 피까지 흘리고 있는 게, 정말로 많이 아파 보였다.
 "머리 아야 해요?"
 "아, 아니… 그냥 조금……."
 저도 모르게 대꾸를 해 버린 여자는 순간 아차 했지만, 금방이라도 울어 버릴 듯한 저 눈을 도저히 무시할 수가 없었다.
 "이거 줄게요."
 "어? 아… 고마워……?"
 사탕 전도사답게 두 손 가득 사탕까지 쥐여 주는 리오의 행동에 결국 유령 역을 맡은 이가 어색한 미소를 흘렸다.

"꼭 치료받으세요."

"으응……."

그러곤 끝까지 걱정 가득한 눈빛으로 떠나는 리오에게 손까지 흔들어 줘야만 했다.

그 후로도 카밀라 일행의 유령의 집 탐방기는 아주 조용히, 순탄하게 진행이 됐다.

"크아아아아!"

"……."

"크…아? 아… 헤헤, 도장 저쪽에 있어요."

괴성을 지르며 벽장에서 튀어나왔다가 아르시안의 살벌한 눈빛에 도장이 숨겨진 장소를 바로 말해 주는 이도 있었고.

"으흐흐흐……."

"형, 사탕 줄까요?"

"…어? 그, 그래, 고마워. 도장 찍어 줄까?"

"네에!"

리오의 사탕 공격에 직접 도장을 가져와 찍어 주는 이도 있었다.

"그런데 카밀라 누나."

"응?"

"유령의 집은 아픈 사람들이 있는 곳이에요?"

"…어."

틀린 말은 아니지, 뭐. 마음이 아파서 이승을 떠나지 못하는 이들이 귀신이니까.

"그렇구나."

이제야 알겠다는 듯 리오가 고개를 크게 끄덕였다. 유령의 집이

환자의 집으로 바뀌는 순간이었다.

"누나, 저기가 마지막 방인가 봐요! 제가 가서 도장 받아 와도 돼요?"

"그럴래?"

리오가 신이 난 얼굴로 마지막 교실을 향해 빠르게 달려갔다. 그래도 혼자 보내는 게 걱정이 되는 듯, 아르시안이 조용히 그런 아이의 뒤를 따랐다.

"……."

자연스레 둘만 남게 되자 카밀라의 시선이 세나에게 향했다. 역시나 눈이 마주쳤고 아이는 그대로 시선을 피했다.

"세나."

그녀의 부름에 아이가 조심스럽게 고개를 들었다.

"나에게 하고 싶은 말이라도 있어?"

처음 만났을 때부터 자신에게 유독 시선을 떼지 못하던 아이를 떠올리며 카밀라는 세나의 눈을 지그시 바라봤다.

"……."

하지만 아이는 역시나 아무런 말이 없다. 정말 말을 하지 못하는 걸까?

카밀라의 시선이 아이의 손목이 있는 곳으로 향했다.

옷으로 꽁꽁 가려져 있는 곳.

처음 아이를 만났을 때 분명 보았다.

헐렁했던 옷 사이로 여기저기 선명하게 보이던 멍 자국. 너무도 익숙하던 모습.

"감추고 무조건 참는 게 능사는 아닌데."

입을 꾹 다문 채 다른 이와 관계 맺는 것을 철저히 거부하는 아이의 모습이 누군가와 똑 닮아 있어 카밀라는 저도 모르게 한숨을 내쉬었다. 그렇게 참고 혼자 꽁꽁 숨겼던 결과가 어땠는지를 떠올리며, 카밀라는 아이의 머리를 다정히 쓰다듬어 주었다.

"……."

그 손길에 아이의 눈이 살짝 커지더니, 그 어떤 감정도 담겨 있지 않던 눈빛이 쉴 새 없이 흔들리기 시작했다.

"우리도 그만 갈까?"

저 멀리, 그사이 도장을 받아 총총 걸어오는 리오를 보며 카밀라가 먼저 걸음을 뗐다.

꼬옥.

"……?"

그런데 그런 그녀의 옷자락을 살며시 잡는 손길이 있었다. 걸음을 멈춘 카밀라의 시선이 아래로 향했다.

자신을 빤히 바라보는 짙은 녹색 눈동자.

뭔가 할 말이 많아 보이는 그 눈빛에 카밀라는 살짝 고개를 숙여 아이와 좀 더 가까이 눈을 맞췄다.

"…저."

그 순간, 세나의 입에서 처음으로 소리가 흘러나왔다. 청아한 울림에 터져 나오려는 감탄사를 애써 참은 카밀라의 귀로 세나의 목소리가 다시 들려왔다.

그리고 이어진 짧은 물음에 카밀라는 놀랄 수밖에 없었다.

"저… 기억 안 나세요?"

"진짜, 진짜 무서웠어요……."
"전 기절하는 줄 알았잖아요."
최단 시간으로 나와 곰 인형 하나를 받은 리오를 엘리샤와 라일라가 아주 부럽게 바라봤다.
저 인형, 우리가 상품으로 추천한 거였는데. 우리가 받을 줄 알고 가장 귀여운 걸 골랐던 건데…….
"특히 세 번째 방이요!"
"맞아요! 세 번째 방! 그 목만 둥둥 떠다니던 여자 유령!"
"저 진짜 쓰러질 뻔했잖아요."
"그것도 아르시안 님이 마법으로 설정해 두셨던 거죠?"
다 같이 저녁을 먹기로 하고 자리를 옮기던 두 사람이 동시에 대단하다는 듯 아르시안을 바라봤다.
"목만 떠다니는 유령?"
그런데 아르시안의 반응이 좀 이상했다. 유령의 집에 사용된 모든 마법을 시전해 주었던 그가 마치 처음 듣는 얘기라는 듯이 고개를 저었다.
"그런 건 시전해 준 적 없는데."
"예에?"
"아닌데……? 저기 세 번째 방이요. 분명 목만 떠다니는 유령이 있었는데……."
"그런 거 한 적 없다고."
"나도 못 봤는데?"

"그런 게 있었어?"

아르시안의 단호한 말에 이어 같이 들어갔던 쥬엘라와 페트로까지 고개를 연신 갸웃거렸다.

"……."

"……."

엘리샤와 라일라의 시선이 마주쳤다.

"꺄아아아악!"

얼굴이 점점 새하얗게 변해 가던 두 사람의 입에서 동시에 비명이 터져 나왔다. 그런 두 사람을 보며 카밀라는 속으로 가볍게 혀를 찼다.

'아까 그 귀신을 봤나 보네.'

그녀가 유령의 집 같은 걸 좋아하지 않는 수많은 이유들 중 하나.

'원래 귀신 얘기 많이 하고 귀신 생각 많이 하는 곳에 진짜 귀신이 꼬이는 법이거든.'

말과 생각의 힘이라고 해야 하나? 음기가 모인다고 하는 게 제일 정확하겠지? 여하튼 공포가 불러오는 음기에 귀신들이 신나서 모여드는 거다.

그렇다고 다 귀신을 보는 건 아니지만, 가끔 저런 경우가 있다. 극도의 공포에 예민해진 기운과 귀신의 파장이 맞아 순간적으로 귀신을 보게 된 거지.

'그래도 다행이네.'

하나만 봐서.

카밀라는 새삼스러운 눈으로 이제는 조금 멀어진 유령의 집을 바라봤다. 창가 여기저기에 붙어 자신을 향해 손을 아주 열심히 흔들어 주고 있는 귀신들을 보며, 그녀는 살며시 고개를 저었다.

✳
시간 마법

와장창!

"이 망할 X이! 어디 기어들어 와서 밥만 축내고 있어!"

그날도 평소와 별반 다르지 않았다. 세나는 그저 입을 꾹 다문 채 아버지의 폭력을 견뎌 냈다. 여기서 조금이라도 반항하면 아버지의 분노가 엄마에게로 향할 게 분명했다.

바닥에 쓰러진 아이는 머리를 감싸고 몸을 웅크렸다. 그리고 그 순간, 엄마와 눈이 마주쳤다.

자신의 눈을 애써 외면하는 엄마를 보면서도 딱히 원망스럽지는 않았다.

"이 독한 X!"

퍽!

"쯧쯧."

"저 인간 또 시작이네."

아버지의 폭력을 그저 지켜보기만 하는 주변 어른들의 모습 또

한 더 이상 낯설지도, 의아하지도 않았다. 귀찮아질 게 뻔히 보이는 상황에 굳이 끼어들려는 사람이 있을 리가 있나. 만약 있다 해도 상황이 달라지진 않을 것이다.

대개 그런 사람들은 어리석든가 대책 없이 선량하기만 하든가, 둘 중 하나다. 그러니…….

"나가! 나가라고!"

조용히 웅크리고 있는 수밖에.

비명조차 지르지 않는 것이 더 분을 일으킨 듯 그날따라 아버지의 손길이 더욱 매서웠다. 그렇게 어김없이 머리채가 잡혀 집 앞에서 질질 끌려다니고 있을 때였다.

타악!

"크윽! 씨X! 뭐야!"

무언가가 날아와 아버지의 뒤통수를 그대로 맞혔다.

투욱.

이윽고 바닥으로 떨어진 건 무척 고급스러워 보이는 작은 구두였다. 와락 얼굴을 일그러뜨린 채 뒤를 돌아본 아버지는 황당한 표정을 감추지 못했다.

"그 손 놔."

톡 튀어나와 소리친 사람이 열 살을 갓 넘은 듯한 소녀였기 때문일 것이다.

대수롭지 않은 표정으로 멀뚱멀뚱 구경만 하던 어른들이 그녀를 힐끗거렸다. 세나 역시 그 여자아이에게서 시선을 떼지 못했다.

"넌 또 뭐……!"

버럭 소리를 치려던 아버지가 상대의 차림새를 보고 멈칫했다.

고급스러운 옷과 구두, 그리고 인형 같은 외모. 척 보기에도 심상치 않았다.

그녀가 귀족이라는 걸 알아차린 아버지는 작게 욕설을 내뱉었다. 그러고는 답지 않게 분을 속으로 꾹꾹 삼키는 듯한 목소리로 말했다.

"신경 끄고 가쇼."

"그 손 놓으라니까!"

하지만 소녀는 그대로 물러설 생각이 없는 듯, 여전히 자신의 머리채를 잡고 있는 아버지를 향해 다시 한번 소리쳤다.

"이……! 젠장!"

자신과 여자아이를 잠시 번갈아 바라보던 아버지는 결국 거칠게 손을 놓았다.

"씨X. 재수가 없으려니."

퉷, 보란 듯이 침까지 뱉은 아버지는 조금 전 그의 머리를 가격하는 데 쓰였던 작은 구두를 거칠게 노려본 뒤 그 자리를 떠나갔다. 모여 있던 이들도 상황이 모두 끝난 걸 알고 빠르게 흩어져 사라졌다.

스윽.

"……?"

아버지가 떠난 후에도 바닥에 주저앉아 있는 자신을 향해 곱게 접힌 손수건이 내밀어졌다.

조금 전 그 사람이다.

"얼굴에 피 나."

길바닥에 끌려다니다 긁힌 듯 피가 흐르고 있는 볼에 그녀가 손수건을 가져다 댔다.

"안 아파?"

그 물음에 살며시 고개를 저었다. 고작 이 정도 상처로 아플 리가. 하지만 자신의 반응에 오히려 여자아이의 얼굴이 고통스럽게 일그러졌다. 입술을 연신 짓씹던 아이는 한참 후에야 다시 입을 열었다.

"참지 마."

"……."

"그러면 진짜 익숙해져 버리니까."

나처럼.

뒷말은 무척 작아 잘 들리지 않았지만 그렇게 말하는 듯했다.

"카밀라! 거기서 뭐 하는 거야?"

움찔!

멀리서 부르는 누군가의 목소리에 그녀는 누가 봐도 알 수 있을 정도로 크게 몸을 떨며 급히 뒤를 돌아봤다. 10대 중반으로 보이는 남자가 미간을 잔뜩 찌푸린 채로 그들을 바라보고 있었다.

"라, 라비 오라버니, 아무것도 아니에요."

급히 대답을 내뱉은 여자아이는 자신을 잠시 말없이 바라봤다. 뭔가 더 해 주고 싶은 말이 있는 듯 입술을 달싹이던 그녀는, 결국 옅은 한숨을 내쉬며 말 대신 머리를 가볍게 쓰다듬어 줬다.

"카밀라!"

"가, 가요!"

그렇게 여자아이는 떠나갔다.

"……."

그녀가 쥐여 준 손수건을 잠시 멍하니 바라보던 세나는 천천히 손을 들어 자신의 머리를 매만졌다.

춥고 차가운 길바닥에서 전해 온 작은 온기 한 자락.

"…카밀라."

세나는 방금 들었던 이름을 조용히 되뇌었다.

※

"쟤 여자애잖아."

5년 전 일이었지만, 카밀라를 마주한 순간 세나는 바로 그녀를 알아봤다.

어렸을 때와 별반 다르지 않은 아름다운 외모. 그리고 그녀 특유의 붉은 눈동자를 못 알아보는 게 더 이상한 일이지 않을까.

[저 여자와 가까이하지 마라!]

그리고 머릿속을 급히 파고들던 커다란 목소리.

평소 유혹하듯 나긋나긋 속삭이던 것과 다르게 어조에서부터 다급한 기색이 잔뜩 묻어났다. 게다가 내용도 달라졌다. 여느 때처럼 힘을 주겠다며 같은 말만 반복하는 것이 아니라…….

[저 여자와 함께 있지 마라. 힘을 얻지 못하게 될 것이다. 앞서 힘을 얻었던 자도 저 여자로 인해 모든 걸 잃었다!]

'앞서 힘을 얻은 자?'

무슨 말인지 하나도 알아들을 수가 없었다.

[너에게 세상을 지배할 힘을 주마. 성물을 찾아라. 그리하면 모든 인간이 너의 발밑에-]

'성물?'

그건 또 뭐야?

세나는 짧은 한숨을 내쉬었다. 카밀라와 만난 이후 더 시끄럽게 떠드는 목소리에 머리가 다 아플 지경이었다.

[힘! 널 짓밟은 이들에게 복수할 힘을 주-]

"누나!"

지겹도록 같은 말만 반복하는 목소리에 미간을 살짝 찌푸리는데, 그런 그녀에게 리오가 조금 흥분한 얼굴로 다가왔다.

"누나! 말할 수 있어?"

아마도 카밀라에게 들은 듯 아이의 눈이 유독 반짝거렸다.

"…네."

"우와!"

입을 있는 대로 크게 벌리는 리오를 보던 세나의 시선이 아이의 뒤에 서 있는 카밀라에게 슬며시 향했다.

'저… 기억 안 나세요?'

유령의 집에서 있었던 일이 떠올랐다. 자신의 물음에 조금 난처한 표정을 짓던 카밀라는 이내 다시 다정한 손길로 머리를 쓰다듬어 주었다.

'전에 우리 만난 적이 있었던 거니?'

'…네.'

'미안. 네가 기억하는 것만큼 내가 기억해 주지 못해서.'

아주 짧은 순간의 만남이었기에 기억을 못 하는 건 당연할지도 몰랐다. 그래도 상관없었다.

'여전히 따뜻했어.'

머리를 쓰다듬어 주는 온기는 조금도 달라지지 않았기에.

"세나 누나 목소리 너무 예뻐!"

"…네?"

이 목소리가 예쁘다고? 아버지는 늘 듣기 싫다며 입을 다물라고 했는데?

"누나, 콩콩콩 노래 알아?"

"콩콩콩?"

"응! 우리 나중에 같이 부르자! 멍멍이도 그 노래 좋아해! 다 같이 불러!"

멍멍이?

세나가 고개를 돌리자 카밀라 옆에 자리를 잡고 누워 있던 검은 늑대 한 마리가 리오를 힐끔 바라본다.

모르쇠로 일관하던 늑대는 결국 아이의 간절한 눈빛을 무시하지 못했다. 이윽고 늑대의 입에서 소리 없는 한숨이 흘러나왔다.

"콩콩콩, 콩을 심어요!"

툭툭툭.

리오가 작게 노래를 흥얼거리자 검은 늑대가 슬쩍 앞발을 들어 바닥을 툭툭 쳤다. 그런 리오와 루나를 지켜보던 카밀라의 입에서 옅은 웃음이 흘러나왔다.

"……."

세나는 그 모습을 조용히 바라봤다. 자신과 전혀 어울리지 않는,

뭔가 포근하고 따스한 풍경을 보고 있자니 기분이 영 어색했다.
'하지만…….'
싫지 않아.

※

"그래서? 그 꼬맹이는 계속 세프라가에 머무는 거야?"
"어."
라비의 물음에 카밀라가 고개를 끄덕였다.
세나는 정말 입만 열었을 뿐이다. 자기가 살던 곳에 대해 물으면 여전히 묵묵부답으로 일관했다.
아르시안이나 세프라 공작 역시 거기에 대해 별 상관 없어 했다. 두 사람의 성격답게 말하기 싫으면 하지 말라는 듯 개의치 않는 모습이다.
"보육원으로 보낼 생각도 없어 보이고?"
"양쪽 다 보육원은 고려도 안 하는 거 같던데."
"…대체 왜?"
카밀라는 어깨를 으쓱이는 것으로 답을 대신했다. 라비에겐 말하지 않았지만, 얼추 짐작 가는 게 있기도 하고.
'리오가 세나와 있는 걸 무척 좋아하니까.'
누나라고는 불러도 그냥 친구처럼 여기는 듯했다.
"그 꼬마가 뭐 잘못했어? 왜 벌을 주고 난리야?"
라비는 어이가 없다는 듯 연신 혀를 찼다. 다른 이들과 마찬가지로 그 또한 세나가 세프라가에 머물게 된 상황 자체를 이해하지 못했다. 죄 없는 꼬마를 꾄 악독한 무언가를 보는 듯한 시선에 억울해진 카밀라가 주섬주섬 변명을 꺼내 놓았다.
"세나도 좋다고 했어."
카밀라도 혹시나 한 마음에 물었다. 싫은데 억지로 세프라가에 머물게 되는 건 아닐까 싶어서, 원한다면 다른 곳도 알아봐 주겠다고 했다.

'여기 있어도 돼요?'

하지만 세나는 지금처럼 그냥 계속 세프라가에서 지내고 싶다고 했다.

'뭐든 할게요.'

리오처럼 입양을 위해 데려온 것이 아닌, 잠시 지낼 곳을 제공했던 상황인지라 그렇지 않아도 고민이었다.
"리오랑도 잘 맞고."
결국 세프라가 사람들과 상의한 끝에 세나에게 리오를 돌보는 일을 맡기기로 했다. 원래 리오를 돌보는 이들이 있기에 세나가 할 일은 그리 많지 않았다. 그저 리오의 놀이 친구로 붙여 준 것이다.
에바교 잔당 처리 문제로 세프라 공작과 아르시안이 자주 집을 비우게 되는 상황이다. 큰 저택에 혼자 외로이 남겨지는 경우가 잦아진 리오의 곁에 세나가 있어 주는 것이니 그들의 입장에서도 나쁘진 않겠지.

"그런데 오라비."

"왜?"

"아까부터 뭘 그렇게 열심히 하고 있는 거야?"

"뭘 당연한 걸 물어?"

뭐, 연구실에 틀어박혀 마법 연구에 빠져 있는 라비의 모습이야 너무도 익숙하긴 한데…….

'오늘따라 뭔가 더 집중하는 분위기라고나 할까?'

보통 자신이 찾아오면 투덜거리면서도 시선은 주는데, 오늘은 아예 고개조차 돌리지 않고 있었다.

"마력석 가지고 뭐 해?"

"좋은 거."

그래도 다행이라고나 할까? 마력석에 뭔가를 아주 열심히 새기는 와중에도 꼬박꼬박 대답은 잘해 준다.

"좋은 게 뭔데?"

계속되는 질문에 그제야 마력석에서 눈을 뗀 그가 카밀라를 바라봤다. 짧은 한숨을 내쉰 라비는 작업대 위로 마력석을 조심스럽게 내려놓았다.

"이게 완성되면 아픈 사람이 확 줄어들 거야."

"뭔 소리야?"

아픈 사람이 줄어든다니? 오라비가 치료사도 아니고, 대체 무슨 수로?

의아해하는 카밀라를 바라보는 라비의 입가에 그 어느 때보다도 자신만만한 미소가 걸렸다.

"네가 이번에 준 마법서 말이야."

"마법서? 그게 왜?"

유령 황족들의 부탁을 들어주고 받아 온 잡동사니에는 마법서도 한 권 있었다.

오래전 대마법사가 썼다는 아주 귀한 책이라던데.

'내 알 반가.'

자신에겐 그저 두껍고 무거운, 알 수 없는 문자가 가득 적힌 읽을 수 없는 종이 뭉치일 뿐이었다. 그래도 라비한테 던져 주면 좋아할까 싶어 받아 왔는데, 예상했던 것보다도 반응이 열렬했다.

'너… 너, 너! 이, 이거 어디서 났어!'

'오다 주웠어.'

'뭔 헛소리야!'

'오라비, 너 지금 나한테 소리 지른 거야? 이 책 필요 없다는 거지?'

'으읍!'

'…….'

'으, 으으읍!'

'…알았어, 그만해. 책 줄 테니까.'

별 대단치도 않은 으름장에 두 손으로 본인의 입을 꾹 막고 세차게 고개를 젓는 라비를 마주하고 있자니 어찌나 어이가 없던지.

어쨌든 그 책 하나로 한동안 라비를 아주 잘 부려 먹었다.

'오라비야, 밥 먹어.'

'안 먹어.'

'책.'

'…먹으면 되잖아.'

연구실에 틀어박혀 있는 라비를 끌어내는 것도 훨씬 쉬워졌고.

'오라비, 여긴 보온 마법 좀 걸어 줘 봐.'

'바빠.'

'책.'

'야! 너 너무 치사한 거 아니야?'

'그래서 안 해 주겠다고?'

'해 주면 되잖아, 해 주면!'

한동안 참 좋았지.

"그런데 그 책이 뭐? 치료 마법이라도 나와 있었어?"

"치료 마법은 아니고, 일종의 시간 마법이지."

"시간 마법?"

카밀라가 관심을 보이자 신이 나는 듯, 라비가 방금까지 만지고 있던 마력석을 바로 집어 들었다.

"이 마력석으로 신체의 일부를 과거로 되돌리는 거야."

"과거로?"

"아프기 전인 과거의 상태로."

"뭐?"

그러니까, 일부 장기를 젊었을 때의 건강한 상태로 되돌린다는 뜻인가?

"그게 가능해?"

"적힌 대로만 하면. 물론 나 정도 되니까 가능한 거고."

마법에 관해선 전혀 문외한인 자신이 듣기에도 무척 대단한 마법으로 느껴졌다. 감탄한 표정을 짓자 라비가 씩 웃으며 턱을 한껏 치켜들었다.

우우웅- 우웅-!

그때 한쪽에 놓아둔 통신 구슬이 울어 댔다.

"네."

「라비, 네 이놈! 왜 또 마탑에 안 나오는 거냐! 내가 맡긴 일은 뒷전으로 하고 또 뭔 연구를 한다고-」

"잠시만요."

아이처럼 잔소리를 듣는 게 창피한 듯 슬쩍 카밀라의 눈치를 본 라비가 구슬을 들고 밖으로 향했다. 아마도 마탑의 부수장이라던 스승인 것 같지?

[규우!]

"킹?"

라비가 문을 열고 나가는 틈을 타 킹이 안으로 쏙 들어왔다. 아마도 계속 밖에서 자신을 기다리고 있었나 보다.

"나 보러 온 거야?"

[규규!]

안아 달라고 폴짝거리는 킹을 들어 올려 무릎에 앉힌 카밀라는 녀석의 머리를 가볍게 쓰다듬어 줬다.

[규우.]

그 손길에 킹이 갸르릉거리며 기분 좋은 울음소리를 냈다. 그대로 잠이 드려나 했는데, 얌전히 있던 작은 고양… 호랑이가 갑자기 목을 쭈욱 뻗었다.

"안 돼, 킹."

카밀라의 무릎에서 폴짝 뛰어오른 킹이 라비의 작업대로 올라섰다. 킹이 관심을 보인 건 바로 조금 전 라비가 만지고 있던 마력석이었다.

[규!]

투욱.

동그란 마력석이 공으로 보였나? 알 수 없는 글자가 잔뜩 새겨져 있는 마력석을 앞발로 툭툭 건드리는 킹의 모습에 카밀라가 급히 고개를 저었다.

"너 그러다 혼나."

라비 녀석이 화내면 무섭다?

"그만 이리, …어?"

투욱! 데구르르-!

"어… 어어……!"

결국 킹의 하찮은 발길질에 마력석이 데구르르 굴러 바닥으로 떨어졌다. 그걸 본 카밀라가 그쪽으로 몸을 날렸다.

만약 저게 부서지기라도 하면… 그야말로 대재앙이다. 라비 녀석의 그 더러운 성질머리를 어떻게 감당하라고!

쿠웅!

"아우……."

작업대에 몸을 그대로 부딪힌 카밀라는 작게 신음을 내뱉었다. 그래도 다행히 마력석을 손에 잘 낚아챌 수 있었다.

우웅-

"…어?"

우우웅-

"어라?"

하지만 안심하는 것도 잠시, 마력석을 쥔 손을 편 카밀라는 당황할 수밖에 없었다. 알 수 없는 울림이 들려 살펴보니, 손에 쥐고 있는 마력석에 금이 가 있는 게 아닌가!

"와, 씨."

기껏 몸까지 날렸는데 이거 왜 부서져 있어? 뭐가 이렇게 약한 거야!

"라비 그 자식이 엄청 지-"

화아악!

"……!"

카밀라는 끝까지 말을 다 잇지 못했다. 깨진 마력석에서 엄청난 빛이 쏟아져 나왔기 때문이다.

급히 마력석을 던지려 했지만, 그보다 그녀의 몸이 빛에 휩싸이는 것이 더 빨랐다. 폭발이라도 일어나는 건가 싶어 눈을 찔끔 감았던 것도 잠시.

"…음?"

빛이 사그라지는 걸 느낀 카밀라는 천천히 눈을 떴다.

'뭐야?'

그냥 마력석만 부서진 거야?

다행히 폭발은 일어나지 않았다는 사실에 안도의 한숨을 내쉬었을 때였다.

[규우······?]

그녀에게 달려오던 킹이 환한 빛에 놀라기라도 한 듯 동그래진 눈을 연신 깜박였다.

"킹, 너 이 녀석! 내가 내려오··· 음?"

뭐지? 내 목소리가 뭔가 좀 이상한 것 같은데?

킹을 나무라던 카밀라는 뭔가 이상함을 느끼곤 멈칫했다.

[규, 규규!]

그뿐만이 아니었다. 어떤 사고를 쳐도 당당함을 유지했던 킹이 어째서인지 잔뜩 당황한 눈치였다. 흰 털 뭉치가 안절부절못하는 기색으로 카밀라의 주위를 빙글빙글 맴돌았다.

"너 왜 그래?"

스르륵.

"···어라?"

킹을 향해 손을 뻗던 카밀라의 눈이 동그래졌다.

'왜··· 왜 손이 안 보이지?'

이 커다란 소매는 뭐야?

손 대신 주르륵 내려와 있는 옷소매를 보며 카밀라는 눈을 연신 깜박였다.

벌컥!

"야! 방금 여기서 마력이······."

그때 문이 세차게 열리며 라비가 안으로 뛰어 들어왔다. 마력석이 깨지며 흘러나온 마력을 느끼고 급히 들어온 듯했다.

"……."

바닥에 주저앉아 있는 자신을 본 라비의 입이 점점 크게 벌어졌다.

"저기, 오라비? 내가 일부러 망가트리려고 한 건 아닌데……."

투욱.

마력석이 부서진 것에 진심으로 놀란 듯, 그가 들고 있던 통신 구슬을 바닥에 툭 떨어트렸다.

"내, 내가 마력석 10개 줄게!"

"……."

그녀에게 가까이 다가온 라비가 한쪽 무릎을 꿇고 시선을 맞춘다. 그 멍한 눈빛에 카밀라는 급히 말을 이었다.

"최고급 마력석도 끼워 줄 수 있는-"

"하아."

그걸로도 부족한 건가?

울상이 된 카밀라를 앞에 둔 채로 라비가 마른세수를 하듯 연신 얼굴을 쓸어내렸다.

"미치겠네."

그가 다시 카밀라를 바라봤다.

작디작은 어린아이가 되어 있는 자신의 동생을 말이다.

"그러니까……."

소르펠 공작의 시선이 한 곳으로 향했다.

의자에 올라가려고 낑낑거리고 있는 작은 여자아이.

핑크 블론드 머리에 붉은 눈동자. 날카로운 얼굴선 대신 조금은 포동포동해 보이는 새하얀 볼.

"카밀라가 너의 마법으로 저리되었다고."

"네······."

짧은 대답을 내뱉는 라비의 입에서 긴 한숨이 흘러나왔다.

설마 시간 마법을 새겨 두었던 그 마력석이 카밀라의 손에서 깨어질 줄 어찌 알았겠는가. 게다가 금이 가면서 마법 수식을 건드리기라도 했는지, 기존에 설정해 둔 시간보다 더 과거의 시간이 적용되어 버렸다.

"네 살쯤 되어 보이는구나."

세프라가의 리오와 비슷해 보이는 걸 보면 말이다.

스윽.

"아! 고마워요, 오라버니."

여전히 의자 위에 올라서지 못하고 있는 카밀라를 루드빌이 슬쩍 안아 자리에 앉혀 줬다.

"······."

그는 별다른 말 없이 카밀라의 동글동글한 머리를 조심스럽게 쓰다듬었다. 마치 깨지기 쉬운 유리라도 다루는 모양새였다. 그 손길에 카밀라가 습관처럼 방실 웃어 보이자 루드빌이 그 얼굴에서 쉽게 눈을 떼지 못했다.

"왜요?"

카밀라가 고개를 갸우뚱거리며 그런 루드빌을 빤히 바라봤다.

"그냥······."

말끝을 흐린 루드빌이 카밀라의 머리를 다시 쓰다듬었다.

그 모습을 조용히 지켜보던 소르펠 공작이 별안간 그녀의 이름을 불렀다.

"카밀라."

"네에?"

"이리 오렴."

"……?"

소르펠 공작의 부름에 카밀라는 기껏 올라왔던 의자에서 폴짝 뛰어내렸다. 루드빌이 잡아 주려고 하는 것을 괜찮다며 거부하고 도도도 소르펠 공작을 향해 다가갔다.

'나 참.'

왜 애들이 매번 통통거리며 걷는지 알 것 같다. 그저 빨리 가야 겠다는 마음만 먹었을 뿐인데 절로 발걸음이 이렇게 도도도 달려 가게 되는 거 실화냐?

"왜 그러세요, 아버지?"

소르펠 공작 앞으로 다가선 카밀라는 평소와 달리 한참 더 고개 를 들어야 그와 눈을 마주칠 수 있었다.

"그……."

"네?"

"이리 오렴."

카밀라가 냉큼 한 걸음 다가서기 무섭게 소르펠 공작이 그녀를 안아 들었다.

"어?"

그렇게 공중에서 대롱대롱 흔들리는 것도 잠시, 순식간에 무릎 에 앉혀진 카밀라의 눈이 동그래졌다. 이 어색하면서도 편안한 느 낌을 뭐라고 해야 하지?

그녀의 혼란을 눈치챈 듯, 소르펠 공작이 카밀라의 머리를 부드럽게 토닥였다.

"이거 먹겠니?"

탁자에 놓여 있는 커다란 쿠키 하나를 집어 건네는 모습에 카밀라는 고개를 지으려 했다. 하지만 뭔가 잔뜩 기대 어린 눈빛을 하고 있는 소르펠 공작을 보며 결국 쿠키를 받아 입에 물고 우물거렸다.

'뭐지?'

그런 자신을 뭔가 굉장히 흐뭇하게 바라보는 소르펠 공작의 모습에 카밀라의 혼란은 더욱 커져 갔다.

우물우물… 우물.

'몸이 작아지면 원래 이런가.'

일정한 간격을 두고 등을 토닥이는 손길에 쿠키를 우물거리는 속도가 점점 느릿해졌다.

'왜 이렇게 졸리지?'

저도 모르게 스르륵 눈이 감기려는 걸 참으며 애써 눈에 힘을 줘 보았지만, 등에서 느껴지는 손길이 너무나도 따스했다. 결국 꾸벅꾸벅 동서남북으로 인사를 반복하던 고개가 옆으로 툭 기울어졌다.

"하……."

쿠키를 입에 문 채 잠이 든 카밀라를 본 소르펠 공작의 입가에 미소가 빠르게 번졌다가 사라진다. 그는 슬쩍 쿠키를 빼내 한쪽에 내려놓은 뒤, 카밀라가 좀 더 편하게 잘 수 있도록 자세를 잡았다.

"그래, 몸에 이상은 없는 거냐?"

질문을 던지는 와중에도 그의 토닥임은 계속되었다. 혹여 아이가 깨기라도 할까 봐 걱정되는지, 모든 행동이 지극히 조심스러웠다.

"네, 몸에는 전혀 이상 없습니다. 단지 어려졌을 뿐이에요."

라비 역시 조금 전보다 한층 작은 목소리로 대답했다.

아무런 근심 걱정 없다는 듯한 얼굴로 새근거리며 잠든 카밀라를 보고 있자니 마음이 착잡했다. 라비의 입에서 긴 한숨이 새어 나왔다.

"최대한 빨리 방법을 찾겠습니다."

"그래야지."

카밀라의 입가에 묻은 쿠키 가루를 살며시 닦아 주는 소르펠 공작의 손길이 유독 조심스럽다.

"그래도 너무 무리하지 마렴."

"네?"

"힘들면 천천히 해도 된다는 말이다."

"…네?"

"몸에 이상이 있는 것도 아닌데 굳이 서두를 필요가 있나?"

라비가 의아한 눈빛을 던졌지만, 소르펠 공작의 시선은 여전히 잠들어 있는 카밀라에게서 떨어질 줄 몰랐다.

이윽고 그가 어린 카밀라를 방으로 옮기기 위해 일어섰을 때.

"제가 방에 데려가겠습니다."

경쟁자가 등장했다.

"됐다."

"그럼 제가 안고 있−"

시간 마법 — 467

"꺼지렴."

"……."

카밀라를 누가 안고 가는 게 맞는지 따위로 다투는 와중에도 큰 소리는 나지 않았다. 최대한 목소리를 낮춰 옥신각신하는 두 사람의 모습을 라비는 그저 멍하니 입을 벌리고 바라보았다.

※

"아가씨."

"왜?"

"제가 먹여 드릴까요?"

"미쳤니?"

애가 지금 뭐라는 거야?

과일을 먹기 위해 포크를 집어 든 카밀라는 그런 자신의 행동을 불안해하는 도르만을 어이가 없다는 듯한 눈으로 쳐다봤다.

'몸이 어려졌으니 정신 연령도 낮아졌을 거라고 생각하는 건가?'

그렇다면 정말 큰 착각이었다. 내가 말이야, 어? 이런 과일도 혼자 못 먹을 것 같…….

투욱. 데구르르-

"……."

[푸읍!]

[야, 웃지 마.]

[푸하하하하하하! 쟤 좀 봐, 과일도 혼자 못 먹잖아. 저 굴러간 과일 어쩔 거야?]

[웃지 말라니까. 애가 얼마나 민망하겠어.]

[그러는 너도 지금 입가 씰룩거리고 있잖아.]

둘 다 좀 닥치시죠?

카밀라는 깔깔거리며 웃는 귀신 아레나와 제노를 지그시 노려봤다. 아니, 저 딸기 녀석은 왜 제대로 포크에 안 찍히고 굴러가는 건데!

[카밀라 아가씨, 포크를 이렇게 쥐어서 요렇게 쓰시면 됩니다.]

"……."

대놓고 놀리는 아레나보다 정말 아이에게 처음 포크질을 가르치듯 친절히 설명을 해 주는 집사 귀신 데린이 왜 더 얄미워 보이는 걸까?

"저도 알아요."

안다. 아주 잘 알았다. 다만 이 짧은 손가락이 뜻대로 움직여 주지 않아서 문제인 거다.

"에이."

던지듯 포크를 내려놓은 카밀라는 그대로 침대에 몸을 날렸다.

'짜증 나.'

제일 성질나는 건 원망할 대상이 마땅치 않다는 점이었다.

"라비 놈한테 그딴 걸 왜 만들었냐고 따질 수도 없고!"

[왜 못 따져? 가서 따져.]

"제가 그 정도로 양심이 없지는 않거든요."

게다가…….

"이미 열심히 알아서 땅 파고 있는 인간이라서."

[땅을 파?]

아레나의 물음에 카밀라는 한숨을 내쉬었다. 자기 마법에 그녀가 피해를 봤다는 사실 하나만으로 이미 큰 충격을 받은 듯한 라비에게 뭐라 할 수가 없었다. 오히려 녀석 앞에선 최대한 아무렇지 않게 행동을 해야만 했다.

'하여간 땅파기 고수리니까.'

돌아가신 어머니는 그런 성격이 아니었다던데, 쟤는 대체 누굴 닮아 저러는 거야.

'그러고 보니······.'

라비의 친아버지에 대해선 전혀 아는 게 없네?

"흐음."

침대에 엎드려 바둥거리던 카밀라는 천천히 몸을 일으켰다. 그러다 뭔가 이상한 느낌에 고개를 돌리니 자신을 빤히 바라보고 있는 귀신들의 모습이 보였다.

"뭐 하세요?"

[아니······.]

[어린것들은 삐져도 귀엽구나.]

[우리 아가씨··· 어릴 땐 더 사랑스러우셨네요. 여기에 처음 오셨을 땐 좀 더 컸을 때여서······.]

뭐래? 나 지금 있는 대로 성질부렸는데, 이 짜리몽땅한 팔다리로는 제대로 화도 못 내는 거니? 그런 거야?

똑똑.

그때 노크 소리와 함께 방문이 열리며 집사 루브가 안으로 들어섰다. 입을 연신 삐죽거리고 있는 카밀라를 본 그의 입가에 희미한 미소가 지어졌다 빠르게 사라졌다.

"아가씨, 손님이 찾아오셨습니다."

"손님?"

"네, 친구분들이요."

"아."

요 며칠 아카데미를 못 나갔더니 본인들이 직접 찾아온 모양이었다.

"어떻게 할까요?"

"들어오라 해."

어차피 하루아침에 해결될 일도 아니고, 딱히 숨길 생각도 없었기에 카밀라는 루브를 향해 고개를 끄덕였다.

벌컥!

"카밀라 언……!"

"카밀라! 다쳤다면……!"

잠시 후, 방 안으로 급히 들어서던 이들이 침대 위를 이리저리 굴러다니는 어린아이를 마주하고 말을 멈췄다.

그들의 기묘한 대치는 카밀라가 흐트러진 매무새를 정돈하고 자세를 바로 할 때까지도 계속되었다. 생각보다 격한 반응에 덩달아 긴장한 카밀라가 도르륵 눈을 굴리자, 그녀를 멍하니 바라만 보고 있던 엘리샤가 더듬더듬 입을 열었다.

"…카밀라 언니에게 여동생이 있었어요?"

"그, 글쎄요? 그런 이야기는 들은 적이 없는데……."

"딱 봐도 동생인데? 완전히 카밀라 판박이잖아."

뭘 어떻게 말을 꺼내야 하나 잠시 고민하는 사이, 엘리샤와 라일라, 그리고 쥬엘라가 한 가지 추측을 내놓았다.

시간 마법 — 471

카밀라와 똑같이 생긴 아이의 등장에 세 사람은 눈을 반짝였다. 소르펠 공작님이 언제 재혼을 하신 건지 모르겠다는 말까지 나오는 걸 보며 카밀라가 짧은 한숨을 내쉬었다.

'아버지가 다른 여자랑 낳은 딸이 어떻게 나를 닮겠니?'

말이 되는 소리를 해야지.

"카밀라……."

"어떻게 된 겁니까?"

반면 아르시안과 페트로는 바로 그녀를 알아봤다.

'오.'

나름 심각한 얼굴의 두 사람을 보며 카밀라는 속으로 작게 감탄사를 내뱉었다. 가짜 라니아 사건 때도 그러더니, 이번에도 어려진 자신을 단박에 알아보는 두 사람이 무척 신기했다.

"무슨 소리예요?"

"서, 설마 지금 이 아이가 카밀라라는 거예요?"

"뭐?"

두 사람의 반응에 다른 세 사람이 눈을 동그랗게 떴다. 저 꼬마가 카밀라라고?

"안녕."

그들의 말이 맞는다는 의미에서 카밀라가 가볍게 손을 들고 인사를 건넸다.

"……."

"……."

"……."

그 모습에 라일라와 엘리샤, 그리고 쥬엘라가 그대로 입을 손으로 가렸다. 쉴 새 없이 흔들리는 눈빛을 보니 많이 놀란 것 같다.
"괜찮아. 라비 오라비가 곧 방법을 찾아낸다고 했어."
그러니까 너무 걱정하지 않아도-
"꺄아아!"
"언니! 너무 귀여워요!"
"와, 엄청 어려졌네? 너 나한테 언니라고… 세상에, 애 피부 말랑거리는 것 좀 봐!"
…걱정하는 거 아니었니?
"언니, 카밀라 언니! 영상 찍어도 돼요?"
"나도, 나도!"
"…너희 마음대로 해라."
하지 말라고 안 할 애들도 아니고. 카밀라는 어느새 영상 구슬을 들고 설치는 라일라와 엘리샤를 보며 절레절레 고개를 저었다.
"어떻게 된 거야?"
"그냥 어쩌다 보니까 이렇게 됐어."
"리오보다도 작네."
한쪽 무릎을 꿇은 아르시안이 카밀라와 가만히 눈을 맞췄다. 잠시 후 그의 입매가 스르륵 올라갔다.
"어린애는 별로 안 좋아하는 편인데, 지금 생각하니까 나쁘진 않은 것 같아."
"으응? 어, 고맙다……?"
얼떨결에 고마움을 표하고 어리둥절해하는 카밀라와 달리 주변에서는 헛웃음이 터져 나왔다.
"누가 들으면 아이들만 안 좋아하는 건 줄 알겠어요."

"내 말이. 아이들'만'이 아니라 아이들'도' 안 좋아하는 거잖아. 좋게 말해서 안 좋아하는 거지, 그냥 사람 자체를 싫어한다고 보는 게 맞을걸."

"리오는 잘 챙기는 것 같던데요."

"그 꼬마만 예외인 거예요, 오라버니. 저 사람이 모든 어린애한테 리오에게 하듯이 굴지는 않잖아요."

그러거나 말거나 아르시안의 미소가 좀 더 짙어졌다. 그가 작게 속삭였다.

"너와 꼭 닮은 아이라면……."

"뭐?"

"……."

그런 아이라면……. 내 저주받은 피를 이었다 해도 좋아해 줄 수 있을 것 같은데.

하지만 끝내 내뱉을 수 없는 속마음.

말로 내뱉는 순간 정말로 욕심이 생길 것 같아서 아르시안은 입을 꾹 다물었다. 그 끔찍한 어둠에 그녀를 끌어들이고 싶지는 않으니까.

아르시안은 연신 고개를 갸웃거리는 카밀라의 머리를 가만히 쓰다듬었다.

"그러고 보니 진짜 걱정이네."

"뭐가?"

아르시안을 보자 떠오른 생각에 카밀라의 표정이 심각해졌다.

"우리 리오가 이런 날 보고도 누나라고 불러 줄까?"

"누나?"

"응."

"카밀라 누나?"

"그래, 리오."

카밀라가 리오를 보고 싶어 하는 걸 눈치챈 누군가로 인해, 다음 날 소르펠 저택으로 작은 손님이 찾아왔다.

"왜 작아졌어요?"

원래 아르시안도 같이 오려고 했는데, 세프라 공작에게 붙들려 집무실로 끌려갔다던가.

'그래도 계속 누나라고는 불러 주네? 다행이다.'

토끼처럼 동그래진 눈으로 자신을 바라보며 입을 멍하니 벌리는 리오가 귀여워 카밀라는 작게 웃음을 터트렸다. 물론 다른 이들이 보기에는 그렇게 웃는 카밀라 역시 귀엽기는 매한가지였지만 말이다.

"그러게. 왜 작아졌을까?"

"저랑 친구 하려고 작아진 거예요?"

어린아이 특유의 엉뚱한 대답에 카밀라는 결국 소리 내어 웃고 말았다.

"어디 아프신 거예요?"

리오를 따라온 세나 역시 카밀라의 모습에 많이 놀란 듯 한동안 멍하니 있다가 조금은 걱정스레 물었다.

"아니, 어디 문제가 생겨서 작아진 건 아니야."

그제야 조금 안심하는 눈치다. 심각한 상황은 아니라는 것을 깨달은 리오가 삽시간에 태세를 전환했다. 얼굴에 흥분한 기색이 역력했다.
"누나, 제가 책 읽어 줄까요?"
"…그래."
카밀라는 새어 나오려는 웃음을 애써 참으며 고개를 끄덕였다.
"누나, 이거 맛있어요!"
"그래, 그래. 둘 다 많이 먹어."
오랜만에 한가로운 시간이었다. 연신 함박웃음을 터트리는 리오도 사랑스러웠고, 처음 보는 간식을 내어 줄 때마다 눈을 연신 깜박거리는 세나도 귀여웠다.
우우웅- 우웅-!
세나의 빈 접시를 손을 대지 않은 자신의 접시로 슬쩍 바꿔 주던 그때, 책상 서랍에서 진동이 느껴졌다.
"음?"
서랍을 연 카밀라는 살며시 미간을 찌푸렸다. 일반 통신 구슬이 아닌 영상 통신 구슬이 아주 시끄럽게 울어 대고 있었기 때문이다.
"굳이 왜?"
소량의 마력만으로도 연결이 가능한 일반 통신 구슬과 달리 영상 통신 구슬은 엄청난 마력을 잡아먹었다. 그래서 특별한 일이 아니고서야 잘 쓰지 않는 물건인데.
"설마……."
지금 영상 통신을 청해 온 상대가 누구인지 알려 주는 붉은빛을 보며 카밀라는 연신 미간을 찌푸렸다.
우우웅-!

이내 통신이 끊기나 싶었지만.

우우웅- 우웅-!

또다시 울리기 시작했다.

카밀라는 이마를 짚었다.

"이거 아무래도 뭔가 얘기를 들은 것 같은데…….."

그러나 확신할 수는 없었다. 실낱같은 가능성에 매달려 끝까지 모르는 척 외면하자 상대가 방법을 바꿨다. 이번엔 일반 통신 구슬이 울어 대기 시작했다.

결국 카밀라가 한 발 물러섰다.

"왜요?"

「…딸?」

에스크라 공작이었다.

「왜 영상 통신은 안 받는 거지?」

"왜요? 무슨 일 있어요?"

「…….」

"저기요? 말을 해요, 말을. 왜 먼저 연락해 놓곤 말을 안 해요?"

「딸, 너 목소리가……. 정말 어려진 거야?」

"…대체 어떻게 아셨대?"

영상 통신을 연결하려고 할 때부터 뭔가 이상하다고는 생각했는데, 역시나 자신의 상태를 어디선가 들은 모양이었다. 아니, 이렇게 된 지 얼마나 됐다고 저 먼 곳에 있는 인간한테까지 소식이 들어간 거지?

'밖에도 일부러 안 나갔는데.'

그러다 문득 떠오르는 사실이 하나 있었다. 그 어떤 정보도 아주 손쉽게 얻을 수 있는 인물이 저쪽에 한 명 있지 않은가!

「카밀라.」

그녀의 예상이 맞는다는 걸 알려 주듯 웃음기가 잔뜩 담긴 또 다른 목소리가 들려왔다.

「어린애가 됐다던데.」

"제이너, 너 대체 어떻게 안 거야?"

「그건 사업 비밀이라.」

이제 아예 감출 생각도 않네?

에스크라 공작에게 암살자 길드의 수장이라는 사실을 들켰다는 건 이미 들어 알고 있었다. 그래도 그렇지, 저리 대놓고 티를 낼 줄이야…….

「어려진 기분이 어때? 좋아?」

"어린애한테 욕먹는 기분부터 느껴 볼래?"

키득거리는 웃음소리에 카밀라가 가볍게 혀를 찼다. 이 자식은 시간이 지날수록 더 능글맞아지는 것 같단 말이지.

「비켜 봐라, 제이너. 그래서 원래대로는 언제 돌아가는 거지?」

"라비 오라비가 방법을 찾고 있어요."

「다음 주 내로 돌아갈 가능성이 있나?」

"다음 주? 글쎄요, 저야 모르죠. 그런데 그건 왜요?"

「다음 주에 다이브가 방학을 하거든.」

"방학이요?"

그런데 그게 뭐?

「너무 빨리 크지 말라고.」

"뭐래요, 당장 끊-"

「누나!」

"다이브?"

더 이상 대화의 의미가 없어 보여 통신을 끊으려는 순간 또 다른 익숙한 목소리가 들려왔다.

「누나? 정말 누나 맞아요? 누나 목소리가 아닌 것 같아. 영상 통신 구슬에 연결해서 얘기하면 안 돼요?」

"안 되긴. 당연히 되지."

「정말요?」

"그런데 지금 손님이 있어서. 나중에 누나가 따로 연락해도 될까?"

「네!」

「딸, 다이브와는 영상 연결하는 거야? 내가 영상 통신 걸었을 땐 왜 안 받은 건데?」

"끊을게요."

「너무하네. 나도 궁금한데.」

"뭐가요?"

「너의 어릴 적 모습.」

그딴 게 왜 궁금해? 카밀라는 바로 통신을 끊었다.

애초에 해 줄 말도 없었다. 다들 그렇지 않나? 너무 어릴 때 일은 잘 기억이······.

"아!"

한 가지 확실히 기억나는 건 있다.

'그때 엄청 아팠었는데.'

어지간한 감기나 상처로는 병원행을 생각하지도 못했던 시절이다. 그럼에도 그때는 정말 죽을 것 같아 보였는지, 그 아비라는 자도 엄마가 자신을 병원에 데려가는 걸 막지 않았다.

그러나 병원에서도 유의미한 결론을 내놓지 못했다. 온몸이 불덩이처럼 뜨거운 나머지 혼절까지 했는데, 원인을 찾을 수 없다는 말만 반복했던 것이다.

정밀 검사를 해 보자는 말에 엄마는 자신을 데리고 집으로 돌아왔다. 한두 푼도 아니고, 그런 큰돈을 고작 이런 일에 쓸 수는 없다고 생각했겠지.

'신기하게 그때의 일은 선명하단 말이야.'

무척 어릴 때 일이니 흐릿해질 만도 한데, 죽을 정도로 아팠기 때문일까? 그때의 기억은 지워지지가 않는다.

'그냥 죽게 내버려 둬!'

아버지라는 자가 내뱉었던 말도 선명하게 떠오르고.

'내 인생이 그렇지, 뭐.'

설마 그 나이로 돌아갔다고 그때처럼 아픈 건 아니겠지?

'그래, 그땐 이시아의 몸이었는걸.'

피식 웃으며 쓸데없는 생각을 털어 버린 카밀라는 어느새 책 한 권을 들고 달려오는 리오의 모습에 짧은 웃음을 터트렸다.

그리고 그녀는 미처 몰랐다.

카밀라, 과거 이 몸의 주인이었던 그 애 역시 그맘때쯤 죽을 고비를 한 번 넘겼다는 사실을.

※

"카밀라, 정신이 좀 드니?"

"야! 억지로 눈 안 떠도 돼!"

머리가 멍하다. 눈앞도 흐릿하고.

귀로 들리는 건 다급한 식구들의 목소리.

'씨…….'

어떻게 된 건지 모르겠다. 아니, 너무 잘 알아서 문제라고나 할까? 이 열기, 이 고통. 너무도 익숙해서 더 의아하다.

'대체 왜?'

이시아로 살 때 겪었던 아픔을 그대로 재현하고 있는 현재의 몸뚱이라니. 말도 안 되는 동기화 기능에 카밀라의 머릿속이 복잡해졌다.

'정신이 육체를 지배한다는 말을 이때 쓰는 게 맞나?'

이 몸은 그 몸이 아닌데, 대체 왜 그때의 병이 재발하는 거냐고!

"아가씨, 물 좀 드세요."

자신의 몸을 살짝 감싸 안으며 물을 먹이는 도르만을 보며 카밀라는 진심으로 묻고 싶었다. 넌 지금 이 상황을 좀 설명해 볼래?

"뭐? 카밀라가 저 나이 때 아팠던 적이 있다고?"

혼미한 상태에서 소르펠 공작의 목소리가 귀를 파고들었다.

"네, 크게 앓은 적이 있습니다."

"왜? 원인은?"

소르펠 공작의 다급한 물음에 라비가 고개를 저었다.

"치료사들 모두 고개만 내저었습니다. 원인을 알 수 없어 발만

구르는데, 조금씩 상태가 나아졌고요. 나중엔 완전히 털고 일어나서 결국 유야무야 넘어갔습니다."

그렇지 않아도 몽롱하던 정신이 두 사람의 대화를 듣자 더욱 혼곤해졌다.

이전의 카밀라도 이맘때 아팠다는 거야? 이건 또 무슨 상황이지?

카밀라는 흐릿한 시야를 간신히 들어 자신에게 물을 건네고 있는 도르만을 올려다봤다.

"아가씨······."

그녀가 무엇을 의아해하는 건지 이미 알고 있는 듯 그의 입에서 소리 없는 한숨이 흘러나왔다.

"일단 몸부터 추스르세요. 나중에 다 말씀드릴게요."

아직 나한테 이야기하지 않은 게 남아 있었단 말이야? 이걸 진짜!

당장 물어보고 싶었지만 힘이 조금도 들어가지 않아서 목소리를 전혀 낼 수 없었다.

"으······."

기껏 나오는 것이라고 해 봐야 끙끙 앓는 신음 소리뿐이다.

"이거 드시고 좀 주무세요."

해열제로 보이는 액체를 입에 넣어 주는 도르만의 모습을 끝으로 카밀라는 까무룩 정신을 잃었다.

쟁탈전

"하아… 하아……."

'시끄러워, 안 닥쳐?'
'여, 여보, 애가 아파서 그러는 건데…….'
'씨X! 집도 좁은데 혼자 누워 자리는 다 차지하고 있고!'
'병원에라도 다시 데려가 보는 건 - '
'돈이 썩어 나? 썩어 나냐고!'

"하아… 하아……."

'여보, 시아가 제대로 숨을 못 쉬는 것 같아요.'
'그래서 뭐? 나보고 어쩌라고?'
'시아가…….'
'그냥 내버려 둬.'

"아… 하아……."

'뭐야? 뭘 먹이고 있는 거야? 약이야? 돈이 썩어 나?'

"으… 으……."

'쯧, 야! 살아났으면 당장 일어나! 언제까지 누워만 있을 거야!'

"으… 으으……."
"카밀라."
흐릿한 시야로 누군가의 모습이 보인다. 하지만 당장에라도 주먹이 날아올 것 같아 그대로 질끈 눈을 감았다.

'확! 안 일어나? 씨X!'

"으… 흐윽……."
"카밀라?"

'대체 언제까지 처누워 있을 거야!'

"자, 잘못… 으윽… 때리지……."
"카밀라!"
아파… 아파……. 제발 때리지 마세요. 제가 다 잘못했어요. 제발… 그만, 그만……!

토닥.

부르르 몸을 떨며 눈을 감고 있던 그녀가 천천히 눈을 떴다.

여기가 어디지? 아빠는? 엄마는?

토닥.

그 순간 등에서 느껴지는 따스한 손길.

누구야? 나 지금 누구에게 안겨 있는 거지?

"카밀라."

카밀라?

"아가."

이 다정한 목소리는……

"아…버지?"

토닥.

대답 대신 부드러운 손길이 돌아왔다.

"더 자거라."

주르륵 눈물이 흘렀다. 안도감에, 저 밑에서부터 차곡차곡 차오르는 깊은 안도감에.

'그래…….'

여긴 거기가 아니야. 그 사람은 여기에 없어.

난 더 이상 이시아가 아니라…….

"카밀라."

카밀라니까.

그리고 이분이…….

"좀 더 자렴."

나의 아버지.

토닥.

카밀라는 다시 스르륵 눈을 감았다.

'이 미친X! 너 같은 것 때문에-'

토닥.

'야! 꼴도 보기 싫으니까 당장 꺼져!'

토닥.

아팠던 기억들이 하나둘 점점 사라져 갔다.

토닥.

온몸을 감싸는, 그 어떤 아픔에서도 지켜 줄 것 같은……

토닥.

아버지의 손길에.

＊

"카밀라가요?"

라비는 충격을 받은 듯 얼굴이 굳어졌다.

"혹시 말이다."

소르펠 공작은 이런 질문 자체가 혹 라비에게도 상처가 되지는 않을까 염려하면서도 조심스럽게 말을 이었다.

"그 사람이 너희들에게 손을 댄 적이 있는 거냐."

그 사람. 라비와 카밀라의 친모, 티아를 말하는 거다.

'아파… 때리지 마세요. 제발…….'

조금 전 보았던 것을 떠올린 소르펠 공작의 입에서 무거운 신음이 흘렀다. 카밀라가 그렇게까지 덜덜 떠는 건 처음 보았던지라 그로서도 충격이 컸다.
상대에 대한 극심한 두려움, 공포.
소르펠 가문에 막 발을 들였을 적에도 잔뜩 움츠리고 경계하는 모습을 보이긴 했지만, 이 정도는 아니었다.
"……."
카밀라의 그런 모습을 전해 들은 라비는 주먹을 꽉 쥐었다.
어릴 적, 카밀라가 어머니에게 호되게 야단을 맞는 모습을 가끔 본 적이 있다. 어머니는 카밀라에 한해서는 그 어떤 사소한 잘못도 그냥 넘어가는 법이 없으셨다. 가혹하다 싶을 정도로 벌을 세우고 야단을 쳤다.
'…상처였겠지.'
아주 오래전의 일이지만 그렇다고 그 상처가 사라지는 건 아니니까.
말이 훈육이지, 지금 생각하면 학대나 다름없다. 그 가혹한 보살핌에 노출되었던 나이로 돌아가 버린 바람에 오래된 상처를 건드린 게 아닐까 싶었다.
'내 탓이다.'
내가 그딴 마법만 연구하지 않았어도…….

투욱.

"아……!"

고개를 푹 숙이고 있던 라비는 자신의 어깨를 다독이는 손길에 급히 고개를 들었다.

"괜찮다."

"하지만……."

"다 괜찮아질 게야."

그 심정을 다 아는 것처럼 묵묵히 자신을 달래는 소르펠 공작의 모습에 라비는 한동안 아무런 말도 할 수가 없었다.

'이 아이에게도 상처였을 텐데.'

소르펠 공작 역시 어느 정도 눈치는 채고 있었다. 그녀가, 이 아이들의 친모가 두 아이를 대하는 태도가 많이 달랐다는 것을 말이다.

동생을 차갑게 대하는 어머니의 모습을 지켜보는 라비 또한 알게 모르게 깊은 상처를 받았을 것이다.

'하아.'

새삼 이 아이들에게 좀 더 빨리 다가가지 못하고 그저 저들이 먼저 다가오기만을 기다렸던 자신의 행동에 후회가 밀려들었다.

똑똑.

그때, 인기척과 함께 집사 루브가 급히 안으로 들어섰다.

"공작님."

"무슨 일인가?"

"손님이 찾아오셨습니다."

"손님? 누구?"

"그게……."

답지 않게 말끝을 흐리며 당황한 기색을 숨기지 못하는 루브에 소르펠 공작이 의아한 얼굴을 했다. 하지만 곧 이어진 대답에 그 또한 빠르게 표정이 굳어 갔다.

"…나."

"으… 으음."

"카밀라 누나."

약 기운에 취해 잠들었던 카밀라는 귓가에 나직이 들려오는 익숙한 목소리에 천천히 눈을 떴다.

"하아."

통증을 줄여 주는 약 때문인가? 그래도 아까보다는 훨씬 상태가 나아진 것 같-

"누나!"

"……."

…상태가 좋아진 게 아니었나? 왜 헛것이 보이지?

얘가 지금 여기에 있을 리가 없는데?

카밀라는 손을 들어 흐릿한 눈을 천천히 비볐다.

"누나아아… 많이 아파요?"

그 순간 다시 들려오는 목소리.

"…다이브?"

잔뜩 잠긴 목소리에 눈앞에 서 있는 아이, 다이브의 눈에 그렁그렁 눈물이 차올랐다.

"저번엔 건강에 아무 이상 없다고 했잖아요……."

얼마 전에 통화를 했을 때만 해도 몸에는 전혀 문제가 없다고 하지 않았냐, 마법에 의해 몸이 좀 어려졌을 뿐이라고 했는데 왜 아픈 거냐며, 아이는 쉴 새 없이 훌쩍거렸다.

"네가 왜……."

그리시아 제국에 있어야 할 다이브가 왜 여기에 있는 걸까?

의아한 표정을 짓자 다이브가 눈물을 닦으며 씩씩하게 말을 이었다.

"놀러 왔어요."

"뭐?"

"방학했거든요."

"방학?"

멍하니 아이의 말을 되뇌던 카밀라의 눈이 점점 본래의 생기를 되찾는가 싶더니, 얼마 지나지 않아 또렷해졌다.

"진짜 다이브?"

"네."

"나 보러 온 거야?"

"네!"

커다래졌던 눈이 서서히 곱게 휘어졌다. 곧이어 그녀의 입가에 희미한 미소가 떠올랐다.

"다이브."

"누나……."

"진짜 다이브네."

그녀가 손을 올리자 다이브가 그 손을 빠르게 잡아챘다. 자기보다 훨씬 작은 손을 보며 다이브가 살짝 입을 벌렸다.

"누나 손이 엄청 작아요."

…그러게.

"우리 다이브는 잠깐 못 본 사이에 많이 컸네?"

"누나는 엄청 귀여워요."

"……."

살다 살다 애한테 별소리를 다 들어 보는구나.

짧게 한숨을 내쉰 카밀라는 밀려드는 어지러움에 살짝 눈을 감았다.

'그나저나, 애가 혼자 오지는 않았을 텐데.'

제이너와 함께 온 건가?

그런 의문을 가지는 순간, 커다란 손이 그녀의 얼굴을 살며시 감쌌다.

"아직 열이 심한데."

"……!"

이어서 들려오는 나직한 목소리.

급히 눈을 뜬 카밀라의 시야에 자신을 유심히 내려다보고 있는 붉은 눈동자가 잡혔다.

"좀 더 자는 게 좋겠군."

에스크라 공작이었다.

"어… 어……."

이 인간은 또 어디서 나타난 거야……?

카밀라는 말도 제대로 잇지 못한 채 멍하니 그를 올려다봤다.

"자라."

그가 열기를 식혀 주는 서늘한 손으로 그녀의 눈을 감겨 주며 나직이 말을 이었다.

"대화는 나중에 하도록 하지."

그 후로도 한참 동안 손을 떼지 않던 남자는 카밀라가 약 기운을 이기지 못하고 스르륵 잠이 드는 걸 확인한 후에야 몸을 움직였다.

"잘 자요, 누나."

흐릿해지는 의식 너머 다이브의 인사가 들려온 것도 같았다. 카밀라는 다시 깊은 잠에 빠져들었다.

"아가씨, 이것 좀 더 드세요."

"됐어. 배불러."

"그래도 이만하기 정말 다행이에요."

앓아누운 지 딱 한 달이 지나니 거짓말처럼 열이 싹 내려갔다. 온몸의 뼈가 다 부서질 것 같은 통증 역시 말끔하게 사라졌다.

"혹시라도 한 달 넘게 아프실까 봐 엄청 걱정했어요."

"그래. 다행이지."

말이 한 달이지, 한 달 내내 시름시름 앓다 보면 정말 사는 게 사는 게 아니다. 이런 상태가 더 길어졌다면 정말 미쳐 버렸을지도 모른다.

"그러니까 이제 말해 봐."

"뭘요?"

"어디서 딴청이야? 너, 나한테 아직 말 안 한 거 있잖아."

도르만을 지그시 노려보자 그가 어색한 미소를 흘렸다. 카밀라의 눈빛이 더욱 날카로워지자 그가 소리 없는 한숨을 내쉬었다. 저 모습으로 노려봐야 별로 무섭지도 않거늘.

"숨길 일도 아닌데……. 그냥 신열 같은 겁니다."
"신열?"
"진실의 거울이 주기적으로 겪게 되는 증상 같은 거죠."
"주기적이라니? 그러면 이런 병치레를 나중에 또 해야 해?"
"네."
"끄응."
 내가 무당도 아니고, 뭔 신열이래? 짜증 나.
"일단 나는 그렇다고 쳐."
 이 몸을 차지하고 있던 과거의 카밀라는 대체 왜 아팠던 거지?
 잘 이해가 가지 않았다. 자신이야 진실의 거울이니 그렇다 치지만, 그 아이는 왜?
"영혼이 빠져나갔다고 해도 그릇 자체는 진실의 거울이다 보니 영향을 받았던 겁니다. 그래도 여기 계셨던 이시아 님은 짧게 아프셨지요."
 이번에도 그녀는 거의 한 달을 아프지 않았던가. 하지만 라비의 말을 들어 보니 원래 이 몸에 들어와 있던 이시아는 보름 정도를 앓았다고 한다.
"쯧."
 원래의 주인이 몸을 차지했다고 그대로 한 달을 아프다니. 어찌나 정직한 몸뚱아리인지.
"나중에 또 언제 아픈 거야? 주기가 어떻게 돼?"
"그건 저도 잘 모릅니다."
"몰라?"
"그 전에 다들 죽어 버렸으니까요."

"아……."

이 세계에서 태어난 진실의 거울들이 어떻게 생을 마감했는지 잠시 잊고 있었다.

"그래도 너무 걱정하지 마세요. 이시아 님으로 사실 때도 오랫동안 증상이 없었잖아요."

"맞아."

적어도 네 살 때 이후로는 딱히 아팠던 적이 없다.

"그런데……."

카밀라가 주변을 살폈다. 늘 시끌시끌했던 방 안이 오늘따라 유독 조용하다.

"다른 사람들은?"

"누구요? 다이브 님과 에스크라 공작님이요?"

"응."

카밀라의 물음에 도르만이 묘한 미소를 흘렸다.

"참전하셨어요."

"참전이라니?"

갑자기 뭔 소리야? 전쟁에라도 나갔다는 거야?

카밀라의 놀란 눈빛에 도르만이 피식 웃으며 말을 이었다.

"아들 쟁탈전에요."

"뭐?"

※

"이것도 좀 먹어 보겠니?"

"네? 아, 네!"

"뭐 먹고 싶은 거나 필요한 게 있다면 부담 갖지 말고 뭐든 말 하렴."

"네……."

포크를 입에 넣은 다이브가 연신 흔들리는 눈빛으로 자신의 앞에 앉아 있는 소르펠 공작을 바라봤다.

"우리 애가 못 먹고 자란 걸로 보이나?"

유치하게 먹는 걸로 꼬여 내려 하다니.

에스크라 공작이 그런 소르펠 공작을 향해 날 선 기운을 던졌다. 같잖은 짓을 한다고 비웃음을 날렸던 남자는, 곧 이 자리에 있는 또 다른 누군가를 의식하며 슬쩍 입을 열었다.

"내가 이번에 아주 귀한 마법서를 하나 구했는데."

"…마법서요?"

"관심 있나? 그라시아 제국에 온다면 선물로 기꺼이 내어 주지."

"네?"

부담스러울 정도로 진득한 시선을 던지는 에스크라 공작의 모습에 라비가 답지 않게 당황했다.

"마법서는 우리 제국에도 많아!"

치사하게 마법서로 내 아들의 마음을 떠보다니!

소르펠 공작은 으득 이를 갈았다. 저놈의 새끼가 라비한테 왜 자꾸 수작을 부리는지, 그 이유를 너무 잘 알기 때문이다!

'그러는 네놈은?'

그건 에스크라 공작 역시 마찬가지였다. 다이브에게 연신 어울리지도 않는 미소까지 지어 주며 온갖 선물 공세를 퍼붓고 있는 소르펠 공작의 의도를 어찌 모르겠는가.

'카밀라가 아끼는 아이이니…….'

'카밀라가 유일하게 가족으로 여기는 녀석이니…….'

다이브와 라비. 두 사람 다 카밀라에겐 소중한 존재로, 그녀의 안정에 아주 많은 지분을 가지고 있다는 걸 알기에 각자의 제국으로 데려가고 싶어 하는 것이다.

소르펠 공작은 다이브가 여기에 계속 머물러 줬으면 했고, 에스크라 공작은 라비를 데려가고 싶어 했다. 그리되면 카밀라가 자신들과 함께할 가능성이 매우 커지니까.

"우리 다이브는 누나를 꼭 닮았구나."

"우리? 언제 봤다고 우리 애가 네 다이브가 된 거지?"

"기간이 중요한가? 첫 만남부터 저건 내 자식이다 생각이 드는 걸 어쩌라고?"

"내 자식이 왜 그쪽 자식이야?"

"유치하게 따지긴. 그러는 그대야말로 왜 우리 라비에게 자꾸 찝쩍거리는 건가?"

"라비야말로 나와 오래된 사이니까. 한때 내 자식이기도 했지."

"그런 자식을 버리고 떠난 게 누구더라?"

"아직 못 들었나? 사고가 있었다. 기억을 잃는 바람에 몰랐을 뿐이야. 그렇지 않았다면 분명―"

"그게 변명이 된다고 생각하나? 버림받은 줄 알았을 아이의 상처는?"

내내 덤덤하던 에스크라 공작의 얼굴이 무겁게 가라앉았다. 이유야 어떻든 라비와 카밀라를 잊고 산 세월에 대해선 변명의 여지가 없었다.

하지만 그로서도 할 말이 없는 건 아니었다. 자기는 뭐 얼마나 떳떳하다고?

"그러는 그쪽이야말로 이제 와 카밀라를 챙기면 다인가? 예전에는 그리 무시하고 외면했던 인간이? 아랫것들이 애를 괴롭히는 것도 몰랐다면서?"

"……."

이번에는 소르펠 공작이 입을 꾹 다물었다. 지금도 종종 스스로를 탓하는 부분을 그가 콕 집어내자 할 말이 없었다.

사이좋게 한 번씩 주고받은 두 공작의 눈에서 불꽃이 튀었다.

"다이브, 이것 좀 더 먹어 보렴. 아주 귀한 거란다."

"라비, 네가 원한다면 고위급 마법사도 한 명 스승으로 붙여 주마."

"우리 제국에도 마법사는 많아!"

"우리 집도 거지 아니라고! 왜 자꾸 먹는 걸로 애를 꼬셔!"

조금 전과 조금도 다르지 않은 대사를 내뱉으며 싸우는 두 사람을 바라보던 라비와 다이브의 시선이 마주쳤다.

"……."

"……."

그러곤 누가 먼저라 할 것 없이 조용히 일어나 그 자리를 도망치듯 벗어났다.

"우리 애라니까!"

"웃기지 마!"

그러거나 말거나 두 사람의 아들 쟁탈전은 조금도 멈출 기미가 보이지 않았지만 말이다.

"아우."

오랜만에 방에서 나와 정원을 거닐던 카밀라는 찬 공기를 그대로 깊게 들이마셨다. 날이 무척 추웠지만 한동안 아파서 방에만 있었던지라 도로 들어가고 싶은 마음은 들지 않았다.

"진짜 겨울이네."

앙상한 가지만 쓸쓸하게 남아 있는 나무를 보며 새삼 계절의 흐름을 느꼈다.

[많이 춥니? 그러면 눈 내리는 것 좀 나중으로 미룰까?]

"눈이요?"

그녀를 졸래졸래 따라온 겨울의 정령왕 아이슬라가 뜻밖의 말을 꺼냈다.

[응, 조금 이따가 눈을 내릴 거야.]

"오."

그러고 보니 하늘에 구름이 가득하다. 올해 들어서 내리는 첫눈인가?

"누나!"

그때 멀리서 카밀라를 부르며 달려오는 이가 있었다.

"다이브."

넘어질까 걱정이 될 정도로 빠르게 달려오는 아이를 보고 있자니 저도 모르게 웃음이 흘러나왔다.

다이브의 뒤로 루드빌과 라비의 모습이 보였다. 헤매기라도 하면 어쩌나 싶었는지 아이를 직접 안내해 준 모양이었다.

"누나, 이제 괜찮아요? 정말 다 나았어요?"

"응."

"다행이다!"

오랜만에 꼭 안아 주고 싶었는데 웬걸, 오히려 자신이 아이의 품에 꼭 안기는 꼴이 되었다. 작아지니 여러 가지로 참 불편하구나.

"다이브."

"네."

카밀라는 자신을 내려다보는 아이의 머리를 발꿈치를 들어 가볍게 쓰다듬었다. 아이는 하루가 다르게 자란다더니, 정말 언제 이렇게 컸지?

"보고 싶었어."

"정말요?"

카밀라의 말에 다이브의 입가에 환한 미소가 지어졌다. 반면 루드빌과 라비는 눈이 휘둥그레졌다. 깜짝 놀란 기색이 역력했다.

'저 녀석이 저런 말도 해?'

가끔 아버지한테 대놓고 점수를 따고 싶을 때나 하지, 어지간한 일에는 절대 저딴 말을 날리지 않는데?

그런데…….

"저도 누나 엄청 보고 싶었어요."

"내가 더 많이 보고 싶었을걸?"

"아닌데."

"맞는데."

저 알콩달콩 낯간지러운 대화는 대체 뭐란 말인가.

살을 마구 문지르고 싶은 말들을 아무렇지 않게 주고받고 있는 카밀라와 다이브를 보며 루드빌과 라비의 눈빛이 점점 날카로워졌다.

"…형님."

"응."

"저 꼬맹이, 하는 짓이 좀 얄밉지 않아요? 다 큰 게 아주 있는 대로 어리광을-"

그때만 해도 아무도 몰랐다.

"누나! 우리 같이 차 마셔요."

"그래."

"……."

"……."

또 다른 쟁탈전이 시작되었음을 말이다.

"아이슬라."

[왜?]

"설마 이곳도 겨울 왕국으로 만들 생각은 아니죠?"

카밀라는 창밖에 수북이 쌓인 눈을 응시하며 한숨을 푹 내쉬었다. 쌓이다 못해 그 무게를 이기지 못한 가지가 꺾이기까지 했으니, 말 다 했지 뭐.

'그나마 바람은 불지 않아 다행이라고 해야 하나?'

첫눈이 살짝 날릴 때만 해도 분위기 있고 참 좋았는데……. 저 놈의 눈은 왜 그칠 생각을 하지 않는 걸까?

[내일쯤 그칠 거야. 눈도 일정량 내려 주지 않으면 흉년이 지는 작물이 있지.]

"그래요?"

저쪽 세계에 있을 때 얼핏 들은 것도 같다. 겨울이 너무 춥지 않으면 보리 흉년이 든다고 했던가? 여기도 그런 작물이 있나 보다.

"그나저나, 쟤들은 춥지도 않나 봐요."

카밀라의 시선이 다시 창밖으로 향했다. 발목까지 깊게 잠기는 눈밭을 열심히 뛰어다니고 있는 아이들의 모습이 보였다.

'보기만 해도 춥다.'

다이브와 리오, 그리고 세나가 함께 눈밭에서 놀고 있었다.

'아이들이라서 그런가.'

만난 지 얼마 지나지 않아 곧잘 어울려 노는 모습이 좀 신기했다. 다른 사람과의 관계에 본능처럼 날을 세우는 다이브가 리오에겐 그러지를 않았다.

'아니, 못 했다는 게 더 정확한 말이겠지.'

─"형! 다이브 형!"

─"응, 리오."

─"다이브 형이 내가 본 형들 중에서 제일 잘생겼어!"

마침 아이슬라의 힘에 의해 아이들의 대화 소리가 밀려들어 왔다. 처음 만났을 때와 별반 다르지 않은 상황에 카밀라가 연신 키득였다. 다이브의 얼굴이 새빨갛게 달아오른 건 비단 추위 때문만이 아닐 거다.

─"고마워······."

─"눈사람 다 만들고 안에 들어갈래? 나랑 세나 누나랑 셋이서 같이 장난감 쌓기 놀이 하자!"

─"좋아."

'리오의 힘이라고 해야 하나?'

아르시안이 들었으면 엄청 서운해할 칭찬을 다이브에게 마구 날린 리오는 단숨에 또 한 명의 친구를 만들었다. 물론 세나와 다이브 사이는 여전히 데면데면하긴 한데, 거기에 대해 둘 다 별로 신경 쓰는 것 같지 않았다.

그때, 카밀라 곁으로 라비와 루드빌이 다가왔다.

"뭐야? 또 꼬맹이들 보고 있는 거야?"

그녀를 따라 시선을 옮겼던 두 사람은 창 너머로 보이는 아이들을 확인하곤 어쩐지 부루퉁한 표정을 지었다. 왜 저래?

"그러는 오라비는 왜 또 왔어?"

카밀라는 라비를 있는 힘껏 노려봤다. 대체 이 인간이 요즘 왜 이러는지 모르겠네.

"왜 왔긴, 간식 가져다주려고 왔지. 이거 안 보여? 케이크잖아."

"오라비가 언제부터 내 시종으로 취업한 건데?"

이제 도르만을 자르면 되는 거야?

"챙겨 줘도 난리야."

"이상하니까 그러지."

요즘 가는 곳마다 라비가 얼굴을 비쳤다. 처음에는 자기 때문에 내가 어려져서 저러나 했는데, 그게 아니더란 말이지.

"오라비야, 혹시나 해서 물어보는 건데, 저 쪼그만 애를 경쟁 상대로 삼은 건 아니지?"

"가, 갑자기 뭔 소리야! 내가 왜!"

뭐, 둘이 경쟁을 할 이유가 없기는 한데…….

'내 착각인가.'

왜 나한테는 오라비가 나잇값 못 하고 어린애랑 경쟁하려고 드는 것처럼 느껴지지.

'야, 그거 뭐야?'
'다이브 주려고 산 초콜… 그걸 오라비, 네가 왜 먹어! 다이브 줄 거라니까!'
'나도 초콜릿 좋아해.'
'우리 집 남정네들이 단거 싫어하는 걸 내가 빤히 다 아는데 뭔 헛소리야.'
'형님도 이거 좋아해. 형님, 이거 드세요!'
'어.'

미쳤나?
꾸역꾸역 미간을 잔뜩 찌푸린 채 초콜릿을 결국 다 해치우는 두 사람의 모습이 황당하다 못해 기가 막혔다.

'야, 이거 먹어.'
'쿠키네? 지금 별로 안 먹고 싶은데.'
'조금 전에 꼬맹이가 준 건 먹었잖아! 지금 차별해? 먹어! 당장 먹어! 형님! 형님이 가지고 온 거 어서 주세요! 이것도 다 먹어!'
'아우, 대체 왜 이러는 건데!'

돌았나?
끝내 한 입이라도 먹는 걸 봐야겠다며 꾸역꾸역 입에 쿠키를 밀어 넣어 주던 라비를 보며 진짜 한 대 때릴 뻔했다.

'아니, 저 생각 없는 라비 놈은 그렇다고 쳐.'

왜 루드빌 오라버니까지 저놈에게 동조해 주고 있는 건데?

"저 꼬맹이는 언제 돌아가는 거야?"

"온 지 얼마나 됐다고."

"마음에 안 들어."

"다이브도 딱히 오라비 안 좋아할걸."

우리 다이브가 대체 뭔 잘못을 했다고 저리 못마땅해서 난리일까? 진짜 알 수가 없다.

"쓸데없는 소리 하지 말고 그만 좀 와. 할 일 없어? 왜 자꾸 오는 건데?"

"왜 나한테만 그래? 형님도 매번 오는데!"

"오라버니, 차 드릴까요?"

"응."

"야! 너 왜 차별하는데!"

"아우, 시끄러워. 그러면 오라비도 한잔 줄 테니 마시고 가든가."

기다렸다는 듯이 도르만이 차를 가져와 탁자에 빠르게 내려놓았다.

"그런데 오라비."

"왜?"

"나 언제 원래대로 돌아가는 거야?"

"…어?"

"언제 돌아가냐고."

"……."

…어라? 지금 너, 내 눈 피한 거야?

"이봐, 오라비."

"어?"

"나 혹시 못 돌아가는 거야? 방법이 없어?"

"아니! 절대 아냐! 마법 수식도 어제부로 완성됐어."

"진짜?"

"진짜!"

…뭔가 영 의심스러운데.

"그럼 방금 그 반응은 뭐야?"

"내, 내가 뭐?"

"말 더듬지 마! 또 불안해지니까!"

"불안하긴 뭘 불안해! 마법 수식은 진짜 완성됐다니까! 오빠 못 믿어?"

지금 네 꼴을 봐. 믿게 생겼니?

'저것 봐, 저것 봐!'

또 슬쩍 시선 피하는 거!

라비를 바라보는 카밀라의 눈매가 더욱 가늘어졌다.

"그럼 뭐야? 왜 아직까지 난 이러고 있는 건데?"

"그게 다 너 때문이잖아!"

"나? 내가 뭐?"

"누가 그렇게 어려져서 귀……!"

귀? 귀, 뭐? 내가 귀가 뭐가 이상해?

"……."

라비는 또다시 카밀라의 시선을 외면했다.

원래대로 돌아가는 마법 수식은 방금 말한 것처럼 이미 다 파악이 끝난 상태다. 마력석에 저번처럼 수식을 새겨 넣고, 그걸 카밀라가 직접 깨트리기만 하면 된다.

다만······.

'이렇게나 빨리? 조금 더 둬도 될 것 같은데······. 라비, 너도 많이 피곤해 보이니 나중에 하자꾸나. 쉬엄쉬엄하렴.'

'예? 아버지, 저 괜찮-'

'처음으로 의견이 일치하는군. 애 돌보랴, 연구하랴 힘들었을 테지. 카밀라는 우리가 보면 되니까 너는 쉬어라. 하여간 그 녀석은 다리도 짧은 게 어딜 그렇게 쏘다니는 건지 모르겠어.'

'대체 두 분이서 무슨 말씀을 하시는 겁니까?'

소르펠 공작과 에스크라 공작. 의기투합한 두 사람이 아주 열심히 마법 시전을 막고 있을 뿐이지.

애초에 카밀라는 쏘다닌 적도 없었다. 다치면 안 된다는 핑계로 하도 안고 다니는 바람에 두 사람을 피해 제 연구실로 도망 올 정도였다.

황당하기까지 한 기억 날조에 멀거니 보고만 있자 두 공작이 황급히 변명했다.

'나는 저 나이의 카밀라를 본 적이 없잖니. 지금 모습을 조금 더 보고 싶구나.'

'그래도 그쪽은 일곱 살 때부터라도 함께했잖아. 난 그 아이의

어린 시절을 전혀 본 적이 없어.'

'참으로 안타까운 일이야……. 그렇지! 이왕 이렇게 된 거, 라비 너도 그 마법을 써 보는 게 어떨까. 작은 네가 옆에 붙어 있으면 카밀라도 훨씬 덜 불안해할 게다.'

'그거 괜찮군. 내가 바로 마력석을—'

'먼저 가 보겠습니다.'

"오라비? 무슨 생각을 그렇게 해? 어디 아파?"

그리고…….

"열은 없는데."

"……."

저 또한 카밀라가 좀 더 이렇게 있어 주었으면 했다.

자신의 볼을 만지작거리는 작은 손을 살며시 잡은 라비는 카밀라에게 작은 리본을 하나 쥐여 줬다.

"이게 뭐야? 머리끈?"

"오다 주웠어."

"뭐라는 거야……. 정말 어디 아파?"

"이건 챙겨 줘도 난리네."

카밀라가 아주 오래전에 갖고 싶어 했던 디자인의 머리핀. 그것이 조그마한 손아귀에서 반짝거렸다.

어린아이 눈에는 굉장히 예뻐 보였는지, 한동안 카밀라는 별별 핑계를 대면서 리본을 파는 상점 앞만 맴돌았다. 본인은 아무도 모를 거라고 생각했던 모양이지만, 그럴 리가 있나. 당시 라비의 눈에는 훤히 보였다.

축 처지는 어깨를 보면서도 끝내 무시하고 뒤돌아섰던 어린 날의 행동이 항상 마음에 걸렸다. 심란한 마음을 감출 요량으로 라비가 부러 입꼬리를 비뚤게 올렸다.
"넌 어서 이거나 먹어."
"뭘 또 먹이는 거야. 그만 좀 갖고 와!"
"그냥 먹으라고!"
그때 해 주지 못했던 거, 조금이라도 해 줄 수 있게.

※

"형! 다이브 형! 이것 봐!"
눈을 굴리고 있던 다이브가 리오의 외침에 고개를 돌렸다. 아이의 옆에는 어느새 커다란 눈사람 하나가 만들어져 있었다. 그 눈사람을 마무리 짓고 있는 손이 하나 더 있었으니, 바로 세나였다.
"잘 만들었다."
"정말?"
"응."
함박웃음을 터트린 리오가 목에 두르고 있던 목도리를 풀어 눈사람에게 둘러 줬다.
"예쁘지? 이거 카밀라 누나가 준 거야."
"누나가?"
"응! 이 장갑도 누나가 사 줬어!"
"…그것도?"
"응! 카밀라 누나 너무 좋아!"

"응……. 나도 좋아."

"헤헤."

세나가 건네주는 나뭇가지를 눈사람에 꽂던 리오가 해맑은 목소리로 말을 이었다.

"형도 유령의 집 가 봤어?"

"유령의 집?"

"응! 환자들이 엄청 많은 곳인데."

"…환자?"

"카밀라 누나랑 저번에 갔었거든. 엄청 재밌었어! 다음에 형도 같이 가자!"

"…응."

"형, 저기 시장에서 파는 딸기 파이 먹어 봤어?"

"아니."

"저번에 누나랑 같이 가서 먹었는데, 엄청 맛있었어! 거기도 꼭 같이 가자!"

그 후로도 리오의 이야기는 계속되었다.

자신이 모르는 누나의 이야기. 리오와 누나만이 아는 이야기들.

"……."

어느새 눈을 굴리던 손길을 멈춘 다이브는 총총거리며 눈밭을 뛰어다니는 리오를 가만히 바라봤다.

'누나는…….'

카밀라 누나는 나보다 저 아이를 더 아끼는 걸까? 난 자주 만나지도 못하니까.

'함께했던 시간도 저 아이보다 짧고.'

누난 저 아이가 있으니까 나 같은 건 필요 없는 게 아닐까? 보고 싶지도 않은데 내가 괜히 찾아온 건······.

"형? 왜 그래? 추워?"

"아니··· 그냥······."

"이거 줄까?"

"···뭐?"

"이거 목에 둘러. 따뜻해!"

방금까지 눈사람에게 둘러 줬던, 카밀라가 선물했다는 목도리를 빼 자신에게 선심 쓰듯 건네는 리오의 모습에 다이브는 괜히 울컥했다.

"···필요 없어."

"어?"

"필요 없다고!"

"형?"

"잘난 척하지 마! 누나의 친동생도 아닌 게!"

"···어?"

"넌 피로 이어진 가족도 아니잖아!"

스스로도 유치하다는 걸 알면서도 말이 멈춰지지가 않았다. 왜 이렇게 화가 나지?

'그냥······.'

그냥 자신이 모르는 누나의 얘기를 듣고 있으니 왠지 모르게 속상하고 다 싫었다.

"형······."

자신을 놀란 눈빛으로 바라보는 아이의 모습에 다이브는 입술을 짓씹었다. 창피하기도 하고 스스로에게 실망스럽기도 했다. 저런 어린아이에게 지금 뭔 소리를 지껄이고 있는 거야!

 자신을 탓하듯 차갑게 바라보는 세나와 눈이 마주치자 더욱 자괴감이 들었다.

"피?"

 어느새 한 걸음 가까이 다가온 리오가 조금 떨리는 목소리로 물었다.

"피가 연결되어 있지 않으면 가족이 아냐?"

"그……!"

"그럼 멍멍이는… 아르시안 형아랑 아저씨는 나랑 가족이 아닌 거야?"

"……!"

"나는 가족인 줄 알았는데…….."

 리오의 얼굴이 시무룩해졌다. 리오가 입양되었다는 사실을 이미 들어 알고 있었던 다이브의 눈이 쉴 새 없이 흔들렸다.

"아, 아냐! 가족 맞아!"

"어?"

"내가 잘못 말한 거야!"

 눈이 동그래지는 리오를 향해 다이브가 다급히 말을 이었다.

"핏줄 따윈 상관없어!"

"정말?"

"형이… 형이 바보라 잘못 말한 거야…….."

 다이브의 고개가 푹 숙여졌다.

"미안해…….."

눈물이 고였다. 정말 바보 같고 스스로가 너무도 한심했다. 이런 자신을 누나가 본다면 얼마나 실망할까.

"아닌데."

"…뭐?"

"형 바보 아닌데."

다이브의 시선이 다시 리오에게 향했다. 언제 시무룩했냐는 듯 눈을 동그랗게 뜬 리오가 고개를 연신 갸웃거렸다.

"카밀라 누나가 형 엄청 똑똑하다고 했어."

"…누나가?"

"나랑 놀 때마다 형 얘기를 하는걸?"

"내 얘기를 해?"

"응! 그래서 형 좋아! 누나가 형 아주 많이많이 좋아하니까! 나도 좋아!"

"……."

글썽거리던 눈에서 결국 눈물이 주르륵 흘러내렸다. 그 모습을 본 리오가 허둥지둥 다가와 손을 뻗는다.

"형, 왜 울어?"

"나도……."

"응?"

"나도, 나도 너 좋아."

다이브의 눈을 장갑 낀 손으로 꾹꾹 닦아 주던 리오의 눈이 동그래졌다. 하지만 곧 아이의 입가에 환한 미소가 번져 갔다.

"형! 우리 다시 눈사람 만들까?"

대답 대신 다이브는 고개를 크게 끄덕였다. 두 아이는 언제 다

투었냐는 듯 눈밭을 열심히 뛰어다니기 시작했다.
"……."
그 모습을 세나는 그저 조용히 옆에서 지켜봤다.
"형! 여기, 여기! 여기로 굴려!"
"응!"
그렇게 또 하나의 쟁탈전은 시작도 하기 전에 끝이 나 버렸다.

안녕, 아레나

"제이너는요?"

"내가 여기 있으니까."

"아."

전에 통화를 할 때까지만 해도 다이브가 방학을 하면 제이너가 직접 아이를 데리고 방문할 거라고 했었다. 어째서 제이너 대신 에스크라 공작이 직접 행차한 것인지는 알 수 없으나…….

'두 사람 다 동시에 자리를 비우는 건 아무래도 무리가 있지.'

제이너의 불참은 이해가 갔다. 카밀라는 가볍게 고개를 끄덕이며 앞에 놓인 차를 집어 들었다.

'근데 이 사람들은 내가 진짜로 애가 된 줄 아나 봐.'

평소 마시던 차가 아닌 우유가 가득 섞인 코코아 잔을 보며 속으로 가볍게 혀를 찼다. 신체가 어려졌다고 입맛까지 변한 건 아니…….

후루룩.

'…맛있네.'

왜 맛있냐고!

입에 짝짝 달라붙는 코코아에 잔을 내려놓길 포기한 카밀라는 긴 한숨을 토해 냈다.

"제이너 말이다."

"네?"

그때 에스크라 공작의 목소리가 들려왔다. 고개를 드니 그가 조금은 진중한 눈빛으로 자신을 바라봤다.

"너도 알고 있었다던데."

"뭐를요?"

"칸."

"아."

제이너가 수장으로 있는 암살 집단 칸. 에스크라 공작이 제 양아들의 정체를, 제이너가 그동안 감추고 있던 것을 알게 되었다고 들었다.

"널 죽이려 한 게 그 녀석이지."

"정확히는 그냥 의뢰를 받았던 거죠."

자신의 친딸을 죽이려고 했던 무리의 수장이 제이너라는 사실을.

"그 의뢰가 성공했다면 넌……."

"그땐 제가 누구인지도 몰랐잖아요."

카밀라는 급히 그의 말을 자르며 최대한 덤덤한 표정을 지었다. 그때 일이 결코 큰일이 아니었던 것처럼 말이다.

"……."

그런 카밀라의 노력이 통한 걸까? 에스크라 공작의 입에서 답지 않게 긴 한숨이 새어 나왔다.

"미안하다."

"…네?"

그러다 이어진 그의 한마디에 카밀라는 들고 있던 잔을 놓칠 뻔했다.

"제이너에겐… 아무런 말도 하지 않았어."

아니, 하지 못했다.

모든 사실을 알게 되었을 때 한순간 머릿속이 멍해졌다. 잠시 분노가 일기도 했지만 그리 길게 이어지진 않았다. 이제 와 무엇을 탓하고 참견을 한단 말인가. 무슨 자격으로?

"이미 다 끝난 일이에요."

그에게 대가로 이런저런 도움도 많이 받았고, 이제 와 딱히 사과의 말을 들을 이유가 없었다. 더구나 당사자가 아닌 에스크라 공작의 입을 통해서 말이다.

"…그래."

제이너에게 들어 알고는 있었다. 카밀라는 이미 오래전부터 모든 사실을 다 알고 있었다는 걸 말이다.

에스크라 공작은 새삼 카밀라를 신기하게 바라봤다. 그 모든 걸, 제이너가 자신을 죽이려 했다는 사실을 알았으면서도 그를 계속 곁에 머물게 했다는 말인가. 심지어 그 사실을 알고 오히려 녀석을 써먹기까지 했다지?

'대체 누굴 닮은 건지.'

에스크라 공작은 피식 웃음을 터트렸다. 그러다 양손으로 코코아 잔을 꼭 잡고 마시는 카밀라를 가만히 바라봤다.

이런 시간이 좋기도 하고, 씁쓸하기도 했다. 카밀라와 라비가 성장하는 동안 곁에 있어 주지 못했다는 아쉬움은 날이 갈수록 커져 갔다.

"다이브랑은 잘 지내시는 거죠?"

"물론."

이제야 좀 이해가 된다. 카밀라가 왜 그토록 다이브와 함께하는 시간을 늘리라고 했는지.

"더할 나위 없이 좋아."

지금처럼 나중에 다이브를 보며 후회되고 아쉬워할 일을 만들지 말라는 뜻이었다는 것을 말이다.

똑똑.

그때 방문이 열리며 도르만이 안으로 빠르게 들어섰다.

"아가씨, 아르시안 님께서 오셨어요."

그의 뒤로 아르시안의 모습을 볼 수 있었다.

"아르시안."

카밀라는 들고 있던 잔을 내려놓으며 그를 반갑게 맞아 줬다. 안 그래도 그동안 통 얼굴을 못 봐서 의아했다.

라일라를 비롯해 다른 이들은 아픈 자신을 종종 찾아왔었는데, 아르시안의 모습은 전혀 볼 수가 없었다. 그게 조금 서운하면서도 걱정이 됐었다. 뭔가 일이 생긴 건가 싶어서.

"어?"

가까이 다가온 아르시안과 마주한 카밀라의 눈이 있는 대로 커졌다.

"너… 목이 왜 그래?"

아르시안의 목에 커다란 상처가 있었기 때문이다. 이미 아물어 옅은 흔적만 남아 있지만 분명 무언가에 깊게 베인 흔적이었다.
"그냥……."
"그냥? 대체 뭘 했는데 그런 상처를 입어?"
"검술 훈련 하다 다쳤어."
"……."
지금 저 말을 믿으라는 건가? 카밀라는 어이없어하는 눈빛으로 아르시안을 바라봤다.
검술에 재능을 보이는 페트로조차 아르시안에게 한 수 접어준다는 걸 다들 안다. 그런 실력을 가진 아르시안이 훈련을 하다가 다쳤다고?
"너……!"
"이제 안 아파."
은근슬쩍 화제를 돌리는 아르시안의 모습에 카밀라는 눈을 곱게 흘겼다.
"병문안도 안 왔으면서."
"…그러게. 미안."
아니, 왜 또 분위기가 다운되는 건데?
씁쓸하게 고개를 숙이는 아르시안을 보며 오히려 카밀라가 더 당황했다.
"……."
아르시안의 시선이 무심한 눈빛으로 자신을 바라보고 있는 에스크라 공작에게 향했다.
카밀라가 알고 있는 것과 달리 아르시안은 소르펠 공작가를 찾아온 적이 있었다.

그녀가 아프다는 소식을 들은 그날 바로.

"카밀라가 아프다고?"

"그래. 외부에는 알려지지 않았지만."

"대체 어디가!"

"글쎄, 집안 전체가 초비상인 것 같더군. 그라시아 제국에서도 급히 사람이 온 것 같… 어디 가는 거냐? 지금 가 봐야 소용없을-"

제법 늦은 시간이었지만 그런 걸 따질 생각도 하지 못했다. 정신을 차려 보니 카밀라의 방 안이었다. 열에 들뜬 숨을 내쉬고 있는 그녀를 본 아르시안은 한 걸음 다가섰다.

스륵.

하지만 그 순간 그의 목에 겨누어지는 검에 멈칫할 수밖에 없었다.

"아주 상습범이군."

에스크라 공작이었다.

"……."

그를 잠시 말없이 바라보던 아르시안은 다시 걸음을 뗐다.

"거기까지."

하지만 목에 겨누어진 검은 전혀 움직일 생각을 하지 않았다. 어둠 속에서도 검날의 날카로움은 조금도 감추어지지 않았다.

"내 딸에게 더 이상 가까이 다가가지 마라."

목에 대어진 검만큼이나 차가운 목소리가 이어졌다.

"난 네놈이 저 아이 곁에 있는 게 마음에 들지 않아."

처음 봤을 때부터 그랬다. 저 깊은 곳에서부터 느껴지는 끈적한 어둠. 그런 것이 이 녀석에겐 느껴졌다. 저 어둠이 당장에라도 카밀라를 삼킬 것 같았다.

'위험한 놈이다.'

그걸 감안하면서까지 카밀라 곁에 둘 필요가 있을까?

지금만 봐도 그렇다. 마스터와 검을 마주하고도 표정 변화 하나 없는데, 저런 놈이 과연 카밀라를 행복하게 해 줄-

저벅.

"……!"

순간 그의 검이 아르시안의 목을 파고들었다. 아르시안이 그대로 걸음을 옮겼기 때문이다. 에스크라 공작은 급히 검을 치웠다.

"저도 같은 생각입니다."

상처에서 피가 흘러내리고 있음에도 그의 시선은 처음부터 끝까지 카밀라에게만 향해 있었다.

"그 누구보다도 잘 알고 있습니다."

그녀가 자신에게 무척이나 과분한 사람이라는 것을.

그 때문에 카밀라와 함께하는 동안에도 가끔 겁이 나곤 했다. 언젠가 저로 인해 카밀라가 상처를 입게 될지도 모른다고 생각하면 등골이 서늘해졌다.

"하지만 도저히 놓을 수가 없습니다."

놓아야 함에도 놓고 싶지 않은, 그런 이기적인 마음.

"……."

결국 아르시안은 카밀라에게 뻗었던 손을 거두었다. 마지막으로 그녀를 한참 바라본 그는 뒤돌아 에스크라 공작을 향해 아주 정중히 고개를 숙였다. 그러곤 왔을 때처럼 조용히 자리에서 모습을 감췄다.

다음 날 바닥에 떨어져 있는 피를 보고 도르만이 기겁했다는 건 딱히 중요한 일은 아니었다.

"아르시안?"

잠시 생각에 잠겼던 아르시안은 카밀라의 부름에 허리를 숙였다. 작은 입으로 자신의 이름을 부르며 연신 눈을 깜박이는 그녀를 보고 있자니, 저도 모르게 자꾸 웃음이 났다.

잠시 망설이던 그의 손이 카밀라의 머리로 향했으나, 결국 닿지 못했다. 그녀의 맑은 눈동자에 의아한 기색이 가득했지만 모른 척하며 손을 거두려던 때였다.

덥석.

"카밀라?"

그런 아르시안을 카밀라가 빠르게 붙잡았다. 붉은 눈이 그의 얼굴을 지그시 응시하며 물었다.

"무슨 일 있어?"

"…아니."

"정말?"

"응."

"누가 괴롭힌 건 아니고?"

마지막 질문에 결국 아르시안이 크게 웃음을 터트렸다.

[누가 누굴 괴롭혀?]

[진심으로 하는 소리야? 저 녀석 아직 덜 나은 거 아냐?]

[아르시안 님이 누구에게 괴롭힘당할 분은 아니시죠.]
[카밀라, 쟨 가끔 엉뚱한 면이 있더라.]
주변에 있던 귀신들이 황당하다는 듯 소곤거렸지만, 카밀라는 아랑곳하지 않았다.
"그런 거 없어."
"그러면 됐어."
몇 번 고개를 갸웃하던 카밀라가 그제야 아르시안의 손을 놓아 줬다. 그러고는 이내 그의 단단한 어깨를 토닥이기 시작했는데, 다정한 태도와 달리 이어진 말이 상당히 살벌했다.
"누가 괴롭히면 나한테 말해."
"말하면?"
"확실하게 복수해 줄게."
"복수?"
"내가 또 대갚아 주는 건 아주 잘하거든."
아르시안이 알았다고 대답하며 연신 키득거렸다.
"…든든하네."
그런 그의 시선이 자연스럽게 에스크라 공작에게로 향했다. 두 사람의 눈이 마주치는 순간 아르시안의 입가에 보기 드물게 장난스러운 미소가 걸린다.
"이 목에 난 상처 말이야."
"응."
"사실은 훈련하다 다친 게 아니라-"
"이봐, 자네! 차 마시겠나?"
그때, 있는 듯 없는 듯 조용히 앉아 있던 에스크라 공작이 급히 아르시안을 불렀다.
"차는 별로 안 좋아합니다만."
"주스도 있네, 주스도."
이를 갈듯 내뱉는 에스크라 공작의 목소리가 아주 살벌했다. 하지만 카밀라가 의아하게 바라보자 언제 그랬냐는 듯 표정을 푼다.
"주스도 딱히 좋아하지 않습-"
"물이라도 내 갖고 오지."
직접 물을 떠 오겠다며 일어서는 에스크라 공작의 모습에, 카밀라는 저 인간이 왜 저러나 하는 시선을 던졌다.
그런 두 사람의 모습을 물끄러미 바라보던 아르시안은 소리 없는 웃음을 흘릴 뿐이었다.

※

"하아암……."
서류를 읽어 내려가던 카밀라는 하품을 길게 내뱉었다. 신체가 어려져서 그런가? 왜 이렇게 툭하면 졸린지 모르겠다. 특히 이런 글자가 빼곡한 서류들을 보고 있으면 더 졸리다.
'오늘 중으로 다 처리해야 하는데.'
한동안 상회에 못 나갔더니 밀린 서류가 어마어마하다. 결국 자신을 대신해 상회를 열심히 돌보고 있는 크리스에게 서류를 집으로 보내 달라고 했다. 그에 도착한 서류들이 산더미인데…….
"하아암……."
하품을 내뱉는 간격이 점점 더 짧아져 갔다. 가물거리는 눈에 애써 힘을 줘 보지만 별 소용이 없다.

"카밀라?"

"…으응?"

아르시안의 부름에도 한 박자 늦은 대답이 돌아갔다.

"좀 쉬었다 하는 게 어때? 급한 것도 아니라며."

"안 돼."

카밀라는 잠을 털어 내듯 세차게 고개를 저었다. 안 그래도 요즘 아침잠이 많아져서 주변에 온통 민폐를 끼치고 있는데, 사업에까지 영향을 주는 건 절대 사절이다.

"커피라도 마시면-"

"안 돼."

이번에는 아르시안이 단호하게 고개를 저었다.

"어린아이들에겐 안 좋다며."

그러한 이유로, 카밀라 본인도 자신이 운영하는 카페에서 아이들에게만큼은 커피를 팔지 않았다. 아르시안이 커피 대신 따끈하게 데워진 우유 한 잔을 건넸다.

"싫어. 나 커피 마실 거야."

"리오가 커피 마시고 싶다고 하면 어떻게 할 거야? 줄 수 있어?"

와, 이 치사한 자식!

상황이 다르다고 항변했지만 조금도 먹히지 않았다. 마침내 두 손 든 카밀라가 그에게서 우유 잔을 받아 들었다.

"이거 먹으면 더 졸릴 텐데."

"내가 깨워 줄게."

꿀이라도 넣었는지 우유에서 달콤한 향이 났다. 잠시 망설이던

'어린' 카밀라는 결국 이를 외면하지 못하고 꿀꺽꿀꺽 마셨다. 그 모습을 아르시안이 아주 흐뭇하게 바라봤다.

"다시 일할 거야."

"응."

"오늘 중으로 다 끝낼 거야!"

"그래."

빈 컵을 타악! 소리 나게 내려놓은 카밀라는 재차 의지를 불태우며 서류를 집어 들었다.

"……."

하지만 그 다짐은 오래가지 못했다.

"졸리면 그냥 자."

"안 졸려어……."

낮에 다이브와 놀아 주며 체력이 방전되기라도 했는지 자꾸만 눈이 감겼다. 하얀 건 종이요, 검은 건 글자인데.

'이번 거래… 수익이…….'

스르륵.

결국 카밀라의 몸이 옆으로 천천히 기울어졌다. 의자에서 막 떨어지려는 그녀의 몸을 빠르게 감싸는 손길이 있었으니, 그 모습을 유심히 관찰하던 아르시안이다.

새근새근.

어느새 깊이 잠이 든 카밀라를 아르시안이 조심스럽게 안아 들었다. 침대에 그녀를 눕히며 이불까지 꼼꼼하게 덮어 준 그의 입가에 희미한 미소가 걸린다.

카밀라의 머리를 가만히 쓰다듬던 그의 시선이 천천히 뒤로 향했다. 언제 온 것인지 자신들을 뚫어져라 응시하고 있는 이가 있었다.

"또 검이라도 뽑으실 겁니까?"

"안 뽑아. 네 녀석이 좀 치사하게 굴었어야 말이지."

에스크라 공작이 소리 없는 한숨을 토해 냈다.

"내 딸 옆에 네 녀석이 있는 거 싫다고 했을 텐데."

"저도 알고 있습니다."

"그런데 왜 자꾸 옆에 있어."

정이라도 들면 어쩌려고?

'아니, 이미 들었나?'

아마 다들 알고 있지 않을까? 몇 번 보지 않은 자신이 눈치챌 정도면 말이다.

'마음에 안 들어.'

카밀라 저 아이가, 나름 까칠하기 짝이 없는 저 녀석이 아르시안을 대할 때는 묘하게 풀어진 모습을 보였다.

아르시안의 이름만 나와도 희미한 미소를 짓던 얼굴.

더 짜증 나는 건, 카밀라 본인이 그 사실을 잘 인지하지 못하고 있다는 거다.

'저 녀석도 마찬가지고.'

들짐승처럼 미쳐 날뛰는 놈이 카밀라 앞에서는 언제 그랬냐는 듯 온순한 강아지가 되는 걸 보고 있으면 어이가 없다.

"쯧."

순간 혀 차는 소리가 침묵을 갈랐다.

"신수를 얻는 방법이 다른 두 공작가와 다르다고 들었는데."

제이너는 카밀라를 아르시안의 곁에 두어서는 안 된다고 강력히 주장했다. 그도 그럴 것이, 칸의 정보력으로 확인한 이야기는 끔찍했다.

'가주의 몸을 뒤져야 나온다고.'

남의 일에 늘 덤덤했던 에스크라 공작마저 그 이야기를 들었을 땐 한동안 아무런 말도 하지 못했다. 그리고 제이너의 말에 절대적으로 동의했다. 아니, 동의했었다.

이어진 아르시안의 말을 듣기 전까지는.

"더 이상 저희 가문에 신수 따위 없을 겁니다."

공작의 표정이 묘해지든 말든 아르시안은 개의치 않았다. 상황을 모면하고자 하는 말이 아니었기에 당당했다.

전에 부친에게 선언했던 것처럼, 두 번 다시 신수를 세프라 가문에 끌어들이지 않을 것이다. 가주의 몸을 헤집어야만 꺼낼 수 있다는 알 따위 전혀 탐나지 않는다. 생각도 없다.

"그게 자네 마음대로 될까?"

에스크라 공작의 목소리가 한층 낮아졌다.

가문을 이끌다 보면 자신의 뜻과 달리 하지 않으면 안 되는 일이 반드시 생기기 마련이다. 아르시안의 생각이 확고하다 한들 세프라가의 원로들이 가만히 있을까?

그가 아무리 뛰어난 능력을, 가주의 자질을 보인다고 해도 신수의 존재에 익숙해진 이들은 쉬이 물러서려 하지 않을 것이다.

"……."

그러한 사실을 인지시켜 주려 하던 에스크라 공작은 아르시안의 표정을 마주하고 말을 삼켰다.

'이미 잘 알고 있군.'

그의 눈에 담긴 씁쓸함을 보며 에스크라 공작은 소리 없는 한숨을 조용히 내뱉었다.

※

"누나!"

다이브가 새삼 달려와 품에 꼭 안겼다. 그래, 품에 안겼다. 얼마 전, 아이의 품에 오히려 안김을 당한 것과 달리 말이다.

"누나가 돌아와서 너무 좋아요!"

"나도 좋아."

드디어 카밀라의 몸이 원래대로 돌아왔다. 라비가 드디어 완성된 마력석을 건네준 것이다. 그것을 깨트리자 저번처럼 환한 빛이 전신을 감싸더니 눈을 떴을 땐 원래의 모습으로 돌아와 있었다.

'좀 더 있어도 되는데…….'

'마력석 유통권을 녀석이 갖고 있으니 몰수할 방법도 없고.'

소르펠 공작과 에스크라 공작이 유독 아쉬워하는 듯했지만 카밀라는 들은 척도 하지 않았다.

"다이브, 누나랑 외출할까?"

"정말요? 언제요?"

"으음… 조만간? 지금은 누나가 좀 밀린 일이 많아서."

"좋아요! 리오도 같이 가면 안 돼요?"

"안 되긴."

"리오에겐 제가 연락할게요."

"그래."

환하게 웃으며 밖으로 달려 나가는 다이브의 모습에 카밀라도 작게 웃음을 디트렸다.

'리오랑 정말 많이 친해졌네?'

예기치 않은 사고로 외출을 삼갔는데, 덩달아 다이브까지 저를 따라 집콕 중이었다.

모처럼 여기까지 왔는데 세프라 저택에서만 돌아다니게 할 수는 없는 법. 이번에 페이블러 제국의 수도를 제대로 구경시켜 줄 생각이다.

"다행입니다. 조만간 교황청에도 가셔야 하는데 말이죠."

"그러게."

도르만의 말대로 며칠 뒤가 교황 취임식이었다. 안 그래도 이미 초대를 받은지라 어째야 하나 싶었다.

'어려진 모습을 외부에 그대로 드러낼 수는 없었으니까.'

그래도 그 전에 원래대로 몸이 돌아와 정말 다행이었다.

"아레나, 같이 가실 거죠?"

[가야지. 다른 놈이면 몰라도 이번 놈은 제법 마음에 들거든.]

제법이 아닌 것 같던데? 카밀라는 내심 키득거렸다.

이번에 새로 교황이 되는 마르티오 추기경을 보고 온 아레나의 표정이 좋았다. 전에 교황청만 다녀오면 온갖 인상을 쓰던 것과는 천지 차이였다.

"그런데 아레나."

[응?]

"요즘 외출이 잦네요? 무슨 일 있어요?"

제노와 쿵짝이 맞는지 한시도 떨어지지 않고 낄낄거리며 잡담을 할 땐 언제고, 요즘은 얼굴 보기가 영 힘들었다. 특별한 일도 없는데 교황청도 전보다 더 자주 가는 것 같고. 새로운 교황이 마음에 들어서 그런가?

"그런데 하벨하고 무슨 일 있어요?"

[하벨?]

"네, 전에 보니 같이 계시던데."

다른 귀신들이 사신 하벨을 두려워하고 피하는 것과 달리 아레나는 그런 게 없었다. 오히려 하벨이 그녀를 더 어려워하는 분위기라고나 할까?

[일은 무슨. 죽은 놈 데려가는 놈이 죽은 자에게 할 말이야 뻔하지.]

"흐음."

그런 것치곤 분위기가 묘하던데.

멀리 떨어져 있을 때 본 거라 그들의 대화를 전혀 듣지 못했다. 하지만 귀찮음이 뚝뚝 떨어지는 아레나와 달리 하벨은 뭔가 기분이 좋아 보였다.

'얼핏 보니 웃는 것 같던데.'

다른 이도 아닌 그 하벨이 말이다. 감정을 드러내는 법이 거의 없는 녀석이, 아레나가 뭐라고 했는지 설핏 웃더란 말이지.

'반면에……'

카밀라의 시선이 창가 쪽으로 향했다. 그곳에 조용히 서 있는 남자, 귀신 제노를 바라보는 카밀라의 고개가 또다시 갸우뚱 기울었다.
'그날 이후 제노의 분위기가 이상해졌어.'
뭔가 기운이 없어 보인다고나 할까? 평소에도 그리 나대는 성격은 아니었지만 요즘 들어 유독 말수가 줄어들었다.
"제노."
[음?]
"무슨 일 있어요?"
[…아니.]
잠시 아레나를 바라보던 제노가 살며시 고개를 저었다. 대답과 달리 힘이 빠져 축 늘어진 어깨에 카밀라는 더욱 의아해졌다.
'제이빌런가에 무슨 일이 있나?'
분명 뭔가 일이 있는 것 같은데, 전혀 감이 잡히지 않았다. 그렇다고 강제로 입을 열게 할 수도 없는 일이고…….
[카밀라, 선물은 준비했어?]
그때 다시 아레나의 음성이 들려왔다.
"돈이요."
[돈?]
"뭐니 뭐니 해도 최고는 돈 아니겠어요."
취임식 선물로 뭘 준비할까 고민을 하다 한 가지 소문을 듣곤 후원금을 내는 걸로 대신하기로 했다.
그동안은 가짜 성물을 팔거나 다른 불법적인 행위로 돈을 축적해 왔을 테지만, 마르티오 추기경이 이를 가만히 두고 볼 리 있나. 더욱이 최근 일로 교단에 곱지 않은 시선을 보내게 된 이들도 상당해서 기부금도 뚝 끊겼다고 들었다.

[좋은 생각이네.]

아레나도 교단의 상황을 이미 잘 알고 있었기에, 카밀라의 말에 동의하며 크게 고개를 끄덕였다.

"옷이나 골라 볼까?"

[내가 같이 골라 줄까?]

"…아레나, 옷 고르는 센스가 별로던데."

[왜 이래? 내가 성녀로 있을 때 나름 옷 잘 입기로 유명했어!]

"신관복만 입으셨던 거 아니에요?"

대체 거기서 어떻게 패션 센스를 뽐냈다는 걸까? 살며시 고개를 내저은 카밀라는 아레나와 함께 옷방으로 향했다.

[……]

그런 둘을 바라보는 제노의 눈빛이 한층 무겁게 가라앉았다.

'여긴 여전하네.'

대성당에서 열린 교황 취임식은 수많은 이들이 지켜보는 상황에서 무사히 끝이 났다. 그다음 순서는 교황청 정원에 자리한 '주신의 나무'에 일종의 신고식을 하는 것. 카밀라는 일전의 그 장소에 다시 발걸음을 해야만 했다.

'아주 앙상하네.'

가을의 정령왕인 붉은 용용이로 인해 잠시 풍성해졌던 주신의 나무는 언제 그랬냐는 듯 다시 앙상한 모습을 하고 있었다. 하얀 눈이 뒤덮여 있어 나름 운치는 있어 보였지만 추워 보이는 건 여전했다.

"저기에 또 신성력을 부어 넣는 거예요?"

[그렇지.]

참 쓸데없는 일이라며 사제 귀신 아레나가 혀를 찼으나, 오랜 전통인 이것만은 마르티오 교황도 따를 수밖에 없었다.

'저기 오시네.'

교황만이 입을 수 있는 예복을 걸친 마르티오 교황은 그 특유의 무심한 표정으로 사람들 앞에 모습을 드러냈다. 그를 본 모두가 정중히 고개를 숙였다. 그런 사람들의 인사를 받으며 마르티오 교황이 천천히 주신의 나무로 향했다.

[인간들은 왜 저런 걸로 자신의 힘을 보여 주려 하는 거지? 저건 그저 자연을 거스르는 일일 뿐인데.]

카밀라의 어깨에 앉아 그 모든 상황을 지켜보고 있던 아이슬라가 연신 혀를 찼다. 전에 붉은 용용이가 했던 말을 아이슬라 역시 똑같이 내뱉었다. 신성력으로 자연을 거스르려는 인간들의 행동이 영 마음에 들지 않나 보다.

그러거나 말거나, 마르티오 교황은 주신의 나무 앞에 고개를 숙이고 기도를 올렸다. 그 모습에 다른 이들 역시 두 손을 모아 기도를 드렸다.

화아악!

"……?"

잠시 후, 사람들은 기이한 느낌에 고개를 들었다가 다들 두 눈을 부릅떴다.

"저, 저것 좀 보세요!"

"세상에!"

하얀 눈으로 뒤덮여 있던 나무는 사라지고, 마치 봄이라도 맞은 듯 새파란 잎이 풍성하게 나 있는 나무가 자리해 있었다. 그 사이로 피어난 연한 분홍빛 꽃이 바람에 후두둑 떨어지며 주변에 휘날렸다. 하얀 눈 사이로 떨어지는 꽃잎은 말 그대로 장관이었다.

"…저거 아이슬라가 한 거예요?"

[아니.]

전에 붉은 용용이가 했던 것처럼 혹 아이슬라가 한 일인가 싶었지만, 하얀 용용이는 급히 고개를 저었다.

'그럼 뭐지?'

마르티오 추기경이 가진 신성력은 그리 많지 않았다. 그랬다면 전에 몸이 굳어진 아이들을 카밀라 자신보다 먼저 구했을 것이다. 그때 본인의 신성력이 약해 아이들에게 별 도움이 되지 못한다며 처음으로 주신을 원망했다는 말을 들려준 적이 있었다.

[저건 주신 영감탱이가 저 아이를 인정했다는 뜻이야.]

그런 카밀라의 의문을 아레나가 풀어 줬다.

[주신이 정말로 응답을 해 준 거지.]

본인도 놀란 듯, 답지 않게 입까지 멍하니 벌리고 있는 마르티오 교황을 보며 아레나가 희미한 미소를 지었다.

[저 아이라면 앞으로도 잘할 거야.]

한참 주신의 나무와 교황을 바라보던 아레나의 시선이 카밀라에게 향했다.

"……?"

자신을 그저 말없이 바라보는 아레나의 모습에 카밀라는 의아한 눈빛을 보냈다. 뭐 더 할 말이라도 있으신 건가?

[카밀라.]

그녀의 부름에 카밀라가 생각을 멈췄다.

[즐거웠다.]

"…네?"

[네 덕에 내 마지막이 전혀 심심하지 않았어.]

"……."

아레나를 바라보는 카밀라의 눈이 빠르게 커졌다.

그제야 뭔가 감이 왔다. 급히 주변을 살피자 이내 익숙한 이를 찾아낼 수 있었다. 이쪽을 무심한 눈빛으로 응시하고 있는 사신 하벨이 보였다.

'떠나려는 거구나.'

전에 얼핏 들었다. 신으로 내정된 아레나를 하벨이 데려가려고 무척 애를 쓰고 있다는 말을. 하벨이 아레나를 좀 설득해 달라며 은근슬쩍 자신에게 청을 넣은 적도 있었다.

'아레나가 누구 말을 들을 사람으로 보여?'

'…아니.'

'설득은 해 보겠는데, 네가 시켰다고 해도 되는 거지?'

'…….'

그 말에 하벨은 말없이 그 자리를 떠나갔다. 별수 없으니 결국 포기했나 싶었는데…….

'그래서였나?'

얼마 전에 아레나와 대화를 나누던 하벨의 표정이 유독 밝았던 이유가. 그때 이미 아레나는 이곳을 떠날 준비를 하고 있었나 보다.

[잘 있어.]

그녀의 작별 인사에 카밀라는 아무런 말도 할 수가 없었다. 그 사이 정말 정이라도 든 걸까? 이런 이별이 한두 번 있었던 것도 아닌데, 도무지 입이 떨어지질 않았다.

스륵.

가까이 다가온 그녀가 카밀라의 이마에 짧은 입맞춤을 선사했다. 기분 탓일까? 뭔가 따스한 기운이 스며드는 듯했다.

[내가 필요할 땐 언제든지 불러. 힘이 되어 줄 테니까.]

'뭐?'

다시 올 수 있는 거야?

카밀라가 조금 황당하다는 듯한 눈빛을 보내자 그녀의 입가에 언제나처럼 장난스러운 미소가 떠올랐다.

[제노한테도 인사 전해 줘. 나한테 삐져서 요즘 통 말이 없거든.]

'아.'

제노도 이미 알고 있었구나. 아레나가 떠난다는 사실을 말이다.

"요즘 들어 부쩍 기운 없어 보이시더니, 그래서였나 보네요."

[쫌생이라니까.]

투덜거리는 것과는 달리 아레나의 얼굴에도 아쉬움이 묻어 나왔다. 그럴 만도 했다. 둘이 좀 잘 맞았느냐 말이지.

[어라?]

그 순간, 아레나의 시선이 옆으로 향했다. 그녀의 미소가 더욱 짙어졌다. 그 시선을 좇은 카밀라 역시 볼 수 있었다. 저 멀리, 조금은 쓸쓸해 보이는 눈빛으로 이곳을 바라보고 있는 제노의 모습을.
제노도, 아레나도 서로에게 가까이 다가가지는 않았다. 그저 말없이 서로를 잠시 응시할 뿐이었다.
마지막으로 아레나는 마르티오 교황을 바라봤다. 아마도 그녀가 이곳을 떠날 마음을 먹은 게 그 덕분이지 않을까.
'매번 투덜거리더니.'
정말 지긋지긋하다고 늘 못마땅한 표정을 지었지만, 실은 그 누구보다 교단을 걱정한 사람을 꼽자면 아레나이지 않을까 싶다. 제대로 된 교황이 교단을 이끌게 된 것에 드디어 안도감을 느끼고 떠나려는 게 아닐까?
[간다.]
만져지지도 않을 게 분명한 카밀라의 머리를 잠시 쓰다듬어 주던 아레나가 사신 하벨에게로 다가갔다. 카밀라를 향해 환한 미소를 지어 주는 것을 끝으로, 그녀와 하벨이 순식간에 사라졌다.
"……."
카밀라는 그렇게 아레나가 사라진 곳을 한참 말없이 바라봤다.
'안녕, 아레나.'
뒤늦은 마지막 인사를 속으로 건네며.

세나의 선택

"세나야, 그건 내가 해도 돼."

세프라가에서 오랫동안 일해 온 하녀, 쥬리는 걸레를 들고 열심히 청소 중인 세나를 발견하곤 급히 다가갔다.

"아니에요."

세나는 천천히 고개를 저었다.

"이 정도는 할 수 있어요."

"넌 이런 일 안 해도 돼."

얼마 전에 새로 세프라가에 들어온 세나는 현재 묘한 위치에 있었다. 하녀인 자신과 별반 다르지 않은 입장이지만, 세프라가에 입양된 둘째 도련님 리오가 세나를 누나라 부르며 무척 잘 따랐다.

리오가 그러하니 덩달아 세프라 공작이나 아르시안까지 아이를 알게 모르게 특별 대우를 해 주고 있다고나 할까? 세나는 가족처럼 그들과 식사도 같이 하고 있었다.

아이에게 주어진 일도 오로지 리오와 놀아 주는 것이 다였기에,

현재 이곳에서 세나를 그저 그런 하녀 취급 하는 이는 아무도 없었다.

"리오 님 방은 제가 청소할게요. 하고 싶어요."

"흐음."

걸레를 꼭 쥔 채 연신 고개를 젓는 세나의 모습을 보며 쥬리는 작게 한숨을 내쉬었다. 아이의 불안감을 읽은 것이다. 오랫동안 세프라가에서 일하면서 는 눈치로 바로 알 수 있었다. 세나가 지금 무엇을 불안해하고 두려워하는지.

'쫓겨날 거라고 생각하는 건가?'

가끔 이런 아이들이 있다. 자존감이 많이 떨어지는 아이들은 무엇이라도 해서 스스로의 존재감을 키우려고 한다.

'세 분이 그리도 아껴 주시는데.'

세나는 그걸 아직 느끼지 못하는 걸까? 아니면 그걸 너무 잘 알아서 오히려 더 불안한 건지도 모르겠다. 여길 떠나고 싶지 않으니까.

"알았어. 그럼 저기 창가만 좀 닦아 줄래?"

끄덕.

쥬리는 수고하라는 듯 아이의 어깨를 가볍게 다독여 준 뒤 그 자리를 떠나갔다.

"……."

그 모습을 잠시 말없이 바라보던 세나는 걸레를 집어 청소를 시작했다.

[힘을 주마. 모든 걸 가질 수 있는 힘.]

또 시작이야?

세나는 머릿속을 파고드는 음성에 한숨을 내쉬었다.
"대체 무슨 힘을 주겠다는 거예요?"
[네가 원하는 모든 걸 가질 수 있는 힘!]
"그러니까 그 힘이 대체 뭐냐고요."
[이 힘은-]
"저기 식어 버린 찻물을 데워 줄 수 있어요?"
[저 주전자를 부숴 줄 수 있지.]
데우는 건 못 한다는 거네.
"저쪽 주름진 옷은요? 다려 줄 수 있어요?"
[저 옷을 입는 자를 죽여 줄 수 있다!]
…뭐라는 거야? 어쨌든 옷도 정리 못 한다는 거네?
"그럼 여기 먼지 좀 대신 닦아 줄 수 있어요?"
[이 집 전체를 활활 태워 주마.]
"…대체 어디에 도움이 되는 힘이라는 거예요?"
[…….]
한심한 소리를 다 한다는 듯한 표정을 숨기지 않은 세나는 다시 걸레를 집어 들었다. 그 말에 충격을 받은 것인지, 머릿속을 파고들던 목소리가 한동안 조용해졌다.
"저기요."
[…….]
"삐졌어요?"
[안 삐졌다! 난 그런 걸 할 줄 모른다!]
…삐졌네.
그들은 얼마 전부터 대화를 하기 시작했다. 온갖 무게를 다 잡으며 힘을 주겠다는 말만 반복할 적엔 조금 무서웠는데, 이제는 아무렇지도 않았다. 이 존재는 상당히… 어설펐다.

"힘이 생기면 뭐가 좋은데요?'

[세상을 가질 수 있다.]

"그런 건 필요 없는데."

[모든 이가 너의 앞에 무릎을 꿇을 것이다!]

"그게 왜 좋아요? 사람들이 무릎 꿇는 걸 보는 게 좋아요?"

[…….]

그게 시작이었다.

[세상에 복수하고 싶지 않느냐?]

"복수하면 뭐가 좋은데요?"

[모든 사람이 널 우러러볼 것이다!]

"…별론데."

[그, 그러지 말고 다시 생각해 보거라!]

대화를 하면 할수록 뭔가 급이 떨어지는 느낌? 처음의 무게감이 점점 사라져 갔다.

"저기요."

[왜? 생각이 바뀌었느냐?]

"뭐 하는 분이세요?"

세나는 진심으로 궁금해서 물었다. 대체 뭐 하는 이기에 이렇게 매번 머릿속으로 말을 거는 건지 모르겠다.

[난 힘, 그 자체다. 인간의 욕망이자 희망이지.]

"실체가 없다는 거예요?"

그래서 목소리만 들리는 건가?

자신의 생각이 맞는 듯 또다시 아무런 대답도 들려오지 않았다.
또 삐진 건가?

"왜 저예요?"

세나는 화제를 돌렸다. 이것 역시 궁금했다. 왜 하필 나일까? 그 자리에 다른 아이들도 많았는데.

[네가 가진 어둠이 마음에 들었었으니까.]

"어둠?"

[세상에 대한 원망이 누구보다 강렬했다. 그런 자는 늘 나를 원하지.]

'…내가?'

내가 세상을 원망했다고?

세나는 목소리가 처음 들렸을 때를 떠올렸다.

아버지의 손에 이끌려 에바교에 잡혀갔을 때.

'무슨 생각을 했더라?'

원망? 분노?

그런 감정을 가지고 있었나?

'잘 모르겠어.'

그저 모든 것이 고요했다. 주변에서 아이들이 울고 소리치고, 누군가 끌려가고 잡혀 오는 모습을 보면서도 그 모든 일에 어떤 의미도 느끼지 못했다. 이대로 모든 것이 다 그냥 사라져도 상관이 없을 것 같았다.

'그게 분노라고?'

세나는 고개를 갸웃거렸다.

"다른 사람 찾아보는 게 어때요?"

나름 생각해서 권한 것이었다. 아무리 들어도 딱히 쓸데가 없는 힘이지 않은가. 찻물 하나 데우지 못하는 힘으로 대체 뭘 자꾸 원하는 걸 다 주겠다는 건지.

[그……!]

"……?"

그게 뜻밖의 말이었을까? 목소리에서 당황하는 게 느껴졌다.

"왜요?"

[…한다.]

"네?"

[못 한다고 했다!]

못 해? 다른 사람에게 못 간다는 뜻인가?

[내 선택은 끝났고, 네가 나를 받아들이지 않으면…….]

"않으면요?"

[난 사라…….]

목소리가 뚝 끊겼다. 말하지 않아야 할 부분을 토해 냈다는 듯이 당황하는 게 느껴졌다.

"사라져요?"

[아니다. 잘못 말한 거다!]

맞는 것 같은데.

"이름이 뭐예요?"

바로 사라질 것 같지도 않은데, 계속 이름도 모른 채로 대화만 하는 건 이상하잖아.

[…이름?]

"네."

어려운 질문도 아니었는데, 한참 동안 대답이 돌아오지 않았다. 그에 의아한 표정을 짓던 세나가 다시 걸레질이나 하려는 순간.

[그런 거 없다.]

목소리가 들려왔다.

"이름이 없어요?"

[난 힘 그 자체이고, 인간들이 바라는 욕망이며—]

"없다는 거네요."

[……]

"그러면 '루'는 어때요?"

[루?]

"네, 앞으로 루라고 부를게요."

[루… 루…….]

이름을 연신 되뇌는 목소리가 조금 들떠 보이는 건 착각일까? 그런 루의 목소리를 들으며 세나는 걸레질을 시작했다.

[루…….]

"……"

되게 좋은가 보네.

이 집의 검은 멍멍… 검은 늑대의 이름인 루나의 '루'를 따서 아무 생각 없이 지은 이름이라는 건 비밀로 하는 게 좋을 것 같다.

"다이브 형!"

"리오!"

와락!

다이브를 발견한 리오가 빠르게 달려가 그의 허리를 감싸 안았다.

"형! 너무 보고 싶었어!"

"나도!"

"누가 보면 몇 년 만에 보는 줄 알겠다. 어제도 봐 놓곤."

그런 둘을 본 카밀라가 어이가 없다는 듯이 웃음을 터트렸다.

'카밀라 님이다.'

세나는 자신들이 있는 쪽으로 가까이 다가서는 그녀에게서 쉬이 눈을 떼지 못했다. 오늘 그들은 카밀라를 따라 시내 구경을 할 예정이었다.

'멋있다.'

어린 모습도 귀여웠지만, 역시 본래의 나이대로 돌아온 카밀라 님이 훨씬 멋있고 보기 좋았다.

"안녕, 세나."

"…네에."

그러다 눈이 마주치자 카밀라가 부드럽게 웃으며 인사를 건네 왔다. 세나는 가볍게 고개를 숙여 인사를 마주 건넸다.

[넌 왜 매번 저 여자 앞에서 그렇게 수줍어하는 거냐!]

'그러는 루는 왜 매번 카밀라 님만 보면 열을 내요?'

[저 여자 때문에 최고의 숙주 놈이 날아갔으니까! 그놈 덕에 그래도 한동안 떠돌아다니지 않아도 되어서 좋았는데…….]

'숙주? 그럼 저도 숙주예요?'

[그……!]

'나도 숙주였구나.'

조금 당황하던 루가 한참 후에 말을 이었다.

[넌 좀 달라.]

'뭐가요?'

[넌 내 힘을 쓰길 원하지 않으니까. 이상하단 말이야. 분명 누구보다도 강한 어둠을 가지고 있는 너였는데, 왜 지금은 느껴지지 않는 거지?]

뭐라는 건지.

'딱히 쓸모 있는 힘이 아니니까요.'

[웃기지 마라! 내가 얼마나 대단한 존재인데! 내 손을 잡으면 세상을 가질 수 있다고 몇 번을 말해야 하는-]

'손 없잖아요. 그리고 청소도 하나 못 하시면서.'

[그건······!]

'태우고 부수는 것밖에 못 하시면서.'

[끄응······.]

결국 루가 입을 꾹 다물었다.

"세나 누나, 이것 봐! 예쁘지?"

그사이 리오가 무언가를 산 듯 세나에게 다가와 손에 쥐여 줬다.

"······."

초록빛의 팔찌였다.

"누나 줄게!"

"···저에게요?"

"응!"

세나는 팔찌를 잠시 멍하니 바라봤다. 태어나 처음 받아 보는 선물에, 어떤 반응을 보여야 하는 건지 알 수가 없었다.

"다음에는 내가 직접 만들어서 줄게! 나 팔찌 잘 만들어!"

그 소리에 뒤에 서 있던 카밀라가 작게 웃음을 터트렸다. 그런 그녀의 손목에 엉성해 보이는, 실로 만든 팔찌가 채워져 있었다. 전에 리오가 아르시안과 그녀에게 직접 만들어 선물해 준 거라는 설명이 덧붙여졌다.

"네, 고맙습니다."

감사 인사를 건네며 세나는 초록색 팔찌를 손에 꼭 쥐었다.

'힘…….'

만약 나에게 힘이 생긴다면… 저 아이를 지켜 주고 싶다.

'저 웃음을.'

저 밝음을 계속 볼 수 있게, 그 힘이 리오를 지켜 주면 좋겠다.

[넌 역시 이상해. 날 가졌으면서 고작 한다는 생각이 저런 꼬맹이나 지키고 싶다는 거라니…….]

뭐가 또 불만인지 투덜거리는 루를 외면한 채 세나는 앞서 걸음을 옮기는 리오와 다른 이들의 뒤를 조용히 따랐다.

"누나, 다리 아파요."

"그럼 저쪽에 잠깐 앉을까? 누나가 저기 가서 마실 것 좀 사 가지고 올게."

"네!"

한 시간쯤 흘렀을까? 거리 여기저기를 신나서 뛰어다니며 구경하던 리오가 조금 지친 듯 자기 무릎을 토닥거렸다.

그 모습에 카밀라가 웃으며 한쪽에 마련되어 있던 벤치에 아이들을 앉혔다. 시종, 시녀, 호위 기사 같은 건 다 버리고 가볍게 나온 상태라 카밀라는 직접 아이들에게 줄 음료를 사러 움직였다.

"저기, 제가……."

그런 카밀라를 만류하며 세나가 앞으로 나섰다. 직접 사 오겠다고. 그러자 카밀라가 세나의 머리를 가볍게 쓰다듬으며 고개를 저었다.

"아이들이랑 같이 있어 줄래?"

"…네."

체구가 작은 세나가 네 사람분의 음료를 들고 오는 건 무리라고 생각하는 것 같았다.

그렇게 멀어지는 카밀라를 잠시 바라보던 세나는 자리에 앉아 있는 리오와 다이브에게 다가갔다. 두 아이는 앉아 있는 와중에도 다음에는 어디로 구경 갈까 생각하며 연신 주변을 살피는 눈길을 거두지 않고 있었다.

"야! 너!"

타악!

"……!"

그때였다. 누군가 세나의 머리카락을 강하게 낚아챘다.

"이 X이 여기 왜 있어? 거기서 도망친 거야?"

너무도 익숙한 음성.

얼굴 따위 확인하지 않아도 알 수 있었다.

'아버지.'

세나의 눈빛이 순식간에 무겁게 가라앉았다. 처음 아르시안이 그녀를 발견했을 때처럼 아이는 빠르게 모든 걸 죽여 갔다.

세나의 선택 — 555

"씨X! 도망쳤으면 집으로 왔어야 할 거 아냐! 안 그래도 싼값에 넘긴 것 같아서 짜증 났는데!"

툇, 거칠게 침을 뱉은 남자는 머리채를 잡은 손길을 거두지 않은 채 그대로 걸음을 옮겼다. 그에 작은 체구의 세나는 질질 끌려갈 수밖에 없었다.

주변에 있던 수많은 사람이 놀란 눈빛으로 상황을 지켜봤지만 선뜻 나서는 이는 없었다. 괜한 일에 끼어들어 좋을 게 없었으니까. 세나를 끌고 가는 남자의 기세도 무척 흉흉했고.

"세나 누나!"

"당신 뭐야!"

그때 그런 남자와 세나 앞을 막아서는 이들이 있었으니, 바로 리오와 다이브였다. 두 아이는 양팔을 크게 벌린 채 남자가 더 이상 앞으로 가지 못하게 막아섰다.

"뭐야?"

남자의 얼굴이 험악하게 일그러졌다. 작게 욕설을 내뱉은 그는 미간을 연신 찡그렸다.

"내가 이 아이의 아빠요. 그러니 상관 마쇼."

그 말에 두 아이의 눈이 커다래졌다. 세나의 아빠라고?

리오와 다이브의 시선이 빠르게 세나에게 향했다. 세나는 두 눈을 꼭 감은 채 아무런 반응도 하지 않고 있었다.

"누나······."

그런 세나를 본 리오의 눈이 금세 붉어졌다. 다이브 또한 입술을 짓씹으며 남자를 차갑게 노려봤다.

하지만 여기서 뭘 더 어떻게 해야 할지 알 수가 없었다. 아빠가 딸을 데려가겠다는데 막아도 되는 건가?

'하지만…….'

저 모습을, 자식을 저렇게 질질 끌고 가는 모습을 보고도 가만히 있는 게 맞는 건가?

"비키쇼."

남자는 두 아이를 지나쳐 걸음을 옮겼다. 그에 세나의 몸이 질질 끌려갔다. 머리채가 잡혀 있음에도 신음 소리 하나 내지 않았다.

"누나!"

"그만해!"

그 모습에 충격을 받은 두 아이가 결국 남자에게 달려들었다. 남자의 팔과 다리에 매달린 리오와 다이브는 세나를 그에게서 떼어 놓으려 했다.

"뭐야! 이것들… 으아악!"

팔과 다리를 있는 힘껏 무는 두 아이의 행동에, 결국 남자는 비명을 지르며 세나를 잡고 있던 손을 놓았다.

남자는 리오와 다이브를 떨어트리기 위해 팔을 휘두르며 발로 아이들을 걷어찼다.

"으윽!"

"아… 아파."

두 아이 또한 고통을 호소하며 바닥을 나뒹굴었다. 하지만 누가 먼저라 할 것 없이 빠르게 몸을 일으킨 리오와 다이브는 세나에게 달려가 그 앞을 막아섰다. 남자가 다가오지 못하게.

"……."

그제야 세나는 눈을 떠 두 아이를 바라봤다. 양팔을 크게 벌린 채 자신의 앞을 막아선 리오와 다이브를 보며 세나가 멍하니 입을 벌렸다.

"이… 이것들이!"

있는 대로 화가 치솟은 남자는 더 이상 눈에 보이는 게 없는 듯 주변에 놓여 있는 나무 막대를 집어 들었다. 그러곤 그들을 향해 성큼성큼 다가왔다. 그 모습을 본 세나의 눈빛이 쉴 새 없이 흔들렸다.

[죽여. 죽일 수 있다. 저 남자, 너의 어둠이지 않느냐!]

그 순간 머릿속을 파고드는 루의 목소리.

'죽…일 수 있다고?'

[물론이다! 형체도 없이 사라지게 할 수 있다! 네가 원한다면 얼마든지 힘을 주마!]

"……."

저자가 나의 어둠이었다고? 그 어둠을 사라지게 할 수 있는 거야?

어느새 가까이 다가온 남자가 나무 막대를 아이들을 향해 휘두르려 했다. 하지만 리오와 다이브는 몸을 연신 떨면서도 세나의 앞을 비켜서지 않았다.

"죽-"

세나가 결정을 내리고 외치려는 순간이었다.

따아악!

"커억!"

남자의 머리를 가격하는 갈색 구두 한 짝.

"뭐니, 이 개X라이는?"

카밀라였다.

"크윽……."

정말로 세게 맞은 듯 머리를 감싼 채 쭈그려 앉은 남자가 연신 끙끙거렸다.

"누나!"

"카밀라 누나!"

그녀의 등장에 리오와 다이브는 안도감을 느끼는 것과 동시에 서러움이 밀려든 듯 둘 다 빠르게 눈가가 붉어졌다.

"……."

세 아이를 본 카밀라의 표정 역시 서늘하게 가라앉았다. 여기저기 끌려다니며 긁혀 피가 흐르고 있는 세나는 물론이고, 리오와 다이브 역시 조금 전에 걷어차일 때 바닥을 구른 듯 상처투성이였다.

[저기, 카밀라?]

[얘야?]

그런 카밀라의 분위기를 느낀 제노와 아이슬라가 조심히 그녀를 불렀다.

저걸 패 죽여, 얼려 죽여? 잠시 고민을 하던 카밀라는-

"크윽! 네X은 또 뭐야!"

"아이슬라."

얼려 죽이는 걸 선택했다.

"어… 어어! 으읍!"

있는 대로 성질을 내며 나무 막대를 든 손을 또다시 휘두르려 하던 남자의 몸이 순식간에 얼어붙기 시작했다. 처음에는 무슨 일인지 파악하지 못하고 당황하던 남자의 얼굴이 이내 공포와 고통으로 일그러졌다.

"크아……!"

비명을 지르던 소리 역시 이내 잠잠해졌다.

"진짜 죽은 건 아니죠?"

[살아 있어. 몇 시간 뒤에 알아서 녹을 거야. 동상은 걸리겠지만.]

그건 내 알 바 아니고. 남자가 조용해진 걸 확인한 카밀라는 그제야 빠른 걸음으로 세 아이에게 다가섰다.

"괜찮아?"

"흑, 누나…….."

"여기도, 조기도 아파요. 근데 세나 누나가 제일 많이 다쳤어요!"

저 새끼, 진짜 죽일까? 아이들의 상태를 가까이에서 확인한 카밀라는 새삼 분노가 치밀었다.

이럴 때 사제 귀신 아레나라도 곁에 있으면 좋았을 텐데. 그럼 아이들의 이런 상처쯤은 금방 사라지게 해 줄 수 있었을 텐데…….

그때였다.

화아악!

"음?"

아레나의 부재를 안타까워하던 그 순간, 카밀라의 손에서 환한 빛이 쏟아져 나왔다. 성스러워 보일 정도로 부드러운 빛은 순식간에 아이들을 감쌌다.

"와아!"

"누나, 이거 누나가 한 거예요?"

잠시 후 빛이 사라지자 아이들의 상처 또한 말끔하게 사라져 있었다.

"글쎄."

감탄하는 아이들을 보며 카밀라 역시 놀란 눈빛을 감추지 못했다. 이게 대체 어떻게 된 일이지?

"일단 자리를 좀 옮길까?"

수많은 이들이 자신들을 보고 있는 걸 그제야 깨달은 카밀라는 자리를 옮길 것을 권했다.

"누나, 많이 아팠지?"

"너 괜찮아?"

리오와 다이브는 여전히 바닥에 주저앉아 있는 세나에게 다가갔다.

"……."

세나가 말없이 그런 두 아이를 바라봤다. 그 모습에 아직 아픈 곳이 남아 있나 싶었는지, 두 아이의 얼굴이 다시 걱정스럽게 변했다.

"어디 더 다친 곳 있어?"

"누나, 아직도 아파?"

세나는 천천히 고개를 저었다.

늘 아팠지만 아프지 않았다.

늘 괴로웠지만 괴롭지 않았다.

그게, 그런 삶이 나에게 당연한 것이었으니까.

그런데…….

"누나, 이제 걱정 마! 앞으로도 내가 지켜 줄게!"

그런데 지금 왜 이렇게 아플까. 아프냐고 다정히 묻는 저 질문이, 괜찮냐고 걱정스레 바라보는 저 얼굴이… 왜 이렇게 아프지?

"으……."

"누나?"

내가 지켜 주고 싶었던 아이가 나를 지켜 줬다. 그게 왜 이렇게 아플까?

그리고…….

"으으……."

왜 이렇게 좋을까?

투욱.

어느새 곁으로 다가온 카밀라가 그런 세나의 마음을 다 알기라도 하는 듯 말없이 머리를 쓰다듬었다.

"으… 흐윽……."

그 손길에, 그 다정한 손길에 세나는 처음으로 소리 내어 울기 시작했다.

[젠장! 젠장! 젠자아앙!]

루의 짜증 가득 서린 목소리가 한층 커지는 걸 들으면서.

CHAPTER 11

~~~

마법사 귀신 / 드래곤의 마법서 / 신수, 가출하다
다시 찾은 세계 / 시스템으로 본 수치
에바교인들의 최후 / 봄이 왔어요

마법사 귀신

"그 인간은?"

"내일 선고가 내려진다고 합니다."

"내일? 생각보다 빠르네."

"상황이 상황이다 보니까 전부 신경이 곤두서 있는 거 같더라고요."

세나의 아비라는 작자에 대한 얘기다.

"에바교에 자식을 팔아먹은 걸로도 모자라 그…런 미친 짓까지 저질렀으니, 절대 가볍게 넘어가지 않을 겁니다. 사실 전자의 이유 하나만으로도 감옥에 갇힐 명분은 충분하지요."

아이슬라가 꽁꽁 얼려 버렸던 남자는 그녀의 말대로 죽지 않고 얼마 지나지 않아 얼음 동상에서 풀려났다. 하지만 이미 신고를 받고 출동한 경비대에 그대로 끌려가야만 했다.

"아무래도 쉽게 풀려나기 힘들겠던데요."

"당연하지."

그분들이 움직였는걸.
세프라 공작과 에스크라 공작. 두 공작가의 아들이 그놈의 발에 차여 상처를 입지 않았는가.
"전쟁 날 뻔했다고."
리오가 다쳤다는 소리에 세프라 공작이 직접 경비대를 찾았다. 그를 본 모두가 경악했지만, 그중에서도 가장 기겁을 한 건 다름 아닌 가해자인 세나의 아비였다.

'내 자식을 때린 놈이 너냐.'
'그… 그, 그게……!'

당장에라도 검을 뽑을 것 같은 살벌한 분위기에 세나의 아비는 제대로 말도 잇지 못하고 벌벌 떨었다.

'감히 내 아들을 때려? 그것도 타국 인간이?'

에스크라 공작 역시 마찬가지였다.
그라시아 제국 실세의 아들이 다른 나라를 여행하던 중 상처를 입었다. 당연히 황실에서도 이번 일에 촉각을 세워야만 했다. 국가적으로 문제가 생길 수도 있는 일이었으니까.
하지만 이번 사건의 중심에 있어야 할 건 결코 리오와 다이브가 아니었다.
"세나의 마음이 좀 편해졌으면 좋겠는데……."
"시간이 해결해 주겠지요."

"그렇겠지."

그 아이가 아비에게 당한 일들, 상처 입고 아파했던 일들을 중점으로 남자의 죄를 묻고 거기에 대한 처벌이 행해져야 한다고 생각했다. 그에 카밀라는 세프라 공작과 에스크라 공작이 더 이상 이번 일에 나서지 못하게 막았다.

'세나를 학대한 일을 가볍게 여기게 해서는 안 되니까.'

자기가 감옥에 갇히고 벌을 받는 이유가 자식을 학대한 것 때문이 아닌 귀족의 자식을 건드린 것 때문이라는 생각을 갖게 하고 싶지 않았다. 그건 세나도 카밀라도 바라는 것이 아니었다.

"세나 양이 생각보다 증언을 무척 잘해 주었습니다."

"맞아."

힘들면 하지 않아도 된다고 했는데, 세나는 직접 아비에 대한 모든 것을 재판정에서 증언했다.

어릴 때 당한 폭력부터 13골드에 에바교인에게 팔려 나간 일까지. 그 모든 일을 덤덤하게 하나하나 전하는 세나를 보며 그 자리에 있던 모두가 안타까움을 느꼈다. 한편으로는 무척 대견하기도 했고.

'어린 나이에 그런 자리에 서는 게 결코 쉽지 않았을 텐데.'

그것도 부모를 고발하는 자리였지 않은가. 그럼에도 세나는 망설이지 않았다. 그 나이에 벌써 자기가 꼭 해야 할 일에 대해 책임감을 느끼는 듯했다.

그게 대견하면서도 안쓰러웠다.

"평생 감옥에 갇혀 살 것 같던데요."

"그래야지."

잠시나마 황실에서까지 관심을 보인 사건이다. 두 공작가가 얽혀 있고, 세나의 후견인으로 공작 영애인 자신이 매번 재판정에 직접 등장하는 모습을 보였다.

그런 것들을 보며 어떤 간 큰 재판장이 이번 사건을 가볍게 넘길 수 있겠는가. 있는 법, 없는 법 다 찾아 때릴 수 있는 형벌은 다 집어넣었을 것이다. 세나의 아비도 그런 살벌한 주변 공기를 읽은 듯 뒤늦은 후회를 토해 냈지만 이미 늦은 일이었다.

"뭐, 어쨌든 세나 일은 잘 마무리가 됐네."

"네."

아이가 오랫동안 받은 마음의 상처야 지금 당장 어떻게 해 줄 수 있는 것이 아니었다. 그저 조용히 아이의 성장을 지켜봐 주는 게 자신이 할 수 있는 일의 전부였다.

"그리고 리오가 있으니까."

세나는 더 이상 혼자가 아니지 않은가.

'누나, 아직도 아파? 응?'

'…아니요.'

울먹이며 걱정 어린 말들을 연신 쏟아 내는 리오를 본 세나의 입가에 처음으로 희미한 미소가 지어지는 걸 봤다.

누군가 자신을 대신해 아파해 준다는 사실은 생각보다도 큰 감동을 선사한다. 아마도 세나의 아픔도 점차 사그라지지 않을까.

'그건 그렇고…….'

지금 중요한 건 그게 아니란 말이지.

현재 카밀라의 머릿속을 차지하고 있는 커다란 문제는 달리 있었다.

아이들의 상처를 치료했던 그 빛. 아레나의 부재를 안타까워하던 순간 자신의 손에서 흘러나왔던 그 빛!

"뭐가 어떻게 된 거야?"

카밀라는 자신의 두 손을 뚫어져라 바라봤다. 전과 달라진 건 전혀 없는데? 특별히 느껴지는 것도 없고…….

'하지만 그 느낌…….'

분명 신성력이었다.

전에 석상이 된 두 아이를 살릴 때 썼던 힘. 그것과 조금도 다르지 않았다.

'뭘까?'

아레나가 자신의 몸에 빙의를 한 것도 아닌데 그런 힘이 왜 발현된 건지 도통 알 수가 없었다.

얼마간 곰곰이 생각하던 카밀라가 나지막한 탄성을 내뱉었다.

"설마……."

[내가 필요할 땐 언제든지 불러. 힘이 되어 줄 테니까.]

문득 아레나가 떠나면서 마지막으로 남겼던 말이 떠올랐다. 설마 그때 말한 도움이 이런 걸 말한 거였나?

"도르만."

"네, 아가씨."

"하벨에게 좀 보자고 해."

"하벨이요?"

"응, 최대한 빨리."

"알겠습니다."

아레나의 현 상황을 알고 있을 사신 하벨에게 물어보면 답이 나오려나…….

"하아."

아레나, 저에게 무슨 짓을 하신 거예요?

"누나…….."

"다이브……."

"우리 또 만날 수 있는 거죠?"

"당연하지."

"흐윽."

눈물이 그렁그렁한 다이브를 카밀라가 자신의 품에 꼭 안았다. 하지만 아이의 울음소리가 더욱 커지자, 결국 카밀라의 눈시울 역시 붉게 물들어 가기 시작했다.

"누가 보면 영영 헤어지는 줄 알겠다!"

그런 둘을 보다 못한 라비가 다이브를 달랑 들어 카밀라에게서 떨어트렸다.

"보자 보자 하니까, 뭔 작별 인사를 하루 종일 하고 있어! 이러다 날 새겠다!"

"아쉬워서 그러지. 너무 아쉬워서."

"너, 전에 내가 멀리 출장 갈 땐 나와 보지도 않았잖아!"

"오라비 출장이랑 다이브가 그라시아 제국으로 돌아가는 게 어떻게 같아."

비교할 걸 비교해야지.

"뭐가 달라! 멀리 가는 건 똑같은데!"

"왜 또 괜히 시비야!"

다이브와 에스크라 공작이 돌아갈 때가 되었다. 다이브의 방학도 곧 끝날 시기였고, 에스크라 공작 역시 더 이상 자리를 오래 비우기 힘들다고 했다.

"딸."

"…왜요?"

뚱한 목소리에 에스크라 공작이 소리 없는 웃음을 터트렸다. 이젠 딸이라는 호칭에 별다른 거부감을 보이지 않는 카밀라의 모습이 무척 기꺼웠다. 본인 스스로는 그런 변화를 잘 인지하지 못하고 있는 것 같지만 말이다.

"우리도 조만간 또 만날 수 있겠지?"

"굳이요?"

"진짜 너무하네. 조금 전 다이브에게 해 준 것과 너무 다른 반응이잖아."

카밀라는 서운한 표정을 감추지 못하는 에스크라 공작을 잠시 한심하다는 눈으로 바라봤다. 이 인간이나 저 인간이나 왜 다들 다이브와 비교를 하지 못해 난리지? 그렇게 억울하면 자기들도 어린애로 돌아가든가.

'내가 돌아가 봐서 아주 잘 아는데, 그거 생각보다 기분 엄청 별로거든.'

별로 추천하고 싶지는 않네.

"⋯조만간 그라시아로 한번 놀러 갈게요."

카밀라가 조금 어색한 얼굴로 말을 잇자, 에스크라 공작의 얼굴에 만족스러운 미소가 지어졌다.

"그래."

그녀의 머리를 가볍게 쓰다듬은 에스크라 공작은 여전히 눈물이 그렁그렁한 다이브의 어깨를 감쌌다.

"또 보도록 하지."

소르펠 공작을 비롯해 주변에 있던 모든 이들이 어서 가라는 표정을 짓고 있는 걸 보며 에스크라 공작은 가볍게 혀를 찼다.

참 한결같은 놈들이 아닌가. 저러니 오히려 더 자주 오고 싶은 이 묘한 심보는 뭘까? 그가 제 뜻을 숨기지 않고 한껏 심술궂은 미소를 짓자 반대편에서 이 가는 소리가 흘러나왔다.

은근한 도발을 이어 가는 에스크라 공작과 자식들 앞이라 화는 못 내고 속만 끓이는 소르펠 공작을 보다 못한 라비가 한숨을 쉬며 상황을 중재하기 위해 끼어들었다.

"안 가십니까?"

"같이 갈래?"

"저 미친⋯⋯! 당장 꺼지지 못해!"

결국 폭발해 버린 소르펠 공작이 있는 대로 성질을 부렸지만, 에스크라 공작은 대수롭지 않게 그것을 흘려 넘겼다.

그는 시뻘건 얼굴을 한 소르펠 공작과 해괴한 표정을 짓고 있는 라비, 마지막으로 갑작스러운 큰 소리에 눈이 동그래진 카밀라를 바라본 뒤, 들고 있던 이동 마력석을 깨뜨렸다. 그러자 환한 빛에 휩싸인 두 사람이 순식간에 그 자리에서 모습을 감췄다. 마법 이동이 허용되는 국경 지역까지 단박에 간 게 분명했다.

"……."

방금까지 두 사람이 서 있던 자리를 카밀라는 잠시 말없이 응시했다.

'또, 또…….'

있을 땐 늘 틱틱거리며 잘해 주지도 않으면서 막상 가 버리니 왠지 모를 서운함이 밀려들었다.

'이것도 병이다, 병.'

그러곤 또 뒤늦은 후회를 하지. 좀 더 잘해 줄 걸 그랬다고. 좀 더 살갑게 굴 걸 그랬다고.

투욱.

그런 카밀라의 어깨를 누군가 살며시 감싸 안았다. 고개를 돌리니 소르펠 공작이 말없이 그녀를 바라보고 있었다.

"다음에는 이 아비랑 다이브를 보러 가자꾸나."

"…네."

자신의 그런 섭섭한 마음을 다 알기라도 하는 듯, 소르펠 공작의 달래는 말에 카밀라도 그제야 희미한 미소를 머금었다.

"날 찾았다고 들었다."

"응."

도르만에게 연락을 받고 조금의 지체도 없이 카페로 카밀라를 만나러 온 사신 하벨이 바로 용건을 물었다.

"무슨 일이지?"

"일단 차부터 마셔."

카밀라는 얼음이 가득 담긴 커피 한 잔을 하벨에게 가져다줬다. 이런 추운 날에도 아이스밖에 먹지 않는 그였다.

"맛있어?"

"용건이나 말해라."

커피가 반쯤 사라졌을 때 카밀라는 오늘 그를 부른 이유를 꺼내 들었다.

"아레나 님은 어때? 잘 계셔?"

"……."

하벨이 잠시 말없이 카밀라를 응시했다.

"왜?"

왠지 모를 한심해하는 눈빛을 던지는 하벨로 인해 카밀라는 괜히 쓸데없는 질문을 한 것 같은 기분에 휩싸여야 했다.

"더 이상 네가 가까이 여길 수 있는 분이 아니시다. 관심 꺼라."

"잘 지낸다는 거지?"

"신이 되신 분이다. 잘 못 지내는 게 이상한 거 아닌가?"

"신이 됐다고 다 좋은 거 아니잖아."

오히려 잘 못 지내고 있을지도 모르는 일이지.

"그게 궁금해서 부른 거냐."

"그것도 있고. 내가 얼마 전에 이상한 일을 겪었거든."

"너야 늘 이상한 일을 겪지 않나."

"……."

…저기요? 그런 진심 어린 표정으로 그만 말 하지 말아 줄래?

그 말에 조금도 반박할 수 없다는 게 더 열받는다. 아우, 짜증 나!

"어쨌든 내가 얼마 전에 이상한 일을 겪었다고."

"어떤 일?"

하벨이 마지못해 궁금한 척 되물어 줬다.

"그게……."

"아얏!"

그때 카운터 쪽에서 작은 신음 소리가 들려왔다. 급히 고개를 돌리니, 직원 하나가 뜨거운 차를 만들다 손을 덴 것인지 통증을 호소하고 있었다.

"예니, 괜찮아?"

"일단 손부터 식혀!"

"어, 어떡해요? 손 엄청 빨간데?"

붉게 변한 손을 본 다른 직원들이 급히 그녀를 챙겼다. 상황을 파악한 카밀라 역시 서둘러 그쪽으로 달려갔다. 그리고 화상 부위 위로 자신의 손을 가져갔다.

화아악!

그러자 환한 빛이 흘러나와 직원의 다친 손을 순식간에 감쌌다. 잠시 후 빛이 사라지자 그 자리에 덴 흔적 따윈 조금도 찾아볼 수 없었다.

"사장님!"

"이, 이게 그 말로만 듣던 신성력?"

"우와!"

주변에 있던 직원들이 하나같이 놀란 표정을 지으며 열렬히 환호했다. 카밀라가 신성력을 쓸 수 있다는 소문을 듣긴 했지만 눈으로 직접 보는 건 처음이었다. 우리 사장님, 신전에서 엄청 탐내는 인재라더니 정말이었구나!

"이런 거."

카밀라는 그런 사람들을 뒤로한 채 하벨에게로 돌아왔다.

"이런 일이 저번에도 일어났다고. 아레나가 내 몸에 들어와 있는 것도 아닌데 신성력을 쓸 수 있다니까."

"……."

쭈우욱.

"너 지금 내 말 듣고 있는 거야? 내가 신성력을 쓸 수 있다고!"

"내 귀는 멀쩡하다."

쭈욱-

"…뭐야?"

카밀라의 눈이 서서히 가늘어졌다.

"너 이미 알고 있었어?"

이런 놀라운 상황을 직접 눈으로 목격해 놓고도 하벨이 별다른 반응을 하지 않는 게 아무래도 이상했다. 그저 앞에 놓여 있던 커피만 계속 쭉쭉 들이켜는 그의 모습을 보고 있자니 확신이 들었다.

이놈, 뭔가 알고 있구나!

"별일 아니다."

"별일 아니라니?"

"네가 아레나 님의 첫 성도가 되었을 뿐이다."

"첫 성도?"

그건 또 뭔데? 어리둥절한 표정을 짓고 있자 하벨이 설명을 덧붙였다.
"말 그대로다. 네가 아레나 님의 축복을 받았기 때문에 그분의 힘을 쓸 수 있게 된 거지."
이를 들은 카밀라의 머릿속이 더욱 복잡해졌다. 그러니까 저놈 말은 내가 정말로 신성력을 쓸 수 있는 성녀가 됐다는 건데…….
'제정신인가, 진짜.'
신앙심 없는 성녀라니.
철이 든 라비, 난봉꾼 루드빌, 개과천선한 아르시안이라는 말만 큼이나 황당한 소리잖아.
그녀는 불친절한 사신을 향한 분노를 겨우 억누르며 조곤조곤한 목소리로 추가 질문을 던졌다.
"난 주신을 믿는 것도 아니잖아."
주신을 믿는 성도들만 신성력을 얻을 수 있는 거 아니었어?
하벨이 대수롭지 않은 표정으로 답했다.
"아레나 님께서도 신이시다."
"아니, 왜?"
"왜라니?"
"왜 갑자기 장르를 바꾸고 난리야!"
"장르?"
"이거 성좌물 아니잖아!"
"무슨 소리냐?"
"아, 몰라!"
느낌이 온다, 느낌이! 아레나가 지금 이렇게 당황하고 있는 나를 보면서 깔깔 웃고 있을 것 같은 느낌이 온다고!

심통이 난 얼굴로 테이블을 탁탁 두들기자 하벨이 질색을 하며 본인의 커피잔을 챙겨 들었다.

"에휴."

아무런 언질도 없이 이런 걸 막 투척하고 떠난 게 너무 그녀다워서 오히려 할 말이 없었다.

"아레나 님, 정말 잘 지내고 계시는 거지?"

"걱정 마라."

그럼 됐다.

'좀 당혹스럽긴 한데.'

갑자기 믿지도 않는 신의 첫 성도가 됐다는 사실이 황당하지만, 어쨌든 신성력이 생긴 건 좋은 일이니까.

'이건 특별히 후유증도 없는 것 같고.'

더 이상 빙의 후유증을 겪으면서 남을 치료하지 않아도 된다는 말이잖아.

"혹시 말이야."

"……?"

"내가 첫 성도라고 해서 막 신도들을 모으고 해야 하는 건 아니지?"

이건 좀 애매한데. 설마 포교 활동을 의무적으로 해야 하는 거 아냐?

"혹 아레나교라도 창설해야 하는 건……?"

그 말에 하벨이 새삼 어이가 없는 듯, 한심하다는 기색이 가득한 눈빛을 그녀에게 던졌다.

"그런 건 아레나 님이 오히려 싫어하실 거다."

"하긴."

자기를 따르는 성도를 보고 깔깔 비웃지 않으면 다행이다. 뭘 믿고 자기를 따르는 거냐며 신기해할지도.

"나중에 아레나를 만나면 고맙다고 전해 줘."

"한낱 사신이 신을 만날 일은 거의 없다."

"혹시라도 말이야."

"…알았다."

마지못해 고개를 끄덕이는 하벨을 보며 카밀라가 피식 웃었다. 오늘따라 호쾌하게 웃던 아레나의 웃음소리가 무척 그리웠다.

저벅.

"……."

하벨을 만나고 집으로 돌아온 카밀라는 마차에서 내리다 입구 담벼락 쪽을 힐끔 바라봤다. 그러고는 아무것도 못 봤다는 듯한 얼굴로 그곳을 잽싸게 지나쳐 갔다.

[이봐, 나 보이지? 너 방금 나랑 눈 마주쳤잖아. 모른 척하지 말고 잠깐 좀 멈춰 봐.]

저벅, 저벅.

[듣은 척도 안 하네……. 여기가 소르펠 공작가가 맞는지만 알려 주면 안 돼? 카밀라 소르펠이라는 아이를 찾아왔어, 어라?]

저벅, 저벅, 저벅.

[분홍 머리에 붉은 눈! 네가 카밀라 소르펠이구나! 그렇지?]

"오셨습니까, 아가씨."

"응, 안녕. 혹시 지금 집에 누구 있어?"

"아뇨, 공작님과 두 도련님 모두 출타하셨습니다."

[네가 카밀라냐니까?]

"그럼 한 30분 정도 정원 쪽으로 누가 못 오게 해 줘. 조용히 산책하고 싶어."

[저기, 애야? 나 지금 누구랑 얘기하니?]

카밀라는 즉시 정원으로 방향을 틀었다. 세 걱정꾼들과 마주칠 가능성이 있다면 자신의 방에서 이야기를 나눴겠지만, 그게 아닌 이상…….

'아우, 이럴 줄 알았으면 우리 집 귀신들한테 마중 나와 달라고 하는 건데!'

정체 모를 불청객을 저택 안에 달고 들어갈 생각은 추호도 없다. 그녀가 인적 없는 안전한 장소로 이동하는 동안에도 불청객의 수다는 끊이질 않았다. 쫑알거리는 귀신을 달고 정원에 들어선 직후, 카밀라는 짜증 섞인 물음을 던졌다.

"대체 누구세요?"

[이제야 알은체해 주네. 너무한다, 진짜!]

최대한 사나운 표정을 지었는데 남자는 눈 하나 깜짝하지 않고 호들갑을 떨었다.

"제 이름은 어떻게 아셨어요?"

[건너 건너 들었지. 이 집 딸이 죽은 자를 본다더라고.]

대체 누가 그딴 소문을 퍼트린 거야!

'젠장.'

나, 귀신 세계에서 막 소문나고 그러는 여자야?

'누군지 잡히기만 해 봐.'

진짜로 승천시켜 줄 테니까! 속으로 부득부득 이를 갈던 카밀라는 그제야 상대를 찬찬히 살폈다.
 20대 중반쯤으로 보이는 남자는 허리까지 내려오는 긴 금발 머리에 언뜻 보면 여자라 착각할 정도로 곱상한 외모를 가지고 있었다. 하지만 눈빛은 무척 매섭고 날카로워 쉽게 다가설 수 있는 인상은 아니었다.
 [내가 너한테 부–]
 "안 해요."
 [아니, 내가 진짜 부–]
 "싫어요."
 [내가 어지간해선 부탁 같은 거 잘 안 하–]
 "꺼져요."
 [……]
 '뭐? 왜?'
 가운뎃손가락이라도 들어 줘? 아, 이쪽 세계 사람들은 그 의미를 모르겠구나. 어쨌든 좋은 말로 할 때 꺼지란 눈으로 바라보자 그가 불퉁한 표정을 지었다.
 하지만 카밀라는 이 상황이 정말, 굉장히, 매우 달갑지 않았다. 왜 자기들이 부탁하면 당연히 들어줘야 한다는 것처럼 구는 거야? 자신은 아무 때나 쓸 수 있는 소원권 같은 게 아니었다.
 귀신들 한을 풀어 주려다 보면 못 볼 꼴을 많이 보기 마련이고, 이 과정에서 자신을 아껴 주는 사람들에게 걱정을 끼치게 되는 일이 비일비재했다. 정작 옆에 있는 이들에게 상처를 주면서까지 모르는 사람을 도와야 할 이유가 없다.

'뭔 소문을 들었는지 모르겠지만.'
내가 요즘 귀신들과 좀 잘 지냈더니, 그게 소문이라도 난 건가?
'내가, 어? 최근 호구 짓 좀 많이 하긴 했지만!'
그렇다고 진짜 호구는 아니거든?
잠시 남자 귀신을 살벌하게 노려봐 준 카밀라는 쌩하니 그 자리를 벗어났다. 더 이상 말 걸면 가만두지 않겠다는 기운을 온몸으로 마구 풍기며 귀신에게 일절 시선조차 주지 않은 채.
[…하.]
그렇게 카밀라가 완전히 모습을 감출 때까지 그 자리에 멍하니 서 있던 남자 귀신은 한참 후에야 허탈한 웃음을 터트렸다.
[그녀를 전혀 안 닮았네.]
그는 기가 차다는 듯 살며시 고개를 내저었다.

[이봐.]
"카페로 가."
[내 얘기 좀…….]
"오늘 저녁 메뉴는 뭐더라?"
[야, 내 말 좀 들어 보라―]
"오늘은 상회로 갈 거야."
[너, 너……!]
"아, 피곤하다. 오늘은 일찍 자야지."
귀신은 생각보다 끈질겼다.
신수인 킹이 하도 난리를 치는 바람에 저택 안으로는 들어오지 못했지만, 정문 앞에 버티고 서서 카밀라에게 어떻게든 말을 걸려고 노력했다. 카페나 상회에는 종종 출현하는 사신 하벨의 정보를 알고 있는 듯 거기까지는 따라오지 않았다.

'그러니 집 앞에만 죽치고 있는 거지.'

당연히 카밀라도 호락호락하지 않았다. 철저히 무시로 일관했다. 간절한 하소연과 분노에 찬 외침에도 일절 반응해 주지 않았다.

그러기를 일주일쯤 흘렀을까.

[에이미가 널 찾아가 보라고 한 거라고!]

"…누구요?"

그의 입에서 무시할 수 없는 이름 하나가 튀어나왔다.

[에이미.]

"……."

걔가 왜 여기서 나와……? 카밀라의 눈이 동그래졌다.

비틀린 생각에 사로잡힌 오빠, 제이비 교수의 살인 행각을 옆에서 지켜보며 고통받았던 에이미. 모든 일이 해결된 후, 지금이라도 자신의 꿈을 이루겠다며 여행을 떠난 여학생 귀신은 분명…….

[내 꿈은 언젠가 대륙 이곳저곳을 돌아보는 거였거든.]

'유적지 탐방할 거라고 그랬는데?'

카밀라가 관심을 보이자 귀신은 묻지도 않은 것들을 줄줄 털어놓기 시작했다. 당사자인 에이미가 아니면 알 수 없는 이야기를 쏟아 내며 자신의 말이 진실임을 주장하는 귀신에게 카밀라는 결국 두 손을 들어 올렸다.

"대체 그 앨 어떻게 아세요?"

[우연히 만났었어.]

"어디서요?"

[이프리스 고대 유적지에서.]

이프리스는 서쪽 끝자락에 있는 사막 지역이다.

에이미가 갈 법한 지역이라 카밀라는 고개를 몇 번 끄덕였다. 그리고 이어진 말에 입술을 꽉 깨물었다.

[풀고 싶은 한이 있다고 했더니 널 찾아가 보라고 하더군.]

…너였니?

'에이미, 이 망할 계집애가!'

누가 그런 쓸데없는 말 퍼트리고 다니라고 했어! 내가 무슨 귀신 전용 흥신소인 줄 알아? 홍보를 왜 해!

"하아."

카밀라는 한숨을 길게 터트렸다. 그녀의 날카로운 시선이 남자 귀신을 쭉 훑었다.

"따라와요."

부탁할 게 뭔지는 모르겠지만 일단 얘기는 들어 보기로 했다.

[따라오라고? 하지만 너희 집은…….]

"킹은 아무나 안 물어요."

그가 집 안에 들어서는 걸 망설이는 이유를 짐작한 카밀라는 대수롭지 않게 말을 이으며 발을 옮겼다.

'우리 킹을 뭘로 보고.'

[규규!]

마침 카밀라를 마중 나온 킹이 졸래졸래 달려왔다. 그런 킹을 바로 안아 든 카밀라는 녀석의 머리를 가볍게 쓰다듬었다.
[크르…….]
카밀라 뒤에 있는 낯선 존재를 본 킹이 하얀 이빨을 드러냈다.
"내 손님."
[큐?]
"응, 그러니 쉿."
[큐우…….]
카밀라의 말에 사나운 기운을 지운 킹은 그녀의 품에 그대로 안겨 지그시 두 눈을 감았다.
[신기하네.]
그 모습을 본 귀신이 연신 감탄사를 내뱉었다. 신수가 가주도 아닌 사람을 잘 따르는 게 신기한 모양이었다.
"그래서 제게 바라는 게 뭐예요?"
[너 성격 참 급하다……. 일단 소개부터 할게.]
방으로 들어선 카밀라는 바로 용건을 물었다.
[내 이름은 지슈아야.]
"지슈아? 이름이 좀…….."
[알아, 알아. 내 이름이 여자 같은 거.]
이미 많이 들은 말인 듯 그가 짧은 한숨을 내쉬었다.
[살아 있을 때 마법사였어.]
"마법사요?"
[그래, 그것도 아주 능력 좋은 천재 마법사였지.]
"……."
그런 걸 자기 입으로 말하는 거 좀 쪽팔리지 않나?

자기를 소개하면서 아무렇지 않게 '천재'라는 단어를 붙이는 지슈아를 카밀라는 조금 황당하게 바라봤다.

'예전에 나도 저랬을까?'

이번에 누가 상 받을 거 같냐는 질문에 나 외에 받을 사람이 또 있냐고 말하고 다녔다. 그래서 다들 날 재수 없어 했나? 영혼이 바뀌어서가 아니라?

때 아닌 자기 성찰에 들어간 카밀라의 귀로 지슈아의 목소리가 들려왔다. 그는 자기가 어떻게 죽게 되었는지 간단히 들려줬다.

[욕심이 화를 불렀다고나 할까?]

자신의 뛰어난 재능에 너무 심취해서 눈에 보이는 게 아무것도 없었다는 소리에, 카밀라는 내심 고개를 끄덕였다. 얼굴 한 번 안 붉히고 본인을 천재 마법사라고 하는 사람인데, 뭐.

[누구보다 먼저 최고의 경지에 오르고 싶었어. 그런 내가 선택한 건… 드래곤의 마법이었지.]

"…드래곤의 마법이요?"

그런데 난데없이 동화나 전설, 건국 신화에나 나올 법한 존재가 등장했다. 갑자기 뭔 허무맹랑한 소리래?

카밀라의 눈이 진실을 파악하듯 슬쩍 가늘어졌다.

[대륙에 존재했던 마지막 드래곤, 베르크로스.]

"아."

베르크로스. 그 이름은 카밀라도 익히 알고 있었다. 그것도 그럴 것이, 페이블러 제국과 아주 깊은 관련이 있는 드래곤이었으니까.

'그 인장.'

이번에 자신이 에드센 황태자에게 찾아다 준 인장 말이다. 초대 황제가 악신이라 불린 블랙 드래곤을 처치하고 그 뼈로 만든 인장. 그 뼈의 주인공이 바로 베르크로스였다.

'황족의 피가 묻으면 울음소리가 들린다기에 귀신이라도 붙어 있나 했더니.'

하지만 아무리 살펴봐도 드래곤 귀신 같은 건 찾아볼 수 없었다. 그냥 말 그대로 드래곤의 원념 같은 게 실린 평범한 인장일 뿐이었다. 뭐, 원념이 실렸다는 게 평범하다고는 할 수 없지만.

[베르크로스, 그가 남긴 마지막 마법서를 내가 찾았어.]

잠시 딴생각을 하던 카밀라의 귀로 지슈아의 목소리가 다시 들려왔다.

"네, 대단하시네요."

[…뭐냐?]

"뭐가요?"

[그 심드렁한 반응은 뭐냐고. 무려 드래곤의 마법이라니까!]

"그래서 대단하다고 하잖아요. 박수라도 쳐 드려요?"

그게 뭐 어려운 일이라고. 짝짝짝.

[…됐다.]

별다른 표정 변화를 보이지 않는 카밀라의 모습에 지슈아는 김이 새는 듯 못마땅한 마음을 감추지 못했다. 하지만 그녀로서는 정말 최선을 다한 호응이었다.

"저는 마법의 '마' 자도 모르는 일반인이에요. 드래곤의 마법인지 도마뱀의 마법인지가 얼마나 대단하다 한들 별 감흥 없어요."

[도, 도마뱀? 야!]

충격에 빠진 지슈아가 턱 하니 입을 벌렸지만, 카밀라는 아랑곳

하지 않았다.

'암살자 제로의 검을 얻었을 때도 그랬는걸.'

그 검을 얻고도 별 관심 없이 루브에게 던져 주었던 것처럼 말이다. 그쪽 업종에 사는 사람들이야 환장할 검일지 몰라도 자신에게는 과일 깎는 칼보다 못한 검일 뿐이었다. 잘 보이지도 않는 칼을 대체 어디다 쓰라는 거야.

"어쨌든 그래서요?"

카밀라는 다음 말을 재촉했다. 서론이 너무 길다며 타박하자, 그가 곧 클라이맥스이니 좀 기다리라고 투덜거렸다.

[그 마법서는 정말로 대단한 거였어.]

"네, 네."

[차원을 이동하는 방법도 적혀 있었다니까.]

"네에… 네?"

차원 이동?

그 말에 카밀라의 반응이 확 돌변했다. 눈을 동그랗게 뜨고 자세까지 바로 하며 되물었다.

"차원을 이동할 수 있다는 말이에요?"

[호오.]

그 모습에 지슈아가 의외라는 눈빛을 던졌다.

[넌 다른 차원이 있다는 걸 믿는 거야?]

당연하지. 내가 다른 차원에서 넘어왔는걸.

그러나 그것까지 말해 줄 생각은 없었기에 카밀라는 그저 고개만 크게 끄덕였다.

"그래서요?"

[다른 건 다 제쳐 두고 그 마법에만 집중했지.]

"차원 이동 마법이요?"

[응, 제일 대단해 보이잖아. 내 능력을 증명하는 데 딱이란 생각이 들더라고. 시간이 좀 걸리긴 했지만 마법 시전에 성공했어!]

"네?"

성공을 했어?

카밀라가 관심을 보이자 지슈아도 신이 나는 듯 조금은 높아진 톤으로 말을 계속 이어 나갔다.

[진짜 성공했다니까!]

"정말로… 다른 세계에 가 보셨다는 거예요?"

지슈아는 크게 고개를 끄덕였다. 그때의 일을 떠올리는 듯 그의 눈빛에 흥분이 가득 담겼다.

[처음 접하는 세계였어. 끝도 보이지 않는 높은 건물에, 말보다 훨씬 빠르게 달리는 커다란 철 마차까지! 온통 신기한 것들 천지였지.]

"…정말 넘어가셨던 거네요."

그의 말에 카밀라는 저도 모르게 입을 멍하니 벌렸다. 마천루와 자동차로 예상되는 것을 그림으로 그려 내듯 실감 나게 묘사하는 걸 보아 분명 거짓이 아니었다. 차원 이동이라니. 이건 정말 대단한 거 아닌가?

[화려한 세계였어. 내 능력을 입증할 수 있다는 생각에 얼마나 즐거웠는지 몰라.]

그는 꿈을 꾸는 듯 아련한 표정을 지었다. 하지만 그건 정말 찰나였다. 언제 그랬냐는 듯 지슈아의 얼굴이 빠르게 굳어졌다.

[그런데 문제가 생겼어.]

"무슨 문제요? 마법에 이상이 생긴 거예요?"

[아니, 마법은 완벽했어. 드래곤의 마법이었는걸. 다만…….]

"다만?"

그의 입에서 긴 한숨이 새어 나왔다.

[한 가지 간과한 게 있었지.]

"그게 뭔데요?"

[차원 이동을 하기 위해선 다른 세계에 있는 누군가와 파장이 맞아야만 했어.]

"파장?"

[사실 차원 이동의 원리나 방법은 생각보다 간단해. 다른 세계에 있는 누군가와 잠시 영혼을 바꾸기만 하면 되는 거거든. 문제는 그 과정이야.]

자신과 파장이 잘 맞는 영혼을 찾아내는 게 성공의 관건이었다. 그런 존재를 찾지 못하면 마법 시전 자체를 할 수가 없는 것이다.

[그 때문에 정작 마법을 완성한 드래곤은 그 마법을 쓸 수 없었던 것 같아. 다른 세계라고 한들 드래곤과 파장이 맞는 인간이 있을 리가 없잖아?]

저쪽 세계에 드래곤의 엄청난 지식과 정신을 감당할 육체 같은 건 존재하지 않을 테니까.

[하지만 난 다행히 나와 파장이 맞는 인간을 찾을 수 있었어. 그건 정말 큰 행운이었지. 모든 준비를 철저히 마쳤어.]

"무슨 준비요?"

[내 몸에서 깨어나게 될 사람이 바로 잠들 수 있게 마법 장치를

설치해 뒀지.]

본인의 의지와 상관없이 강제로 이쪽으로 끌려온 이가 당황하지 않도록 말이야. 마침표가 찍히기 무섭게 카밀라가 미간을 찌푸렸다.

"그건 좀 너무하지 않아요? 자기 의지와 상관없이 끌려온 거잖아요."

[나도 알아. 하지만 아주 잠깐만 바꿀 거니까 전혀 문제가 될 것이 없다고 생각했어.]

"흐음."

그녀의 얼음장 같은 표정에 지슈아가 침울한 목소리로 웅얼거렸다.

[너무 뭐라 하지 마. 벌도 받았는걸. 아주 끔찍한…….]

"벌이요?"

지슈아의 입에서 긴 한숨이 흘러나왔다.

[다른 세계를 체험하고 다시 돌아왔을 때……. 내가 죽어 있더군.]

"…네에?"

[수면 마법이 제대로 작동되지 않았었나 봐. 내 몸에서 깨어난 사람은 여기저기를 돌아다니다가 절벽에서 떨어졌고, 그대로 즉사했어.]

"……."

뭐라 할 말이 없었다. 누구를 탓할 일도 아니지 않은가. 자기 멋대로 행한 일로 인해 벌어진 죽음이다.

"그럼 그 남자의 영혼은요?"

[내가 돌아오는 순간 무사히 저쪽 세계로 넘어갔어. 나만 육체를 잃은 꼴이 된 거야.]

이걸 그나마 다행이라고 해야 하나? 상대라도 무사한 걸?

카밀라는 속으로 짧게 혀를 찼다. 온갖 귀신의 사연을 그동안 많이 들어 봤지만 이 남자만큼 허무하고 기구한 사연은 또 처음인 것 같다.

"그래서, 제게 바라는 게 뭔데요?"

카밀라는 다시 본론으로 돌아갔다. 그의 사정이 어떻든, 지금 중요한 건 그가 가진 한이 뭔지였으니까.

[내가 찾은 드래곤의 마법, 그걸 다른 이들에게 전해 주면 좋겠어. 그 마법서가 있는 곳을 알려 줄 테니까.]

"굳이요?"

그 마법 시전하다가 육신이랑 작별했으면서 그걸 다음 세대에 전해 주고 싶다고?

어이없다는 눈으로 흘겨보자 그가 발끈해 소리쳤다.

[다시없을 대단한 마법서야. 그런 마법들이 사라지는 건 마법사로서 절대 용납할 수 없어!]

⋯직업의식이 투철하다고 해야 하나? 나 같으면 그딴 마법 따위 꼴도 보기 싫을 것 같은데.

"찾아서 아무한테나 전해 주면 돼요?"

[당연히 마법을 잘 아는 이에게 전해 줘야지.]

"마법만 알면 아무나 상관없다는 거죠?"

[그래.]

단호하기까지 한 대답이 흘러나왔다.

'이건 예상외인데…….'

지슈아를 물끄러미 바라보던 카밀라가 슬쩍 운을 뗐다.

"원하시는 건 그게 다예요?"

[다야.]

그녀의 표정이 조금 묘해졌다.

'마법사라 그런가.'

고작 마법서를 찾아 다른 이들에게 전달해 주는 게 마지막 소원이라는 것이 이상했다.

보통은 가족이나 주변 친한 사람들에게 마지막 말을 남기지 않나? 갑자기 죽었으니까 제대로 유언도 남기지 못했을 거 아니야. 아니면 오랫동안 풀지 못한 개인적인 한을 풀어 달라는 게 보통인데 말이지.

"가족은 없으세요?"

카밀라는 지슈아가 죽은 지 그리 오래된 인물이 아니라는 걸 바로 파악했다.

그가 손에 끼고 있는 저 에메랄드 반지.

'저거 카빌레 보석상 거잖아.'

카빌레 보석상은 최근 주목받고 있는 보석상 중 한 곳이다. 생긴 지는 올해로 30년이 조금 넘었다고 들었다. 즉, 지슈아가 죽은 지 아무리 오래전이라고 해도 30년은 넘지 않았다는 말이다. 그건 가족이 있다면 충분히 살아 있을 기간이라는 거고.

물론 죽은 자라고 해서 다 가족이 그립고 그런 건 아니겠지만, 그래도…….

[가족?]

"네, 그렇게 뜻하지 않게 죽은 거면 가족들에게 제대로 인사도 못 하셨을 거 아니에요."

[…가족 같은 건 없어.]

"그래요?"

지슈아가 쓸쓸한 미소를 머금었다.

[처자식 다 버리고 마법 좇아 떠난 놈이 뭔 자격으로 가족을 찾겠어.]

"그렇긴 하네요. 자격 없네."

[야, 너무 단호하게 긍정하는 거 아냐?]

뭐래, 자기가 먼저 그렇다고 말해 놓곤.

벌컥!

"야!"

그때 방문이 열리며 라비가 안으로 성큼 들어섰다.

"오라비, 노크 몰라? 노크?"

"너 혼자야?"

방 안을 빠르게 둘러보던 라비가 살며시 미간을 찌푸렸다.

"그럼, 혼자지."

"아닌데. 분명 말소리가 들렸는데."

누군가와 대화를 하는 듯한 목소리에 혹 아르시안이 또 몰래 찾아온 건가 싶어 벌컥 문을 열고 들어온 모양이었다.

"벌써 귀가 가는 거야?"

카밀라는 뻔뻔하게 모른 척했다. 오히려 라비의 귀가 잘못된 것으로 밀어붙이며.

"너 수상해. 또 죽은 자와 대화하고 있었던 건 아니지? 내가 그런 것들이랑 친하게 지내지 말라고 했잖아!"

"아니거든. 진짜 혼자 있었거든. 오라비 귀가 간 거거든."

라비 여우 새끼… 은근히 촉은 좋아 가지고.

"그래서 용건은 뭐야?"

카밀라는 급히 말을 돌렸다.

"네가 전에 그랬잖아. 창고에 있는 어머니 유품, 네가 한번 살펴보고 싶다고."

"아, 그랬지."

에스크라 공작 때문이다. 그가 이곳을 떠나기 전에 그녀에게 부탁한 것이 있었다. 혹 돌아가신 어머니의 흔적이 남아 있다면 자신에게 줄 수 없냐고.

'갑자기 왜요?'

'기억해 내야지 않나 싶어서.'

'네?'

'한때 나의 아내였고 너의 엄마였던 이니까.'

잃어버린 기억을 찾는 데 도움이 될 물건, 초상화 같은 거 말이다.

"이번에 대대적으로 창고 정리할 거라더라. 네가 직접 정리하고 싶은 거 있으면 미리 하라던데."

"알았어."

"너… 진짜 혼자 있었던 거 맞아?"

"그렇다니까."

끈질긴 놈. 마지막까지 의심스러운 눈빛을 거두지 않은 라비는 그제야 방을 빠르게 나섰다.
타악.
[저 녀석도 마법사인 것 같은데.]
문이 닫히는 순간 지슈아의 목소리가 들려왔다. 그는 라비가 떠난 자리에 시선을 둔 채 말을 이었다.
[제법 실력도 있어 보이고.]
"그걸 보기만 해도 알아요?"
[기본적으로 느껴지는 마력이 있으니까. 쟤한테 주면 되겠네.]
"뭐를요? 드래곤의 마법서요?"
[그래.]
"흐음… 그러죠, 뭐."
우리 라비, 올해 마법서 복 터졌네.

드래곤의 마법서

스륵.

몇 시쯤 됐을까? 서류를 보다 깜박 잠이 들었다. 몸이 작아졌을 때의 습관이 아직 남아 있는 건지, 여전히 밤늦은 시간이 되면 저도 모르게 잠이 들곤 했다.

그렇게 책상에 엎드린 채 선잠이 들었던 카밀라는 어깨를 감싸는 따듯한 담요의 감촉에 희미한 미소를 지었다.

"아르시안?"

부스스 눈을 뜨며 고개를 든 카밀라는 한 사람의 이름을 불렀다. 이 시간에 소리 없이 찾아와 이런 일을 할 이는 그 녀석뿐이었으니까.

"미안하네, 아르시안이 아니라서."

지척에서 들려오는 웃음기 섞인 익숙한 목소리에 카밀라는 빠르게 몸을 일으키며 잠기운이 남아 있는 눈가를 급히 훔쳤다.

"제이너?"

이 시간에 왜 여기 있는 거지?

잠시 눈을 깜박이던 카밀라는 얼떨떨한 목소리로 물었다.

"언제 온 거야?"

"방금."

간단히 대답을 들려준 세이너가 카밀라를 지그시 바라봤다.

"그 녀석이 이 시간에 자주 오나 봐?"

"누구? 아르시안?"

"응."

조금 전 자신이 그의 이름을 부르며 깬 걸 콕 집어 지적을 한다. 왠지 모를 민망함에 카밀라는 볼을 긁적였다.

"간혹 연락 없이 오니까."

"흐음."

뭐가 또 그의 심기를 건드린 걸까? 제이너의 입꼬리가 삐뚜름하게 올라갔다.

저 인간이 저런 표정을 지으면 은근히 불안한데……. 자신이 알고 있는 정신 나간 놈들 중 최고봉에 서 있는 인간이라서.

"그런데 이 시간에 어쩐 일이야?"

카밀라의 물음에 그는 방금까지 짓고 있던 장난스러운 표정을 지우고 가면 같은 웃음을 머금었다.

"의뢰 넣으신 건에 대해 보고하러 왔습니다."

"의뢰? 아."

그제야 카밀라는 얼마 전에 칸 지부를 직접 찾아가 자신이 맡긴 일을 떠올릴 수 있었다. 자신을 찾아온 귀신 지슈아가 부탁했던, 드래곤이 남긴 마법서를 찾아오는 일을 하기 위해 칸에 의뢰를 넣었었다.

'내가 직접 갈 수 있는 거리가 아니던걸.'

지슈아에게 얘기를 들었을 때부터 감이 왔다. 마법서가 있는 곳이 엄청 외진 곳일 것 같다는 감이 말이다.

그리고 그 예상은 틀리지 않았다.

"바쁘지 않아? 매번 이렇게 네가 직접 안 와도 되는데."

"괜찮아."

카밀라의 표정이 떨떠름해졌다. 칸에 사람이 없는 것도 아니고, 왜 매번 수장이 직접 오는 건지 알 수가 없다. 너 그렇게 한가한 사람 아니잖아.

'게다가 엄청 빠르네.'

적어도 한 달은 넘게 걸린다고 했는데?

요즘 밀린 의뢰가 많다는 이유였다. 그게 사실인 듯 전에 제이너의 행방을 찾으러 갔다 만났던 이들도 보이지 않았다. 바쁜 그들을 대신해 임시 직원이 그 자리를 지키고 있었다.

거리도 멀었고 장소도 워낙 외진 곳이라 이렇게 빨리 의뢰가 마무리될 줄은 몰랐는데.

"동생 일인데, 바빠도 내가 직접 와야지."

제이너가 빙그레 웃었다. 그녀는 모르겠지만, 그날 카밀라의 의뢰를 접수했던 임시 담당자는 상사의 복귀와 동시에 실업자가 되었다.

'뭐? 카밀라 님의 의뢰를 가장 늦게 보고했다고?'

'네? 네, 그랬습니다. 뭐 문제 있습니까?'

'야!'

'왜 화를······? 들어온 순서대로 보고하고 지시하는 게 원칙 아닙니까?'

'예외 몰라? 예외! 야, 저 녀석한테 카밀라 님이 누군지 말 안 해 줬어? 아무리 임시라지만 중요 인물 파악도 못 한 거야? 너 주요 고객 정보는 제대로 숙지하고 있냐?'

'그···오늘 외우려고 했습니다아······. 대체 그, 그분이 누군데요?'

'이제 잘릴 놈이 알아서 뭐 하게!'

복귀한 원래 담당자가 최우선으로 카밀라의 의뢰를 맡아 처리하긴 했지만, 늦어진 건 늦어진 거다.

제이너의 입가에 맺혀 있던 서늘한 미소는, 그가 불만스레 책상을 탁탁 내리치는 카밀라를 향해 고개를 돌리는 순간 모습을 감췄다.

"그 동생이라는 말 좀 안 하면 안 돼?"

"동생을 동생이라고 부르지, 그럼 뭐라고 불러?"

"···님 마음대로 하세요."

저거, 분명 날 놀리려고 저러는 거지? 이상하게 요즘 들어 더 동생이라는 단어를 강조하는 것 같단 말이야.

'마치 스스로에게 다짐이라도 하는 듯이.'

그런 짓이라도 해야 동생으로 여겨진다는 거야, 뭐야?

"그렇게 싫으면 굳이 동생 취급 안 해 줘도 된다니까."

"싫다니? 이렇게 잘나고 예쁜 동생을 누가 마다하겠어?"

너 님이요.

'웃지나 말든가.'

그녀는 제이너가 거짓말을 할 때 짓는 특유의 미소를 아주 잘 알고 있었고, 제이너 역시 그 사실을 알았다. 눈 가리고 아웅이라는 소리다.

그렇게 동생 취급 하기 싫으면 그냥 남처럼 대하면 될 것을. 카밀라는 가볍게 고개를 저었다.

저 인간의 머릿속은 시간이 아무리 지나도 헤아릴 수가 없다. 뭔 생각을 하며 사는 건지 도통 모르겠다.

"여기, 의뢰 물품."

그런 그녀를 잠시 묘한 눈으로 바라보던 제이너가 화제를 돌렸다. 그는 자신이 들고 온 물건들을 카밀라 앞에 내려놓았다.

"뭐가 많네?"

마법서 한 권 챙겨 와 달라고 한 건데, 제이너가 꺼내 놓은 건 생각보다 종류가 다양했다. 저게 다 뭐래?

"거기 대체 뭐 하는 곳이야? 오랫동안 사람이 산 흔적이 없던데."

"마법사의 연구실."

"흐음… 혹시 몰라서 중요해 보이는 건 일단 다 챙겨 온 거야."

카밀라는 의뢰를 넣었던 마법서를 보고 고개를 끄덕인 후, 그 옆에 흐트러져 있는 물건들로 고개를 돌렸다. 각종 다양한 액세서리가 유독 눈에 들어왔다. 연구 일지로 보이는 노트도 몇 권 보였고.

"그곳의 위치는 어떻게 안 건데?"

"들었어."

"누구한테?"

산속이었다. 그것도 사람들이 드나들지 않는 깊은 산속.

외부인의 침입을 막는 마법까지 걸려 있는 곳을 카밀라는 어떻게 알고 가 보라고 한 걸까? 심지어 입구에 걸려 있던 마법을 파훼하는 방법까지 소상히 말해 주지 않았던가.

"혹시 이것도 죽은 자가 말해 준 거야?"

그 의문에 대한 답으로 떠오르는 건 단 하나였다.

"어."

호기심 가득한 목소리로 묻는 그에게 카밀라는 대수롭지 않게 대답했다. 그러고는 제이너가 들고 온 물건들을 하나하나 꼼꼼히 살폈다.

지슈아의 손이 닿았던 것들이니 분명 마법적 조치가 취해진 물건일 텐데…….

"이걸 찾아 달라고 한 사람은 누군데? 이 물건의 실제 주인?"

"응."

그쪽으로 문외한인 카밀라로서는 뭐가 뭔지 알 도리가 없었다.

흥미롭다는 얼굴로 지슈아의 물건들을 열심히 뒤적이던 그녀의 눈에 무언가 들어왔다. 안쪽에 이상한 글자들이 잔뜩 적혀 있는 팔찌였다. 무슨 마법이 걸려 있으려나?

'지슈아한테 직접 물어봐야겠다.'

스윽.

"……?"

제법 모양도 예쁜 팔찌 하나를 이리저리 살피던 카밀라는 순간 자신을 향해 얼굴을 바짝 가져오는 제이너의 행동에 움찔했다.

"뭐 하는 거야?"

"너무하네."

"뭐가?"

"오랜만에 보는데 눈 좀 맞추고 대화해 주면 안 돼?"

"……."

또, 또 저런 표정.

'암살자 길드 수장 주제에.'

뭔 눈웃음이 저리도 헤픈지. 곱게 눈가를 접으며 웃는 제이너에 카밀라는 짧은 한숨을 내쉬었다.

"어쨌든 고생했어."

"말로만?"

"의뢰비 줬잖아. 너 왜 툭하면 내가 공짜로 일 시킨 것처럼 구는 거야? 돈 준 사람 열받게!"

그녀의 사나운 눈초리에 제이너가 소리 내어 웃음을 터트렸다. 그 모습을 황당하다는 듯이 바라보던 카밀라도 결국 입가에 옅은 미소를 머금었다.

"다이브는 잘 지내지?"

"물론."

얼마 전 그라시아 제국으로 돌아간 다이브의 안부를 물은 그녀는 책상 서랍에서 뭔가를 꺼내 들었다.

"이거 에스크라 공작님께 전해 드려."

"아버지께?"

"어머니 물건들을 정리하다 찾은 거야."

어린 라비와 그들 남매의 어머니, 티아가 앉아 있는 모습이 담긴 작은 초상화였다.

그것을 잠시 물끄러미 바라보던 제이너는 별다른 말 없이 고개를 끄덕였다. 그러더니 초상화를 품 안에 잘 갈무리하면서 본인의 입꼬리를 있는 힘껏 아래로 끌어 내렸다.
"아쉽네."
"뭐가?"
"나도 보고 싶었거든. 네 어릴 적 모습."
카밀라가 마법에 의해 네 살 적 모습으로 돌아갔다는 사실을 알고 있었던 제이너는 그 모습을 직접 눈으로 보지 못한 게 진심으로 아쉬웠다.
"네 어릴 적 초상화는 없는 거야?"
"…그딴 거 없어."
"이번에 어려졌을 때 영상이라도 좀 찍어 두지 그랬어."
"그딴 거 없다고!"
엘리샤와 라일라가 엄청난 양의 동영상을 찍어 댔지만 그 사실을 제이너에게 굳이 알려 줄 생각은 없었다.
"그 마법을 다시 시전해 볼 생각은?"
"꺼져 줄래?"
카밀라의 축객령에 키득거리던 제이너는 다음에 또 보자는 인사말을 남긴 뒤 빠르게 사라졌다.
"초상화나 잘 전해 줘야 할 텐데."
그렇게 제이너가 사라진 공간을 바라보며 카밀라는 가볍게 혀를 찼다. 에스크라 공작에게 저 작은 초상화가 얼마나 도움이 될지는 모르겠지만, 그래도 없는 것보다는 낫겠지?

'어머니의 초상화요?'

「그래.」
'고작 초상화 따위로 오랫동안 잊고 산 기억이 돌아오겠어요?'
「최근 가물가물 떠오르는 것들이 좀 있어서.」
'…옛날 기억이요?'
「그래.」
'…일단 알겠어요. 찾아볼게요.'

카밀라의 존재를 알고 난 후 잃어버린 기억에 대해 계속 생각을 하다 보니 최근 종종 흐릿하게 스쳐 지나가는 것들이 있단다. 뭔가 기폭제가 있으면 좋겠다는 말에 다른 물건보다 우선적으로 초상화를 보내 주기로 한 것이다.
"그나저나 지슈아는 또 거기에 간 건가?"
제이너가 주고 간 물건을 챙기던 카밀라는 지슈아가 아까부터 보이지 않는다는 걸 깨닫곤 자리에서 일어났다.

똑똑.
"오라비, 뭐 해?"
"야, 내가 너 여기 들어오지 말라고 했잖아!"
라비의 연구실을 찾은 카밀라는 들어서자마자 있는 대로 버럭거리는 목소리를 들을 수 있었다. 저번에 마력석을 깨트리는 바람에 벌어졌던 일 때문인지, 라비는 그녀에게 본인 연구실에 발도 들이지 말라고 엄포를 놓은 상태였다.
'치사한 놈.'
내가 그 일이 미안해서 최고급 마력석도 빵빵하게 챙겨 줬거늘.

너 그게 얼마나 귀하고 비싼 건 줄 알아? 부르는 게 값인 물건이라고!

"나 진짜 가?"

불퉁한 기색이 가득하던 카밀라의 눈꼬리가 순간 아래로 축 처졌다.

"이제 오라비 만나러 오면 안 돼?"

"뭐, 뭐?"

측은한 눈빛은 덤이다. 이때 입술도 살짝 깨물어 주면 좋다.

그렇다고 대놓고 눈물을 흘리는 건 오히려 역효과를 낸다. 버림받은 강아지처럼 촉촉해진 눈빛, 딱 이 정도가 적당하지.

"야! 내, 내가 언제 찾아오지 말라고 했어? 연구실에만 들어오지 말라고 한 거지!"

그러자 단박에 반응이 온다. 방금까지 살벌하게 소리치던 모습이 무색하게 라비가 당황해 어쩔 줄 몰라 했다.

"…일단 왔으니 들어와."

"어."

혹시 진짜로 상처받았나 싶었는지 알게 모르게 눈치를 보는 그의 모습에 카밀라는 속으로 웃음을 터트렸다.

'참 걱정이네.'

우리 오라비, 저리 잘 속아서 어째?

'어떻게 내 연기에 매번 속니?'

은근히 헛똑똑이라니까.

"저것들은 다 뭐야?"

잠시 후 라비는 카밀라가 탁자에 하나하나 내려놓는 물건들에 관심을 보였다. 뭔 상자들이 저리 많지?

"오라비 주려고 내가 어렵게 구해 왔지."

"나? 뭔데?"

[뭐야? 벌써 가서 찾아온 거야?]

내내 조용히 있던 지슈아가 다급히 대화에 끼어들었다.

'역시나 여기에 계셨네.'

집 안에 들인 이후 라비의 곁을 떠나지 않고 있는 그다. 요즘 마법사들은 대체 어떤 마법을 연구하고 공부하는지 보고 싶다나 뭐라나.

"이거, 이것도……. 다 마법 아이템이네?"

첫 번째 상자를 연 라비의 눈이 동그래졌다. 팔찌나 목걸이에 새겨진 마법식을 단박에 알아본 라비가 호기심 어린 눈빛을 감추지 못했다.

"이거 다 어디서 난 거야?"

"이거? 오-"

"오다 주웠다는 말도 안 되는 소리 하지 말고."

"…오래전에 죽은 마법사가 찾아와서 전해 줬어."

"누…구라고?"

"죽은 마법사."

"……."

투욱.

귀신을 통해 받은 물건이라는 말에, 라비가 충격을 받은 얼굴로 자신이 들고 있던 물건을 툭 바닥에 떨어트렸다. 왜 저래? 원하는 대로 사실 그대로 말해 줬는데.

"주, 죽은 자가 전해 줬다고?"

"응."

"너, 너……!"

"왜? 필요 없어? 안 가질 거야? 그럼 다른 사람 준다?"

[뭔 소리야!]

언제나처럼 놀리듯 말을 내뱉던 카밀라는 라비보다 먼저 반응을 보인 지슈아를 빤히 바라봤다.

[다른 사람을 주다니! 이것들이 어떤……!]

카밀라의 가늘어진 시선에 순간 멈칫한 그가 자신의 실수를 깨달은 듯 어색한 표정으로 서둘러 고개를 돌렸다.

'저리 티를 내요.'

마법서와 마법 물품을 라비가 아닌 다른 사람에게 주겠다는 말에 저렇게 정색을 하면 어쩌겠다는 건지. 모른 척해 주고 싶어도 해 줄 수가 없잖아.

"저 상자도 열어 봐."

카밀라는 그런 그를 일단 무시하고 다른 상자를 라비에게 권했다. 여전히 떨떠름한 표정을 감추지 못하고 있던 라비는 그래도 상자에 든 물건이 어떤 건지 궁금한 듯 바로 손을 뻗었다.

"이거……."

"마법서야."

"제법 오래되어 보이는데?"

겉으로 보기에도 뭔가 심상치 않은 게 느껴졌는지, 언제 겁을 먹었냐는 것처럼 라비가 눈을 반짝였다.

"블랙 드래곤의 마법서래."

"그래, 딱 봐도 엄청 대단해 보……! 뭐?"

"뭐가?"

"너, 너! 방금 뭐라고 했어?"

"베르크로스가 남긴 마지막 마법서라던데."

그 말에 입을 쩍 벌린 라비가 들고 있던 마법서를 바닥으로 떨어트리려 했다. 그런 자신의 행동에 깜짝 놀라 정신이 들었는지, 그는 아주 소중한 것을 놓칠 뻔했다는 것처럼 급히 마법서를 품에 꼭 안았다.

"이, 이게 블랙 드래곤의 마법서라고?"

"응."

"베, 베르크로스?"

"어."

라비의 눈빛이 믿을 수 없다는 듯 연신 흔들렸다. 카밀라가 이런 걸로 거짓을 말하지는 않는다는 걸 잘 알기에 라비는 마른침을 꿀꺽 삼켰다.

'이거… 꿈은 아니겠지?'

드래곤의 마법이라니!

라비는 자신의 볼을 몇 번이고 꼬집었다. 표정 또한 쉴 새 없이 변해 갔다. 두려움과 호기심, 그리고 흥분! 미지의 영역에 대한 마법사로서의 열망이 고스란히 드러났다.

"……."

그런 라비를 말없이 바라보던 카밀라의 시선이 다시 지슈아에게로 향했다. 그는 흥분한 표정을 감추지 못하는 라비를 아주 흐뭇하게 바라보고 있었다.

"오라비."

"왜, 동생아?"

'…역시 단순한 우리 오라비.'

마법서 하나에 저 말투 바뀐 것 좀 보라지. 왠지 모를 쪽팔림은 그냥 내 몫인 거지?

"나 궁금한 거 있어."

"뭐든 물어봐."

"오라비 친아버지 말이야."

"…친아버지?"

"응, 그분에 대해 어머니께 뭐 들은 거 없어?"

뜬금없는 물음에 라비의 눈에 의아함이 깃들었다. 그가 기억을 되짚느라 침묵하는 사이, 카밀라는 고개를 살짝 기울이며 서늘한 미소를 지었다.

카밀라는 조금 전부터 지슈아에게서 일절 시선을 돌리지 않고 있었다. 그의 표정을 하나도 놓치지 않겠다는 듯이 말이다.

[…….]

그런 그녀와 눈이 마주친 지슈아의 얼굴이 순식간에 굳어졌다.

[너, 설마…….]

당황한 기색이 역력하던 그의 입이 이내 굳게 닫혔다. 지슈아의 시선이 어느새 다시 라비에게 향했다.

"아버지라…….."

[…….]

이윽고 나온 '아버지'라는 단어에 지슈아의 눈빛이 쉴 새 없이 흔들렸다.

"딱히 들은 거 없는데."

"그래?"

"내가 태어나고 얼마 지나지 않아 돌아가셨다고 들었어."

"…태어난 지 얼마 되지 않아 돌아가셨다고?"

"응."

지슈아를 바라보는 카밀라의 시선이 순식간에 짜게 식었다.

'이 아버지나 저 아버지나.'

어째 제대로 자식을 책임진 인간이 없냐.

에스크라 공작은 기억을 잃었다는 핑계라도 있지.

'그쪽은 뭔데요?'

카밀라의 입에서 혀 차는 소리가 흘러나왔다. 킹 시켜서 그냥 확 쫓아낼까?

'너 님께서 감히 우리 오라비를 버렸어?'

와, 씨. 진작 알았으면 계속 무시했을 텐데. 지금이라도 멱살 잡고 탈탈 털까? 당장 꺼지라고?

"그런데 갑자기 그런 건 왜 묻는 거야?"

"그냥."

내가 사람을 함부로 동정하지 않는데 말이야.

'우리 어머니……'

인생 참 그렇네. 어떻게 만나는 남자들마다 저러냐?

"에휴."

"웬 한숨이야?"

"그냥."

"아까부터 자꾸 뭔 그냥이야?"

"……."

"…왜?"

"뭐가?"

"왜 또 그렇게 보는 거냐고. 나 또 뭐 잘못했어?"

"오라비."

"난 네가 그렇게 부를 때마다 무서워. 뭔데 그래?"

"앞으로도 우리끼리 잘 먹고 잘 살자."

"…너, 저녁에 뭐 먹었어? 아까부터 왜 자꾸 헛소……! 그래, 동생아. 우리끼리 잘 먹고 잘 살자. 네 말이 다 맞아! 그러니 그 손 좀 치워!"

 마법서를 뺏으려고 손을 뻗는 순간 어이가 없다는 표정을 짓고 있던 라비의 입가에 억지스러운 미소가 걸렸다. 그 모습을 잠시 한심하다는 듯이 바라보던 카밀라가 자리에서 일어섰다.

"나 간다."

 배웅은 없었다. 자신이 준 책과 마법 물품에 이미 모든 정신을 뺏긴 라비는 대답조차 제대로 하지 않은 채 어서 가라는 듯 손만 휙휙 내저을 뿐이었다.

 못 말리겠다는 듯 가볍게 고개를 저은 카밀라의 시선이 어느새 다시 지슈아에게로 향했다. 눈이 마주친 그가 잠시 움찔하더니 이내 긴 한숨을 내쉬다 밖으로 향하는 그녀의 뒤를 조용히 따랐다.

[어떻게 안 거야?]

"뭐를요?"

[내가…….]

"그쪽이 라비 오라비 친아버지인 거요?"

카밀라는 연신 혀를 찼다. 지금 그딴 게 중요한가?

"그러는 당신이야말로 라비 오라비가 여기 있는 거 어떻게 알았어요?"

곧장 방으로 돌아온 카밀라는 지슈아의 물음에 질문으로 대답을 대신했다. 라비가 태어난 지 얼마 되지도 않아 가족을 두고 떠났다지 않은가.

'그때가 언제야?'

한참 전인 거 아냐?

자신이 태어난 뒤에도 돈을 벌기 위해 일을 찾아 여기저기를 떠돌아다녔던 어머니다. 라비 때라고 달랐을까?

떠돌이와 다를 것 없는 생활을 한 자신들이 이곳에 정착한 건 어떻게 안 건지 의문이다.

[그녀가 소르펠 공작 부인이 됐다는 사실은 이미 오래전에 들어 알고 있었어.]

"오래전에요?"

[평민이 공작 부인이 됐는데, 오죽 난리였겠어? 죽은 나한테까지 소식이 들려오더군.]

뜻하지 않은 죽음을 맞이한 후 한참을 방황하다 그녀를 찾아갔다. 그 발걸음이 결코 가볍지는 않았다. 아무리 죽었다지만 그녀와 라비를 마주할 자신이 조금도 없었으니까.

하지만 당연하게도 그녀는 이미 자신과 살던 곳을 떠난 후였고, 소식을 다시 듣게 되었을 땐 이미 그녀가 세상을 떠난 뒤였다.

[다른 남자의 아이가 있었음에도 귀부인이 되었다가 얼마 되지 않

아 사고로 죽은 불운한 여자 얘기를 하며 유령들이 낄낄거리는 걸 들었지. 지지리 복도 없는 여자라고. 그런데 설마 그 여자가…….]

"……."

진짜 인정 안 할 수가 없다. 뭐라 딱히 반박할 말도 없었다. 어머니, 당신 정말 지지리 복도 없는 분이었네요.

[어쨌든 그렇게 라비가 어디서 지내고 있는지 알게 되었지만 도저히 찾아갈 용기가 없었어.]

아들이 어떻게 지내고 있는지 너무도 궁금했지만 직접 두 눈으로 볼 자신이 없었다.

[혹시라도 잘 못 지내고 있으면?]

그곳에서 구박이라도 받고 있다면?

[난 아무것도 해 줄 수가 없는데…….]

이미 죽어 버린 자신이 해 줄 수 있는 건 아무것도 없지 않은가. 그 답답함을 도저히 견딜 자신이 없었다.

"그런데 이제 와서 왜 갑자기 찾아온 거예요?"

카밀라로서는 모든 정황을 다 알게 된 지금도 그가 이기적이라는 생각을 지울 수가 없었다. 부인과 자식이 있음에도 드래곤의 마법을 찾아 연구하겠다며 떠난 건 지슈아 본인이다. 순전히 자기만족에 기반한 결정이었다.

'누가 등 떠민 것도 아니고.'

게다가 자식이 있는 곳을 진작 알게 되었음에도 본인의 잘못을 마주할 자신이 없어 라비를 지금껏 보러 오지 않은 것 역시 이기적으로밖에는 여겨지지 않았다.

'하지만…….'

카밀라는 대놓고 그걸 티 내지는 않았다. 연신 한숨을 내쉬고 있는 것이, 이미 지슈아 본인도 그 사실을 아주 잘 알고 있는 듯했으니까.

[에이미에게 들었으니까. 죽은 자를 볼 수 있는 너에 대해서.]

심지어 그 사람이 제 아들의 동생이라는 말에 도저히 가만히 있을 수가 없었다고 읊조리는 모양새가 퍽 처량했다.

[이제 다시 물을게. 나와 라비의 관계를 어떻게 안 거야?]

아무리 생각해도 풀리지 않는 의문이다. 여기에 와서 한 번도 그런 쪽으로는 말을 한 적이 없는데 어떻게…….

"그 반지요."

[반지?]

지슈아는 자신의 손에 끼어 있는 에메랄드 반지를 바라봤다.

"그거, 커플 반지죠?"

[커플 반지?]

"어머니와 나눠 낀 반지 아니냐고요."

깜짝 놀란 지슈아가 눈을 동그랗게 뜨며 미친 듯이 고개를 끄덕였다.

그는 유능한 마법사였음에도 형편은 그리 좋지 못했다. 구속받는 게 싫어서 마탑에도 들어가지 않았고, 의뢰 같은 것도 받지 않았다. 오로지 연구에만 미쳐 살았던지라 돈에는 별 관심도 없었다. 재산이라고 할 만한 건 결혼 예물로 나눠 가진 이 반지가 유일했다.

"어머니의 짐을 정리하다 찾았거든요."

카밀라는 서랍에 넣어 둔 에메랄드 반지를 꺼냈다. 저번에 창고를 정리하다 찾은 물건으로, 지슈아가 끼고 있는 것과 똑같은 반지였다.

"초상화에도 그려져 있었고."

에스크라 공작에게 건넸던 초상화. 어린 라비와 다정히 마주하고 있는 어머니의 손에 똑같은 반지가 끼워져 있었다.

무엇보다…….

"G와 T. 그거 이니셜 맞죠?"

반지에 새겨진 글자를 보고 확신했다. G가 지슈아의 G라고 하면-

"티아의 T인 거 같은데."

[…응, 맞아.]

지슈아가 드래곤의 마법을 찾아 떠나면서 외면하고 버린 가족이 바로 어머니와 라비였다는 사실을 말이다.

'어머니, 당신이라는 사람도 참…….'

그런 인간이 주고 간 반지를 또 왜 계속 가지고 있었던 건지. 에스크라 공작이 기억을 잃었을 때 준 반지도 끝내 버리지 못하고 자신에게 남겨 주지 않았던가.

'이딴 것들, 다 그냥 팔아먹었어야지.'

뭘 추억이라고 간직하고 있는 건데.

비록 창고에 처박아 두었다지만, 에스크라 공작이 준 반지에 이어 첫 번째 남편의 반지 역시 버리지 못하고 가지고 있었다는 게 도저히 이해가 가지 않았다.

'미련이라도 남아 있었던 걸까?'

뭐, 그럴 수도 있겠다는 생각은 든다. 이러니저러니 해도 제 자식의 아버지이니까. 그 이유 하나로 완전히 미련을 버리지 못한 것일 수도 있다는 생각이 들었다.
 어쨌든 지슈아를 바라보는 카밀라의 눈빛은 여전히 차갑기 그지없었다. 처자식 나 몰라라 하는 인간치고 제대로 된 인간을 내가 본 적이 없거든.
 [티아가, 이 반지를… 계속 가지고 있었다고…….]
 "지금 감상에 빠져 있을 때가 아닐 텐데요."
 뭘 잘했다고 추억에 잠겨요? 당신이 그럴 자격이 있다고 생각해요?
 [나도 잘 알아……. 내가 양심도 없고 남편으로서도, 아버지로서도 조금의 자격도 없다는 거.]
 안다니 다행이네.
 [그녀가 죽은 것도 다 내 탓이야.]
 뭐라는 거야? 카밀라의 눈이 점점 가늘어졌다.
 [내가 떠나지만 않았어도……. 라비, 저 아이가 저리 까칠한 성격이 된 것도 다 내 탓이고……. 애초에 나 같은 건… 나 같은 건…….]
 "…….'
 한 가지는 인정하자.
 '저 인간, 라비 아버지 맞구나.'
 땅 파는 재주가 똑 닮았네. 지지리 궁상맞은 라비의 성격이 누굴 닮았나 했더니. 카밀라는 소리 없는 한숨을 내쉬며 고개를 절레절레 저었다.
 "그래서, 이제 어쩌실 건데요?"
 혹 계속 이렇게 라비 곁에 붙어 있을 생각인가?

[내가 여길 오면서 바란 건 단 하나였어.]
하지만 카밀라의 걱정과 달리 지슈아는 바로 고개를 저었다. 그의 입가에 씁쓸한 미소가 걸렸다.
[그저 한번 보고 싶었을 뿐이야.]
라비가 어떻게 살고 있는지.
[뭐라도 하나 주고 싶었고.]
자신의 마지막 흔적이라고 할 수 있는 드래곤의 마법서. 그것만이라도 라비에게 꼭 전해 주고 싶었다. 라비가 자신처럼 마나의 길을 걷고 있다는 사실을 알게 되었을 땐 기쁘면서도 무척 안타까웠다.
[내가 살아 있었다면······.]
그랬다면 좀 더 많은 것을 라비, 저 아이에게 해 줄 수 있었을 텐데. 같이 마법을 논하고 같이 연구를 했겠지?
안타깝고 또 안타까웠다.
[그래도 다행이야.]
"뭐가요?"
[저 아이가 그나마 혼자가 아니어서.]
카밀라를 바라보는 지슈아의 얼굴에 희미한 미소가 걸렸다.
[네가 저 아이의 가족이 되어 주고 있어서.]
"···가족이니까요."
카밀라의 짧은 대답에 지슈아의 미소가 더욱 짙어졌다.
[네게도 뭔가 주고 싶은데.]
"이미 저번에 주셨잖아요."
[그건 말 그대로 내 부탁을 들어주는 것에 대한 대가였고. 흐

음…….]

그가 잠시 고민하는 모습을 보였다. 이미 자기가 가지고 있는 건 다 찾아서 라비에게 줬으면서 나에게 줄 게 뭐가 있다고.

[아! 이런 건 어때? 여기저기 돌아다녔다 보니까 괜찮은 광물이 묻혀 있는 광산을 몇 군데 알고 있거든.]

'또 광산이야?'

귀신들의 특징 때문인가? 어둡고 습한 장소를 선호하는 귀신들이 많다 보니 유독 광산에 대한 정보들이 많이 들어왔다.

"됐어요. 제가 이래 봬도 가진 광산이 좀 많답니―"

[요즘 사람들이 많이 선호하던 광물이던데. 다이아몬드라고 하던가?]

"아버지, 차 한잔 드릴까요? 제가 또 차를 아주 기똥차게 잘 끓인답니다!"

[…아버지?]

"라비 오라비의 아버지면 제 아버지도 되는 거죠."

방실방실.

'뭐? 왜?'

내가 뭐 틀린 말 했어? 우리 다 한 가족 맞잖아.

'다이아몬드 광산이라니!'

아버지라는 호칭이 대수냐! 겉모습은 오빠라고 해도 되겠다. 원하신다면 오빠라고 불러 드릴 수 있어요!

[……]

그런 자신을 황당하다는 눈으로 바라보는 지슈아를 향해 카밀라는 더욱 환한 미소를 마구 날려 줬다.

"오라비."

"왜?"

"마답에는 안 가? 매일 이렇게 농땡이 쳐도 되는 거야?"

"농땡이라니! 이렇게 열심히 연구 중인데!"

지슈아가 넘긴 마법서를 한 달이 넘게 죽자고 파고 있는 라비다. 강제로 밥을 먹이고 쉬게 하지 않았다면 연구하다 죽은 마법사의 명단에 라비의 이름도 올라갔을 게 분명하다.

'그렇게 좋을까.'

저런 어려운 마법서를 보고 있는 게 뭐가 그리도 좋은지, 퀭한 겉모습에 반해 그 눈빛만은 아주 반짝거렸다.

"이거나 받아."

"그게 뭔데?"

"어머니의 유품."

"뭐?"

마법서에서 눈을 떼지 못하고 있던 그가 처음으로 고개를 슬쩍 들었다.

"어머니의 유품? 어디서 난 거야?"

"창고 정리하다가."

"반지네?"

고풍스러운 디자인의 에메랄드 반지였다. 어릴 때 어머니가 끼고 있는 걸 본 것 같기도 하고.

"일부러 목걸이로 만든 거야?"

"어머니가 끼던 거라, 오라비 손에는 맞지 않을 테니까."

"됐어. 그냥 너 가져."

어머니가 남긴 거라고는 하지만 손에 끼지도 못할 반지를 구태여 목걸이로까지 만들어 갖고 있어야 하나 싶었다. 반지를 손안에서 몇 번 굴린 라비는 심드렁한 얼굴로 목걸이 줄을 갈무리했다. 다시 카밀라에게 돌려줄 생각이었다.

"오라비 생부가 어머니께 준 거래."

"⋯뭐?"

라비의 입이 살짝 벌어졌다. 그는 자신이 들고 있는 목걸이를 새삼스러운 눈빛으로 바라봤다. 이게 내 친아버지가 준 반지라고?

"그걸 넌 어떻게 안 거야?"

"반지 옆에 편지가 있었어. 그 반지가 결혼 예물이었대."

"편지?"

"응, 그런데 너무 낡아서 찢어졌어. 오라비한테도 보여 주려고 했는데⋯⋯. 미안."

오라비의 친부인 지슈아에게 직접 들었다는 말은 아무래도 할 수 없었기에 그냥 대충 둘러댔다.

"⋯⋯."

라비의 시선이 다시 반지로 향했다. 이런 걸 왜 예전에는 보지 못했던 걸까?

라비가 잠시 의문을 가졌지만 카밀라의 말에 이상함을 느끼지는 않았다. 애초에 어머니의 유품에 제대로 관심을 가졌던 적도 없었고.

"흐음⋯⋯."

라비는 조금은 어색한 표정으로 목걸이를 목에 걸었다.

친아버지가 남긴 유일한 흔적……. 어쩐지 기분이 묘했다. 자신이 태어나고 얼마 후 돌아가셨다는 말만 들었을 뿐, 아버지의 성함조차 알지 못했다.

'어머니가 아버지에 대해선 말하기 싫어하셨으니까.'

아버지에 대한 얘기만 나오면 급히 화제를 돌리거나 표가 나게 표정이 굳어지는 어머니를 보며 라비 역시 그에 대한 언급을 삼갔다.

"그분 성함은 지슈아야."

"…지슈아?"

"응."

"지슈아……."

라비는 처음으로 알게 된 아버지의 이름을 되뇌며 조금은 아련한 표정으로 반지에서 쉬이 눈을 떼지 못했다.

[…….]

그런 라비를 지켜보고 있던 지슈아의 얼굴에도 여러 감정이 묻어났다.

지금 저 반지를 보며 무슨 생각을 하는 걸까?

나에 대한 원망? 아니면 혹시… 그리움?

말도 안 되는 기대라는 걸 알면서도 괜히 마음이 아릿했다.

[…고맙다.]

그렇게 얼마의 시간이 흐른 후 라비가 다시 마법서에 시선을 주는 걸 확인한 지슈아는 카밀라를 향해 감사 인사를 건넸다. 그 인사에 카밀라는 바로 알 수 있었다. 다른 이들처럼 그 또한 슬슬 떠나려고 한다는 것을 말이다.

[…….]

지슈아는 라비를 잘 부탁한다는 그런 말 따윈 남기지 않았다. 아니, 하지 못했다. 자신에게 그럴 자격이 없다는 걸 잘 알기에.

[잘 지내라.]

카밀라에게 마지막 인사를 건넨 그는 서서히 빛에 휩싸이며 그 자리에서 빠르게 사라졌다.

"야, 너 어딜 그렇게 멍하니 보고 있는 거야?"

"그러게. 내가 뭘 보고 있는 걸까?"

"……!"

카밀라가 허공을 응시한 채 아주 묘한 미소를 지어 보이자, 라비의 얼굴이 순식간에 굳어졌다.

"너, 너! 설마……!"

…한결같은 놈. 사람이 저러기도 참 힘든데 말이야.

점점 새하얗게 변해 가는 라비의 얼굴을 잠시 즐기던 카밀라는 지슈아가 사라진 곳을 바라봤다.

'걱정 마요. 우리 오라비는 내가 잘 돌볼 테니까.'

뒤늦은 인사를 속으로 전하며 희미한 미소를 짓는 그녀였다.

※

우웅- 우우웅-!

"응?"

평소와 다름없이 연구실에서 마법서를 죽자 살자 읽고 있던 라라비는 통신 구슬이 우는 소리에 고개를 돌렸다.

"뭐야?"

혹시 스승님이 연락을 하신 건가 싶어 통신 구슬을 찾은 그는, 상대방을 알려 주는 구슬 색에 살며시 미간을 찌푸렸다.

"저 색은……."

낯설지만 모르는 색은 아니다. 문제는 저 색이 자신의 통신 구슬로 연결될 이유가 전혀 없다는 거다.

우우웅-!

쉬지 않고 울리는 통신 구슬에 결국 라비가 못마땅한 얼굴로 연결에 응했다.

「라비?」

"뭡니까?"

역시나 에스크라 공작의 목소리가 들려왔다. 카밀라에게 종종 연락하는 건 알고 있지만 자신에게 연락이 온 건 처음이었다.

뭔 일인가 싶어 눈을 껌벅거리는데, 상대가 영상 통신 구슬에 본인의 얼굴을 더욱 바짝 붙여 왔다. 뚫어져라 쳐다보는 게 부담스러워 몸을 살짝 뒤로 물리자 반대쪽에서 섭섭하다는 등 실없는 소리를 내뱉었다. 저 인간 진짜 왜 저래? 뭐 잘못 먹었나?

그 뒤로 '요즘 어떻게 지내냐.', '아픈 곳은 없는 거냐.', '나는 요즘 뭐 하고 지내는 중이다.' 등의 맥락을 알 수 없는 말들이 이어졌다. 한동안 열심히 떠들던 에스크라 공작은 라비의 표정에 짜증이 어린 걸 본 뒤에야 본론을 꺼내 들었다.

「궁금한 게 있어서.」

카밀라에 대한 거군.

라비는 자신이 거하게 헛다리를 짚었다는 것도 모르고 가볍게 혀를 찼다. 고작 이 이야길 하려고 그렇게 뜸을 들여?

"카밀라에 대한 게 궁금하면 녀석에게 직접 물어보십시오. 전 말씀드릴 만한 게 정말 아무것도 없으니까."

녀석에 대한 걸 저 인간에게 함부로 떠들고 싶지 않았다.

'혹여 그랬다가 그 녀석이 그 사실을 알기라도 하면?'

라비는 저도 모르게 부르르 몸을 떨었다. 그 뒷감당을 어떻게 하라고.

「카밀라 말고 너.」

"…저요?"

그런데 의외로운 말이 튀어나왔다.

「그래, 네게 궁금한 게 있어서 말이야.」

라비의 미간이 더욱 찌푸려질 수밖에 없었다. 저 인간이 자신에게 궁금할 게 뭐가 있지? 또 그라시아 제국으로 오라는 둥 헛소리를 지껄이려는 건가?

"저번에도 말씀드렸잖아요. 그라시아 제국으로 갈 생각 전혀 없-"

「아직도 친구들에게 맞고 다니나 해서.」

"네?"

다시 한번 단호히 거절의 의사를 밝히려던 라비는 뜬금없는 그의 물음에 입을 멍하니 벌릴 수밖에 없었다. 친구들에게 맞고 다니냐니?

"지금 무슨 소리를 하시는 겁니까?"

「요즘도 동네 친구들에게 맞고 들어와 넘어졌다고 거짓말하는

가 싶어서.」

"하! 도대체 언제 적 얘기를 하시는……!"

어이가 없다는 표정으로 무심코 말을 내뱉던 라비는 순간 멈칫하고 말았다.

"어떻게……?"

동네 아이들에게 괴롭힘을 당했던 건 정말 어릴 때의 얘기였다. 이 인간이 그걸 어떻게 알고 있는 거지? 카밀라도 그 일은 잘 모를 텐…….

무언가를 깨달은 라비가 헛숨을 들이켰다.

"설마 당신……."

「오랜만이야, 꼬맹이.」

기억이 돌아온 건가? 라비의 눈빛이 점점 놀람으로 물들어 갔다.

「아주 조금씩 기억을 찾아 가고 있지. 카밀라가 너와 티아의 초상화를 보내 줬거든.」

"초상화요?"

저번에 어머니의 짐을 직접 정리하겠다고 하더니, 이것 때문이었나?

「가장 먼저 떠오르는 게, 네가 울면서 돌아오는 장면이더군.」

"운 적 없거든요!"

버럭 화를 내자 키득거리는 작은 웃음소리가 돌아왔다. 젠장! 왜 하필 그때의 일을 떠올리고 난리야!

「미안하다.」

"…네?"

하지만 곧바로 이어진 에스크라 공작의 말에 라비의 눈이 동그래졌다.

「너와 티아를 잊어서.」

"……."

…사과의 말을 들을 줄은 몰랐는데.

딱히 대답할 말이 없었다. 라비는 그저 조용히 입을 다물었다.

「다 기억이 나는 건 아니지만 한 가지는 확실해.」

"뭐가요?"

「내가 생각보다 널 제법 마음에 들어 했다는 거.」

"…전 별로 그쪽 안 좋아했습니다."

동그란 구슬 너머에서 작은 웃음소리가 들려왔다.

「까칠한 건 여전하네.」

그 웃음소리에 라비의 얼굴이 살짝 붉어졌다. 어릴 적 기억을 다른 이도 아닌 이 사람과 공유하게 될 줄은 몰랐는데…….

「하지만 그래서 난 네 녀석이 더 마음에 들었던 것 같아. 싸가지는 없지만 제법 똘똘했던 꼬맹이라서.」

라비는 또다시 아무런 말도 하지 못했다. 그렇다고 저 역시 그때 당신이, 동네 아이들을 혼내 줬던 당신이 제법 마음에 들었다고 솔직하게 말하는 건 너무 웃기지 않는가. 죽어도 그런 말은 하고 싶지 않았다.

「혹시 말이야.」

"혹시요?"

「또 누가 괴롭히거나 때리면 연락해라.」

"예?"

「바로 달려가 혼내 줄 테니까.」

"……."

이 인간 지금 제정신인가?

라비는 화끈거리는 얼굴을 연신 손으로 쓸어내렸다. 내 나이가 몇인데 어린애 취급이야.

"끊죠."

「또 보자, 아들.」

"……."

아들. 그 말에 라비는 또 아무런 대답도 하지 못했다.

순간 멍해져 어버버하는 사이 통신이 끊어졌지만, 라비는 그걸 알아차린 뒤에도 통신 구슬을 손에서 쉬이 놓지 못했다.

"…하."

뒤늦게 허탈한 웃음을 터트린 라비가 거칠게 얼굴을 다시 쓸어내렸다. 그의 얼굴이 여전히 붉었다.

"뭐야, 이 인간……. 갑자기 아들은 무슨."

입으로 연신 투덜거리며, 그는 구슬을 그제야 한쪽에 던지듯 내려놓았다.

"하여튼 끝까지 거슬리는 인간이라니까."

못마땅한 듯 혀를 차는 라비. 하지만 그런 자신의 입가에 옅은 미소가 지어져 있는 걸 스스로도 깨닫지 못하고 있었다.

신수, 가출하다

"…방금 자네 뭐라고 했나?"

"이것 좀 보십시오."

제이빌런 공작은 보좌관이 건네는 서류를 집어 들어 빠르게 읽어 내려갔다. 이내 그의 손이 부들부들 떨리기 시작했다.

"그러니까……."

그는 말을 잇기가 쉽지 않은 듯 잠시 숨을 크게 내쉬었다.

"이번에 그 아이가 매입한 광산에서 또… 또 다이아몬드가 나왔다는 말이지?"

"네, 그 말입니다."

"그것도 이렇게나 질이 좋고 엄청난 양이?"

"네, 공작님."

태연하게 고개를 끄덕이는 보좌관이 오늘따라 유독 눈에 거슬렸지만, 지금 그게 중요한 게 아니었다.

"게다가……."

제이빌런 공작은 들고 있던 서류를 구기듯이 내려놓았다.

"이 광산이 오래전에 우리가 싸게 팔아넘겼던 그 석탄 광산이고?"

"그렇습니다. 석탄은 취급할 생각이 전혀 없다며 공작님께서 직접 다른 분께 넘기셨지요."

보좌관은 '직접'이라는 단어에 유독 강세를 두었다. 혹여 자신에게 불똥이라도 튀면 절대 안 되니까.

그때 자신은 분명 말렸다. 굳이 그렇게 싸게 광산을 팔아넘길 필요가 있냐고. 제대로 값을 쳐줄 사람이 나올 때까지 기다려 보시는 게 어떻겠냐고 말이다.

하지만 뭐 얼마나 큰 차이가 나겠냐며, 굳이 시간을 끌 게 뭐가 있겠냐며 대충 팔아넘기라고 명한 건 분명 지금 눈앞에서 부들거리고 있는 제 상관이었고.

충격이 상당한지, 제이빌런 공작의 손이 덜덜 떨렸다.

"그런데 어떻게 그, 그 허접한 광산에서……!"

다이아몬드가 나온단 말인가! 다른 것도 아닌 다이아몬드가!

"이… 이게 말이 되나?"

제이빌런 공작은 제대로 말조차 잇지 못했다. 반면 보좌관은 충분히 말이 된다는 듯 조금 전과 다름없는 태연한 모습으로 고개를 가볍게 끄덕였다.

"석탄 채굴도 이미 다 끝난 폐광 상태였다고 합니다. 거의 버려두다시피 한 광산인데 소르펠 공작 영애가 직접 찾아와 매입을 원한다고 했다는군요."

그들이 광산을 다른 이에게 넘기고 얼마 되지 않아 채굴량이 현저히 줄어 폐광이 결정되었다. 그런데 얼마 전에 그 광산을 카밀라가 직접 찾아와 구입을 한 것이다. 폐광이나 다름없었기에 당연히 아주 싼값에 거래가 이루어졌다.

"그 아이는 대체, 대체……!"

뭐가 이리도 지지리 운이 좋단 말인가! 그것도 어떻게 된 게, 매번 자신이 놓친 것만 잘도 골라 먹고 있었다!

[호오, 역시 대단한 녀석이라니까.]

속이 탄 나머지 찬물만 벌컥벌컥 들이켜는데, 그 순간 깐죽거리는 목소리가 그의 귀로 들이닥쳤다.

[내가 처음부터 녀석을 딱 알아봤지.]

"……."

불난 집에 아주 대놓고 기름을 퍼붓는 신수 제티의 말에 제이빌런 공작의 표정은 더욱 험악해졌다.

[영이 맑다 보니 타고난 운도 좋은 거야. 역시 내가 사람 하나는 잘 본다니까.]

"타고나긴 뭘 타고나!"

빽 소리를 지르는 제이빌런 공작을 향해 제티가 인상을 팍 찌푸렸다. 붉은 독수리는 불편한 심기를 감추지 않고 부리를 딱딱거렸다.

[얼씨구? 너 지금 나한테 소리친 거냐?]

"그래, 소리쳤다! 왜!"

[왜 괜히 나한테 성질부리고 난리야, 멍청아! 그 애 영이 맑아서 맑다고 했는데 왜 네가 난리를 쳐? 찔리냐? 어?]

"뭐, 뭐? 멍청이? 너 지금 말 다 했어? 애초에 네가 말 이상하게 했잖아!"

[내가 언제!]

"그 애가 영이 맑아서 운이 좋은 거라며! 그럼 난 뭐, 영이 더러워서 운이 없다는 거냐!"

[잘 아네.]

"뭐야?"

버럭거리는 제이빌런 공작을 제티는 한심해 죽겠다는 눈으로 바라봤다.

[너랑 그 애를 같은 선상에 놓지 마라. 그럴 계제도 못 되니까.]

지금 누굴 누구랑 비교하는 건지. 그 간단한 이치를 아직도 깨닫지 못하고 붉으락푸르락한다며, 제티가 빙글빙글 그를 놀렸다.

[미련한 인간 같으니.]

"뭐? 미련? 야!"

[진실의 거울이 아무나 되는 건 줄 알아? 딱 보면 몰라? 그 아이가 가진 운이 이~만큼이라면 넌 타고난 운이 요~만큼도 안 된다는 거.]

"닥쳐, 이 자식아!"

[자식? 내가 왜 네놈 자식이야! 난 위대한 신수라고!]

"위대한 거 좋아하네!"

카밀라의 이야기를 할 때는 날개를 활짝 펼쳤다가 자신의 운을 얘기할 때는 종잇장만큼 약간의 틈만 벌리는 제티의 날갯짓에, 결국 제이빌런 공작의 분노가 폭발했다.

"지금껏 먹여 주고 재워 주고 입혀 줬더니, 뭐가 어쩌고 어째? 이 배은망덕한 놈!"

[내가 언제 먹고 입고 잤다는 거야! 웃기는 소리 좀 작작 해!]

"너, 너, 이 망할 놈아! 내가 네놈을 얼마나 아껴 줬는데!"

[아껴? 뭘 아껴? 매번 일만 시키는 주제에! 예전부터 알아봤지만, 갈수록 더하네. 네놈 진짜 양심이 요~만큼도 없는 거 아냐? 넌 운만 없는 게 아니라 양심도 없는 놈이라고!]

"이… 이익! 나가! 그 아이가 그리 좋으면 그 녀석한테 가라고!"

제이빌런 공작은 손가락질까지 하며 버럭 소리쳤다.

[정말?]

"꺼져, 이 자식아!"

[그럼 난 진짜 간다.]

"뭐, 뭐?"

[잘 있어라~.]

"야, 야! 자, 잠깐……! 야 인마, 제티!"

순식간에 그 자리에서 획 모습을 감춰 버리는 신수 제티의 행동에 제이빌런 공작은 입을 멍하니 벌렸다.

"…진짜 간 거야?"

"아무래도 그런 것 같습니다."

"진짜 갔다고?"

"공작님이 가라고 하셨지 않습니까."

"그런다고 진짜 가?"

"아주 신나서 가던데요."

"끄응…….."

혈압이 오르는 듯, 제이빌런 공작은 목뒤를 잡고 자리에 앉으며 연신 신음을 흘렸다.

"루나야."

드디어 멍멍이라는 호칭에서 벗어나 리오에게 이름으로 불리게 된 신수 루나.

"손!"

[……]

그렇다고 멍멍이 취급이 사라진 건 결코 아니었지만 이게 어딘가 싶었다.

"루나야, 손!"

쪼그리고 앉아 오른손을 내밀고 있는 어린 리오를 보며 루나의 입에서 소리 없는 한숨이 흘러나왔다.

투욱.

기대감으로 반짝반짝한 리오의 눈과 마주한 루나는 결국 아이의 손에 가볍게 자신의 앞발을 올려 줬다.

"잘했어, 루나!"

착하다며 머리까지 쓰다듬어 주는 행동에 루나의 입에서 다시 한숨이 흘러나왔다. 이게 뭐 하루 이틀 일도 아니고, 이제는 거의 체념한 상태였다. 너 좋을 대로 해라…….

심란해진 검은 늑대가 공중에 떠다니는 먼지를 세고 있는 사이, 리오는 흥분한 얼굴로 자랑을 늘어놓았다.

"아저씨, 아르시안 형, 방금 보셨죠? 우리 루나 진짜 엄청 똑똑하죠?"

"그래."

"잘하네."

그런 리오와 루나의 모습을 바라보고 있던 세프라 공작과 아르시안이 가볍게 동조해 주며 피식 웃었다.

"이제 리오도 진정한 세프라가 사람이 되었군. 전혀 모자람이 없어."

세프라 공작의 나지막한 읊조림에 아르시안이 침묵으로 동감을 표했다. 저 검은 신수 새끼를 똥개 취급 하는 게 딱 이 집안사람답지 않은가. 누굴 닮아서 저리 똑똑한지.

아르시안과 세프라 공작은 동시에 흐뭇한 표정을 지었다.

"우리 루나, 아이~ 예뻐."

리오는 그저 루나를 예뻐하는 것뿐이었지만 말이다.

"루나야, 이쪽 손!"

그 후로도 리오의 강아지 훈련은 계속되었다. 어디서 개를 훈련시키는 장면이라도 보고 온 것인지 아주 열정적이다.

[이 망할 꼬맹이 놈이!]

그 순간 그들 앞에 모습을 드러내는 존재가 있었으니, 바로 신수 제티였다. 조금 전 제이빌런 공작가에서 가출한 제티는 동조자를 만들기 위해 루나를 찾아온 것이었다.

마침 리오에게 강아지 취급을 받고 있는 루나를 본 제티는 옳다구나 하며 아이를 향해 분노를 터트렸다.

[감히 신수를 개 취급 하다니!]

"어? 새다! 큰 새! 페트로 형아네 새!"

그 대가로 리오에게 바로 새 취급을 받게 되었지만 말이다.

[새라니! 난 그냥 새가 아니라 위대한 신수다!]

"새야, 이리 온."

[야!]

물론 그의 목소리는 리오에게 전혀 전달되지 않았다. 소환된 상태로 가출을 한 제티의 모습을 다른 이들이 볼 수는 있어도, 주인이 아닌 이상 그의 말을 알아들을 수 있는 건 오로지 카밀라뿐이었다.

"새야, 과자 먹을래? 이거 맛있어! 줄까?"

[난 그런 거 안 먹는다! 어디서 감히 자꾸 새 취급이야!]

"딸기도 있는데."

[그건 좋… 에잇! 재수 없는 꼬맹이!]

딸기 하나에 순간 혹했다가 정신을 차린 제티는 리오에게 화를 내는 걸 포기하고 검은 늑대 루나에게로 날아갔다.

[야, 가자!]

[……?]

[저딴 꼬맹이에게 계속 무시받고 살 거야? 여기 뜨자고!]

[…….]

루나가 '저놈이 또 무슨 헛소리를 하는 거지…….' 하는 심드렁한 눈빛을 던졌지만, 제티는 본 척도 하지 않았다.

[어서 나를 따라와! 이대로 카밀라에게 간다!]

…카밀라?

뭔 짓인지는 모르겠지만 제티가 카밀라의 이름을 꺼내자 루나가 관심을 보였다.

[저 인간들도 알아야지. 우리가 얼마나 소중한 존재인지 말이야! 없어져 봐야 소중한 걸 알지! 어서 따라와!]

그 말을 끝으로 휑하니 날아서 사라지는 제티를 루나는 잠시 멀뚱히 바라봤다. 그러다 지금 이게 무슨 상황인지 파악하기 위해 고개를 갸웃거리고 있는 세프라 공작에게 시선을 줬다.

"……."

[…….]

그렇게 세프라 공작과 루나의 눈이 마주쳤다.

"…네 마음대로 해라."

무슨 상황인지는 모르겠지만 제티 저놈이 또 헛짓거리를 하려는 것이겠지. 예전부터 사고를 칠 때면 꼭 혼자 하지 않고 루나를 꼬여 내던 녀석이니까. 마치 제 주인 놈처럼 말이다.

'또 싸운 건가?'

나름 상황을 정확히 파악한 세프라 공작은 가볍게 고개를 저었다. 제멋대로 하는 게 딱 제이빌린, 그 녀석과 닮았다.

어쨌든 그의 허락이 떨어지자 루나 역시 순식간에 자리에서 모습을 감췄다.

"어? 루나, 어디 가?"

갑자기 사라지는 루나의 모습에 리오가 당황해 어쩔 줄 몰라 했다. 좀 더 같이 놀고 싶었는데, 어딜 가는 거지?

"아저씨, 루나 어디 간 거예요?"

"글쎄."

"내버려 둬. 원래 개새… 개는 아무 곳이나 싸돌아다니는 거니까."

"루나는 아무 개가 아닌데……. 우리 집 멍멍인데……."

서운해하는 리오의 머리를 세프라 공작이 달래듯 가만히 쓰다듬었다.

'한동안은 소환에 응하지 않겠군.'

저렇게 사라지고 나면 불러도 제대로 오지 않는 녀석들이다. 루나가 부름에 응하려 해도 제티가 죽자고 막아서겠지. 하여간 주인이나 신수나… 쯧.
 신수가 사라졌다는 핑계로 찾아와 징징거릴 게 분명한 제이빌런 공작을 떠올리며 세프라 공작은 집사에게 단단히 명을 내렸다.
 "제이빌런 녀석이 오면 안으로 들이지 마."
 "알겠습니다."

[와, 오늘 날씨 진짜 좋지 않냐? 가출하기 딱 좋은 날씨네.]
[…….]
[크르르…….]
"…그러니까, 정말 집을 나왔다고?"
[몇 번을 말해. 싸우고 나왔다니까.]
 카밀라는 자신의 주변에 옹기종기 모여 있는 세 마리의 신수를 보며 머리가 아파 오는 듯 미간을 꾹꾹 눌렀다.
[크르르…….]
[저 녀석 좀 진정시키면 안 돼?]
 당장 달려가서 물어 버리라고 하고 싶은데.
"하아."
 자신의 기분을 눈치채기라도 한 듯 있는 대로 성질을 부리는 킹의 머리를 쓰다듬으며 카밀라는 연신 한숨을 토했다.
"루나도 가출한 거야? 진짜?"
[…….]
[당연하지. 루나 이 녀석도 그 집에서 얼마나 구박받고 사는지 알아? 감히 신수인 우리를 대하는 태도가 그게 뭐냐고!]

"딱 보니 네가 억지로 끌고 나왔네."

[아니거든!]

아니긴 뭐가 아냐?

고개를 살며시 저으려는 루나를 대신해 급히 말을 잇는 제티를 카밀라가 한심하다는 듯이 바라봤다.

"신수가 주인 곁을 떠나도 되는 거야?"

가출이라니, 그게 말이 돼? 소환하면 바로 달려가야 하는 게 너희들 의무 아냐? 가출이라는 단어 자체가 허용이 되냐고!

[뭔가 착각하는 것 같은데, 우리와 인간은 주종 관계가 아니야.]

"아니라고?"

제티가 가끔 제이빌런 공작을 주인아, 라고 부르는 걸 들은 적이 있다. 신수들이 각 공작가의 가주를 따르는 건 그들을 주인으로 모시기 때문이 아니었나?

[너희들이 생각하는 주인과 우리가 말하는 주인은 그 의미가 달라.]

제티는 웃기지 말라는 듯 세차게 고개를 저었다.

[저들은 그저 우리가 이 세계에 있을 수 있게 해 주는 매개체이자 주체가 되는 존재일 뿐이야. 그에 대한 대가로 그들의 부탁을 들어주고 힘을 공유해 주는 거지.]

주체가 되는 존재? 그래서 '주인'이라고 부르는 거야?

[그들이 없으면 우린 영원히 잠들어 있어야 하니까. 세상의 빛을 볼 수 있게 해 주는 대신 힘을 보태 주는 거야. 절대 복종의 관계가 아니라고!]

처음 알게 된 사실에, 카밀라는 새삼스러운 눈빛으로 자신의 품에 포옥 안겨 있는 신수 킹을 바라봤다.

"그래, 뭐……."

주종 관계. 그런 거 나도 딱히 좋아하지 않으니까.

가출을 한 것 역시 그렇다 치자. 마음에 안 들면 가출도 할 수 있는 기지.

"그런데 말이야."

가출이고 뭐고 다 좋은데 말이야.

"왜 그 장소가 우리 집인 건데?"

왜 우리 집이 가출 신수 모임 장소가 된 거냐고.

[오로지 너만 내 말을 들을 수 있으니까.]

"당장 돌아가."

[싫어. 신수 체면이 있지, 가출한 지 얼마나 됐다고 바로 돌… 으읍!]

"체면 같은 소리 하고 자빠졌네."

카밀라는 말도 안 되는 소리를 지껄이는 제티의 입을 마구 때렸다. 요놈의 입! 요놈의 입!

"네 체면보다 내 안식이 더 중요하거든."

[으, 으읍! 아파! 아프다고!]

"이 깃털 다 뽑아 버리기 전에 가라."

[야, 너무하잖아! 사람이 뭐가 그리 정이 없냐! 우리가 그래도 제법 오래 본 사이잖아! 심보를 곱게 써야지!]

카밀라가 이어 날개까지 쭉쭉 잡아당기자 후다닥 멀리 날아오른 제티가 꽥꽥 소리쳤다.

"저 입만 산 놈."

[입만 살다니! 입만 살다니! 너, 말이 너무 심하잖아!]

"시끄러워."

저 입을 좀 더 때려 줬어야 하는데!

[여기에 네 책임도 있다고!]

"뭐래?"

저건 또 뭔 헛소리래? 카밀라는 고개를 갸웃거리며 물었다.

"네가 가출한 게 왜 내 책임이야?"

[너 때문에 싸운 거니까!]

"나?"

내가 뭐? 요즘 제이빌런 공작가에 들른 적도 없는데, 왜 집에서 얌전히 잘 지내고 있는 사람을 끌어들이는 거람?

[내가 네 편 들었다고 그놈이 삐져서 날 내쫓은 거라고!]

당연하게도 카밀라는 제티의 말을 전혀 알아들을 수가 없었다.

"무슨 말인지 모르겠지만 앞으로 내 편 들지 마. 네가 편 안 들어 줘도 잘 살 수 있으니까."

카밀라는 귀찮다는 듯 손을 획획 내저었다.

[와, 진짜 너무하네.]

됐고.

"그래서 결론이 뭐야?"

여기에 계속 있을 예정이라는 거?

[그 말이지.]

"…돌아갈 생각은?"

[당연히 없지.]

"……."

[뭐 먹을 거 없어? 저런 간식은 별론데. 너 생각보다 입이 고급스럽진 않구나. 다른 것 좀 가져와 봐. 손님 대접이 뭐가 이래?]
"킹, 가서 물어."

*

[정말 여기에 우릴 볼 수 있는 자가 있다고?]
[그렇다니까!]
[아니, 어떻게?]
[방법이야 나도 모르지. 어쨌든 죽은 자와 대화를 나누는 모습을 누가 봤대!]

30대 초반으로 보이는 유령 두 명이 짙은 어둠에 휩싸인 거대한 입구를 바라보며 소곤거렸다.

[하지만 여기, 소르펠가잖아······. 시, 신수가 있다고. 그 신수가 우리를 없애려고 들면 어떻게 해?]
[여기 신수는 아직 어려서 괜찮다더라. 아예 뿌리 내리고 사는 유령도 있다고 했어.]
[진짜?]
[괜찮아, 괜찮아! 내가 몇 번이나 확인했다고.]

유령은 동행인이 거의 다 넘어온 것을 알아차리고 쐐기를 박았다. 실제로도 꽤 자신이 있었다.

[그리고 오늘은 그 하얀 호랑이 신수도 없는 것 같아. 아침에 몰래 지켜봤는데 전혀 안 보이더라.]

심지어 울음소리도 들리지 않았다. 가주와 함께 집을 비웠을 가능성이 크다는 것까지 말하자, 긴가민가하고 있던 상대 유령이 비장한 표정으로 고개를 끄덕였다.

[그래, 뭐가 됐든 밑져야 본전이지! 우리야 들어가서 슬쩍 그 여자한테 부탁만 하면 되는 거잖아.]

[바로 그거야, 친구! 안 들어주겠다고 하면 계속 조르면서 괴롭히면 되지. 그럼 자기가 어떻게 버티겠어? 들어줄 수밖에 없을걸?]

[하긴, 우리 같은 자를 계속 보고 싶지는 않을 테니까.]

서로를 바라보며 키득거리던 유령들은 이내 마음을 먹은 듯 소르펠 공작가로 한 걸음 발을 디뎠다.

후우웅.

[흐억!]

[뭐, 뭐야!]

하지만 그 순간 무형의 힘이 두 유령을 압박했다. 온몸을 짓누르는 서늘한 기운에 두 유령은 손끝 하나 움직일 수가 없었다.

[죽으면 간덩이가 커지나? 여기가 어디라고 기어들어 와?]

너희가 왜 거기서 나와······?

신수 제티와 루나의 등장에 두 유령의 입이 쩍 벌어졌다.

[시, 시, 신수잖아! 야, 없긴 뭐가 없어! 하나도 아니고 둘이나 있잖아!]

[그, 그럴 리 없는데? 애초에 이 가문 신수는 호랑이지, 새랑 늑대가 아니란―]

[난 그냥 새가 아니야, 이 멍청이들아!]

[으아아악!]

[도망쳐!]

독수리라는 것에 엄청난 자부심을 가지고 있는 제티가 버럭 소리 지르자 두 유령이 혼비백산하며 달아나기 시작했다.

[너희들 뭔가 착각하는 것 같은데, 우리보다 카밀라가 더 무서운 기 아냐? 우리한테 걸린 걸 오히려 다행으로 여겨야 하는 거라고! 걔는 사신도 부려 먹는 인간이거든. 야, 어디 가? 내 말 다 듣고 가야지!]

도망치는 유령의 뒤를 제티가 깔깔거리며 쫓았다. 심심했는데 마침 잘됐다는 듯 아주 신나 하는 모습이었다.

[…….]

저러고 싶어서 킹에게 푹 쉬라고 한 건가?

킹이 사특한 놈들의 접근을 막는다고 매일 한 번씩 크게 울어 대던 일도 제티가 막았다. 자신들이 잘 막을 테니 걱정하지 말라고.

안에서 카밀라와 놀고 있을 새끼 호랑이를 떠올린 루나는 가볍게 한숨을 내쉬었다. 제티를 따라가야겠다는 생각은 들지 않았다. 가벼워 보이는 겉모습과 달리 자기가 해야 할 일은 철저하게 하는 녀석이다. 알아서 잘 해결하겠지.

루나는 달빛마저 구름에 가려 어둠이 짙게 깔린 하늘을 가만히 바라봤다. 그렇게 찰나의 고요를 즐기고 있는데, 뒤에서 발소리가 들려왔다.

"루나?"

고개를 돌리니 산책을 나온 듯 가벼운 옷차림으로 빙긋이 웃고 있는 카밀라의 모습이 보였다. 루나는 바로 그녀에게 다가갔다.

"여기서 뭐 해? 너도 산책 중이야?"

끄덕.

굳이 유령을 쫓아내고 있던 중이었다는 걸 알릴 필요는 없었기에 짧게 고개를 끄덕였다.

카밀라는 그런 루나의 머리를 가만히 쓰다듬었다. 검은 늑대를 바라보는 눈에 애정이 가득 담겨 있었다.

"항상 고마워."

말 많은 제티나 은근 떼쟁이인 킹과 달리 루나는 늘 차분하고 듬직해서 의지가 되었다. 그녀는 갑자기 무슨 말이냐는 듯 고개를 갸웃거리는 루나에게 담담히 설명했다.

"그냥 여러모로? 내가 네 도움을 많이 받았잖아. 네 덕분에 리오도 즐겁게 잘 지내고 있고."

카밀라는 루나가 알게 모르게 리오를 챙기는 것은 물론, 아이에겐 늘 져 준다는 걸 누구보다 잘 알고 있었다. 한숨을 내쉬긴 하지만 리오의 청을 단 한 번도 거절한 적이 없다고 들었다. 그것만으로도 카밀라가 루나를 예뻐할 이유는 충분했다.

"어떤 신수가, 아이가 노래한다고 박자까지 맞춰 주겠어."

순간 루나 쪽에서 끙 하고 앓는 소리가 새어 나와서 카밀라는 작게 웃음을 터트렸다. 역시 불만이 없었던 건 아닌가 보네.

루나를 쓰다듬는 손길이 더욱 다정해졌다. 눈을 감고 본격적으로 자신의 손길을 즐기기 시작한 늑대의 모습에 카밀라의 입꼬리가 살짝 아래로 내려갔다.

'이 애도 마음이 편하지만은 않을 텐데.'

세프라 공작과 아르시안이 루나를 어떻게 대하는지 그녀도 잘 알고 있었다.

마지못해 곁에 두고 있는 존재. 필요에 의해 옆에 두지만 결코 정 따위는 주지 않는…….

세프라 가문이 어떤 식으로 신수의 맥을 이어 왔는지 생각하면 이해는 갔다. 루나의 잘못은 아니라 하나, 다른 두 가문처럼 신수를 친근히 여기기란 어려웠겠지.

하지만 딱 그뿐이었다. 그들은 악의를 품고 루나를 대하지 않았다. 오히려 루나의 존재와 가문의 죄는 별개라며 분명히 선을 그었다.

'저 녀석을 원망하냐고? 아니.'
'아니야?'

전에 한번 아르시안에게 슬쩍 물어본 적이 있었다. 루나를 무시하고 똥개 취급을 하면서도 특이하게 그런 그의 모습에서 분노는 조금도 느껴지지 않았기 때문이다.

카밀라는 그게 늘 의아했다. 신수라는 존재 자체를 싫어하고 미워하는 게 아니었나?

그런 카밀라의 물음에 아르시안은 생각보다 단호히 고개를 저었다.

'그런 감정조차 갖고 있지 않아.'

어둠의 신수를 놓지 못하는 가문이 문제일 뿐, 신수 자체에 분노를 표할 마음은 조금도 없다고 했다. 그건 세프라 공작 역시 마찬가지였다.
'그래서인가?'
그렇게 두 사람의 냉랭한 대우 속에서도 꿋꿋하게 그들을 따르고 있는 건 루나 역시 그 사실을 잘 알고 있기 때문이 아닐까 싶다. 적어도 저들이 자신을 미워하거나 원망하는 건 아니라는 사실을 잘 알기에.
[……]
말없이 연신 한숨만 내쉬자 루나의 걱정스러운 눈빛이 따라붙었다. 애써 미소 지으려던 카밀라는 결국 표정 관리에 실패하고 루나의 털에 얼굴을 묻었다.
"다른 방법이 있지 않을까."
어둠의 신수를 얻기 위해서는 가주를 죽인 뒤, 그의 몸 안을 뒤져 신수의 알을 꺼내야 한다.
하지만 문제는 그뿐만이 아니었다. 신수의 알이 부화하려면 세프라가의 직계들에게 이어져 내려오는 고유의 힘이 필요하며, 이는 증오와 분노를 기반으로 했다. 소위 '원초적인 어둠'이라고 불리는 그 힘을 깨닫고 다루기 위해서는…….
"에휴."
머릿속에서 아른거리는 작은 아이의 형상에 절로 한숨이 튀어나왔다.
카밀라는 자신의 손을 핥는 루나의 얼굴을 두 손으로 감쌌다.
'아르시안은 루나를 끝으로 더 이상 세프라 가문에 신수가 존재하는 일은 없을 거라고 했지만…….'
그게 가능할까? 아르시안을 믿지만 이 부분에서만큼은 회의적이었다. 얼마 전에 이곳을 떠난 에스크라 공작 역시 비슷한 말을 하며 우려를 표했다.

'분명 그 녀석도 전대 세프라 공작들과 같은 선택을 하게 될 거야. 그게 신수를 이끄는 가문에 태어난 자의 의무니까.'
'하지만 아르시안은······.'
'이상과 현실은 달라. 만에 하나 그 녀석이 끝까지 신념을 지키려 한다 해도, 다른 이들이 그걸 두고 보지 않을 거다.'
'다른 이들이요?'
'가주 자리를 노리는 놈들이 어디 한둘일까.'

아르시안이 자신의 방을 몰래 찾아왔던 걸 목격한 이후, 에스크라 공작은 틈만 나면 아르시안과 거리를 두는 게 좋겠다며 잔소리를 하곤 했다. 제이너를 통해 세프라 가문의 비화를 듣게 된 이후로는 더욱 그러했다.

'썩어도 준치라고, 방계에서 터무니없는 생각을 하는 놈이 나올 수도 있어. 그렇게 되면 공작과 그놈 둘 다 위험해. 평생 목 밑에 칼을 두고 사는 거다.'
'두 사람 다 강해요.'
'그런 것치고는 표정이 좋지 않구나, 따님.'

카밀라는 말없이 입술만 잘근거렸다. 그 모습을 알 수 없는 감정이 담긴 눈으로 바라보던 에스크라 공작이 차로 목을 축인 뒤

재차 입을 열었다.

'인간사에 절대적인 건 없고, 작금의 세프라 가문은 언제 터질지 모르는 폭발물이나 다름없다. 그러니 그 녀석과 적당히 선을 긋고 지내는-'
'아르시안은 공작님이 내 걱정만 하는 좋은 분이라고 하던데.'
'뭐?'
'누군 아르시안 욕만 하네요.'
'…욕은 안 한 것 같은데?'

"뭐 좋은 방법 없어, 루나?"
[……?]
"하긴, 그런 게 있었으면 네가 먼저 알려 주려고 했겠지."
무슨 말이냐고 의아한 눈빛을 던지는 루나를 보며 카밀라는 허탈한 웃음을 터트렸다.
그런 반인륜적인 수단을 쓰지 않고서도 신수의 맥을 이을 수 있는 방법은 없는 걸까?
"그렇다고 공작님을 평생 살게 할 수도 없는 일이고."
세 가문의 신수들은 가주와 수명을 함께한다. 세프라 공작을 죽게 하지 않으면 루나도 사라지지 않을 게 아닌가.
"진짜 어쩌지?"
고민에 빠져 멍하니 바닥에 쪼그려 앉는 카밀라의 모습에 루나가 더 가까이 다가와 바짝 몸을 붙였다. 작은 온기라도 나눠 주고 싶다는 듯이 말이다.

"아!"

그 순간 카밀라가 탄성을 작게 터트리며 벌떡 자리에서 일어섰다. 깜짝 놀란 루나 역시 몸을 바로 세웠다.

"나한테 그게 있잖아!"

완전히 잊고 있던 한 가지 물건을 떠올린 카밀라의 얼굴에 점점 환한 미소가 번져 갔다.

"루나."

[……?]

"어쩌면 너… 이제 평생 소멸할 일은 없을지도 몰라."

무슨 말인가 싶어 고개를 갸웃거리는 루나의 머리를 카밀라는 작게 웃음까지 터트리며 가만히 쓰다듬었다.

"제티, 네 이 녀석!"

[왜 왔냐?]

"뭐, 뭐야?"

[한동안 보고 싶지 않으니까 썩 꺼져.]

"이, 이놈이!"

[나가라고 할 땐 언제고! 흥!]

"끄응……."

소르펠 공작가를 찾은 제이빌런 공작은 고개를 휙 돌리며 눈조차 마주치지 않으려는 신수 제티의 모습에 신음을 작게 흘렸다.

'저놈, 한번 삐지면 쉽게 풀어지지를 않는데.'

무슨 수로 꼬셔서 집으로 데려가야 할지 몰라 속이 갑갑했다. 설마 저번처럼 고개 숙여 사과하라고는 안 하겠지?

'아니지!'

저놈 새끼의 더러운 성질머리라면 충분히 그 짓을 또 시키고도 남지!

"제티."

[응?]

그렇게 제이빌런 공작이 속으로 끙끙거리고 있을 때, 한쪽에서 조용히 차를 우리고 있던 카밀라가 입을 열었다.

휙!

제이빌런 공작을 약 올리듯이 그 주변을 맴돌던 제티가 순식간에 날아와 카밀라의 어깨에 자리를 잡고 앉는다. 그녀는 얼굴을 붉히고 씩씩거리는 제이빌런 공작을 흘끗 보며 제티를 타일렀다.

"벌써 일주일째야."

[일주일? 고작 그것밖에 안 됐어?]

"이제 그만 돌아가. 공작님도 이렇게 직접 찾아오셨잖아."

[나 가출한 거라니까. 안 돌아갈 거……!]

"……."

제이빌런 공작을 놀리듯 세차게 고개를 획획 젓던 제티는 순간 움찔했다. 방금까지 나름 상냥하게 말을 건네던 카밀라의 눈빛이 싸늘하게 가라앉았기 때문이다.

"내가 제일 싫어하는 게 뭔지 알아?"

[뭐, 뭔데……?]

"지지리 말 안 듣고 남한테 민폐만 끼치는 머리 없는 녀석. 두 번 다시 상종하지 않아."

[…….]

"우리 제티는 내가 싫어하는 그런 녀석은 아니겠지?"

[…안 그래도 오늘 돌아가려고 했어. 진짜야! 난 아무한테나 막 민폐 끼치는 그런 녀석이 아니야!]

"그래. 나도 그럴 줄 알았어."

언제 냉랭하게 굴었냐는 듯 빙긋이 웃는 카밀라를 보며 제티는 소리 없는 안도의 한숨을 내쉬었다.

휘익!

크게 날갯짓하며 날아오른 제티가 순식간에 제이빌런 공작의 어깨에 안착했다.

[가자, 집에.]

"끄응……."

이걸 좋아해야 하는 건지, 억울해해야 하는 건지.

제이빌런 공작은 새삼 머리가 아파 와 앓는 소리를 내뱉었다. 제티의 삐짐이 풀어진 건 좋은데, 그게 고작 카밀라의 협박 같지도 않은 말 한마디 때문이었다는 사실에 기가 찼다.

"카밀라."

"네."

그 모습을 한쪽에서 새삼스러울 것도 없다는 듯이 태평하게 지켜보고 있던 소르펠 공작이 카밀라를 불렀다.

"이 녀석은 왜 보자고 한 거냐."

그의 시선은 조용히 차를 마시고 있는 세프라 공작을 향해 있었다. 그의 발아래 자리를 잡고 누운 루나의 모습이 퍽 편안해 보였다.

"제안드릴 게 있어서요."

"내게?"

또다시 내가 잘났느니 네가 잘났느니 하며 투닥거리기 시작한 제이빌런 공작과 제티의 싸움을 구경하던 세프라 공작이 그녀의 말에 관심을 보였다. 루나를 데려가라고 부른 게 아니었나?

"이거요."

그 자리에 있는 모든 이들의 시선이 한곳으로 향했다. 카밀라가 품에서 무언가를 꺼내 탁자에 내려놓았기 때문이다.

"이게 뭐니, 카밀라?"

"덜 자란 포도알처럼 생겼네?"

"씨앗 같기도 하군."

모양은 뭔가 식물에서 나온 것 같은데, 빛깔이 심상치 않았다. 도금을 한 것처럼 은은한 황금빛으로 반짝이는 것이, 누가 봐도 일반적인 열매는 아니었다.

"이걸 먹으면 영원히 소멸하지 않는대요."

"뭐?"

세 공작의 얼굴에 어리둥절한 기색이 가득했다. 뜬금없이 무슨 말을 하는 거지?

"소멸을 안 해?"

"그게 무슨 말이지?"

"인간 외의 존재가 이걸 먹으면 영원히 소멸하지 않는다고 들었어요."

카밀라가 내놓은 건 죽음의 꽃에서 나온 열매였다. 사신 하벨에게 이걸 받을 땐 얘가 지금 날 놀리나 했는데, 이걸 이렇게 쓰게 될 줄이야.

'드디어 얼마 전에 열매를 맺었거든.'

솔직히 신경을 조금도 쓰지 않았다. 신의 화원에서만 자라는 아주 귀한 꽃이라고 했지만 인간이 먹을 수 있는 것도 아니고 딱히 쓸 곳이 없었던지라 말 그대로 방 한쪽에 방치해 뒀다.

'그래도 용케 잘 자랐지.'

특별히 물을 주거나 영양분을 주지 않아도 알아서 잘 큰다는 말을 전해 듣긴 했다. 자신의 주변을 맴도는 희귀한 존재들의 기운만으로도 충분히 잘 자랄 거라고 말이다.

하벨의 말대로 식물은 어느새 꽃을 활짝 피운 후 열매를 맺었다. 포도알처럼 작은 황금색 열매를.

"대체 이게 뭔데 소멸을 막아 준다는 거냐."

"이런 걸 어디서 얻은 거지?"

"인간은 먹을 수 없다고?"

세 공작은 바로 관심을 보였다. 매사에 무관심한 세프라 공작마저 놀란 눈빛을 감추지 못했다.

카밀라는 그런 세 사람의 반응이 오히려 놀라웠다. 다들 믿는 거야? 이 허무맹랑한 말을? 만약 누군가 자신 앞에서 이런 말을 했다면 정신과를 정중히 권했을 것이다.

'전에도 그러시더니.'

그러고 보니, 황제가 에바교의 교주라는 말을 전했을 때도 저 세 사람은 조금도 그 말을 의심하지 않았었다.

카밀라는 희미한 미소를 지으며 다시 말을 이었다. 그리고 이어진 그녀의 말에 세 공작은 더 이상 아무 말도 내뱉지 못했다.

"이거, 루나가 먹었으면 해요."

세프라가의 이런저런 복잡한 상황을 타개할 해결법은 생각보다 무척 단순했다.

"루나만 사라지지 않으면 되는 거잖아요."

그렇게만 된다면 굳이 죽은 가주의 몸에서 알을 꺼낼 필요도 없고, 신수를 깨우기 위해 혹독한 고통과 아픔을 후계에게 전해 주지 않아도 되는 것이다.

'하벨, 이제 절대 너 구박 안 할게.'

죽음의 꽃에서 나온 열매. 이걸 쓸 일이 있을까 싶었는데, 이렇게 유용하게 쓰이게 될 줄 누가 알았겠는가.

"루나가 소멸하지 않고 계속 존재한다면 더 이상 어둠의 마력 따위 필요 없잖아요."

다들 입을 멍하니 벌렸다. 누구보다도 세프라 공작의 표정이 가장 압권이었다. 넋이 나간 그의 모습에 소르펠 공작과 제이빌런 공작이 신기하다는 듯 자신들의 오랜 지기를 바라봤다.

"…소멸을 막는다고?"

한 번도 생각해 보지 않은 일이다. 아니, 애초에 그런 방법이 있을 수가 없었기에 생각조차 하지 않았던 거다. 가주와 생을 함께 하는 신수의 소멸을 대체 어떻게 막을 수 있단 말인가.

'그런데…….'

그런데 그 방법을 저 아이가 찾아냈다.

"……."

세프라 공작의 눈엔 수많은 감정이 밀려들었다. 카밀라를 한참 말없이 응시하던 그는 황금색 열매와 루나를 번갈아 바라봤다. 그의 시선이 마지막으로 향한 곳은 자신의 아들이 있는 방향이었다.

"카밀라, 너……."

아르시안 역시 처음 보는 표정으로 그 자리에 앉아 있었다. 하고 싶은 말은 많은데 무엇부터 꺼내야 할지 모르겠다는 얼굴이다.

카밀라에게서 조금도 눈을 떼지 못하는 아들을 잠시 지켜보던 세프라 공작의 입에서 허탈한 한숨이 흘러나왔다.

오랜 세월 자신을, 아들을, 가문의 모든 이들을 옭아맸던 어둠의 고리.

그 고리가 이토록 쉽게 끊어질 수 있었던 일이었나?

허무함, 안타까움. 그리고 알 수 없는 묘한 쾌감.

"하… 하하하!"

세프라 공작이 소리 내어 웃음을 터트렸다.

"……!"

그 모습을 본 소르펠 공작과 제이빌런 공작의 두 눈이 부릅떠졌다. 어릴 때부터 늘 함께해 온 사이지만, 저 녀석이 이토록 큰 소리로 웃는 모습은 처음이었다.

"허락하시는 거죠?"

"……."

잠시 후 이어진 카밀라의 물음에 세프라 공작은 한동안 아무런 대답도 하지 못했다.

허락? 제게 이런 질문을 받을 자격이 있던가?

"…그래."

씁쓸한 미소를 지은 그가 한참 후에야 천천히 고개를 끄덕였다. 어찌 저 제안을 거절할 수 있겠는가. 오히려 자신이 그녀를 붙들고 부탁을 해야 할 일인 것을.

"……."

카밀라와 시선을 마주한 아르시안은 여전히 아무런 말도 내뱉지 못하고 있었다. 그런 그와 눈이 마주친 카밀라는 그저 희미한 미소를 지어 줄 뿐이었다.

이어 그녀가 마지막으로 시선을 준 존재는 바로 루나였다.

"루나."

[…….]

카밀라의 조용한 부름에 세프라 공작 옆에 자리를 잡고 있던 루나가 그녀에게 가까이 다가왔다.

"이거, 먹을래?"

무엇보다 중요한 건 루나의 마음이겠지.

'먹어 주면 좋겠지만…….'

열매를 손에 든 카밀라는 살짝 긴장했다. 어둠의 신수에 의해 마음고생을 한 건 어쨌거나 인간들의 문제다.

'루나가 신경 써야 할 부분은 아니라는 거지.'

혹여 루나는 소멸이 되지 않는 삶을 바라지 않을 수 있지 않은가. 에바교의 교주처럼 사람 목숨까지 뺏으며 평생을 살고 싶어 하는 미친놈도 있겠지만 그걸 원하지 않는 존재도 있는 법이니까.

"절대 강요는 아니야, 루나."

그래, 이건 절대 강제가 되어서는 안 된다. 뭐가 되었든 오로지 루나의 선택에 맡겨야 하는 일이다.

[…….]

한참 동안 말없이 황금색 열매를 바라보던 루나의 시선이 세프라 공작에게 향했다. 루나의 짙은 검은 눈동자와 마주한 세프라 공작은 너의 뜻대로 하라는 듯이 담담히 고개를 끄덕였다.

그의 뜻을 확인한 루나는 카밀라와 그녀의 손에 올려져 있는 황금빛 열매를 또 한참 말없이 바라봤다.

스윽.

잠시 후 루나의 얼굴이 가까이 다가왔다. 그리고 카밀라의 손에 있는 열매를 그대로 꿀꺽 삼켰다.

화아악!

루나에게서 환한 빛이 뿜어져 나왔다. 황금빛에 서서히 물들어 가는 루나를 바라보는 이들의 입에서 연신 탄성이 터져 나왔다.

"으음……."

"……! 야, 괜찮아?"

"왜? 어지러워?"

곁에서 들려오는 아주 작은 신음 소리에 소르펠 공작과 제이빌런 공작이 다급히 세프라 공작에게 다가섰다.

"…끊어진 것 같군."

자신을 무겁게 묶고 있던 무언가가 끊기는 느낌에 잠시 어지러움을 느꼈던 세프라 공작은 어느새 빛이 사라진 루나를 바라봤다.

[…….]

루나 역시 세프라 공작을 보고 있었다. 자신이 이곳에 있을 수 있는 주체와의 관계가 끊어진 것을 루나 역시 느끼고 있었다.

"루나, 괜찮아?"

루나의 상태가 걱정되어 묻던 카밀라의 눈이 순간 커다래졌다. 검은 늑대의 입가가 슬며시 올라가는 것이, 마치 웃는 것처럼 보였기 때문이다.

[⋯고맙다.]

그리고 처음으로 들을 수 있었다. 루나의 목소리를.

"루나!"

카밀라가 멍하니 입을 벌리는 순간, 루나의 목을 와락 껴안는 손길이 있었다. 루나의 얼굴에 마구 자기 얼굴을 비비는 아이, 바로 리오였다.

"루나, 이제 계속 우리와 함께 사는 거야?"

뭐가 어떻게 돌아가는지는 모르겠지만, 루나가 사라지는 일 없이 자신들과 함께하게 된 거라는 사실만을 확실히 파악한 리오가 환한 웃음을 터트렸다.

[⋯⋯.]

루나가 리오의 얼굴을 할짝 핥았다. 너의 말이 맞는다고 대답을 해 주는 듯이.

핥아지는 얼굴이 간지러운 듯 리오가 까르르 소리 내어 웃음을 터트렸다.

와락!

"⋯⋯!"

그런 둘의 모습을 흐뭇하게 바라보던 카밀라는 자신을 뒤에서 껴안는 누군가의 손길에 흠칫했다. 하지만 이내 그게 누구인지 알아챈 카밀라의 입꼬리가 스르륵 올라갔다.

"아르시안."

그녀를 감싼 팔의 떨림이 더욱 강해졌다. 카밀라의 어깨에 고개를 파묻은 그에게서 긴 한숨이 연신 흘러나왔다. 그런 그를 달래듯 카밀라는 가만히 아르시안의 팔을 다독였다.

"…이제 그려도 되는 거지?"

가까이 있는 자신에게만 들릴 정도로 나직한 목소리가 들려왔다.

"좀 더……."

너와 함께하는 미래를.

"조금만……."

조금만 더 길게 그려도 되는 거지?

카밀라를 안은 아르시안의 팔에 힘이 더욱 들어갔다.

그의 말이 정확히 무슨 의미인지 모르겠지만 카밀라는 그런 아르시안의 팔을 다시 가만히 다독였다.

"야! 당장 내 딸에게서 떨어져. 지금 뭐 하는 거야!"

"네놈 아들은 왜 툭하면 저 녀석한테 붙어서 난리냐. 꼴 보기 싫게!"

"꼴 보기 싫으면 안 보면 된다. 네 녀석 신수도 돌아왔으니 그만 가는 게 어때?"

"…너 요즘 은근히 말싸움 즐기는 거 아냐?"

"그나저나, 연결 고리가 끊겼으면 루나가 너희 집 신수로 계속 있기 힘든 거 아냐?"

"그러게. 이제 따를 자를 정하는 건 신수인 저놈 마음이잖아."

"그래. 신수 마음이지. 떠난다 하여도 어쩔 수 없는 일이고."

"진짜?"

생각보다 덤덤한… 아니, 오히려 홀가분해 보이는 세프라 공작의 모습에 다른 두 공작의 눈이 동그래졌다.

"딱히 떠날 것 같지도 않고."

"음?"

"카밀라를 저리 좋아하니."

"뭐? 야, 네놈 신수가 떠나지 않은 것과 내 딸이 무슨 상관-"

"차 식었다. 새로 따라 봐."

"말 돌리지 마! 이 자식아!"

순식간에 주변이 다시 소란스러워졌다.

[역시 카밀라, 저 녀석은 뭐가 달라도 다르다니까. 어이, 너도 저런 열매 좀 구해 와 봐. 나도 저런 것 좀 먹어 보게.]

"시끄러워! 그렇게 저 녀석이 좋으면 계속 여기서 살든가!"

[진짜?]

"끄응……."

정말 그래도 되냐고 눈으로 묻는 게, 여기서 잘못 대답하면 반년 이상은 삐져 있을 기세였다. 하지만 저 녀석한테 말로 밀리는 건 자존심이 상한단 말이다……!

절망에 휩싸인 제이빌런 공작의 입에서 앓는 소리가 터져 나왔다.

다시 찾은 세계

"야, 괜찮아?"

"응?"

"괜찮냐고."

"…어."

라비의 걱정스러운 목소리에 카밀라는 그들의 어머니, 티아 소르펠의 무덤을 바라보던 시선을 거두었다. 고개를 돌리니 소르펠 공작과 루드빌 역시 걱정스러운 눈빛으로 자신을 바라보고 있었다.

내가 괜한 귀신들이랑 마주쳐서 시달릴까 봐 신경 써 주는 걸 테지만…….

"어머니 기일인데 어떻게 나만 빠져? 나쁜 오라비 같으니라고."

"그게 아니라… 야, 너 진짜 그렇게 나올 거야?"

그가 무슨 말을 하는 것인지 알아차렸으면서도 카밀라는 새침한 표정을 지으며 라비에게 타박을 놓았다. 그 능청스러운 모습에 결국 라비가 한숨을 내쉬며 너 알아서 하라는 듯 툭 내뱉었다.

"꽃만 놓으면 돼. 조금만 참아."

별말 없이 고개를 끄덕이는 그녀에게서 시선을 떼지 못한 채 라비는 속으로 가볍게 혀를 찼다.

'역시 데려오는 게 아니었는데.'

그는 카밀라의 품 안에서 쿨쿨 자고 있는 킹을 연신 힐끔거렸다.

카밀라의 생각과 달리, 소르펠 가문의 세 남자는 그녀가 괜한 귀신에 시달릴지도 모른다는 걱정은 조금도 하지 않았다. 그녀가 정말 질색하는 경우엔 킹이 곧장 귀신들을 내쫓는다는 것쯤은 진작에 눈치챘으니까.

이번에 카밀라의 동행을 말린 건, 그들이 티아와 카밀라의 사이를 잘 알고 있기 때문이었다. 저야 어릴 때부터 구박을 받던 카밀라의 모습을 옆에서 직접 지켜봤고, 소르펠 공작 역시 이번에 어려진 카밀라가 혼미한 상태에서 울먹이던 말로 상황을 대충 파악하지 않았던가.

"……."

그리고 루드빌.

라비는 평소와 달리 조금 복잡한 얼굴을 한 형을 슬쩍 바라보았다. 모녀의 복잡한 관계를 가장 먼저 눈치챈 사람답게 루드빌 역시 카밀라의 동행이 내키지 않는다는 티가 역력했다.

'굳이 떠올려서 좋은 기억이 없을 텐데.'

어머니의 무덤을 찾은 그녀가 어떤 생각을, 어떤 기억을 떠올리게 될지가 걱정이었다.

그래서 세 사람은 카밀라가 이곳에 오는 걸 막고 싶었다. 조금 전부터 멍해 있는 그녀의 표정을 보니 강제로라도 집에 있게 할 걸 그랬다며 후회했다.

'기일이라.'

하지만 그런 세 사람의 걱정과 달리 카밀라는 다른 생각에 잠겨 있었다. 사실상 여기 어머니에게 구박을 받은 건 자신이 아니라 원래 이 몸에 살았던 이시아이지 않은가. 애초에 여기 어머니에 대한 분노나 원망 같은 게 남아 있을 리가 없다.

'다만……'

어머니가 돌아가신 날을 맞이하니 문득 떠오르는 것이 있었다.

'역시 한 번은 가 봐야 하는 게 아닐까?'

얼마 전부터 고민하던 것이 있었는데, 이곳에 와 보니 망설이던 마음이 점점 한쪽으로 확실하게 기울어졌다.

스읔.

"어?"

잠시 후 차가운 공기를 헤집고 따듯한 손길이 그녀의 머리에 닿았다. 고개를 돌리니 루드빌이 지그시 자신을 바라보고 있었다.

"가자."

자연스럽게 어깨를 다독이며 감싸는 조심스러운 손길에 이끌려 카밀라는 천천히 그 자리를 벗어났다.

'그래.'

한 번은 가 보자.

마지막으로 어머니의 무덤가를 돌아보며 다시 한번 마음의 결정을 내리는 카밀라였다.

"딱 보름입니다."

"알았어."

"보름이 넘어가면 다시 사람들에게서 멀어지게 될 겁니다."

"몇 번을 말하는 거야. 알았다니까."

당부의 말을 하고, 하고 또 하던 도르만은 그래도 마음이 놓이지 않는 듯 연신 한숨을 토해 냈다.

"정말 꼭 가셔야겠어요?"

"어."

"진짜 가실 거예요?"

"대체 아까부터 왜 자꾸 같은 말만 반복하게 하는 거야?"

카밀라와 도르만이 서 있는 곳은 지하 공간이었다. 고스트 상회에 마련된 최하층으로, 은밀한 회의나 일을 진행할 때 간혹 사용하던 장소다.

'지금은 누구의 출입도 허락되지 않는 곳이지.'

카밀라가 얼마 전부터 그렇게 지시를 내렸다. 바로 저것 때문이다.

'마법진.'

그녀는 바닥을 다 차지할 정도로 커다란 마법진과 그 위로 빼곡하게 놓인 최고급 마력석을 담담히 응시했다.

"차원 이동 마법이라니."

도르만은 여전히 이 상황이 마음에 들지 않는 듯 고개를 절레절레 흔들었다. 이 차원 이동 마법… 아니, 차원 이동 마법진은 지슈아가 마법서를 찾아 줘서 고맙다며 설치해 준 것이었다.

[네게도 뭔가 주고 싶은데.]
'이미 저번에 주셨잖아요.'

지슈아가 광산을 줄 때 이미 받았다고 언급했던 대가가 바로 이 마법진이다.
'혹시나 싶어서.'
왠지 모를 찜찜함을 늘 갖고 있었기 때문일까? 차원 이동이라는 마법을 알게 된 순간 그냥 가볍게 넘길 수가 없었다. 저쪽 세계에 한 번은 꼭 가야 할 것 같은 강한 느낌? 너무도 갑작스럽게 그곳을 떠나오지 않았던가.
그래서 지슈아에게 부탁을 했다. 다른 세계로 넘어갈 수 있는 차원 이동 마법진을 자신이 쓸 수 있게 해 달라고.

[너와 파장이 맞는 이가 있다면 가능하지.]
'그건 걱정하지 마세요.'

파장뿐인가. 운명까지 얽혀 있는 존재가 있는걸.

[다른 세계에 아는 자가 있다고? 그게 말이 돼? 어떻게……!]
'어쩌다 보니 그렇게 됐어요.'
[아니, 그게 '어쩌다 보니'라는 말로 설명이 되는 일이 아닌데? 상식적으로 이건-]
'죽은 자를 보는 건 뭐, 상식적인가요?'
[…그렇긴 하네.]

다른 세계에 연이 있는 자가 있다는 말에 지슈아는 믿을 수 없다는 듯 혼란 가득한 눈빛을 던졌다. 하지만 그 이상으로 설명할 생각이 없어 보이는 카밀라에게 더 자세한 답을 요구하지는 않았다.

[잘됐네. 연이 있는 자가 있다면 이동은 더 쉽지. 여기 마법진에 이 수식을 더 추가하면…….]

지슈아는 그렇게 지하 공간에 마법진을 그려 줬다. 물론 마나가 전혀 없는 카밀라로 인해 이번에도 엄청난 양의 마력석이 필요했다. 진짜 엄청난 양이…….
거기다 그 모든 걸 전부 최고급 마력석으로 준비해야 했다. 역시 차원 이동 마법이 만만한 마법은 아니라는 거지.
"이시아에게는 정말 확인한 거지?"
"네."
도르만에게도 한 가지 부탁해 놓았다. 저쪽 세계에 있는 이시아에게 의견을 물어봐 달라고 한 것이다.

'혹시 이시아랑 연락 가능해? 전에 보니 보상도 주고, 지금 어떻게 지내고 있는지도 지켜보는 것 같던데.'
'갑자기 그건 왜요?'
'가능은 해?'
'시스템을 이용하면 가능합니다. 그런데 왜 그러십니까? 이시아 님께 궁금하신 거라도 있으세요?'
'이쪽 세계에 한번 넘어올 생각 없는지 물어봐 줘.'

'네에?'

지슈아가 했던 것처럼 말도 없이 이곳으로 데리고 오면 당황할 테니까. 그래서 아예 대놓고 물어봐 달라고 했다.
'이시아가 싫다면 나도 바로 접을 생각이었고.'
상대가 싫다는데 굳이 일을 진행할 마음은 없었다. 아무리 저쪽에 해결해야 할 일이 있다고 하여도 말이다.

'…좋으시다네요.'
'정말?'
'네, 이시아 님도 이곳에 잠시 돌아오는 걸 선택하셨습니다.'

그런데 이시아 역시 이곳에 돌아오는 걸 생각보다 쉽게 허락했단다.
'어쩌면 그녀도 궁금했던 게 아닐까?'
자기가 떠난 후의 이쪽 세계의 모습이.
'아니면 나처럼 뭔가 찜찜했던 걸 수도 있고.'
너무도 갑작스러운 이별이었지 않은가. 마음의 준비도 없이 각자가 오랫동안 살던 곳을 떠나게 되었다. 주변 정리 하나 제대로 하지 못한 채 말이다.
딱히 정리할 게 없긴 한데, 그래도 기회가 된다면 제대로 한 번쯤 저쪽 세계를 마무리하고 싶었다. 이시아는 모르겠지만 카밀라는 그랬다.
"진짜 딱 보름입니다."

"알았다고."

도르만이 자꾸 강조하는 기간은 다른 이들이 다시 영혼이 바뀐 것에 이질감을 느끼는 시간이었다.

'혹시 말이야. 다시 영혼이 바뀌면 또 바로 다른 이들에게 외면받는 거야?'

'그렇지는 않습니다. 그동안 쌓아 온 감정이 있으니까요. 하지만 그 기간에도 끝이 있습니다. 보름을 넘기시면 안 됩니다.'

혹여 영혼이 바뀌자마자 또 사람들에게 외면받고 구박받는 건 아닐까 싶었는데 그건 아니란다. 그동안 쌓은 기억으로 일정 기간 동안은 문제가 없다는 거지.

"조심히 다녀오십시오."

"알았어."

"꼭 돌아오셔야 합니다."

"내가 돌아오기 싫어해도 일정 시간이 지나면 마법진이 발동하게 되어 있다고 했잖아. 걱정하지 마."

"네……."

차원 이동 마법진… 아니, 영혼 체인지 마법진 위로 카밀라는 조심히 걸음을 옮겼다.

"이시아 오면 네가 잘 챙겨."

"네에."

그건 걱정 말라는 듯 도르만이 크게 고개를 끄덕였다.

"그럼 간다."

카밀라는 말이 끝남과 동시에 손에 들고 있던 마력석을 바닥으로 던졌다.

화아아악!

마력석이 단박에 깨어지며 그 자리에서부터 마법진이 빛을 뿜어내기 시작했다. 그 빛이 모든 마법진으로 번져 가는 순간, 처음과 비교도 되지 않을 정도로 강한 빛이 지하 공간을 가득 채웠다.

쿠우우……

빛이 사라지며 기묘한 진동과 울림이 그 자리를 대신 차지했다.

"……"

저도 모르게 질끈 눈을 감았던 도르만은 빛이 어느 정도 사그라지자 천천히 눈을 떴다.

"카밀라 님."

아니, 이시아 님이라고 해야 하나?

그는 마법진 한가운데 쓰러져 있는 카밀라를 발견하고 급히 그녀에게 달려갔다.

"으… 으음……"

정신이 들자마자 느껴지는 건 통증이었다. 머리가 깨어질 듯 아파 왔다. 신음을 흘리며 눈을 떴음에도 흐릿한 시야로 인해 제대로 보이는 게 없었다.

한참 후에야 새하얀 천장이 보였다.

"여긴……"

서둘러 눈을 비비며 더욱 선명한 시야를 확보한 카밀라는 주변을 급히 살폈다. 그리고 이곳이 어딘지 알 수 있었다.

"병원이네?"

그래, 분명 병원이다. 저쪽 세상에선 절대 맡아 볼 수 없는 특유의 냉한 냄새.

"하…….."

진짜 돌아온 거야?

카밀라는 급히 거울을 찾았다. 화장실로 들어간 그녀는 익숙한 얼굴과 마주할 수 있었다.

'이시아.'

와아… 이 모습 진짜 오랜만이다.

검은 머리와 검은 눈동자. 도도해 보이는 날카로운 눈빛.

오랫동안 보지 못했던 이시아가 묘한 표정을 지은 채 서 있었다.

"하… 하하."

카밀라는 허탈한 웃음을 터트렸다. 거울에 비친 이시아의 얼굴을 보고 있으니 기분이 아주 이상했다.

'낯설어…….'

이 얼굴을 보면서 이런 감정을 느낄 줄이야.

분명 오랫동안 자신의 얼굴이었음에도 이젠 자신의 것이 아니라는 느낌이 확실히 들었다. 내 것을 도로 찾은 느낌이 아니라 말 그대로 남의 몸에 들어와 있는 기분이다.

"…그래도 반갑다."

그럼에도 오랜만에 보는 얼굴에 저도 모르게 울컥하는 마음이 일었다. 한마디로 기분이 아주 싱숭생숭하다는 거다.

"…아야! 이시아!"

그 순간 밖에서 들리는 익숙한 목소리!

카밀라의 입가에 저도 모르게 미소가 피어올랐다. 화장실 밖으로 나가니 현석 매니저가 텅 빈 침대를 바라보며 당황한 눈빛을 감추지 못하고 있었다.

"나 여기 있어."

"시아야!"

급히 다가선 그가 자신의 몸을 이리저리 살피며 호들갑을 떨었다.

"괜찮아? 아픈 곳 없어?"

"……."

"시아야? 왜 그래? 아직도 어디가 안 좋아?"

자신의 침묵에 더욱 당황하는 현석을 보며 카밀라는 피식 웃고 말았다.

'여전하네.'

영혼이 바뀌든 안 바뀌든 늘 한결같은 존재라는 생각이 들었다. 가끔 영혼이 바뀐 이들과 마주하고 있음에도 그 상대에게 특별히 거부감을 느끼지 못하는 이들도 있다고 하더니, 현석이 그런 이들 중 하나가 아니었을까 싶다.

"현석 오빠."

"응, 어디 안 좋아? 의사 선생님 다시 부를까?"

"오랜만이야."

"어?"

"생각보다 많이 보고 싶더라."

"서, 선생님 부를게!"

아무래도 머리를 다쳤다 싶었는지, 현석이 기겁하며 병실을 뛰쳐나가려 했다. 그런 그를 카밀라가 급히 붙잡았다.

"무슨 말을 못 하겠네. 그냥 해 본 소리야."

"심장 떨어질 뻔했잖아!"

"알았어, 알았어."

반가움 좀 표현해 보려고 했더니. 짧게 혀를 찬 카밀라는 괜히 주변을 한번 둘러보았다.

"그런데 나 왜 여기 있는 거야? 눈 떴는데 병원이라 깜짝 놀랐어."

마법진이 제대로 발동했다는 건 알겠는데, 왜 하필 병원이람? 이 세상에서 겪었던 마지막 일을 생각하니 괜히 찜찜했다. 그녀는 샹들리에 대신 자리한 LED 등을 연신 힐끔거렸다.

"나 어디 아파?"

"기억 안 나? 촬영 중에 네가 갑자기 쓰러졌잖아."

"아……."

'이런.'

갑자기 몸이 바뀌면서 잠시 정신을 잃은 걸 보고 바로 병원으로 데려왔나 보다. 촬영장 난리 났겠네. 배우가 쓰러졌으니 다들 비상이 걸렸겠는걸.

"나 얼마나 쓰러져 있었던 거야?"

"반나절."

"뭐?"

생각보다 오래 정신을 못 차렸네? 아주 잠깐 잠이 든 줄 알았는데.

"의사 선생님 말로는 특별히 아픈 곳은 없다고 했어. 피로가 무척 누적된 거 말고는……."

현석의 눈에 걱정이 가득하다.

"좀 며칠 쉴래? 사무실에 말해서 내가 스케줄은 다시 잘 조절해 볼게."

"아냐. 됐어."

이시아에게 그런 민폐까지 끼칠 수는 없지.

"오빠가 고생했겠네. 나 여기까지 데려오느라."

갑자기 쓰러져서 당황도 했을 거고. 현장 정리한다고 엄청 바빴을 거다.

"나보다는 최시현 씨가 엄청 고생했지."

"…누구?"

"최시현 씨. 널 병원으로 데리고 온 건 내가 아니라 최시현 씨야."

"최…시현?"

아니, 그 이름이 왜 여기서 나와?

카밀라는 어이가 없어 잠시 말을 골라야 했다. 이건 또 무슨 상황이지?

"최시현이라니? 내가 아는 그 최시현? 그 인간이 내 촬영 장소에 있었다고?"

"무슨 소리를 하는 거야? 너, 최시현이랑 같이 촬영 중이잖아."

"…누가 누구랑 같이 촬영을 해?"

"시, 시아야, 역시 검사 다시 해 보자! 너 아무래도 머리를 크게 다친 거 아닐까? 갑자기 왜 그래?"

"오빠야말로 진짜 왜 이래?"

내가 그 인간이랑 촬영을 한다는 게 말이……!
똑똑.
그 순간 들리는 노크 소리에 카밀라와 현석 매니저의 시선이 동시에 문으로 향했다. 조용히 문이 열리며 한 사람이 안으로 성큼 들어섰다.
"……."
훤칠한 키에 뚜렷한 이목구비. 정장이 누구보다 잘 어울릴 것 같은 날카로운 인상의 남자가 그곳에 서 있었다.
"…최시현 선배."
그를 알아본 카밀라의 입에서 신음 같은 한숨이 흘러나왔다.

'이시아!'
이시아, 이시아! 이시아아아!
'너 대체 뭘 믿고 저 인간이 나오는 드라마를 하겠다고 한 거야?'
최시현이 누군지 알고!
'…그래, 네가 뭘 알겠니.'
아무리 이곳을 오랫동안 지켜봤다고 하여도 인간관계 전부를 알 수는 없었겠지. 그렇다 해도 느낌이라는 게 있지 않니? 딱 보면 모르겠어?
최시현. 누가 뭐라 해도 대한민국 안에서 손꼽히는 최고의 스타다. 여배우 중에서는 이시아가 탑이라면 남배우 중에는 그가 최고였다.
'최고면 뭐 해? 성격은 뭐 같은데.'
아예 대놓고 시비라도 걸면 한바탕 싸우기라도 할 텐데 최시현과는 그게 되질 않는다.

'저것 봐, 저거. 또 저러네.'

"……."

입을 꾹 다문 채 뚫어져라 바라보는 시선이 굉장히 따끔거렸다. 카밀라는 당장 달려가 저 반듯한 이마를 한 대 팍 때리고 싶은 걸 참으며 주먹을 꽈악 쥐었다.

'대체 왜 저러냐고.'

옛날부터 저랬다. 뭔가 시선이 느껴져 돌아보면 저 인간과 꼭 눈이 마주쳤다. 뭐 꼬투리 잡을 거 없나 살피는 인간처럼 날카로운 시선을 한시도 떼지 않아 신경 쓰이는 바람에 답지 않게 NG를 낸 적도 있었다.

'저한테 뭐 할 말 있으세요?'

'아니.'

'…진짜 없으세요?'

'있어야 하나?'

'…….'

한 번은 날을 잡아 대놓고 물어본 적도 있다. 하지만 제대로 된 대답을 들을 수는 없었다. 오히려 되물으며 비릿한 미소를 짓는 모습에 순간 열이 받아 현장에서 더러운 성질 다 드러낼 뻔했다.

'그런데 왜 매번 그딴 고까운 눈빛으로 노려보는 건데!'

…라고 따지고 싶었지만, 대놓고 시비를 건 것도 아니고 2년이나 선배인 인간한테 더 거칠게 따질 수도 없었다. 그리고 그 후로

도 늘 같은 상황이 반복됐다.
'네, 네. 너 님 맘대로 하세요.'
이거, 신종 괴롭힘인 거지? 그래, 나 싫어하는 인간이 어디 한둘이던가.
그녀는 그냥 최시현에 대해서 신경을 완전히 끄기로 마음먹었다. 대신 그가 나오는 작품에는 근처도 가지 않았다. 아무리 무시하려고 해도 감시받는 듯한 시선이 달갑지는 않았으니까.
'그런데 같이 연기를 한다고?'
이시아, 이것아! 상대역을 봐 가면서 해야지!
카밀라는 한쪽에 서 있는 매니저 현석을 지그시 노려봤다. 이시아가 이런 선택을 할 때 오빠는 뭐 한 거야? 어? 놀았니?
자신이 최시현을 싫어하는 걸 누구보다 잘 아는 인간이, 그와 같이 출연하는 대본을 선택하는 이시아를 그냥 두고 봤다고?
따끔따끔.
고개를 돌린 옆얼굴에 시선이 느껴졌다. 그 시선의 주인이 누군지 돌아보지 않아도 충분히 알 수 있었다. 카밀라의 입에서 다시 긴 한숨이 흘러나왔다.
'시간이 그리 지났는데 저 인간은 어쩜 저렇게 변한 게 없냐.'
그녀의 께름칙한 눈빛이 최시현에게로 향했다. 병실을 찾아왔으면 뭔가 안부를 묻는 인사라도 있어야 하는 거 아닌가? 들어온 이후 한마디가 없다.
'대체 왜 온 거야? 나 염장 지르러 온 거니?'
아니면 감사 인사라도 받으러 온 건가?
"절 병원으로 데려다주셨다고 들었어요. 감사합니다."

옜다, 감사 인사.

"……."

"……."

…진짜 한 대 때릴까? 감사 인사에도 별다른 반응이 없는 그를 보고 있자니 속에서 열불이 뻗쳐올랐다.

"제, 제가 마실 거라도 사 오겠습니다."

매니저 현석은 그런 병실 분위기가 견디기 힘겨웠는지, 도망치듯 병실 입구를 후다닥 빠져나갔다.

타악.

그렇게 병실 문이 닫히자 고요한 침묵이 두 사람 사이를 파고들었다.

'아, 몰라.'

카밀라는 최시현과의 대화를 포기하고 다시 침대에 누우려 했다. 내가 잠들면 알아서 가겠지.

"아프지 마라."

…뭐?

잠시 후 나직하게 들려오는 목소리에 카밀라는 급히 몸을 일으켰다. 시선을 돌리니 여전히 지긋한 눈빛을 보내고 있는 최시현이 아무 일도 없었던 것처럼 멀뚱히 서 있었다.

"지금… 뭐라고 하셨어요?"

방금 뭔가 아주 이상한 말을 들은 것 같은데?

"……."

야, 왜 또 침묵이야!

"쉬어."

저기요? 이봐요?

최시현은 당황한 카밀라의 표정 따윈 보이지도 않는지 바로 뒤돌아 병실을 나섰다.

"…야."

신싸 가니? 그냥 사 버리는 거야?

"헐."

돌아오자마자 이건 또 무슨 상황이지? 저 인간이 자신을 병원에 직접 데리고 온 것도 이상하지만, 방금 한 말은 더 이상하잖아!

"아, 몰라······."

카밀라는 다시 침대에 누웠다. 그녀는 아까부터 밀려오는 두통을 진정시키기 위해 잠시 잠을 청했다.

"시아 씨, 원래도 잘하지만 오늘 연기 너무 좋은데?"

"감사합니다."

오랜만에 들어선 드라마 촬영 현장은 생각보다 괜찮았다. 혹 낯설거나 헤매지는 않을까 싶었는데, 웬걸? 대본 외우는 것도 촬영장 분위기 파악도 전과 다를 게 없었다. 오히려 오랜만에 느껴 보는 현장감에 심장이 기분 좋게 두근거렸다.

'이시아, 잘하고 있었네.'

여기에 다시 오기 전까지만 하여도 내심 걱정이 많았다. 이시아, 다른 세계에서 살던 그녀가 생전 해 본 적도 없는 연기를 하고 배우 생활을 어떻게 유지하고 있으려나 은근히 신경이 쓰였었다.

그런데 아무래도 쓸데없는 오지랖이었나 보다.

'상까지 받았던걸.'

자신이 찍은 적도 없는 드라마로 대상까지 받은 걸 확인한 카밀라는 진심으로 감탄과 놀람을 표했다. 무엇보다 대단한 건…….

"시아 언니, 저번에 준 화장품이요."

이거였다. 자신을 향해 다가서는 이 많은 사람들.

"저와 진짜 잘 맞는 거 있죠! 언니 말 듣고 바꾸기 잘한 것 같아요. 이거 이번에 새로 나온 건데 언니도 써 보실래요?"

"시아 씨, 추운데 이것 좀 마셔요."

"선배님, 저번에 이거 맛있다고 하셔서 어머니께 일부러 받아 왔어요. 다 드시면 말씀해 주세요. 또 가져다드릴게요."

이시아, 너 생각보다 사교성 좋았구나.

잠깐의 휴식 시간에 자신의 주변으로 모여드는 동료 배우들, 촬영 스태프들. 자신이 이곳에 있을 때 전혀 볼 수 없었던 풍경에 카밀라는 적잖이 당황하고 있었다.

'물론 내가 있을 때도 가까이 다가오는 이들이 있긴 했는데…….'

따로 목적을 가지고 있거나, 친분 과시용으로 접근한 경우가 대다수였다. 그런 이들은 카밀라 역시 아주 적당히 상대해 주며 이용해 먹었고.

하지만 이들은 그런 부류가 아니었다. 그냥 딱 봐도 알겠다. 순수하게 대화를 나누고 친밀감을 느껴 다가온 이들이라는 것을 말이다. 그리고 이런 관계를 만든 건 누가 뭐라 해도 이시아, 그녀의 피나는 노력이 있었기 때문이 아닐까.

'다행이네.'

저쪽 세상에서처럼 어둡고 까칠하게 살고 있으면 어쩌나 내심 많이 걱정했었는데. 자기가 원래 있어야 할 세계로 돌아왔기 때문일까? 정을 주고 정을 받을 줄 아는 삶을 살고 있는 듯했다.

"…음?"

잠시 딴생각을 하는 사이, 주변이 갑자기 고요해진 느낌에 카밀라는 천천히 고개를 들었다. 다들 자신을 조금은 신기하게 바라보고 있었다.

무슨 일인가 싶어 고개를 갸웃거리자 주위에 있던 사람들이 작게 웃음을 터트렸다.

"언니, 방금 진짜 예쁘게 웃은 거 알아요?"

"어?"

이시아를 떠올리며 저도 모르게 미소를 지었나 보다.

"시아 씨는 그냥 일상이 CF네."

"하하, 우리 시아가 유독 웃을 때 예쁘긴 하지."

"예전에도 좀 자주 웃지 그랬어. 요즘 진짜 보기 좋다니까."

…내가 촬영장에서 유난히 더 까칠하게 굴긴 했지.

'그게 편했으니까.'

얕잡아 보이는 게 아주 싫었거든.

웃어 줘 봐야 돌아오는 건 미묘한 거부와 기분 나쁜 눈초리뿐. 그럴 거면 그냥 내가 먼저 다른 이들을 멀리하고 외면하는 게 훨씬 편했다.

"시아 선배님!"

그때, 후배 남자 배우가 성큼 다가왔다. 이름이 이해준이라고 했던가? 매니저 현석의 말로는 최근 시트콤 하나가 빵 터져서 대세 배우로 자리 잡았다고 했다. 20대에 갓 들어선 앳된 얼굴과 서글서글한 눈매가 매력 포인트라나.

"누나라고 불러도 돼요?"

"네에?"

연예계 동료들의 입을 통해서는 불려 본 적 없는 호칭의 등장에 카밀라의 눈이 동그래졌다. 허락하고 말고를 떠나서, 그렇게 불러도 되냐고 물어본 사람부터가 없었기에 당혹스러웠다.

훅 들어오는 친밀함에 잠시 말문이 막혔다. 이걸 뭘 어떻게 반응을 해 줘야 하는 거지?

"제가 진짜 시아 선배님 팬이거든요."

호칭에 신경 쓰는 편이 아니라서 뭐 어떤가 싶긴 한데… 그래도 될까? 더 이상 이 몸은 자신의 것이 아니지 않은가.

'내 마음대로 결정할 일이 아닌 것 같은데.'

그녀가 고민하는 사이 이해준은 조금 상기된 얼굴로 계속 말을 이었다.

"이번 드라마에 선배님 나온다고 해서 제가 대본도 안 보고 바로 나가겠-"

"이해준."

"네… 네?"

그런데 그 순간 뒤에서 나직한 목소리가 들려왔다.

처음엔 별생각 없이 무심결에 대답을 내뱉던 이해준은 그 목소리의 주인이 누군지 깨닫고 벌떡 자리에서 일어섰다. 주변에 있던 다른 사람들 역시 일제히 놀란 표정으로 뒤를 돌아봤다. 하늘 같은 선배, 최시현이 그를 서늘한 눈으로 바라보고 있었다.

"다음 신, 너와 함께라던데."

"네, 네! 맞습니다, 선배님!"

"대사 봐줄 테니 따라와."

"……! 네!"

이해준은 대선배인 최시현이 연기를 봐주겠다는 말에 눈을 휘둥그레 떴다가 이내 흥분한 얼굴로 그의 뒤를 급히 따랐다.

"어머, 웬일이래?"

"그러게요. 최 배우님이 후배 연기를 다 봐주시네."

그 모습을 다들 어안이 벙벙해져서 바라봤다. 그는 평소 주변 사람들에게 관심 없기로 아주 유명했기 때문이다.

'그러게. 왜 저래?'

그리고 그건 카밀라도 아주 잘 알고 있는 사실이었다. 근본적으로 갖고 있는 분위기가 무척 날카로워서 사람들이 쉽게 다가가지를 못했다. 그런 와중에 최시현 역시 누군가에게 잘 다가서는 법이 없었다.

"그런데, 저번에는 엄청 대단했잖아요."

"맞아! 시아 씨 쓰러졌을 때."

…나?

사람들은 이해준을 데리고 자리에서 점점 멀어지는 최시현을 보며 저번 촬영에서 있었던 일을 들먹였다.

"마침 시아 씨 매니저님도 어디 가고 없었잖아."

"언니가 갑자기 쓰러져서 우리 엄청 놀랬어요!"

"맞아, 다들 당황해서 어쩔 줄 몰라 했지."

"뭘 어떻게 해야 하나 다들 우왕좌왕하는데……!"

누군가 갑자기 시아를 안아 들었단다. 그 사람이 최시현인 걸 알고 사람들은 두 번 놀랐다지.

"시현 선배님이 그길로 자기 차에 언니를 태워서 병원으로 간 거잖아요."

"우리는 다들 입만 멍하니 벌리고 있었다니까."

"시현 씨 진짜 멋있었지?"

"네!"

"……."

혼자 영화 한 편을 찍으셨네.

카밀라는 한쪽에서 이해준의 연기를 봐주고 있는 최시현을 향해 고개를 돌렸고.

'…또.'

언제부터 자신을 보고 있었던 것인지 모를 그와 시선이 딱 마주치고 말았다.

앞에서 열심히 대사를 연습하고 있는 이해준은 신경 쓰이지도 않는지, 그의 눈에는 오롯이 자신만이 담겨 있었다.

"……."

"……."

역시 껄끄러워. 무슨 생각을 하고 있는 건지 도저히 알 수가 없다니까.

'신종 괴롭힘도 아니고.'

어디 언제까지 노려보나 싶어 끝까지 시선을 피하지 않았다. 하지만 그럼에도 불구하고 그에게선 그 어떤 동요도 찾아볼 수 없었다.

"안녕하세요."

그때, 어디선가 어린아이의 목소리가 들려왔다.

결국 먼저 시선을 돌린 건 카밀라였다. 그녀의 눈에 열 살쯤 되어 보이는 여자아이가 다른 이들을 향해 꾸벅꾸벅 고개를 숙이고 있는 모습이 들어왔다.

"어서 와, 지은아."

"이제 오니?"

"오늘 날이 많이 춥지?"

"네!"

밝은 미소로 인사를 건네는 아이의 뒤로 엄마로 보이는 이가 그런 아이를 흐뭇한 표정으로 보고 있었다.

"지은아, 감독님께도 가서 인사드려야지."

"네에!"

엄마를 따라 졸래졸래 걸음을 옮기는 모습이 아이답게 아주 밝았다.

"에휴."

하지만 아이가 떠나자 여기저기서 안타까워하는 소리가 흘러나왔다.

"쟤만 보면 예은이가 떠올라서 큰일이야."

"저도요."

예은이?

낯익은 이름에 카밀라의 귀가 쫑긋 섰다. 지금 내가 아는 그 예은이를 말하는 건가?

"원래 이번 드라마 수아 역할, 예은이에게 먼저 대본 갔었다면서요."

"그랬지. 리딩까지 했는데……."

"그 친구, 시아 씨랑 같이 드라마 했었죠? 어린애가 참 잘하더라."

"예은이 잘하죠."

슬쩍 흘려 넘기자 옆에 있던 배우가 정말 그렇다며 맞장구를 쳤다. 그 모습에 카밀라의 머릿속이 더욱 혼란해졌다.

'리딩까지 했는데 왜 배역이 다른 사람으로 바뀐 거지?'

예은은 그녀가 유일하게 챙기고 아꼈던 배우였다. 처음에는 나이답지 않게 너무도 뛰어난 연기력에 눈이 갔고, 아이의 상황을 알고 난 뒤에는 환경 때문에 재능이 꺾이지 않았으면 해 부러 더 챙겼다.

아버지의 폭력으로 가정이 파탄 나고, 어머니가 병으로 돌아가신 후 외할머니의 손에서 자라고 있는 아이.

그런 사람이 한둘인 것도 아니고, 어지간해선 굳이 관심을 보이지 않았을 테지만 예은이는 달랐다. 불행은 불행으로 남겨 두고 앞으로 나아가는 힘을 가진 아이였다. 연기에 대한 욕심도 엄청났다.

'연기로 밀릴 애가 아닌데?'

카밀라는 다른 배우들의 대화에 좀 더 귀를 기울였다.

"하필 소아암이라니."

"그러게 말이야."

…소아암?

"백혈병이라죠?"

"부모도 없다며?"

이건 또 갑자기 뭔 소리야?

'백혈병이라니?'

그 아이가 지금, 병에 걸려서 연기를 못 하게 됐다는 건가?

당장 누구라도 붙잡고 묻고 싶었지만 그럴 수가 없었다. 다른 이들도 아는 사실을 나름 친분이 깊었던 자신이 처음 듣는 것처럼 굴 수는 없었으니까.

'선생님!'
'넌 내가 그렇게 늙어 보이니? 언니라고 불러.'
'헤헤, 네! 언니, 여기 대사 좀 한번 봐주세요.'
'밥 먹을 땐 좀 밥만 먹으면 안 돼?'
'에이, 남들 놀 때 같이 놀면 언제 언니처럼 돼요.'
'…나처럼 되는 게 그리 쉬운 줄 알아?'
'열심히 하겠습니다!'

양 주먹을 불끈 쥐어 보이던 어린 예은이의 모습이 지금도 생생하다. 돈을 많이 벌어서 할머니한테 금반지 열 개를 꼭 사 줄 거라고 눈을 빛내던 아이의 눈동자도 선명히 떠오른다.

'왜 금반지야? 그것도 열 개나?'
'저 때문에 할머니가 유일하게 갖고 있던 금반지를 파셨거든요.'
'……'
'그걸로 할머니가 고기 사 줬어요, 고기! 헤헤, 제가 고기 먹고 싶다고 막 떼썼거든요. 그 고기 엄청 맛있었는데!'
'반지 열 개로 되겠니? 스무 개 사 드려.'
'네!'

"……."
소아암이라……. 카밀라의 입에서 긴 한숨이 흘러나왔다.

※

저벅.
인적이 드문 늦은 저녁 시간. 납골당으로 들어서는 이가 있었다. 수수한 차림임에도 불구하고 확 눈에 띄는 여자는 바로 이시아… 아니, 카밀라였다.
"……."
그녀는 이 납골당이 무척 익숙한 듯 거침없이 걸음을 옮겨 한곳으로 향했다. 잠시 후 그녀가 도착한 곳에는 30대 초반으로 보이는 여자의 사진이 놓여 있었다.
'…어머니.'
오래전에 돌아가신 이곳의 어머니.
12월 9일. 그녀가 세상을 떠난 날.

'도르만.'
'네?'
'저쪽 세계, 지금 날짜가 어떻게 돼?'
'이시아 님이 계신 곳이요? 으음… 11월 29일요.'
'…얼마 안 남았네.'
'네? 뭐가요?'
'…….'

'아무도 챙기지 않을 테니까.'

가족들과 함께 카밀라의 친어머니, 티아 소르펠의 무덤가를 찾았을 때 문득 머리를 가득 채우는 생각이 있었다.

'이시아는 알까?'

어머니의 기일을? 그런 세세한 깃까지는 알지 못할 텐데?

그럼 저곳 어머니의 돌아가신 날은 이제 누가 기억을 해 주는 거지?

자신이 티아 소르펠의 기일을 정확히 알지 못했듯 이시아 또한 마찬가지일 게 분명하다. 그런 생각이 머릿속을 떠나지 않았다. 이곳에 넘어올 마음을 먹게 한 가장 큰 이유가 아닐까 싶다.

'거긴 다른 가족이라도 있지.'

여긴 아무도 없지 않은가. 이시아가 챙기지 않으면 이곳을 찾을 이는 한 명도 없는 것이다.

물론 알고 있다. 기일이라고 해서 딱히 특별하지 않다는 것을. 매년 납골당을 찾았지만, 어머니가 모습을 보인 적은 단 한 번도 없었다.

'제사에 찾아오는 건 제대로 올라가지 못하고 구천을 떠도는 이들뿐이지.'

제대로 하늘로 올라간 영혼은 자기가 죽은 날이라고 하여 새삼스럽게 나타나거나 하지 않았다. 그런 사실들을 누구보다 잘 알지만 카밀라는 단 한 번도 어머니의 기일을 그냥 넘긴 적이 없었다.

"……."

왠지 모르게 어색해 보이는 미소를 짓고 있는 어머니를 보자 기분이 묘했다. 유골함 앞에 놓여 있는 사진을 보며 카밀라는 희미한 미소를 지었다.

"오랜만이에요."

애써 미소를 짓고 있는 어머니의 옆에는 어린아이 하나가 잔뜩 들뜬 표정으로 웃고 있었다. 바로 자신이다.

'어머니와 함께 찍은 처음이자 마지막 사진이었지.'

태어나 처음으로 어머니와 함께 유원지라는 곳에 가 본 날이다. 전날에 잠을 이루지 못할 정도로 마음이 들떴었고, 저 날 하루가 세상 그 어떤 날보다 행복했었다.

그땐 몰랐다.

그게 어머니가 베풀어 준 마지막 모정이었다는 것을.

혹시라도 저 하나만 잘못될 경우, 당신께서 죽고 홀로 남겨질 딸에게 남겨 준 마지막 추억이었다는 것을.

어떤 형태로든 조만간 사달이 나리라 예감했지만 저항할 힘조차 남아 있지 않았던 그녀 나름의 최선이었을 것이다.

"많이 힘드셨겠죠."

온몸을 짓누르는 듯한 거부감. 분명 자신의 자식임에도 이상하게 정이 가지 않는…….

하지만 카밀라는 잘 안다. 그럼에도 어머니가 나름 어떻게든 자식으로서 자신을 대하려고 노력했다는 사실을 말이다.

'그래, 그게 정상이야.'

아무리 영혼이 바뀌었다고 하지만 아이에게 폭력을 행사하고 심지어 살해하려고까지 한 쪽이 잘못된 거다.

이시아의 친부는 원래도 좋은 사람이 아니었을 것이다. 거기에 자신의 존재가 기폭제가 되었던 거겠지.

스윽.

그녀는 들고 온 꽃다발을 유골함 앞에 놓았다.

"……."

어머니에게 딱히 특별한 감정은 없었다. 밉지도, 애틋하지도 않았다. 그럼에도 단 한 가지 유지하고 있는 감정이라면…….

'가여움.'

그런 상황에서도 어떻게든 자식과 살아 보려고 애쓰던 이를 향한… 안타까움.

"이제 저 안 와요."

자신은 더 이상 이곳에 올 수가 없다. 이젠 제가 아니라 정말로 당신의 딸로 태어났어야 할 사람이 이곳에 오게 될 겁니다.

카밀라는 이시아에게 전할 메모지에 어머니의 기일도 적었다.

마지막으로 어머니의 모습과 어린 자신의 모습을 잠시 바라본 카밀라는 천천히 그 자리를 떠나갔다.

"시, 시아야."
"왜? 마음에 안 들어?"
"아니! 너무 마음에 들어! 그런데…….'"
"마음에 든다니 다행이네."

매니저 현석은 당황한 눈빛을 감추지 못했다. 이시아가 갑자기 최고급 양복과 시계를 선물이라며 내밀었기 때문이다.

"나 생일 아닌데."

아니, 생일이라고 해도 이런 비싼 걸 받아도 되나?

"그냥 주고 싶었어."

카밀라는 뭐가 그리도 불안한지 연신 눈빛이 흔들리는 현석을 보며 가볍게 웃음을 터트렸다.

"받아도 돼."

"어?"

"오빠는 그럴 자격 충분하니까."

누가 뭐라 해도 오랫동안 자신을 살뜰히 챙겨 준 사람이다.

영혼이 바뀐 자신에게 거부감이 들었는지 아니었는지는 알 수 없지만, 어쨌든 진심으로 자신을 위해 일해 준 사람.

그게 직업 정신이었든, 근본이 착해서 그랬든 충분히 감사를 받아도 될 일이었다.

"시아야……."

감격에 울먹이는 현석을 보며 카밀라는 소리 없이 혀를 찼다. 이 정도로 감격하다니. 소심한 건 어쩔 수 없다니까.

현석뿐만 아니라 지현이나 오랫동안 함께한 다른 스태프들에게도 선물을 전했다. 그들 역시 비슷한 반응을 보였지만 현석처럼 저리 울먹이지는 않았지.

'마지막이니까.'

이제 두 번 다시 저들과 함께할 일은 없을 거다. 앞으로는 이시아가 저들과 울고 웃으며 쭉 함께하게 될 테지.

'설마 뭐라 하진 않겠지?'

더 이상 내 돈이 아니긴 한데, 그래도 내가 열심히 일해 번 돈이기도 하잖아? 그동안 얼마나 안 쓰고 악착같이 살았는데.

'이 정도야 이시아도 이해할 거야.'

또, 이해 안 하면 어쩔 거야? 그 녀석이 돌아왔을 땐 난 이미 이곳을 떠나고 없을 텐데. 배 째라지, 뭐.

"촬영 준비는 아직이야?"

"어? 자, 잠시만 기다리고 있어! 내가 얼른 가서 보고 올게!"

"응."

오늘 촬영 준비에 문제가 생겨 배우들 모두 대기 상태가 길어지고 있었다. 엎친 데 덮친 격으로 준비되어 있던 대기실의 난방까지 고장이 나, 다들 근처 카페에서 대기하거나 다른 일정을 먼저 수행하고 있는 중이다.

카밀라 역시 짧은 인터뷰 일정을 마치고 주차장에서 대기 중이었다. 겸사겸사 매니저에게 선물도 전하고.

타악.

울먹이던 눈가를 급히 훔치며 힘차게 차 밖으로 달려 나가는 현석 매니저의 모습에 카밀라는 피식 웃었다.

"앞으로도 이시아 잘 부탁해."

그녀는 들고 있던 커피를 입으로 천천히 가져갔다.

오랜만에 먹는 이 세계의 커피 맛은 역시나 아주 만족스러웠다. 저쪽 세계의 커피와는 비슷하면서도 뭔가 다른 느낌이 있었다.

"이것도 이젠 끝이네."

아쉬운 마음에 커피를 먹는 속도가 점점 느려졌다. 한 모금 한 모금이 아주 소중하다는 듯이.

"음?"

잠시 후 카밀라의 눈이 살짝 커졌다.

창밖을 아무 생각 없이 응시하던 그녀의 눈에 두 사람이 들어왔다. 이제 막 성인이 된 듯한 앳된 여자와 20대 중반의 남자였다.

고개를 푹 숙인 여자가 급히 발걸음을 옮기자, 그 뒤를 상대가 재빠르게 쫓아가 따라붙었다.

'쟤들은…….'

익히 아는 얼굴들이었다. 이번 드라마에 함께 출연하는 이들이었으니까.

남자는 데뷔한 지 제법 되었지만 최근에야 인기를 얻고 있는 이도우라는 배우였고, 여자는 이번 드라마가 첫 작품인 생초짜 신인이었다.

'서유미라고 했었나?'

자신을 볼 때마다 90도로 허리를 굽힌 채 환하게 웃으며 인사를 건네던 모습이 제법 인상적이었다.

'뭐 하는 거야?'

카밀라는 잠시 두 사람을 살피듯 지켜봤다.

"야, 네가 이 드라마에 들어올 수 있었던 게 누구 덕인지 진짜 몰라?"

"…선배님이요."

"그냥 오빠라고 부르라니까."

"네에……."

서유미는 표 나지 않게 입술을 살며시 깨물었다.

같은 소속사 선배 이도우의 치근덕거림이 시작된 건 이미 오래 전이었다. 소속사에 들어간 직후부터 연기를 가르쳐 주겠다며 이런저런 신체 접촉이 있어 왔으니까.

'데뷔작인데…….'

드디어 드라마에 출연이 결정되었다는 소식을 처음 들었을 때, 얼마나 기뻤는지 모른다. 그것도 자신이 너무도 좋아하고 존경하는 이시아 선배님과 최시현 선배님이 함께 출연하는 드라마라는 소리에 며칠은 잠도 제대로 이루지 못했다.

하지만 첫 촬영 날 대본 리딩에 들어서는 순간, 그 기대감과 기쁨은 무참하게 부서져 버렸다.

'내가 너 여기다 꽂아 넣은 거야, 서유미.'
'네?'
'하! 진짜 몰랐어? 나 아니었으면 너 같은 게 어떻게 이런 드라마에 나와? 급이 안 맞는데.'

실력이 아니라 누군가의 도움으로 드라마에 들어오게 되었다는, 그것도 다른 사람도 아닌 이도우 덕분이라는 말에 배우로서의 자존심이 산산조각 났다. 그날 이후로도 악몽은 계속되었다.

"넌 애가 왜 이렇게 살갑지 못하냐. 재미없게."
"……."

서유미의 고개가 더욱 아래로 숙어졌다.

그 모습을 본 이도우의 입가에 비릿한 미소가 빠르게 번졌다가 사라졌다. 그의 손이 서유미의 어깨에 걸쳐지는 모습이 아주 자연스럽다.

"그러니까 나한테 잘하라고."

마주하지 않아도 느껴지는 끈적끈적한 시선에 서유미는 더욱 입술을 질끈 깨물었다. 당장에라도 그의 손을 뿌리치고 도망치고 싶었다.

'하지만…….'

그때부터 또 다른 지옥이 시작되겠지. 드라마에서 잘리는 건 물론, 소속사에서 퇴출당하게 될지도 모른다.

"연기도 못하는 네가 우리 소속사에 지금까지 붙어 있는 거 다 내 덕분이잖아. 너 가르치는 선생들이 나한테 와서 하소연하더라. 쟤 계속 데리고 있어도 되는 거냐고. 사장님이 너 버리자고 하는 거, 내가 말리고 있는 거야."

"저는……."

"감독님한테도 말 나왔어. 너 너무 못하니까 제대로 연기 좀 가르치래. 나 아니었음 진작 잘렸을 텐데, 너 나한테 안 고마워?"

"아니에요. 감사합니다, 선-"

"와, 얘 진짜 장난 아니네. 오빠라고 부르는 게 그렇게 어렵냐?"

"……."

하루에도 몇 번씩 주입되는 이도우의 말에 자신감은 점점 줄어들고 만나는 사람들 모두가 눈으로 욕을 하는 것 같아 절로 몸이 움츠러들었다.

"에휴, 됐다. 시간이 해결해 주겠지. 너무 걱정 마. 나만 믿으면 돼."

어깨에 걸쳐졌던 손이 점점 아래로 내려오며 팔을 쓰다듬기 시작했다. 더욱 노골적으로 변한 손길에 서유미는 입술을 짓씹었다.

타앙!

"으윽! 뭐, 뭐야!"

그런데 그때 이도우가 갑자기 휘청하며 통증을 호소했다. 머리를 강타한 뭔가를 느낀 이도우는 급히 아래를 살폈다. 그곳에 찌그러진 깡통 하나가 떨어져 있었다.

"쏘~리."

"……!"

무슨 상황인가 싶어 고개를 든 이도우는 제 앞에서 손을 흔들며 생긋 웃고 있는 한 사람을 볼 수 있었다.

"이시아?"

그녀는 대답 대신 성큼 그들에게 다가서며, 이도우의 근처에 떨어져 있는 깡통을 아무렇지 않은 표정으로 주워 들었다.

"하도 텅텅 빈 깡통 소리가 나길래 거기가 빈 캔 수거함인 줄 알았지 뭐야."

"…뭐라고?"

그녀의 말뜻을 알아들은 이도우의 얼굴이 순식간에 붉어졌.

이시아와 이도우는 나이도 비슷했고 데뷔 년도도 같았다. 물론 인기도나 인지도에서는 아주 큰 차이를 보이고 있었지만 말이다.

"너… 너, 방금 뭐라고 했어?"

자신을 말 그대로 깡통 취급 한 카밀라를 향해 이도우는 으득 이를 갈았다.

"너야말로 방금 한 말 책임질 수 있는 거지?"

"방금 한 말이라니, 무슨 말?"

"네가 서유미 씨 이 드라마에 꽂아 넣었다며."

"그……!"

이도우의 얼굴에 당혹감이 빠르게 맺혔다가 사라졌다. 그래도 꼴에 연기자라고 금세 얼굴에 평온함을 덧씌운다.

"그게 뭐?"

"네가 감독님 앞에서도 그렇게 당당할 수 있을지 궁금하네."

"뭐, 뭐?"

하지만 그 가면은 순식간에 부서지고 말았다. 당장에라도 감독님께 전화를 걸 것처럼 핸드폰을 손에 드는 카밀라의 모습에 이도우는 급히 말을 이었다.

"그, 그러니까! 그게 너와 무슨 상관인데! 내가 저걸 드라마에 꽂아 넣었든 말든 네가 무슨 상관이냐고!"

"상관이 있지."

카밀라는 한 걸음 더 그에게 바짝 다가서며 입꼬리를 끌어 올렸다. 눈빛은 그 어느 때보다 서늘하게 가라앉힌 채.

"내가 길상엽 감독님을 무척 존경하거든."

이건 정말 거짓이 아니다. 길상엽 감독은 연출력도 좋고, 배우를 보는 눈도 있는 사람이었으니까. 연기자가 가지고 있는 능력을 최대로 끌어낼 줄도 알았으며, 서글서글하지만 단호한 면도 가지고 있었기에 따르는 이들도 무척 많았다.

"그런 감독님이 너 따위가 꽂은 배우를 썼다는 게 믿어지지가 않아서."

"너, 너 따위? 야!"

"그래서 확인해 보고 네 말이 맞으면 내가 그만두려고."

"뭐?"

카밀라는 보란 듯이 자신의 핸드폰을 이도우의 눈앞에서 흔들었다.

"너 같은 놈이 꽂은 배우를 쓰는 감독님이라면 그 드라마, 이미 망한 거 아냐? 출연할 이유가 없지."

"하! 너 그렇게 무책임하게 그만두면 언론이 가만있을 것 같아?"

이도우는 애써 당혹감을 감추며 그녀를 비꼬았다. 아무리 날고 기는 이시아라도 언론은 절대 만만히 보지 못할 테니까.

"당연히 가만 안 있겠지. 다들 궁금해할 거야. 내가 드라마를 그만둔 이유를."

하지만 카밀라는 이도우의 예상과 달리 여전히 여유 있는 얼굴로 오히려 빙긋이 웃어 보였다.

"그럼 난 사실 그대로 말하겠지. 어떤 깡통같이 머리가 텅텅 빈 배우에게 감독님이 휘둘리는 꼴이 웃겨서 드라마 하차했다고."

"⋯뭐?"

"그러니까 확인부터 해야지. 너, 방금 한 말 감독님 앞에서도 할 수 있는 거지? 네 덕에 저 애가 이 드라마에 들어왔다는 거, 확실한 거다?"

"⋯⋯."

이도우는 아무 말도 못 한 채 떨리는 눈빛으로 카밀라의 핸드폰만 쳐다봤다. 당장에라도 전화를 걸까 두려워하는 눈치였다. 그 모습에 카밀라는 쯧쯧 혀를 찼다.

"깡통은 재활용이라도 하지, 넌 얻다 써야 되는 거니?"

"너⋯⋯!"

그제야 그녀가 모든 걸 간파하고 자신을 놀린 거란 걸 깨달았는지, 이도우의 얼굴이 달아올랐다.

"야, 연기를 못 하면 거짓말이라도 잘하든가. 꼴에 누굴 속이겠다고 헛소리를 지껄이고 다녀. 신입이 만만해?"

"이익!"

붉어진 얼굴로 으득 이를 갈던 이도우가 결국 분을 참지 못하고 손을 올렸다.

"손버릇 나쁘다는 소문은 들었는데, 그걸 내 눈으로 보게 될 줄은 몰랐어."

카밀라는 오히려 피식 웃었다. 그러곤 더욱 바짝 얼굴을 그에게 들이밀었다.

"그래, 쳐. 오랜만에 검색어에 좀 올라 보지, 뭐."

"으……!"

"왜? 못 치겠어?"

손을 든 채 부들부들하던 이도우는 결국 한 걸음 뒤로 물러서며 주먹을 축 아래로 늘어트렸다. 아무리 막 나가는 그라도 이시아에게 폭력을 행사한 뒤의 일을 감당할 자신이 없었다.

짜악!

그 순간 이도우의 고개가 바로 옆으로 휙 돌아갔다.

지금 무슨 일이 일어난 건지 바로 이해가 되지 않아 이도우는 넋이 나간 눈빛으로 굳어 버렸다. 옆에서 그 모든 상황을 떨리는 눈빛으로 지켜보고 있던 서유미 역시 너무 놀라 입을 멍하니 벌렸다.

"와, 씨. 더럽게 아프네."

카밀라는 얼얼한 손을 가볍게 털며 여전히 멍청한 표정을 짓고 있는 이도우를 향해 빙긋 웃어 보였다.

"왜? 열받아? 그럼 신고하든가."

"너, 너……!"

그제야 정신을 차린 이도우는 카밀라에게 맞은 뺨을 감싸며 당장에라도 달려들 듯한 눈빛을 던졌다.

"나한테 맞았다고 제보해. 아님, 내가 아는 기자라도 소개해 줄까?"

"이… 이! 야!"

"너도 혹시 소문 들어 아나 몰라? 내가 옛날부터 여론전에는 일가견이 좀 있다는 거."

"대, 대체 나한테 왜 이러는 거야! 내가 너한테 뭘 어쨌다고!"

자신도 머리가 있다. 아무나 건드리지 않는다. 자신보다 급이 있는 이들을 건드렸다가 뭔 꼴을 보려고!

맹세컨대 이시아에게 그 어떤 불쾌함도 준 적이 없다. 오히려 평소 무서울 거 없이 구는 그녀의 더러운 성격을 잘 알기에 알아서 잘 피해 다니기까지 했다.

'그런데 왜!'

왜 자신에게 이러는 거냔 말이다!

억울함을 호소하는 이도우의 모습에 카밀라의 입가에서 미소가 사라졌다.

저벅.

"……!"

그저 말없이 한 걸음 가까이 다가섰을 뿐임에도 이도우는 저도 모르게 움찔했다.

"감히……."

순간 온몸에 소름이 돋았다. 그녀의 목소리가 너무도 차가워서.

"감히 너 같은 게 신성한 촬영 현장을 더럽히는 게 같잖아서."

"그……!"

이도우는 부르르 몸을 떨었다. 제대로 반박조차 할 수가 없었다. 기세에 밀린 그는 한참을 입만 뻐끔거리다 그대로 도망치듯 자리를 떠났다.

"쯧."

그 모습을 한심하다는 듯이 바라보다 짧게 혀를 찬 카밀라는 여전히 넋을 놓고 서 있는 서유미를 바라봤다.

"서유미 씨."

"네… 네, 네!"

서유미는 그제야 번뜩 정신이 드는 듯했다. 그녀는 이미 저 멀리 사라진 이도우를 보며 습관처럼 입술을 짓씹었다.

'어, 어쩌지?'

이제 어째야 하는 걸까? 정말 드라마에서도 기획사에서도 잘리는 건가? 내가 이도우 선배 덕에 드라마 찍게 된 걸 이시아 선배님도 알게 되었으니……. 머릿속이 점점 더 혼란스럽게 변해 갔다.

"서유미 씨."

빠르게 안색이 나빠지는 서유미를 보며 카밀라는 그녀가 무슨 생각을 하는지 듣지 않아도 알 수 있었다.

"스스로를 좀 믿어 보는 게 어때요?"

"…네?"

무슨 말을 하는 건가 싶어 자신을 돌아보는 그녀를 향해 카밀라는 희미한 미소를 지었다.

"내가 아는 길상엽 감독님은 아무나 자기 드라마에 출연 안 시켜요. 드라마를 안 찍으면 안 찍었지, 외부 압력에 굴하시는 분이 아니거든."
"그게 무슨…….."
"이도우가 한 말, 순 구라니까 믿지 말라고."
"…거짓말이요?"
생각했던 것보다 더 오랫동안 이도우에게 가스라이팅을 당해 왔던 건지 목소리에 힘이 없었다. 카밀라는 그녀의 어깨를 다정히 다독였다.
"내가 본 서유미 씨 연기, 나쁘지 않았거든."
"……!"
"괜찮은 신인 한 명 나왔다고 생각했는데."
이어진 말에 서유미의 눈이 있는 대로 커졌다. 수많은 감정이 그녀의 눈을 스치고 지나갔다.
잠시 후 그녀의 눈시울이 빠르게 붉어졌다. 한참 아무 말도 못 한 채 눈만 깜박이던 그녀가 곧 허리를 깊게 숙이며 인사를 건네 왔다.
"가, 감사합니다, 선배님!"
아주 씩씩한 목소리로.
그러더니 주먹을 꽉 쥐고서 다짐하듯 크게 외쳤다.
"저… 저, 정말 열심히 할게요!"
다시 한번 꾸벅 인사를 건넨 서유미는 달리듯 그 자리를 떠나갔다.
"훨씬 낫네."
조금 전 이도우 옆에서 고개를 푹 숙인 채 걷던 모습보다 훨씬 보기 좋지 않은가. 카밀라는 가볍게 웃음을 터트렸다.
"그럼 슬슬 마무리를 지어 볼까……."

그렇게 서유미까지 모두 사라진 공간에 홀로 남은 카밀라는 핸드폰 연락처를 뒤져 어딘가로 전화를 걸었다.

「어머! 시아 씨!」

몇 번 울리지도 않아 전화가 바로 연결됐다.

"오랜만이에요, 김 기자님."

「그러게, 너무 오랜만이네. 좀 자주 연락하자니까!」

"제가 좀 바빠야죠."

김 기자는 이시아가 연예계 생활을 하며 가장 두텁게 친분을 쌓은 기자다. 촉도 좋고 말귀도 잘 알아들어 서로 윈윈 하는 관계라고나 할까? 친아버지에게 돈 문제로 협박당했을 때도 그녀가 언론의 도움을 받을 수 있게 적극적으로 도와준 사람이었다.

「하하, 안 그래도 새 드라마 들어갔다는 소식 들었어요.」

"그렇지 않아도 그것 때문에 연락드렸어요."

「음? 왜? 드라마에 뭐 문제 있어?」

장난스러웠던 말투가 바뀌었다. 이렇게 이시아를 통해 흘러들어 온 정보로 대박 뉴스를 터트린 게 어디 한두 번이던가.

"내가 소문 하나를 들어서. 같이 출연하는 배우가 얼마 전에 사고를 친 것 같은데, 좀 알아봐 줄 수 있어요?"

「사고? 무슨 사고? 그게 누군데?」

"이도우 아시죠?"

「여자 문제구나.」

이도우라는 이름이 나오자마자 김 기자는 바로 촉이 오는 듯 먼저 말을 꺼냈다.

"2주 전쯤에 어떤 여자분과 돈으로 합의를 봤다더라고요."

「호오······.」

더 듣지 않아도 대충 어떤 상황인지 파악이 갔다. 이도우의 여성 편력은 기자들 사이에서도 제법 알려져 있었다. 다만 소문만 있을 뿐 제대로 된 정보를 얻지 못해 조사조차 시도해 보지 못했다.

"XX클럽에서 만났다던데."

「XX클럽? 강남에 있는 거기 말하는 거지?」

"드라마 시작 전부터 잡음 생기는 건 아무래도 찜찜해서. 혹시 아는 거 있으시면 저한테 연락 좀 주세요."

「걱정 마. 내가 알아보고 바로 연락 줄게.」

"네, 다음에 밥 한 끼 해요."

「나야 좋지. 또 봐요, 시아 씨.」

마음이 급한 듯 김 기자가 바로 전화를 끊었다.

카밀라는 휴대폰을 바라보며 피식 웃었다. 조금 전 이도우의 모습을 떠올리면서 말이다.

[이놈아! 2주 전에 XX클럽에서 만난 여자! 그 아이 건드려서 한참 고생한 거 벌써 잊은 거냐? 돈이 얼마나 깨졌는지 잊었냐고! 대체 언제 정신을 차릴 거냐!]

이도우를 따라다니던 할아버지 귀신.

아마 이도우의 친할아버지인 듯한데, 그가 불같이 화를 내며 내뱉는 말을 고스란히 기억해 두고 있다 기자에게 연락을 취한 거다.

'김 기자라면 그 정도 정보로도 충분하지.'

파파라치 못지않은 끈질김과 능력을 가진 기자니까. 분명 이도우 사건을 아주 끝까지 파헤쳐 기사를 터트릴 거다.
 "자, 다음은······."
 카밀라는 다시 핸드폰을 들었다. 얼마 지나지 않아 목소리가 들려왔다.
 「이시아?」
 "안녕하세요, 사장님. 잘 지내시죠?"
 「나야 늘 똑같지. 시아 씨가 우리 회사와 계약하기만을 바라는 중?」
 "저 지금 소속사랑 계약 기간 많이 남은 거 아시면서."
 「내가 그 기간이 얼마나 되든 기다릴 거라는 것도 잘 알지?」
 카밀라는 작게 웃음을 터트렸다. 전화를 받은 상대 역시 가볍게 웃음을 흘렸다.
 「그래서, 어쩐 일이야? 우리 시아 씨가 용건 없이 나한테 전화를 걸지는 않을 텐데.」
 "이도우요."
 「이도우?」
 상대방 쪽에서 움찔하는 기색이 느껴졌다.
 「설마 그 새끼가 너한테 뭔 짓 했어?」
 "아뇨, 저 말고요."
 일단 이시아는 아니라는 말에 긴장하던 기색이 슬쩍 꺾인다.
 「그럼 그놈이 왜?」
 "아는 기자분에게 방금 연락받았는데, 곧 스캔들 터질 것 같아요."
 「···뭐?」

김처선 사장. 이도우가 속해 있는 루이스 엔터의 사장이다. 지금은 중소 엔터이지만, 자금력이나 데리고 있는 배우들이 제법 탄탄해 곧 대한민국을 대표하는 엔터로 성장할 가능성이 무척 높았다.

「설마, 그 새끼가 또……!」

"제가 전에 말씀드렸잖아요. 이도우, 걔 연기도 못하면서 얼굴 하나 믿고 설치는 거라 데리고 있어 봐야 하등 도움 안 될 거라고."

「하아.」

이미 이도우의 여자 문제를 겪은 적이 있는지, 김처선 사장이 앓는 소리를 냈다.

"드라마에서도 곧 퇴출될 거예요. 길상엽 감독님, 문제 있는 배우 가차 없이 잘라 내는 분인 거 아시죠?"

「기사 언제 터지는 거야? 더 들은 거 없어?」

"오래 안 걸릴 거라고만 들었어요. 괜한 피해 보실까 봐 걱정이네."

두루뭉술한 대답에 상대편에서 긴 한숨을 내쉬었다.

「알려 줘서 고맙다. 다음에 식사 한번 같이 해.」

"네."

마음이 급한 듯 바로 전화가 끊어졌다. 카밀라는 씨익 웃으며 전화기를 집어넣었다.

이 정도만으로도 충분하다. 소식을 전한 기자가 누군지 꼬치꼬치 묻지 않는다는 건, 스캔들을 막기보다 이도우를 쳐 낼 생각이라는 거다.

'두 번은 없는 분이니까.'

한 번은 어떤 실수라도 봐주지만 두 번은 없다. 이미 한 번 여자 문제를 일으킨 적이 있는 이도우를 더 이상 감싸 줄 사람이 아니었다.

터엉.

"잘 가라."

카밀라는 계속 손에 들고 있던 깡통을 주차장 한쪽에 마련된 재활용 통에 가차 없이 던졌다. 속이 다 시원하네.

바스락.

"……!"

손을 털며 기분 좋게 돌아서던 카밀라는 순간 느껴지는 인기척에 흠칫했다. 급히 소리가 들린 곳을 바라본 그녀의 얼굴이 그대로 굳어 버렸다.

"하."

답지 않게 소리 내어 웃고 있는 이가 있었으니, 바로 최시현이었다. 대체 언제부터 그곳에 있었던 것인지, 벽에 몸을 기대고 있는 자세가 상당히 편해 보이기까지 했다.

'왜 하필…….'

가장 껄끄러운 상대의 등장에 카밀라는 속으로 한숨을 내쉬었다. 눈이 마주치자 그가 성큼 그녀가 있는 곳으로 다가섰다.

"넌……."

나? 나, 뭐?

거리가 점점 가까워졌다. 움찔할 사이도 없이 그가 얼굴을 스윽 들이밀며 말을 이었다.

"어떻게 매번 도와줄 틈을 안 주냐."

카밀라는 코앞까지 다가온 그의 얼굴을 조금도 피하지 않은 채 멀뚱멀뚱 바라봤다. 그러자 최시현의 입꼬리가 슬쩍 올라간다. 이후 그럴 줄 알았다는 듯 가볍게 혀를 찬 그는 한 걸음 뒤로 물러서며 아무 일도 없었다는 듯 그 자리를 떠나갔다.

"…뭐니, 저 인간?"

홀로 남겨진 카밀라는 빠르게 사라져 가는 최시현을 바라보며 연신 미간을 찌푸렸다.

"하아."

스슥.

살짝 긴장을 했던 걸까? 최시현의 모습이 사라지고 나서야 긴 숨을 토해 낸 그녀는 급히 종이를 꺼내 들었다.

그러곤 이시아에게 남길 메모지에 한 문장을 더 추가했다.

> 이도우 → 개새끼. 상종 말 것.
> 최시현 → 요주의 인물. 기분 나쁜 놈.

"으음……. 이 정도면 됐나?"

카밀라는 커다란 냉장고 앞에 빼곡하게 붙여 놓은 수많은 메모지들을 다시 한번 꼼꼼하게 확인했다.

"어머니 납골당 위치도 적어 놨고."

따로 조회를 하지 않으면 알 수 없는 예금이나 보험에 대한 정보도 하나하나 다 적어 놓았다.

'다른 거야 나만큼 잘 알고 있을 테고.'

이시아 또한 자신이 여기에 있는 동안 반복되는 삶을 수도 없이 보지 않았던가. 꼭 알아야 할 건 대충 다 알고 있을 거다.

"……."

집 안을 마지막으로 찬찬히 둘러보던 카밀라는 이내 피식 웃었다.

"묘하네."

기분이 이상했다. 분명 오랫동안 자신이 살던 곳인데, 저기 있는 물건들 하나하나 다 자신이 고르고 진열한 것들인데…….

"왜 이렇게 어색하냐."

이 집에 다시 발을 디뎠을 때부터 느꼈던 거다. 묘하게 마음이 안정되지 않고, 익숙한 곳임에도 뭔가 낯설게 느껴지는… 그런 이상한 기분을 지울 수가 없었다.

'이제 내 집이 아니라는 건가.'

어서 이곳을 떠나라고 모든 것이 말하고 있는 듯한 기분에 짧은 웃음을 터트린 카밀라는 마지막으로 한 번 더 집 안을 살폈다. 그런 그녀의 눈에 냉장고에 붙여 놓은 메모 중 하나가 유독 들어왔다.

"최시현……."

얼마 전에 제법 친해진 후배 배우와 나눈 대화가 떠올랐다.

'어머, 시현 선배가 또 언니를 보고 있어요.'
'그래? 또 노려보고 있어?'
'네? 노려봐요?'

'저 인간, 나 째려보는 게 특기거든.'

눈을 반짝이는 후배와 달리, 그녀는 정말 아무 생각도 들지 않았다. 그저 최시현이 매번 사나운 눈으로 자신을 바라본다는 걸 눈치챈 사람이 생겼을 뿐이라 여겼고, 그것이 그대로 얼굴에 드러났다. 굉장히 심드렁한 표정이었다는 소리다.

언제든 한번 나올 이야기이긴 했다. 전에야 자신이 최시현을 피해 다녔으니 아무도 몰랐겠지만, 지금은 굳이 그를-

'말도 안 돼!'
'음?'
'시현 선배가 언니를 왜 째려봐요? 지금도 엄청 다정한 눈빛으로 쳐다보고 계시는걸요.'
'…뭐?'

그런데 후배는 기겁을 하며 세차게 고개를 저었다. 이어진 말은 황당하기까지 했다. 저게… 저딴 눈빛이 다정한 거라고?

'시현 선배, 싫어하는 사람에겐 아예 관심조차 주지 않는 걸로 유명하잖아요. 없는 사람 취급 받는 사람들이 얼마나 많은데요. 언니, 몰랐어요?'

그걸 내가 어떻게 아니?
카밀라가 떨떠름한 표정을 짓자 후배 배우가 입까지 틀어막으면서 안타까워했다.

'세상에… 시현 선배 불쌍해서 어째…….'

아니, 갑자기 최시현을 왜 동정하는 건데?
웃긴 건 주변에 있던 다른 배우들도 비슷한 반응을 보였다는 거다.
"흐음."
카밀라는 냉장고에 붙은 메모지에서 눈을 떼지 못했다.
"설마……."
최시현, 그 인간이 이시아를 조, 좋…….
"…됐다."
지금 와서 자신이 그걸 고민해 봐야 무슨 소용이겠는가.
"……."
카밀라는 손을 뻗어 냉장고에 붙은 메모지 하나를 뜯어냈다.

최시현 → 요주의 인물. 기분 나쁜 놈.

잠시 자신이 적은 내용을 뚫어져라 응시하던 카밀라는 메모지를 그대로 구겨 쓰레기통에 집어넣었다.
"네가 알아서 판단해라."
아무래도 이건 자신이 끼어들 일이 아닌 것 같다. 이제 이곳에 계속 있을 이는 누가 뭐라 해도 이시아, 그녀였으니까.

"자, 그럼 슬슬 가 볼까."

이제 정말 시간이 얼마 남지 않았다. 곧 있으면 저쪽으로 돌아가게 될 것이다.

"그 전에……."

돌아가기 전에 마지막으로 해야 할 일을 떠올린 카밀라는 곧장 걸음을 옮겼다.

병실 한쪽에 마련된 침대 위에 작은 몸집의 여자아이가 깊이 잠들어 있었다. 오랜 병원 생활에 지친 듯, 아이의 얼굴에 병색이 완연했다.

"……."

그런 아이의 곁으로 조심스레 다가서는 이가 있었으니, 바로 카밀라였다.

그녀는 병실 안을 꼼꼼하게 살폈다. 자신의 지시대로 특실로 옮긴 뒤라 지내기에 나쁘진 않을 듯했다.

'간병인이 안 보이네.'

식사를 하러 간 것인지 병실에는 아무도 없었다. 유일한 보호자인 할머니는 아이가 이렇게 된 후 병원비를 벌기 위해 밤낮을 가리지 않고 일을 하러 다닌다고 들었다.

"쯧."

불행은 불행을 몰고 다닌다고 했던가? 할머니와 예은이가 월세로 지내던 집 역시 집주인이 바뀌며 쫓겨날 판이라고 했다. 가혹한 현실에 속이 쓰렸다.

"80년대 신파 드라마 찍는 것도 아니고."

어린아이가 감당하기에는 너무 큰 문제들만 던져 주는 거 아닌가? 카밀라는 믿지도 않는 신을 향해 속으로 쌍욕을 날렸다.

'이시아에게 메모를 남겨 놓긴 했는데…….'

집 정도야 자신이 해결해 줘도 되는 일이었지만 그러지 않았다. 앞으로 예은이와 관계를 계속 이어 갈 사람은 이시아였으니까.

한두 푼도 아니고, 그런 큰돈을 주게 되면 예은이와의 관계에서 자신을 배제할 수 없을 것이다. 그러니 그 선택은 오로지, 전적으로 이시아의 몫이어야만 한다.

"넌 분명 행복해질 거야. 항상 응원할게."

혹여 이시아가 물질적인 도움을 주지 않더라도 상관없었다. 자신이 지켜본 예은이는 꿋꿋하고 생각이 깊은 아이였으니까. 그래서 더 눈이 가고 신경이 쓰였던 거고.

카밀라는 잠들어 있는 예은이의 곁으로 좀 더 가까이 다가섰다. 자신이 현재 아이에게 해 줄 수 있는 게 하나 있지 않은가.

카밀라는 두 손을 아이의 머리 위에 올렸다. 그리고 눈을 감고 간절히 바랐다. 이 아이가 가진 아픔이 모두 사라지기를.

"도와줘요, 아레나."

카밀라는 지금 여기서 신성력으로 아이를 치료해 보고자 했다.

자신을 신도로 받아들인 아레나는 이 세계의 신이 아니고, 그렇기에 그녀에게 받은 신성력을 이곳에서도 쓸 수 있을 거라곤 장담할 수 없다. 하지만 사신 하벨은 모든 차원이 연결되어 있다고 하지 않았나. 실제로 그들이 이시아의 상황을 지켜보며 돕고 있다 했으니, 분명…….

화아악!

조금은 불안한 마음으로 아이의 머리를 매만지던 카밀라는 순간 흘러나오는 환한 빛에 눈을 부릅떴다.

손끝에서부터 흘러나온 빛!

그 신성한 빛이 순식간에 아이의 몸을 감쌌고 이내 서서히 사라져 갔다.

"됐다."

느낌 탓이 아니다. 조금 전보다 확실히 안색이 좋아 보이는 아이를 보며 카밀라는 안도의 한숨을 길게 내쉬었다.

'통통한 볼살이 참 예뻤는데.'

앙상한 뼈만 남은 아이의 볼을 카밀라는 살며시 쓰다듬었다.

"으… 으음."

그 손길에 아이가 반응을 보였다. 천천히 눈을 뜬 아이는 눈앞에 서 있는 카밀라를 보곤 눈을 깜박였다. 그러다 점점 눈이 화등잔만 하게 커지더니 이내 입을 멍하니 벌렸다.

"시아… 언니?"

그 부름에 희미한 미소를 지은 카밀라는 아이의 볼을 다시 쓰다듬었다. 그 손길에 아이의 입이 좀 더 크게 벌어졌다.

"여긴 어떻게……?"

"병문안."

짧은 대답에 아이의 입가에 슬며시 미소가 피어올랐다. 오랜만에 보는 얼굴이 무척 반가운 듯 아이는 카밀라에게서 쉬이 눈을 떼지 못했다.

두근.

"아……."

한동안 아이와 다정히 시선을 맞추던 카밀라는 순간 쿵 하고 강하게 뛰는 심장에 멈칫했다.

"왜요? 언니?"

두근두근-

"이런……."

벌써 시간이 된 건가?

"언니?"

씁쓸한 미소를 짓는 카밀라를 보며 예은이가 살며시 고개를 갸웃거렸다. 그런 아이를 안심시키듯 카밀라가 빙긋이 웃어 보였다.

두근, 두근두근-

"예은아."

"네에."

"너무 놀라지 마."

"네?"

두근두근, 두근-

"별거 아니야. 언니가 너무 피곤해서 그래."

"언니?"

"그러니까 너무 놀라지 말라……."

쿠우웅!

털썩.

머리가 울릴 정도로 강한 심장 박동과 함께 카밀라의 눈앞이 그대로 암전되었다.

"어, 언니!"

마지막으로 당황해 소리치는 예은이의 목소리를 끝으로 카밀라는 그렇게 까무룩 정신을 잃었다.

※

'여긴 또 어디야?'
병실에서 쓰러졌던 카밀라는 이상한 공간에서 눈을 떴다.
아무것도 보이지 않았다. 주변이 어두워서 안 보이는 것이 아니라, 말 그대로 아무것도 존재하지 않았다. 심지어 자신이 서 있는 곳이 위인지 아래인지도 구분이 안 되는 신기한 공간이었다.
'저쪽인가?'
길조차 없는 공간에, 어느 순간 저 멀리 희미한 불빛이 새어 나오기 시작했다. 아마도 저곳으로 가야 하는 거겠지?
그렇게 카밀라는 끝도 보이지 않는 길을 하염없이 걸었다.
'…어?'
잠시 후 그녀는 저도 모르게 걸음을 뚝 멈췄다. 빛이 흘러나오는 곳에서 자신이 있는 쪽으로 다가오는 누군가를 발견했기 때문이다. 상대 역시 자신을 발견한 듯 걸음을 서서히 멈췄다.
"……."
"……."
이시아. 상대는 바로 이시아였다.
카밀라와 이시아는 서로를 바라보며 한동안 아무런 움직임도 보이지 않았다.
무슨 말을 해야 할까? 하고 싶은 말이 너무도 많아 오히려 아무런 말도 할 수가 없었다. 만약 자신이 한평생 살아온 삶을 통틀어 가장 미안해할 상대를 꼽으라면 아마도 이시아이지 않을까?
'미안하지.'
자신이 원한 건 아니었지만, 어쨌든 저 때문에 그녀가 피해를 본 것이지 않은가. 결국 가족들의 손에 죽임까지 당하는 삶을 수도 없이 겪은 그녀에게 미안하다는 말을 전하는 것도 염치없는 일이다.
"……."
"……."
두 사람은 그렇게 한참 서로를 바라보며 아무런 말이 없었다. 그러다 어느 순간 누가 먼저라 할 것 없이 서로를 향해 미소를 지어 보였다.
카밀라도, 이시아도 그것으로 충분했다. 서로의 마음이 어떤지, 지금 어떤 심정으로 이 길을 걸어가고 있는지, 누구보다 서로가 가장 잘 알고 있었으니까. 각자가 있어야 할 공간에서 잘 살아가고 있는 것을 확인한 지금 무슨 말이 더 필요하겠는가.
두 사람은 다시 걸음을 옮겼다. 각자의 앞에서 흘러나오고 있는 빛을 향해.
카밀라도, 이시아도 짧은 인사말조차 건네지 않은 채 그렇게 서로를 스쳐 지나갔다.
'행운을 빌어, 이시아.'
'행운을 빌어, 카밀라.'
서로의 행복을 빌어 주면서.

시스템으로 본 수치

"카밀라?"

"네에… 네, 네?"

조금은 멍하니 포크를 움직이고 있던 이시아는 자신을 부르는 소리에 무심코 대답을 내뱉다 움찔했다. 고개를 드니 자리에 함께 하고 있던 이들 모두 자신을 걱정스레 바라보고 있었다.

"아직 몸이 안 좋은 거냐."

"좀 더 침대에 누워 있으라고 했잖아."

"치료사를 다시 부르는 게-"

"아, 아뇨. 괜찮아요."

이시아는 급히 고개를 저었다. 이미 며칠이 지났지만 이 낯선 모습에 어떻게 반응을 해야 할지 모르겠다.

'세상에…….'

자신을 걱정하는 가족이라니. 단 한 번도 상상조차 해 본 적이 없었다.

'카밀라!'

'괜찮아? 정신이 들어?'

'야, 말 좀 해 봐! 괜찮냐고!'

다시 돌아온 세계. 그곳에서 깨어나자마자 마주한 건 자신이 꿈에서도 두려워하던 세 남자였다.

소르펠 공작과 루드빌 오라버니, 그리고… 라비 오라버니.

늘 냉랭한 얼굴로 대하던 세 사람이 처음 보는 표정으로 자신을 뚫어져라 바라보고 있었다.

'날… 걱정하는 거야?'

민폐를 끼쳤다고 화를 내는 것이 아니라 진심으로 걱정 어린 말을 건네는 그들의 모습에 이시아는 혹시 꿈을 꾸고 있는 건가 했다.

"좀 더 먹으렴."

"꽉꽉 먹어. 그렇게밖에 못 먹으니까 매번 쓰러지지."

"이거 좋아하는 거잖아. 더 줄까."

며칠이 지난 지금은 이게 현실이라는 걸 받아들였지만, 여전히 이들과 함께하는 것이 어색하고 낯설었다.

'게다가 이 엄청난 친밀도는 뭐야?'

```
System                                    _□×
            이름: 클라이어 소르펠
            친밀도: 89/100
```

'아버지와의 친밀도가 89라니, 말도 안 돼…….'

얼마 전에 시스템이 업그레이드되었다.

상대방의 친밀도를 수치화해서 알려 주는 기능이 추가되었는데, 이게 연예계 생활에 무척 도움이 되었다. 상대가 자신을 어떻게 생각하는지 대충 감이 잡혔으니까. 자신의 행동에 따라 친밀도가 빠르게 오르는 걸 보며 묘한 쾌감까지 느낄 수 있었다.

'최시현 선배 이후로는 놀랄 일이 없을 줄 알았는데.'

차가운 인상에 말도 제대로 나눌 기회가 없어 가까이 하기가 너무도 무서웠다. 매니저인 현석 오빠의 말에 따르면 예전부터 사이가 딱히 좋지 않았다고 했다.

드라마를 같이 해도 되나 고민을 했는데, 무심코 본 시스템 창에 깜짝 놀라고 말았다.

```
System                                    _ □ ×

              이름: 최시현

           친밀도: 2/100

           애정도: 92/100
```

두 눈을 의심할 수밖에 없었다. 친밀도는 2인데 애정도가 92라니, 저절로 입이 벌어졌다. 그 냉랭한 시선이 꼴 보기 싫어 노려보는 게 아니라 좋아서 쳐다보는 것이었을 줄은 정말 상상도 하지 못했다!

무척 혼란스러웠지만 그 후 최시현에게 저도 모르게 자꾸 시선이 가는 건 어쩔 수가 없었다.

어쨌든 그렇게 사람 마음까지 대충이나마 짐작할 수 있는 시스템 창은 이 세계로 돌아온 뒤에도 사용이 가능했다. 그리고 마주한 예전 가족들의 친밀도는 이시아에게 놀라움을 자아냈다.

```
System                                    _ □ ×


              이름: 루드빌 소르펠

              친밀도: 91/100

              ─애정도: 50/100─

            !! 애정도 삭제 중 ٩( ᐛ )و !!
```

아버지인 소르펠 공작은 어느 정도 이해가 갔다. 그래도 자신을 최대한 공정하게 대해 주려고 애를 쓰던 분이니까. 그런 노력에도 자신의 막돼먹은 행동과 변명조차 제대로 하지 않는 답답한 침묵에 결국 마음을 닫으셨지만.

'그런데 저 인간은 뭐지?'

친밀도가 91이나 된다고? 저게 말이 돼?

어릴 때부터 묘하게 차갑기 그지없던 루드빌은 이시아가 아버지 못지않게 어려워했던 존재였다. 물론 그는 자신에게 화를 내는 일도 없었고, 다른 이들처럼 더러운 것을 보는 듯한 시선을 주지도 않았지만…….

'하지만 그게 더 무서웠어.'

말없이 자신을 바라보는 시선에 오히려 마음이 조마조마했다고나 할까? 왠지 모르게 자꾸 위축되었다.

그런데 저 높은 친밀도는 뭐라고 설명을 해야 하는 걸까?

'카밀라… 대단해.'

그 짧은 시간에 그녀는 대체 무슨 마법을 부린 걸까? 보통 친밀도가 30만 넘어도 절친이라 불릴 관계가 되는데…….

'게다가 애정도가 있었다고?'

저건 정말 의외였다.

애정도는 친밀도와 결이 달랐다. 이성으로서의 호감을 수치화한 것이었으니까.

50까지 올라가 있던 애정도는 특이하게도 이젠 삭제가 되어 있었다.

'뭐가 어떻게 된 건지 모르겠어.'

이시아는 혼란스러운 머리를 가볍게 내저었다.

"왜? 또 머리 아파?"

"…아니."

이시아의 시선이 자신의 앞에 앉아 미간을 찌푸리고 있는 라비에게 향했다.

이곳으로 돌아온 그녀를 가장 놀라게 만든 이는 소르펠 공작도, 루드빌도 아닌, 바로 저 인간이었다.

'친밀도 따위 확인하고 싶지도 않았는걸.'

안 봐도 뻔했으니까. 저 인간과의 친밀도가 높을 수가 없지 않은가. 자신을 늘 벌레 보듯 하던 라비 오라버니인걸?

하지만 다른 두 사람과 마찬가지로 자꾸만 자신을 진심으로 걱정하는 듯한 모습을 보이는 것에 의아함을 느낄 수밖에 없었다.

그리고 설마 하는 기분으로 열어 본 시스템 창.

```
System                           _ □ ×

        이름: 라비 소르펠

        친밀도: 94/100
```

'…미친 거 아냐?'

처음에는 마이너스 94인 줄 알았다. 하지만 몇 번이고 다시 확인한 시스템 창에 뜬 숫자는 이시아의 입을 멍하니 벌어지게 만들었다.

'다른 사람도 아닌 라비 오라버니의 친밀도인데……? 저게 말이 돼?'

자신이 하는 모든 행동에 못마땅함을 표했던 라비다.

'야! 똑바로 못 해?'
'이 멍청한 게… 네가 그러니까 나까지 욕을 먹잖아!'
'제발 못난 짓은 혼자 있을 때나 해!'
'하아, 제발 좀! 생각이라는 걸 하고 살면 안 돼?'

지금도 선명하게 떠오르는 말들…….

어떻게든 하나뿐인 혈육과 가까워지고 싶었고, 그에게 인정받고 싶었다. 하지만 그러면 그럴수록 더욱 차가워지는 라비의 눈빛에 실수만 점점 늘어 갈 뿐이었다.

어느새 그가 시키는 모든 일을 따르고 있었다. 그것만이 간신히 이어져 있는 끈을 유지할 방법이라 여겼다.

'결국 루드빌 오라버니를 죽이려는 일까지 함께했지.'

 마지막 죽음의 순간에 다른 세계에 있는 자신을 인지한 이시아는 이곳에서의 모든 기억을 갖고 있었다. 자신이 어떻게 죽음을 맞이했는지도.

 '끌고 가라.'

 지금도 생생하게 떠오르는 아버지의 마지막 말. 얼음처럼 차가웠던 그 목소리.
 살려 달라 애원하던 자신의 목을 향해 무심한 눈빛으로 검을 휘두르던 루드빌 오라버니.
 그리고…….
 "왜? 더 못 먹겠어? 다른 거 만들어 달라고 할까?"
 "…아니."
 "쯧. 야, 오늘은 아무 데도 가지 말고 내 옆에 딱 붙어 있어. 추운데 밖에 나다니지 말고."
 "……."
 …그 죽음에 큰 지분을 가지고 있는 라비 오라버니.
 그 세 사람과 함께 하는 식사 자리.
 기분이 묘했다.
 '신기하네.'
 자신을 연신 챙기는 이들을 보며 희한하게도 화가 나진 않았다. 왜 자신이 여기 있을 때는 이리 해 주지 못했냐고, 왜 나한테만 그렇게 차갑게 굴었냐고 따지고 싶을 만도 한데.

'이상하지?'

섭섭함을 느낄 수도 있는 부분일 텐데, 오히려 다행이라는 생각이 들었다.

'이런 분들이었구나.'

이토록… 이토록 다정한 이들이었어. 그리고 깊은 후회가 밀려들었다.

'영혼이 바뀐 게 다가 아니었을 거야.'

자신이 그토록 비참한 최후를 맞았던 게 모두 영혼이 바뀐 탓일까?

처음에는 그런 줄 알았다.

'하지만…….'

현대 세계에서 지내며, 카밀라가 이루어 놓은 엄청난 성과물을 보며 스스로에게 매번 질문을 던졌다.

넌 왜 이렇지 못했던 거니? 왜 카밀라처럼, 그녀처럼 당당하지 못했던 걸까?

다른 이들이 자신을 싫어하든 말든, 그게 무슨 상관이라고……. 그냥 자신이 하고 싶은 일을 찾아 그녀처럼 꿋꿋하게 살아갔으면 됐을 것을, 왜 자신은 그토록 가족의 애정에 목말라 하고 다른 이들의 시선에 인생을 다 걸었던 걸까.

그딴 게 뭐라고.

다정한 이들과 마주하자 다시 한번 깊은 후회가 밀려들었다. 자신이 좀 더 일찍 그런 사실을 깨달았다면 비참한 최후를 맞지 않았을지도 모른다.

"오라버니."

"응?"

"이거."

이시아는 조금 전부터 한 손에 꼭 쥐고 있던 걸 슬며시 내밀었다. 그건 작은 리본 핀이었다.

전에, 카밀라가 어려졌을 때 라비가 선물한 그 핀.

"그걸 왜?"

라비는 의아한 눈빛을 그녀에게 던졌다. 이미 다시 몸이 커진 그녀에겐 전혀 어울리지 않는 물건이었으니까.

"혹시 알고 있었어요?"

"뭘? 근데 너 말투가 왜 그래? 뭐 필요한 거 있냐? 기분 이상하니까 원하는 게 있으면 그냥-"

"라비 오라버니."

"아니, 왜 안 하던 짓을… 아, 진짜! 왜 그래!"

이시아는 리본 핀을 다시 손에 꼭 쥐었다. 그녀는 라비의 시선을 피하지 않고 똑바로 마주했다.

"제가 이걸 무척 갖고 싶어 했던 거, 알고 있었어요?"

아주 어릴 적, 유독 눈에 들어오는 머리 핀 하나가 있었다. 집 근처 가게에 진열되어 있었는데, 거기를 지날 때마다 한참 걸음을 떼지 못하고 하염없이 쳐다봤었다.

고작 머리핀이었을 뿐인데. 갖고 싶다는 말 한마디, 그 단순한 말 한마디를 그 누구에게도 하지 못했다. 그게 뭐가 그리도 힘든 일이라고.

'바보같이……'

카밀라의 보석 상자에 담겨 있는 이 머리핀을 보는 순간 어릴 적 기억이 떠올랐다.

옛날에 보았던 그 머리핀과 완전히 같은 건 아니었지만 무척 비슷한 모양이라 관심이 갔고, 이후 도르만에게 들을 수 있었다. 그 핀을 선물한 게 바로 라비라는 사실을.

"그……!"

순간 말문이 막힌 라비의 눈빛이 흔들렸다.

여기서 뭐라고 해야 하는 거지? 알고 있었다고? 그런데도 그냥 무시했던 거라고?

"……."

쉽게 말을 잇지 못하는 라비를 잠시 멀뚱히 바라보던 이시아는 곧 희미한 미소를 지었다. 그가 어떤 마음으로 이걸 사 줬는지 알 것 같아서.

"고마워."

"…뭐?"

라비의 눈이 부릅떠졌다. 책망이 아니라… 고맙다고?

"나 이거 진짜 갖고 싶었거든."

아주 늦은 선물이었지만, 그럼 어때?

중요한 건, 자신이 눈여겨보던 것을 그가 잊지 않고 있었다는 것이다. 그거 하나만으로도 충분했다.

"지금이라도 갖게 돼서 너무 좋아."

이시아는 리본 핀을 손에 꼭 쥐며 다시 환하게 웃었다.

"소중히 간직할게."

"……."

그런 이시아를 본 라비는 아무런 말도 할 수가 없었다. 그가 저도 모르게 입술을 꽉 짓씹었다.

또다시 밀려든 죄책감… 그리고 후회.

고작 머리핀 하나에도 저렇게나 기쁘게 웃을 줄 아는 아이였는데…….

"…나중에 더 좋은 거 사 줄게."

"응."

이시아는 크게 고개를 끄덕이며 그제야 자신의 앞에 놓인 음식들을 먹기 시작했다. 그 모습을 세 사람은 그저 말없이 지켜봤다.

그녀는 미처 알지 못했다. 그날, 시중에 있는 모든 머리 장식물이 소르펠 공작과 루드빌로 인해 품절이 되었다는 사실을.

"저기, 킹?"

[큐우?]

"한 번만 만져 봐도 돼?"

벽난로 앞에 느긋하게 누워 있는 킹을 바라보던 이시아는 저도 모르게 말을 걸었다. 저 새하얗고 푹신해 보이는 털을 한번 쓰다듬어 보고 싶어서.

[크르…….]

"미안, 안 만질게."

하지만 역시나 돌아오는 건 사나운 울음소리였다.

"킹."

그 모습을 옆에서 지켜보던 도르만이 나무라는 듯한 목소리로 킹을 불렀다. 왜 부르냐는 듯 심드렁한 시선이 도르만에게 향했다.

"저번에 카밀라 님이 하신 말씀 잊으셨어요?"

[규?]

"잠시 이곳에 와 있을 분을 자기를 대하듯 잘해 주라고 하셨잖아요."

[규우~?]

그런 말 들은 적 없다는 것처럼 킹이 슬쩍 도르만을 외면했다.

"카밀라 님이 돌아오시면 다 이를 거예요."

[규우……]

하지만 이어지는 말에 작은 몸이 움찔했다.

폭 하고 한숨을 내쉰 아기 호랑이가 자신의 언짢은 기색을 감추지 않으면서 이시아에게 다가갔다. 그러곤 그녀의 앞에 자리를 잡고 누웠다. 딱 한 번 만져 보는 걸 허락하겠노라… 하는 듯한 아주 건방진 눈빛을 한 채.

"푸……!"

그 모습이 도도해 보이기는커녕 너무 앙증맞아 이시아는 터져 나오려는 웃음을 급히 두 손으로 막아야만 했다.

[규우?]

"아, 아니야. 너무 고마워서."

왜 그러냐는 킹의 똘망똘망한 눈빛에 이시아는 고개를 저으며 조심스럽게 아기 백호의 머리와 등을 쓰다듬었다. 그 손길에 언제 화를 냈었냐는 듯 킹이 갸르릉거리며 기분 좋은 울음소리를 냈다.

"어? 또 눈이 오네요."

"눈? 정말?"

도르만의 말에 이시아가 자리에서 일어나 창가로 향했다. 그의 말대로 하늘이 하얀 눈을 펑펑 쏟아 내고 있었다.

"와아."

어릴 때부터 눈이 오는 걸 유독 좋아했던 이시아다. 다른 이들보다 유독 추위를 잘 타는 체질이었음에도 눈이 오는 게 너무 좋았다.

"나갈래."

"지금요? 밖이 많이 춥습니다."

"그래도 나갈래."

잠시 걱정스럽게 이시아를 바라보던 도르만은 곧 가장 두꺼운 외투를 들고 와 그녀에게 건넸다.

외투를 걸친 이시아는 바로 밖으로 향했다. 그새 수북하게 쌓인 눈을 보며 그녀는 저도 모르게 함박웃음을 지었다.

[얘 진짜 내가 안 보이나 보네.]

그런 그녀의 주변을 서성이는 존재가 있었으니, 바로 겨울의 정령왕 아이슬라였다.

[하, 진짜 그게 사실이었던 거야?]

[영혼이 바뀌었던 거라니.]

[처음부터 뭔가 이상하긴 했어.]

아이슬라뿐만이 아니었다. 이시아의 곁에 맴돌고 있는 유령들이 수두룩했다.

검사 유령 제노부터 집사 유령 데린과 요리사 유령 페롤. 그들은 자신들의 존재 자체를 인지하지 못하고 있는 이시아를 보며 놀라움을 감추지 못했다.

[미리 듣지 않았으면 정말 당황할 뻔했겠는데.]

[그러게 말입니다.]

[일부러 우릴 모른 척한다고 오해했겠는걸?]

카밀라는 이시아를 다시 이곳으로 불러오기 전 그들에게 모든 사실을 밝혔다. 잠시 이 몸에 다른 이가 들어와 살 거라고 말이다. 그리고 자신의 비밀을 모두 말해 줬다. 진실의 거울에 얽힌 얘기부터 다른 세계에 있는 이와 영혼이 바뀌어 살아야 했던 것까지.

[그 녀석도 참…….]

[두 분 다 참 많이 힘드셨겠습니다.]

[그래서 카밀라는 대체 언제 돌아오는 거야? 저 아이는 우릴 보지 못하고 듣지도 못하니 영 불편하군.]

[보름 전에는 돌아온다고 하셨으니 이제 며칠 남지 않았네.]

새하얀 눈길을 조심스럽게 걷고 있는 이시아를 보며 다들 짧은 한숨을 내쉬었다. 두 아이의 기구한 운명이 안타까우면서도 카밀라가 하루라도 빨리 돌아왔으면 하는 마음이었다.

"와아."

한편 이시아는 오랜만에 한가로운 시간을 보냈다. 이 얼마 만에 맞이하는 느긋한 시간이란 말인가.

'배우 생활이 뿌듯하긴 한데.'

연기자로 사는 게 재미있고 보람차긴 했다. 부정할 수 없는 사실이다. 하지만 하루도 마음 편히 쉬지 못하는 빡빡한 스케줄은 확실히 몸도 마음도 지치게 하는 부분이 있었다.

"좋네."

설마 이 세상에서, 이 집에서 이런 기분을 느끼게 될 줄 누가 알았겠는가. 늘 불안하고 가시덩굴 속에 갇혀 있는 기분이었는데 말이지.

"하아."

폐 속까지 얼릴 것 같은 차가운 공기를 이시아는 깊게 들이마셨다.

이제 두 번 다시 여기서 이런 공기도, 이런 풍경도 맞이할 일이 없겠지.

스윽.

"……?"

그렇게 얼마의 시간이 지났을까? 어깨에 걸쳐지는 뭔가에 이시아는 흠칫 놀라 급히 고개를 돌렸다.

"……."

차가운 검은 눈동자가 자신을 지그시 바라보고 있었다.

"아르시안 님?"

이시아의 어깨에 겉옷을 걸쳐 준 이는 바로 아르시안이었다. 그의 등장에 그녀의 눈빛이 쉴 새 없이 흔들렸다.

'무, 무서워.'

이곳에서 다시 깨어났을 때 아르시안이 눈앞에 있는 걸 보고 얼마나 놀랐는지 모른다. 저 사람이 왜 카밀라의 곁에 있는 거지?

아버지들끼리는 둘도 없는 친구 사이였지만 아르시안과는 정말 접점이 없었다. 얼굴 정도만 알고 있을 정도? 그것도 아마 자신에게만 해당되지 않았을까? 아르시안은 그녀의 존재 자체에 관심을 두지 않는 인간이었으니까.

'아니지. 모든 사람들에게 그러지 않았나?'

아카데미에서 가끔 얼굴을 본 적이 있지만 제대로 시선 한번 교환한 적이 없었다. 그랬던 아르시안이 왜?

도르만이 서둘러 설명을 해 주지 않았다면 그의 등장만으로 비명을 질러 대지 않았을까 싶다.

'게다가 이 애정도는 대체 뭐냐고…….'

```
System                              _□×

         이름: 아르시안 세프라

         친밀도: 98/100

         ~~애정도: 100/100~~

    !! 현재는 적용되지 않는 수치입니다. ٩( ᐛ )و !!
```

'100? 이게 말이 돼?'

애정도 100이면 그냥 끝난 거 아닌가?

그런 와중에도 눈에 확 들어오는 건 시스템 창에 뜬 또 다른 알람이다.

'지금은 적용이 안 되고 있다라.'

아마도 그건 아르시안이, 그가 자신이 진짜 카밀라가 아니라는 사실을 알고 있기 때문이겠지.

'노, 놀라지 마세요! 아르시안 님도 이미 알고 있습니다! 카밀라 님이 가기 전에 제일 먼저 알려 주셨거든요.'

도르만의 말에 따르면 아르시안 역시 자신과 카밀라의 영혼이 바뀌며 이런저런 일을 겪었다는 걸 다 알고 있단다.

'겉모습이 같아도 아르시안 님은 곧바로 알아차리실 거라서요.'

이미 전적이 있었던지라, 카밀라는 이시아를 불러오기 전 아르시안에게 당부의 말을 남기는 걸 잊지 않았다.

'그러니까 절대 가짜니 뭐니 하면서 구박하면 안 돼.'
'…알았어.'
'진짜야.'
'넌 언제 돌아오는 건데?'
'나?'
'돌아오긴 하는 거지?'
'당연하지.'
'…그럼 됐어.'

에바교의 교주를 처리할 때 이미 어느 정도 카밀라가 처한 상황을 알고 있었던 아르시안은 생각보다 쉽게 그녀의 결정을 받아들였다고 했다.
"왜 나와 있는 거야?"
"눈 구경하려고요."
"이렇게 추운데?"
아르시안의 미간이 살짝 꿈틀했다. 쯧, 혀를 찬 그가 다시 한번 꼼꼼하게 외투를 여며 줬다.
"그러다 감기 걸려."
"……."

이시아는 그런 그를 말없이 바라보다 설핏 웃었다.

"좋겠네요, 카밀라는."

"뭐가?"

"이렇게 걱정해 주는 분이 곁에 계셔서."

단추를 채워 주던 아르시안의 손이 툭 멈췄다. 지그시 이시아를 바라보던 그의 목소리가 한층 낮아졌다.

"탐내지 마."

"네?"

"네 자리 아니니까."

그 말을 끝으로 아르시안은 마저 단추를 채워 줬다. 꽁꽁 싸맨 모습을 본 뒤에야 그가 나름 만족한 표정으로 뒤로 한 걸음 물러섰다.

"…하."

그런 그를 어이가 없다는 듯이 바라보던 이시아가 조금 삐친 투로 말을 내뱉었다.

"줘도 안 가지거든요."

카밀라에게 무한한 애정과 친근함을 보이는 이들을 보면서 드는 생각은 단 하나였다.

다행이다.

'질투? 섭섭함?'

그런 감정 같은 건 일절 들지 않았다. 그저 다시 한번 확신할 뿐이었다.

아, 역시 여기는 내 자리가 아니구나.

그래, 본래의 세계로 돌아간 게 얼마나 다행인가.

그런 마음이 더욱 강해질 뿐이었다.

"저도 저쪽 세계에 저 무지 아껴 주는 사람들이 있어요."

현석 오빠도 있고 지현이도 있고 또, 시현 선배… 음? 여기서 시현 선배는 왜 떠오르는 거야?

"그럼 다행이고."

아르시안은 이시아의 말을 심드렁하게 들어 넘겼다. 그 모습이 너무도 얄미워 이시아는 입을 삐죽였다.

"카밀라에게 다 이를 거예요."

"…뭐?"

내내 무표정이던… 아니, 싸늘하던 그의 표정이 처음으로 깨졌다.

"아르시안 님이 저 무지 구박하고 괴롭혔다고 편지로 다 남겨 둘 거예요."

"내가 널 언제 구박하고 괴롭혔어?"

"알 게 뭐예요? 제가 그랬다고 적으면 그만이지."

"야."

진심으로 당황하는 아르시안을 보며 이시아는 속으로 웃음을 터트렸다. 고작 이 정도의 투정에 저런 반응을 보일 줄이야. 애정도 100이 그냥 100이 아니구나.

"너 진짜 말할 거 아니지?"

"아, 춥다. 그만 들어가야지."

"야."

안절부절못하는 아르시안을 뒤로한 채 이시아는 희미한 미소를 지으며 그 자리를 빠르게 떠나갔다.

"페트로, 수업 끝나고 뭐 할 거야?"

"약속 있어."

"그래? 같이 서점이나 가려고 했는데."

"다음에."

평소와 다름없이 수많은 이들에 둘러싸여 걸음을 옮기고 있는 페트로의 입가에는 특유의 부드러운 미소가 머금어져 있었다.

"그런데 오늘도 소르펠 공작 영애는 안 나온 것 같더라."

"또 몸이 안 좋은 건가?"

"듣기론 일이 바빠서 그렇다던데?"

사람들은 어느새 화제의 인물 중 하나인 카밀라에 대해서 떠들기 시작했다. 최근 일어난 크고 작은 사건에 늘 등장하는 그녀에게 사람들은 끊임없이 관심을 표했다. 아카데미에 나오지 않는 사소한 일상조차 그들 사이에선 얘깃거리가 됐다.

"이번에 또 다이아몬드 광산을 매입했다며?"

"진짜 대단하지 않아?"

"재물 운을 타고난 것 같다니까."

친구들의 대화를 페트로는 그저 빙긋이 웃으며 듣기만 했다. 예전에도 지금도, 그는 카밀라를 주제로 한 대화에는 잘 끼어들지 않았다.

그렇기에 더욱 확연히 느껴지는 것도 있었다. 이를테면… 전에는 부정적인 이야기가 절대다수였는데 지금은 대체로 감탄하는 내용이라던가.

그 모습에 괜히 흐뭇한 마음이 드는 것 역시 또 하나의 변화라면 변화겠지.

"으음?"

그렇게 조용히 걸음을 옮기던 페트로는 순간 멈칫 제자리에 섰다.

"페트로? 왜 그래?"

"…아니, 그냥 시선이 느껴져서."

페트로는 연신 주변을 살폈다. 분명 방금 저기에 누군가 있었던 것 같은데?

하지만 아무리 쳐다봐도 사람의 흔적은 찾아볼 수 없었다.

"하하, 또 어딘가의 영애가 널 몰래 쳐다본 거겠지."

"그게 뭐 하루 이틀 일인가?"

친구들이 그런 페트로를 보며 작게 웃음을 터트렸다. 그 말에 페트로 역시 가볍게 웃으며 마지막으로 주변을 한 번 더 훑어본 뒤 다시 걸음을 옮겼다.

"야, 내가 조심하라고 했잖아."

"죄, 죄송해요."

그렇게 페트로가 사라진 곳과 얼마 떨어지지 않은 장소에서 연신 미간을 찌푸리는 이가 있었으니, 바로 아르시안이었다. 그의 품에는 이시아가 안겨 있었다.

"그냥 얼굴만 보고 가려고 한 건데."

이시아는 왠지 모를 민망함과 미안함에 변명을 늘어놓았다.

"진짜 금방 가려고 했어요."

"들킬 뻔했잖아."

"미안······."

그녀의 사과에도 아르시안은 여전히 못마땅한 듯 미간을 찌푸린 표정을 풀지 않았다.

"왜? 아직도 저 녀석한테 미련 있어?"

"이, 아뇨!"

"그런데 굳이 왜 보러 와?"

저 못지않게 페트로 역시 카밀라에 관해서는 유독 촉이 좋았다. 예전에 가짜 라니아 사건 때도 그렇고, 최근 어려진 카밀라와 마주했을 때도 곧바로 그녀를 알아보지 않았던가. 혹여 카밀라 안에 다른 영혼이 들어가 있는 사실을 페트로가 알기라도 하면?

그래서 미리 이시아에게 주의를 주기도 했다. 절대 페트로 앞에 모습을 드러내지 말라고.

"아카데미에도 나오지 말라고 했을 텐데. 벌써 까먹은 거야?"

"아뇨."

"들키면 뭐라고 변명할 거지? 저 녀석한테 모든 사실을 다 털어놓을 생각인 거야?"

"······."

아르시안의 나무람에 이시아는 변명조차 하지 못하고 입을 꾹 다물었다. 그의 말대로 이건 자신의 실수가 맞았다. 적어도 카밀라가 돌아왔을 때 난처해할 만한 상황을 만들어서는 안 됐는데.

'그냥······.'

그냥 떠나기 전에 마지막으로 한번 보고 싶었다. 카밀라 소르펠의 삶을 살 때 마지막으로 애정을 갈구하였던 존재였으니까.

그의 행동 하나하나에, 다정한 말 한마디에 울고 웃었던 기억이 지금도 생생하다.

'그런데 이상하지.'

멀리서나마 그를 보는데 생각보다 기분이 차분했다.

떨리고, 가슴이 아프고, 예전처럼 아릿한 통증이 일지는 않을까 했는데 웬걸, 생각보다 담담했다. 그저 아련한 마음이 살짝 드는 정도? 마치 오래된 추억 한 자락을 꺼내 보는 것처럼 말이다.

"하."

이시아는 이미 저 멀리 사라져 가는 페트로를 보며 짧은 웃음을 터트렸다.

페트로가 기척을 느끼고 돌아보는 순간, 아르시안이 그녀를 자신의 기운으로 감싸며 빠르게 그 자리를 피했다. 그의 도움이 아니었다면 정말 난처한 상황이 벌어졌을 것이다.

'그래도 와 보길 잘한 것 같아.'

늘 마음 한편에 아릿한 아픔으로 남겨져 있던 그의 존재가, 오히려 이렇게 마주하고 나니 스르륵 흐릿해지는 기분이다.

'저걸 보니 더 확실해지네.'

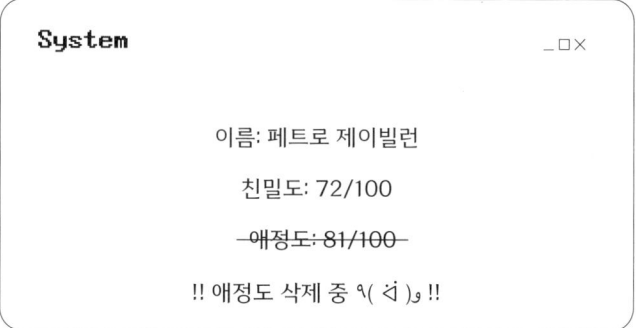

늘 친절하게 대해 주었던 페트로지만, 이시아는 너무도 잘 알고 있었다. 그가 자신에게 일정 관계 이상은 절대 허용하지 않는다는 사실을 말이다.

그런데 지금 페트로가 카밀라에게 보이는 친밀도와 애정도를 보고 있자니 또다시 확신이 들었다.

'이곳이…….'

이 세상은 자신이 있어야 할 곳이 아니라는 걸. 알게 모르게 남아 있는 아쉬움과 미련까지 탈탈 떨어져 나가는 기분이다.

"그만 가요."

이시아는 그대로 돌아섰다. 더 이상 이곳에 있을 이유가 없었으니까. 이제 그만 돌아가야 할 시간이기도 하고.

"……."

그렇게 앞서 걷는 그녀를 잠시 말없이 지켜보던 아르시안 역시 천천히 걸음을 옮겼다.

※

"오라버니."

"왜?"

오늘도 변함없이 마법서를 파고 있던 라비는 아침부터 자신을 찾아온 동생에게 별다른 반응을 해 주지 않았다. 매번 저렇게 찾아와 이런저런 얘기를 나누다 가는 게 일상이었으니까. 오늘도 그런 날이라 생각했다.

"나 좀 보면 안 돼?"

"뭐?"

하지만 오늘따라 뭔가 좀 이상했다. 연구실에 들어온 후 별다른 말 없이 그저 빤히 바라보기만 하더니, 갑자기 자기를 보라지 않은가?

"왜? 할 말 있으면 해."

하지만 라비는 여전히 마법서에서 눈을 떼지 않았다. 마침 아주 중요한 부분을 읽고 있었으니까.

"그거 알아?"

"뭘?"

"내가 어릴 때부터 오라버니 엄청 좋아했던 거."

심드렁하게 대꾸해 주던 라비가 마른기침을 내뱉으며 급히 고개를 돌렸다.

"야, 아침부터 뭔 헛소리야?"

"진짠데."

그제야 자신을 바라봐 주는 라비를 보며 이시아는 피식 웃었다.

"오라버니가 가끔 어머니를 막아 줬잖아."

"내가 언제?"

"기억 안 나나 보네."

싸가지 없고 냉정하고 무뚝뚝한 라비.

어릴 때부터 그랬다. 자신에게만 그런 게 아니라 다른 이들에게도 별반 다르지 않았다.

하지만…….

'그만 좀 하세요. 시끄러워서 공부를 못 하겠잖아요.'

'애 좀 그만 잡아요. 동네 창피해서 돌아다닐 수가 없잖아!'
'혼을 낼 거면 나 없을 때 해요!'

어머니가 평소보다 심하게 화를 내거나, 분위기가 정도 이상으로 심각해질 것 같으면 종종 앞으로 나서서 모친의 주의를 돌려주기도 했다.

'야, 이것도 못 해? 이리 줘! 답답해서.'

그러다간 어머니한테 혼날 게 뻔하다고 투덜거리며 자신의 일을 대신해 줄 때도 있었다.
물론 그게 오로지 자신을 위한 것은 아니었을 수도 있다. 정말로 시끄러워서, 동네에 소문이 나도는 게 창피해 말린 것일 수도 있지만······.
'하지만 그래도 좋았는걸.'
그 작은 도움이 이시아에겐 아주 큰 구원처럼 느껴졌었으니까.
"뜬금없이 뭔 옛날 얘기야."
라비는 그때의 일을 말하는 게 편하지는 않은 듯 연신 혀를 찼다. 그래도 이시아를 바라보는 시선을 거두지는 않았다.
"너, 또 무슨 일 있어?"
"아니."
"정말 없는 거 맞아? 네가 이럴 때마다 내가 얼마나 불안한지 알아? 이게 또 뭔 사고를 쳤나 싶어서."
투덜거리는 라비를 보며 이시아의 입가에 걸린 미소가 짙어졌다.

'다행이다.'

자신이 마지막으로 기억하는 라비 오라버니의 모습이 저런 것이라.

늘 뭔가에 쫓기듯 불안해하고 루드빌 오라버니에게 항상 날을 세우던 모습이 아닌, 그 어느 때보다 편안하고 안정되어 보이는 것에 안도감이 밀려든다.

"오라버니."

"…너, 왜 또 그렇게 이상한 표정으로 날 부르는 건데?"

"한 번만 안아 봐도 돼?"

"뭐, 뭐? 야! 너 진짜 뭐 잘못 먹……!"

라비는 끝까지 말을 다 잇지 못했다. 그대로 자신에게 안겨 오는 이시아의 모습에.

"쯧."

당황하던 그는 가볍게 혀를 차며 그녀의 등을 조심스럽게 다독였다. 그 어색하고 서툰 손길에 이시아는 까르르 웃음을 터트렸다.

"오라버니, 잘 살아야 해."

"하아."

라비는 더 이상 생각하는 걸 포기한 채 네 마음대로 하라는 듯 긴 한숨을 내쉬었다.

두근-

"……."

그 순간 느껴지는 강한 심장 박동.

"오라버니."

"왜, 왜? 또 뭐?"

"너무 놀라지 마."

"뭐?"

두근, 두근두근-

"그냥… 조금 어지러운 것뿐이니까."

"무슨 소리야?"

이시아는 마지막으로 라비의 얼굴을 빤히 바라봤다. 여전히 두 팔은 그의 허리를 꼭 껴안은 채였다.

"다시 한번 말하지만, 나 진짜 오라버니 많이 좋아했어."

"너……."

두근, 두근두근두근-

"이번 생은 끝까지 행복해-"

쿠웅.

"야, 야! 카밀라!"

이시아는 그렇게 스르륵 눈을 감았다.

'행복해 줘. 꼭.'

미처 다 전하지 못한 말을 속으로 내뱉으며.

에바교인들의 최후

[저쪽 세계에선 전쟁에 더 이상 검을 쓰지 않는다고? 총? 그게 뭔데?]

[직업이 배우셨다고요?]

[어쩐지 얼굴에 아주 철판을 깔고 살더니.]

아니, 제가 언제 철판을 깔고 살았다고?

"전 그저 아주 열심히 살려고 노력했을 뿐이거든요?"

카밀라는 자신의 주변에 옹기종기 모여 앉아 있는 귀신들을, 특히 요리사 귀신 페롤을 지그시 노려봤다.

'에휴, 내가 지금 뭐 하고 있는 건지…….'

다시 이 세계로 돌아와 정신을 차렸을 때 제일 먼저 본 건, 당연하게도 걱정이 가득한 가족들의 얼굴이었다.

'이 장면 너무 자주 보는 거 아냐?'

그만큼 내가 최근 자주 정신을 잃고 쓰러졌다는 말이겠지? 그 사실을 다른 가족들 역시 인지하지 못할 리가 없지 않은가.

'한동안 방에서 푹 쉬는 게 좋겠구나.'
'아, 아니… 아버지, 이제 진짜 안 아파요.'
'아버지 말 들어! 대체 이게 몇 번째야. 너 분명 어디 안 좋은 게 맞아.'
'치료사는 아무 문제 없다고 했잖아. 그냥 좀 피곤해서 그랬던 거야.'
'그러니까 집에 있으라고. 피곤하면 쉬어야지. 꼼짝 말고 방에 있어.'
'……'

 말이 통하지 않는 두 사람을 대신해 루드빌에게 도움을 요청해 봤지만 그 또한 단호하게 고개를 저을 뿐이었다.
'젠장.'
결국 다시 이곳으로 돌아왔음에도 며칠째 밖에는 나가 보지도 못하고 있었다.
그러다 보니 남는 게 시간이요, 주변에 꼬이는 건 귀신들이라.
[저쪽 세계 얘기 좀 더 해 봐.]
[저도 궁금합니다, 아가씨.]
[거기 음식은 좀 어때? 먹을 만해? 치킨? 그게 뭔데?]
그렇지 않아도 오랫동안 영혼이 바뀐 채로 산 카밀라의 상황에 대해 좀 더 자세히 알고 싶어 하던 귀신들이다. 이렇게 한가하게 방에 갇혀 있는 그녀를 보며 잘됐다면서 계속 얘깃거리를 꺼내 보라고 졸라 댔다.
톡톡.

"어?"

그렇게 뜻하지 않은 한가로운 시간을 보내고 있던 카밀라는 창문을 두드리는 작은 인기척에 고개를 돌렸다. 그곳을 통해 안으로 들어서는 이를 본 카밀라의 얼굴에 단박에 환한 미소가 걸린다.

"아르시안."

그녀의 부름에 아르시안 역시 희미한 미소를 지었다. 자신을 부르는 목소리만으로도 충분히 알 수 있었다.

그녀라는 걸. 이시아가 아닌 그녀가 돌아왔음을.

"잘 다녀왔어?"

"응."

가까이 다가선 아르시안은 그대로 카밀라를 품에 꼭 안았다. 그런 그의 입에서 긴 안도의 한숨이 흘러나왔다.

'분명 알고 있었는데.'

그녀가 돌아올 거라고 했으니까. 분명 그럴 거라 믿었었다.

하지만 이시아를 볼 때마다 왠지 모를 불안감을 지울 수가 없었다.

이대로 카밀라가 돌아오지 않으면 어떡하지? 내가 그녀를 찾아 그곳으로 갈 수 있을까? 차원 이동 마법을 시전하는 방법이 드래곤의 마법서에 나와 있다고 했는데, 그걸 훔치러 가야 하는 건가?

여러 생각들이 끊임없이 일어났다가 사라지곤 했다. 물론 그녀가 돌아온 지금은 그런 생각을 했다는 사실조차 저 멀리 사라져 버렸지만 말이다.

"너도 잘 지내고 있었던 거지?"

"응."

"내가 이시아한테 잘해 주라고 했는데."
움찔!
그녀를 안고 있던 아르시안의 몸이 경직되었다.
"이시아가 편지를 한 통 남겼더라고."
"…편지?"
아르시안의 눈빛이 답지 않게 쉴 새 없이 흔들렸다.

'아르시안 님이 저 무지 구박하고 괴롭혔다고 편지로 다 남겨 둘 거예요.'

문득 이시아, 그녀가 자신에게 협박조로 했던 말이 떠올랐기 때문이다.
'이런, 씨.'
진짜 편지를 남겼던 건가……!
"카밀라, 그게……."
"네가 아주 잘해 줬다면서?"
"…뭐?"
"고마워."
"……."
아르시안의 얼굴에 이번에도 답지 않게 당혹감이 걸렸다가 빠르게 사라졌다.
"네가 잘해 주라고 했으니까."
조금은 떨떠름하게 말을 내뱉는 그를 보며 카밀라는 속으로 웃음을 터트렸다.

[저런 뻔뻔한 놈을 봤나.]

[잘해 주긴 뭘 잘해 줘?]

[그분을 바라보는 눈빛이 아주 살벌하셨죠.]

[살벌하기만 했으면 다행이게? 그 녀석이 떠나지 않을 것 같은 분위기를 살짝만 풍겨도 당장 죽일 듯이 날을 세우더라니까.]

[불쌍했지.]

자신이 없을 때 무슨 일이 있었던 것인지 쉬지 않고 떠들어 대는 귀신들과 아이슬라를 보면 대충 어떤 상황이었는지 알 수 있었다.

"……."

아르시안도 카밀라 주변에 모여 있는 시커먼 무리들에게서 뭔가 심상치 않은 느낌을 받은 듯, 눈빛이 다시 사나워졌다.

"혹시 저것들이 너한테 이상한 소리라도 하고 있어? 믿지 마, 카밀라. 다 거짓말이야."

"흐음, 글쎄."

[저, 저! 거짓말은 무슨! 그리고 네놈이 노려보면 어쩔 거야?]

[아가씨, 저분과 사귀는 건 다시 한번 고려해 보시는 게 어떠신지요.]

[하여튼, 예전부터 세프라가 놈들 성격은 뭐 같았다니까.]

불만을 토로하면서도 죽은 자를 소멸시킬 수 있는 아르시안의 능력을 잘 알고 있기에 귀신들은 모두 카밀라 뒤로 몸을 최대한 구부리며 숨었다.

"아르시안."

카밀라는 빙긋이 웃으며 여전히 귀신들을 노려보기 바쁜 아르시안의 시선을 슬쩍 차단했다.

"이번에 확실히 느꼈어."

"뭐를?"

카밀라의 미소가 더욱 짙어졌다.

"내가 있어야 할 곳은 역시 이곳이라는 걸."

가족이 있고 친구들이 있는, 그리고…….

네가 있는.

"너, 생각보다 지분이 크더라."

"지분?"

그곳에 가 있는 내내 이곳이 신경 쓰였다. 그러한 마음이 들게 하는 데 가장 큰 지분을 차지했던 건 바로…….

이유도 모른 채 따라 미소를 짓는 아르시안을 보며 카밀라의 눈이 더욱 곱게 휘었다.

※

"루."

[왜 불러?]

"저 궁금한 거 있어요."

[뭔데?]

언제나처럼 리오의 방을 청소하던 세나는 문득 떠오른 생각에 들고 있던 걸레를 내려놓았다.

"저번에 그러셨잖아요. 제가 계약을 해 주지 않으면 소멸한다고."

[어, 언제? 그런 말 한 적 없다!]

"있는데."

물론 바로 발뺌을 했지만 분명 들었었다. 이러다 자신이 소멸하면 어쩔 거냐며 근심 가득한 목소리로 혼잣말을 내뱉다 당황하지 않았던가.

"그런데 왜 아직 소멸 안 해요?"

[야! 넌 내가 소멸했으면 좋겠냐!]

"그건 아니에요. 전 루가 있어서 좋아요."

[…뭐?]

생각지도 못한 대답이었는지 루의 목소리에서 당혹감이 느껴졌다.

"처음이거든요. 이렇게 누군가와 서슴없이 대화를 해 보는 거."

진심이다. 처음에는 굉장히 혼란스러웠고 머릿속에서 울리는 목소리가 무척이나 거슬렸지만 지금은 익숙해졌다. 오히려 루가 가끔 삐져서 아무런 말을 안 할 땐 허전하기까지 했다.

"루?"

[…….]

루에게서 아무런 응답이 없자 세나는 고개를 갸웃거렸다. 방금 한 말 중에 뭔가 그의 심기를 건드린 게 또 있는 건가?

[…아마도 이름 때문인 것 같아.]

그렇게 한참이 지난 후에야 루의 목소리가 다시 들려왔다.

"이름이요?"

[네가 이름을 지어 준 게 아무래도 나라는 존재에게 영향을 준 것 같군.]

"고작 이름인데?"

[고작이라니! 존재한 이후 처음으로 가지게 된 진정한 이름인데!]

"……."

[…뭐지? 그 표정은?]

"제 표정이 왜요?"

[지금 엄청 불쌍하다는 눈빛을 했잖아!]

"아닌데."

[맞는데!]

달칵!

"세나야?"

그때 방문이 열리며 시녀가 방으로 들어섰다. 그녀는 의아한 표정으로 방 안을 살폈다.

"혼자 있었어?"

"네."

"그래?"

아마도 문을 열다 대화를 하듯 중얼거리는 세나의 목소리를 얼핏 들은 것 같았다. 세나는 아무것도 모르는 척 다시 걸레질을 시작했다.

"청소는 그만하고 나가자. 공작님께서 타신 마차가 지금 막 입구를 통과했대."

"네."

세나는 널려 있는 청소 도구를 치우며 방을 나섰다. 대충 정리를 하고 1층으로 내려가자 마침 안으로 들어서던 세프라 공작과 아르시안의 모습을 볼 수 있었다.

"오셨습니까."

집사를 시작으로 세프라 공작가에서 일하는 이들 모두가 고개를 숙였다. 그들의 인사를 받으며 말없이 걸음을 옮기던 세프라 공작이 세나를 발견하곤 멈칫했다.

"리오는?"

언제부터인가 리오에 관한 건 집사가 아닌 세나에게 먼저 묻는 그였다.

"책을 읽고 계세요. 오늘까지 다 읽어야 할 책이 있거든요."

"오늘까지?"

"네, 오늘 카밀라 님을 만나기로 했는데 만나기 전까지 책 세 권을 다 읽어 가기로 약속하셨거든요."

리오와 카밀라의 얘기가 나오자 세프라 공작의 입가에 흐릿한 미소가 지어졌다 사라진다.

"방해하지 말아야겠군."

리오가 있는 곳으로 가려던 걸음을 돌려 집무실로 향하는 세프라 공작의 뒤를 아르시안이 조용히 따랐다.

[저건, 저건……!]

'저거라니요?'

그 순간 내내 조용하던 루가 탄성을 지르며 호들갑을 떨기 시작했다.

[어서 저들을 따라가! 어서!]

"……?"

평소와 다른 다급한 목소리에 세나는 저도 모르게 두 사람의 뒤를 따랐다. 그런 아이의 행동을 저지하는 이들은 아무도 없었다. 리오와 함께 종종 세프라 공작의 집무실에서 다과를 즐기는 세나였으니까.

"제가 뭐 도울 일 없을까요?"

집무실에 들어선 세나가 조심스럽게 말을 건넸다. 리오와 함께 있을 땐 몰랐는데 혼자 이곳에 들어서니 영 어색했다. 그런 아이의 말에 아르시안이 짧게 혀를 차며 세나의 이마를 가볍게 툭 쳤다.

"여기 앉아서 간식이나 먹어. 쏘만한 게 뭘 도와?"

"네에……."

세나는 리오와 자신을 위해 늘 탁자 한쪽에 준비되어 있는 쿠키를 하나 집어 우물거렸다. 그런 그녀의 귀로는 여전히 루의 외침이 들려오고 있었다.

[저거, 저 녀석 손에 들려 있는 저거!]

'저게 뭔데요?'

[성물이다! 성물! 어서 보여 달라고 해라!]

'성물이요?'

세나의 시선이 아르시안의 손에 들려 있는 작은 상자로 향했다. 마침 아르시안이 짜증이 난다는 얼굴로 상자를 탁자에 툭 내려놓았다.

"이게 뭐예요?"

세나는 주저하면서도 상자의 정체를 물었다.

"에바교의 교주가 상용하던 기물."

"네? 에바교요?"

[역시! 나의 힘이 담긴 성물이다!]

세나는 입에 물고 있는 쿠키를 그대로 뱉어 낼 뻔했다.

'설마 했는데.'

어느 정도 예상은 했다. 매번 성물을 찾아야 한다느니, 널 따를 성도들이 이미 대륙 전역에 퍼져 있다느니. 루의 그런 말도 안 되는 소리를 들을 때마다 떠오르는 게 있었다.

'에바교.'

자신이 붙잡혀 갔었던 에바교. 최근 그 에바교의 교주가 죽으며 제국 전체가 혼란에 빠지지 않았던가. 시기상으로 봤을 때도 그렇고, 왠지 루가 말하는 모든 것들이 그것과 관련이 있는 듯 느껴졌었다.

'루, 당신이 에바 신이에요?'

[그건 그것들이 멋대로 부르는 이름이고. 난 그저 그들에게 힘을 줬을 뿐이다.]

…그렇다는 거네.

세나는 속으로 긴 한숨을 토해 냈다. 어쩐지, 매번 태우고 부수는 것밖에 할 줄 모른다고 하더니.

달칵.

세나가 상자에서 눈을 떼지 못하자 세프라 공작이 상자를 열어 안의 내용물을 보여 줬다. 상자 안에는 검은빛의 기괴하게 생긴 돌이 들어 있었다.

"에바교의 성물이 왜 여기에 있어요?"

일단 루의 존재를 뒤로한 채 세나는 궁금한 걸 물었다. 저 무섭고 끔찍한 물건이 왜 이 자리에 있는 건지 이해가 되지 않았다.

"황실에서 귀찮다고 떠넘겼어."

"네?"

뭐가 그리도 마음에 들지 않는지 쯧, 혀를 찬 아르시안이 덤덤히 말을 이었다.

"파괴가 되지 않으니 우리보고 마법으로 봉인을 하라는 거지."

성물을 찾겠다고 끝도 없이 황실 담을 넘는 놈들의 힘을 분산시키기 위해 각 수호 가문에 성물을 나눠 넘긴 거다.

[잘됐구나, 잘되었어!]

루는 굳이 찾으러 가지 않아도 알아서 성물이 돌아온 것이 기쁜 듯 큰 소리로 웃음을 터트렸다.

'저 성물로 뭐 하려고요? 전 그런 힘 필요 없다니까요.'

[네가 몰라서 그러는데, 저게 얼마나 대단한 건 줄 알아? 저것만 있으면 내 힘을……! 어라?]

하지만 루의 기쁨은 그리 오래가지 않았다. 루의 목소리에서 당황한 기색이 여실히 묻어났다.

[뭐, 뭐야?]

'왜요?'

[왜, 왜? 저게 왜 아무런 반응이 없지?]

성물을 살피는 듯한 루의 목소리가 점점 더 경악으로 물들어 갔다.

[이럴 수가… 이, 이럴 리가 없는데! 말도 안 돼!]

'루?'

[내 힘이 통하지 않는다니! 성물이 더 이상 나의 힘을 받아들이지 않는 건가? 왜? 도대체 왜?]

자신의 부름에도 정신없이 혼잣말을 내뱉는 루의 목소리를 들으며 세나는 신경을 끄기로 했다. 잘은 모르겠지만 아무래도 성물이 루의 뜻대로 움직여 주지 않는 것 같았다.

'잘됐네.'

오히려 마음이 편안했다. 혹시라도 루가 저걸 쓰게 되면 어째야 하나 고민이었는데.

[너, 너 때문이다!]

…나? 갑자기 무슨 소리지? 세나가 고개를 모로 기울였다.

[네가 저걸 거부하니 나 역시 저걸 쓰지 못하는 거야! 으아악-!]

아우, 시끄러워. 그녀의 미간이 설핏 찌푸려졌을 때였다.

벌컥!

"아저씨! 형아!"

집무실 문이 열리며 작은 인영이 쏙 들어섰다. 리오였다.

"저, 책 다 읽었어요!"

조르륵 달려온 아이가 세프라 공작의 품에 안기며 자랑하듯 외쳤다.

그런 아이의 머리를 조심스레 쓰다듬는 세프라 공작의 얼굴은 별다른 표정 변화가 없었다. 하지만 옆에 조용히 서 있는 노집사나 아르시안은 알 수 있었다. 그가 지금 무척 흐뭇해하고 있다는 걸.

"세나 누나, 우리 이제 가자!"

"네?"

"카밀라 누나 만나러!"

"아."

벌써 시간이 그렇게 됐나?

조금 전 세프라 공작에게 말했다시피, 그들은 오늘 카밀라와 만나기로 약속이 잡혀 있었다.

"어디서 보기로 한 거냐?"

"서점이요!"

"서점?"

"네, 서점 가서 악보 살 거예요!"

악보? 세프라 공작이 의아한 표정을 짓자 리오가 방실방실 웃으며 말을 이었다.

"루나랑 같이 부를 노래의 악보예요."

움찔.

한쪽에 느긋하게 누워 있던 루나가 그 말에 슬쩍 고개를 들었다. 반짝반짝 기대 어린 눈빛으로 웃고 있는 리오를 본 루나의 입에서 이번에도 소리 없는 한숨이 흘러나왔다. 그러곤 이내 체념하듯 다시 누워 잠을 청한다.

"나는 좀 늦을 것 같아. 카밀라에게 미안하다고 전해 줘."

그들을 지켜보던 아르시안의 입에서 짜증 어린 목소리가 흘러나왔다. 원래는 그도 같이 갈 예정이었으나, 저 성물을 봉인하는데 힘을 보태야 했기에 어쩔 수가 없었다. 카밀라와의 약속을 어기는 것이 짜증 났지만 그렇다고 의무를 저버릴 수는 없었으니까.

"조금 늦더라도 꼭 가겠다고 해."

"응! 형아도 빨리 와요."

걱정하지 말라는 듯 크게 고개를 끄덕인 리오가 바로 자리에서 일어섰다.

"가자, 누나!"

"네."

리오의 재촉에 세나 역시 자리에서 일어서며 세프라 공작과 아르시안을 향해 고개를 숙였다. 그러는 동안에도 조용해진 루에게선 그 어떤 말도 들려오지 않았다.

✳

"악보를 세 개나 샀네?"

"네에!"

아이들이 배울 수 있는 쉬운 동요 악보를 세 개 고른 리오를 보며 카밀라가 피식 웃음을 터트렸다. 연신 한숨을 쉴, 그러면서도 아이에게 모든 걸 맞춰 줄 신수 루나를 떠올리면서.

"세나는? 그 책이 마음에 들어?"

"네."

세나가 고른 건 수학책이었다. 아이에겐 좀 어렵지 않을까 싶었는데, 이미 세프라가에 있는 다른 책을 다 풀어 봤다는 말을 듣곤 깜짝 놀랄 수밖에 없었다.

'선생님을 좀 알아봐야겠는데.'

영리한 데다가 학구열까지 있는 꼬마라 꽤 기대가 되었다. 리오에게 곧 개인 선생을 붙여 줄 거라고 들었는데, 그때 세나도 함께 배우게 하면 어떻겠냐고 슬쩍 얘기해 봐야지.

"와아! 누나, 저기 좀 봐요!"

서점을 나와 길을 걷던 리오의 눈을 잡아끈 건 커다란 강이었다. 아주 깊고 넓은 강은 군데군데 얼음이 얼어 있었다.

"멋있다."

안전을 위해 마련된 난간에 매달려 리오가 연신 감탄사를 내뱉었다. 아이의 눈에는 바다처럼 넓은 강이 무척 신기한 모양이었다.

"리오, 그렇게 매달리면 위험해."

"네에."

좀 더 가까이서 보고 싶은 듯 자꾸 난간 위로 몸을 들어 올리는 리오의 모습에 카밀라가 급히 다가서며 만류했다.

"누나, 저기 얼음이 둥둥 떠다……!"

뒤돌아 말을 내뱉던 리오의 눈이 순간 커다래졌다. 갑자기 몸이 붕 떠올랐기 때문이다.

"리오!"

카밀라 역시 다급하게 아이를 불렀다. 누군가 아이를 그대로 붙잡아 들어 올린 것이다.

[이런! 내 실수다!]

호위 격으로 따라온 제노가 다급하게 외쳤다.

[저 로브, 인기척을 감추는 마법이 걸려 있는 것 같아.]

그래서 이렇게 가까이 접근하는 동안 아무도 감지하지 못한 건가. 카밀라가 낭패감에 입술을 깨물었다.

"더 이상 다가오지 마!"

리오의 목에 날카로운 단검을 들이민 이는 30대 초반의 남자였다. 그는 난간 위에 올라서서 카밀라와 다른 이들의 접근을 막았다.

[카밀라, 저놈 에바교야.]

제노의 말에 카밀라 역시 동의했다. 바람에 벗겨진 로브 밖으로 드러나 있는 남자의 얼굴이나 손 같은 곳이 군데군데 썩어 있었기 때문이다. 남자의 뒤를 따라다니는 이지를 상실한 귀신의 모습 역시 볼 수 있었다.

[저 새끼, 눈이…….]

'돌았네.'

갈피를 완전히 잃은 듯 흔들리는 눈동자를 보아, 반쯤 정신이 나가 있는 게 분명했다. 아마도 몸이 빠르게 썩어 가는 상황에 이성을 잃은 거겠지.

카밀라는 속으로 욕설을 내뱉었다. 저런 상태의 인간이 가장 위험하다. 이러나저러나 죽을 거, 저런 인간은 못 할 게 없다. 말도 통하지 않을 것이고.

"제노, 가능하겠어요?"

카밀라는 남자의 손에 붙잡혀 있는 리오에게서 한시도 눈을 떼지 않은 채 물었다. 저놈을 처리할 수 있을까?

[할 수야 있지만 아이의 안전은…….]

남자를 처리하는 것쯤이야 충분하지만, 리오의 안전은 확신할 수 없단 소리였다. 아이의 목에 겨누어져 있는 검이 당장에라도 살을 파고들 듯했다.

'하필!'

아이슬라는 겨울을 마무리 지어야 한다고 한창 바삐 돌아다니는 상태였다. 그녀만 있었다면 당장 저놈을 꽁꽁 얼려 버리고 리오를 구할 수 있었을 텐데.

제노만 믿고 호위 기사 한 명 대동하지 않은 채 돌아다닌 자신의 실수였다.

"원하는 게 뭐야. 네가 이러는 이유가 있을 거 아냐."

카밀라는 남자에게 한 걸음 다가서며 물었다. 하지만 단검을 더욱 바짝 아이에게 들이미는 모습에 다시 뒤로 물러설 수밖에 없었다.

"성물."

"뭐?"

"당장 성물을 들고 와."

"성물?"

"공작들이 가지고 있잖아!"

…아니, 그게 벌써 소문이 났다고? 고작 며칠 전에 결론이 나서 오늘에서야 성물이 배분되었는데?

'설마…….'

황실 안에 첩자라도 있는 건가? 그게 아니고서야 어찌 이리 빠르게 정보가 밖으로 새어 나갈 수 있지?

카밀라는 속으로 으득 이를 갈았다.

"아이부터 내려놔. 아이 대신 내가 인질이 될 테니까."

"닥쳐! 성물부터 들고 와!"

"성물 따위 얼마든지 줄 테니까 아이부터 내려놓으라고."

그깟 성물, 얼마든지 줄 수 있다. 교주가 없는 지금에 이르러선 아무 쓸모도 없는 물건이고… 아니, 교주가 살아 있었다고 해도 어떻게든 성물을 가져다줬을 것이다. 그 어떤 것도 리오만큼 중요하지 않았으니까.

"당장 성물을 들고 와!"

같은 말만 반복하는 남자를 보며 카밀라 역시 더 이상의 대화를 포기했다. 전혀 말이 들어 먹히지 않고 있었다.

아이들을 따라온 시종 하나가 급히 상황을 전하기 위해 달려가는 모습이 보였다. 마차를 이용한다 해도 시간이 제법 걸릴 텐데…….

남자에게 붙잡혀 있는 리오에게 시선을 준 카밀라는 저도 모르게 입술을 질끈 깨물었다. 두려움에 얼굴이 하얗게 변해 있음에도 울음을 꾹 참고 있는 아이가 눈에 들어왔다.

여기서 무섭다고 울기라도 하면 다른 이들을 더 곤란하게 만들 거라 여긴 듯, 최대한 얌전하게 남자에게 붙들려 있는 아이의 모습에 카밀라는 더욱 마음이 아팠다.

"지금 당장 갖고 오라고!"

"……! 리오!"

아이 쪽으로 누인 검이 결국 리오의 목에 상처를 냈다. 본능처럼 한 발 앞으로 나섰던 카밀라는 다음 순간 몸이 그대로 굳어져 버렸다.

"크어억!"

검은 연기 같은 것이 갑자기 나타나 남자의 심장을 그대로 꿰뚫어 버렸기 때문이다.

그로 인해 남자의 손에 매달려 있던 리오가 아래로 떨어져 내렸다. 얼음이 둥둥 떠다니는 깊은 강물 아래로.

"리오!"

풍덩 빠지는 아이의 모습을 본 카밀라 역시 바로 물로 뛰어들었다. 망설임 따위 없었다. 다른 생각도 전혀 할 수 없었다. 이대로 아이를 놓칠 수는 없었으니까.

'젠장!'

심장을 멈추게 할 정도로 차가운 물에 정신이 아득해지는 기분이다. 급히 고개를 저으며 주변을 살피자 그리 멀지 않은 곳에 정신을 잃고 아래로, 아래로 가라앉고 있는 아이가 보였다.

카밀라는 리오를 향해 힘껏 헤엄쳐 다가갔다. 손만 뻗으면 닿을 수 있을 것 같은데 왜 이렇게 속도가 안 붙는 건지, 답답해 미칠 지경이었다.

'리오!'

얼마나 시간이 흘렀는지도 모르겠다. 1초가 한 시간처럼 느껴지던 순간, 간신히 아이를 붙잡을 수 있었다. 차가운 물 때문에 손에 감각이 전혀 느껴지지 않았지만 아이를 놓칠 수 없었다.

'미치겠네.'

이 거추장스럽게 너풀거리는 치마라도 찢어 버려야 하나?

이미 바닥이 난 체력으로 아이를 데리고 헤엄치는 건 결코 쉬운 일이 아니었다. 한쪽 팔로 아이를 안은 채 아무리 발버둥 쳐 봐야 앞으로 나아갈 기미가 전혀 보이지 않았다.

카밀라의 의식이 점점 흐릿해져 가기 시작했다. 이대로 정신을 잃는 순간 리오도, 자신도 끝이었다. 어떻게든 위로 올라가야 하는데…….

"……!"

그런데 그때, 저 멀리 누군가 자신들을 향해 빠르게 다가오는 모습이 보였다. 예전에 정령의 호수에서 있었던 일처럼 도르만이라도 나타난 건가?

그렇게 점점 가까워지는 상대의 얼굴을 확인한 후, 카밀라는 저도 모르게 울컥 눈물을 쏟을 뻔했다.

'아르시안.'

지금 이 순간 너무도 보고 싶었던 이가 자신을 향해 빠르게 다가오고 있었다.

'살았다.'

그의 손이 가까워지는 걸 보며 카밀라는 간신히 붙잡고 있던 정신을 놓았다.

"약 먹어."
"…어."
"방 안 온도 더 올린다."
"지금도 더운데……."
"……."
"…알았어."

그냥 얌전히 있자.

사납게 노려보는 라비의 눈빛에 카밀라는 조용히 이불을 끌어 올렸다. 그 모습을 지그시 바라보던 라비가 마법으로 방 안 온도를 확 올렸다.

"어디 한번 기록이라도 세워 봐. 올해 몇 번이나 쓰러지는지. 나도 궁금하네."
"이제 안 쓰러져."
"왜? 다음에는 바다에라도 뛰어들지? 아니면 꽁꽁 언 폭포는 어때?"
"안 쓰러진다니까……."

그냥 대놓고 화를 내, 화를!

'에이씨.'

이게 대체 몇 번째인지 모르겠지만, 정신을 차려 보니 또 침대 위였다. 그리고 주변에는 언제나처럼 걱정이 가득한 얼굴로 서 있는 가족들이 있었다.

정신을 차린 자신을 보곤 안도의 한숨을 내쉬는 것도 잠시, 이내 잔소리들이 어김없이 쏟아졌다. 특히 라비는 화를 내는 것도 지치는 듯 특유의 비꼼으로 사람 염장을 아주 팍팍 지르고 있었다.

"내가 자란다고 얌전히 안 잘 거지? 그냥 또 나가지 그래? 창문 열어 줘?"

"…얌전히 잘 거야."

"흥!"

눈을 가볍게 흘긴 라비는 그녀가 자기 전 먹어야 할 약을 침대 옆에 내려놓고 밖으로 나갔다. 단단히 삐친 그를 보며 카밀라는 평소처럼 뭐라 하지도 못하고 열이 오르는 얼굴로 그저 한숨만 푹푹 내쉬어야만 했다.

"우씨……."

그렇다고 애가 강물에 떨어졌는데 그냥 가만 보고 있어? 당연히 구해야 할 거 아냐! 내가 잘했다는 건 아닌데, 그렇다고 아픈 사람을 이렇게 구박해도 되는 거야?

"그러면서 약은 또 잘 챙겨 주지."

도르만이나 다른 이들 시키면 될 텐데, 바쁜 와중에도 약 먹을 때가 되면 빠지지 않고 직접 찾아와 약을 먹이는 라비였다.

"하아."

눈앞이 다시 핑그르르 도는 걸 느끼며 카밀라는 스르륵 눈을 감았다.

우리 리오는 괜찮은가 몰라? 무사하다는 얘기는 듣긴 했는데…….

스윽.

"……!"

그새 잠이라도 들었었나 보다. 이마를 만지는 차가운 손길에 그녀는 흠칫하며 눈을 떴다. 눈앞에 잔뜩 굳어진 얼굴로 서 있는 아르시안이 있었다.

"아르시안?"

카밀라의 입가에 습관처럼 희미한 미소가 걸렸다. 그의 표정이 왜 저런지도 짐작이 가서 웃음이 났다.

"별로 안 아파."

"……."

대답은 돌아오지 않았다. 대신 아르시안의 손이 열이 나는 그녀의 얼굴을 다시금 조심스럽게 매만졌다.

시원함에 카밀라는 저도 모르게 그의 손에 얼굴을 더욱 기댔다. 그러자 아르시안이 양손으로 그녀의 얼굴을 부드럽게 감쌌다.

'…어?'

눈을 감고 그의 시원한 손길을 즐기던 카밀라는 순간 멈칫했다. 입술에 닿는 부드러운 감촉에.

눈을 뜨자 아르시안의 얼굴이 바로 앞에 있었다. 점점 동그래지는 그녀의 눈을 보며 아르시안이 카밀라의 아랫입술을 더욱 깊게 빨았다.

"으……!"

카밀라는 급히 그를 밀어냈다.

"감기 옮아."

열 때문인지 다른 이유 때문인지, 얼굴이 홧홧했다.

밀어내는 손을 붙잡은 아르시안이 다시 가볍게 그녀의 입술에 입을 맞췄다.

"그래서 하는 건데."

"뭐?"

"나한테 옮기라고. 남한테 옮기면 빨리 낫는다며."

눈이 토끼처럼 커신 그녀가 귀여운 듯 눈가를 곱게 휜 아르시안의 얼굴이 다시 카밀라에게 가까이 다가갔다.

"이번 감기… 엄청 독한데."

"그러니까."

더욱 깊게 들어오는 그의 입맞춤에 카밀라의 눈이 지그시 감겼다.

"야, 이 자식아! 네가 왜 이 침대에 누워 있는 거야!"

"세프라 자식한테 바로 연락해! 당장 지 새끼 데리고 가라고!"

"야! 아프면 너희 집 가서 아프라고!"

카밀라의 침대에 누워 골골거리고 있는 한 사람, 바로 아르시안이다.

답지 않게 열이 펄펄 끓는 그를 보며 소르펠가 사람들 모두 기가 막혀 했다. 아니, 왜 남의 집에서 감기로 쓰러지고 난리냐고!

"세프라 공작님이 못 데려가신답니다. 알아서 처리하라 하시는데요."

"뭐?"

"죽어도 그 집 유령으로 죽으라고……."

"이, 이 너구리 같은 놈이!"

"한동안 연락 안 받을 거니까 괜히 힘 빼지 말라고도 하셨습니다."

"끄응……."

아들놈 데려가라는 연락에 세프라 공작은 곧바로 통신을 끊어 버렸다. 오랜 지기의 행동에 더욱 열이 뻗치는지 소르펠 공작이 쉴 새 없이 씩씩거렸고, 라비는 그의 분노에 장작을 넣으며 같이 난리를 쳤다.

그 모습을 보는 카밀라의 입에서 혀 차는 소리가 흘러나왔다.

"다들 너무한 거 아니에요? 아픈 사람 두고."

"그러니까! 둘이 뭘 했기에 저 녀석이 감기에 옮아! 아냐, 아냐! 말하지 마! 듣고 싶지 않아!"

"그래도 덕분에 난 다 나았는데."

"그건 잘했……! 으아! 짜증 나!"

카밀라 방에서 민폐나 끼치고 있는 아르시안이 꼴 보기 싫은 와중에도 그녀가 나아서 다행이라는 생각이 들었다. 그런 자신의 모습을 믿을 수 없었던 라비는 머리를 쥐어뜯으며 괴성을 질렀다.

"추…워."

그 순간 들려오는 나직한 목소리.

"라비, 방 온도 좀 더 올려야겠다."

"네."

"제가 이불을 더 들고 오겠습니다."

"그러거라. 집사는 가서 이놈이 먹을 것 좀 들고 오고."

"네."

언제 화를 냈냐는 듯 세 남자의 행동이 빠릿빠릿해졌다. 구박은 할지언정 챙겨 줄 건 다 챙겨 주는 세 남자를 보며 카밀라는 속으로 연신 웃음을 터트렸다.

[세나.]

"……."

불조차 켜지 않은 어두운 방.

그 구석 자리에 세나가 쪼그려 앉아 있었다. 고개를 푹 숙인 채 아이는 아무런 반응을 보이지 않았다.

[야, 언제까지 그러고 있을 거야?]

루가 계속해서 말을 걸었지만, 세나는 더욱 몸을 움츠릴 뿐이었다.

[네가 원했던 거잖아! 아이를 구하고 싶다며! 그래서 내가 도와 준 건데, 왜 죄지은 사람처럼 굴어!]

"…사람이, 사람이 죽었어요."

[그게 뭐!]

"전… 전 그냥 리오 님을 구하고 싶었을 뿐인데……."

리오가 인질로 잡혔던 그날. 날카로운 검이 아이의 목을 파고드는 모습에 세나는 당장에라도 달려 나가고 싶었다. 리오를 남자의 손에서 구해 내고 싶었다.

그리고 그 순간.

후우욱!

검은 연기 같은 것이 나타나 그대로 남자의 심장을 꿰뚫었다. 리오는 강물로 떨어져 버렸고, 이어서 카밀라까지 강물로 뛰어들었다.

세나는 아무것도 할 수가 없었다. 남자를 죽인 검은 연기가 자신의 몸에서 빠져나가는 걸 분명히 보았으니까. 그 충격에 리오와 카밀라가 물에 빠졌음에도 정신을 차리지 못하고 벌벌 떨기만 했다.

풍덩!

그때 아르시안이 나타나지 않았다면 두 사람은 어떻게 되었을까?

그의 품에 안겨 물 밖으로 나오는 카밀라와 리오를, 세나는 바닥에 주저앉은 채 멍하니 지켜봐야만 했다.

"그게, 루의 힘이에요?"

[그래.]

평소라면 자신이 가진 힘이 대단하지 않냐며 소리쳤을 루가 조금은 기가 죽은 목소리로 대답했다.

"왜……."

[…….]

"계약도 하지 않았는데 왜……."

전에 분명 그러지 않았나? 계약이 이루어져야 힘을 쓸 수 있다고, 자신의 힘이 갖고 싶다면 제대로 된 계약을 하자고 말이다.

"그런데 왜……."

계약도 하지 않았잖아. 그저 심심하지 않게 외로움을 달래 주는 말동무 정도의 관계였는데…….

[나도 모른다.]

루가 긴 한숨을 쉬었다.

[네가 그 아이를 구하고 싶다는 마음을 먹는 순간 갑자기 힘을 쓸 수 있게 되었어. 계약도 하지 않았는데 말이야.]

"……."

[아마도…….]

뭔가 짐작 가는 부분이 있는 듯 루의 입에서 다시 탄식 어린 한숨이 흘러나왔다.

[이것 역시 이름 때문인 듯하다.]

"…이름?"

[네가 내게 이름을 지어 줌으로써 나의 존재가 너에게 귀속된 것 같아.]

한마디로 계약을 하지 않았음에도 세나의 뜻대로 자신이 움직이게 되었다는 말이다.

"……."

세나의 고개가 다시 푹 숙여졌다.

[야…….]

루의 부름에도 아이는 아무런 반응을 보이지 않았다.

[네, 네 잘못이 아니야. 다 내가 멋대로 행한 일이잖아.]

"……."

[알았어, 알았다고! 두 번 다시 내 마음대로 힘을 쓰지 않을게! 절대 사람을 죽이지 않으마!]

루가 다급하게 말을 이었지만 세나는 여전히 그 어떤 반응도 보이지 않았다. 자기로 인해 누군가 죽었다는 사실에 너무도 큰 충격을 받은 듯했다.

똑똑.

그때 작은 노크 소리와 함께 문이 천천히 열렸다. 그 인기척에도 세나는 미동조차 하지 않았다.

"세나."

"……!"

하지만 곧이어 들려오는 익숙한 목소리에 아이는 급히 고개를 들었다. 자신을 향해 걸어오는 카밀라를 본 세나의 얼굴이 일그러졌다.

"괜찮아?"

"으… 으…….'"

그 물음에 세나의 눈에서 결국 참고 참았던 눈물이 또르르 떨어져 내렸다.

품에 안기기 무섭게 소리 내어 울기 시작하는 세나의 모습에 카밀라는 한동안 아무런 말도 하지 않았다. 그저 아이의 등만 토닥토닥 다독였다.

"제가… 제가 사람을 죽였어요."

한참이 지난 후에야 세나가 천천히 입을 열었다. 이미 예상한 것이었기에 카밀라는 그저 아이를 더욱 꼭 품에 안았다.

그날 그녀도 보았다. 다급한 상황이었지만, 남자의 몸을 꿰뚫던 시커먼 연기는 분명 그녀에겐 제법 익숙한 거였다.

'에바교의 교주가 쓰던 힘이었어.'

자신을 꽁꽁 묶고 아르시안에게 큰 상처를 입혔던 그 힘! 분명 그것이었다.

어떻게 세나가 그 힘을 쓸 수 있는 걸까? 그 의문을 해결하기 위해 세나를 만나러 온 카밀라는 아이가 며칠째 방에서 나오지 않는다는 얘기를 들을 수 있었다.

밥도 안 먹고 잠도 제대로 자지 못하는 것 같다는 말에 그녀는 곧장 아이를 찾았다. 그리고 지금, 울고 있는 아이와 마주하게 된 거다.

"제가… 제가…….."

세나는 자꾸 같은 말만 반복했다. 그런 아이를 품에서 살짝 떼어 낸 카밀라는 세나와 눈을 마주했다.

"세나."

"…네."

"그때 그 사람 얼굴 기억해?"

끄덕.

"몸 여기저기가 썩었던 것도?"

"네에…….."

고개를 끄덕이는 아이의 머리를 카밀라는 다정히 쓰다듬었다.

"이미 죽은 사람이야."

"…네?"

"에바교의 교인에게 몸을 뺏긴 사람이었거든."

"아…….."

"즉, 몸 안에 든 영혼도 그 육체도 오래전에 이미 죽은 사람이라는 거지."

세나 역시 에바교에 대해선 어느 정도 알고 있었다. 사람의 육체를 뺏고 나쁜 짓을 행했다는 교인들. 자신이 팔려 간 곳도 거기였으니까.

자신이 그 육체를 뺏기 위한 제물로 쓰일 뻔했다는 사실도 이미 들어 알고 있었다.

"하지만, 하지만…….."

아이를 쓰다듬는 카밀라의 손길이 더욱 부드러워졌다. 그녀의 입가엔 어느새 희미한 미소가 지어져 있었다.

"고마워."

"네?"

"리오를 구해 주려고 한 거잖아."

"……."

"덕분에 우리 리오가 무사해."

결국 세나의 눈에 다시 눈물이 그렁그렁 맺혔다. 조금 전보다 더욱 크게 울음을 터트리는 아이를 보며 카밀라는 속으로 짧은 한숨을 내쉬었다. 그사이 아이가 받은 충격과 상처가 생각보다 더 깊다는 걸 느낄 수 있었다.

"제가요……."

한참 후, 세나는 울먹이는 목소리로 그동안에 있었던 일들을 차근차근 들려주기 시작했다.

루의 목소리를 듣게 된 것부터 이번 일이 일어나게 된 이유까지, 그 모든 걸 하나씩 털어놓는 아이의 이야기를 카밀라는 조용히 귀 담아들어 주었다.

✳︎
봄이 왔어요

"크윽……!"

풀썩.

"꺄아아악!"

"으아악!"

"저, 저게 뭐야!"

검은색 로브를 깊게 눌러쓰고 있던 사람이 풀썩 쓰러지자, 그 모습을 본 주변 사람들이 비명을 지르며 급히 한 걸음 물러섰다. 쓰러진 남자의 몸이 빠르게 썩어 가고 있었기 때문이다.

"에, 에바교인이다!"

누군가의 외침에 사람들은 더욱 기겁하며 시신과의 거리를 벌렸다.

"세상에…….."

"어제 옆 마을에서도 세 사람이나 발견되었다면서?"

"말도 마. 평소 친하게 지내던 사람이 갑자기 몸이 썩어 죽었으니, 얼마나 놀랐겠어."

"에바교 교주의 저주라던데."

"무슨 소리! 그게 아니라, 교주가 죽고 나서 에바교인들이 힘을 못 써서 죽어 가는 거래."

"어휴, 너무 끔찍해요."

※

"오? 이거 매화야?"

눈이 쌓인 정원 한쪽에 붉은빛이 도는 매화꽃이 꽃망울을 활짝 터뜨렸다. 새하얀 눈 위로 떨어지는 붉은 매화꽃이 한 폭의 동양화가 따로 없었다.

팔랑팔랑.

잠시 그 풍경을 즐기던 카밀라를 향해 작은 물체 하나가 날아왔다. 개나리처럼 노란 용용이, 바로 봄의 정령왕이었다.

[어때? 멋지지?]

"어."

[히히, 자연이라는 게 이렇게나 대단하다니까.]

뭐, 자연도 좋고, 매화도 다 좋은데…….

"너희들은 왜 꼭 내 주변에서 알짱거리는 거야?"

전에 가을을 알리는 붉은 용용이도 그러더니. 계절마다 돌아가며 인사라도 하러 오는 거니?

[알짱거린다니……! 이런 멋진 계절을 제일 먼저 알려 주려고 와 준 걸 고마워해야지!]

…너희들 혹시 쌍둥이니? 성격들이 어쩜 저렇게 한결같지?

팔랑팔랑.

그때, 새하얀 존재가 팔랑거리며 날아왔다. 겨울의 정령왕 아이슬라였다.

[아, 아이슬라!]

[…….]

[나, 나는 이만 가 볼게!]

아이슬라의 등장에 움찔하며 급히 사라지는 노란 용용이의 모습 또한 다른 정령들과 다를 게 없었다. 아이슬라가 아직도 그렇게 무서운가?

"이제 겨울이 끝나나 봐요."

[응, 그래서 나도 가 보려고.]

"네?"

가볍게 대화를 시도했던 카밀라의 눈이 동그래졌다. 에바교의 교주를 처리할 때 도움을 받은 이후 내내 곁에 있어 줬던 그녀가 이제 그만 정령계로 돌아가겠다고 선언한 것이다.

[에바교 문제도 이제 해결된 것 같고.]

"그렇긴 하죠."

최근 제국 곳곳에서 썩은 시신들이 발견되고 있었다. 바로 에바신을 따르던 무리들이다. 아이슬라의 말대로, 이전에 빼앗은 육체를 더 이상 정상적으로 유지하지 못하게 된 그들이 본모습을 드러내고 있는 것이다.

전에 리오를 납치하려고 했던 이들처럼 최후의 발악을 하는 교인들도 존재했지만, 대부분은 알아서들 자멸하는 중이었다.

[그 아이는 어쩔 거야?]

그 아이, 세나를 말하는 거다.

"위험한 힘이긴 하죠."

설마 죽은 에바교의 교주가 마지막까지 지니고 있던 힘이 그런 존재일 줄은 정말 예상하지 못했다. 교주에게만 주어지는 특별한 성물이 따로 있는 줄 알았거늘.

"그래서 이제껏 찾지 못했던 거네요."

마르스 때도 그렇고 이번에도 왜 그 성물이 보이지 않나 했더니, 애초에 그런 게 존재하지도 않았던 거다.

[그 아이가 감당할 수 있을까?]

"글쎄요."

세나에게 모든 이야기를 전해 들은 카밀라는 일단 상황을 지켜보기로 했다.

지금 당장은 할 수 있는 일이 없었다. 그 힘을 아이에게서 떼어 낼 수 없는 상태인 건 맞으나, 그 존재가 위험하단 이유로 세나를 어딘가에 가둬 두거나 죽일 수도 없지 않은가.

"그래도 제법 말을 잘 듣는 것 같아요."

이름을 지어 줬다더니, 세나를 주인으로 여기는 것 같다고나 할까? 마치 아기 새가 어미 새에게 각인이 된 것처럼.

'그 힘을 아기 새라 표현하기에는 좀 무리가 있긴 하지만.'

어쨌든 자신이 할 일은 단 하나였다.

"잘 지켜보고, 잘 인도해야죠."

아이가 그 힘을 허투루 쓰지 않도록, 아이가 그 힘으로 인해 위험해지지 않도록 지켜보고 지켜 줘야 할 것이다.

[그래. 너라면 잘할 거야.]

어깨에 앉아 있던 아이슬라가 한쪽으로 날아가더니, 후- 하고 바람을 불었다. 그러자 카밀라의 앞에 작은 눈의 결정이 생겨났다. 전에도 본 적 있는 물건이다.

[사용법은 알지? 내 힘이 필요할 땐 언제든 불러.]

눈의 결정을 받아 든 카밀라는 대답 대신 살며시 웃었다.

"고마웠어요, 아이슬라."

[나도 즐거웠어. 네 덕에 오랜만에 대화라는 걸 제대로 해 봤지.]

팔랑거리며 좀 더 가까이 날아온 아이슬라가 말을 덧붙였다.

[다른 녀석들도 그래서 그런 걸 거야.]

"네?"

[네 주변을 맴도는 이유 말이야. 오랜만에 자신들을 보고 대화를 나눌 수 있는 다른 존재를 만나 기쁜 거지. 그러니 너무 성가셔하지는 말아 줘. 그 녀석들도 좋아서 그러는 거야.]

유독 자신의 주변에서 자주 눈에 띄는 것 같더니, 착각은 아니었나 보다.

카밀라는 짧은 웃음을 터트리며 고개를 끄덕였다. 항상 다른 정령들에게 틱틱거리며 차갑게 굴면서도 뒤에선 이렇게 나름 생각해 주는 게 그녀답다고나 할까.

"또 봐요."

[그래.]

마지막으로 카밀라의 주변을 한 바퀴 빙글 돌던 그녀가 그대로 훅 사라졌다.

"……."

그렇게 홀로 남겨진 그녀의 시선은, 다시 꽃이 활짝 핀 나무로 향했다.

"봄이네."

"아르시안, 내일 뭐 해?"
"네가 알아서 뭐 하게."
페트로의 물음에 날 선 대답이 날아들었지만, 그들은 굴하지 않았다.
"내일 약속 있으신 거예요?"
"특별한 일 없죠?"
"있어도 취소하시죠."
페트로에 이어 라일라와 엘리샤, 그리고 쥬엘라까지 같은 질문을 쏟아 냈다.
"······."
귀찮게 옆에서 알짱거리는 그들의 행동에 아르시안의 미간이 찌푸려졌다. 이것들이 오늘 단체로 뭘 잘못 먹었나?
"뭐 하자는 거야?"
"내일 우리끼리 작은 모임을 갖기로 했거든요."
"모임?"
"새로운 해도 맞았고 같이 정답게 담소나 나눠 보자는 거지."
"일종의 친목 파티예요!"
···미쳤군.
아르시안은 더 들을 것도 없다는 듯 돌아섰다. 모여서 뭔 헛짓거리를 하려는 건-

"내일 바빠?"

그는 자신의 앞에 빙긋이 웃으며 서 있는 카밀라를 발견하고 바로 표정을 풀었다.

"아니."

"그럼 내일 시간 괜찮아?"

"응."

조금 전과 달리 단박에 고개를 끄덕이는 아르시안을 보며 주변에서 원망이 가득한 탄식이 터져 나왔다.

"야."

"와아… 표정 바뀌는 거 봤어요?"

"우리가 말했을 땐 뭔 미친 소리를 하냐는 것처럼 들은 척도 안 하더니."

그러거나 말거나 카밀라에게 다가선 아르시안은 그녀의 목소리에만 귀를 기울일 뿐이었다.

"내일 우리끼리 작은 파티를 열 거야."

"너도 참석하는 거야?"

"물론이지."

"알았어."

카밀라는 엷게 웃으며 순순히 고개를 끄덕이는 아르시안의 머리를 가볍게 헝클어트렸다.

"예쁘게 하고 와."

"응, 넌 꾸미지 말고 와."

"어? 왜?"

"그냥 와도 예쁘니까."

"……."

다른 사람이 저런 말을 했으면 어디서 개수작이냐며 코웃음을 친 뒤 구시대적 작업 멘트에 대한 감상으로 핀잔이나 듬뿍 줬을 텐데.

'참 이상하네.'

아르시안의 입에서 저런 말이 나오니 그저 웃음만 흐를 뿐이었다. 진지한 얼굴로 저런 말을 하는 그가 싫지 않았다.

"헐."

"아우……!"

"짜증 나."

물론 그 모습을 지켜보던 다른 이들은 마치 못 볼 꼴을 봤다는 표정으로 기겁을 해 댔지만 말이다.

"야, 너희들 꼴 보기 싫으니까 다른 데 가서 놀아."

"그러지, 뭐."

"뭐, 뭐?"

"안 돼! 카밀라 언니는 두고 혼자 가요!"

주변의 타박에 기다렸다는 듯 카밀라의 손을 잡고 그 자리를 떠나는 아르시안이었다.

※

"리오는?"

"외출하셨습니다."

"누구와?"

외출 준비를 마친 아르시안은 오늘따라 조용한 집 안 분위기에 고개를 갸웃했다. 원래 다른 집과 달리 유독 침묵이 맴도는 곳이긴 하지만 리오가 온 뒤로는 많이 떠들썩해졌다.

그런데 오늘은 집 안이 고요했다. 마치 아무도 없는 것처럼.

"세나 양과 볼일이 있다며 나가셨습니다."

"……."

집사의 대답을 들으며 아르시안은 새삼스러운 기분으로 집 안을 가볍게 훑었다.

'원래 이랬나?'

평생을 이렇게 고요한 공기에 둘러싸여 살았는데, 이 낯선 기분은 뭘까? 고작 아이들이 사라졌다는 것만으로도 집 안이 텅텅 빈 것 같았다.

"공작님께서도 오늘 약속이 있으시다며 출타하셨습니다."

딱히 물어보지도 않았거늘, 집사가 세프라 공작 역시 집에 없음을 알려 준다.

"오늘 친구분들과 작은 파티를 여신다면서요?"

노집사 바올의 물음에 아르시안의 시선이 그에게로 다시 향했다. 자신이 오늘 일정을 말했던가?

"카밀라 님께서 알려 주시더군요."

"카밀라가?"

이름만으로도 한결 아르시안의 분위기가 부드러워지는 걸 본 집사의 얼굴에 희미한 미소가 걸렸다.

"즐거운 시간 보내십시오, 도련님."

평소 사적인 말을 잘 건네지 않는 노집사의 인사에 아르시안은 잠시 멀뚱히 그를 바라봤다.

"…그러지."

결국 그의 입에서 짧은 대답이 흘러나왔다. 왠지 모를 어색한 기분에 아르시안은 서둘러 그 자리를 떠났다.

"허허."

그렇게 떠나가는 아르시안을 배웅하며 집사는 깊이 고개를 숙였다. 고개를 든 집사, 바올의 입가에 조금 전보다 더욱 짙은 미소가 걸려 있었다.

이제는 이 집 안에 있는 모두가 안다. 아르시안이 예전과 많이 달라졌다는 사실을 말이다. 어릴 때부터 아르시안의 성장을 모두 지켜본 집사 바올은 더욱 확실히 느낄 수 있었다.

늘 뭔가에 쫓기듯, 얼음판 위에 아슬아슬하게 서 있는 것 같아 보이던 그의 모습은 더 이상 찾아볼 수 없었다.

단단한 땅 위에, 따듯한 햇살이 내려와 새싹이 막 솟아오르는 푸른 땅 위에 그가 서 있음을. 오랫동안 자신이 모셔 온 세프라 공작 역시 그 땅 위에 이제 함께 있음을, 바올은 알았다.

'다 그분 덕이지.'

시린 얼음 바람 속에 서 있던 두 사람을 그런 포근한 햇살 아래로 데리고 온 이가 누구인지 그는 잘 알고 있었다.

어느새 이 집안의 실세가 되어 있는 카밀라를 떠올리며 집사의 입가에 다시 흐뭇한 미소가 걸린다.

"봄이구나."

그런 그의 시선이 창가로 향했다. 올해의 봄은 참으로 따뜻할 것 같다는 생각을 하며.

"여기가 맞을 텐데?"

약속 장소에 도착한 아르시안은 살짝 미간을 찌푸렸다. 소르펠 가의 작은 홀에서 파티를 열겠다더니, 왜 이렇게 조용하지? 창밖으로 새어 나오는 불빛도 하나 없다. 여기가 아니었나?

'그러고 보니 안내하는 사람도 없군.'

평소에도 카밀라를 만날 때 누군가의 안내를 받아 본 적이 거의 없었다. 대부분 밤에 몰래 찾아오는 일이 많았으니까.

그런데 오늘은 뭔가 좀 이상했다. 여기까지 오는 동안 시종이고 시녀, 제대로 사람을 보지 못했다. 집사도 보이지 않고.

"흐음."

아르시안은 일단 약속된 장소로 들어섰다. 굳게 닫혀 있는 홀의 문을 힘껏 밀었다. 그리고 그 순간…….

펑! 퍼엉! 퍼펑!

빛 한 점 없는 어두운 공간 속에서 작은 폭발음이 연달아 들려왔다. 어두웠던 공간의 빛도 바로 돌아왔다.

"아르시안!"

"생일 축……!"

밝아진 공간에는 수많은 사람이 서 있었다. 하지만 축하의 말을 내뱉던 이들의 얼굴이 누가 먼저라 할 것 없이 서서히 굳어 갔다.

"……."

"……."

카밀라의 부탁으로 폭죽이라는 걸 만들어 터트렸던 라비를 비롯해 다른 이들은 꽃가루 하나 묻지 않은 아르시안을 보며 할 말을 잃었다.

그의 몸을 둘러싸고 있는 투명한 배리어. 고작 그 짧은 순간에 방어 마법을 시전한 것이다. 홀 안에 순간적으로 어색한 침묵이 흘렀다.

이게 지금 뭐 하는 건가 싶었던 아르시안이 미간을 일그러트리는 순간…….

퍼엉!

다시 작은 폭죽이 터졌다. 이번에는 폭죽에 담겨 있던 꽃가루가 그대로 아르시안을 덮쳤다.

"생일 축하해, 아르시안."

카밀라였다.

"…생일?"

잠시 멍해 있던 정신을 그제야 차린 아르시안은 뜻밖의 단어에 저도 모르게 입을 슬쩍 벌렸다.

"응, 오늘이 네 생일이잖아."

"오늘이?"

그가 새삼스러운 눈빛으로 홀 안을 살폈다. 그러고 보니 특이한 것들이 제법 많았다. 알록달록한 이상한 공 같은 것도 공중에 둥둥 떠 있었다. 안에 뭐가 들어 있기에 저렇게 하늘에 떠 있을 수 있는 거지?

벽에는 생일 축하 글자가 화려하게 장식되어 있었다. 저것 또한 처음 보는 장식물이었다. 아르시안은 답지 않게 멍한 시선을 던졌다.

"저 녀석 지금 당황한 거 같은데."

"준비한 보람이 있네요!"

다들 그런 아르시안을 즐겁게 바라봤다. 이 파티의 모든 것을 준비한 건 바로 카밀라다. 폭죽도 만들고 벽에 붙이는 글자 풍선과 공중에 띄우는 풍선까지 다 라비를 시켜 제작했다.

'특별한 생일 파티를 해 주고 싶었으니까.'

현대식으로 파티를 꾸미면 좋을 것 같아서. 다양한 풍선이나 폭죽을 본 라일라와 엘리샤가 예쁘다고 연신 꺅꺅거렸는데, 아르시안은 별론가?

"……."

아르시안은 여전히 별다른 말 없이 멍하니 서 있을 뿐이었다. 그런 그를 카밀라가 빤히 바라봤다.

"아르시안?"

"…응."

"놀랐어?"

"조금……."

카밀라가 신경을 쓰는 것 같자 그제야 아르시안이 희미한 미소를 지어 보였다.

"자, 그럼 본격적으로 파티를 시작해 볼까요?"

페트로의 말에 홀 안에 음악이 흐르기 시작했고 사람들은 그제야 파티를 즐기기 시작했다.

아는 이들끼리 작은 파티를 열겠다고 하더니 의외로 홀 안에는 많은 사람이 있었다. 봉사 클럽 회원들은 물론이고, 이번에 에바 교를 처리하러 다니면서 종종 얼굴을 봤던 가문의 기사들도 보였다.

"형아! 생일 축하해!"

"생일 축하드려요, 큰 도련님."

아침부터 약속이 있다며 나갔다더니 리오와 세나 역시 이곳에 있었다. 조르륵 달려와 품에 안긴 리오가 손에 들고 있던 뭔가를 건넸다.

"선물이야!"

리오가 건넨 건 작은 꽃이 핀 나뭇가지였다.

"봄이야."

"봄?"

"응! 누나가 이게 봄이래. 그래서 형한테 제일 먼저 봄을 주는 거야!"

"……."

아르시안의 얼굴이 새삼 멍해졌다. 봄이라…….

이내 한쪽 무릎을 굽혀 리오와 시선을 맞춘 그의 얼굴에 평소와 달리 부드러운 미소가 걸렸다.

"고맙다."

"응!"

덩달아 해맑게 웃는 리오의 머리를 가볍게 헝클어트렸다.

"……."

시선을 돌린 아르시안은 다른 공작들과 함께 있는 아버지, 세프라 공작의 모습도 찾아볼 수 있었다. 급한 약속이 있어 나갔다더니. 여기에 왔던 건가?

'생일이라니.'

살면서 그런 걸 챙겼던 적이 있었던가? 태어난 것 자체가 저주인 가문이었다. 대체 무엇을 축하한단 말인가.

하지만…….

"아르시안, 이거 먹을래? 여기 있는 음식들 내가 다 직접 만든 거야."

"직접?"

"응."

하지만 이젠 그래도 되지 않을까.

"아무도 먹지 말라 그래."

"어? 왜? 나 제법 요리 잘해. 믿고 먹어도 돼."

"내가 다 먹으려고. 아까워서 남한테 어떻게 줘."

"진짜? 그럼 이것도 먹어 봐."

내가 태어난 걸 한 사람, 단 한 사람쯤 축하해 주는 이가 있어도… 이젠 괜찮지 않을까.

"너희들 작작 좀 해."

"듣는 사람도 좀 생각해 주시면 안 돼요?"

"나, 나 여기 닭살 돋았어."

"와, 씨. 눈꼴 시려 못 봐 주겠네! 너희 당장 안 떨어져?"

그런 두 사람의 행태에 익숙한 이들은 아니꼬운 눈빛을 사정없이 날렸다.

'우리 도련님이…….'

'아, 아르시안 님이……!'

'저분 누구시니……? 내가 아는 그분 맞아?'

반면, 온순한 아르시안을 처음 본 세프라 가문 사람들은 입을 쩍 벌렸다. 있는 대로 커진 눈동자에 지진이 일어난 것 같았다.

"아르시안, 이것도 먹어. 이것도."

"응."

그러거나 말거나, 카밀라가 건네는 음식을 족족 받아먹는 아르시안이었다. 새삼 그 어느 때보다 편안한 얼굴로.

"저 녀석을 위해 생일 파티를 열어 주다니. 우리 딸은 생각하는 것도 참 예쁘지 않아?"

"네놈은 요즘 딸 자랑 아니면 할 말이 없냐?"

제이빌런 공작이 연신 혀를 찼다. 못마땅하긴 한데, 딱히 타박할 말도 없었다. 저 폭죽도 그렇고 풍선도 그렇고. 깜짝 파티라는 개념 자체가 처음인지라 매우 신선했다. 이거 뭔가, 아주 좋은 사업 아이템이 될 것 같은데.

'끄응.'

아무래도 이번에도 또 저 어린 녀석의 새로운 사업 확장에 배만 아파할 것 같은 이 찝찝한 기분을 어째야 할까?

"그래도 음식은 맛이 있군."

더욱 짜증이 나는 건 카밀라가 직접 만들었다는 음식이 입에 짝짝 붙을 정도로 맛이 좋다는 사실이었다. 시작도 전에 진 기분이라 제이빌런 공작의 어깨가 축 처졌다.

"그렇지? 우리 카밀라가 음식도 잘해."

"그래도 손에 물 한 방울 묻히지 않게 할 거다."

다시 딸 자랑에 입꼬리가 빠르게 올라가던 소르펠 공작은 툭 끼어드는 나직한 목소리에 움찔했다.

"야, 네놈이 뭔데 내 딸 손에 물을 묻히고 말고를 결정해?"

"음식 맛이 좋아."

"말 돌리지 마, 이 자식아!"

딴청을 피우는 세프라 공작의 모습이 그리 얄미울 수가 없었다.

"그러고 보니 네 녀석도 지금껏 생일을 챙긴 적이 단 한 번도 없네."

세프라 공작의 멱살을 잡고 탈탈 털던 소르펠 공작이 제이빌런 공작의 말에 멈칫했다.

"그랬지. 이 녀석도 생일 챙기는 거 무지 싫어했으니까."

언제부터인가 자연스럽게 한 친구의 생일은 챙기지 않게 되었다. 그러면서도 자신들의 생일에는 꼬박꼬박 선물을 보내는 녀석이 웃기지도 않았다.

"이젠 너도 생일 좀 챙기는 게 어때?"

"그래. 우리가 아주 근사하게 파티 열어 줄게."

"……."

소르펠 공작과 제이빌런 공작의 눈이 초롱초롱해졌다. 처음으로 열어 주는 친구의 생일 파티! 뭘 어떻게 해 줘야 이 녀석이 좋아할까?

"받고 싶은 선물도 있으면 뭐든 말해."

"대륙 끝에 있는 거라도 구해서 가져올 테니까."

"선물이라……."

그런 두 친구의 말을 되뇌던 세프라 공작이 소르펠 공작을 지그시 바라봤다.

"넌 안 해 줘도 돼."

"음? 왜? 나도 네 녀석에게 해 주고 싶은 거 많아."

"이미 충분히 받았으니까."

"뭐?"

"네 딸만으로도 충분해."

"야, 이 망할 놈아!"

"둘 다 시끄러워. 저기 꼬맹이 온다."

다시 투닥거리는 그들을 향해 달려오는 아이가 있었다. 리오였다.

"아저씨!"

언제나처럼 달려오던 속도 그대로 품에 안기는 리오를 세프라 공작이 익숙하게 안아 머리를 쓰다듬어 줬다. 그 모습에 두 친구의 얼굴이 묘해졌다.

볼 때마다 신기하다. 저런 냉혈한 놈에게 서슴없이 안기는 리오도 그렇고, 그런 아이를 다정히 안아 주는 저 녀석의 모습도.

"깜박했어요."

"뭐를?"

다정한 손길을 즐기듯 한참 안겨 있던 리오가 한 걸음 물러서며 뭔가를 꺼내 들었다. 조금 전 아르시안에게 줬던 것과 똑같은 것이었다.

"아저씨한테도 줄게요!"

"……."

"봄이요!"

작은 꽃이 매달린 나뭇가지.

"…그래. 봄이구나."

그의 입가에 희미한 미소가 걸린다.

"네가 봄의 요정이구나."

답지 않은 말까지 아이에게 건네며 세프라 공작은 리오의 머리를 새삼스레 다정히 쓰다듬었다.

"헤헤."

봄의 요정이라는 말이 좋은 듯 환한 웃음을 터트린 아이는 세나가 있는 곳으로 도로 달려갔다.

"……."

그렇게 아이가 곁을 떠나고, 세프라 공작은 손에 들린 꽃을 가만히 바라봤다.

"야, 그걸 가슴에 왜 꽂아? 미쳤어?"

"봄이라잖아."

"안 어울리니까 당장 빼! 아니, 저 꼬맹이는 왜 네놈한테만 꽃을 주는 거야? 우린 사람도 아니야?"

"왜? 너도 가슴에 꽂고 싶어? 이거라도 빌려줄까?"

"됐어, 이 자식아!"

어느새 다시 투닥거리는 세 공작이었다.

"아직 바람이 차."

"다시 들어갈까?"

"괜찮아."

카밀라와 아르시안은 잠시 휴식을 위해 테라스로 나왔다.

"힘들어?"

파티의 주인공이라는 이런 자리가 역시 익숙하지 않은 듯, 조금 지쳐 보였다.

"아니."

아르시안은 가볍게 고개를 저었다.

"그냥 조금 어색해서."

잘 안다. 그가 이런 소란스럽고 많은 사람이 모여 있는 곳을 좋아하지 않는다는 것을 말이다.

"그래도 해 주고 싶었어."

"음?"

"생일 파티."

그가 그동안 단 한 번도 생일이라는 걸 챙겨 본 적이 없다는 사실을 알게 되었을 때 가슴이 아릿했다. 그가 스스로의 존재 자체를 힘껏 부정해 온 것 같아서.

아르시안이 왜 그랬는지, 그 이유를 너무 잘 알고 있기에 더더욱 마음이 아팠다.

"싫어도 참아. 매년 해 줄 거니까."

"뭐?"

아르시안을 돌아보는 카밀라의 눈가가 곱게 휘었다.

"내가 좋아."

"무슨……."

"내가 감사해."

"……."

"내가……."

그에게 한 걸음 가까이 다가선 카밀라의 미소가 더욱 짙어졌.

"네가 태어난 이날이 고맙고 감사해."

아르시안, 네가 아무리 이날을 싫어하고 저주한다 해도 이젠 어쩔 수가 없다.

"내겐 이미 특별한 날이 되어 버렸으니까."

카밀라가 손을 뻗어 그의 얼굴을 감쌌다. 쪽, 가볍게 그에게 입을 맞춘 카밀라의 미소가 더욱 짙어졌다.

"그러니 넌, 평생 그냥 내 옆에 붙어 있어."

"……."

아르시안은 잠시 아무런 말도 하지 못한 채 그저 멍하니 그런 그녀를 바라봤다. 곧 그의 입가에도 서서히 미소가 피어올랐다.

두 손을 뻗어 그녀의 뺨을 조심스럽게 감싼 그의 입술이 카밀라의 부드러운 입술에 닿았다.

"얼마든지."

속삭이듯 들리는 그의 대답을 들으며 카밀라의 얼굴에 다시 미소가 번졌다.

다시 키스를 나누는 두 사람의 주변으로 바람에 날려 온 꽃잎이 휘날렸다. 봄을 알리는 따뜻하고 작은 꽃잎이…….

※

"아, 진짜. 뭐가 이렇게 절차가 복잡해?"

"새로운 마법 물품은 안전성을 인정받아야 하거든요. 어쩔 수 없는 일이죠. 그래서 그냥 제가 혼자 와서 한다니까요."

카밀라는 경비대 사무실을 빠져나오면서 작게 투덜거렸다. 이곳을 찾은 이유는 이번에 라비가 자신의 부탁으로 개발한 물건, 폭죽과 풍선을 제대로 허가받기 위해서였다. 이런 걸 허가까지 받아야 한다니. 풍선이 대체 무슨 위험이 될 수 있다는 거야?

그날 있었던 아르시안의 생일 파티가 소문이 나더니, 그때 사용했던 파티 제품에 대해 문의하는 이들이 많았다.

'역시 사업성이 있을 줄 알았다니까.'

예상보다 큰 반응에 바로 사업을 추진했는데, 이번에 몇몇 법이 바뀌며 문제가 생겼다. 새로운 마법 물품을 본격적으로 사용하기 위해선 마탑에서 받은 허가서를 경비내에 제출해야만 했다.

그에 카밀라는 마탑에서 받은 허가서를 직접 들고 경비대를 찾았다. 도르만이나 다른 이들을 시켜도 되었지만 그냥 직접 오고 싶었다. 새로운 사업의 시작은 늘 꼼꼼하게 살피고 또 살펴야 하는 거니까.

"이제 홍보나 열심히… 음?"

경비대 건물을 막 빠져나가려던 카밀라의 걸음이 뚝 멈췄다. 그녀의 눈을 사로잡는 게 있었기 때문이다.

한 남자가 경비대 병사를 잡고 간절한 목소리로 울부짖고 있었다. 그리고 그런 남자의 곁에 또 다른 존재가 하나 더 있었다.

남자의 옷자락을 꼭 잡고 있는 어린 여자아이.

자신의 존재를 전혀 알아보지 못하는 남자가 안쓰러운 듯 눈에 눈물이 글썽하다.

[……]

"……."

순간 아이와 카밀라의 눈이 마주쳤다.

[도와주세요. 저희 아버지 좀… 도와주세요. 제가 있는 곳을 좀 제발 알려 주세요.]

"우리 아이가 사라진 지 벌써 한 달이 넘었습니다!"

"저희도 열심히 찾고 있습니다. 조금만 더 기다려 보시죠."

"조금만, 조금만! 대체 언제까지 기다려야 합니까! 이러다 우리 아이에게 뭔가 일이라도 생겼으면… 크흑."

"진정하시고, 이런다고 해결될 일이 아니지 않습니까. 아이가 갈 곳을 한 번 더 수색해 보겠습니다."

"제발… 제발 좀 저희 아이를…….*"

아이가 사라진 지 일주일이 지났을 땐 그저 아이가 무사히 돌아오기만을 바랐다. 보름이 지났을 땐, 다쳐도 좋고 불구가 되어 있어도 좋으니 그저 하루라도 빨리 돌아왔으면 했다.

그리고 한 달이 지난 지금은……. 그저 아이의 생사만이라도 알기를 바랐다.

죽었다면 어떻게 죽었는지, 그 시신만이라도 찾았으면 했다. 그래야 가슴에라도 아이를 묻을 수 있지 않겠는가.

톡톡.

"……?"

그때 남자의 어깨를 조심스레 두드리는 손길이 있었다.

붉어진 눈으로 뒤를 돌아본 남자는 흠칫했다. 처음 보는 여자가 서 있었기 때문이다.

그녀, 카밀라가 남자를 향해 한 걸음 더 가까이 다가섰다.

"아이를 찾고 계시군요. 열 살쯤 되어 보이는 여자아이네요."

"그, 그걸 어떻게……!"

"제가 점을 좀 봅니다만."

"네에?"

넋이 반쯤 나가 있는 남자를 보며 카밀라는 속으로 짧게 혀를 찼다. 그런 그녀의 시선이 힐끔 죽은 아이에게로 향했다. 기대가 가득 담긴 아이의 눈을 보며 카밀라의 입에서 소리 없는 한숨이 흘러나왔다.

"밑져야 본전인데."

그녀가 마지막으로 빙긋이 웃으며 물었다.

"점괘 한번 보시겠어요?"

『점괘보는 공녀님』마침 🐾

A Fortune-telling Princess